趙熙
三

半子

BANZI

上

赵熙之 著

江苏凤凰文艺出版社

JIANGSU PHOENIX LITERATURE AND ART PUBLISHING

目录

半字

愿这一次，此生无憾。

第一卷

比部卷——制举路

第一章·阖家宴

夜幕还未降临，崇义坊王宅内的灯笼就早早亮起来，一只只翘首以盼，似迎远方的游子归来。

而另一边，许稷仍在比部[①]公房内忙着核算北衙公廨季账。

所谓比部，隶属刑部，为帝国最高审计机构，负责账务核销勾检，而许稷正是比部一名小小的技术官。

公房内灯火通明，一支算筹啪嗒掉到地上，许稷弯腰欲捡，盘腿窝在角落里的吕主簿这时咳出一口痰来，悄摸摸用纸一包迅速塞到团垫底下，扯着公鸭嗓喊许稷的小字："从嘉哪——"他清清嗓子，"听说王相公家那宝贝郎君今日要回来，你还不走啊？那可是你妻舅哩！"

许稷一拍脑门，有条不紊将账册锁进柜子里，拎上书匣，闷头就往外走。

----

① 比部：刑部的下属机构，负责全国账务核销勾检。（本书全文架空，部分官职参考唐宋，之后不再赘述。）

冷风乍然涌入，吕主簿看着许稷的身影消失在门口，顿时眯眼跳起来，直奔许稷的橱子而去，全然一副惯偷模样。他将橱里的南枣子搬出来，心满意足地塞进肚中，不由啧啧道："从嘉王家女婿虽当得憋屈了些，不过好在夫人手巧贤惠，好吃好吃！"

被偷了零食的许女婿骑着小驴飞快地往家里赶，却仍没能在闭坊前抵家。许稷望着面前一堵高墙生叹，刚勒转驴头欲作其他打算，迎面却嗒嗒嗒跑来一匹马。

那匹马疾抵坊门前，马嘶声将坊门东北角的坊卒给吵了出来。

坊卒霍地冲到那马面前，接过那人递来的鱼符，转头对着暗光一瞅，辨清上头字样连忙回身弓腰："都尉辛苦！某这便开门！"

许稷悄无声息候在一旁，目光从那人身上移回来，重新盯住了坊门。

坊卒开锁的"咔嗒"声骤然响起，骑马那人应声欲行，将要通过那门时，旁边却凭空冲出个许稷，骑着小驴嗒嗒嗒飞快地闯过了坊门往里而行。

"喂喂喂！骑驴那位郎君站住！"坊卒高声威胁，"再不站住就喊武侯①捉你啦！快站住哪！"

许稷的小驴子充耳不闻，越跑越快。

驴蹄子跑得越发欢时，一匹马却冲过了坊门疾驰向前，快速逼近。许稷还未及反应，便闻得马嘶，还伴着一声不服输的驴鸣。

一马一人阻了去路，驴鼻孔直喷热气以示不满，许稷缠在手上的缰绳又绕了一个圈，刚抬头，便听得对面的人命令道："下驴。"

许稷瞅一眼他的鱼袋，乖乖巧巧下了驴背。

坊卒已是急忙忙跑了来，喘着气望向许稷："郎君跑什么呀，罔顾规定夜闯坊门知道是什么罪吗？"

许稷松了松缰绳，懒洋洋说："咦，规矩难道不是有变？"

"没变哪！哪里变了？"

----

① 武侯：闭坊后巡夜的安保人员。

"某方才见你破例为这位都尉开门，还以为临近年终，南衙体贴大家都忙到很晚所以改了规矩，难道……不是？"

"那……那不是——"

许稷说得没错。严格按规矩来，区区四品都尉并没有让坊卒开门的特权，所以道理很是简单——他能罔顾规矩，我为何不能？大家都是替朝廷做事才到这么晚的。

坊卒一时接不上话，直愣愣地望向骑着马的都尉。没料这位都尉竟一言不发地在旁看着，并不打算开口。

坊卒见状，一着急便放出撒手锏，压低声音与许稷道："这位都尉可是王家十七郎，岂是尔等寒门小户的可比？郎君快不要狡辩了，某这里不吃这一套，快与某往武侯铺走一趟。"

"原是王十七郎，失敬失敬。"许稷说着转向马背上的都尉，拱了拱手道，"许某方才都是胡言乱语，您多海涵，且行。"

然而王都尉却是不着急走，反问："足下可是在比部做事？夫人可是唤作千缨？"

许稷没想他能认出自己来，还未来得及说话，便听得他与坊卒道："门口似有人过来了，不过去瞧瞧吗？"

坊卒霍地扭头，直奔坊门口去。

许稷见状，飞快上了驴背，嗒嗒嗒赶紧跑。

与此同时，王都尉亦是掉转了马头，不紧不慢跟在许稷身后。

那边坊卒回过神为时已晚，哀叹之际被同僚猛地一拍肩，蓦地回头，只听同僚说："傻了吧，方才跑过去那姓许的家伙是王都尉的妹夫，你兴冲冲跑去多管什么闲事。"

"可都尉起先还帮我拦他了呢，既是妹夫干什么装不认得！"

深知内情的同僚瞥他一眼："姓许的是最近才攀上王家的高枝，都尉人在外府又不常回家，估计两人没怎么见过，于是一时就认不出来了呗。"

"哦，难怪都尉问那姓许的是不是在比部做事，还问了夫人名字，肯定是认出一半来了！"

"一半你个头，做事一点都不灵光，门锁好，我先去烤烤火。"

"哦哦。"坊卒赶紧上前锁门，最后还不忘瞄一眼空荡荡、黑漆漆的坊道——这时辰还真是一个人影都没了呀。

往王宅去的一马一驴这会儿也快到家门口。骑马的一直落在骑驴的后边，明摆着故意为之，倒让许稷那头不明所以的小驴子一路得意。

但许稷没到正门就先撇道撒了，骑着小驴径直往西边偏门去，连声招呼都没打。而孤独的都尉王十七郎却一路行至正门，在一众家仆的欢拥之下大摇大摆进了府。

"十七郎回来啦！"冲在最前边的小仆边喊边奔去堂屋，声音招摇得过分，以至于许稷隔着老远都能听见。

这会儿许稷刚回屋，点了灯将书匣放下，瞥见杯子底下压着的字条，拿出来一瞧，上头正是夫人留的话，言简意赅：老夫人催得急就先去长房那边了，你换身衣裳速来。

要换的衣裳已摆在了橱子外，许稷翻了翻，夫人这真是将压箱底的好物都拿出来了。在门阀出身的重要性上，今人虽不如前朝那样看重，但高门士族与贫门小户终究有着天壤之别。拿吃穿来说，出身寒门的许稷可能就没有"家人吃顿饭还要穿得一本正经"的经历，但在王家这就不过是日常罢了。

许稷平日里惯穿公服，难得两身好衣裳也是成婚时做的。夫人显然是担心旧公服穿出去赴宴太寒酸，才特意让换新衣裳。

许稷麻利换好衣裳往前边去。

一路灯火通明，典型的高门大户做派。高高在上的门阀士族昂着脑袋不屑一顾，就是不知这头究竟能昂到何时。

顶上的一盏灯笼忽然灭了。

许稷步子未顿，听得前面不时传来的动静，更是加快了脚步。

同样的时间抵家，另一位却已经被拥着上了席，"享用"着四面八方涌来的关心。这位少时就经常不着家的十七郎名叫王夫南，字蕴北，长房嫡出独苗，十一岁荫任千牛备身①，历五考，参加过吏兵二部铨选，初授武职时还十分年轻。

荫任千牛较他途而言，升迁要快得多，门第出身功不可没，可见投胎十分重要。身为武官的王夫南，父亲、祖父、曾祖皆是文官出身，四世祖倒是武官，可那毕竟是老早前的事。王家这一支没有频出武官的传统，王夫南在家中便没有什么可参照的榜样。

即便如此，路也是早早铺好，至于能走成什么样全看个人造化。

王夫南这些年任过州府别驾，混过方镇，打过西戎，考课总是上上，乃最优，如今却被调回京畿任折冲府都尉，贸一看是升迁，但一脚踏回逐渐没落的南衙大门，细细计较并不能算是好事。

家宴开始前的各种"关心"轮番轰袭，王夫南一一接下，涵养好得很。他母亲崔氏在一旁高兴地问这问那，老夫人更是眉眼都笑成了花，至于一众叔伯兄妹姊弟，反正都没有真心，就随他们去。偌大堂屋里摆了好几张食床，中间一张大食床，围坐着王夫南等人，至于边边上的小食床，坐着的就是来蹭饭的各房叔婶姊妹弟兄。

许稷的夫人及岳父母正是坐在西南角靠门的位置。许稷夫人王千缨是五房的小女儿，其父王光敏因是王家庶子，又没什么了不起的本事，家里便一贯地穷，好不容易求补了个流外官差事，也因为眼高手低做不出气候来。

五房平素吃穿都很一般，今日到长房来蹭饭，吃相难免有些难看。千缨看不下去便小声提醒父亲："人还没来齐呢，先别急着吃啊。"

"许稷那小子不来也罢，出身那么差也好意思上桌吃饭。"王光敏轻嗤一声，"读那么多年书，不去考进士岂不是白读？不是说他在学堂很了不起吗？"

---

① 千牛备身：《通典》卷二八《职官十》"左右千牛卫"条注上写"皆以高荫子弟年少姿容美丽者补之，花钿绣服，衣绿执象，为贵胄起家之良选"。

王光敏忍不住贬损："要知道这样没出息，要他入赘做甚！"

千缨反驳："他是以才入直①！虽不是进士出身但也是辛苦考进去的，干什么总拿这事堵他？"

千缨说着忍不住皱眉，外面却忽然传来一声"呀！许三郎怎么摔了？"，引得满堂屋的人都停筷往外瞧。千缨听得许稷出了事，刚要起身，那边小仆却已是扶着许稷到了堂屋门口。

许稷额头磕破，手心脏兮兮，衣裳自然也不能幸免，状况十分狼狈。

"在家里也能摔着哪？"席间一妇人笑道，"三郎何必走得太着急呢？"

紧跟着有人接上话："莫不是担心来晚了没得吃？"

"可不是，嫂嫂你瞧那边都快吃得剩不下什么了，来晚了可不就是吃不着嘛！"说话间一阵哄笑，众人目光都看向五房那一桌，纯笑话五房吃相太差。

五房素来是王家众人嘲弄的对象，如今多了个入赘的女婿，更躲不过被恶意讽刺。千缨黑了脸，门口的许稷则默不作声地挪开小仆的手，弯腰拍了拍外袍上的灰，慢条斯理不慌不忙的。

头顶一盏灯笼将其照得无处可遁，许稷弄整齐了衣裳终于直起了身。

王夫南终于看清楚许稷的脸——白净，双颊梨涡深又小，眸亮眉平，看着有些聪明过头，是很有心机的面相。

他的目光最终停留在了许稷鬓边，黑色幞头下是突兀的几簇白发。

竟是少年白头。

王夫南静观不动，想起许稷在坊卒面前略显滑头的表现，竟隐约

---

① 以才入直：即直官制度，是官僚系统中比较特殊的存在。直官分有品直和无品直，许稷属于前者。直官一般都以专业性见长，属技术性官吏，但地位不高。

期待其反击。五房已被欺负了好些年头，身为入赘女婿，许稷可会替五房出这个头？

但许稷唇角弯起来，颊边梨涡一陷，眉眼双双下垂，最后没脾气地笑了笑，应道："晚辈一整日也没吃上什么东西，确实饿极了，走路不由发慌，结果摔成了这般模样，让诸位长辈见笑了。"

"刑部公厨如今这般刻薄，忙上一整日竟都吃不上东西？"

"听说比部是刑部下边最迟吃饭的，轮到比部哪还有什么东西可吃。"

"难怪十九郎不愿去比部，还好没去哪！"

"上回听比部吕主簿说，在比部做事都得自带干粮，不然饿得受不了，许三郎出门怎么也不带些小食？千缨哪，你都不替你家郎君备些？这内助做得似乎不大称职嘛，比部可是了不起的衙门，许三郎又担当要职很是操劳，要多惦记多体谅才是。"

席间七嘴八舌。

许稷脸上还是挂着和气的笑，梨涡深深凹进去，温吞吞一条条回道："诸司公厨仰靠各司公廨食利本钱运转，有穷富之差是自然，但毕竟都是尽了全力在维持，实在不敢将公厨苦心当刻薄；比部居刑部下，琐务繁忙特殊，核算勾检半途停下来便不好再继续，平日里将事情做完才记起吃饭是常事，'排在最后吃饭'这个说法晚辈今日倒是头一次听说，这其中恐有误解；某听闻王家十九郎身手矫健武艺超群，去比部搬弄精细账目确实不合适；另，比部周知内外经费，总句天下收支，事繁且剧，举足轻重，的确是了不起的衙门——"

不卑不亢，语调毫无起伏，不换气似的说下来，脸上表情从头到尾也都是一个样子。众人听着都快要被许稷这奇怪温吞的回答给闷死，然其语调突转，脸上笑意也陡深："至于千缨的内助做得是否足够好，晚辈心中十分有数。这是家务事，就不劳诸位长辈费口舌辛苦调教了。"

千缨一直板着的脸到这会儿终于舒展开来，然其父王光敏却愤愤地瞪着许稷，好像举家被群嘲奚落全是许稷的过错。

席间一妇人见状又挑事："许三郎额头都跌破了，你们就别说风凉话啦，快去处理才好，免得留疤。衣裳也是，污脏成这样得尽快洗了。今日是为了来吃饭才特意换的这身吧？好像还是簇新的，真是可惜了。"

"是可惜。"许稷接话道，"晚辈出身寒门，好衣裳都留着重要时才穿，今日既然是为十七郎接风洗尘，私以为不可像平时般随意，才特地换上合适的衣裳来。却没想跌了一跤弄脏了，说不可惜才是假话。"

既然总有人不忘拐弯抹角地笑人穷酸，那还不如就坦荡荡承认。

平日大伙儿嘲弄五房，不过就是因为爱看那几张吃瘪怨愤的脸当作吃饭笑料罢了，可没想到这个倒插门女婿是这样一个油盐不进的货色。

许稷的坦荡里透出一种无趣，好像怎么挠都挠不到其痒处，让看热闹的人觉得没劲，一群人霎时失了兴致，纷纷移开视线议论他事。

千缨赶紧起身上前，将许稷搂来坐下，又掏出帕子来清理其额头伤口，压低了声音道："怎会摔了？这可是在家里呀，肯定是有人搞怪。"

许稷颊边梨涡更深，眼眸中全是笑意，声音温软："是我不当心。"

"就你脾气好。"千缨假模假样地埋怨。

"哪里好了，在学堂我没少跟人打架。"许稷按住帕子，声音低低，脸上仍是挂着笑。

新婚夫妇耳鬓厮磨互相打趣，落在有些人眼里便是招人厌。席间难免有几句细碎说道，但也都不了了之。

王夫南难得回家，已很久没感受过这种饭桌上的微妙关系。人多的家族就算吃在一块，心也没法在一起，这是王夫南七八岁时就明白的道理。他习以为常地听母亲在一旁絮叨家里的琐碎事情，默不作声吃着碗中饭菜。

同样埋头吃的还有许稷，长房的伙食胜却公厨数倍，不好好吃当真对不起磕破的额头和弄脏的衣裳。可饭还没吃饱呢，那边老夫人忽然就开口发话让千缨带许稷先回去处理伤口。

老夫人的话不好拂，许稷火速往嘴里塞了一块油浴饼，匆匆忙忙行了礼就与千缨出去了。出了堂屋，夜风冻人，一路回了自家的小院，到房中坐下，手脚才终于得以舒展开来。

　　"我去烧水，你坐会儿。"千缨说完便出去打水，许稷坐在胡床上点点头。

　　夜里静得出奇，天又冷，千缨拎了烧好水的铜壶飞快折回屋内，关上门往角落里一瞅，许稷竟是挨墙睡着了。

　　年终是比部最忙的时候，千缨虽不大懂，但她也瞧过家里的账簿，光那些就足够她头疼，而许稷面对的是天下计账，其中辛劳可想而知。千缨将铜壶里的热水倒进盆中，浸湿手巾小心拧干，蹑手蹑脚走到许稷跟前，解开许稷的幞头，一簇簇白发便悉数露了出来。

　　千缨摇摇头，正要拿梳子给许稷梳一梳，忽听得外面响起脚步声。她一扭头，房门却猛地被撞开——喝了酒的王光敏大大咧咧闯进来，后边跟着千缨母亲韦氏。

　　韦氏显然也想阻止王光敏，但她性子太弱，见拦不住就索性不拦了。

　　许稷被这动静吵醒，甫睁开眼便见岳丈已到了跟前。

　　"老脸给你丢尽了，滚滚滚！"王光敏一脸的烦躁与不甘心，一脚踢在胡床腿上，许稷坐着一动不动。

　　"阿爷[①]你做什么哪？！"千缨立刻冲上去拦他，却被王光敏狠瞪一眼。王光敏斥道："你护着他做甚？走个路也能摔着，眼睛长到天上去啦？还真以为比部了不得？他要是比部郎中还能说道一二，可他不过就是最底下那个，还是个直官，连俸禄都不能从自己衙门领，不以为耻还引以为荣了，你当今天那伙人看得起他吗？"

　　"看不起。"许稷老实地替夫人答。

　　王光敏没想到女婿承认得这般干脆，心里咯噔了一下，嘴上却立马嚷道："还知道看不起啊，可你做什么了？还不是瘫到地任人指

---

① 阿爷：即父亲。

摘！今晚上你当自己聪明哪？"

"不聪明。"许稷仍老实地说，手却伸进了袖袋里。

"去考制科①！"啰里啰唆骂了一长串的岳父，终于铿锵有力地表达了自己对女婿的殷切期望。

许稷却没搭理这"望婿成龙"的心，从袖袋里摸出沉甸甸的钱袋子双手捧着递了过去："孝敬您的。"

王光敏余光迅速一瞥，却满脸的不屑："去去去，谁要你那几个臭钱，还不知怎么来的呢！"

许稷将钱袋子交到案上，用商量的语气道："岳丈勿急，不如等今年的铨选结果出来再说？左右都是为了加阶授官嘛。"

"别想着敷衍！这俩能一样吗？制科登第多有面子！且要比那劳什子铨选要快得多，你要想早点换了那身青皮衣②就这一条路——"王岳父斩钉截铁重申，"考制科！"

岳母韦氏柔柔弱弱补了把火："三郎且去考一下又不会如何，若没法登第也是无妨的……"

"他考不上？"王光敏指着许稷，"以他的才学考不上才怪了！必须考！不考就滚蛋！"

许稷像只软柿子般赖坐在胡床上，王光敏瞧女婿毫无上进心的模样，不顾千缨阻拦，抓住其臂膀就往外拽："滚出去，到你深山老林的那个家里去吧！"

"阿爷你喝多了！"千缨又上前去护，却被王光敏撞跌在地。

王光敏麻利地将身板瘦弱的许稷丢出门，又一把拽过韦氏，甫到门外，就咔嗒将房门给锁了。

千缨猛地一阵拍门，王光敏理也不理，拖着许稷就出了院门，霍

---

① 制科：制科是相对常科来说的，如进士科就属常科，定期举行。至于制科，乃是不定期举行的科举考试，名目多样，如幽素科、直言极谏科、志烈秋霜科等。

② 许稷为流内官最底层，着青色公服。

半子 · 011

地往外一丢，后退一步转眼就将院门闩子给插上了。

许稷跌坐在地上，院门内拍门声、争执声碎碎杂杂一团糟，外边则是呼呼刮过的豪爽朔风。

许稷不由打个哆嗦，抱肩站了起来。

前边的宴席似乎已经散了，一点声也没有。廊下灯笼越来越暗，许稷又饿又冷，悠悠转转到偏门口，值夜小仆正在打盹。

许稷敲敲微敞着的门板。

小仆闻声乍然睁眼跳起，辨清是许稷这才"哦哦"两声应道："三郎这么晚有事吗？"

"我能进去坐会儿吗？"

小仆忙将许稷请进小屋，并将炭盆往许稷那移了移，最终忐忑搓搓手："三郎这是……出什么事了吗？"

"没什么事。"许稷坐下来，见桌上有几块冷掉的蒸饼，腹中便是更饿。

小仆不懂这位郎君为何来这，又因太生疏而不知如何搭话寒暄，只能干坐着瞪眼，无趣又不自在。正发愁，外边忽传来咚咚咚的敲门声。小仆霍地跳起来，撂了句"小人去瞅瞅"便火速奔至门口。

"呀，朱副率①如何这时候来了？"

"找你家十七郎。"朱廷佐冷得直皱眉，"回来了也不与我说一声，非得让我上门找。"

"那副率是……"

朱廷佐没等他说完便迈进门，径直往边上小屋去："我就在这儿等，免得进府里撞见什么不该见的人，你悄悄去给我通报一声。"

"好嘞。"小仆应声关门，拔腿就往前边跑。

朱廷佐进了屋才瞧见许稷，他别有意味地眯了眯眼，可没想到许稷却是头也不抬地起了身，径直打开小门出去了。

"莫名其妙。"朱廷佐嘀咕一声坐下来，那边许稷也已出了府。

---

① 副率：官称。主官是率，副官则为副率，武官。

崇义坊内有邸店供人宿住，也供饭菜。眼下这个时辰，恐怕也唯有去邸店方能解决许稷当下最迫切的需求——吃、睡。

与沉寂的街道不同的是，邸店内仍旧热闹。许稷坐下来要了点吃的，刚下筷子，忽然一摸袖袋，才想起方才将钱袋都上交了——

正发愁，屏风后却忽传来熟悉的女声："我打听一下，方才有头发花白的年轻郎君来过吗？"

许稷扭头一看。

"千缨？"

"啊！你果然在这儿！"千缨惊喜跑来，挨着许稷落了座，蓦地松了口气，又抱怨，"好在坊内就这一间邸店！不然怎么找啊！"

"如何出来的？"

"之前又不是没有逃过，区区一把锁还能困住我吗？"千缨说着摸出钱袋子来，"没钱结账也敢大摇大摆到这来吃喝，你也真够有种。"

"大不了被打一顿。"许稷毫不在意地说着没头脑的话，豪迈地将一只杂子递给千缨，"你一定也未吃饱。"

千缨点点头，索性又问伙计要了碗筷与许稷一起吃。

夫妇二人未能在长房吃饱的一顿饭，最终在邸店里得到了补偿。由于吃得太尽兴，愣是连有熟人从旁边路过也没注意到。

邸店饭堂内的食床以屏风相隔，基本也就遮个视线，并不能隔音。

被朱廷佐从府里揪出来喝酒的王夫南此时就坐在许稷夫妇身后的屏风前，落座不久，一杯酒还没斟满，便听得屏风那边的从妹王千缨开了口。

千缨道："制科验身当真很严格吗？"

"问这做什么？"许稷停箸反问。

"你不是因为怕验身所以才不肯去考制科吗？"

千缨话音刚落，屏风另一边的朱廷佐惊异地挑了眉。

几乎是同时，屏风两边的许稷与王夫南分别竖起了手指，压在唇

半子 · 013

间对对方做了个噤声的动作。

朱廷佐很想张口议论一二，但一看王夫南手上的动作，只好乖乖闭紧嘴。千缨也意识到自己似乎不分场合说错了话，双手合在一块托住脸，摆了可怜相让许稷不要怪她。

许稷却接了她那番话往下说："也不是怕，只觉得有些丢人。我这体格，搁哪儿都让人笑话，当着一众人的面被验身还真不好意思。何况制科那样难考，我自觉没那个本事。与其去白白丢个脸，不如就老实等铨选结果出来。"

千缨绷着脸听许稷装模作样地说完，想笑又没敢笑出来。许稷这体格搁男人堆里的确看着寒碜——既矮且瘦，花白头发，配上一张过分白净年轻的脸，怎么看都令人觉着怪异。方才千缨一时糊涂差点说漏嘴，这家伙竟还能坦坦荡荡地圆一番，外人听着可能还会信一信，但知情人一听便会觉得太"欲盖弥彰"。

千缨作为许稷"真实性别"的寥寥知情者之一，自然觉得许稷这画蛇添足的解释好笑。她道："可你脸长得比他们俊，又比他们聪明，瘦些矮些算什么？"

许稷用筷子戳起一只果子："天真，事实显然是体格比脸的美丑更重要。"

"怎么会？！"千缨不信，"我就宁愿和脸好看、体格一般的人待着，也不愿同体格好、脸丑的人在一块。"

"可惜哪，朝廷的想法恰好与你背道而驰。铨选四才①，身言书判——身取体貌丰伟，言取言辞辩证，书取书法道美，判取文理优长；你看'身'排在第一位哪，自然是魁梧雄壮的体格占便宜。"许稷说着很是无奈地摇了摇头。

"真的？"

"当然。"

---

① 四才：一曰身，体貌丰伟；二曰言，言辞辩正；三曰书，楷法道美；四曰判，文理优长。

"哎，体貌丰伟。"千缨看许稷离这个要求着实差了太多，安慰道，"别灰心别灰心，你还有后边三项占便宜呢，才能才是关键不是嘛！"

"有千缨这般懂得贴心安慰的贤妇，许某人死而无憾，来喝一杯。"

"喝个鬼！"刚刚被称赞的贤妇千缨一把夺过许稷手中杯子，"脑门上还有伤呢，不想留疤就给我克制点！"

许稷倏地闭了嘴。看来贤妇亦是难避凶悍，且罢且罢。

但贤妇毕竟是贤妇，刚凶完便又皱眉心疼起来："今晚上恐怕是不好回去，我出来时又忘了带伤药，这可怎么办？"

"小磕伤不碍事。"许稷毫不在意地说。

"搞不好会留疤！"

"留疤也好啊，看起来凶一点。"

"你总是这样子，什么都碍不着你，就连今日他们那么说你，你也不在意，最气人的是三伯母挑事。"

"故意给人气受的话随便听听就好，真听进去了才中了他们的意，这样的'气'礼我不想收。"许稷漫不经心地转而喝杏酪粥，又接着道，"何况今日三伯母那样针对我也不是没有缘由的，十九郎这阵子和我有些过节儿，所以也难免……"

"原是为她儿子打抱不平哪，可十九弟与你能有什么过节儿？他在南衙你在比部，八竿子打不着啊。"

"就有那么些事情，说来话长，改日再说。"许稷将最后一口杏酪粥送进口中，接过千缨递来的帕子擦了擦嘴，又下意识抬手摸了摸脑门的伤处。

"疼吗？"

"还行。"

"也不知邸店里有没有伤药可借，这时辰又不能去西市买药。"

千缨四下张望，正打算唤店内小仆过来，屏风那边一直静无声息的王夫南却忽将手探入怀中，取出一只小铜盒来，正是伤药盒子。

朱廷佐看着笑笑，转头挥手示意小仆过来。

但就在这当口，屏风那边的千缨却嘀咕："罢了，我估摸着这也没有伤药。这还有两只果子，你快吃了别浪费。"

许稷低头继续吃。

千缨则又说："说到伤药，我倒想起来——小时候十七郎带我一起去玩，被大孩子们欺负了，两个人都被打得头破血流。后来被拎回家去，他们却只用心给他治伤，把我直接丢给了我阿娘。我阿娘哪有什么好伤药？最后我果然落下了疤，十七郎倒治得白白净净，一点疤没有！"她说着将前额头发一拢，"看，就是这！"一块不大不小的疤痕印在脑门上，若不是头发遮着，确实很不美观。

"所以从那以后我便没与十七郎说过话。"

"就因为这件事？"

"你真不懂啊！这是嫉妒哪——"千缨道，"嫉妒他会投胎，再加上我特别小心眼，遂讨厌上了，我打算老死不相往来的。"

"他那会儿与你赔不是了吗？"

"他那么促狭，又傲气，怎可能与我赔不是。"千缨愤愤，"不说他了，本来还好，这会儿突然想起来，便格外地让人恼火！"

许稷"嗯"了一声："确实令人觉得恼火，下回找机会替你揍他，别气了。"

千缨虽满脸不信，却仍痴人说梦地顺着接下去："好！你最好将他揍得满地找牙站不起来，让他求你'别打我别打我，我错了还不行吗我去给千缨赔不是，哎哟你打到我的头啦，快住手哪'，哦，还得让他留块疤！"

许稷听着她的癫痴大梦，又回想起先前在坊门口与王夫南的遭遇，不由将千缨口中"拼命求饶的王夫南"与门口见到的"鲜衣怒马王夫南"对比了一番，最后也忍不住憋笑起来。

这俩人意淫得开心，屏风另一边的朱廷佐闷笑得也快要趴倒在桌，唯有一人正着脸色端坐，正是王夫南也。

王夫南毫不犹豫地将本打算送出去的药膏盒子重新收回了袖袋。

朱廷佐见他气量小成这样，正打算再笑一笑，但王夫南却是轻叩桌面，指指他，以手语告诉他：把你的拿出来。

两人都是自小入行伍，都有随身带伤药的习惯，又都习过军中手语。朱廷佐认真看了王夫南的手势动作，确认自己没理解错后，最终哀叹一声掏出了自己随身携带的药膏盒子，往桌上一搁。王夫南又指指不远处的小仆，朱廷佐只好拿起盒子起身往小仆那去，将盒子递了出去，又交代了几句，这才转过身一脸无奈看向王夫南。

只见王夫南拿起酒盏低头抿了一口酒，起身避开许稷千缨，往另一个方向走了。

朱廷佐连忙跟了出去，"蕴北蕴北"地喊个不停。

两人皆喝了点小酒，行走在阒静坊道中，头顶是明月一轮碎星稀寥，偶有几声犬吠却也成不了气候。

朱廷佐忽低头拾了两块小石头，指了横街对面数丈处某户人家的狗洞，丢了一块石头给王夫南："好久不练了，比比。"

王夫南百无聊赖地接过，抬头便见朱廷佐歪头侧身瞄准远处那狗洞投了过去，只听得轻轻一声"咚"，石子已是穿过狗洞落在了里边。朱廷佐满意地拍拍手："顺手！大约闭眼也能投进去。"

王夫南掂了掂手中石子，瞄了一眼狗洞，闭上眼朝那处掷去。落地声没听见，"汪汪汪"的愤怒犬吠声却乍然响起，显然被砸中了！

不幸被招惹的看门狗一阵狂吠，紧接着房子里面传来唧唧骂声："无赖竖子！有本事等着爷来抓你！抓住了就送官！"

朱廷佐拽了王夫南就跑，然一犬吠而诸犬从也，"汪汪汪"的狗叫声不约而同地响起来，坊间顿时热闹非凡，亦有不明真相的崇义坊铺主及看门小仆等人以为哪失火被盗了，纷纷探出头张望。

许稷与千缨走到邸店门口时，正好犬吠声渐歇，出来一探究竟的坊众也都抱怨着"胡吠个鬼啦屁也没见着"各回了各家。

千缨拖着许稷往家走，两人快到偏门口时，忽见两个年轻郎君喘着气站在门外说笑。

千缨眼尖，迅速认出其中一人是王夫南，瞬时拉下脸来，连招呼也不打，对许稷说"你在这等我，我去拿了伤药便出来"，就自个进门去了。

许稷乖乖戳在原地不动，朱廷佐瞥了瞥她，又别过脸，悄无声息与王夫南打起手势暗语来——"他怎么还回来拿伤药哪？

"我的药盒子邸店小仆没给他们？

"难道伙计私吞了？！

"都怪你啊！害我白白损失了一只药盒子。"

王夫南看朱廷佐自顾自地打手语，余光则瞥向许稷。

许稷立在灯下，一直看着这边，忽然微妙地笑了一笑。

看懂了吗？

王夫南不确定。

按说军中用的手势暗语一般人不会懂，但许稷那饱含着"看穿"意味的笑容，却着实令人捉摸不透。

许稷转移了视线不再关注他们，而朱廷佐也因觉无趣拍了拍王夫南的肩："今日不尽兴，改日校场认真比比，先走了。"

"夜路慢行。"王夫南目送同僚走远，重新将视线移回许稷身上，甚至迈步走了过去："妹夫不回府吗？"

许稷闻声侧过身，抬首回道："有点事，打算外宿。"

直接坦荡，双颊梨涡却深藏心机。

于是王夫南比许稷更直接地开口："五叔为今日宴席上的事生气，所以不让妹夫回去住吗？"

许稷但笑未语。

王夫南目光落在许稷前额的伤处，这时千缨却从门内火急火燎地冲了出来。千缨瞧王夫南就站在许稷跟前，竟还离得那么近，瞬时就拉下脸走过去，将药盒和换洗公服往许稷手里一塞："我不送你了，快些回邸店歇着，记得上药。"

许稷轻应一声，正欲转身，却被王夫南喊住："头面要部，留疤不大好，伤药还是慎用为妙。"

"慎用？"千缨已很多年没与王夫南讲过话，听他这么说实在没忍住，"十七郎这话是觉得我的药不太好？可我的药是好是坏、会不会留疤与十七郎有什么关系？十几年前不管的事，现在倒是管起来了。多谢提醒，但留疤就留疤好了，谁让我们既贫且困呢。"

千缨毛刺刺的，活生生像极了抱团御外的刺猬。

许稷察觉到了这其中一触即发的熊熊怒火，连忙握住千缨的手，转头对王夫南道："千缨是许某夫人，处处为某着想，自然不会随意拿伤药敷衍，王都尉过虑，许某先行一步，再会。"

千缨狠狠给王夫南白眼看，许稷则帮着夫人让他吃瘪，弄得他"一片好心"都付诸了东流。

但这对于王夫南而言，算不了什么。

千缨紧紧反握住许稷手的同时，王夫南毫不在意地取出自己的药盒打开，指腹蘸了膏药，径直搭上了许稷额头，在其伤处抹了抹。

许稷不落痕迹地蹙了眉。

王夫南的注意力全在许稷额头上，却还不忘分心说道："千缨哪——许多时候，嘴硬除了保住些不必要的意气，什么实质好处也捞不到。承认事实没有那么难，你家的药是不是差劲，你额头上的疤便是最好的证明。"

王夫南坦荡收回手，表情平顺，并没有什么特别的挑衅意味，言辞上却完全不是这么一回事："千缨方才给的药是十多年前的，妹夫若觉得还能用便接着用，觉得不好用便换这个。"

王夫南说着将自己的药盒塞给了许稷，随后不再赘言，潇潇洒洒转了身，穿过小门便往家里去了。

"他算什么哪！"千缨气鼓鼓地对关上的门骂了一声，皱着眉转向许稷，一把夺过她手里的药盒，"不许用！"

坊间响起"汪汪"两声犬吠。

许稷低头轻咳一声，看看千缨拿来的药盒："这确实是十多年前的吧？"

千缨瘪了瘪嘴，不甘心地承认道："我们家又没人常用这个，所以放的时间有些久了，可他怎么知道呀？！"

许稷看着摇摇头："盒子太旧啦，且这样式也很过时，所以……"

千缨抿唇琢磨了会，犹犹豫豫说："膏药应当没事吧？放个十年二十年的……也能用的吧，我……"

"先等等。"许稷伸手示意她先打住，"这是你当年用过的药膏？"

千缨点点头。

"你最后留了疤，现在你又拿给我用。"

千缨又点点头，转瞬就发觉不对劲："是哦，天呢……我今日脑子坏了吗？所以这药也不能用了！可是……"她低头看看自己手里王夫南给的药盒，"我又不想让你用他给的。"顿了顿，"但我又怕你留疤……"

"不妨事。"许稷看出她心中万分纠结，遂笑着替她做了决定，"都不用了，我有解决办法，你先回去吧，时候不早了。"

"真的有吗？别骗我。"

许稷点点头："快回去吧，再不走天都亮了。"

千缨一步三回头，最后终于是开门进去了。灯笼随朔风轻晃，一只老鼠一窜而过，巡夜的武侯正往这边来，许稷弓腰低头脚步飞快地回了邸店。

邸店的热闹终于歇下来，奴仆们在堂间忙着收拾打扫，许稷进门走到柜台前同店主人要了一间房，这还没完，她竟然找出那个收了药膏的小仆，并且顺利拿到了朱廷佐托在这的药盒。

诚然，许稷看得懂军中手语——她知道朱廷佐与王夫南打的那阵手势是什么意思。

但这并不是重点，重点是朱廷佐与王夫南留下这个药盒是要转交给她，这意味着他二人方才也在这邸店待过，甚至极有可能就坐在她与千缨附近。若当真如此，那么她与千缨说的话也很可能被听去了。

而那会千缨确实说了些不该说的话，就算当时她圆过去了，但若对方有心，起疑也不是不可能。许稷想着王夫南那张难揣摩的脸回了屋，做了一晚上的噩梦。

转天，天气越发冷酷，钱袋子也学天气变得冷酷起来。

住邸店实在费钱，许稷囊中羞涩，加上年底比部确实忙得要命，她索性就吃住在了公房。一连好几天比部都是灯火通明，算筹哗啦哗啦响个不停。隔着一条顺义门大街的礼部南院都快看不下去了，年轻的值夜官员愤愤抱怨——"比部就是最自私的衙门，深更半夜干个狗屁的活儿，让不让人睡觉？""不能好好睡觉我脸都发青了！""比部的人活该白头发！""比部的人一扎进公房就十七八天的不洗澡，都臭臭的！"

跟着许稷一块宿直的吕主簿浑是不服："放他们的狗屁，隔这么老远还能听见算筹声？千里耳啊？谁吵他们睡觉呀！值宿还睡个屁！"

许稷听着嗤笑一声，吕主簿一改往日虚伪和善的言辞，斥道："笑屁，骂的就是你，一头扎进公房，不回家不洗澡，都快臭成死尸了！"

"哦，我明日休沐就去洗。"许稷心不在焉地回道。

她像小老鼠似的，提着细头笔凑近了写，鼻尖都快挨到账簿了。

"你那眼睛要坏了！"吕主簿暴躁地提醒完她，随后又噌地跑去许稷的橱子，声音缓下来，"从嘉我吃些你的果子啊。"

"哦。"许稷毫不在意地说。

吕主簿满心期待打开橱子，搬出食盒一瞧，顿时"嗷"了一声："空的！你夫人要与你和离了吗？怎么连果子都不给做了？"

"说是铨选若是有了好结果，就重新给我做。"许稷仍埋头做事。

多年任比部基层官员而得不到升职的吕主簿闻言忽有同感，曾经自己也是被家人期待着加阶升职，但铨选结果一直令人失望。

他摇摇头哀叹："铨选复铨选，铨选何其多，加官升职总是轮不到我，今年更是连资格也没了。"

十月份"冬集"①时间一过，便意味着铨选进入了资格审查阶段，错过这时间自然就跟铨选没甚关系了。而许稷作为今年的选人，其"甲历"②等文书也早早被送到南曹③进行检勘，若出身、课绩等都检勘合格，才可参加吏部或兵部尚书主持的铨选。不过许稷乃文官，便只是参加吏部文选了。

铨选考试也甚严，清场搜身一样不缺，但比较之下，还是要比制科松一些。所以许稷想通过铨选来小翻个身，并不是一点风险没有，只是比制科相对容易罢了。

当然现在重点不是考试，检勘才是最近的一道坎。尽管许稷考课上上等，出身也没什么不合规的地方，但在结果出来前，一切变故皆有可能发生。

之前就有选人在南曹被举告，弄得丢了资格并且被永黑的例子。

所以天知道谁会给你下绊子呢？

许稷写着写着停了笔，不知是过劳还是怎么，她眼皮跳了许久，以至于都无法继续手下精细的工作。好在十日一休的旬假终于到来，许稷这日下午便早早离了比部。她本打算回王家打探打探岳丈的态度，可今日一早千缨便托户部一个亲戚送了字条来，说王光敏还在气头上，让许稷不要回家，另找地方休息。

许稷身无长物，更没法像其他官员去平康坊喝酒洗澡狎妓，她骑了小驴从朱雀门出来，只能漫无目的地四处嗒嗒嗒。

许稷听任小驴随意走、放空脑子想去处时，坐骑却骤然停下来，

---

① 冬集：铨选一般从头年十月开始到次年三月结束，称作选限。十月份的时候符合条件的参选人的资料（选解）及选人就会集于京师，称作冬集。

② 甲历：即选人档案，甲历一般有三份，中书、门下和吏部各一份，所以也叫"三库甲历"。

③ 南曹：又称为"选院"，吏部和兵部各派员外郎对选人的资格进行审查，称为"判南曹"。

哼哧哼哧喷着气。许稷倏地身子前倾，坐正后定睛一瞧，迎面便撞见了骑马而来的王夫南和朱廷佐。

正所谓人生何处不相逢，还是在这宽阔无比的朱雀大道上。

按照许稷本意当然是避而不见直接走，无奈坐骑却不干。作为一头有志向的小驴，遇见了上回的"手下败将"当然来了兴致，完全是"臭小子再来干一架"的姿态。

"走吧，上次是人家故意让你。"许稷小声道。

可驴脑子不好使哪，仍是朝王夫南的坐骑喷气。

朱廷佐见状笑道："蕴北，你妹夫的驴似乎对你的马有意见。"

"能有什么意见，撒开腿跑一段看它还有没有意见。"王夫南完全没理会对面那头蠢驴，也不勒缰停下，反是一夹马肚令其往前。

一人一马从许稷身边擦过，许稷还未及反应，蠢驴便擅作主张掉头狂奔。

可天下哪有驴跑得过马的道理，蠢驴死活追不上前面那匹高大雄壮的马，还害得许稷差点从驴背上跌下来。

王夫南骤然勒马停下，掉转马头看向迎面吭哧吭哧跑来的许稷及她的驴。

正是日头西下时分，天边不吝铺满红霞金光，王夫南一身练兵戎装骑在马上，正可谓鲜衣怒马羡煞人，实在招妒。

蠢驴最终气喘吁吁地在王夫南跟前停下，不服气地喷、喷、喷，喷气。

朱廷佐在远处看了这全程的戏，差点笑趴在马背上。

王夫南与许稷打了招呼，许稷坐稳了，狼狈地喘着气，算是给了回应。

"明日休沐，妹夫今日可是要回家？"

许稷却是直接转移了话题："十七郎怎会路过这里？"

王夫南回道："从东校场过来，正打算去泡汤。"

虽是寒冬时节，许稷见他却穿得很是单薄，额头甚至还有薄汗，可见练兵征战的人确实不一样。

许稷揣着毛驴缰绳"哦"了一声："那就不耽搁十七郎了，您且先行。"

王夫南却说："妹夫总这样客气，是觉得我不大好相处吗？"

"非也，只是不熟。"许稷老老实实地说。

"不熟即避，那就没有熟的那日了。千缨与我虽有些误会与过节儿，但妹夫不必因这一层便想着与我不相往来。同是一家人，何必处得太僵？难道妹夫想看着我家族不睦，与千缨这么一直不和下去？"

"自然不是。"

"既然如此，那今日我做东，邀妹夫去泡汤可好？"

"泡汤？"许稷低头闻闻自己的味道，"倒是个实用的好提议，只不过——"

时人不仅流行请人吃饭狎妓，更流行请人洗澡。只不过王夫南本就随口一提，以为她话风突转是要拒绝，且他也做好了被拒绝的准备，可许稷却是应道："许某知一处地方泡汤很爽快，只路途略远，不过明日休沐，也不在乎这点路。"

王夫南意外地弯起了唇角："敢问是哪里？"

"昭应骊山。"

王夫南闻声立即掉转马头，另一边的朱廷佐见状高喊道："你干什么去？"

王夫南头也不转地回："与许三郎一道去昭应泡汤！"

第二章·骊山汤

东出长安，必经灞水。

所谓"灞柳风雪"，说的正是灞桥三月漫天柳絮，随风洋洋似雪。柳树还是那些柳树，在此不知生长了多少年，粗壮主干炫耀着蓬勃活过的漫长岁月，而时值深冬，长柳蓄势未发，一整片的灰褐枝条在夕阳里飘飘晃晃，往来行人渐渐少。

许稷骑驴从灞桥上而过，恰是黄昏最美时。

唯有在这里可以看到最美的骊山晚景，这是久居骊山附近所得到的经验。许稷不自觉地放慢了速度，看到不远处被抱在怀中的小儿伸手去折柳枝条，便不由眯起了眼。

那小儿大约还不会走路说话，在妇人的帮助下折了柳条，懵懵懂懂递给了对面牵驴待行的男子，而男子接过柳条又忍不住摸摸小儿脑袋，与妇人道别，转身便骑驴上了路。

因是必经关隘，灞桥每日都上演着迎来送往，"灞桥折柳赠别"更是必备戏码。送亲朋离开，也期待他们的归来。但有没有一送不返、此生再无见期的情况呢？自然也是有的，且数不胜数。

人们只熟知脚下这块土地，亲朋去了茫茫然的远方，像是送孤舟入波涛大海，音讯再难得。所以别离变得郑重，而再次迎来，则更值得喜悦。

但倘若再也迎不回来了呢？

迎不回来了。

许稷远望着壮丽无边的骊山晚景，长叹了一口气。

王夫南慢悠悠行在一旁，见她像是触景生情，遂问道："妹夫可是有所感怀？"

许稷敛神笑笑，看向王夫南："迎来送往之地，怎能不令人感怀。"

她稍做停顿，又火速转移了问题的矛头，直直指向王夫南："十七郎常离京师，想必也被迎送多次吧？"

王夫南听她这样说，倒是想起了许多旧事。第一次离开长安才十多岁，满心都是出行的喜悦，亲友的不舍与担心反令人觉得好笑，当时他连柳条都不乐意收，还是被哭哭啼啼的母亲硬塞进怀中的。

十八岁首次出征，行至此地，老师则是一脸无情地说"出征便要有回不来的觉悟，别想着畏畏缩缩当逃兵，快滚吧"，彼时自然也是嘻嘻笑过。

后来当真在刀箭无情的战场厮杀过，才想过"啊呀，可能真的回不去了，早知道就收下柳条了"。

但他此刻却是这样回了许稷："迎送多了令人麻木。"

漫不经心，无情无义。

许稷笑了笑，挥鞭催坐骑快行。

两人抵昭应时已很晚，寻常人家大概都已吃过了晚饭，而这两人则是空着肚子一路到了骊山东绣岭石瓮寺。

百年前曾有帝王在骊山大兴工事，建离宫禁苑，甚至每年到十月便至此游幸，次年才归长安。而当时伴圣驾至此地的百官们，生活办公都在昭应城内，故昭应也曾一度繁荣似长安。

然这到底成了过往云烟；如今昭应渐生萧瑟，骊山也是宫殿萧疏一派荒芜，唯有古柏雪松仍傲然屹立，迎着天下来客。若在一百年前，秋冬骊山定然已经处处戒严，哪里还轮得到许稷等人大晚上地过来泡汤。

可许稷不仅到这来泡汤，且还曾长居此地。

两人至石瓮寺时，王夫南本以为到了目的地，可许稷却过寺门而不入，继续往前行。

她终于停下来是在石瓮寺附近一处民宅前。那民宅建得朴素，柴扉矮房，小院中亦有苍翠不败的青松高处围墙外，一只猎犬"汪汪"地亲切吠起来。

许稷推柴扉而入，里边有人迎出来。

那人看到许稷满是意外："三郎！三郎如何回来了？"

"明日休沐，便回来看看。"她说完侧身看着王夫南，"这位是王都尉。"又对王夫南介绍道，"家兄许山。"

各自打了招呼拴了驴马，许山迎他二人进去，又让妻子去做些饭食来。

山中自然粗茶淡饭，因有客来遂加些野味，饿极时入腹，竟也觉得分外美味。

王夫南对许稷的了解仅仅是"非长安万年县籍人士，寒门小户，前比部郎中关门弟子，入直比部，娶了千缕"，至于其他则一无所知。就像来之前，他不知许稷还有兄长，更不知许稷家会在这东绣岭中。但显然还是有可疑之处，譬如该兄长长相十分粗犷，眉眼更是与许稷无半点相似，根本不像一家人。

许稷并没有在饭桌上谈论太多私事，她吃完便起了身，说太久没洗澡实在难受，遂先溜去泡汤。

临近石瓮寺有处小汤池，因位置隐蔽，知道的人极少，故而泉池也十分干净。许稷带上换洗衣裳到了那儿，只留下一盏极昏暗的灯放在地上。

她入泉池后靠石壁坐下，躯体便尽数没入温暖的汤泉水中。氤氲热气不断升腾，许稷抬了头深深呼吸，头顶无明月亦无星辰，仅有常青古树临石而立，遮蔽了视线。

多日来的疲惫紧张在这一刻得到舒展，她在水中揉了一会儿僵硬的关节，忽听得"汪汪汪"的犬吠声响起来。

许稷身子往下沉了一些，只露了头在水面上。

很快脚步声渐近，来者正是王夫南。随王夫南一道来的，则是许稷家养的那只猎犬。这只猎犬几乎伴许稷长大，感情默契自然都是极好，许稷让它守在外边，便是让它提醒自己是否有外人来。

这猎犬显然比许稷养的那头驴要通透百倍，能揣摩透主人心思似的，待王夫南来了后便也跟了过来，最后蹲守在许稷旁边的石头上。

天虽冷，王夫南却只穿了一身中衣。他一手打着灯笼，一手提着盒子，姿态从容，看起来甚至有几分飘然。许稷在离他最远的地方，又只露了个头，在一片氤氲水汽中，不细看甚至都寻不到。

王夫南倒也识趣，将灯笼与盒子放下，也未往许稷那边去。许稷身子上浮了些，抬头在这漆黑的夜里与他打了声招呼。

"妹夫何必躲到角落里，你阿兄让我带了酒来，本还想与妹夫共酌的。"

"十七郎先喝吧，我先泡一会儿。"

四下幽晦，她说话的声音听起来也闷闷的，语调倒是坦荡自然，并没有什么可疑的地方。

而王夫南中衣也未脱，便径直下了汤池。

许稷隐约瞧见他身上的白中衣，唇角一挑，忍不住冷笑。

说王夫南不是为试探而来她都不信。穿衣服下水，难道还怕被她看了占便宜吗？

"某以为军中之人要比我等潇洒得多，原来十七郎爱穿衣裳泡汤？"她奚落完且还帮他找台阶，"行伍之人大多体貌丰伟，而某却是这样一副羸弱身板，十七郎莫不是怕许某看了自卑？"

王夫南闻言心里竟是咯噔了一下，他万没想到许稷此人居然敢如此挑衅。说许稷是男人，他总莫名觉着有哪里不对劲；但若说许稷是女扮男装，那其从容至此也真是令人不得不服。

"我倒没有这个意思。"王夫南亦不是省油的灯，"天气太冷，在水中脱自然比在上面脱要少受些寒。"说话间竟当真在水中脱了中衣，将湿答答的衣裳放到了岸上。

适应了这水温后，王夫南伸手捞过岸边木盒，将其中浮盘及酒壶拿出来，放在水中温着。

两人各自泡了一会儿，许稷安安静静享用这舒适水浴，王夫南也不打搅她，因为不远处就有一只特别凶悍的猎犬正恶狠狠地盯着他。

好像他有任何动作话语，它都会随时扑过来。

过了好一阵，王夫南冒着被狗扑的风险开口道："酒烫好了，我给妹夫送过去？"

许稷睁开眼，正要开口拒绝，可王夫南已是扶着浮盘朝这边走了过来。她眉梢眼角都绷紧，而蹲坐在一旁的猎犬也蠢蠢欲动。

许稷轻叩石沿示意猎犬别动，沉沉稳稳地看着王夫南从另一端走到了自己这边。

迎面而来的压迫感，正是无休无止不断涌动的温烫水流。

王夫南霍地在她面前停住，许稷额角轻跳。

光线极暗，两人之间的浓密水汽仍不断升腾，王夫南将木浮盘置于两人之间，腾出一只手来倒了酒，递了一杯给许稷。

许稷从水里露出胳膊，伸手接过。

她微微仰头将酒饮尽，将酒杯搁回浮盘上，甚至道了声谢。

有了这杯酒的关系，两人之间的气氛似乎瞬时缓和了些。因靠得近，即便光线暗淡也能大约辨清对方的面目与神情。王夫南一脸的坦荡，好像当真只是走过来与妹夫共酌，而许稷表情则一如既往地寡淡，好像对喝酒这件事并不太热衷。

两人一杯接一杯地喝，其间谈论的话题从"这泉池是如何被发现"到"许稷的酒量如何"，从"许家在这里住了多久"到"许稷身旁蹲着的这只猎犬叫什么名字"，完全没有目的。

"那么，这只猎犬到底叫什么？"

"许松。"

"有姓氏？"

"许家没有女儿，我阿爷将它当我妹妹养。"

"母狗？"王夫南一脸的没想到。

"是。"聊了这么久，许稷已完全镇定了下来，她唇边泛起若有若无的笑，"十七郎如此惊讶，难道是被狗看光了身子觉得不好意思吗？"

"并不是。"王夫南连忙否认，他在毫无倚靠的水中站久了，下意识地挪动了地方，眸光却不自觉看向许稷的眼睛。

在这位置变换中，水中两人的下肢难免会有碰擦，王夫南的腿无意识地碰到她小腿时，许稷素来沉静的眸光竟突然闪烁了一下。

但显然，王夫南并没有意识到她这短暂的失神。他视线往上移至她额头，前额的磕伤已近痊愈，落了痂的地方看起来并不明显，一层细密薄汗罩了整张脸，不知是被这泉池水熏的，还是因为太紧张。

许稷敏锐地捕捉到王夫南的走神及渐渐弱下来的气势。

他已经丧失了重掌主动权的可能。

"十七郎。"

王夫南陡回神，显然不明白许稷为何突然这样唤自己。

"你踩到许某的脚了。"

王夫南踩了别人的脚而不自知，直到对方开口提醒，这才察觉到前脚掌下略硌人的脚趾。

瘦巴巴的脚，没有任何温软的触感可言。

王夫南慌忙移开脚，本想再饮一杯酒，酒壶却空了。他总算彻底回神，目光在许稷脸上及脖颈处仔细扫了扫——没有胡子，喉结轻微凸出，脖颈间挂有一条罕见的褐色项绳，吊坠一半在水上，一半延入水中。

不明笑意从他的脸上一闪而过，许稷正琢磨他笑什么，王夫南却已是转过身，扶着木浮盘往另一边去了。

猎犬阿松忽然偏头"汪"了一声，王夫南没当回事，许稷则顺着阿松视线往斜上方瞧。她眼力一向好得很，一条顺着岩石蜿蜒而下的蛇正探头吐芯，是要往下来。

深冬时节在温泉地带瞧见蛇并不算太奇怪，许稷常年居于此地，早对山中这些动物无比熟悉。她自然是不怕蛇的，何况还是条没甚威胁力的小水蛇。

许稷忽然想起千缨平日里念叨过的旧事，遂挑挑眉，道："十七郎怕蛇吗？"

王夫南听她忽然提蛇，英俊剑眉陡蹙起来，警备模样简直如临大敌。

许稷虽看不清他神情，但从对方离奇的沉默中也能笃定得出结论——千缨说得没错，威风凛凛的王夫南幼时被蛇围攻过，于是此后一贯怕蛇。

许稷细想了一下觉得好笑，但还是仗着掐准对方命门毫不留情地将"噩耗"向他转达："这儿有条蛇。"

她的手甚至伸出水面，直指那蛇的方向："十七郎看到了吗？"

王夫南的脸倏忽僵了，不自觉屏住气，像在与劲敌对峙。

"它下来了。"许稷如实报告水蛇行踪。

王夫南后脊背发凉，浑身紧绷，周身血液仿佛倒流，幼年噩梦铺天盖地袭来。

"它竟不嫌水热吗？"许稷温温吞吞地说，"游过去了。"

至此王夫南再也绷不住，一把拖过岸上木盒，手脚麻利地从中取出干净衣裳，转身上岸火速披上就走了。

许稷看他狼狈得什么都不要了的模样，忍不住笑起来。猎犬阿松"汪汪汪"吠个不停，将她衣裳叼来，许稷便也不再在水中多留，出水披上中衣又套上暖和外袍，收拾了一番王夫南带来的盒子及他换下来的湿衣裳，便提着灯笼不急不忙回去了。

进家门，许稷刚将木盒与灯笼放下，许山便迎了上来。

昏暗廊下铜铃轻响，阿松吠了两声，许山一把捉住许稷衣袖，拦她问道："那位一道来的王都尉是怎么了？方才我瞧他脸色煞白，莫不是泡汤泡出毛病来了？"

许稷忙摆摆手："没事，就是遇了条小水蛇。"

许山松口气，压低声音嗤笑："堂堂都尉怕水蛇，他是个孬种吧！"

许稷没多作回应，笑着拍拍兄长的肩，转移了话题："时辰不早，我先回去睡了，阿兄也早些休息。"

她说了便往西边廊屋走，许山却又拽住她："怪我没好好安排，他已是抢了你那间屋了，要不你今晚上就换个地方睡？"

"为何要换地方？"许稷直截了当地回，"我太累了，换个冰冷冷的地方睡不好，我还是睡那儿，多抱床褥子就是了。"

"也是。"许山光惦记着照顾尊客却忘了许稷的辛劳，不免有些自责，遂赶紧去抱了被褥来给许稷。

许稷进屋时，王夫南不复之前的慌张，很镇定地在铺被褥。

瞧见许稷抱着被褥进来，王夫南顿时停了手中动作。许稷见怪不怪地看了他一眼，将被褥放在干净地板上，又将炭盆往边上踢了踢："请十七郎将褥子往后移一移。"

王夫南眸光一滞："妹夫今日也要睡这里？"

"既然十七郎愿增进你我二人之间情谊，那么学前人抵足而眠也不赖。"许稷说着将王夫南的褥子往墙根挪挪，俯身将自己的褥子铺开，两床被褥恰好脚顶脚各放一处，占了居室大半空间。

"抵足而眠是这样吗！？"

"许某知道的抵足而眠就是如此。时候不早，我要熄灯了。"许稷"哗哗哗"利索铺好被子，拿过矮足案上的灯台，径直给吹了。

"怎么说灭就灭了！"黑黢黢的屋子里响起愤愤抱怨声。

"许某打过招呼了，十七郎没听见吗？"许稷才不管他眉头皱成倒八字，兀自钻进被窝里深吸一口气就闭眼睡了。

许稷这边很快没了声息，却是苦了王夫南。王夫南的被子还没铺好，磕磕碰碰终于摸索整理妥当，门却"吱——呀"一声打开，一双绿眼睛飘了进来。

天，这只狗又来了。

王夫南看着那双眼睛挪挪挪，最后挪到许稷头旁，悄无声息地停了下来。

尽管如此，那狗却仍一动不动盯着他。王夫南无奈地松了肩头轻叹口气，终于拉过被子躺了下去。

大约是太累又泡了汤泉的缘故，这一夜是预料之中的深睡。多日来的辛劳得到缓解，是难得的好眠。

王夫南醒来时，许稷已是不见了，唯有一只狗仍蹲在对面目不转睛看着他，见他醒来很是尽职地"汪"了一声。

他回瞪它一眼，起身整理了床褥放回原处，又在屋内转了一圈。房内陈设简单，看得出主人毫无情趣。

但他绕过一架白屏风，却是乍然抬眼，眸光落在面前的佩剑上。佩剑始终得合乎身份，而面前这一把，是十足的名剑。

王夫南英眉蹙起、黑眸微眯，正欲伸手将其从架上取下详观时，守在外面的阿松忽然狂吠起来。

许山应声推门："怎么了，怎么了？"

阿松冲到屏风内，怒气冲冲瞪着王夫南。王夫南缓缓收回手背至身后，偏头看向闻声冲进来的许山，坦荡笑道："某擅作主张欲详观此剑，看来是某唐突了。"

许山"哦哦"两声，并道："此乃家父早年得的一把剑，前几年赠给了三郎，三郎一直宝贝得很，不让人碰。其实就是一把上了年头的剑罢了。"

许山非军人更非士族，自然不能领会区区一把佩剑中所藏深意。

王夫南笑意不明地将目光收回，转过身来走出屏风，轻描淡写地应道："原是如此。对了，三郎一早去了哪儿？"

"三郎啊，天没亮就拎着弓箭去石瓮谷练箭了。"

练箭？王夫南捏捏自己耳根，确定没听错后便让许山带他往石瓮谷去。

骊山东西绣岭以石瓮谷为界，千尺瀑布悬流直下，幽深壮丽，是块难得的迷人胜景。如今虽是深冬，但谷中青松苍翠，又有水声激荡，仍不乏勃勃生机。

许稷在谷中屏息静气地拉弓瞄射时，其兄许山及王夫南正兴致勃勃议论着许稷本人。

许山一脸骄傲："别看三郎瘦成那样，射箭却是极准的。以前学馆里比射，他总是头名，旁人都觉奇怪，却是不知三郎自小就跟着家父习射，底子好得很哪。"

"哦，这么厉害，能百步穿杨吗？"王夫南一边吃冬枣一边说着风凉话。

"那是什么话，百步穿杨不过是传闻罢了！"许山不高兴地嘟囔，"哪有人真的可以百步穿杨哪？想想看那风稍稍一拂，柳条儿就动了嘛！会动的靶子怎么射得准？"

王夫南吐了枣核："战场上都是会动的活靶子。射不准？射不准等死吗？"

许山听了，抿唇皱眉，一路闷闷走到了许稷练箭的地方。

许稷拉满弓时已听到了窸窣脚步声，但她没有回头。离弦之箭直冲靶心而去，随即传来的便是拍手称好声。

许山憋了一路，终于可以堂堂正正炫耀一下自家弟弟的箭术："正中靶心！正中靶心哪！"

许稷所用弓箭乃竹箭，一般是学堂儒生用来秀花活，撑死了打猎用用，到了战场上，几乎没什么用武之地。

时下箭分竹箭、木箭、兵箭、弩箭，唯后两种是用来打仗，与可穿盔甲的兵箭及"镞长七寸、铁叶为羽"①的车弩箭相比，竹箭简直小儿科。

不过一介儒生能将箭术练到这等地步，也的确了不起。王夫南眯眼远望靶子，却并不想夸赞许稷的箭术。许稷的优势在于沉得住气，箭术倒是其次。

若此人从军，或许会是难得的良才，只可惜从了笔墨账簿。

---

① 见《卫公兵法辑本》卷下。这种车弩箭射程大概在700步，可以同时发射7枚箭，攻击力大。

许山倒是在一旁啧啧称赞："我家三郎可是泰山崩于前而色不变的人哪！正因这样才能射得稳狠准！"

王夫南手中枣子已快吃尽，只剩了最后两颗。他走到许稷面前，很是顺手地拿过她的弓，又从箭囊里抽了一支箭。

"你信不信我？"

"何为信，何为不信？"

"信就乖乖站着。"王夫南说着忽将一颗冬枣置于她头顶的幞头上，眸光下沉盯住她眼眸，"你同意了。"

许稷自然心领神会，她一动未动，只说："不要射偏。我只知若你伤了我半根头发，千缨会找你拼命。"

王夫南弯唇笑，将最后一颗冬枣塞进袖袋里，转过身朝靶处走去。

止步、转身、置箭、举臂、拉满弓，每一步都透着十足的从容镇定。

都是眼力极其好的人，又相距不是太远，许稷几乎能看清他的神情，而王夫南亦看得清她。

放箭几乎是一瞬的事，一旁观看的许山正惊呼之际，那支竹箭已是飞速从许稷幞头上穿过，将上面放着的冬枣凿了个稀巴烂。

王夫南面露笑意，快步朝许稷走过去。

早看愣的许山回过神，不得不服道："虽是炫技，却真是妙哉……"

王夫南和许稷都未言语。

王夫南走到许稷身侧，深深看她一眼，将手中的弓还给她，并顺手拍拍许稷的肩，漫不经心道："竹箭总少了点意思，下回教你用弩箭。"说罢，从袖中摸出最后一颗冬枣塞进了嘴里。

石瓮谷中晴光铺覆，一片明亮。

王夫南迈步前行，唇边笑意渐渐敛起。

许稷是不是真的泰山崩于前也色不变他不知道，他只知道，箭矢朝她头顶飞去时，她甚至都没有眨一下眼。

自科举大兴、门阀式微，出身寒门的鲤鱼一跃成为宦门新贵也不再是什么稀奇事情。但许稷有别于苦读熬出头的儒生，也不同于行伍中因善战而获得提拔的勇士，她出落得有些特别，令人觉得这并不是普通寒门教授出来的。

此行王夫南收获了诸多疑问，但在一切明朗之前，他什么话也没说，只在许家吃了朝食，便早早告辞回了长安。

王夫南一走，许稷终于提起父亲许羡庭，却也只得来许山简省的回复："阿爷仍住在昭应城内，有好一阵子没回来了。"

许稷点点头："阿娘身体如何？"

"还是老样子。"许山说话时并无太多愁容，想必也的确是没甚变化。他一边忙着打包给许稷的山中野味，一边絮叨，"王家对你不好吧，你竟是比先前还要瘦了，幞头拆开来我看看，是不是白头发也比先前多了？"

"挺好的。"许稷自然不肯当许山的面拆幞头，敷衍应道，"又不是这一阵子才白头的，是近来年底太忙，还要准备铨选考试，难免累了些，瘦也是理所应当的嘛。"

"铨选是甚？"许山打包好山野味，"是在那地方苦熬了几年终于可以翻身的意思吗？"

深冬斜阳将人晒懒，许稷捧着温热的茶碗坐在廊下听阿兄粗暴曲解着铨选的含义，不由眯眼神游，贪恋起这一刻的悠闲。

"喏！带上快些走吧，不走就来不及回长安啦。"

一大包肉干、菌干乍然砸进许稷怀里。许稷起身，笑道："那我就不客气了。"转头又看向走出来送她的兄嫂，"大嫂留步。"

许山忙去牵驴，将许稷一路送到石瓮寺门口。临分别，许稷又叮嘱："我这次回来的事，别让阿爷知道。"

"怎么啦？怕他听说你带那个王都尉回来不高兴哪？"

许稷摇头否认，却未多解释，径自上了驴背沿山道下去了。

一路颠颠颠，回到长安时候恰是闭坊时分，许稷怎么都觉得应该回府一趟，便挥动小鞭催驴快行，终是在街鼓声落尽前回了崇义坊。

冬夜总是来得早去得迟，长得无休无止，令人提不起劲，坊道里也安静得令人心里发毛。

然王家此时却不如外面这般安宁，三房主母蔡氏在老夫人面前控诉五房罪过，神情言辞俱是十分到位："儿原先是想五房平日里诸事做得虽都不大气，可心地到底是善的，实没想到竟会做出这等睚眦必报泼人脏水的事来……"说罢急得立刻掉了眼泪，"这可如何是好哪……"

堂内昏昏的灯笼将蔡氏混着眼泪和面药胭脂的脸照出一片古怪来，好在观者只有见多识广的老夫人，故不至于吓到什么单纯好欺的小孩子。

尽管王家三郎是老夫人亲生，但她同三房的感情实在是一般。三郎脾气不好，蔡氏性格更是闹心，平日老夫人对这一房的照拂，也不过是看在三郎外任不在家的分上尽尽人事。

三房唯有一宝贝独子王武平，行十九，人称十九郎，正是与许稷"有过节儿"那一位。王武平比不上王夫南出生便有的高荫资，遂如今只能居于南衙下某折冲府任兵曹参军一职，比许稷也好不到哪儿去。

这边剔完肉，到了核销账目的时候便总有不同。眼拙的也就算了，撞在眼尖又正直的人手里简直找死。

"这个对不上。""这到底记得什么东西？""这匹绢被吃了吗？""这个多出来的人头是谁？不是已经死了吗？难道从坟里跳出来领军资？！"……

以上为例。

总之，任何一个尽职尽责的比部官员都会这样"斤斤计较"，而王武平好死不死地撞在许稷手里，除了等着被捉去责问，还有一条路就是抢在那之前去比部主动交代错误，多说好话，及贡献一点"辛苦费"，以此来逃避以上凶悍不留情面的问话。

王武平揣着早就准备妥当的好言好语及"辛苦费"在顺义门大街的槐柳下等着许稷时，心情曾非常轻快。

要知道许稷已入赘王家，也算半个王家人，面对这样的小事情，还不是睁一只眼闭一只眼就过去了?

头发花白的许稷从比部走出来,看到他,先拱了拱手,算作"家人"及"同僚"之间的礼仪,随后脸板回原状,拿起手里账簿耐心开始责问起来。

可她一条还没说完,王武平便左瞅右瞅、笑嘻嘻地将伪装成食物藏在食盒里的"辛苦费"塞给她。

许稷皱眉甩手:"十九郎这是做甚?"

王武平当许稷这是假模假样作腔调,遂再次硬塞给她,压低声音道:"这点心意算不了什么,姊夫快收下。你与千缕姊姊成亲时,弟弟也没有送什么,这便当作……"

结果是这些场面话还没说完,许稷便狠狠一甩手,王武平没站稳,差点跌进槐柳旁的排水沟里。

可恶可恶!王武平愤愤腹诽:"区区比部小官而已,有多了不起?!"

这家伙素来沉不住气,一回家便与母亲蔡氏说了半天许稷的坏话,这才有了王夫南归来那晚,由蔡氏起头群嘲许稷及五房一事。

因此那晚千缕问许稷为何三伯母那样针对他,许稷所言"与十九郎有过节儿",正是此故也。但按说这事已暂告段落,蔡氏此时又为何在老夫人面前声泪俱下控诉五房及许稷的不是呢?

蔡氏哭得正痛心,小仆匆匆忙忙跑了来,倏地在正堂门口立住:"小人按老夫人吩咐,许三郎一回来便前来通报。"说完迅速收尾,语调上扬,禀道,"许三郎回来了!"

老夫人道:"让他来。"

"喏!"小仆收令转身,狂奔去找许稷。

许稷刚将驴拴好,抱着一大袋山野味正打算回自家小院,迎面却见一小仆飞奔而来。

小仆忽地立住,努力控制着自己因为跑太快而急促的呼吸,一字一顿:"老夫人请三郎去堂屋!"

"这会儿吗?"

小仆添油加醋："是！这会儿！立刻！"

许稷轻皱眉，将手里一大袋山野味递过去："你替我送去五房，我自己去堂屋。"

小仆拒不接受："老夫人让小的带三郎过去，不敢擅离职守！"

许稷只好作罢，跟着他往堂屋去。

而这时千缨的房门也被敲响了，她开了门，只见父亲王光敏站在外面，遂问："阿爷有事？"

王光敏一句话不说，进了屋便东瞅西望，最后站定，看向千缨："许稷上回走之前留下来的那只钱袋子放哪儿去了？"

一看便是又缺钱用了。

虽说给钱孝敬阿爷天经地义，但千缨心里还是忍不住嘀咕：先前许稷交钱时，阿爷还趾高气扬满脸不屑，这会儿又巴巴地伸手来要了，身为一家之长能不能坦荡些？

王光敏见千缨不答，索性动手去翻墙边矮橱，翻到千缨妆奁时，千缨急忙拦道："阿爷！我就剩那么点了！"

"你私藏起来有什么用，整日待在家里，哪有地方花钱？！"

二人争执不下，千缨母亲韦氏却是冲了进来："三郎出事了！"

一向柔柔弱弱的韦氏这样说话可不常见，千缨与王光敏同时扭头问："出什么事了？"

"被老夫人叫去了，说是和三房……"

韦氏话还没完，千缨撒腿就往前边跑。

许稷这会儿正戳在堂屋门口被三房蔡氏指着鼻子哭骂，旁边连个拉劝的没有，全在看热闹。老夫人稳坐着不动，她根本不知各房是怎么得的消息，也没预料到来堂屋看热闹的人一下就满了。

蔡氏骂功一般，歪曲事实的本领倒是了得："十九郎初任兵曹，出些错漏在所难免，三郎身为姊夫，不愿帮忙便也算了……"她眉心紧蹙，面上胭脂眼泪一团糟，"可三郎却是为何要举告到御史手里，污蔑十九郎利用职权侵吞官财、将他抓走？难道是因那晚受了几句玩笑话就加以报复吗……你三伯母错了，你三伯母错了……"

蔡氏忽就卖起可怜来："你三伯母那晚不该说那样的玩笑话……你将十九郎还我……将十九郎还我……"

她哭腔愈重，双手死死拽住许稷袖子，双腿打弯，俨然一副要给对方跪下的架势。

围观众人啧啧出声，甚至有人开始说什么"真是六亲不认、睚眦必报"之类的闲话，许稷却丝毫没有要为自己辩解的意思。

她在意的，竟是蔡氏说的那句"举告到御史手里"——王十九郎被举告了？

可她分明没有那么做。是谁举告的？

按说王十九郎不过是折冲府的一个小小兵曹，就算手脚不干净、贪些公家财物，将账实补齐，一般便不做计较了，可竟然有人大费周章将此事举告到了御史那里，到底什么用心？

难道是有人想大做文章，特意先捉一只兵曹开刀？

许稷正疑惑，却忽被人狠推了一把。

千缨冲过来时许稷恰好跌倒。

山野味从袋子里掉出来，撒了一地。

许稷后脑勺磕在了门槛上，结结实实毫不含糊。千缨目睹了这一幕，气得牙齿发抖。她红了眼冲进门内，不管不顾朝推许稷的三伯母蔡氏质问："为什么推他！"

千缨这会儿看起来像头母狮子，大有逮谁就撕咬谁的架势。蔡氏及围观众人皆被她吓了一大跳，还是老夫人先回过神来，镇定开口："千缨，那是你三伯母！"

"三伯母怎么了？"千缨想起平日里种种，完全抛了理智，"三伯母胡言乱语颠倒黑白还不够，竟对我家郎君动粗！"她说着忽然一拂袖子，向前一步逼近蔡氏，"三伯母要动手是吗？来，推我一把，看推不推得动！"

"老夫人！"蔡氏扭头朝老夫人哭诉，"五房如此咄咄逼人，十九郎定是他们构害的，儿可怎么办哪？！"

"构害？衙门里的事我不懂，但十九郎若行得正还怕被人构害？说我们构害他，可拿得出证据来？再说了，我们构害他有什么好处？望三伯母指点指点！"千缨双手叉腰，气冲冲地喘着气。

蔡氏从未见过五房这模样，她被千缨步步逼退，都快退到老夫人跟前。旁边围看的人看到五房这样，都不愿插手，只有老夫人开口："闹什么！都是自家人，不能好好说？"

不提"自家人"还好，一提简直火上浇油。千缨从小到大都未体会过"自家人"的待遇，这时候来跟她强调自家人简直好笑。

她正决心要撕开这多年以来虚情假意的面皮，许稷霍地起身走了过去，一把抓住她小臂："千缨别说。"

千缨深吸一口气，拳头握得紧紧，牙齿仍不受控地打战，但已明显地在克制翻涌上来的怒气。

许稷立刻将她拉到身后，站到蔡氏及老夫人前行了礼，这才道："有些话晚辈本不该说，但三伯母今日所为实在有失长辈威仪。十九郎被举告，三伯母的焦急可以理解，但眼下并不是随意揣测谩骂之时。十九郎若清白，即便被举告，御史台也会还其公道，诬告者亦会得到严惩。至于此事是否为晚辈举告，并不重要。身在规则中，便要有遵守规则的觉悟，若十九郎之前不懂，经此事或许会明白这个道理。最后，千缨今日若有礼数不当之处，晚辈代她深表歉意。"

许稷说完，深深一揖。

蔡氏还想闹，却被老夫人抓住手暗掐了一把。

暗光中，许稷瞥了眼老夫人神色，赶紧拉着千缨走到门口，拾起地上野味，一一装回袋子，拖着千缨回去了。

可还没到自家院子，千缨却甩了手，气呼呼瞪着许稷道："为什么要给她道歉？这世上有被泼了脏水还给她赔礼的道理吗？"

"那不是道歉，千缨哪……"

许稷意欲解释，气头上的千缨却毫不理会地打断她："不要与我说大道理！我以前从没有那么大声地与她们说过话，因为你我才说的！"

"我知道，但……"

"你比我小三岁，哪里轮得到你插话！闭嘴！"千缨将一腔未发泄的怒火全撒给了许稷，许稷则乖乖闭了嘴，摊开心胸全盘收下。

千缨与许稷成婚，许稷二十，千缨则二十又三，在成婚之前是家中常被人说到的"嫁不出去只能给半老头子做填房的老姑娘"。

遇上许稷，对千缨来说是奇妙又难得的缘分。

许稷在曲江将她捞上来的那一刻起，千缨便愿意相信，自己这一生也可以遇见好事情。家境窘迫，父亲好不容易巴结上一个兵部司库，得知司库夫人已故，便巴巴地要将千缨送过去做填房。可那司库已过半百，子女都已与千缨一般大，千缨拒不同意，但胳膊拧不过大腿，便被困锁在家中，干等着外面一众人筹备婚事。

与万千逃婚者一样，千缨想到的办法不可避免地俗气。但费尽本事逃出困住自己的房屋，于广袤天地之下，手脚却并没有体会到想象中的自由，反而因囊中羞涩感受到了什么叫作步履维艰。

以仅有的一对镯子换了少许钱银，转头却又被小贼窃了去，千缨反应过来一顿猛追，追到曲江时筋疲力尽，而那贼人早不知去向。

千缨饥肠辘辘、万念俱灰地坐在曲江边上想了很久。

男人还能凭读书凭武力往上一搏，但对于女子来说，或许从出生开始，一切就都已经定了。她没有读过太多的书，也没有体会过丰奢的日子，与王夫南之流生活在同一个屋檐下，直白地体会着穷富嫡庶的悬殊，一面心生贪慕与嫉妒，一面却又因无力改变而感到不公与愤怒。

其实不该有那么多奢望的，倒霉的人生从一开始就倒霉，如果不想接受这样的倒霉，就只能自己结束——这是糊涂活了二十多年的千缨在"人生尽头"的最后念头。

彼时曲江春明景秀、游人如织，风很温暖也很体贴，一只金腰燕无所畏惧地栖在地上，对隔着一步远的千缨叽叽喳喳叫了好久。

千缨看看它，无奈地说："听不懂呀，你好好活着吧，这里很危险，会有人来捉你的。"见它一动不动，她又叹气，"这么固执呀，我也帮不了你啦。"说罢站起来就跳进了曲江池。

所以，没有惨兮兮的眼泪，也没有多么悲壮，只有"扑通"一声，伴着一朵小水花，这一生就走到了头。

想成为一个不负责任、想死就死的人很容易，就是窒息感令人觉得糟糕了些。

就在千缨消极等死之际，却忽然伸过来一只手，将她拽出了水面。

千缨咳咳咳，那人也从水里冒出头来咳咳咳。千缨看不清其模样，那人也不打算让她看到模样，转过头费力钩住她脖子就往岸边去。

于是千缨的自我了断，就这样被好心伸出援手的某位郎君给破坏了。

这位"郎君"头发花白，一身旧旧的青色公服，正是旬假出来放空的许稷。

许稷显然也是累坏，瘫坐在地上直喘气。等喘够了气，她也不问千缨为什么寻死，只是打开自己带来的书匣，从里头摸出一只小酒囊来递过去："天这么暖和，水比我想象中要冷哪。"又说，"喏，郎官清，娘子不嫌弃就喝一些。"

千缨蒙蒙接过酒囊，小心翼翼拔开来喝了一口，那滋味竟是出乎意料的温暖。

日头正好，许稷守着书匣以及可能再次跳江的千缨，只是晒着太阳，什么也不过问。

她为人有些固执，做了的事一定要做到底绝不半途撂挑子，但对不该好奇的事也绝不好奇。虽不能一下看穿千缨的来历和她跳曲江的理由，但隐约也能猜到一二。不过令她感到意外的是，千缨并没有满脸愁容悲苦地朝她倾倒委屈与伤心，半酒囊的郎官清下肚，伴着曲江越发暖和的日头，反而变得明朗了起来。

"哎，可见打算死的时候并没有认真想后果哪。"许稷眼看着自己狠狠心买来的一酒囊郎官清就快要终结在千缨的肚腹里，无可奈何地想。

　　当然后来无可奈何的事也并不止这一件，与千缨的故事说起来长得没边，不过都是后话了。虽然两个人的关系从一开始就透着互取所需的意味，譬如都需要一个已婚的身份，许稷甚至还可以就此解决在长安令人头疼的住房问题，但相处到现在，姊妹般的互相关照与性格上的彼此补足，已成为这段关系维持的基础。

　　千缨像姊姊一般会照顾人，而许稷超乎年纪的冷静与胸怀则又弥补了千缨的冲动与小气，重要的是，这个家不再令人觉得憋闷透顶了。

　　千缨消气了。

　　面对抱着一堆山野味且毫无脾气的许稷，她没什么气好生，但还死鸭子嘴硬："难道不疼吗？冲着这疼也不能就这样算了！"

　　拆开幞头，花白头发里鼓起一个硬邦邦的大疙瘩，摸着令人觉得心疼。

　　"疼啊，所以要赶紧回去抹药。"许稷故意这样说，千缨便再没什么旁的可唠叨，赶紧接过她手里抱着的山野味，快步往家里去了。

　　许稷后脑勺的硬疙瘩还没彻底消下去，铨选考试之期就悄然而至。

　　顺利通过南曹检勘合格的许稷，一大早收拾了书匣，肩负着千缨的重托与期待，揣着千缨去慈恩寺求来的"官运亨通符"前往考场。

　　说起来，每年铨选都有众多选人千里迢迢自州县奔赴长安，几十年前甚至有过数万人同时跑来考试的盛况。如今虽然选人少了些，但邸店饭庄每到这时候还是人满为患，到处都是乌压压的一大片，店主们捏着大把钱银，忙得脚不沾地，不知该喜还是烦躁。

　　对于国家也是一样，通过铨选虽可选拔人才，但安排如此多的选人考这一场试，人力、物力之耗费可谓不小。吏部对此就有十足的发言权，上上下下做事的胥吏不过一百五十人，却要面对近万人的考生，实在头痛——痛苦啊，煎熬哪！

　　不过来都来了，亮出真本事考吧！

吏部众员摩拳擦掌，霍霍等着宰杀，哦不，等着给前来考试的选人验身。

选人们根据官品高低被分为三组，称作"三铨"，由吏部尚书主持的六品、七品官员铨选，称作"尚书铨"；而两位吏部侍郎各负责一组，主持的八品、九品铨选，则分别称作"中铨"和"东铨"。

许稷作为流内末等文官，自然是被安排在后者铨选队伍中。

天还没大亮，拿着文解家状等证明身份文书的选人们便在考场外排起了长队，吏部胥吏们分组对选人进行身份核验，以防有人冒名顶替前来考试。

"家状上不是写你是三角眼吗？你这也叫三角眼吗？圆得跟枣子似的，是不是捉刀客^①？！""不是啊，某是眼睛肿了啊！"

"说是无须啊，你这个胡子是什么！""呵呵，才养出来的，夫人说这样比较潇洒。""这个时候要什么潇洒，去刮了！不然不让进！"

吵吵嚷嚷吵吵嚷嚷，这世上爱狡辩、爱犯蠢等选人，齐聚一堂，光是核验身份便可称之为大戏一场。

许稷的身份核验则是再顺利不过，家状上一句"年少白头"就轻松地让她进入了下一环节——搜身。

搜身以防止考生夹带作弊，是自古以来考试一贯推行的基本流程，也是考生发挥想象力的重要环节。

你搜搜搜，我藏藏藏，斗智斗勇，乐此不疲。

胥吏将许稷的书匣翻完，确认没什么问题，盯住她："再给最后一次机会，有小抄主动交出来。"

许稷一脸坦荡，抬起双臂让他搜。

胥吏贪图搜身进度，象征性地找了找便收了手，不苟言笑道："跳一跳！"

许稷就听话地原地用力跳一跳，跳得脚板底发麻脑袋发晕，胥吏

---

① 捉刀客：指替人考试的人。

一声令下："停！进去吧！"

许稷便拎起书匣从从容容往里走。

至此，对于许稷来说，铨选考试已完成了大半。

因顺利进入考场才是最重要的事，考试内容都在其次。

基层文官铨选考试的内容自然不会如进士或明经考试那般艰深复杂，比起掉书袋子，铨选判题更注重实用性，考的是选人是否熟掌法令条文，是否清楚各项事务处理流程，以及如何处事、对国家大事有何看法等——既考验为官本分，也颇考验见解和分寸。

铨选考试人数浩繁，又是由吏部一司掌控，能从诸多人中脱颖而出，又要不出格，其实也不算容易。

等选人都落座后，偌大考院便倏地静了下来。考生周围除却巡考的吏部、礼部官员，便只剩下守卫考场环境及考场纪律的卫所士兵。

另一边，兵部主持的武选也正热热闹闹地进行着。参加武选的选人不必像隔壁文选这般窝囊地蜷在地上抱着书案绞尽脑汁地奋笔疾书，他们只要充分发挥肢体能动性即可，考试的内容也大相径庭，譬如有长垛、马射、步射等箭术考试，还有枪法考试，等等。尽管最后还要考个口语言辞应对，但和文选比起来好歹活泼多了。

王夫南今日被临时借调来当考官，旁边另外一位南衙都尉还不忘调侃："这么不合规矩的借调也干得出来，尚书省是嫌南衙太闲了所以给我们找事做吗？"

王夫南不高兴回这个问题。北衙禁军不断壮大，南衙折冲府却一再衰落，成了闲散衙门。对方说的是实话，但面对跟前这些意气风发的武选人，提这茬很没劲。

好在武选节奏颇快，毫不拖拉，那边文选还在进行中，这边都已提前收尾了。时近黄昏，王夫南拒了兵部的会食，正打算回折冲府，却忽然想起来许稷今日考文选，遂不自觉往文选考院去了。

考院四周荆棘壁立，有重岗防守，王夫南不过是在门口看了一看，见离结束还早便打算先回去了。可他刚转过身，便见几个金吾卫迎面走来。王夫南英眉陡蹙，见来者不善便索性站着不动。

他今日穿了公服，几个金吾卫见到他，立刻止步行礼："都尉辛苦！"

他没回应，几个金吾卫便齐刷刷转身走了。

金吾卫行至门口停下来，与守卫考院的士兵互相行礼打过招呼，领头金吾卫亮出文书："御史台拿人！"

领头守卫接过文书一看，迅速转头指派后边一守卫道："速与吏部核实今日考院中是否有任职比部、名叫许稷的选人！"

后边守卫得了令，立刻要去核查，王夫南却重新走回了门口。

领头那个对王夫南行一礼，不卑不亢道："考院重地，敢问都尉可有要事？"

王夫南看他一眼，指了指要去核查许稷身份的那名守卫："叫他站住！"

领头面无表情地扭头喊住那守卫，再次转向王夫南。

一旁金吾卫道："都尉莫要为难某等，某等也是替御史台拿人。"

"犯的是什么事，可有确凿证据，可是人命关天？"

"回都尉，不清楚！"

"都不清楚就让他考完！"

第三章·职制律

考院中可遥遥听见街鼓声，晚风刮动面前的答纸，吏部胥吏来来往往地巡看，灯陆陆续续掌起来，于一片暮光中，文选终于走到了尾声。

旁边有人嘀咕，被胥吏一声喝："不要交头接耳！笔都放下来！"

脸皮厚的还会再涂涂改改，胆子小的被这么一吓就纷纷丢了笔，等着吏卒收答卷。

暮光越来越沉，少了白日阳光的照拂，选人们纷纷冷得抱肩怨天。许稷将答卷从头到尾又看了一遍，不慌不忙地收起书匣，搓搓被冻僵的手，又低头哈了口气，想着回家可以吃热乎乎的羊肉、喝剑南烧春，心头便不由暖和起来。

小气的千缨好不容易大方一回，得趁这机会放开肚皮好好吃喝。

她正饥肠辘辘想象丰盛晚饭时，小吏已将答卷呼啦啦全部收完。

快要秃头的吏部员外郎站在高台上一遍遍喊道："望诸位选人有序退场！不要拥挤！出去后可凭文解让坊卒开门！"

选人们又冷又饿，哪里还听得进去，都怕被落在后头似的一窝蜂往外挤，许稷困在人群中被迫往前挪动，这时员外郎却忽朝人群高喊道："哪个是许稷？先别走！"

许稷惊愕转身，这时却忽有一人抓住了她的手。

那手非常温暖，几乎将许稷整个拳头都包进掌心里，他气力很大，拽着许稷就往人群相反的方向走。

暮光中，许稷终于看清楚那个背影——正是王夫南。

好不容易逃离人群，王夫南霍地止步，瞥一眼正朝他们走过来的金吾卫，侧身同许稷道："看到那些人了吗？是奉褚御史之令来拿你的。我之所以提前过来，是得知道，你到底是清白无辜还是确有哪里做得不当？"

许稷看一眼寒风中大步走来的金吾卫，眸光微敛，转向王夫南："许某受都尉如此关切，深感忐忑。不过许某到底如何，大概与都尉无甚干系。"

王夫南却急了："我不与你开玩笑，进了御史台便不好再问你话。你这样贸然地进去了，让千缨及五叔父等怎么想？让他们瞎琢磨瞎担心吗？快说！到底是真清白还是真有事？"

看着越发逼近的金吾卫，许稷回道："我说什么十七郎都信？"

王夫南留意着越走越近的金吾卫，偏头看她一眼："快说！"

"许某问心无愧。"许稷说完自他掌中抽出手，"告诉千缨让她今晚吃好喝好，不用给我留了，我出来给她买郎官清喝。"

她的手都快被王夫南焐热了，一时抽出来敞露在寒风中，霎时又凉了下去。

而王夫南之前丝毫没有意识到紧握着妹夫的手有什么不当，直到许稷抽出手去，他才回过神来，的确有哪里不对。

不过这时许稷已跟着金吾卫走了，只留了一个不那么好看的单薄背影。王夫南仍站在考院中，见那背影越来越远，直至融进暮色，天边只剩一弯窄窄新月。

吏部大小官员们顶着朔风冷月饥肠辘辘地清场，王夫南亦是很快离开了考院。

这时千缨正在家中等着许稷归来,锅子里的羊肉炖得香气四溢,剑南烧春也是早早烫好,可许稷就是迟迟不出现。

千缨去偏门口看了几回都失望而归,母亲韦氏说:"三郎还回不回来哪?莫不是与同僚去平康坊会餐去了吧,听说他们都有这爱好呢。"

王光敏则是嗤一声:"得了吧,他什么时候去过平康坊?他那些同僚会带他一起?土包子。怕是考砸了不好意思回来喝酒吃肉吧?不等他了!吃吃吃。"

千缨狠狠皱眉:"吃什么吃!都是专门做给三郎吃的,又不是专门做给阿爷吃的。"

她如今脾气越来越暴,王光敏不高兴地又嗤了一声,挥挥手:"你去外边等,等他回来,好吧?"

千缨又跑出门,在偏门外等了一会儿,竟忽听得马嘶声传来。咦,许稷难道考个试换了匹马来?她连忙探头去望,但马背上那身形却要高挑丰伟得多,唉,一定是旁人家的郎君。

千缨将脑袋缩回来,那马蹄声却渐缓,最后在她面前停了下来。

王夫南骑在高头大马上,看着千缨。

"看什么看,十七郎放着大门不走走偏门做什么?"千缨皱着眉头,满脸的敌意。

"大门偏门皆是我家的门,我想走哪个便走哪个。"

可恶可恶!

千缨恨恨咬牙,王夫南又道:"可是在等许稷回来?别等了,他回不来了。"

"出什么事了?!"

"被比部员外郎抓走做事去了。"

"真的?"

"比部事务浩繁,他又在考院耗了一天,考完了当然要抓去干活儿。"王夫南居高临下地说。

千缨满脸狐疑："你如何知道？"

"文选考院就在武选考院隔壁，我知道很奇怪吗？他还让我带话给你，原话是这样说的，'告诉千缨让她今晚吃好喝好，不用给我留了，我回来给她买郎官清喝'，你觉得像不像他的话？"

提到郎官清，千缨倒是信了好几分。可她又问："他为何会托你带话？他与你关系很熟吗？"

王夫南轻描淡写地说："我与从嘉是抵足而眠的关系，你觉得熟不熟？"

千缨并没能及时反应过来。她蒙蒙想着"抵足而眠"到底是何含义时，那边王夫南却已是掉转了马头，嗒嗒嗒跑了。

千缨正要转过身回去，却忽地醒过神，扭头就奔下台阶，朝着远去的骏马及年轻都尉号道："喂！你方才到底说的什么鬼话！什么抵足而眠哪！回来说清楚啊！"

就在千缨还纠结"抵足而眠到底是睡没睡在一起"时，王夫南已是冲过了崇义坊的坊门，穿过灯红柳绿的平康坊，马蹄不停地到了景风门。

此时已彻底入夜，王夫南向守卫递去鱼符，守卫核验门籍后予以放行，一人一马便穿过景风门径直往御史台而去。

御史台东临宗正寺，北接南衙两个卫所，王夫南一路没少遇见熟面孔，但他都懒得解释为何而来，兀自拴了马便往御史台里面走。

台院公房里仅有两位御史值夜，其中一位名叫练绘的侍御史听得外面动静站了起来，走出公房站到门口，看着迎面而来的王夫南说道："你这样偏巧来，我倒怀疑你有没有在御史台安插耳目了。"

"怎么个巧法？"王夫南迈上台阶便止住了步子。

"装迷糊不是你的作风。"年轻的侍御史宛若一汪平静清泉，"别人举告到我这儿来了，说你以职权干涉御史台办案，你说这举告我是接还是不接？"

"为什么不接？"王夫南手里还握着马鞭，抬眸看向名叫练绘的侍御史，"接吧，顺便将我带去推问一二，我好见识见识推鞫房①是什么样子。"

练绘闻言笑起来："见识推鞫房是假，见人才是真吧？"笑中亦有不解，"不过是寒门出身的从妹夫，值得这样上心吗？"

"练绘。"王夫南直呼其名，"你也是寒门出身，笑话他的出身有意思吗？"

"并不是笑话，是觉得好奇。你插手这件事，完全出乎我的意料。"

"那便说说你的意料之内。"王夫南见他不答，又说，"到御史台你是主我是客，不请我喝杯茶吗？"

"御史台的茶一向难喝，不嫌弃就进来吧。"练绘说完便转身往里走，他有宦门新贵所该有的一切姿态，但又不卑不亢不谄媚。要知道，若不是王夫南当年伸援手，他可能早就流落街头了，哪里还能考进士做台省官。即便是这样，他与王夫南之间，如今也看不出半点帮扶与被帮扶的痕迹。

练绘寻了个无人的公房坐下，将茶叶捣碎，煮茶给他喝。

水声汩汩，公房外的松树被风刮动的声音颇有些烦人，一盏灯幽幽亮着，练绘开口道："你若是前几天来，我会当你是挂心王家那位十九郎。不过我听闻你今日在考院所为，又见你过来，便笃定你是为许稷而来。"

"许稷的事确与十九郎有关？"

"有。"练绘低头搅拌着茶汤，"但也没有。"

"我猜猜看，十九郎反咬一口，说许稷索贿，犯了六赃中'受财枉法'条，是不是？"

练绘将一碗茶汤递到对面，无声笑道："看来你对你家十九郎的作风很是了解。"

王夫南自然相当了解自家十九弟，这小子歪曲是非的本事与三叔

---

① 推鞫房：古代审问室。

母蔡氏一模一样，小时候犯了错从来都往旁人身上推。但他又说："不过我猜事情并不是这样简单，仅此一条应还犯不着差人去吏部考院拿人。你不如直截了当告诉我，许稷犯了什么事。"

"此案是褚御史审办，我知道的并不多。"练绘眸光里藏满不可言说，"不过你要相信，越是寒门出身的人，越懂得自保。"

王夫南听练绘这么说，端起茶碗一口饮尽。

他道："许稷懂与不懂得自保有差别吗？流内小官，不过是上面说什么就做什么的位置，恐怕即便有自保心也很难置身事外吧？"

练绘很是无谓地笑了笑，眉眼里却深藏心计，看起来与许稷简直是一模一样。王夫南想，难道庶族出身的宦门新贵，都是这么个德行？

他正腹诽，练绘却收拾了他面前的茶碗，将两只空茶碗摆在了一起。碗底沉了茶粉渣子，他拎过小铜壶往里注水，茶粉渣子便又翻涌着混进水里，搅得水再度浑浊起来。

这茶并不能再喝了，他徒劳地做着这些事，回道："听你这样一说，许稷有没有自保心倒真没什么差别，那就看他的造化吧，你反正什么忙也帮不上。"说着抬起头来，一脸的无情无义。

茶碗里水汽袅袅，尚有残香，坐在对面的王夫南未再做过多探询，竟是直接起了身，只问了一句："你与许稷很熟吗？"

"算不上。"

"那最好离他远点，作风太相像的人在一起容易狼狈为奸。"王夫南直白地说完，俯身拿起案上马鞭，居高临下看了练绘一眼，"告辞。"

还未等练绘起身相送，王夫南已是出了公房。

王夫南的坐骑嘶叫一声，惊得御史台内不愿冬眠的蝙蝠从廊下吱吱掠过，速度极快，很快便消失在夜幕里。

耳房的吏卒一边抱怨着深冬台院的阴冷，一边偷偷摸摸吃炒豆子。正嘎嘣嘎嘣到兴头上，门口忽闪现一个人影，吏卒吓得差点噎住，将嘴里豆子囫囵吞进肚里后探出头去看："练御史去哪儿？"

"推鞫房。"练绘说完正要走,却又倒退着折回一步,头伸进耳房,"下次再被我抓到吃豆子你就死定了。"

"噢噢,不吃了不吃了!"

练绘面无表情地往推鞫房去,而此时的推鞫房内,一御史一许稷正在斗智斗勇。

褚御史三十出头,资历也算老道,面对才二十岁的许稷,却未必有能够压住她的气场。

"王武平反告你索贿,你有何要说?"

"口说无凭,可有确凿证据?"

"证据……"褚御史盯住她的眸子,"也不是没有。"

"可否呈示?"

"是人证,暂不方便。"

"除王武平外的其他人证?"

"正是。"

"是仅针对此案的人证,还是另有他案?"

褚御史对她的敏锐表示意外,略忖后回:"另有他案。"

"敢问是什么案?"

"与王武平所举告的一致。"

"告我索贿?"

褚御史笑了笑:"你没什么要说吗?"

许稷一直挺直的脊背稍稍松弛下来,但转眼又紧绷:"褚御史说得如此模糊,许某甚至要反问才能获知一二,不知褚御史到底是在审问,还是在让许某猜谜?"

褚御史一直盯着她的眼睛,这期间她的眸光没有丝毫变化,不见半点的张皇失措。

这种平静他只在穿紫服绯的资深高官身上见过,可许稷分明只是个末等流内小官。

"比部勾检的账目可都经过你手?"

"是。"

"记性怎么样？"

"尚可。"

褚御史还要再问，这时门却被咚咚咚敲响。不多不少正好三声，节奏有致，简直似暗号。褚御史意味深长地瞥了一眼许稷，起身往外去。

待他出去了，那门又"咚"地关上，推鞫房内便只剩了许稷与一盏油灯。

灯苗轻晃，许稷饿得前胸贴后背，她终于可以放松姿态揉一揉自己空虚疼痛的胃，默默盘算到底何时才能吃上一顿饭。

而门外，褚御史接过练绘从公厨带来的食盒，打开瞅了一眼，寻了张案坐下开吃。饭香四溢，褚御史因太饿吃得很夸张，练绘则坐在他对面看着他吃。

练绘道："审得如何？"

褚御史停箸摇摇头："思路很清楚，不慌不乱，很难得。"

练绘眼波中泛笑，嘴角也微微弯起来，有一切都尽在掌控中的架势。

褚御史又扒拉一口饭，紧接着问："练御史为何笃定他是比部清流？"

练绘轻描淡写地说："譬如王武平一案，王是其妻弟，按说这一层关系下，就算没有受赃情节，他在处理时也极有可能出现不当，他却完全没有徇私，这便是很好的佐证。当然也不止于此，我已观察他许久，此人十分刚正，是清流中的清流，且有不畏权贵的气势，是再合适不过的人选。"

"话是这样说，但……"褚御史微微眯起眼，"若他当真十分清白，御史台这样做，也是有违规矩的吧？"

"规矩？"练绘似完全没有将规矩放在眼里，微微一笑道，"对御史台而言，手段略有偏失并无所谓，重要的是结果，不然也不会设刑具了。"

褚御史无话可讲，只说了"我已没什么好审问的，剩下的就交给练御史"，便低下头继续吃饭。

练绘拿起搁在地上的另一只食盒，起身走到推鞠房外推开了门。许稷几乎是以最快的速度再次坐端正，见兀然走进来的练绘，不由轻蹙起眉。她与练绘仅有几面之缘，连话都没有怎么讲过，但练绘脸上却完全是一副看见老熟人的神情。

练绘行至她面前坐下，将食盒搁在一旁，道："你是因被告索贿的案子被带到这里，此案由褚御史进行推问，我不插手。从现在开始，我需要你协助御史台办案，明白吗？"

许稷眉头微妙地轻皱着，表示不明。

"不要装糊涂，我知道你心里很清楚。"

话说到这份儿上，许稷也没必要再遮掩，她直白地进行确认："举告王武平受赃，再让王武平反咬我索贿，是制造合理名目抓我进来；实际上，你们是想让我坐在这里协助御史台办案——去查比部的问题，可是这样？"

"正是。"

"那王武平一案怎么算？"

"该怎么算怎么算。"

"王武平一案我问心无愧，故我不受牵制并无顾虑，若我不愿协助御史办案会如何？"

"不可能。"练绘笃定道，"比部这一潭混脏不堪的污水如今要清理，而你并不想被当成浊物一起清出去。明哲保身的道理，不用我提醒。"

直白的谈判最爽快，许稷又问："那为何要将我困在这里？"

"对外的名义是多人举告你索贿，台院对此进行审查，需调取比部相关勾账。"

"掩人耳目？为何不明查？"

"以前也明查过，但这些家伙动作快得要命，不能给他们机会，所以必须假借名目去查。"练绘眸光微敛，"这只是一方面，另一方面则是查验过程中恰好需要你的协助。账目勾检经你手，判却不在你的职责范围内，但判中存有不法不当之处，你是最能看得出哪里不对的人。"

"比部所勾账目浩繁，我需要足够时间。"

"没有那么多时间，我不需要全部，有足够的证据就可以收手。"

"何时开始？"

练绘忽然将食盒移到许稷面前："你现在要做的事是把它吃了，睡一觉，辰时二刻会有人喊你起来。"

"在哪儿睡？"

"在这里。"他满脸的无情无义，说完便起身打算出去。

许稷却喊住了他，还不忘谈一谈条件："此事结束后，我的案子该如何结？"

"很简单。"练绘盯住她花白的头发，"索贿案经查子虚乌有，你可以清白离开台院，说不定还能因此得利。据我所知，你刚考完铨试？"

"是。"

说老实话，许稷并不相信御史台的承诺，能不少层皮就是最好的结局了，至于得利，简直就是痴人说梦。被告索贿，不论最后清白与否，必然会影响铨选结果，可她除了与台院合作，并没有更好的选择。

"说起铨试，你恐怕还得谢谢你妻兄。"

"妻兄？"

"王家十七郎，王夫南。"练绘说起恩人的名字总是干巴巴，但这并不影响他感谢这份恩情。做了好事就该被知道不是吗？

于是他很明白地告诉许稷："若非他出面干涉，你在考完之前可能就被金吾卫带走了。所以你或许应该感谢他让你考完了铨试，若没有考完，你大概什么机会也没有了。"

许稷骤然想起在考院退场时，王夫南于人群中抓住她的手，将她拖了出来。

原来如此。

原来他早就在考院哪。

想来与他并没有什么交情，他又何必如此热心？难道因为抵足而眠过吗？还真是……单纯天真哪。

练绘见许稷脸上浮起笑意，默不作声地转身出了门。

而房内饥肠辘辘的许稷，则终于打开了食盒，默默地赞叹一声御史台公厨的伙食，拿起筷子吃了起来。

推鞫房的夜晚阴冷而潮湿，隐隐藏着血腥气，睡在这地方没彻夜做噩梦就算万幸，可许稷居然能睡得沉沉，至辰时二刻又准时醒过来，脸上毫无倦意。

嗒嗒嗒的脚步声越走越近，许稷仍闭目打坐，吏卒探头进来一瞅："哦，都已经醒了啊！"连忙扭头出去对另外一吏卒道，"朝食送来！"

伴着朝食一起来的是一沓沓账簿，荒唐地摆满了长案。

许稷咬住嘴唇，抬手整了整头发将幞头戴起来，还没系好，练绘便一身风雪地走了进来。

"下雪了？"

练绘拍拍肩头的雪："昨日风啸一夜，竟没听到？"

"没有。"

能睡得这么沉，还真是既来之则安之的性子啊。

练绘在她对面坐下，顺手拿过一本账，轻飘飘地说："褚御史天没亮便去了比部调取相关账簿，听说比部同僚很是想念你啊。"

许稷搬过食盒低头吃朝食，没吭声。

看看案上这些账也能猜到比部今天早上一定炸了锅，哎，那帮家伙一定将她骂到死透透了。

"许稷索贿了，许稷居然索贿了！平日里看着那么老实本分！""就知道长酒窝的男人不靠谱，果然心机深沉！""才整理好啊又要调用，再整理一遍放回去知道多难吗？体谅体谅我们这些苦命人吧……"

当然也有抱定同僚情谊坚决不落井下石的："从嘉什么人我能不知道吗？一定不会索贿的，褚御史必然是哪里搞错了，调几本账看看就行了，调这么多也是白调！"

褚御史当然是当比部一众人全在放屁，手掌御史大权无情征调了账簿。

但是……也不需要拿来这么多吧？

许稷闷闷不乐吃完朝食，抬头看了看案上的簿子，恰好对上练绘投过来的目光。

"许某要开始做事了，练御史要留在这里看账吗？"

练绘低头盯着那勾账看了好久，账上是随处可见的"同"①字与小字标注的勾会依据，也有不对之处以朱笔更正，总之密密麻麻看起来确实浩繁复杂。

他忍下皱眉冲动，回了一句："自然要看，不然如何体会比部辛劳呢。"

许稷无话可说，只能接受其监工。

本着及时报告的原则，许稷发现问题便会立刻指与练绘，譬如——"光禄寺这笔宴赐账有违令式，判牒中却未指出。"

"这笔属公费挪用所致亏空，应在却未在，本应关金部下符牒勾征②，但实际并没有。"

---

① 勾账中的"同"即"相同"之意，至于与什么相同，依据是什么，勾官必须要进行标注，并且署名。数量相符就勾"同"，不符合就朱笔更正。一般来说，勾官进行勾检的依据如下：案、历、前账。古勾账上会出现的标注如"会案同，会历同"就是依据案、历勾检。

② 勾征从程序上是这样进行的：由勾官勾检，有欠即征，由勾征官员执行。比部勾检结果要关金、仓部，出金、仓部下符牒勾征。勾征官员很多，像中央尚书省二十四曹就都参与勾征，而比部则是全国勾征的总指挥。

"该任所庸调配额贰阡段，回残①本不得挪作他用，但核下来并不对，主司知有剩却不言，应是按坐赃论，但未见处理。"

所谓勾征，便是由勾检官进行勾检稽失，再由勾征官进行征收，勾征官从中央到地方自有一套系统，而比部作为勾征总指挥，若有人收受贿赂心怀不轨，少勾漏勾很容易出现；至于官典挪用、回残隐瞒不报等问题，勾检中也存在会予以包庇造假的情况。

若只是勾判不力，以失职论；但若是受贿而不法行事故意为之，则属于受赃。

练绘对前者暂无兴趣，他要抓的是后者。从勾官到判官，从受贿者到行贿者，查出来就统统"弄死"。

就在许稷焚膏继晷之际，长安的雪也快要淹城了。这场雪下得简直丧失理智，完全没有停下来的意思，偌大西京城像彻底睡了过去似的，皇城内各衙门也只剩了寥寥宿直人员，其他人统统放假冬眠。

没有人再关心窝在台院推鞫房里的许稷，除了千缨。

千缨自那天之后便再没见许稷回来过，遂越发怀疑王夫南在偏门口说的都是谎话。

她这天正要去前面找王夫南时恰好碰上三伯母，三伯母恶狠狠地瞪她一眼，惊天大消息随口爆出："许稷都被抓起来了还敢说自己清白！分明是他索贿未遂，心生怨恨，举告陷害十九郎！就等着瞧吧！"

千缨自然不信："三伯母不要再说笑了。"

"我与你一介小辈说笑？"自那次在堂屋闹过之后，蔡氏显然已经和五房撕破脸，说话更加无所顾忌，"你出去问问，我还骗你不成？你就等着守活寡吧，受赃可是重罪！"

适逢王夫南从老夫人那里过来，蔡氏一瞅见他，忙喊道："十七郎，千缨有事问你！"

千缨扭头便见王夫南踏过庭中积雪走来，她等他站定后皱眉问：

---

① 回残：国家拨给各官府钱物破用后的剩余。

"三伯母说三郎被抓了，可是真的？你上回在门口说的话是不是骗我？"

"被抓了？"王夫南满脸不惑，"我倒未听到消息，三叔母的消息是从哪儿来的？道听途说的消息虚虚实实，还是不要信的好。晚辈还有事，就先走了。"

他说罢全然不顾蔡氏反应，抓住千缨肩头将她转了个向，示意她赶快走。

千缨莫名其妙就被他带回了走廊里，脑子还晕晕的不大好使。

"你与三叔母较真岂不是自讨苦吃？真是傻透了，天冷快回去吧。"

王夫南说完就要走，千缨却一把拉住他："可她说得煞有介事的，十九郎的确就是那种会反咬别人一口的人啊，我好担心三郎！你上回说三郎只是被比部员外郎带回去干活儿的事是真的吗？"

她说完按住扑通扑通跳的心口，完全忘了和王夫南之间的"深仇大恨"。

"以我与三郎的交情，我会骗你吗？"

不提交情还好，一提把千缨脑子里"抵足而眠"的事情又拽出来了。

寒风凛冽，雪粒子刮进廊内，千缨警觉地质问："你上回说的抵足而眠是真的吗？何时何地怎么眠的？！"

"抵足而眠就是脚挨着脚啊。"王夫南觉得好笑。

千缨怒气涌上双颊，红着脸问："抱在一起了吗？！"

"没有。"王夫南自证清白，却又补了一句，"但一起泡汤了。"

"什么！"千缨难以置信，气得跳脚，"我不信，我不信！"

王夫南捉弄她一般："真的，就在东绣岭上。他们家就住在那儿，你应当知道的。"

千缨抱头否认，好不容易承认现实号道："一定是你使尽手段骗他耍他！"又抬头质问，"你没有对他做什么吧？！"

王夫南彻底服了她，伸手按住她脑袋让她镇定："千缨哪，你有时间质问我倒不如多在意一个叫练绘的御史。那御史和你家三郎简直是一路人,我最近查了查,发现他对你家三郎格外上心,你要小心他与你家三郎会不会发展出什么超乎同僚情谊的事情来。"

"什么超乎同僚情谊的事情?"

"哦,就是同僚之间互行不轨,或单方面行不轨之事。"

千缨怒皱皱眉头:"当真如此我就剥了那个御史的皮!"

王夫南忍住笑,转身就走。

"你等等!"千缨又喊住他,"帮个忙……"

"方才对我大吼大叫,从前也对我不理不睬,现在要我帮忙?"

千缨皱皱眉,说好老死不相往来的,她可真是个没原则没骨气的人哪。

"喊一声十七兄。"王夫南侧着身垂眸瞥她一眼,趁机挽回身为兄长的尊贵地位。

千缨瞪瞪他,最后违心又迅速地喊了一声"十七兄",随后立刻抛出要求:"你进皇城将许稷带回来吧,都快要过年了,总窝在公房干活儿不回来我很担心哪!"

"我尽量。"

然王某人嘴上信誓旦旦答应了,实际并没有趁着旬假进皇城找人。

长安城的雪总算消停了下来,路面积雪开始融化,御史台廊下长长短短地挂了一排冰凌,看架势还在不断变长。

是日,练绘正从推鞫房出来往公房走,还没踏进门便被人挡了去路。他往后收了一步,将手里拿着的东西藏至身后:"你如何来了?"

"心虚什么?"王夫南瞥了一眼他另一只还未来得及收到背后的手。

练绘遂大大方方将那本簿子拿出来,绕过王夫南,径直进了公房:"喝茶吗?"

"不喝。"王夫南直截了当拒绝,"今日来是要把许稷带走。"

练绘在案后坐下来,抬了抬眉毛:"每次都偏巧,我当真怀疑你在御史台有没有……"

"不用怀疑了，我有耳目，所以你最好查一查，把内鬼捉出来。"王夫南连坐都不打算坐，"快点放人，不然尚书都省见。"

御史台监察弹劾诸司百官，尚书都省却可对六察御史进行纠弹。可谓拥权者必有人治，是此理也。

看王夫南这架势，练绘笃定他已经猜到了许稷一事情委，但还是问了一句："你这阵子都不来，是因为已知内情？"

王夫南回道："你做得难道还不够明显？大量调取比部勾账，又扣押许稷这么长时间不给结果。流内末等官的索贿案而已，犯得着吗？"

练绘笑了笑："你能猜到，那些人应当也都猜到了。不过又能怎么样呢？"

他笑意瞬敛："等他们发现，早就来不及了。"

"不用向我炫耀，放人。"

王夫南话音刚落，那边吏卒霍地冲进来："练……练御史大事不好了！那许稷——"

那吏卒说话结结巴巴上气不接下气，王夫南转头等他下文，练绘却还是老样子坐着，完全不着急："倘若累晕了就去喊医官，找我有用吗？"

"哦。"吏卒蒙蒙，反应过来拔腿就跑。

王夫南正要紧跟着出去，练绘却起身对他道："即便去了也不会让你进推鞫房的。再者说你是医官吗？不是医官就坐下。"他说着自己先坐下来，"等他醒来我就会让他走，你若要同他一起，便在这里等会儿。"

"起来。"说话间王夫南的佩剑竟是指向了练绘，"许稷协助台院办案，累到晕倒，身为此案主审却如此冷漠，良心进了狗肚子吗？"

"是他自己着急做完所以不眠不休，怪我吗？我会寻机会道谢，但不是现在。"练绘稳坐不动。

"废话收起来，人跟我走。"剑锋稳指咽喉。

"我能弹劾你胁迫御史吗？"

"你可以试试。"

练绘与他对峙了一阵，但到底在气势上弱了一截。

他站起来，王夫南收了佩剑："带我去推鞫房。"

此时推鞫房内医官刚到，王夫南瞥了一眼那医官，又看了看晕在案上的许稷。那医官正要上前与许稷号脉，王夫南却是一把拽住了他。

医官甚惶恐，王夫南则道："这么年轻医术一定不过关，让他走。"

练绘在一旁站着："你阻拦医官到底想做什么？"

王夫南径直走过去将许稷从案上拖起来，又探了探她鼻息，刚要背她走，许稷却忽然睁开眼。

许稷迷迷糊糊中看到王夫南的脸，只说要水喝，王夫南便给喂了些水。

她恢复得很快，在案上伏了一会儿便重新坐正，看屋内一下子多了这么些人还有些纳闷："怎么了？"

吏卒抢话道："哦，方才你晕了，某便去喊了医官来，可医官还未诊呢，你便醒了。"

许稷松一口气，她抬手揉了揉百会穴，又拿过解下来的幞头，最后拎起书匣问练绘："我能走了吗？"

练绘伸手示意她可以出去了，王夫南却瞪了他一眼。于是练绘只好放下身段，与许稷郑重道了声谢。许稷微颔首以示收下，默不作声出去了。

王夫南紧随其后，许稷听到脚步声便掉头瞅了一眼，见是王夫南："十七郎为何也会在御史台？"

"到卫所有事，顺便过来问问你的情况。"他接着补充道，"受千缨所托。"

千缨连昔日"仇人"也托，想必是急死了吧。许稷想着马上就能回去，便不由加快了步子，她踩着积雪道："原来长安城下了这么大的雪啊。"

身处闭室多日，都快不知外面日月。铜铃叮叮咚咚响，廊庑顶上皑皑积雪尚存，一片白茫茫。

许稷抬头去看，顿觉头晕眼花，身子不由晃了晃。

王夫南正欲伸手去扶，结果她却又站稳了。

"咦？我的驴呢？"许稷走了一段终于想起自己的坐骑来，"哦，还在考院，也不知有没有人喂。"

"牵回去了。"王夫南说。

"十七郎骑马来了吗？"许稷止步问道。

"自然骑了。"

"十七郎这会儿可要回家？"许稷委婉地说。

"你要蹭马？"

许稷毫不犹豫地点点头。这破天气，走回去简直就是找死，请让她蹭马吧。

好心善良的王夫南当然不会拒绝妹夫的请求，立刻就去牵了马。待许稷上了马背，他又转头叮嘱道："我过会儿从承天门街走，从朱雀门出，但那边积雪没扫干净，可能不是很稳，你当心点。"

许稷"哦"了一声，双手毫不在意地抓住了王夫南的袍子。

骑在马上比骑在驴上果真是要潇洒得多啊，许稷只闻得耳边呼呼风声，又被寒风吹得发抖，她不由缩紧肩头，恨不得将脑袋埋进衣服里。

本想就这样一路冷且畅快地回到家，可王夫南却不甘寂寞地同她搭话："尚书省二十四曹因比部勾账之事大约要被搭进去不少人，你这次能安然无恙倒也不容易，全仰赖你的自保心哪。"

许稷哆哆嗦嗦回说："他们的目标不是我，我牺牲与否没什么价值，死了也是白死，所以我不能死。"

"但你协台院办案，落在同僚眼里就是落井下石无情无义。你知道自己犯了为官大忌吗？"

王夫南的声音伴着呼呼风声蹿进许稷耳朵里。

她闭着眼声音打战："我知道。"

知道不会有人敢轻易重用她了。自保之心太重、且不甘被轻易放弃的人，很难忠心某个人，更不会为了某个人做出无谓牺牲。而位高权重之人，很多时候并不需要这样的棋子。

"若太冷就挨着我的背，好歹少吹些风。放心我很大方的，你尽管拿我挡风吧。"

听她声音都在哆嗦，王夫南不由说道。

可他话才刚说完，便觉原先紧握住他袍子的手忽然松了！

不好！王夫南倏地转头，飞快抓住了许稷臂膀，才免得她掉下去。他松口气，勒住缰绳停下来，许稷却早冻昏了。

他下马将许稷抱下来，用袍子围住其身体，又将她放到了马背上，再次翻身上马，将她护在身面，径直往崇义坊的王宅去。

"啪——嗒"一声，檐下冰凌又掉了下来。

王宅耳房小仆探头出去看，便闻得马蹄声嗒嗒而来，小仆冲出门去，却见一马二人已抵家门口。

"十七郎！"小仆看到英俊的自家郎君两眼放光，但转眼又瞥见窝在十七郎身前那位，心里吃了一惊，难道是许三郎？他二人什么时候交情这么好了？

小仆还不得其解，王夫南匆匆下了马，毫无顾忌地抱着许稷进门去了。

千缨正在烧水，听得外边动静便出去瞧。

韦氏也从偏房探出头来看，她见王夫南抱着许稷径直走了进来，惊讶得不由挑高眉，喊道："千缨哪！"

千缨自然是第一时间冲了上去，居然力大无穷地从王夫南手里抢过许稷并将她抱回房里，还能分出心来朝王夫南大喊大叫："为什么晕了！"

"拿热水来，再生个火盆。"王夫南不同她浪费口舌，随即坐下来翻开许稷眼皮看了看，又摸摸她额头温度，再探探鼻息，放下心来。

他还没来得及起身，千缨霍地冲过来："你不要靠三郎太近！"

"谁要靠他近？多少天未洗澡了，你当我觉得好闻吗？"王夫南皱眉起身，"过劳又受了点寒而已，休养休养就会好，走了。"他说完便出去了，千缨完全没将这话放在心上，赶紧坐下来给许稷喂水。

可没想，许稷这一睡就睡了好久。中途迷迷糊糊醒过来几次，但仅喝了点水便又接着睡过去。

千缨想她兴许太累了，就放纵她一直睡，也不在乎她是不是缺勤多日。

许稷缺席的这些时候，尚书二十四曹及京畿各公廨多人被弹劾，接二连三简直没完。而吏部也在这人心动荡之际，死赶着终于判完了文选的答卷。

文选三铨定出留，向选人公布铨试结果，其榜曰"长名榜"，并会一同公布"铨注期限"，令得留者（被录取）至吏部注官唱名，以待尚书都省审覆及门下省过官。

至于长名榜上"被放"（未录取）人等，则可于下届继续参选。

公布长名榜的日期在即，吏部尚书却有些拿捏不定，以至于夜色深深还在公廨内皱眉琢磨。火盆传来轻细的噼啪响，烛火越发暗，吏部尚书霍地起了身，金鱼袋轻轻晃，影子也跟着不停晃。

他胖胖的身子往前挪了一步，手里拿的正是长名榜上即将公布的名单。这名单上诸人都标注了留或放，唯一人至今还未标注。

胖尚书摸摸胡子出了公廨，往东一拐，径直挪去了政事堂。

本朝起初设立政事堂时，是因诸相"常于门下省议政，即以议政之所谓之政事堂"，所以开始设在门下省，可后来某裴姓中书令任执笔宰相，就将政事堂也一起搬去了中书省，再后来，为平衡中书门下二省又为行事方便，某张姓中书令又改政事堂为中书门下，其印也改为中书门下之印。

从此沿用至今。

那之后，政事堂有了自己专门的办公衙署，专职宰相皆在此处办公，享用着皇城各衙署内最高等级的伙食……哦不不，是掌天下之要务。

那么，既然政事堂中并不止一名宰相，秉笔宰相便应运而生。秉笔者，称为"执政事笔"，是诸相中默认的首席。为防专政，秉笔宰相十日一轮，但此制未能好好保持，如今又变回了老样子。

身为秉笔宰相，不仅要主持政事堂会议、承接诏旨，并且要值宿于政事堂内。百官若有问题请示，也是由秉笔宰相出应之。

吏部胖尚书艰难地挪到政事堂轻喘了一口气，敲开了门。

"进！"吏卒喊道。

胖尚书脱掉鞋子，低头闻闻臭不臭，觉得还行便进了门。

政事堂夜间临时会议刚散，秉笔宰相坐于上首批阅公文，旁边还坐了另外两个紫袍的老头。

胖尚书进来行了礼，将铨试名录双手奉上。

秉笔宰相却不接，瞥了一眼道："哦，是二十四郎哪。名录不该是注官后送尚书省吗？拿到此处难道是要老朽帮你写哪？老朽眼都昏花了哪还看得了名录上那小字哟。"

"不不不……"胖尚书又摸出一份答卷来，"其实晚辈是为这个而来。"

秉笔宰相抬了抬花白的眉毛："拿来看看。"

胖尚书忙将答卷递过去。秉笔宰相将答卷摊开，眯起眼慢吞吞往下看。灯苗不住跳动，秉笔宰相看着看着竟微笑起来。

文藻华美，却不乏经世之志，在富国养兵上更是相当有见地，属可用之材。

"许稷？"秉笔宰相眼睛再度眯起来，"噢，是那个让尚书省二十四曹乱了套的许稷？"

"正是正是。"胖尚书忙不迭点头。

秉笔宰相笑而不言，将许稷答卷给另外两位紫袍相公过目。

其中一位看完道："经世治国之才屈居比部似有些可惜哪。"

"可惜是可惜，但这样的人拎上来不大好用吧。"另一位反对道。

"吾等老矣，有年纪轻的送上来不好吗？反正也轮不到我们使唤，管它好不好用。"

"话是这样说，但……"

"练绘那样的都能用，他这样的能用就用吧，大不了榨干了丢掉。"

"什么话？"秉笔宰相终于开口，看向胖宰相，"二十四郎啊，勿听他们胡说，吏部的事要你来定。"言罢，却是使了个眼色。

胖尚书得了这话，闷闷一点头，问旁边书吏借了笔，默默摊开名录，在许稷名字旁涂了两个字。

第四章 · 山前路

　　消融雪水滴滴答答声伴人眠，潮冷之气从门缝里涌进来，吏部书吏戳在案前已写了一整日，仍没能搁下笔去睡觉。落笔不能错，紧绷着神经录完铨选名单，在这数九寒天里，背后已是凉凉的一层汗。

　　长榜墨迹干透处已被卷了起来，就待明日一早张贴至朱雀门大街外，周知暂住长安城内的各位选人。

　　书吏终于写完最后一个字，扔了笔就抱住凉透的茶壶猛灌了几口茶："透心凉透心凉！"发着抖说，"明天为什么不是旬休！为什么！想睡觉哪！"

　　事实上，精神亢奋的书吏哪里睡得着。他裹紧毯子在温暖的公房躺下时，外面滴答滴答的雪融声就足以让他失眠了。

　　长安城天色转好，阳光暖和天气宜人，积雪融尽。又因年关将近，诸人脸上纷纷添了喜色，当然欠人债的另当别论。坊门大开，一拨一拨选人及其亲友家属拥到朱雀门大街外，忐忑不安地前去观榜。

　　"徐三霸！你完了啊！等明年吧我看到你名字了！""晦气晦气！那你在哪儿啊？你是留是放啊！""我在找啊，唉，这位娘子不要挡道啊！看到了看到了，这写的是什么呀？！对不起我瞎了我已是看不懂了……""官人你也是'放'哦，回去等下届吧！"此君闻声直接昏倒，若不是好友拖曳出去，大概就要被踩踏至死了。

当然也有其他声音。"哦哦，这是写的'留'吧，要去吏部选院哪！九郎啊你那边情况如何啊？要考上了与我一起去吏部啊！""留留留，也是留！赵兄我们一块去吧！咦，那个苏贤弟呢？喂苏贤弟你怎样啊？"被唤作苏贤弟的同僚好友看着"放"字，默默转过了身，小心眼地决定不再和这两个人做朋友。

自古考试都是几家欢喜几家愁，那么，许稷呢？

王宅五房院内，千缨正在吭哧吭哧揉面团，其父王光敏火急火燎冲进来："今日放榜啊！姓许那小子还在睡吗？"

"噢噢，今日放榜哪？！"千缨连手也没刷干净就猛地扎回房里，她刚打算摇醒许稷，却见许稷忽然坐了起来。

许稷像被鬼附了体似的直愣愣看着前边，一拍脑袋说："今日放榜！"说完火速掀被下了床，在千缨目瞪口呆的注视下换了衣裳，飞奔而出。

千缨猛地拽住她："慢点不用急，晚些去也没什么要紧，还不用跟人挤，晚上吃古楼子①，你回来的时候记得带坛郎官清。"

"古楼子？大的吗？"

"当然了，我家有四口人哪，小的不够吃！"

千缨越变越大方了！

"你要升官了，俸禄也会跟着涨，吃好一点也是顺理成章的事嘛！"千缨说罢回屋又拿了一块蒸饼出来塞给她，"路上吃，别饿着。"

许稷肩负着千缨殷殷期望，抓过蒸饼就去牵了驴子，颠啊颠的好不容易颠到了朱雀门，却因人太多不得不找个铺子先拴了驴，只身朝那"望榜大军"杀过去。

---

① 古楼子：一种巨大的胡饼。

长名榜上密密麻麻，寻个名字宛若大海捞针，许稷一边啃蒸饼一边找，找得额头都冒出薄汗来。忽有一壮汉将她往旁边一拱，许稷顿时身形一晃，眼看着要栽过去时，背后忽有一只手伸出来扶了她一把。

许稷还没来得及转头去看，便先闻其声："来看榜啊？是留还是放呢？名字在哪儿呢？"

王夫南恰如阴魂不散的怨鬼，自回京后便总在她身边幽幽出现，冷不丁冒出来挑衅她的驴，冷不丁冒出来抓她的手，冷不丁冒出来说句话……这会儿则是站在她背后用幽幽寒光盯着她花白的头顶心看，连呼吸都快贴到她头皮了！

许稷不由打了个寒战，将手中蒸饼飞快地往嘴里塞。然她还没吃完，却忽被长臂勾了肩膀，扭头一看，正是王夫南站在她右后侧大大方方勾她的肩。

许稷感受着肩头后背传来的轻微压迫感，闷咳两声，将最后一口蒸饼咽下去，不自在地动了动肩膀。但她越是不自在，王夫南就越大方坦荡，简直将她当从小一起长大的兄弟，不顾"廉耻"地勾勾搭搭，将她从长名榜一端勾到另一端。

不过好处也不是没有，她再不会被什么看榜的壮汉给拱倒了。

许稷皱着眉一直在找自己的名字，可都半个时辰了仍旧一无所获。就在她要叹气的一刻，王夫南忽指了上面一个名字道："在那儿！"

他说着立刻瞥了一眼许稷的神色，只见许稷平平的眉毛从抬起到缓慢落下，眼眸中更是有一闪而过的黯淡与意料之中的失落。

王夫南难得近距离捕捉她神色里微妙变化，也是这样的一个细微的变动，令他莫名感受到许稷此人的活气——她也会有喜怒哀乐且也会形于色，并不是心中毫无波澜的冷血死人。

许稷嘴唇轻启又合上，眸光如常，脸色也如常。阳光有些刺目，长名榜上黑漆漆的一个"放"字竟显得格外明显起来。

仅有一字，便说明了这几年努力是否值得肯定。不甘心必然是真的，尤其那"放"字旁边还有另一个被涂掉的字。

原来胖尚书那晚在政事堂见秉笔宰相与他使了眼色，遂在名录上写下"留放"二字，后待政事堂内无他人时，又让秉笔宰相做了定夺。秉笔宰相二话不说，提笔涂了"留"字，正是要黜落许稷也。

胖尚书将此名录直接给了书吏去誊抄，可吏部书吏做事死板，虽不明白这上面为什么写了又涂，竟直接照搬上了长名榜，导致许稷名字旁边一"墨点"一"放"字看起来非常奇怪——有一种"本该留，却因为'某些事情'涂改成了'放'"的意味。

至于"某些缘故"，许稷清楚，王夫南也清楚，诸人都清楚。

练绘这个杀千刀的！

许稷寡了张脸转过身，无情甩开王夫南的胳膊，径自回去找自己的驴。王夫南被她甩了一下，知其心中藏着怒气，便不着急跟上去。

许稷埋头走到拴驴的铺子门口，忽停住步子，东西南北地原地转了一圈，却哪里还有她那头驴的影子？

驴也被人盗走了！可恶可恶！许稷憋了许久的火气瞬时涌上来，下一瞬好像就要发作，但见王夫南朝这边走来，她又将这火气强压了下去。

王夫南见那拴柱上只剩了一根绳子，便顿时明白了其中情委。哦，原是有人顺手牵驴，往许稷这团火上又狠狠浇了一桶油。

许稷戳在原地不出声，一口气全闷在单薄胸膛里，身影伶仃，可怜里却又透着重重不甘心。想起早上千缕满脸期待的模样，她不由轻皱眉。铨选落败，家中唯一的一头驴又被盗，她实在不知该以如何姿态回去。

"落榜失驴焉知非福，你跟我来。"

王夫南说完便转身往含光门走。许稷跟在其身后，只见他意气风发走在前面，竟隐隐生出一些莫名羡慕。

她也有鸿鹄志，却从没能活得如此坦率自得。

二人分别向守卫递了符，核验门籍进得含光门后继续往里，绕过鸿胪客馆往东走，即是御史台所在。

几名小仆正在打扫前院，吏卒见有人来立刻前去通报，等练绘从浩繁案牍中抽身出来，王夫南与许稷已是到了公房内。

此时公房内并无他人，练绘见他二人一道来，便又重新坐下："两位前来所为何事？"

王夫南正要说话，那边许稷竟是出人意料地先开了口。

她睁眼说瞎话："御史台欠某一头驴。"

"哦？"练绘抬了抬眉。

"铨试那日金吾卫直接将某带到了御史台，却未照看好某的驴。某已找了好几日的驴，但显然已被贼人盗走无处可寻，这事是否是御史台的疏忽，抑或是练御史的责任？"许稷面不红心不跳地继续胡说。

王夫南显然没能预见她会这么讲，在一旁坐了听她继续胡扯。

"噢，原是这样。"练绘白净的脸上浮现出一丝丝笑意来，"那确实是御史台的疏忽。"

"既然是疏忽就请负责到底，某家贫且困，仅有那一头驴，望台院给个说法。"

"说法自然会有，不过……"

典型的官家推诿腔调一出，王夫南霍地朝练绘伸了手。手心向上，显然是要钱："冠冕堂皇的理由收起来，请赔钱。"

"想替台院公廨省钱也无妨，你自己掏这笔钱吧。"王夫南的手没有收起来的意思。

练绘被这一对"直爽"且"职业病发作"的家伙一唱一和逼得唇角挑起，但仍是回驳道："不怕被弹劾索贿吗？"

"索贿？我是你的监临官吗？我与你有直接利益关系吗？他与你有直接利益关系吗？"王夫南手心伸得更板更直，"不合六赃之条就少扣帽子，驴钱及误工费一并送上，立刻。"

练绘沉定坐着，但转瞬霍地起身，只身走到外面喊隔壁的主典过来。

王、许二人如愿以偿地拿到了御史台的"赔偿金"一同往外走，可往东刚走到宗正寺外，便有一人气喘吁吁跑了来。

那人倏地站定，许稷认出此人正是吏部某李姓令史，便行了个礼。

李令史对许稷道："某就说长得像呢，跑过来一看还真是你。"

许稷轻皱眉："李令史可有事？"

"哦哦，是这样。"李令史猛喘一口气，又瞥了一眼站在旁边的王夫南，忽伸手抓过许稷手臂，将她捜到一旁，悄悄道，"裴尚书令某把这个交给你。"

他说着从袖袋里摸出一封薄信来递了过去。

李令史一脸神秘，许稷则按捺下心中不安，将信封收入袖袋，又与他道了谢，等他走远，转过身就打算回去，似乎完全忘记了还站在宗正寺外等他的王夫南。

王夫南见她心事重重转过身闷头往前走，便也不着急追上去，反而是回卫所牵了马，从含光门出去了。

许稷走到皇城门口才想起王夫南的事，可回头看看，哪里还有王夫南的影子？她打算往西市去买酒，刚拐进光禄坊，便寻了一小巷扎进去，见四下无人终是掏出那信出来看。

拆开信封，里面却仅一张素白小笺，上书二字——

"制举。"

这就是裴尚书给她的所有提示了。

这提示贸一看虽与岳父王光敏要求她去"考制科"没什么差别，但分明又很不同。

吏部裴尚书于铨试中黜落她，却又遣人送来提示她考制举的小笺，其中含义值得深思。

起初她见自己落选，以为是吏部因索贿案认定她"品行不宜留"，故予以黜落。但如今看来，理由却可能不是如此。

若吏部看不上她的品行，又怎会送此小笺到她手上、建议她去考制科呢？

所谓制科，非礼部主办的常科。进士、明经等科皆有既定开考时间，有例可循。但制科就完全不同，制科可以在任何时候举办，科目也没有常例，只要天子下诏即办。

与进士、明经会拜主考为座主不同，制科举子皆是天子门生，天子即座主。且进士、明经科参考者均为白身；制科则是不论白身还是有出身者，甚至六品以下在任官也能参加。

制科登高第者，甚至有连升三四阶的前例，对于已有官品的人而言，这无疑是吏部铨选、科目选外的升迁捷径，且该途规格更高更荣耀，升迁更是快得多。

裴尚书提示她去考制科，是想让她去走这条捷径吗？

可哪有那么容易？制举难度之高是真正要考的人才能懂，千缨之前说以许稷的才学肯定不怕考制科，也只是千缨一厢情愿的想法罢了。

抛开难度不谈，许稷要顾虑的事还有很多。

制科因是天子科，验身必然更严格，万一运气不好暴露了女子身，那可真是要出大事；再者，想要参加制科，须有朝臣表荐，虽名义上自荐也行，但实际上均是以他人举荐为主。她能获得在朝重臣的举荐吗？裴尚书写此笺给她，是否意味着他愿意举荐？

许稷正于窄巷中深思，忽有马蹄声传来，她速收起小笺探头往外看，却只见王夫南穿过光禄坊门而来。王夫南注意到不远处巷口探出来的脑袋，随即收住缰绳慢步踱了过去。

尘土轻扬，许稷抿唇偏头。

待灰尘散尽，她这才抬头看他："去哪儿都能遇上十七郎，真是巧。"

"闲司闲员，无兵可带，无事可劳，若不到处遇熟人、解乏味，难道陪南衙那群病歪歪的老头下棋？"

他可是堂堂正四品上的上府折冲都尉啊，若在百年前，那是举足轻重的位置。可时日变迁，朝堂也在变，实权的执掌也在变。

他是如何沦落至此地步呢？受他父亲牵连吗？许稷之前并没有关注过。

她稍稍有些走神。王夫南的绯色袍角在大好晴天里亮得刺目，风吹过来，令他袍角飞扬。许稷忽敛神抬头："既然十七郎无事可做，可否载我去西市？"

王夫南皱眉犹豫片刻，最后应下来，义气地载许稷去了西市。

区区几里路，至午饭时分也就到了，许稷为省钱买了一张胡饼充饥，王夫南则大方地买了两张。

二人坐在宽阔道旁的槐柳下吃完了胡饼，便去驴市看驴。可这臭烘烘的驴市里，竟然人比驴还多！许稷看了半天被挤出一身汗，王夫南则站在外面无所事事地瞧着人挤人、人挤驴、驴挤人之怪象，与此同时，他的坐骑也百无聊赖地嘶了一声。

天光如此好，却要白白耗费在这驴堆里，许稷可真是无趣之人哪，王夫南想。即便如此，他却十分乐见她在人群里被挤来挤去，因那一贯素白的脸上总算现出些血色，虽然是热出来的。

据说此人与千缨是私定终身，为了能顺利入赘王家，甚至将自己为官所有积蓄都双手奉上，求情求了个把月才终于得偿所愿。

五房那状况也有人求着入赘，离奇，离奇也。

王夫南对许稷的好奇是明摆着的，但也不仅于此。他虽生长在西京，但很早便驻外行军，曾经的好友不是也在京外，便是淡了来往。而朱廷佐、练绘之流，也大多死板无趣，许稷便顺利成为他回京后为数不多的趣味之一。

他在驴市外想着想着走了神——我只是觉着好奇、有趣吗？在这之外，令我格外在意的又是什么呢？

王夫南忽然敛神，恰看见许稷从人群驴堆里走了出来。她拍拍衣裳，抬手闻了闻气味，脸上闪过一瞬嫌弃，显是没有挑中值得买的驴。

王夫南牵马欲往东行，许稷却往西，王夫南遂只好牵了马跟她走。

许稷闷声不吭地进了酒坊买了一坛郎官清，抱起来就往外走，王夫南一把接过，不由问："给千缨买的吗？"

"是。"

"不给我买吗？"王夫南恬不知耻地索酒。

许稷手还搭在那酒坛上，她抬头看看王夫南，想他也是帮了些忙，觉得不好太厚脸皮，遂转身又回去买了一坛。

王夫南很满意这般往来礼仪，将酒坛子在马鞍上拴好后，便又载许稷出了西市。

"妹夫可是现在就要回家？"

一提回家，许稷心里多少有些逃避。烦心事如石头般压着她，她需要找个地方自己待一会儿。于是她说："到坊门口将我放下来吧。"

可王夫南却避崇义坊而不入，反而是带她径直往东校场去。等许稷半途回过神来，已是迟矣。

校场之地，争锋所在，亦是兵家操练之所。

申时一刻，一场击鞠赛刚刚结束，日头已经开始偏斜。不知是否是抱着酒坛的缘故，许稷的步子竟变得沉重起来。她走得慢吞吞，每一步都似乎绑有心事。王夫南见她落后太多，便停下来等她。他回头去看，却觉这模样熟悉。在哪里见过呢？

在灞桥。

那日于灞桥上观骊山夕照、见路人折柳赠别，她就是如此满腹心事的模样。

若说灞桥是离别之地、见之有所感怀尚好理解，但校场又是哪门子引人感怀的地方？

两人行至靶场，王夫南将酒坛搁下，令火长取了弓箭来，二话没说丢了弓与箭囊给许稷，指了靶子道："你就将那当成练绘，狠狠给他几箭，出出气！"

许稷觉得这点子滑稽且邪门，但她也找不出更好的散心办法，遂从地上拾了弓，将箭囊背于身后，抽箭张弓，瞄准了靶心。她站得极稳，前手腕平后手肘平，拉弓的手骨节凸起，稳狠准地射出了第一箭。与此同时，王夫南亦是瞄准了旁边一只箭靶，精准无误直中靶心。

两人各自对一靶子，势要将箭囊中二十来支箭全部用完。

本是各习各的，互不搭腔，但很快许稷就打破了沉默。

她心中大石稍松动些，便张口询问有关王夫南本人的事："十七郎年少便外出征战，也曾威风凛凛立过战功，如今被困在这闲司，有何感想？"

她措辞坦荡，听不出任何奚落意味。于是王夫南也直爽回道："焉能在此耗一生，这便是我的感想。你呢？"

说话间又一箭正中靶心。

许稷拉满弓，瞄准道："焉能在比部耗一生。"说罢手松，兵箭离弦，朝远处靶子飞射而去。

"看来你我都不甘心哪。"王夫南唇角上挑，瞄准靶子时面上毫无笑意，是真正的薄情寡义脸。

许稷自身后箭囊又抽出一支箭来："不甘心又有何用？世人皆爱说'焉能如何如何'，但多数时候都毫无对策。"

她说完再度瞄射，却听王夫南冷不丁道："裴尚书没有给你对策吗？"

许稷微愣，手却已松，这一箭竟然脱靶。

她正要去拿下一支箭，却发现箭囊已空。许稷抿唇不知该回什么，便将话锋转向了王夫南："听闻十七郎军功赫赫，在外颇有建树，为何突然被调回京？莫非……与王相公被贬岭南有关？"

她这哪里是打探，完全是哪壶不开提哪壶。

王夫南乜她："你也觉得是我阿爷被贬，牵连了我？"

许稷默而不语。

"就是这么回事。"王夫南嘴角一扬，干笑一声，忽然松手，丢了弓箭，没有说再多的话。

日头已斜向西，昏暮将临，妖风也起，长安城暖和了一整天，终于要冷下去。他偏头看向许稷，却见许稷也正看着自己，然他眉峰骤抬，上前一步便将许稷扑倒在地。

一支弩箭自上空飞速擦过。

许稷惊了一跳，抬眸看向近在咫尺的王夫南，而王夫南则稳稳托着她的后脑勺，感受到手背传来的破皮之痛。

许稷察觉到自己后脑勺枕了一只手，隔着薄薄一层头发，便是温暖的掌心。没有太多肉，却稳而有力。那只手将她的头稍稍托起一些，两人间便只剩一二尺距离，许稷甚至能看清楚他每一根睫毛。

一、二、三、四……

呼吸也清晰可闻。

王夫南喉结轻动，正要开口，那边已有士兵冲来主动认错："属下不小心误启了弩机悬刀！请都尉责罚！"

王夫南骤地回神，收回垫在许稷脑后的手，速起了身。他转头眺了一眼落在前面的一支弩箭，寡着脸命令："捡回来，去火长那儿领罚！"

"喏！"士兵显然很服从管教，但还是趁机瞥了一眼许稷，咦？这个文文弱弱年纪轻轻便白了头发的家伙是谁哟！哦哦，定是都尉抛弃朱廷佐副率开始寻新欢啦！他扭头跑去捡了弩箭，飞也似的奔去领罚了。

士兵一走，许稷站了起来。方才这一摔虽有人护着她的脑袋，但身体还是结结实实与坚硬的地面撞了一撞，这会儿浑身筋骨都疼。

王夫南看她一眼，径直往东边卫所去，令人打了水来，站在廊庑下弯腰洗手。

许稷亦跟了过去，站在一旁看他洗手。他显然不是什么粗犷不羁的性子，骨子里从小养出来的富贵毛病还是有的，只从洗手便瞧得出来。

他洗得极认真，看不出半点敷衍。井水冰凉，那双手微微泛红，指节或因握起而发白，有一道疤从右手虎口处斜伸至腕处，右手手背则是破了皮。

王夫南洗了伤处，拿过火长递来的干手巾擦了手，又取出随身药盒，很自然地当着许稷的面抹了药膏。

"十七郎似乎很在意自己的手。"

"善待自己是本能，又何止于手？"他说完将药盒收起来，又乜了眼许稷。

许稷忽然就想起她磕伤额头的那晚，王夫南让朱廷佐留下药盒之事。或许在这人眼中，她许稷便是不懂得善待自己的那一类吧。

"既然善待自己是本能，十七郎又为何用手护住我的头呢？"

"其一，这是在校场，且是我带你来的，我有必要对你的安全负责；其二，比起我的手，你的头可能更金贵脆弱。"

王夫南极力否认自己是出于本能伸的手，他给自己找准台阶，噌噌噌下到了底，暗舒一口气。

许稷却敛眸，远眺天边夕阳，未再言语。

王夫南将她略略打量一番，目光最终落在她脖颈间。上回泡汤，他就见过她脖颈间的深褐项绳，他思忖一二，最终问道："你家中可是有人从军？叔伯或是兄长？"

"我阿爷。"许稷坦率回他，"他早年从军，后来身体有恙就回了昭应老家。"

"你阿爷？"王夫南轻轻皱眉，"敢问曾在哪部？"

许稷没有正面答："都是过去的事了。"她说完走出廊庑，"天不早，该回去了。"要面对的总要面对，她在外游荡一天了，千缨恐是要着急。

她走出卫所时，恰见方才那犯了错的士兵正在扎马步，看来已蹲了不少时候，额头都沁出汗来。那士兵受着罚，见她出来，却还咧嘴一笑，像是示好一般。

许稷想的却是，若王夫南的反应速度与应变能力不够，那么她今日或许就成了命丧弩箭之下的倒霉鬼了。

所谓命运，便真是谁也说不准啊。

街鼓声不约而同地响起来，势要将长安城敲入暮。一片枯叶在晚风裹挟下悠悠荡荡，落在许稷肩头。

王夫南遥遥牵了两匹马来，许稷掸掉肩头叶子，看着他将两匹马牵到自己面前。其中一匹白马，鬃顺体壮，看起来曾是一匹难得良驹。

"这也是十七郎的马吗？"

"算，但也不算。不过它并非官典，故不算挪用，你尽可以放心。"王夫南将缰绳递过去，"按年岁来说，它是一匹已活了三十年的老马，曾在战场上折过腿，后虽经救治，却无法再返战场，不过平日里代步用仍绰绰有余。既然你少了匹驴，我便将这匹白马赁给你用如何？按月结钱。"

那匹马看着许稷，忽然抬蹄往前迈了一步。它低下头来垂眸嘶了一声，宛若哀叹。许稷有一刻愣神，那马却是将头挨近了她，以示亲近。

"它如此喜欢你，倒像是早就认识了你。"王夫南说着将缰绳索性塞到了许稷手中，"再耗在这儿坊门都要关了，走吧。"

那马抬头，眼眸发亮，仿若挂泪。许稷抬手顺了顺它的鬃毛，握紧缰绳踩上马镫，利落翻上了马背。

王宅五房再度闹开，全因王光敏跑去看了长名榜。

他见许稷没中，便气呼呼地回了家，将不高兴的情绪一股脑地全抛给了千缨，且将前阵子许稷被御史台查的事也抖搂了出来，愤愤骂道："没靠山还到处惹事！说不定十九郎还真是他举告的，不然十九郎怎么会反咬一口？这下好了吧，明明可以考上的，因这件事就被放了！他往后还能有什么出路？！"

千缨虽隐隐失望，但她坚定地站在许稷一边。今年落败明年再战，无非这一年过得拮据些罢了，都不是问题。她遂与王光敏一板一眼讲起道理来，可她阿爷从没有讲过理，双方便各执一词争了起来。至于母亲韦氏，则只好坐着唉声叹气，完全不知该劝哪一方。

王光敏忽然举起案上大陶碗，猛地往地上一摔，那陶碗便啪啦碎了。千缨火气完全被挑上来，也要搬碗砸时，许稷推开了门。

千缨倏地收住手，瞪圆了眼望向门口的许稷，急道："三郎你快回昭应去！或是去比部公房避一阵也好！"

但许稷全无逃避的意思，而是提着酒坛进了屋。

王光敏举着另一只碗怒气冲冲骂道："你还敢回来！"

"岳丈。"许稷到他面前，夺下了他手中陶碗，"碗不是捡来的，何必与钱过不去？坐。千缨——"她指指那酒坛子，"郎官清买回来了。"她一如既往地平静，好像什么事都未发生，"古楼子趁热吃，凉了就腥了。"说罢已是伸手过去拿，千缨忙道："就是就是，都快要凉了，快吃！"

王光敏无可奈何深吸一口气——自许稷来了后，他撒气也没法撒得痛快，心里都快要憋出伤来了。可闻了闻郎官清开坛的味道，他又想，罢了罢了先喝了再说。

一顿饭吃得不算愉快，但好歹个个都很满足。王光敏喝多了便被韦氏拖回房睡觉，千缨则喝到两颊发红。许稷处理了碗盘剩菜，替千缨烧了水，喊她洗漱后就让她先睡了。

一切忙妥，许稷径直走到院中，抬头看了看天。

无星无月，一片漆黑，太平静了，像是假的。

可就算是虚假的平静，也仅仅持续了一个晚上。

练绘一系列的动作，令朝中多处发生变动，有人下去也有人上来，唯一与许稷扯上关联的，也只有换比部郎中一事。

新的比部郎中与练绘极像，同样是寒门出身，考进士，登第制科，历校书郎、京畿少府，最后回长安任郎官。

一路拔擢，青云直上。

没有靠山是不可能的。

在朝中发生这些变动的时候，制举诏书也终于颁布，考期及制举科目的消息一出来，便轮到举人"他举"或"自举"了。

时间一天天过去，但许稷毫无动静。

这天傍晚，许稷正要收拾东西回家，将将走到门口，便有一吏卒匆匆跑来。那吏卒一瞅她那花白头发，便知撞对了人，他偷摸摸地说道："赵相公请郎君去政事堂一趟。"

吏卒口中赵相公，正是政事堂秉笔宰相也。

许稷蹙眉，心中是少有的忐忑。一旁的吏卒却不停催促，无奈之下，她只好随同那吏卒往政事堂去。

这时政事堂内烛火摇动，火盆生得正旺，书吏将许稷领进房便退下了。许稷放下书匣端端正正行了个礼，紫袍老头便示意她坐。

赵相公见她年纪轻轻头发却已花白，不由微眯了眼。他道："制举在即，该准备的可是都准备了？"

许稷听得这一句，心顿时放了下去，一想不对，却又猛地提了上来。

因秉笔宰相说了这话，便意味着——让她考制科并不是裴尚书的意思，而是赵相公授意！

"下官不明白。"

"将你黜落的是老朽。"紫袍老头挑挑花白眉毛，"指望铨选这条路从最底下升上来有所作为，头发都要白透了，所以铨选对你毫无意义。让你考制举也是老朽的意思，你若能登高第，甚至得敕头，京畿县廨便是你下一任任所。"

连升三阶。

许稷额角跳了一跳。

"你是昭应人吧？速回昭应县自举，之后自会有人替你表荐。"

一步步都铺好，就等着她去走。

但同时也扔了一座山给她。

许稷被这座山压得心绪混乱，但她清楚，这世上没有人会平白无故铺路。

倘若她当真要去走这条铺好的路，她就得有扛一座山的觉悟。

火苗毕剥声不断响，她思忖良久，低头问道："若下官不愿参加制举呢？"

"哦？不愿？"赵相公显然略有些意外，但他毕竟老道，遂只是笑问，"可是有难言之隐？"

许稷摇摇头。

"没有难言之隐何惧制科？"

许稷不吭声。

"你不去考也无妨，考课在即，看看能有何结果也好。"

赵相公虽还是笑着说话，许稷却从中听出了威胁。

举国数万名官吏，能穿紫服绯[①]者却不多。

不过士人一旦穿上浅青公服成为流内官，便都会有更换服色的志向，许稷也不例外。赵相公给她所指之路，足以让她换下身上的浅青袍，走到台省中层官员的门外，假以时日，便可踏进这道门。

而她如果拒绝赵相公铺的这条康庄大道，那么年末的考课，一定会让她吃足苦头。届时若故意给她一个下下等的考课结果，那她恐怕连如今的这身浅青官服也保不住。

从政事堂出来，天色将暮。廊庑下的灯笼被风吹摇着，远处紫铜铃声叮叮咚咚，光与声音都有些虚渺。

许稷闷头去牵了马，在接连不停的街鼓声中迷迷糊糊地穿过了朱雀门。抵达崇义坊时街鼓声落尽，天也完全黑了下来。

千缨做好晚饭等了一会儿，刚要出门去等，却见一陌生郎君走到门口。那郎君看看她，问道："比部许稷可是住这里？"

千缨纳闷抬眉，心想怎会有人找许稷找到这儿来呢？

她遂问："敢问郎君是？"

"同僚。"

"哦。"那一定是有公事了，千缨说，"可三郎还未回来。"想了想又道，"郎君若有事某可代为转告。"

"恐是不方便。"

千缨好意被拒绝，却并没有不高兴，反而是贴心劝来客："天冷风大，郎君不如进耳房等三郎。"

那人正要拒绝，千缨忽闻得马蹄声传来，立刻喜上眉梢："三郎回来了！"

那人循声望，只见深曲中正是许稷骑着高头白马而来。

一声低低马嘶，许稷勒紧缰绳下了马，她甚觉可疑地看了一眼来

---

① 紫服绯：服色代表品级，五品着绯服，三品及以上着紫服。

客："练御史为何会至此？"

练绘道："练某特意前来道谢。"

"练御史不必这样客气。"许稷握紧手上缰绳，"许某并没有做什么。"

"练某已略备薄酒，还望赏光。"

"不用了。"许稷有些不近人情地拒绝道。

可练绘言辞诚恳，又长了一副很好心好意的模样，旁边千缨遂撺掇道："三郎快去吧！"

许稷无可奈何地看一眼千缨，千缨却完全没读懂夫君眼里"你不要添乱哪"的意思，忙道："去吧去吧。"

练绘淡笑："尊夫人都发话了，你还要客气吗？"

千缨拼命朝许稷使眼色，大意也不过是"有饭赶紧蹭，千万别浪费，家里没好吃的"，且她又是行动派，赶紧闪回门内，甚至将门给关上了。

"尊夫人真有意思。"练绘看向蹙着眉的许稷，随口说了一句。

许稷终没再推辞，再度上了马，同练绘一道走。

千缨回到宅内，收拾一番正要喊韦氏吃饭，却见王夫南走进了院内。王夫南站到堂屋前一看，见无许稷身影，遂问："妹夫呢？"

"同僚喊他去吃饭。"千缨不死不活地回他。

"哪个同僚？"现在还有人愿与她一道吃饭？

千缨捧着碗想了想："好像是什么御史，叫什么我倒是没问。"

"练御史？"

千缨忙点点头。

"千缨，上回我与你说过什么？"

"上回？"千缨稀里糊涂地想想，忽然吓了一跳，跳起来语无伦次道，"难道是你说的那个练绘？！啊？完了完了，那人肯定不怀好意哪！他带三郎回家喝酒去啦！十七兄你快去将三郎带回来！"

王夫南出门时，许稷已在练绘家的堂屋坐了下来。火盆烧得甚旺，庶仆忙前忙后上菜暖酒，一张大食案上摆满佳肴，香气扑鼻。

不过饿极了的许稷，却没太多胃口。

她心事重重坐着，也不打算给好脸色与练绘看，闷着头空口喝了两三杯酒，便听练绘道："铨选之事我已听说，深感遗憾。"

许稷面上带笑，言辞却一点也不温和："遗憾能让许某由'放'改为'留'吗？"

"自然不能。"练绘兀自给她添了酒，"只不过铨选落败也未必是坏事，制举在即，你仍有大好机会可握。"

又是劝她考制科。许稷一下就听明白了，练绘这哪是道谢，分明是为了替人当说客。

她一言不发，闷完了杯子里的酒。

堂内烛火明亮，冷了一天的胃腹终于暖和起来，许稷轻叹一声看向堂外庭院。

忽有脚步声传来，紧随着便是庶仆的阻拦声："我家郎君正与客吃饭呢，容我去禀告一声哪！"

但区区一庶仆哪拦得住王夫南，他还没号完，王夫南已然大步迈进屋，走到了食案前。

练绘抬头看他一眼，吩咐庶仆再送碗筷来。王夫南也不客气，撩袍便往许稷身旁一坐。

他的忽然闯入，令许稷感受到一丝温暖活气。

练绘则因心情不错，并不打算与他计较，反而还起身给他盛了一碗汤。

双方还没来得及交锋，这时庶仆又紧张兮兮冲了来："不好啦，老夫人又发热了，郎君快去看看哪！"

孝子练绘立刻起身，与王、许二人打了声招呼，急匆匆往外去。

"十七郎为何会来这儿？"

王夫南端起汤碗不徐不疾喝着，回了一句："来给练绘庆功。"

"庆功？"

"铲掉一堆蛀虫难道不该庆贺吗？"王夫南说着忽瞥她一眼，"也正因他觉得值得庆贺，才抓了你来一起喝酒。你不知道练绘此人已经到了'惨无朋友、想喝酒只能随便抓个人来陪'的地步吗？所以说，他只是觉得无人同饮寂寞了而已，你千万别将他的谢意当真。"

许稷怎么听都觉得这话刻薄，她又空口喝了一杯酒，说道："若这件事没有扯上我，或许我会为他秉持正义而变成'没朋友的御史'感到可惜。"

"正义？"王夫南淡笑，"你细看就会发现练绘的所谓正义也并非公正无私。明面上看铲掉了一群蛀虫，但类似的清洗也不过是换一批'自己人'上去。练绘是寒门庶族出身那拨人一手拽上来的，他有他的局限。哪怕他也想做得更公正，但他所处的阵营要求他效忠，他就必须做出正确的选择。"

字字正戳许稷心头大烦。

"寒门进士，致位公卿，便成宦门新贵，拉拢同出身的人，对抗阀阅世家或朝中其他势力，再寻常不过。这拉拢包括座主提拔，也有婚姻关系上的走动。就练绘而言，他的婚姻大事恐怕轮不到其母做主，大约也只能接受其座主赵相公的安排。"

王夫南毫无顾忌地接着说："不过站队自古有之，不必避之如蛇蝎。一个人既然靠近了权力，总需要立场，这没有错。"

"那么十七郎站在哪儿？"

"你当我傻吗？"王夫南朝她笑了笑，"我为何要告诉你？"他脸上竟有浅浅笑窝，眸光分外明亮，在这满室亮堂中看着令人心神恍惚。

许稷只知道，他绝非平白无故说这一番话。这是所谓提点吗？教她不要畏惧站队？可她不愿，也不打算成为第二个练绘。

她默不作声看王夫南将一碗汤喝干净，自己则又喝了一口酒。

"练绘家定是换了厨子，味道比先前好太多。"王夫南起身又打算去盛汤，但他的手忽然停住，盯住那大陶罐，"这是什么汤？"

许稷一动不动，上嘴皮子轻抬："蛇汤吧。"

王夫南脸色煞变，几乎是慌不择路地夺门而出，一只翻倒的陶碗悠悠在桌上转了个圈。

许稷的心情渐渐好了起来。

"哎呀，王郎君是吃坏了吗？这是怎么啦？"庶仆望着庭院暗处不停干呕的王夫南，瞪圆眼睛手足无措地瞎嚷嚷。

"他是觉得蛇汤不好喝吧。"练绘从后厢房走来，路过时轻飘飘地对庶仆解释道。

不过，逞一时口舌之快且无心插柳般顺利"报复"了王夫南的练绘，当然也没有什么轻松下场，据说之后几日都告假在家待着，似乎是因为被揍成了肿眼睛。

而许稷，也在大年到来之前，离开长安回了昭应。

不过她并未在昭应久留，办完事仅待了一日便又回了长安。

许稷回长安那天，到了灞桥便又下起雪来，纷纷扬扬状如鹅毛，远近百步内，皆无迎来送往的行人。

她下了马，远眺雪中骊山，想起某个一去不返的人，心中也下起了鹅毛大雪。

陪着她的白马似能读懂她的心意，低头贴近她，让她感受到一点热度。许稷转过身，伸手轻轻攒伴白马的头，分外认真地顺了顺它的鬃毛，竟是长叹了一口气。

雪花被朔风裹挟着贴到她脸上，虽坚持了很久，却还是融化了。

这一日她回家，连千缨都察觉到了她的反常。

千缨从未见过这个模样的许稷，她不知许稷在昭应这两日遇见了什么事，也不知如何开解她。千缨搬了胡床在许稷面前坐下，见她闭目不语的样子，忽心生感叹：原来自己对她也不甚了解啊。

为什么她铆足了劲做官？为什么要辛苦过成这样？她心中的志向与信念，又到底是什么呢？

千缨伸过手去，将她凉凉的手轻轻握起来，正琢磨着该如何开口时，却瞥见了她袖口露出来的信封一角。

哦，是谁写的，又是写的什么呢？

许稷兜里那封信成了谜，千缨自那晚后就再也没见过它。

但这算不上什么大事，因为在那晚的短暂反常之后，许稷又变回了老样子——该干活儿干活儿，该读书读书，千缨问起来，她也就说制举在即，多少要做些准备。

这个新年过得稀松平常，对于长安城的大小官员而言，也不过是多了几日假期放纵喝酒玩乐，或是被爱叨叨的家里人捏住耳朵灌了亲朋同僚的是非，又或者跑去南山吃吃道观里的仙丹，总之无趣，无趣也。

一年年的流逝对于仍生活在太平长安城的大多数人来说，是重复也是消耗，他们已不记得几十年前被方镇变军攻陷的长安城，也不关心当下朝廷与淮西、成德的战事，更不关心西戎三天两头对边境的敲敲打打。他们只关心眼角多出来的岁月纹路与变白变稀疏的头发，关心东西二市的铺子里能买到什么新鲜玩意儿，关心自家的小儿有没有好好读书，关心小女能不能钓到金龟婿……

而官员们仍照例在初七纷纷回了公廨干活儿，尚书省更是为了制举之事早早忙活了起来。

制科举虽然是以天子名义下诏，但多都是委令中书门下或尚书省举办，至于考策官则多由朝中四五品的官员担任，可以是中书舍人，也可以是吏部侍郎，他们负责评卷，再与辅弼大臣共同讨论后做出初步取舍和等第，密献于上，最后再以天子名义诏敕天下。

在这之前，一年一度的考课终于出了结果。许稷仍抱得上上等而归，虽在意料之内，但只有许稷知道这结果是她决定去考制举换来的。

王家五房因此顺利迎来了最太平的时期。就连一向爱挑刺的王光敏，也因"女婿考课上上等，又肯踏踏实实考制科"而笑逐颜开，甚至一反常态，讨好起许稷来。

这日天还未亮，王光敏便起来去拍女儿、女婿的房门："今日制科开考，居然还睡得着！"

千缨翻了个身朝向床里侧，捂住耳朵不情愿地坐起来，却见许稷已开始穿衣裳了。她穿得极厚实齐整，又理了理头发，最后戴上幞头拎过书匣，转头与千缨道："我在坊中随意吃点就好了，你继续睡吧。"

"搜身你一定要小心哪，记得带好我给你求来的符。"

"你那符还能防搜身不成？"许稷笑笑，转身走到门口，打开门看到王光敏，说道，"岳丈请放心，儿一定好好考。"

王光敏听这话听得舒服，嘴上却说："考不好便不要回来了！"

许稷无奈笑笑，最终只身出了门。

她没有骑马，到坊门口时熙熙攘攘，全是人在等着门开。你挤我我挤你，忽有一人探出头来唤她一声："三郎去考制科哪？"正是长房的一个管事。

许稷点点头，回应有些冷淡。没料那人却不识趣，走过来问这问那，又说十七郎近来很忙等，多数讲的都是许稷不关心的内容。

好不容易等到坊门开，一众人蜂拥而至，许稷也趁乱甩开了那管事，寻了个隐蔽的铺子坐下来吃朝食。

她从没吃过这么悠闲的朝食，大有从天亮吃到天黑的架势，伙计看了都暗搓搓讲她坏话，不过许稷丝毫不在意，不徐不疾地吃完了最后一块蒸饼。

她不急，有的是人急。

作为重点关注对象，许稷迟迟不到让礼部令史急死了。

"许稷怎么还不来？！""去景风门盯着，人一到就给我拖来！"张令史守着一众举子在尚书省廊庑下焦急等着，眉间都快皱成川字。

他为何这样着急呢？是因考制举与考进士不同。后者得苦巴巴地冒着风雪抗着严寒，单席坐在尚书省庑下熬完整场考试；而前者则因是天子诏考，所以考试地点也是在宫城内，他的任务是将待考举子集中起来，交给金吾卫统一带去考试。

眼看着时辰快到，张令史被金吾卫催得没法，一咬牙一皱眉："不等了！"决心刚下，那边书吏却遥遥高喊道："许举人到了！到了到了！"

张令史陡松一口气，心中却将许稷骂了个百八十遍，催促道："快快快！"

因太着急走，金吾卫的搜身也敷衍得不能再敷衍。许稷松口气，拎着书匣混在浩浩荡荡的举人队伍里，跨过横街，行至承天门楼观。

承天门楼仍高大壮丽，但许稷却明白它已衰落。作为正宫的正门，它曾是帝国盛世辉煌的见证，但如今帝王已不居于此，朝会也不在此办，连步道都似乎藏满了寂寞。

数百名举子们进殿后依次落座，虽也是席地，待遇却比考进士要好了太多——不仅不是单席，且还有御食相赐，火盆更是烧得十足旺，简直教人忘却殿外严寒。

因圣人并未亲临，礼部的一套考前程序便收敛了许多，早早地发了卷，令诸举子作答。安静殿中除了沙沙翻纸声，便只剩了宫人来回穿梭的脚步声。

许稷面前，一盏刚添上的茶冒着氤氲热气，她却迟迟未拿起来喝。

今年制举分四科，有选拔文官的直言极谏科和文经邦国科，也有选拔武官的武足安边科和军谋宏达材任边将科。许稷身为文官，本是两科之中选一科即可，但制举不限制所考科目数，于是她今日要考两科，自然也有两份卷。

制科考试内容称试策。制科设置之初，策问（试题）数量不一，但如今一科一策已成惯例，故许稷要应对的是两道策问，遂也要写两份对策。

她先取了文经邦国科的策问，从头至尾看了一遍。虽然一科一策，但这一策中却狡猾地串了七八题，难度大大增加。所涉内容从"河朔灾荒频发赋调不入到底是什么缘由"，到"淮南漕运之见解"，甚至揪出当下对抗淮西成德两镇的战事，问"如何解决军饷军粮问题"。

大约是国势所迫，近年来的制科举策问重点都紧紧围绕时政，反对言虚无物，只要最实际的解决策略，现实得很。

许稷身处比部多年，国家有哪些进项，财富又如何支出，皆清清楚楚。财政问题是她强项，且她视角独到，不像旁人只能粗略讲个大概，在对策上便占尽优势。至于其他问题，虽答得辛苦，但她也毫不含糊，竭尽所能地写了下来。

一策答完，已有举子陆续退场。许稷被火盆熏出一头薄汗，抬手擦擦，拿出第二科的策问来。

直言极谏科素来是大科，也出过不少名人。开此科专挑不惧权贵敢言之人，针砭时弊，毫不留情。从设置该科初到现在，已过去近三百年历史，中途因直言极谏科"策文言辞太激烈简直受不了"而停过好一阵子，如今重新开，竟有些复兴之风。

直言极谏科的策问较前面的科目要空得多，发挥余地也大。对策如何写，完全要看举子本人的思路与风格。有人专挑一事往深里说；也有人处处蜻蜓点水般提及，以示见地广博；有人自顾自说自己的解决策略；也有人则盯住一方面狠狠批评……

不过，许稷的策文则不在上述之列。

她洋洋洒洒实在写了太多，中途几次顿笔，几乎要撑不下去。宫人见她的手都在抖，贴心地将她面前冷掉的茶水换成了热的，示意她喝一些再接着写，可惜这好意许稷却并没能领会。

那宫人看看许稷的花白头发，在心中轻叹一口气，稍稍直起身来，才惊觉天色已暗，殿内举子只剩了寥寥几人。

太极宫承天门上的鼓声响起来，自此开始，一鼓一鼓敲下去，至每坊每门，长安城就渐渐入夜。

考策官这时亲自起身取了蜡烛，一一给至剩下的各举子，到许稷面前时，看着她铺地的长卷竟轻轻皱起了眉。此般景况，他已多年未遇见，心头竟是感到一丝微弱的欣慰，年轻人哪！这才是年轻人哪……

许稷仿佛忘了时间，写到最后一字时才发觉殿内只剩了她一人。体贴的宫人给她递过去一盏热茶，许稷思绪有些空茫地接过来，麻木地将茶水饮尽，后背是经年累月、已经让人麻木的疼痛。

她低头收了书匣，暗暗揉了揉发麻的腿，站起来拜向空荡荡的御座，又与上了年纪的考策官躬身行了礼，这才拎了书匣在金吾卫陪同下出了殿。

在温暖的环境里待了太久，甫出门感受到扑面而来的朔风，许稷不由打了个寒战。出了承天门，许稷跟着金吾卫走在横街上，两边是高耸阴森的夹城，似乎连鬼都进不来。这条路一直走到延喜门才算完，因天太晚，举子们当夜就宿在东内旁的光宅寺内。

许稷过去时，举子们已围坐在大食床旁议论起今日策问来，也有说笑的，哀叹自己考运不佳的。许稷边吃边听他们讲，享用着这片刻的热闹，也感受着他们言语间流露的锋芒与不俗的志向。

盛世已不再，诸人心知肚明，甚至都不大愿意再提百十年前之盛景，却仍有一颗心，一双手，希望能挥戈反日，振兴家国。

许稷这日于光宅寺的窄榻上做了个长梦，梦到了一个素未谋面的人。

她不一定要去什么京畿县廨，也不一定要连升三阶，但她需要稳住自己的本心，对得起那些死去的人，也对得起她的国家。

第五章·永华信物

　　千缨一大早便到了朱雀门外，翘首以盼着，希望能等到考完归来的许稷。可她伸长脖子等了许久，却丝毫不见许稷的身影。

　　难道又与上回考试一样被人逮走了？一想到这茬，千缨便忍不住暗骂王夫南！这厮一而再再而三地欺瞒她，将她当傻子一样蒙在鼓里，以至于她到最后一刻才得知许稷被关在御史台里吃尽了苦头！

　　可恨可恨！

　　千缨恶狠狠地闷头啃一块小胡饼，将面饼与碎肉当成王夫南拼命咀嚼了一番。

　　那么许稷到底在哪儿呢？

　　从光宅寺出来后许稷正要回家，却被朱廷佐给拖住了。朱廷佐恰从东内出来，便撞见了许稷，听闻她考了制科，便上前寒暄了一番。

　　两人虽不熟，但因王夫南这层关系，这一寒暄便要了命。

　　因恰好同路，朱廷佐边走边与许稷聊起制科策问来，许稷说无非就是些时政问题，顺口就提了朝廷与淮西成德二镇的战事，朱廷佐闻言猛地一拍掌："昨夜刚得的消息——"

许稷倏地屏息等后文。

朱廷佐道："淮西吴元贵已于蔡州被活捉，申、光二州想必也投降在即，淮西这块硬骨头终于要痛痛快快地啃下来了。"

许稷平静地听完了转过身继续行路。冬日晨光将路道照得发亮，道旁排水沟里有水声流动，长安城的这个新年，似乎终于多了些庆贺的意味。

比起平叛成德的无光无彩，收拾淮西就要令人振奋得多。吴元贵所在的蔡州城，朝廷已三十三年未踏足，今朝重新收回控制权，怎能不教人高兴？

"那么朝廷下一步会是继续收拾淮西残局，还是转而讨淄青呢？"许稷极轻地说。

"淄青干的那些事早令朝廷所不容，之前是忙着打成德淮西腾不出手来，淮西一倒，他淄青还能躲到哪去？所以打是早晚的事，就看时机。"朱廷佐忽又转了重点，"眼下朝中正为此事争执不休，听说昨晚互相说不服差点打了起来。"

"还有这事？"许稷淡问了一句，转而又道，"那朱副率如何看此事？"

"我是认为既然早打晚打都要打，不如趁打淮西这股火热士气仍在，索性给淄青个措手不及。"

许稷点点头。

"不过蕴北却认为时机还不对，说是淮西一倒，淄青必然马上会有所动作，看清楚这动作再动手也不迟。"

"他说的不无道理。"许稷又点点头。

"许三郎，你两次都点头是什么意思嘛！"

"都对。"许稷紧跟着又补了一句，"不过我个人更倾向十七郎的想法。淄青跟朝廷对着干已有五十年之久，这股势力不容小觑，贸然打起来，哪怕士气再旺，朝廷或许都会吃些不必要的亏。不过说起来，朱副率与十七郎讨论此事，可是有请命征讨淄青的意愿？"

"那是当然，在这太平长安城里都快闲出病来了。"朱廷佐直言不讳，"但朝廷未必愿用吾辈也。"

许稷闭口不言，王、朱二人眼下虽被丢在南衙闲司，但也不大可能一直在这地方耗着。这两人皆是高荫资出身，家族与朝堂权力之间的关系盘根错杂，自己愿拼力往前走，大约总会有出路。而对于战将而言，领兵征战就是最具有说服力的出路。

二人不知不觉已行至朱雀门外，朱廷佐忽道："听闻蕴北将那匹白马赠给了你？"

"不是赠，是赁。"

赁，租也。

"赁给你？那更稀奇了！"朱廷佐摇摇头，"那匹马他养了将近二十年，旁人碰都不给碰，这会儿难道缺钱缺到要赁给人用？"

许稷倏忽放缓了步子，扭头看向朱廷佐："那匹马他养了二十年？"

王夫南眼下不过二十五岁，若养了将近二十年，岂不是五六岁就开始养这匹马？

朱廷佐颔首："没错。当年那匹马到他手里已经瘸了，好不容易才养成如今这模样。"

许稷步子慢到完全停了下来，她努力回想王夫南说要将马赁给她的话，但实在捕捉不到什么有用的信息。

她遂问朱廷佐："请问，这匹马他是如何得来的？"

"应是受赠，至于是何人所赠，他好像与我炫耀过，但那时我太小，如今已记不起来了。之后我也问过他，但他不高兴再说了，不过那之后他对这匹马倒是更珍视，连我想骑一骑也不让。"

"哪一年受赠？"

"永华……几年来着？"朱廷佐一阵苦思，"大概是永华六年的秋天。"

永华六年的秋天，许稷不自觉地在心中默念了一遍。要知道，永华六年对于她而言是有重大意义的——那一年她出生，且那一年冬天也发生了许多事。

许稷忽然轻叹出声，朱廷佐则笑问："怎么了？"

"没什么，只是有些好奇，一个五岁孩子为何会执着去养一匹马。"许稷轻描淡写地略过这个话题，却又问，"朱副率乃高荫资出身，按说选择很多，为何独独去荫任千牛备身呢？"

"我年少无知的时候素来什么都跟着蕴北。蕴北说要做武官，我想也没想就与他一起做武官。现在想来也是觉得好笑，他们家接连几辈都是文官出身，他那时非要去做武官，到底是存了哪门子心思啊。"

天门街上开阔一片，来往行人络绎不绝，坊与坊相邻，路与路交错，暖阳将整座长安城都罩在其中，一声明亮的呼唤传来："三郎哪！三郎！"

许稷看到了站在不远处的千缨，忙转头与朱廷佐道别，拎着书匣匆匆走了过去。

千缨将她上下打量一番，也顾不得街上来往人等，紧紧攥住许稷就说："担心死我啦！我好怕你被查出来再被逮进去什么的！"她见许稷安然无恙，眼都笑成了弯月，"你怎么啦？似乎脸色不大好，晚上没有好好睡吗？还是里面没有给你吃的？赶紧回家吃些东西再睡会儿吧！"

"千缨啊。"许稷低低唤她的名字，"倘若……"

"怎么啦？"

"若我离开长安，你要与我一道走吗？"

"唔……"千缨想了想，"我是听说制科后授官可能会外迁，既然是要离开长安便不是赤县①，那是去哪个畿县②吗？"

许稷没急着回她，她遂接着道："看来三郎是考得不错，觉得能登第才这样问的吧？太好了！总之不管三郎去哪儿，我都要跟着去的。我收拾家当的本事很厉害的，带着我不会错的，我什么都不会落

---

① 赤县：天子脚底下的，长安、万年县就叫赤县。

② 畿县：旧称京都近旁的县份。

下，换个地方也能过得像在长安一样！"

官员们迁任所乃是常有的事，告身①一下来便不可耽误。说让三天走，绝不让留到第四天，说好话也没用，内官们会催着你全家收拾家当赶紧出城，于是能在这两三天里麻利收拾完东西也算本事。

生在宦门世家的女子，幼时随父亲迁任，大多经历过这样的情形，之后为人妇，倘若遇上的又是做官的夫君，不管夫君仕途顺利与否，大抵也要再经历一遍。

千缨虽是庶女，也没跟着父亲经历过这些事，但身在大家族见惯了，她也十分清楚这里面的门道。虽然她知道自己与许稷或许不能像真正夫妻般长长久久，也看不清前路到底如何，但她就是愿意跟着许稷，替她操持公务外的一切。

许稷此刻却觉得十分对不住千缨。

这些路，本该她一个人走的啊。

长安城又呼呼地冷下来，忽然一人一马飞奔过灞桥，往东北方向的昭应城而去。天色将暮时分，骑马者终于抵达昭应，城内一片萧瑟之意，朔风大得似要将人吹跑。

至深曲中一民宅时，骑马者勒住了缰绳，一声马嘶仿佛要将这安静的深曲吵醒。他翻身下马，一盏小羊皮灯笼将他的脸微微照亮。

正是王夫南。

他一手牵着缰绳，另一手抬起来正欲叩门。寒风将他的手吹得发红，手却仍停在半空，没有敲下去。素来镇定的王夫南深深地吸了一口气，他几番打听才得知这个地方，心心念念地寻来，不想到了门口还是却步了。

他缓缓收回手，想着不如再回去查探查探也好，免得这样冒失敲门万一起了误会。

可就在他垂下手的刹那，门"吱——呀"一声却是开了。

一男子戳在门口，抬头打量他几眼："呀！这不是王都尉吗？

---

① 告身：委任官职的文凭。

咦？难道是我家三郎也一道回来了？三郎呢？"他说着往外探，但视线里分明只有王夫南的一匹马而已。

开门者，正是许山。

王夫南见是许山，不禁蹙眉："大郎不在东绣岭住了吗？"

"不呀，我还是在那儿住。"许山平静地解释，"我阿爷、阿娘要出远门，我便下来整理整理这宅子里的东西，过两日我就回山了。说起来，王都尉怎么会找到这里来啊？"

"出远门儿？"王夫南完全没理会许山的后一个问题，又问，"去哪？"

许山脸上划过一丝平静的伤感，但他还是以寻常的语气回说："往东去了，今晚恐是要宿在华山玉泉院吧。"

"何时回来？"

"不知道呢，按照我阿爷的想法，大约不会再回来了。"

"不会再回来？"

许山点点头："王都尉难道找我阿爷有事吗？"

不过王夫南没给他答复，二话没说迅速翻上马，往东追去了。

上元日来临，又因朝廷征讨淮西打了胜仗，长安城破例解了夜禁，东、西二市也可延长营业至深夜。

被长期夜禁闷坏了的百姓，终于可以在深夜看到开放的坊门，可以游走东、西二市，观夜火流光，畅饮整晚。

许稷刚回家，千缕便嚷嚷着要去东市逛逛。王光敏一早就被狐朋狗友拽出去喝酒了，韦氏则说太闹腾了不想去，便让他二人自己出门。

自年后许稷一直没什么钱，家里也过得一贯拮据，逛夜市不过是图个热闹气氛，并不指望能买些什么回家。

二人骑马往闹市去，从宣阳坊西南隅的净域寺一路行至东南隅的万年县廨，许稷与相识的县廨吏卒打了招呼，将马拴在此地后，与千缕一道去逛东市。

道路被灯火照亮，空气中弥散着酒气，明明是寒冷正月夜，游人内心却火热得不得了。千缨没戴帷帽，大大方方跟着许稷在街道上逛，看看这个看看那个，觉得什么都有趣。

"你走里边，这些人走路不长眼睛！"千缨怒目瞪着方才迎面撞他们的胡人男子，不由分说将许稷往里侧推推。

"哟！娘子好气势！"一个胖胖的中年老头从后面冒出声音来，"还怕你夫君被挤坏了呀？"

许稷回头，见是兵部同僚便寒暄了一二句。胖老头摸着短须笑眯眯说："许三郎有此般娘子可真是令人羡慕哪。"

千缨受了夸奖却并不高兴，回头盯着那胖老头看了一眼，像污了眼睛似的赶紧扭回头，猛地拽紧了许稷示意她赶紧走。

许稷知道她怕什么，赶紧拱手与那胖老头告辞，转眼就拐进了一间酒肆。原来那老头正是千缨之前要嫁过去做填房的那个兵部司库，这司库有回来王家，千缨便见过他一面，油光满面大腹便便的模样实在令千缨想自绝的心都有了。

作为长得好看且又格外注重外貌的人，千缨从此更不喜欢那些胖胖的、胡子修不平整的中年人。

幸好幸好，她这辈子不用给这些人做填房。千缨大舒一口，将许稷的手攥得更紧，另一只手指了酒肆道："家里好久没买酒了，不如买坛烧春回去吧。"

许稷说："我上回从昭应带了两坛回来，放在家里了。"

"昭应酒吗？"千缨低低地说，"可是昭应酒不好喝……"

"你这样喜欢喝酒，不如我请调去剑南道算了，那边的烧春比这便宜得多，天天喝都行。"

"也好也好！"千缨不知不觉已变成一只馋酒鬼，被许稷这样一勾更是不得了，是非要买不可了。

她赶紧掏出锦囊来，摸摸钱却是不够的，忙转头问许稷有没有带钱，许稷摇摇头，千缨便暗舔了舔嘴唇咽了咽口水，她琢磨一二，走进店里问道："能便宜些卖吗？"

店家摇摇头，斩钉截铁地说："牌子上写了多少便是多少，一钱都不能便宜。"

"可是……太贵了呀。"千缨皱着眉头说。

"这位娘子，这酒可是大老远从剑南运来的。开玩笑呢，你知道剑南到这儿多远吗？"

这店家完全没有做买卖的姿态，却也不能怪他。盐铁官营，酒也不例外，所谓"有酒我便是你阿爷，爱买不买"就是此理也。

千缨嘟着嘴愤愤看着，这时候肆内忽走进一人来，径直走到那店家面前便要了两坛剑南烧春。千缨眼前一亮，忙攥住那人衣裳，一想不合适就赶紧收回手来，但脸上喜色却不见收："十七兄！你也来买酒啊！"

王夫南回头瞥她一眼，满脸的"这人谁啊，不认识"。

他两手各抱一坛酒，转了身就往外走，千缨忙又攥住了他的袍子，一脸谄媚道："十七兄……借我几个钱可好？"

"哦？你要买酒啊？"王夫南看了一眼站在不远处的许稷，"让你夫君给你买啊。"

"我——"千缨不自觉舔舔嘴唇，"我们钱没带够。"

"钱没带够就改日再买，这么简单的事要我教你吗？"王夫南残忍地拒绝了千缨，抱着酒坛子继续往外走，与此同时，他深深看了一眼许稷，下意识抿住了唇角。

千缨没能拖住他，于是蛮不讲理地威胁道："你不借我钱，我便养蛇咬你！说到做到！"

王夫南额角跳了跳，顿时浑身不自在起来。

可千缨越发来劲，幽幽说："我以前在你床上放过蛇你不知道吧？大概是七岁那年吧，我抓了条小土蛇，就偷偷放到你床上，那条蛇可厉害了，咝咝咝咝地吐芯子，从这游到那从那又游到那！"她手上动作越发夸张，已是讲到兴起，"那条小土蛇在你床上游了个遍呢！你晚上睡觉没察觉出什么不对来吗？"

王夫南脸色已不大对劲，一旁站着的许稷见事要闹大，赶紧上前一把拉过千缨："千缨不要再说了。"又转而对王夫南道，"她在说胡话，十七郎请别在意。"

"我说的都是真的，他不信可以去问他乳母嘛！他乳母那时还把我揪起来打了一顿呢，就是没告诉他而已！"千缨不要命地昂着脑袋，越说越起劲。

许稷知道她那股子邪门劲又上来了，赶紧捂了她的嘴，皱了眉腾出另一只手来朝王夫南挥了挥，示意他赶快走。

可王夫南非但没走，反而将酒坛子往旁边架子上一搁，忽然猛地拽过许稷手臂，寡着脸撂下一句："你跟我出来。"

许稷完全蒙住，这事不对啊，为什么找她算账哪？千缨也是愣了，直直看着王夫南头也不回地拽着许稷走了出去，反而转过头问那店家："这是……这是个什么情况？"

那店家面无表情地说："这位娘子，你自己犯了什么错不知道吗？"

"不知道啊。"千缨蒙蒙回，"不过他的酒我可以拿走吧？我们一家人哪。"

"随便。"店家挥挥手，想要打发她走。

力大无穷的千缨一手一坛，抱起酒就先出去了。

到了门外，千缨朝两边都瞅了瞅，人流如梭，却是不见十七郎和许稷的身影。她叹口气，摇了摇头，便打算先往宣阳坊去。

而许稷则被王夫南拽进一暗曲里，只有尽头一盏纸灯笼昏昏亮着。

许稷被逼得贴墙而站，她一脸的严肃与戒备："千缨图好玩犯了错，我代她道歉，这件事请十七郎勿往心里去。"

王夫南松了手，与她面对面站着，冷风从曲口灌进来，吹得光影晃动，他脸上的神情也是难辨。

"前两天我去了一趟昭应。"他平静地开了口。

"是吗，为什么去呢？"许稷抬起头，坦坦荡荡地回问。

"我去你家，遇见了你兄长。你兄长说你阿爷、阿娘出远门去了。你知道他们为何要走吗？"

许稷平静地说："我阿爷认为大限不远，但他不想死在昭应，便与我阿娘一起往西去。若你觉得奇怪，我也没什么话好辩解。"她顿了顿，昂着僵硬的脖子又问，"你去追我阿爷、阿娘了吗？可是我阿爷与你说了什么？"

王夫南却避而不答，沉默着看她，眼眸中是许稷从未见过的复杂感情。许稷想往后退，可她无路可退。脊背紧紧贴着冷硬墙壁，皮肉都觉出疼来。

与此同时，东市大街上还是人群熙攘，偶有粗制滥造的焰火声传来，引得一行人尖叫不已，但这暗曲中，却是路冷人寡、一片静寂。

同样人寡的还有皇城内各公廨，除了宿直官员，便只剩下尚书省内熬夜评卷的考策官们——

争执忽起。

"黜落？你说说看他所陈有哪里不对？！商贾、军兵、吏治、僧道、税法……哪一条说得不对？若不给高等真是太可惜了！这样的人不用，我朝还有何人可用？"苍颜白发的中书舍人指了答卷怒气难掩，他正是考制科时给许稷蜡烛的那位考策官。

"孟老，此非对错与否的问题。"坐在对面的另一位年轻考策官从定端坐，言辞里透着冷漠，"正因他说的都对，才不能给高第。试想此卷若初判给高第，之后呢？先是呈政事堂审议，可此卷中却暗斥宰辅；就算能过政事堂，呈上御览，则又必经内侍省，然此答卷后文矛头直指阉党干政，内侍省又岂会放过他？孟老想判高第的惜才之心练某可以理解，但判高第是在害他无疑。"

这位年轻的考策官正是侍御史练绘，他从头至尾端坐，有理有据说完，又补了一句结论："此卷必须舍弃，才是给他出路。至于他考的另一科答卷，见解独到文采也是斐然，则可斟酌再判。"

白发的中书舍人长叹了一声，摇了摇头。

考策官评卷需综合意见，绝无可能一人专断，故讨论与争执是常有之事。

而两位考策官所争执的答卷，正是出自许稷之手。

公房内重归安静，练绘浅吸一口气，合上了面前答卷。许稷啊许稷，该说他是聪明，还是冒进呢？策文写得倒是一片热忱，看得出其格局绝非只围于比部那方寸地方，但做成这样，摆明了是不想得高第，但也不甘心被黜落，为此还特意考了两科？

畿县是无法留位给他了，赵相公大约也会暂断了拉他入伙的念头。

练绘想着想着，望了一眼黑漆漆的窗户。

至于在东市暗曲里对峙的王、许二人，则对此事还一无所知。

寒冷夜里，连呼吸也有了形状。呼出来的气成了白雾，很快又消失。大街上的欢笑像四更天梦境里的声音，远远的，不真切，嘤嘤嗡嗡又如三九天深夜里的蚊蚋盘旋。

"我猜你不姓许，你也不是男儿身。"顿了顿又问，"你是不是卫嘉？"

"我不明白十七郎在说什么。"许稷的声音渗进夜色里，格外轻渺，又格外冷。

"不明白？那这是什么……"素来不会拐弯抹角的王夫南骤然抬手搭住她脖颈，温暖的手指挑开她圆领袍里的白领子，触到那细薄又凉的皮肤，再触到那并不光滑的项绳。

许稷第一时间反应过来，紧紧按住了他的手。

"如此紧张是因为被猜中了吗？"王夫南感受到了许稷的怒意，但仍旧面不改色，眸光风平浪静，"因是女儿身，所以对我这样唐突的冒犯深感恼火，又因担心我认出你的项坠而慌张，是这样吗？"

许稷显然已是暴怒，一向无波无澜的脸上是不容置疑的恼火，回答则更是坚决："十七郎，许某自问与你有些交情，但我们的交情还不到你可以一而再再而三试探我的地步。今日站在你面前的不论是男是女，是旧友还是新交，你此般行径都无礼至极。"

她浅吸一口气，续道："我松手，希望你也收回手。"

她发怒也是言辞谨慎最后留有可商量的余地，可王夫南偏偏不领这费心好意。他无惧被骂"无礼唐突",即便知道自己这样做非常过分,但为弄清楚此事,他宁愿做一次小人。

"若我不打算收回呢?"

"那你我从此两绝。"许稷虽个头上矮了他一截,气势却丝毫不输。她明白王夫南这样执着地要确认,这其中一定干系甚重,且她也知道,王夫南绝不是听风就是雨的人,他拉下脸来求证,自然是心中认定了九分,只剩这最后一分来求个定论。

可他为何要求证?且从何得知卫嘉此名?又为何知道这项坠?联想起之前那匹他养了近二十年却忽然赁给她的马,许稷只觉思路更乱。

比起已知的部分,她不清楚的部分只能是更多。

她一句"从此两绝"未能吓跑王夫南,也没能得到他半点回应,内心底气遂开始坍塌,连用力压住他的手,也渐渐有些稳不住。

与其放任这样丢了士气,不如迎面而上。

她剑指迷雾利落划开:"十七郎到底为何想要求证?求证了对你对我又有什么好处?既是没有好处的事,那就请收手!"

"对不起,这件事于我很重要。"王夫南毫无避讳地注视着她。

"能有什么重要的干系?事关生死吗?"许稷无法理解他的执着,她只察觉到她手掌下那只手越发烫,因挨靠太近,仿佛连脉搏跳动都能听得清楚。

每一次跳动,都像死扣住她的咽喉。

"是,事关生死。"他稍稍停顿,认真地说道,"我得知道,卫将军是否还活着。"

许稷呼吸短滞,眸光闪烁了一下:"我不知你说的是谁。"

"卫将军不知道吗?"王夫南脸上看不到笑意,"左神策军将领卫征,你当真不知?"

许稷被寒风吹得发抖,她无处可逃,几乎红了眼睛,于是索性拒绝回答。

王夫南见她这般模样,知她快要失控,原本冷硬的姿态也松懈下来，他想是时候收回手了，可许稷却因太紧张，将他的手压得死死的。

她单薄双肩微微发抖，花白的碎发被嚣张夜风吹散。王夫南抬起另一只手想要去替她理顺乱散头发，她却别过了脸。

"从嘉——"他唤她的小字，语气柔软得似乎要将她从濒临失控情绪里拽出来，可她的手却只是越来越冷，像惊弓之鸟。

他很想，拍一拍她。

可就在他想要安慰她时，许稷却忽然抬头正视他，措辞语气出乎意料地冷静："你从头至尾都在试探我。连赁马给我，也是在试探我。不，你是在试探我阿爷。"她及时修正，"若我没猜错，那匹马是卫将军赠予你的，而你怀疑我阿爷与卫将军有关联，于是想知道我骑了那匹马回家后我阿爷的反应。结果恰好我阿爷出远门，你便怀疑是他在躲避此事。但我要明白告诉你，我叫许稷，我阿爷是许羡庭，他离开昭应，是因为自觉大限将至，并非为了躲避你那所谓的猜疑！"

"是吗？"王夫南比她还要冷静，"许山说你阿爷、阿娘往东去了，于是我一路往东，追到华山玉泉院，但玉泉院近来并未有客至。而你先前又说你阿爷是自觉大限将至，往西去了。一个说往东，一个说往西，是你对，还是许山对？或许你们说的都对，只是你阿爷说了谎。他为何要说谎？"

许稷全被蒙在鼓里，一时竟然无话可说。

两人之间忽只剩了沉默，一个声音遥遥传来。

"三郎！三郎哪！许三郎！许三郎你在哪啊？从嘉！"

千缨声音忽然逼近。

许稷蓦地松手，王夫南却未急着收回，反而是温柔细致地将她白领子理平整，这才站直了同她说："今日的无礼冒犯我深感抱歉，不希求你能原谅，但我仍有一事要与你说完。"

许稷努力压下心中诸多疑问，抬头看他。

王夫南自怀中取出一只项坠来，又拉过许稷的手，将项坠放进她掌心里。

　　许稷一怔，对方的语气寻常得仿佛在说吃饭睡觉这等事："我知你不愿轻易承认，但我很希望卫将军还活着，更希望你那离开昭应的阿爷就是改名换姓的卫将军。你出生那年，卫将军答应过我，说我如果能养好那匹马，就将女儿嫁给我，这块项坠是信物。"

　　他说着目光移向许稷错愕的脸，身体站得笔直，非常认真地说："这是他欠我的一桩大事，至今没有兑现，他怎么能言而无信呢？"

　　许稷的手慢慢收拢——这块项坠与她戴的那块几乎一样，项坠上甚至还残留着对方的体温，令她冰冷的掌心感受到一丝活气与热意。

　　纸灯笼忽被风吹灭，暗曲里便只剩了一片漆黑，再也辨不清什么表情了。

　　"三郎！三郎你在里面吗？"千缨的声音更近了。

　　王夫南偏头看了一眼西边，可以感受到千缨正摸索着朝这边走来。幽长深曲里，看不清另一端的千缨声音都变了调："三郎啊，你若在的话就吱一声哪……呜呜这地方有些邪门哪……呜呜有妖风。"

　　平日在许稷面前那样凶悍天不怕地不怕的千缨，独身一人却也暗自吐露出内心的恐惧。

　　许稷握紧手中项坠，侧过身便往前走了几步，稳住声音说："千缨，我在这儿。"

　　千缨闻得声音抱着酒坛子飞奔而去，声音也变得豪迈起来："哈哈你怎么躲在这？我将十七郎的两坛子酒都顺手牵来啦，赶紧走赶紧走！"

　　许稷回头看了一眼，那边却黑黢黢的，什么也瞧不清。

　　王夫南站在暗处，听她二人脚步声渐远，转过身往另一边走。

　　暗曲外依旧人来人往、灯火如故。

　　一盏灯将他的影子投得极长，又随风寂寥寥地晃动。平康坊的伎乐从他眼前大方嬉笑着走过，留下一地脂粉气；总角小儿与玩伴追逐狂奔，无意间地踩了他的脚，很快又跑没了影……只有头顶灯火摇晃，影子依然寂寥寥。

他很清楚地记得永华五年的那个冬天——在北衙校场玩泥巴的他，因迟迟等不到祖父来接，遂溜达到靶场去玩，结果却被一脾气粗暴的火长逮住，那火长捏着后衣领将他拎到神策军大将面前，愤愤地说坏话："不知道谁家孩子，跑到这里来耍！万一被流矢扎中了怎么办？！难道要某的步卒给他赔命吗？没有教养的坏孩子！"

那大将正亲自给一匹马洗澡，边洗边梳鬃毛，很是认真。

大将听暴脾气的火长抱怨完，探头朝王夫南笑了笑。那年他五岁还不到，是跑步太快都会摔倒的年纪，不知怎么辩解，于是最后咧开嘴，露出一口洁白乳牙，那大将便摇了摇头，与火长道："是王相公家的孩子，让他在我这儿吧。"

火长无可奈何地走了，而大将仍继续洗马。

他看大将不理他，又看看那匹马，问说："我阿爷说马都有专门洗马的人来洗，大将为何要亲自洗呢？"

大将说："这是我养大的马，陪我走了不少路，当然要好好待它。"

他似懂非懂点点头，虽是冬天，但他记得那日阳光很好，于是他说："它长得真好看！比我家所有的马都好看！若它没有主人的话，我一定要养它！可惜它已经是大将的了……"

大将又笑笑，将刷子丢进木桶里，坐下来道："是吗？你会养吗？"

"不会我能学！"

大将伸过脏兮兮的手，捏了捏他粉嫩柔软的脸，笑道："好啊，等没主了，这马就给你养。"

"大将年纪很大了吗？为何头发都白了呢？"

"没有啊，我很年轻的，只是战事忙呀。"大将说着看向天边，"不好好吃饭不好好睡觉就这样了，你长大了可不要学我。"

"可是很威风哪！大将是不是卫将军哪！我阿爷说有个卫将军很厉害！"

可大将笑了笑，并未答话。

他确信大将是卫征，是在永华六年的秋天。

那年大将到访王家，将白马也牵了来。那马已瘸了腿，走路都很麻烦，但他还是认出它来了。他问大将怎么了，大将说它受了伤，恐再也上不了战场，于是问他还想不想养它。

他毫不犹豫地点点头，接下了这匹马。

那天将近傍晚，夕阳极美。

他忽然老气横秋地问大将："我听四叔母说大将家最近添了个女儿，大将能将她嫁给我吗？"

大将一愣，敲了下他脑袋："臭小子，多大就问我要女儿，你要娶她做什么呢？"

"四叔母说那样我便是大将女婿，就算半个儿子了，那样是不是就能带我去打仗了呢？"

大将大笑，敷衍道："好好好。"

"那大将不给我个信物吗？"

"小小年纪怎么这么有心机？我儿若知她刚出生便被卖了，大约要哭死啦。不给不给。"

"大将！"

大将脸上笑意渐渐淡下来，他看了一眼热烈又萧索的夕阳，眉目中有深深怅意。他忽然抬手解下项绳，将那项坠塞到小娃手里："臭小子，以后若真做了武官，上阵杀敌带上这个，就死不了啦！"

"多谢大将！"他说着像个士兵一样朝大将行了大礼，可是，五岁的他并不会知道，那时候对他微笑、用粗粝手指捏着他的脸、对他说"那你要好好养这匹马啊"的卫征，已然身陷朝堂算计之中，正有一拨宦官暗自磋磨好了活人坑将他往里埋，而阀阅士族也默认了这种可能发生的迫害。

正月没过完，长安城倏忽热了两天，如此异象可谓不祥也……

所以说，尚书省一团糟也不能怪人了，只怨老天作怪。礼部侍郎哀叹一口气，走进公廨瞪了一眼正在偷懒的张令史："干什么呢？看毛看！快干活儿，这些全部封好！哎——练御史！"

一见练绘，他立刻换了脸色，挪着身子过去笑眯眯道："练御史亲自来盯着哪？"

"不然呢？"练绘道，"等得了拖拉病的礼部突然变成急性子吗？"

"练御史说话这么直接简直太伤人了！要知道礼部眼下多得是老弱病残，都快成病所了！且新来的又都不会做事，那要怎么办嘛！"

那日与宰辅共同审议判卷舍和等第时，赵相公问及许稷，练绘也只是递上许稷另一科的策文，并说："下官认为许稷之才太专，当下并不宜委以重任。且他目前也不宜留京，相公若打算存此羽翼，不如将其迁至远处县邑为县令，是为缓兵之计。"

然赵相公却又问及另一科答卷，练绘则说："许稷直谏科策文直指阉党，遂不可留。"

赵相公意味深长地看了眼练绘，仿佛能看透他，却偏偏不拆穿，反是顺了他的意思道："他出个什么头？阉党若瞧见那策文他还有活路吗？真是个蠢货子，让礼部一并封存吧，别给人看见了。"

自此，除考策官外，便再无人见过许稷直谏科的策文。

而许稷也以文经邦国科登第，判为第四等。虽是第四等，但也不是什么差等第，毕竟第一、第二等这些年从来都是空置着不授人，所以第三等才算得上是最高等，而第四等怎么说也算是荣耀及第了，更何况，登第者算来算去不过才十五人，可谓是百里挑一。

不过在迁官告身下来之前，许稷仍是比部直官，就得继续撞这大钟。

年初的比部并不比年终时的比部要清闲。举国州府，据手实①与乡、县计账为基础所编制的年度州计账已经完成，计账史已纷纷赶至西京，将州计账送至比部勾检。

各州计史来去匆匆络绎不绝，势要踏破比部门槛。

---

① 手实：在基层官吏监督下居民自报户内人口、田亩以及本户赋役承担情况的登记表册。它是制定计账与户籍的主要依据，每年填报一次。因其是依照一定格式由户主亲自据实填报，所以称为"手实"。

比部官员则不得不埋首于种类繁复的勾账、勾征账、现在账、利润账中，痛不欲生。

可恶的是，不仅要在五月前将天下计账勾检完毕送到户部，同时还要准备八月都账①申到度支，以此来编制支度国用计划。

头晕眼花的吕主簿抱账一边哀号，一边将许稷带来的杂馃子往嘴里塞，含混不清地说："这日子没有头哪！"

是没有头也，但这般循环往复，恰如人体之血液，容不得错漏，更必不可少。财政，恰是庞大又精密的帝国系统之血脉，此一乱，则天下大乱。

可如今这血已不大纯净了。许稷合上手中一本勾账，抬头看了一眼外边，冬末春初的雨便哗啦啦地落了下来。

天色渐暗，承天门上的鼓声即将敲响，许稷便匆忙收拾了书匣，与上官打了招呼，顶了斗笠就往尚书省马厩跑。

马拴在最里边，她低着头匆匆往前走时，听得俩兵部官员嘀咕——

"听说淄青要以子为质是真的吗？"

"那还有假，那李斯道是怕朝廷转而征讨淄青，都遣使奉表了，说是求着朝廷允许他长子入京当人质呢！"

"那献地朝廷也是真的了？"

"密、沂、海三州全部归还，这是在讨好朝廷哪！啧啧李斯道这个促狭的胆小鬼哦！"

"那朝廷会派谁去宣慰哪？"

"嘘……不要说。轮得到你去吗？又轮得到我去吗？跟你我无关就不要胡乱议论啦……"

---

① 八月都账：户部度支负责编制"支度国用计划"，编制基础包括"收入"和"支出"两个部分，收入部分的依据是"天下计账"和"户部折算"，支出部分的依据就是"八月都账"。因为它必须在八月之前申到度支，所以也被称为八月都账。

许稷听着直摇头，这群家伙不过是觉得李斯道为人狡诈恐会出尔反尔，所以觉得这宣慰使的活儿是九死一生的倒霉活计罢了。

滴滴答答的雨声伴着马嘶声迎接暮色降临，俩庶仆噌噌地跑来挂灯，许稷则去解拴马绳。

她顺了顺马鬃，牵了缰绳正要往外走，却隐约觉得不对劲。偏头一看，骤然认出一张熟悉的脸来！

她反应过来倏地转回头，以最快速度翻身上马背，连斗笠都没戴就策马朝安上门狂奔而去也！

俩庶仆吓了一跳——

"那白马郎君好过分！突然跑出去了吓死个人！记下是谁了吗！举告他！"

"对对对，举告！"

而同样目睹了许稷夺路仓皇而逃的某位王姓都尉，正站在廊下沉默不语。

王夫南今日恰好至兵部有事，牵马时便瞧见许稷心不在焉地走过来，而她在不小心看到他后，便如惊弓之鸟一般，罔顾外面这冷雨，飞也似的挟马跑了。

有本事一直逃！看你逃到什么时候！

王夫南寡着脸戴好斗笠，亦是策马往安上门去。

这场雨断断续续下了四五天，长安城内一片泥泞，每日往返皇城，白马都快成泥马。许稷实在心疼，趁这日太阳露了个小脸，中午时便拎了桶水到马厩去洗马。

可她才刚洗了一半，吏部李令史便匆匆忙忙跑了来，气喘吁吁道："哎呀你怎么还在这儿？快去吏部啦，有要紧事，快快快！"

许稷被他再三催促，不得已搁下手中活计，擦了擦手便随他往吏部去。

只进了吏部院子，她便瞧见了好些上回考制科的人，有些上了年纪，有些意气风发正年轻，一个个都待在廊庑下，沐着惨淡日光，似等着什么大事宣布。

许稷反应过来，知道这便是要宣登第授官了。

唉，她什么记性，连这都忘了！

她这几日忙昏了脑袋，上面又有比部郎中催着她好好交接，以防止告身一下来她就直接跑了，到时候哭天喊娘都没用。

登第十五人等了好一阵子，脚都站麻了。就在其中一人想要席地而坐歇歇时，胖胖的裴尚书从里边公房走了出来。他站直了扫一圈廊下，目光从许稷脸上掠过，又低头轻咳一声，廊下便安静得连只鸟飞过都听得见。

裴尚书侧身从漆案上取过制书来，摊开宣道："朕思得贤隽，标明四科……"啰唆了一阵终于进入正题，"直言极谏科第三等人庞燕，第四等人魏仁松、李雍，第四次等人……文经邦国科第三等人陈元锡，第四等人崔志柏、许稷……"

一口气宣完，诸登第举子跪谢圣恩，之后又分别由吏卒一一带入公房内予以授官。如铨选一样，吏部授官尤其是高第登科者，都先会询其志愿，再作决定。而到了许稷，却仿佛已没得选，裴尚书看她一眼，不冷不热道："许稷，拟授你河州枹罕县令一职，可有异议？"

河州？许稷短暂蹙了下眉。

裴尚书看在眼里，暗叹不懂赵相公的意思，为何非要将许稷扔去那么个鬼地方？户少人杂地差，是个十足的下等县，县令品阶不过从七品下，完全不能与中县甚至与赤畿县相比。待遇差也就算了，关键是沙州与西戎关系一直很紧张，战事不断实在不太平，去那地方做官，真是九死一生。

不过出乎他意料的是，许稷竟没有提出异议。

裴尚书干咳一声："那便暂且如此，你先停了比部之事，往南衙去吧。"

许稷一愣："南衙？"

"哦哦，是这样。"裴尚书解释道，"于边远县邑任职，多有凶险，朝廷好不容易培养出的人才怎能轻易折于边地？故令出任边远县邑之举子，往南衙习些防身逃命之术。"

许稷算是听明白了，这分明就是"朝廷虽然丢你们出去，但不是要你们傻乎乎送死的，文官别瞎跑战场和人硬拼，该逃就逃，该躲就躲，留着小命回来再战"的意思嘛！

边县竟是不太平到了这个地步，许稷想，难怪勾检时所见官员的赈恤费越来越多，竟是此缘故。

可是不对！许稷机警问道："请问是往南衙哪里？"

"哦哦，李令史会带诸举子过去。不过尔等需得通过南衙考核，方能领取告身任职，知道了吗？"

许稷连连称喏，再拜之后便先退下了。

次日一早，许稷与吕主簿交接了手上活计，便奔赴吏部集合。

李令史站在廊庑下一边打哈欠，一边默数着举子人头，待人齐了便道："请诸位打起精神来，应对完南衙考核，便能领得告身赴任啦！"

"考个什么呀，射箭吗？"

"不，应是考跑得快不快。"

"那某怎么办？某腿短是要吃亏！"

"不会考那个的，定是教授些旁门左道，譬如——暗器！"

"去去去，南衙好歹也是正规军！"

许稷默不作声听众人一路议论，心中莫名有些忐忑。

李令史将一众举子领到校场，一火长跑了来，许稷竟是觉得他有些脸熟。那火长同样也瞥了一眼许稷，又慌忙跑了回去。

李令史嘀咕一声"都尉这是要干啥啊"，便转过头对叽叽喳喳的举子道："莫说话莫说话，诸君请稍候。"他说着往台阶上一站，那火长又匆匆跑了来，指了许稷与李令史嘀嘀咕咕说了一阵。

李令史听着蹙眉，转过身便朝许稷走去，又抓了抓额角，凑过去低声问道："许三郎，你与王都尉有什么过节儿吗？他说不教你！"

第六章·君子约

　　听到"王都尉"许稷心里就有了底，再听说"不教"二字，便更觉得无所谓了。她原本忐忑的心完全放下，反问李令史："他可说为何不教？"

　　"某哪知道他为什么呀！不过他不是你妻兄吗？如何闹成这个样子？"李令史着急皱眉。

　　许稷本不想见王夫南，但既然有公务上的需要，见面也没什么所谓。她同李令史道："在知道为什么不教的理由之前我是不会走的，李令史不如先领举子们过去，我随后就到。"

　　李令史领了她这好意，忙点点头，往后退一步，与诸登第举子道："请诸君随火长往那边走。"

　　诸举子纷纷随火长离开，独留下许稷。

　　见举子们渐渐消失在视线中，许稷偏头看了眼东边晨光，此刻晨光微弱显不出半点热度，长安城的冷热还真是任性啊。她在校场坐了一会儿，晨风吹得她思绪格外清明——河州枹罕县令，为何让她去那地方呢？虽早就做好了往边邑任职的准备，但去河州仍令她意外。

河州乃陇右①名邑，河湟②重镇，是军事交通要塞，也是茶马互易之重要商市，原本是十足的一块肥肉，只可惜这些年战事频发，便沦为了人人都不想去的地方。

地处边界，随时都得面对"被吞食"的危险，高原铁骑说杀过来便杀过来，百姓惴惴不安，驻军疲于应付，的确不是文官理想的任官之所。

她阿爷当年西征，就曾从西戎嘴里将这块肉抢回来，可惜还没能吃到肚子里，便又落入了人家的口袋。如今河湟之地虽再次被朝廷收回，但只是衔在口中，仍未能踏踏实实咬下去，恐怕被人随意一扯，就又要旁落。

许稷不怕往边邑去，但若当真要去河州，千缨是一定不能带走的，因实在太危险了。

天忽然阴了一阵，许稷回头看一眼那边公房，见窗户开着，便眯眼来仔细地瞧，隐约是看到个人站着，似乎在与举子们说些什么。

许稷正打量，那人好像也往她这边看了一眼。

许稷忙转回头，起身绕到西边打算转一圈再回去。她太耐得住性子了，以至于拐出去喝了两杯热茶，这才慢悠悠地往公房去。

今日主要是教授些保命常识，举子们听到兴头上议论纷纷，王夫南见他们议得起劲，便不加干预随他们去讲，自己则卷了书往窗边一坐，还没看两行，视线便离了书移向了窗外。

他先前就见许稷起身离开，可到现在也没见她回来。这人是不打算要南衙考核成绩了，还是另想办法去了呢？

王夫南望着窗外正出神，却忽有一人沿着西边走廊飘到了窗口。

他一愣，许稷霍地俯身低头，毫不避讳地盯住倚窗装模作样看书的他："书好看吗？"

王夫南全未料到，前几日见他还跟见了妖怪似的那个许稷，今天

---

① 陇右：十道之一，陇右道。

② 河湟：黄河及湟水。

非但没有扭头逃跑，竟还敢这样明目张胆地来挑衅他。

许稷将他的意外全看在眼里，眸光更比往日明亮，纵然头发花白，面目中却满是少年人的神采和意气。王夫南坐在地上，被她这居高临下的气势压了一头，竟是霍地拉下帘子站起来，大步往门口去，似乎要赶她走。

结果许稷却是掀开帘子从矮窗跳进了公房内。

她完全不按常理出牌，王夫南简直无法。

"呀，许三郎终于来了呀！怎么从窗子跳进来呢？"一眼尖的举子注意到了她。

这话才刚嚷完，王夫南便又从门口大步朝许稷走去，他个头高站起来气势便足得很，走到许稷面前，二话没说忽然抓过许稷双肩，竟是将她从窗子撵了出去。

诸举子看到的便是一长手长脚的都尉，抓小鸡一般将可怜巴巴的许稷丢了出去。

诸举子纷纷掩面，太残暴了，往后这几天的日子可要怎么过哟？

许稷戳在窗外与王夫南对峙，王夫南长手一伸便拦了她所有去路，他俯身盯住许稷："去与吏部说你不想去河州，让他们换地方。"

"为什么？"许稷暂时放弃了再进去的打算，索性硬气地梗脖子质问。

"枹罕县令那个位置多久没人坐了？要你去掸灰流血？"

"所以某奉命前来习保命防身之术。"有理有据。

"胡说八道。"粗暴专断。

"骂吏部还是骂某？"

哗啦一声，帘子重新落下来，许稷便被隔在了帘子外。然她又自己挑起了帘子，歪着脑袋盯住王夫南："某不会走的。"

诸举子见状议论纷纷——

"他们在说什么哪？"

"曾四郎离得近，听到说什么了吗？"

"好像是有什么过节儿，嗯嗯。"

"许三郎可真是倒霉哪。"

"大约是家里的矛盾吧……他们是妻兄与妹夫的关系呢，诸君不知道吧！"

"噢噢，原来如此，不过王都尉仗着自己力气大就欺负许君属实过分！"

王夫南索性锁了窗，走回诸举子面前，房内顿时安静了下来。

毕竟见识了许稷得罪王夫南的"悲惨"下场，谁也不想重蹈覆辙，惹这都尉生气。

而许稷则若无其事地靠窗席地坐下。她听着里面的讲课声，忽低头从怀里摸出那项坠来。

这当真是阿爷的项坠吗？连项绳看起来都与自己的别无二致。

她并不了解那位阿爷，也不知道他的模样。她出生后不久，他就消失在了西征的战场上。有人说他是单纯死在了西戎军的铁蹄之下，也有人说打扫战场时未见其尸身，故他很有可能是弃军叛逃，又或者去做了西戎军的俘虏。

总之，他不见了。

但她知道那都不是事实。

卫征是生死许国的人，是拼到只剩他一个都要铆足那口气的人。他不会叛逃，更不会甘愿受俘。她知道，哪怕并没有找到尸身，但他消失不见，便是再也回不来的意思。

她母亲也正是因为深知这一点，才放弃了所有的希望。

于国家而言，卫征的赤忱日月可鉴。可对于家而言，他却并不是一个好夫君、好父亲。且他心性举止素来古怪，将自己的战马、项坠送给一个不太熟识的孩子，再顺便定个亲——这样的事，他绝对做得出来。

但那天王夫南将事情全抖给她的那一瞬，她还是被吓到了。后来几天她都战战兢兢，甚至不大想面对他。

她没想到这么多年过去，会突然有人逼问她父亲的生死，更想不到父亲会与一个差了三十多岁的小辈有那样不可理喻的交集。

那晚的王夫南与往常很不同，她无法忽略王夫南那言语举动透露出来的执着，且她清楚，这份执着可能与卫征有很大的关系。

王夫南选择如今的路，成为现在这样的人……都可能受了卫征的影响。

在他眼中，卫征又是个什么样的人呢？

许稷不知为何竟有些羡慕王夫南，因他与父亲甚至有过交谈，而她却完全没有机会。

天一点点暗下去，许稷在校场兜兜转转一整日，却完全入不得公房。

举子们经历了一天的劳困，纷纷赶在承天门敲鼓前离了校场。而许稷则在这时走到了公房外，候着王夫南。

公房内亮了灯，王夫南却迟迟不出来。许稷皱眉，忽闻到酒菜香。就在她揉了揉饿了一天的肚子、打算耐心等王夫南吃完时，门却忽然开了。

许稷蓦地抬头，门口却空荡荡的没个人影，倒是酒菜香气变本加厉地溢了出来。

她忍不住深吸一口气，西边窗子却忽探出一个头来。

王夫南好整以暇地看她："香吗？"

语气和她之前俯身低头问他"书好看吗"全然一样，简直是在报复。

更过分的是，王夫南见她不为所动，竟是将酒菜连同案几一道搬到廊庑下，在她面前坐下来吃。

王夫南不急不慢饮完一盏酒，抬头看许稷，许稷则平眉顺眼地问："都尉有没有可能改主意？"

"我记得我已经说过了。"王夫南兀自又倒了一盏酒，"你去同吏部说不想去河州，南衙考核一事上我便不会为难你。"

"王都尉的目的是不想让我去河州？"

"就是这样，没错。"

"为什么？"

"从大局看，河州眼下不缺文官，你过去毫无意义，且我可以肯定，若你不去，吏部暂时也不会再安排人去。"他一本正经道，"而从我的角度来说——我不可能放着未婚妻去送死。"

许稷还没来得及反驳，他又说："淄青遣使奉表了，你懂我的意思吗？"

许稷陡蹙眉，但她又随即恍然。

淄青归还三州给朝廷，一定会出现职缺，朝廷必须安排自己人过去，但朝中多数人都怕淄青出尔反尔，去了会出事，故不肯去三州任职，倘若她主动提出要去呢？即便她是第四等及第，看起来好像没什么选择权利，但淄青的事摆在这里，便是绝好的机会，是足以让她翻盘的跳板。

"看来你改主意了。"王夫南留意到她神情的微妙变化，忽然端起酒盏起了身，"我也改主意了。淄青三州虽比河州安全些，但以防万一你还是得习些保命本事。"

许稷抬眸看他，而他则隔着矮几将酒盏递到她面前，两边唇角俱是弯起，笑窝看着也分外可恨："既然白天落下了，晚上补吗？我今日宿直，可是闲得很呢。"

许稷接过他递来的酒盏一饮而尽，颊边梨涡更深。

暮色中她忽抬起手，掌心朝上手指往里勾一勾，示意王夫南靠近些。

王夫南果然上当，低头等她答复，可许稷却猛地将酒盏往他头上一扣："别动，不然上次的冒犯，许某永远不会原谅你。"

王夫南闻得此言，便只能保持俯身低头的尴尬姿势一动不动，而承天门的鼓声也终于"咚——咚——咚——"地响了起来。

"坊门将闭，你既然无处可去，不如在此补白天落下的课。"他抬眸用余光观察她的神色，"难道不好吗？"

"多谢十七郎好意，不过某尚有比部公房可歇。至于这里——"许稷扫视一圈，"留给十七郎好好休息吧。"

她重新看向王夫南，往后退了一步，甚至俯身拱手行了个礼，这才转过身出了廊。

一火长遥遥瞧见此景，不由瞪大眼，心说都尉近来这是怎么了哦，头顶酒杯是要练杂戏吗？

待许稷走远，王夫南这才取下头上酒盏，借着廊下灯光看了一圈。杯壁没有口脂附着，低头轻嗅，只剩甘冽残酒香。

次日天刚亮，许稷便已洗漱完毕从比部值房出来，她抖搂抖搂身上浅青袍子，径直往吏部去。

李令史正在院中指挥庶仆清扫廊庑下的地板："边边角都要擦到才行哪！不然又要被骂邋遢了，哎，御史台也是管得真宽……最近老下雨地板怎么干净得了嘛！"

抱怨声暂歇，李令史扭头便瞧见青袍许稷走了进来。这一切仿佛是在预料之中，他脸上自然地撑起笑意来，对许稷拱了拱手，很是客气地说："早。"

"令史早。"许稷同样一拱手，"裴尚书可在？"

她原想近来因圣人抱恙朝会暂停，裴尚书这时辰应该会在公廨待着，可没想到李令史却说："尚书一早便去了政事堂，恐是要再晚些时候来。"

"那某过会儿再来，叨扰。"

"别别别——"李令史忙接着道，"尚书有交代，若你来了，就入内坐着。"说着招呼庶仆送茶备火盆，自己则领了许稷往公房内走。

吏部今日的特别照顾令许稷有些意外，这是算到她要来啊。

火盆里噼啪声不断响，一盏茶热气袅袅，隔壁公房有书吏不断跑进跑出，似乎非常忙。许稷算了算时辰，又撩开帘子看了眼窗外，瞧见李令史又领着一众举子往校场去了。

而李令史前脚刚走，裴尚书便挪动着圆润的身体回到了吏部公廨。

吏卒与他交代了许稷到访之事，裴尚书竟是一挑眉，心说这家伙来得可真是快啊，于是接过庶仆递来的茶喝了一口，便往里边走。

许稷已坐了好一阵子，听得外面脚步声霍地起身，见紫袍尚书进来，便俯身一拜。

裴尚书摆摆手，示意她不必多礼："坐。"

裴尚书开门见山："你特意前来，可是对昨日拟授存有异议？"

许稷应了一声。

"有何想法？"

"下官想自请调往淄青三州，不知可否商议。"

裴尚书到底沉得住气，问她："密、海、沂三州有八县尚有空职，你可有相中之所？"

"密州高密县。"

裴尚书猛地一挑眉，胖胖的脸颊也跟着抽动了一下。就在他到回到吏部之前，赵相公才与他说过——"二十四郎啊，让许稷去河州，他就当真会去吗？河州现在是什么地方，九死一生，聪明人都不会去的。可他不想去能怎么办？若他足够聪明，就知道除了自请去淄青让出来的那三州，便没有更好的去处。淄青虽也不是什么太平地方，但两害相权取其轻啊，他会明白的。"

裴尚书便问："既如此，相公为何不直接授其淄青三州地方官？也免却了这其中麻烦。"

赵相公道："二十四郎，你都已服紫了，却还是不懂为官趣味啊。其一，是看他够不够聪明，若榆木脑袋似的二话不说直奔河州赴任，那便是不懂变通之辈，死了就死了；其二则是看这其中有谁替他周旋、替他出主意，会劝他去淄青的人，恐也有心往淄青去；其三便纯是乐趣也。"

"那依相公看，他会自请去三州哪县？"

"高密。"

"为何？"

"高密临海又最富庶，易展身手，是翻盘的好去处哪。"

裴尚书想着赵相公的话回过神，看一眼面前的许稷，不由得想，

半子 · 123

后生们自以为翻出了鲤鱼塘，其实还只是在水面扑腾啊，要真想跃过龙门，尚早，尚早矣。

他与许稷表示此事需再商议斟酌，便令人先送她出去了。

而许稷走出吏部，沿着尚书省廊庑一路往东走时，却也是对着迎面寒风轻叹了口气。她以为可不受摆布、不成为第二个练绘，可到头来还是把自己困进了棋局之中。

这棋局，会有翻盘的一日吗？

行至校场，举子们竟是不在公房听课，而是各自拿了刀剑跃跃欲试，大有"你有种来啊我砍死你哦"的架势；当然也有性格疏淡者，姿态高贵地拎着大刀站在一旁冷眼看，满脸都写着"诸君可真是蠢啊"。

王夫南虽深知这些举子纪律观念淡薄，也早做好了准备，但带这些人确实十分累人，因他们的主意实在太多了，主意一多便涣散、难管教。

王夫南的副手某果毅都尉在旁看着叹道："书生误国，书生误国也。"

话音刚落，一杆标枪就朝他飞了过来，若不是避得及时，恐怕就要命丧于此了。果毅都尉很是火大，厉声道："乱丢枪、乱舞刀、乱议论者统统不过！"

狠话一撂，这些人才终于安分下来。

许稷刚想过去，便被一小卒给拦了，那小卒道："都尉说以郎君之身手，已不需与他们同习，遂请那边歇着。"

许稷远远看了一眼王夫南，只见他正与一举子示范如何攻击要害，似乎并未看见自己，于是就随小卒去耳房歇着。

耳房除了一册手抄的《靖公兵法》，便没有别的书可打发时间，许稷百无聊赖翻了一会儿，旁边庶仆道："这是都尉抄的呢！"

"是吗？"许稷未认真看过他的字，仔细看下来，他的字倒是极秀整，像文人的字，这令许稷有些意外。

一册兵书打发了漫长的上午，待到下午，因举子各自散去，王夫南才露了脸："在石瓮谷时曾说要教你用弩机的，出来。"

许稷顺手牵了兵书，老实跟他出去习新武器。弩机不比弓箭，弓箭家家户户可备，但弩机则民间禁用，许稷之前也未好好瞧过。

王夫南所持乃单兵使用的小型弩机，望山（瞄准器）悬刀（扳机）、钩心等部位均做得十分精巧。他在一旁做示范如何张弦装箭，如何扣住弓弦，又如何置箭于箭槽，再如何瞄准，如何扳动悬刀……姿态严谨认真，许稷亦看得十分专注。

箭飞射而出时，王夫南侧头看了看沉浸其中的许稷。她专注起来的样子，真是气势十足。

他收回目光，瞥了眼地上另一只弩机，对许稷道："愣着做什么，拿起来试试。"

许稷回过神，俯身就去拿那弩机。这弩机个头看起来不大，支起来时，胳膊却感受到了沉重的压力。许稷顺利将箭栝顶在两牙间的弦上，侧头通过望山去瞄准时，手却因难负荷这重量而微微发抖。

一只大手从身后伸过来，稳稳托住了她的手腕："不要慌，瞄准了再扳悬刀。"

温暖气息就在头顶，许稷不自觉抿唇皱眉，沉下气瞄准靶心，手指坚定地扳动了悬刀，几乎是眨眼间，箭便飞射而出，正中靶心。

王夫南瞥见了她脸上飞转即逝的喜悦。

因习射顺利，仅过了一个时辰便暂告一段落。

两人正议论近身格斗之法时，天色沉沉，校场便显出几分萧索阴森，许稷抬头看，却已是阴云压城，风也大了起来。还没来得及说话，豆大雨点就毫无商量地猛往下砸。王、许二人骤然反应过来，王夫南正要拽了她往东边公房跑，可许稷却是立刻俯身收拾起地上散落的军器，紧迫之中透着一股从容。

她也是与卫征一样，做什么事都要做到底、绝不丢三落四的人哪。

可待她收拾完再拎着弩机跑回公房，浑身均已湿透，且站在廊下又不敢往里走，因太脏了——雨水顺着袍角往下滴，裤脚靴底均是泥，实在狼狈。

王夫南瞥她一眼，低头脱了靴扔在走廊里便径直往里去。许稷见他如此，也将靴脱了扔在外面，卷起裤脚跟着进去了。

外面黑云压城，屋子里一片晦暗。

王夫南自值房中取了衣裳手巾来丢给她，指了隔壁一间公房道："那边没人，去那边换。"

许稷冻得发抖，不计前嫌地拿了王夫南的衣裳便进去了。

王夫南见那门"砰——"地关上，莫名愣了一下，回过神往火盆里添了两块炭，将门窗关上，便不拘小节地换起衣裳来。

可湿衣裳才刚扒下，连汗衫子还没来得及穿好，那边许稷忽然开了门。

王夫南显然未料到她换衣裳宛若神速，下意识"喂"了一声！

许稷恍若未闻地将他从头到脚扫了一遍，面不红心不跳地说："嚷什么？上次不是见过吗？"

提起上次昭应泡汤的事，王夫南简直要钻地，那会因区区一条水蛇狼狈爬上岸，回想起来简直令人感到羞愤，许稷这样堂而皇之地提起来，王夫南更是无地自容。

"愣着做什么？这种时候难道不该赶紧穿衣服吗？"许稷转过脸面朝窗户，不以为意地说，"我要点灯了，你快些。"

王夫南速转过身穿好内衫及小裈，直接披上缺胯袄子，愤愤拆了幞头，拿过手巾擦了擦湿头发，这才说："点吧。"

许稷不慌不忙点起屋内灯台，火苗轻柔窜起，和缓的节奏与外面截然不同——屋外雨声如鼓，雨水被大风挟着哗啦啦刮进廊内，稍稍推开窗子便得汹涌水汽迎面扑来。许稷赶紧又关好窗，拢起双手低头哈了口气，却并没有什么用。

手冷脚冷，衣裳不合身，浑身上下仿佛都被潮冷之气围困，令人想起很多年前的某个春天。

"过来烤火。"王夫南的声音将她从回忆中拽了出来。

许稷回头看了一眼，走过去在火盆旁席地坐下，伸手感受了一下扑腾而上的热气，因这突如其来的温暖，双肩不自觉地哆嗦了一下。

手渐渐暖和起来，而头发的湿冷却紧紧附着于头皮，令人脑壳都疼。她抬手解开幞头，湿答答的头发便往下滴水。一旁的王夫南看在眼里，霍地扯过一块手巾，抬手就往她头上一罩，顺理成章地按住她脑袋一通揉。

许稷欲夺手巾，手却被王夫南按下去："你不要动！"

他似很有经验，下手的力度及快慢都有所控制。许稷手里抓着湿淋淋的幞头，低头皱眉任他擦头发，不远处的烛火隔着白手巾隐隐约约闪动，令人不舒服，许稷索性将眼合上。

尽管他指腹传来的压力温暖又恰到好处，但许稷仍觉不自在。她很少与人亲近，哪怕熟悉如千缨，也未与她擦过头发。都说人的脑袋很是重要，被摁着脑袋搓揉一阵，像是被人当成了豢养的动物。

王夫南给她擦着擦着，也不自觉放缓了动作。她头小，张开手一覆好像就没了，掌侧大鱼际时而擦碰到她的脸，凉滑又潮湿，拇指侧贴着她凉凉耳垂，更能察觉出两人之间的温差。按着手巾往后移至发际处，恰恰掩去花白头发，露出来的正是寻常少年颜。

王夫南垂眸看她，那光亮额头往下是平整眉毛，眼皮耷拉着，眼窝因过劳有些轻凹，睫毛不算柔软也不算长，鼻翼微微翕动，双唇轻合，梨涡仍陷。

分明不是什么倾国貌，呼吸间却令人心烫意乱。

王夫南暗吸口气，抑住心中起伏，像丢掉烫手山芋般松开了贴在她耳侧的手，另一手则按着她脑袋胡乱搓了两下，将手巾丢给她，别开脸往火盆里扔了一块炭，忽然说："卫将军也是壮年就白了头发。"

他乍然提起卫征，令许稷有片刻错愕。她睁开眼，垂眸看着火盆里燃烧正旺的木炭，闭口不说话。

王夫南则接着坦白他与卫征间的旧事："那时我问他是不是上了年纪才如此，他却说自己还很年轻，只是休眠饮食不当所以白了头发。现在想来，大约是心太累了。西征耗费了太多精力，回朝又要面对泥潭，的确轻松不起来。"

他语气平缓，仿佛那些回忆只是发生在平静的昨天。

许稷仍旧不说话——她都是从别人那里无意获知关于卫征的一切，从没有主动探询过。

王夫南从她诸多反应中已是判断出，她那位住在昭应的"阿爷"许羡庭并不是改名换姓的卫征，而只是她的养父。

她的父亲卫征，应已经不在了。那么她的母亲，她的其他家人呢？王夫南不得而知。

卫征与朝廷失联那会儿他还很小，许多事并不能懂，到了七八岁时，听周围人提起卫征，则多是"好好的为什么要叛逃？骁将也不过是徒有虚名吧"之类的说法，那时他只隐约知道——赠马给他的那位卫将军，似乎做了身为军人最耻辱的事。

后来朝中势力更迭，这种说法渐渐消失，取而代之的反是"征战未归，骸骨埋异国，真是太惨了"，"听说妻儿当年为避祸也不知去了哪里、大概也是死了吧，真可惜"。那时他已荫任千牛备身，从懵懂幼童到想法最动荡的少年时期，再听到这样的话，心中尽是慨然——言论遭受权力操控，一个人的生死也可以被编派出如此迥然的两套说法。

可即便慨然也是无用，到他有能力去探查当年实情及卫将军家眷下落时，很多线索都断了。

王夫南看一眼走了神的许稷，忽起身去值房拎了坛酒来，又拿了两只陶杯，倒了一杯递过去。

许稷低头轻嗅，是她从没有喝过的酒。

外面雨声毫无停歇的意思，风雨拍打着门，仿佛身处波涛大海中。她饮了一口酒，偏头看了一眼那门，忽听得王夫南问道："你阿娘还好吗？"

许稷将目光收回，捧陶杯而坐的模样乖得像只猫。她清亮的眸子盯住王夫南，又吸了吸鼻子，用带着微弱鼻音的声音，非常平静地回道："已过世了。"

王夫南闻言立刻打消了再问的念头，可许稷却接着这话题说了下去。

"阿爷过了而立之年才娶妻成家，阿娘那时候十八岁，他们之间有十五年的距离。我读过阿娘的小札，她年轻温婉有学识很懂生活，但父亲却是心性古怪的粗放武人，他们彼此敬重，却算不上情投意合，也因为聚少离多，没有多少亲密。后来阿爷出事，阿娘虽明白诸人泼来的皆是脏水而并非事实本身，但她毕竟是高门世家女，自觉等不到翻盘那一日，遂自尽了。"

许稷缓缓地与一个并不能算太亲近的人叙说着父母的命运，心绪却如河流般平静。她又想，或许母亲留下的小札也未必是真相。母亲对父亲或许也有过倾慕之心，他们之间也有举案齐眉的短暂幸福，但那些都是她所无法再探知的部分了。

她说完将陶杯中的酒饮尽，又将空杯子放到王夫南面前。

王夫南很有默契地拎了酒坛又给她满上，他想缓一缓室内这沉闷气氛，遂伸腿钩过不远处一卷羊皮纸，盘腿在许稷面前坐好，将其铺开。

许稷低头去看，纸上所绘正是局势地图。

"与吏部说过了吗？去哪儿？"

许稷身子微微前探，指了一处地方道："这里，高密。"

她挑了个好地方，王夫南点点头，却说："淄青的李斯道心性不定，容易被人撺掇，眼下虽说是要以子入质朝廷且将三块地让出来，但可能说反悔就反悔了。若发生这样的事，我希望你哪怕是做戏，到时候也要明面上跟着淄青，朝廷就暂时放一边。"

"然后呢？"许稷抬眸看了他一眼，"朝廷不会将我当叛徒一起剿了吧？"

"你觉得可能吗？"

不可能，因她仍是一颗有用的棋，应不会这样早被放弃。

"那征讨淄青是既定之事了吗？"

"是。"王夫南十分笃定地回了她，"只要淄青一动反悔念头，朝廷就会有所动作。"他说着指了指地图上那几个入经淄青的黄河渡口，又比画了线路，"至少有五路兵马可调，宣武、魏博、武宁、义成，还有横海。"

又是一笔大开销，许稷下意识地开始计算起征讨的支出。

她还在低头计较钱粮时，王夫南忽抬手拍了她脑袋："若淄青被围攻，朝廷兵马打到高密，你不要做抵抗，明白吗？"

许稷捂头皱眉："那要怎样做？"

"举旗投降。"

许稷不说话。

"不要做无谓牺牲。"王夫南对她的心不在焉很是不满，皱了眉收起羊皮纸，"还有我授你的那一套近身防卫术，也要好好练习。"

"近身防卫最有用的难道不是只有那一招吗？"

"什么？"

"狠踹子孙根不就好了吗？"许稷很是认真地说着，还一本正经看了一眼盘腿而坐的某人裆部。

"喂！"王夫南慌慌忙忙扯起地图一挡，看妖怪一样看了一眼许稷，飞快起身开溜，"天黑了，我去公厨看看有没有什么可吃。"

许稷见他取了伞往外去，便兀自裹紧了身上袍子，咕嘟咕嘟将杯子里的酒全喝下了肚。

这原本湿冷的夜晚，似乎因为这及时的酒，令人周身暖和起来了。

王夫南回来时许稷已经挨着火盆蜷成一团睡着了，她呼吸均匀，看来睡得很沉。

王夫南放下食盒，走到她身边，俯身轻握了握她的手——实在是太凉了。

他又看到她光裸在外的脚，便直起身折回值房内，取了足袋与毯子，重新回到她身旁坐下，小心翼翼地微抬起她一只脚，怕惊动她般，一点一点将足袋给她穿上，之后又艰难穿好另一只，这才松了一口气。

简直比瞄准射箭要难多了。

王夫南这样想着，又取过毯子仔仔细细给她盖好，这才在旁边坐了下来。

屋外风雨声如涛，火盆中的木炭不遗余力地燃烧，许稷深深沉沉地睡着，仿若在夜海波涛中，置身于一艘温暖的舟。

千缨一大早忙疯了。

许稷告身下来之前，她一直慢悠悠慢悠悠的，以为自己能在两三天内迅速收拾好东西离开长安去往下一站驿所，可没料拖到最后一刻，才发现要准备的东西多了去，简直令人发狂。

不说别的，单论穿这一项就够千缨昏头。平日里总觉着没什么可穿戴，但真正收拾起柜子来，便发现要带的东西太多了。

像她春夏穿的单衫、单裙、单裈，秋冬时的褚子、夹袴、袄子、日常鞋履袜袋，还有些算是拿得出手的首饰、义髻等；以及像许稷日常穿的汗衫、袴裈、长袖、袄子、袍衫、幞头、革带、靴子袜袋，还有特殊场合穿的公服……一点点收拾妥当存进箱子，便耗去了许多时间。

许稷在比部做最后的交接，遂不能回家帮忙，韦氏与千缨二人都全无出远门的经验，便只能摸索着扛起大任。

"阿娘你还记得四伯母以前是如何收拾的吗？"

"似乎是写了张单子，将要带的都写下来，再一件件收拾存箱，这样便不会错漏。等到了任所，翻找起来也方便。"

"阿娘如何到现在才说哪，全乱了……我脑子真是不够用，三郎回来得说我了。"

"千缨哪，别急，与其这样乱下去，不如现在停下来先理一理……"母女二人正议论如何收拾才得法，看热闹的也恰好路过。

家里都知道五房的女婿制科登第，连擢三阶，看起来似乎是要高就了，且五房这两日动静也大，四处走动着借东西，连老夫人那儿都被要去了三个箱子！

一行人在庭院外议论时，千缨三伯母蔡氏却狠狠瞪了一眼，脸色难看地冷冷开口："去密州哪算得上是什么高就，至于高兴成这样！"

自十九郎王武平出了贪赃之事被徒后，蔡氏便刻薄得要命，甚至连虚情假意的伪装都抛开了。她说这话时，其他人纷纷看了过去，她家庶仆便在一旁添油加醋，压着声音道："看五房那高兴的模样，好似府里只有他家要外迁升官似的。"

蔡氏神情寡淡，眸光中是难抑的恶毒："我倒要看看能得意到何时，密州那是什么地方？就算淄青眼下吐出来了，可没准哪天就一口吞回去，看他家到那时还笑得出来否！"

"原是这样啊，那看来不是升官，是要去送死哪。"实际上什么都不明白只会跟着主人附和的庶仆如是说道。

"胡说什么呢？！"乍然响起一男声。

蔡氏扭头去看，只见是王光敏，便笑："是不是胡说你心中有数，高着嗓门有什么没用。"

王光敏自我劝慰说不要与女子计较，可又实在忍不下这口气。

许稷登第这事让他最近心情大好，也使他终于能抬得起头来与人说"制科可是百里挑一，我王某人的女婿登第制科啦，且是连擢三阶，青年才俊可堪重用啊！"云云，但面前这蔡氏却口出不逊，连她家区区庶仆竟然都诅咒许稷去死，真是过分，过分也！

他怒目瞪蔡氏："我家三郎可碍着你们家什么事了？十九郎被抓进去难不成还是我家三郎的错了？他指使十九郎去贪赃了吗？没有！影都没有的事，偏偏要将污水都往我家三郎身上泼，且还处处给千缨和三郎找不痛快！小肚鸡肠成这副模样，十九郎出来了恐怕都要觉着丢人！"

他骂得直白又狠，全没有半点风度与涵养，本质上却又真的是在护犊子。

蔡氏气得直瞪眼。

只那不懂事庶仆要替她出头，竟是说道："当真全无影子的事便不会有人说道了，许三郎若当真行得端正，还怕说不成？如此气急败坏便是……"

"你闭嘴！哪轮到你说话？"

若不是站得远了些，王光敏恐是一脚就上去了。

蔡氏更怒，那庶仆还未及反应，便听得"啪——"一声，继而就是耳边嗡嗡鸣声，像是将要聋了一般。

蔡氏这巴掌打得极狠，几将气全撒在了庶仆身上，一扯衣裳扭头就走了。

看热闹的渐渐散去，王光敏则扬眉吐气般迈进了家门。好运来啦，他家的好运就要来啦！

可就在王光敏兴高采烈，甚至破天荒帮着女儿收拾行李之际，身处比部公房的许稷却忧虑起一些事来。

密、海、沂三州的州县计账刚送至比部，许稷便先看了密州计账。高密，甚至整个密州的财政状况都很不乐观。这些年密州赋税收入锐减，而开支却如黄河流水，再不巧碰上天灾，便更是雪上加霜。县令乃亲民之官，与身居比部任直官有着天壤之别。

在比部看到的计账不过是数字，等她人真的到了高密，所要面对的可不仅仅是数字，大到百姓生计，小到公廨支出，处处都是具体的问题……她能够胜任吗？

合上计账，许稷眉头过了许久才舒展开来。

时辰不早，该走了。

她起身收拾案上柜中的东西，那边吕主簿忽冲到食橱旁，抱住她的食盒哀号道："从嘉啊！你若走了我便再也没杂馃子吃了，你将食盒给我留下吧……里面还剩一个呢。"

许稷回头看他一眼，想了想，又转回头，淡淡地说："吕主簿请拿去吧。"

吕主簿莫名觉得有些心酸。他是看着许稷从比部一步步走上来的，也见识了这两个多月里各种翻天覆地的变化，面对许稷忽然连擢三阶这件事，他至今仍是做了场春秋大梦的感觉——好像许稷明日还是会来到这地方，会在那角落里窝上一整日，连饭也忘记吃。

可她的柜子分明已经清空，案上也只剩了一把算筹和些许簿子。

许稷背起书箱，手按在算筹与簿子上，几不可闻地叹了一声，终究是埋头走出了公房。迎面就是熟悉的拐角，斜对着礼部南院，几扇矮窗半掩着，里面坐着爱抱怨的礼部官员们，嘀嘀咕咕个不停，好像永远也没完。

销了进出门籍，骑着马从朱雀门出，嗒嗒嗒的马蹄声响在天门街上，许稷回头一看——这一别，不知要到什么时候才能回来啦！

千缨到底没能有条不紊地将行李都收拾妥当，临出门前还拔腿跑回家中，摸索摸索又揣了一只包袱出来。

许稷问起来她便压低声音神秘兮兮说："万一半途月事来了怎么办？我就又回去拿纸！"又说，"咦，你这么大年纪了为什么还不来月事，难道你其实是男儿身只是天阉了不成……"

许稷倏地伸手捂住她的嘴，拖着她绕到前面与王光敏及韦氏行礼道别。韦氏只有这一个女儿，见她如今要随夫君外出赴任，心中既是欣慰，又是舍不得，不禁要掉眼泪。

王光敏倒是昂着脑袋一贯的"混不好就别回来"的势利眼做派，但心底里却比谁都要高兴，他皱眉头不耐烦地挥挥手："快走快走，驿所的人就要等得不耐烦了！还在这里磨叽！"

许稷携千缨一起再俯身深拜过之后，这才双双登上马车，直往灞水而去。

车一路行，风景一路变。

千缨看着外面感叹道："我长这样大还没有离开过长安，真不知道那里会是什么样子。"期待之中似乎又有些隐隐担忧，"会不会吃不惯哪？早知应该带些……"

隐忧的话还没说完，千缨眼前忽然一亮，指了不远处就嚷道："你看那是谁！"

许稷循她所指的方向看去，只见一名素来闲散的家伙正骑着马停在灞桥上等着呢。

"他来做什么呀？"

"想必是送人吧。"

"送谁呀？"

"不知道，反正不是送我。"许稷口是心非地说。

她遂也不让马车停下，嗒嗒嗒地继续前行，可最终还是被王夫南给拦下了。

千缨扭头对看书的许稷道："他好像当真是来送我们的，他存的什么心哪？"

"不知道。"许稷翻过去一页书，车板子忽被人拍响了，她抬头一瞧，正是王夫南。许稷看他一眼，他言简意赅地说："出来。"

千缨觉得他二人之间气氛不对。

许稷低咳一声，对千缨说："你在车上等我一会儿。"便猫腰下了车。

千缨扒拉在车窗口往外看，王夫南将她的头扭到一边："男人之间有要紧事说，你把头转过去。"

千缨哼了一声，不稀罕地偏过头："谁要看！我才懒得看！"

灞桥上迎来送往之人渐渐多起来，王、许二人行至桥边，离那车驾已有十几步远，许稷站定，一脸严肃地问："十七郎可有事？"

王夫南将手一伸，掌心朝上，显然是讨要。

"做什么？"

"给你的项坠呢？"

"什么项坠？"

"信物啊！"

"你给过我吗？有何人可做证？或有其他凭证？"许稷一脸正经，却又满嘴无赖话。

王夫南无计可施："那说好的婚约呢？"

许稷循循善诱："十七郎，你我都这样大了，不要天真了。与小孩子的约定能算数吗？你当时好歹应该让卫将军白纸黑字写下来啊。"

简直无赖，无赖！

王夫南深吸一口气，决定暂不与她计较，遂又从兜里抽出一根细柳条来，那柳条竟是快要抽芽——隐隐的墨绿色凸在粗褐色的皮子外面，是勃发的生命力。

许稷扫了一圈附近的柳树，贸一看都还是灰败之色，全无抽芽迹象。

"哪找来的？"

"你不要管。"

"不说我便不要。"

"不就灞桥上随便折的吗？我还有事，先走了。"王夫南不由分说将柳条往她怀里一塞，扭头就走，许稷却是上前一步抓住了他手臂。

王夫南错愕，趴在车窗口一直盯着这边看的千缨也是错愕。

千缨拍窗哀号，他们两个不对劲！不对劲！

第二卷

淄青卷——赴险途

第七章·行路难

王夫南低头瞥一眼她伸过来的手，眸中瞬时闪过亮色，转过身来，却还装腔作势问道："有事？"

"多珍重。"许稷抬头道。

毕竟是离别，而离别应当郑重。

因不知这一别后何时能再见，也不知以后会各自遭遇什么，所以，她在王夫南的注视下将柳条小心收好，并躬身拱手行了一礼，像下级面对上级那般，她道："王都尉若有一日领兵打到高密，许某必以城降。"

"届时请替我备好酒。"王夫南说着看一眼那边停着的马车，看到将脑袋从窗子口探出来的某只调皮鬼，又转回头拍了拍许稷肩头，轻描淡写交代了一声，"照顾好千缨。"

他说完便转了身，因害怕待得再久便会失态。他素来无所谓离别，但以往都是旁人送他，而今换了立场，自己折了柳条送人，则意义完全不同。

相较起短命的卫征，他希望卫嘉能长长久久地活着。他本心自然想将她圈在身边护着，但她生来就长了翅膀，他没有可能拦住她。

陌上无穷树，只有垂杨管离别。就希望那即将抽芽的柳条，给她带去好运吧。

许稷重登车，灞桥上却是有人吟起折柳曲。

"垂杨拂绿水，摇艳东风年……"笛声相附，更添几分恻然。

她按着袖中那根柳条，听千缨不住叨叨："我觉着十七郎不对劲，他那么傲慢促狭的人怎么会特意跑来送别呢？还送柳给你，莫不是有什么企图？"千缨说着皱眉，忽盯住许稷，"他不会看上你了吧？！"

许稷平顺淡定地回看了她一眼。

"我早就怀疑他了。你看他到这个年纪了，却还没有成家立室，一定是喜欢男人！完了，他一定是看上你了，才巴着你一道去泡汤，还一起同眠什么的……三郎啊，可怎么办哪？"

"你不是说他喜欢的是男人吗？可我不是男人啊！所以，放心吧。"

"说的也是。"千缨脑子始终转不过许稷，很快就被她绕了进去，且一时半会儿也出不来了。但她始终对两人抵足同眠一事耿耿于怀，"你真的与他一起睡过了吗？"

"嗯。"许稷老实交代，"有两回。"

"他没发现你是女子吗？！"

"你觉得我像吗？"许稷巧妙地避开正面回答。

千缨扫了眼她的胸，摇摇头。但她面色中又有忧虑："我十二三岁便开始长了，十六岁月事也就来了，但你到现在这个年纪还丝毫动静都没有，莫不是有什么……毛病？"

"大约是吧。"许稷重新拾起书，坦诚地回，"我阿娘没有奶水，所以我幼时可能过得艰难了些。"

千缨盯着她看了好半天，忽伸手过去戳了戳她颊边梨涡："你阿娘将你生得倒是很好看。"

许稷偏头看向了窗外，折柳曲已渐渐听不清，车也很快就下了灞桥，继续往东走，出关内道，途径洛阳，再往东北方向行，几乎跨越整个河南道，就能抵达原本淄青所辖之密州。

汉书有云，海岱惟青州……惟甾其道，厥土白坟，海濒广潟。田上下，赋中上。贡盐、𫄧，海物惟错……①

可见淄青乃农耕重地，水利条件优越，物产丰饶，乃是宝地。而这样一块沃土，镇将领事却自作威福，强没刺史县令之权，视朝廷政令如空文，已旅拒朝命五十余年。

国家需一统，藩乱需荡平，但这其中耗费，可怕至极。赋税繁重，到头来还是百姓最苦。而百姓若是苦过头，后果更是不堪设想。

从长安往密州，住了一路的驿所，许稷体会愈深。先前从州计账上感受到的问题，不过是个粗略印象，当真远离长安一路走下来，她才知道比计账上所显示出来的问题更麻烦，也才明白自己在制科举上的滔滔策文，不过是纸上谈兵。

权力中枢是无法亲自走下来的，他们只能通过层层上报获知天下消息，但这些消息在传递中又剩了几分真，存了几分假呢？

是日清早，许稷从沂、密二州之间的一个驿所出来，正要辨询方位时，一旁吏卒道："郎君是要往密州去吧？那边现在可是不太平，要小心哪！"

"怎么个不太平法？"

"密州不是紧挨着青州吗？青州前阵子起了兵变，导致密州军也是人心动荡，听说就十天前刚乱了一回，百姓都闭户不出呢，就怕无辜伤了死了。"

"青州兵变？"青州可是淄青镇的治所②，难道淄青内部出了问题吗？

"郎君不知吗？青州这次兵变是因内部出了分歧，一派有意向朝

---

① 引自《汉书·地理志上》。

② 治所：即藩镇节度使所在。一个藩镇的辖州可能有十几个，但治所就一个。

廷示诚，另一派则拒不肯送李节帅长子去朝廷，更不肯将沂、密、海三州让出来哪！"

"结果呢？"

"自然是平息下去了，但消息仍是流了出来，所以密州也就……"

许稷并不觉得太意外，但吏卒的提醒仍让她多存了个心眼。吃过朝食，她喊千缨收拾了东西，便启程往密州去。

路上摊开地图，一瞧便知密州紧挨着青州。

青州作为淄青藩镇的治所，积聚着淄青镇的核心力量，而密州与之紧邻，必然与其关系密切。即便眼下淄青将密州交还给朝廷，但密州城内仍旧多的是淄青势力，高密县自然也不会例外。

许稷已经可以预见抵达高密后的困境，那就是除她之外，县廨上上下下估计都是淄青势力。她作为朝廷空降至此的县令，还真是称得上光杆。难怪王夫南要说，若淄青势力太过强大，让她干脆倒戈跟着淄青混，听着像是不负责任的胡扯，但好像也没什么更好的办法。

可她当真只能这么做吗？高密县廨的人，又是否都真心向着淄青呢？

她持保留态度。

从长安出来已走了近一个月，官道旁万树抽芽、绿意勃发，春天到底还是来了。

千缨打着哈欠坐起来，瞧许稷仍在看地图，便也凑上前去看。她的手顺着密州往东移，那边是海，再往东呢？地图上却没有再画出来。

"三郎啊，从这里继续往东走是到哪儿呢？都是海吗？"

"是百济。"

"再往东呢？"

"新罗。"

"天下可真大呀，长安居然那么小。"她看着中原腹地的长安，头回这样慨叹自己家乡的渺小。

在离开长安之前，她全没有料到外面会有这样大。在这之外呢？

还有世界吗？

二人忍着一路颠簸，将要抵达高密县驿所时，天已黑透。许稷拿了大氅给千缨披上："初春时节仍是很冷的，别冻着。"

千缨吸吸鼻子望着前面："还要多久啊？"

车夫道："快了，约一刻钟吧。"

饿得要命的千缨恨不得立刻有一碗热汤饼摆在面前，她想着美味拼命咽了咽口水，又问："三郎啊，为何这地方如此没人烟气呢？"

"因还没进城。"

"好恐怖啊。"千缨裹紧了身上大氅，正四下瞅时，许稷却忽地握紧了她的手。

"怎么了？"

许稷看她一眼，警觉蹙眉："有马蹄声。"

千缨瞪眼，静下心来仔细听，果然有马蹄声逼近，且来势凶猛，恐怕很快就要追上来。若对方存有歹意，只怕是跑也跑不掉的。

许稷猛挑眉，赶紧令车夫停车。她跳下车，又拉千缨下来。

千缨抱着随身包袱不知所措，许稷令车夫去寻安藏之所，拉过千缨就往密林里走。

千缨吓得满手是汗，声音微抖："没……没事吧……说不定只是有人路过，三郎你可别吓我。"

"包袱给我。"许稷朝她伸出手。

千缨赶紧将包袱递上，许稷迅速找树洞将装有告身及新公服的包袱埋了进去，又连忙起身将周围打量一番，确定了方位，拽过千缨就往密林更深处跑。

天黑路窄，遥遥可听得马蹄声歇了下来。

而她二人也在密林中躲了起来。

初春夜风里还蕴着冷意，千缨背后却是出了一层汗。许稷也好不到哪里去，但她毕竟沉得住气，便紧握住千缨的手，让她镇定。

遥遥可见官道上的火光，那些人骑马持火把，马一动，火光便也跟着动。千缨将心都提到了嗓子眼，她偏头瞥一眼许稷，指了指远处官道："果然不是好人哪，黑衣黑马的，似乎还蒙着脸……你是如何猜到的……"

她说话时脸都快吓僵了，许稷揉揉她发冷的手，压低声音道："从马蹄声音和节奏上来分辨，不像寻常过路的百姓。"

千缨又问："是军队的人吗？"她话音刚落，便看得那些人在搜寻她们的马车，但显是一无所获，于是只留了一部分人守着，另一部分人散开四处搜寻。

千缨越看越是着急，她都要将头埋进灌木丛中，手心里更是汗湿一片："三郎啊，我真的很害怕，我们不会死在这里吧……"声音发颤，"他们为什么要对我们下手啊……"

"别说话。"

千缨闭紧了眼，许稷却仍是保持姿势一动不动，周围安静得可听得到自己的心跳声。

官道上的人与马忽然各自散去，铿锵马蹄声渐渐远去，千缨听着那声音，猛地松一口气，忍不住问许稷："他们走了吗？"

许稷一直屏着呼吸，这时骤然抬手捂住了千缨的嘴。

千缨一惊，后背却顶上了一尖锐冷硬的物件。

千缨在感受到后背尖锐硬物的同时，一把剑也横到了许稷脖间。

凉凉利刃紧压皮肤，许稷刚想有所动作，便听得身后人出口威胁道："都别动！"这声音一出，杂沓脚步声也跟着逼近。

许稷闷头一听，最起码有五六个人，以她的本事，再带上一个千缨，想在这种情况下逃出生天几乎没有可能。

千缨彻底吓坏了，蹲在地上动也不敢动。

她想去抓许稷的手时，身后却忽有人猛地拽她胳膊，将她两手反剪在背后，利索地用绳子捆了起来。她还没来得及尖叫，便又被人封了嘴，脑袋上更是罩了黑布袋，转眼就被人拽起来推着往前走。

她呜呜出声，因看不见许稷慌张无比，而许稷的境况也比她好不到哪里去——绑手、堵嘴、遮布袋，一样都不少。

许稷闻其呜呜声，便也闷咳两声以示回应。

千缨人氅上的熏香若隐若现，许稷便知她就在附近，便稍稍放了心。来绑她们的这行人显然不是什么山贼土匪，许稷看千缨被捆时便认出了捆绳手法，且这些人之间使用行军手语，许稷便更笃定了他们的身份。

两人被押上马车，"吁——"一声，马便狂奔而去，而车子也紧跟着颠簸往前。一路是初春夜里的料峭风声，完全听不到人说话，静得骇人。

千缨紧挨着许稷，想说话可又什么都说不出来，许稷也想安慰安慰她，可当下这样子，显然也是没法的。

行了十几里路，马车乍然停下。被颠得魂飞魄散的千缨因为太害怕又呜呜起来，许稷用肩膀撞了她一下示意她安静一会儿，却霎时感受到了车内灌进来的风。

对方撩开了帘子，将她二人拽下来，又推着她二人前行，至一门前，猛地将两人推了进去，"砰——"一声，门乍然被关，咔嗒落锁，动作十分利索。

千缨吓出来的一身汗此时已冷透，加上久未进食的肠胃作怪，她跌坐在地上便只顾着瑟瑟发抖。许稷听那门被关上，但因一时无法确认屋内是否还留有人，便挨坐在千缨旁静候着动静。

一刻钟过去，屋内什么动静也没有，倒是可以听见外面的报更声。

报更声意味着这是在城内，而从那声音的远近来辨，她们这会儿应当不是被关在什么深宅内院，而是临街小户的小宅，且目标算不上隐蔽。

对方将她们绑到这里来的目的是什么呢？

许稷略思忖，想起先前王夫南说过的"藩镇自立久了便非常排外，你一个朝廷空降去的，他们为了以后好拿捏你，肯定要给你下马威，所以你也要做好准备"，顿时心里就有了数。

她自然不可能坐以待毙。

想到这里，她站起来俯身，努力甩掉套在头上的黑布袋，便终于看清楚了整间屋子的布局。什么都没有，窗子完全被封死，堪称废所。她走到千缨面前重新坐下，拱拱她，千缨如惊弓之鸟般往后一缩，许稷闷闷咳了好久，才令她回神稍稍镇定。

许稷背过身，用绑在身后的手艰难除掉罩在千缨脑袋上的布袋，随后又蹲到她面前，让她看自己。

千缨于暗光中看清楚她的脸，差点哭出来。

许稷见她这模样心疼极了，但眼下并非心疼的时候。

她昂昂下巴，示意当下要先除掉堵嘴的布团。千缨看了老半天才明白她的意思，动了动自己身后的手，意思是"我也知道啊可我手伸不到前面没法帮你拿啊"，许稷便转转头，千缨霍地反应过来，连忙转过身，背对着许稷动了动未被束缚住的手指头，许稷便跪着俯身将头低下去。

千缨指头触到那布团便紧紧揪住，许稷抬头便顺利除去那布团。

许稷松口气，千缨赶紧转过身来，她呜呜两声，示意许稷快帮帮她。许稷凑上前，张嘴咬住那布头，飞快替她除去堵嘴布团，并压低声音道："别说话，头低下来。"

千缨不明所以地低下头，许稷则盯准她头上一根细簪，张嘴咬了下来。细簪落地，许稷用手将它够起来，背在身后不知在鼓捣什么。

千缨看在眼里，一脸焦急。许稷脸上却仍旧风平浪静，看不出半点慌张，她面对着千缨，手上的努力却没有停下来。

就在千缨憋不住要开口时，许稷忽然起身，竟已经松开绳结释放了双手。

她迅速解开了捆住千缨的绳子，顺手抚了抚她的后背予以安抚，便托她站起来："可以走吗？"

千缨还有些晕乎乎，她回过神忙点点头，可又说："门锁着怎么出去？"说罢下意识回头看窗。她曾是翻窗高手，可这窗子全被封死了嘛！怎么逃？

许稷仍沉默不言，从地上重新捡起细簪，到门口辨听了一番外面动静——

仅一二声犬吠，很快便平息了下去。

没有人。

她推推那门，只见两门板之间横了锁链，但仍有缝隙。

那缝隙仅她一指宽，是没法伸出手去的。千缨在一旁看着着急，却只见许稷俯身从靴子里摸出一柄短刀来，她将那短刀卡进缝隙中，竟是嚣张地削起门来。

千缨从没见过那么好的刀，她专注地看了会儿，甚至忘了自己当下境况，心里竟只剩了一个疑问：三郎这刀是哪里得来的？

许稷麻利地收了刀，手捏着细簪从那挖出来的缝隙中穿过去。削出来的门边尚有木刺非常扎皮肉，而她开锁的本事哪怕再高也需得手腕活动，待她额头出了一层汗终将门锁打开时，腕处却已是破皮出血，不堪目睹。

她顾不得太多，赶紧推千缨出门，临走又转回身将链锁重新扣好。

深夜街衢中空无一人，许稷抬头望天辨别方向，拉了千缨便往东走。

她们逃走没多久，抓她二人的家伙便折了回来。其中一小卒开锁时就察觉了不对劲，内心忐忑地打开锁，门一推开，里面竟是空空荡荡，哪里还有人？

领头人往里扫了一眼，抬腿就给了那小卒一脚："废物！半个时辰都不到人便没了，怎么跑的！"

"他……他……他开了锁逃出去的……"小卒捂膝，另一手指了被削过的门道。

领头人抓住那门板看了一眼，深深吸了口气，心中却仍是愤愤，遂与小卒咆哮道："文官！他是文官！文官不都是胆小无能吗！"说罢便又是一脚。

"还要追吗？属下认为这两人应还没有逃远。"一部下冷静问道。

那领头人终于镇定下来，低头略一思忖："不用了，弄死他没什么好处。"

而许稷及千缨的确没有走远，她二人遥听得巷子中犬吠声汪汪响起又渐渐歇下去，便知有人来又有人走，许稷松口气，到这时才察觉到手腕处辣辣的痛来。

在这般景况之下，她竟突然想起王夫南那一句"善待自己是本能"来，只可惜，她眼下并没有药膏。

两人在城中熬到天亮，许稷从靴子里摸出仅剩的一点私房钱给千缨买了一碗热汤饼，自己则啃起干粮，说："若没吃饱一定要与我说，过会我们还有很长的路要走。"

千缨点点头，却将陶碗递过去："你喝点面汤，别噎着。"

"你吃吧，我有水。"她说着站起来，走到街边四处看了看，见没什么异象便又折回铺内。

千缨饱餐一顿压完惊，裹紧身上大氅便对许稷道："你说要有很长的路走，是要去哪儿？"

"去找行李。"

"可昨日我看他们将行李翻了个遍，且都这么长时间过去了，那些行李不会已经被过路的人顺手拿走了吧？"

"你应当庆幸走时带上了最重要的包袱。"

千缨眼前瞬时一亮："对！我如何忘了，你将那包袱埋起来了！"

许稷的告身、公服，还有她的钱，都在里面。

千缨忽然想明白了："难道昨晚那些人是冲着告身与公服来的？难道他们不想让你上任？或者……干脆弄死你？"

"若只是想弄死我，不会耗此周折——阻挠我上任倒是有可能，但那不是重点，他们要的是让我怕，让我明白，到了高密地盘就得听他们摆布。"许稷从容说完又补了一句，"这不是稀奇事了，没什么好怕的。"

"那我们……我们还要回去吗？"千缨有些后怕。

"当然回。"许稷抬头看她，"若这时候逃，不正中了他们下怀吗？"

"可是……"千缨蹙眉，仍是怕，"万一他们再做出这样的事来，就……"

"他们没有机会了。"许稷摸出地图摊开，"我们在此地，东边这里——"她抬头，"知道是谁的军队吗？知道他们为何驻扎在此吗？"

千缨困惑地摇摇头。

许稷敛起笑意："想必这里已收到了我们昨晚出事的消息。"

"为什么？"

许稷将地图收进袖中，站了起来。

朱廷佐半个月前领兵屯守在密州以东、莱州以西，以扼守密州支郡兵[①]等势力。

这日朝食尚未来得及吃，朱廷佐便收到了自称是许稷车夫送来的信。

那日许稷于驿所闻得密州兵变，便多留了个心眼，出发去高密前遂提前写了信揣在身上。途中果真不幸遇事，她便令车夫带了信先寻藏身之所，安全之后将信转交给朱廷佐。

车夫果然不负重托，解马狂奔，连夜抵达了朱廷佐的驻地。

朱廷佐手下虽不过三千人，但个个是精锐，出兵高密揍一揍那群兔崽子并不算什么大问题，且他正好想给密州军一点颜色看看，拿高密开刀以儆效尤也不错，还能顺便让许稷欠他一个大人情。他详细询问过送信车夫后，猜想许稷现应被高密县镇兵所困押，容不得再拖延，遂赶紧喊来副尉商讨计划。

另一边，许稷与千缨赶回了那夜丢行李的地方。

马车早已不在，一堆行李散落在路旁，乱七八糟，确实被路人拾去不少。千缨见之深感肉痛，本就穷，这下更穷。

[①] 支郡兵：指的是藩镇所属各州的军队。领兵的称为州刺史。

许稷则去密林中将装着告身及公服的包袱找回来，与千缨略收拾了一番路边尚能带走的东西，最后各自带了一只包袱便轻装重返高密城。

高密原归淄青镇所辖，眼下虽然归还给朝廷，但原藩镇所属的县镇兵仍留在此地。据许稷所知，这些县镇兵是由前任县令私募而建，镇遏使与前任县令乃一丘之貉，关系极好。如今许稷至此地上任，原县令被调走，只剩了一位嚣张跋扈的镇遏使，该镇将则必然要与"朝廷势力代表"许稷作对。

许稷准备好了迎此一役。

到了高密城，她先将千缨安置在城中某馆驿，次日一早，便孑然一身往高密县廨去。

此时县廨内诸县尉、县丞、主簿，还有录事等人都各怀心思地在公房里待着，多的是赋闲无事的，闷坐在公房内翻读手抄书。

许稷的突然到来，杀了个措手不及。她今日直接穿上了公服，不再是比部的浅青服，而是正七品上的浅绿袍，在一县之地穿此服色，一目了然。

迎接她的是一吏佐，吏佐瞧见她身上服色吓了一跳，扭头就要往里跑，许稷一把搭住他，道："带我一道进去。"

那吏佐本打算前去通风报信，可许稷这样说，他还能怎么办？遂只能点点头，忐忑带了许稷往公房内走。

进去先是主厅，东西两厢各有公房。

那吏佐躬身道："下官去将他们喊出来，许明府①请在此暂候。"

"不必。"许稷抬起手就猛敲身旁木门，"咚——咚——咚——"三声将安静的公房吵醒。

那吏佐瞪圆眼，猜想眼前这花白头发且面相奇怪的家伙不好敷衍，忙拔高声音提醒："新任明府到啦！"

众人闻声蜂拥而出，其中竟还有人袍子未穿好、幞头未绑的，显

---

① 明府：即县令。

是刚刚睡醒。

高密县在全国排得上是中县，县廨编制为四十九人，而平日常在公房内走动的约有十五号人。

许稷面前一下子乌压压地站了十五个县廨大小官员，样貌各异，但看起来就纪律松散、不好管教。

许稷扫视一圈，出示告身，径直借天子口吻宣读了一遍，并道："某乃新任高密县令许稷，初来乍到，望诸君不吝指教。"谦卑但气势丝毫不弱。

她收起告身，忽问："县尉哪位？"

其中一人站出来，躬身推手行礼道："某，京兆府陈珦。"

长安人？许稷稍做打量，此人很年轻，不会超过二十五岁，在一群懒散的高密县官员中看起来似乎格外上进。

她别过视线，又问："县丞哪位？"

一人站出来随意一拱手："某，越州薛令之，高密县丞。"

许稷又问："主簿哪位？"

一三十多岁的男子站出来，拱手道："某，青州吕奉，高密主簿。"

作为中等县，县官编制为四人，分别是一县令、一县尉、一县丞、一主簿。

许稷认了这三大僚佐，却还没完，又问："录事哪位？"

一矮个男子站出来，小声应了一声："某。"

"贵姓？"

录事显没料到会被许稷单独拎出来认，遂惶恐回说："蔡……"

"蔡录事，将三年内年高密县账取给我。"她看了一眼东边一间公房，"那间公房既无人我就要了，可有异议？"

小录事忙摇摇头，随后又忐忑瞥了一眼主簿。

主簿暗推他一下，蹙眉道："还不速办？"

"今日暂到这里，先散吧。"许稷发了令，诸人纷纷散去，主厅内只剩了那吏佐与她自己。

春日晨光照进厅内，门旁植株绿意盎然，许稷搓了搓手，掌心里便渐渐有了热度。

庶仆将东边公房打扫完毕之后，许稷就一头扎了进去。

县廨内诸人各有心肠，小声议论着诸如——"听说是比部出身，果然一来就是看账，除此还会旁的吗？""你懂什么，会看账才狠哪！这位怎么看都像是实干派，往后日子恐是没法像眼下这样过下去啦。""实干派又怎样？在高密这地方难道还掀得起浪吗？""哎，也不知那位镇将是否已得了新县令上任的消息……"

吏佐口中这位"镇将"正是高密县镇兵的将领刘仕忠，手握镇兵四千人，全都是募兵。所谓募兵，即除了当兵不做其他事，全仰赖国家财政去养。若无战事，这些人便"虚费衣粮，无所事"①，给当地造成极大的经济负担。

这些人当中多的是市井屠沽及亡命无赖，因收入来源就是吃赋税，已形成利益集团，一旦他们的利益受到侵犯，说翻脸就翻脸，兵变等就随之而来。所以没人敢动这只压在高密县的"大老虎"，就怕惹怒它被反咬一口，死无葬身之所。

事实上这种情况普遍存在于割据藩镇中。因县令一般不兼任镇将，也不得过问军事，而镇将往往势力庞大，甚至对县令的行政权与财权都会进行不同程度的侵削。

诸人说着说着，便又扯到这话题上，最后纷纷叹气表示无奈。来了新县令又怎样呢？是朝廷派来的又怎样呢？还不是被刘仕忠压得死死吗？

许稷的县令之路，恐是难也。

一众人正嘀咕，忽有一吏佐冲了进来："诸君勿吵！"

随后一举手中写满字的黄麻纸："许明府遣某来贴这个！有违者常考立降一等！"说着"啪啪啪啪"四个角往墙上一粘，"可看清楚咯，别怪某没说哦！"言罢又腰往旁边一站，看着一众人凑了上来。

黄麻纸上所言，正是《县令诫》的翻版，甚至还很过分地约定了

---

① 引自《资治通鉴》卷二百二十四。

公房制度，不许睡觉、不许乱议、不许看闲书……

难道消息有误，这位号称比部出身的许明府实际上是御史台出身？这分明都是御史才会想出来的可怕制度啊！可怕可怕！

诸君哀号之际，却有一人弯唇笑起来。

此人正是高密县尉陈珦，他已很久没有笑过了。

他从小屉里摸出一封信来，展开又读了一遍，还没读完，便有吏佐喊他。他起身顺手就将信夹进案上一叠公文里，便匆匆出去了。

自许稷来了后，东边公房都没什么动静，只偶尔听得算筹响。

第三天了啊，这位新来的明府到底想怎样？看账是多枯燥的事情啊，不如出来晒晒太阳闲聊一番嘛！

县廨内诸君正暗暗抱怨，被许稷收买了的那名吏佐又冲了进来，眉飞色舞道："许明府邀诸君共进午食！快点快点，公厨酒菜都准备好啦，来晚了就没有座留着了哦！"

嗬！还知道给他们甜头吃！好坏！

哎不对，是公厨做的饭菜吗？那早吃腻了啊！有什么值得去的？

诸君又是一阵哀号，却不得不起身往公厨走。

"会不会是鸿门宴？""放心啦，许明府那个身板刺杀不了你！""都喊过去是要做什么哦？""你这么害怕做什么，难道做了什么亏心事？！"

许稷早已在公厨内等候，面前一张巨大食案，足足可坐下二十人。

诸人进去后便围坐一圈，许稷两边竟是无端端空出两个位置来，搞得好像很怕她似的。

许稷也不在意，令庶仆上酒菜。

公廨饭食好不到哪里去，诸县官县吏如往常一般迅速吃完，正等着许稷一声令下让他们撤时，许稷却先令庶仆将食案收拾干净。

"诸君有要去方便的吗？"许稷忽然开口问道。

哪有人吃过饭就去方便的，这个明府真是奇怪！

"既然没有。祝暨——"她偏头喊那吏佐，"关门。"

关门？这是不打算让他们出去了？

"请诸君来，有两件事。"许稷翻开了面前的簿子，"其一，是县廨收支。眼下高密县主要收入仰赖赋税及公产公业，而支出则要周顾馆驿、转运、官司、水利、兴造、学校、佛道等，其中供军更是大头。高密县民三万，官健兵四千。兵不事生产，不事农桑，全靠百姓耗巨资养，已近三年之久。百姓贫困无力，兵却骄而好乱，实在本末倒置。因此其二，是与诸君商讨削减高密官健^①兵额一事。"

一来就销兵^②？

疯了吗？！

县丞闻言差点跳起来。

募兵以来，兵农分离，县官费衣粮以养军。因是官养健儿，故称作官健。许稷所说削减长从官健兵额，实际就是要与刘仕忠对着干，减他手里的兵。

众人一听许稷要削减兵额，自然个个咋舌。

薛县丞刚要起身，却被旁边的主簿给摁住。

那主簿与他使了个眼色，许稷抬头瞥去恰好看见，却没说什么，只自顾自往下道："高密每年不仅要拨给官健兵衣粮，连其家口之粮也要负责，种种优待是盼其能镇守家园，但眼下是如何情形，诸位比我更清楚。再者，朝廷对地方官健兵额素有规定，多征者均可不予给衣粮。如今高密既然重归朝廷管辖，自然要按朝廷的规定办事，若刘镇将不主动撤减兵额，我会停掉高密军的衣粮。"

薛县丞到底没忍住，突然站起来："许明府，这有些纸上谈兵了吧，削减兵额这么大的事，岂是嘴皮子这么一抬就能办到的？倘若真停了高密军的衣粮供给，起了兵变怎么办？围攻县廨这种事也不是没有过，许明府说这话可是要慎重些。"

---

① 即官健兵，在这里指目前高密的驻军，都属于募兵制的产物。

② 销兵：即裁减兵员。

"慎重不慎重的，不重要。"许稷抬头看他一眼，"重点是，高密官健兵额必须裁减，这点没有可谈的余地。"

薛县丞又问："敢问明府打算如何做？"

许稷偏头问吏佐："祝暨，遣人去请了吗？"

"去了去了，说是明府请刘镇将吃饭，大约这会儿已往这边来了。"

请刘仕忠吃饭？诸君看着面前空荡荡的大食床面面相觑，敢情这真是鸿门宴？不是给他们的鸿门宴，是给刘仕忠的鸿门宴？将他们都困在这儿，是不让去通风报信？这么说来，许稷是怀疑他们其中有刘仕忠的人咯？

诸君各怀鬼胎琢磨，许稷则合上手中簿子平平静静地看着，将每个人的表情都收入眼中。

机敏的吏佐祝暨站在一旁，咳了咳道："明府，某似乎听到脚步声了。"

许稷轻应一声，坐得稳稳当当："给刘镇将开门。"

"喏！"祝暨应声忙去开了门，脸上撑起笑，躬身拱手，很是亲切地问候，"下官见过刘镇将！"

刘仕忠却看也未看他一眼，径直走到了门口，在门槛处停下。

到底是军人，天生的警觉使他没有贸贸然跨进门。他看到了坐在食床那端的许稷及边上一圈诸县官县吏，也不行礼，只说："说是请吃饭，食案如何是空的？"

"不着急，厨子已在准备了。"许稷抬首正视他。

她话音刚落，坐在食床对面的县尉陈珣忽让了位出来，躬身对刘仕忠道："请刘镇将入席。"

刘仕忠瞥一眼陈珣，径直撩袍坐了下来，盯住许稷："许明府新官上任，还未待刘某前来庆贺，便要请刘某吃饭，恐怕别有所图吧？"

"是。"许稷不和他兜圈子，"请刘镇将来，是为削减高密县镇兵兵额一事。"

刘仕忠先是一愣，随后竟是笑出来，不以为意道："削减兵额？"

"没错。"许稷四平八稳地坐着，"四千留五百守城，其余均由长从官健改为团结兵[1]，农忙事生产，闲时训练。刘镇将以为如何？"

她明明白白将条件都摆了出来，看着天真且蠢。诸县官县吏一阵唏嘘，心中各有叹息，心想本以为这鸿门宴会怎样怎样，却只是如此啊……

而刘仕忠更是觉得滑稽好笑，他姿态歪斜，睨了一眼许稷——原以为这家伙那晚上能从他手里逃掉应是有两把刷子，却原来还是书生意气之辈，大话倒真是敢睁眼说。

许稷低头搓了搓僵硬的手指头，又抬首说："该说的某都已说了，既然刘镇将不愿表态，那么这条道看来算是走不通了。"她声音低下去，又偏头看一眼吏佐，"祝暨，上菜吧。"

"喏！"祝暨高声道，"上菜！"

一众县官县吏深感莫名，搞什么，不是才刚刚吃过吗？惊讶之际，只见后厨竟是冒出好些生面孔来，约莫有十五六人，迅速围了一圈，将他们困在其中。

刘仕忠顿感不妙，正要起身夺门逃，祝暨却飞冲过去将门咔嗒锁上了。

"许稷你敢与我玩这套？！"刘仕忠转身指许稷怒骂。

许稷抬头看他，丝毫不惧："某也想和平解决冗兵问题，但刘镇将不配合，只好出此下策。"

刘仕忠本就是易怒的性子，站上食床就要过去找许稷算账！但许稷显然不打算给他这个机会，一把不知从哪摸出来的匕首狠扎上桌面，怒气之足令一众县官吓了一跳。

她声音却仍是平稳："抓。"

---

[1] 团结兵有别于职业兵，主要区别是团结兵不离生产，不离乡土，农忙时生产，闲时训练，朝廷会予以相应补贴。

一众身穿便服的武人闻令便霍地冲上食床将刘仕忠摁倒，三下两下便将其捆了起来。

"许稷你狗娘养的！和老子玩阴的你还嫩着！"

"哦？"许稷说，"底气这般足，某猜是……刘镇将来的时候带了兵？"

刘仕忠冷笑。

"带了多少？"许稷问。

"老子带的兵足以将你这高密县廯围起来！"

许稷皱眉沉吟："那该怎么办呢？要某现在放了你吗？"

"看你识不识相！"

刘仕忠这话刚说完，忽有一吏佐冲进来，飞奔至许稷身边，俯身与许稷小声交代了几句，便站到一边。

"某很识相。"许稷说着停了停，在诸人都以为她要妥协之际，她忽抬头，吩咐道，"薛县丞。"

姓薛的全未料到许稷会在这当口喊他，陡一回神，忙应："某在。"

"下他的符。"

"什么？"薛县丞似没听明白。

那边吏佐祝暨复述一遍："明府让下刘镇将的兵符。"

薛县丞恍然，却万分惊愕。

他支支吾吾："这……"

"顺带将他的嘴堵上。"

所有目光都朝薛县丞看去，众人都知道薛县丞与刘仕忠有几分关系，便觉这戏更好看了。

刘仕忠怒声威胁："薛令之你敢过来老子就要你的命！"

许稷拆招："薛县丞，他带来的兵现已被缴了武器。"

薛县丞不是什么胆大之辈，这会儿手心冒汗，喉结不住滚动，额角乱跳。他看看刘仕忠，又看看许稷，最终还是稳住心神朝刘仕忠走过去。一武人将布团递给他，他哆嗦着手将布团往刘仕忠嘴里塞时，被刘仕忠狠唾了一口！

薛县丞一咬牙，猛揿住刘仕忠的头，再用力一塞，便将刘仕忠堵了口。他直了直腰背，却没松气，伸手到其腰间摸到兵符，立刻转身朝许稷奔去。

将兵符往许稷面前一放，薛县丞一躬身，忙往后一站，表示往后与许稷一队。

这种人没有真心，许稷再清楚不过——对于没真心的人，没必要花心思去收买，让他清楚利害关系就足够了。

她将兵符握在手中，摩挲一阵道："你手下那帮人多的是市井无赖、猎户悍民，他们只关心利益，只为利益卖命，而不是为某个人——变易主帅对他们来说，有什么所谓呢？稍一威胁便立刻变节，刘镇将怎会不懂这个道理呢？"

刘仕忠怒红了脸，额角青筋凸起，若不是被几个身强力壮的武人钳制，大约就要上前将许稷揍成肉泥。

祝暨这时上前打开了门，阳光照进来，公厨内一片明亮，外面的嘈杂声也渐渐听得清楚。

"横行县乡，鱼肉百姓，纵容手下挑起兵乱，这些罪名够不够？"许稷缓缓说着，"倘若不够还可加一条，绑架新任县令，依律法起码徒三年。"

她乌黑的眸子深深望向他，那一眼里透着城府，像是报私仇，嘴上说的却分明是公义："某已上报州录事参军，想必州府会依法对此做出定夺。"

她拔起扎在食床上的匕首，夹进簿子里，与县官县吏道："今日暂到这里，诸君请回公房。"随后又起身对着大步走进来的人道："余下的事，麻烦朱兄。"

走进来的人正是朱廷佐。

他命手下将刘仕忠押走，又与许稷道："他今日带来的那些虾兵蟹将还得处理，高密县镇兵营也要去盯着，我先过去，改日找时间再叙。"

"朱兄辛苦，慢行。"许稷拱手致谢。

朱廷佐豪爽地出了门，县官县吏也纷纷散了去，公厨内便只剩下收拾残局的陈珣及许稷。

许稷出门，陈珣亦是不声不响地跟着出了门。

许稷走到廊尽头忽停下来，陈珣亦是止住了脚步。

许稷转过身，忽问："你是不是认识王十七郎？"

陈珣抬眉："这……"稍顿又问，"明府如何知道？"

许稷笑笑，又转过身提醒："往后不要将书信随意夹在公文中了。"

陈珣骤然明了，他那日拿出信还未看完，因临时有事便塞进了公文中，可后来竟是忘了，而这公文又由吏佐送去许稷那里审阅，那信定是被她瞧见了！

陈珣只叹失策，跟着许稷走出廊庑，便见春日午后的暖阳铺了满地。

那封信虽未署名，许稷却还是一眼认出了字迹，秀整谨慎，出自王夫南之手。

信中言辞恳切又别扭，拜托陈珣多照应，却又说千万不要让她发觉出其中情委，甚至让陈珣阅之即焚，可惜千算万算，忘了陈珣是个粗心大意之徒。

高密县镇兵还不晓得刘仕忠出事，朱廷佐的兵就将他们围了个水泄不通。

外面的消息传不进来，里面的人也没法求助，朱廷佐守着高密兵营态度坚决，放话说只要跳出来惹事的，必杀无疑。有不信邪的亡命无赖唆使同僚一起作乱，朱廷佐说到做到，逮住挑事刺头直接砍脑袋。三天内出了好几次乱子，朱廷佐不损一兵一卒全部平掉，落了个"凶毒狠辣"的评价。

但那又怎样呢？高密军眼下群龙无首，一群蛮人，成不了什么气候，骂就骂好了。

一时间，"朝廷要杀光高密军"的秘闻不知怎么就上下传遍，弄得人人自危起来——"都是前阵子兵乱的错！我们为何要出那头？密州军作死也就算了，我们跟着凑什么热闹？"

"就说密州都已经让给朝廷了，我们和淄青李节帅没什么关系了，干什么要我们闹事？现在想想真是找死。"

"都第四天了一点消息也没有，刘镇将恐怕是被朝廷弄死了，我们也是网中之鱼，怎么办？"

"拼吗？总比困死在这里强！"

诸如此等言论在军中四起时，许稷到了。

可许稷竟是以谈判的姿态而来，请朱廷佐收兵撤出高密。因之前仅仅是解决掉了刘仕忠，离许稷削减兵额的目的还有一段路要走。按照许稷的计划，是先踢掉刘仕忠，暂不提削减兵额一事，免得高密军将所有怨气都撒到她头上。

县令乃亲民之官，她在高密一天，就不能太明显地得罪人，这其中也包括高密军。若姿态强硬粗暴地将销兵令执行下去，就是两玉相撞俱伤而已。但朱廷佐不同，他本来就与高密军是两个立场，他代表的是真正的朝廷力量，在这地方就算将人全部得罪光，拍拍屁股带着兵回去了，谁也没法找他算账，所以由朱廷佐做这恶人再合适不过。

许稷只要表面上放下所有姿态，假装言辞恳切地与之谈判，求他放高密军一马，再接受他提出的削减兵额一事，便可顺水推舟，将此事真正提上执行日程，且还能当回好人，对退役的高密军予以补贴及优待。

在外流传的说法中，许稷和朱廷佐各有坚持，互不肯相让，以至于拖了很久都没出来结果。

这消息当然也传到高密军中，这群人一听许稷为了高密军与朱廷佐据理力争，果不其然地将这位新来明府当成了自己人，顺带诅咒朱廷佐断子绝孙。

至于最终出来的结果，贸一看真的像是各自妥协过的——朱廷佐撤军高密，而高密军需裁至五百，其余人退役或转为团结兵，不再享有官健兵的待遇。

原则上非本地籍的官健兵一律撤掉，给予返乡补贴；而本地籍则多转为团结兵，农忙时回家劳作，闲时统一集结训练，予以税赋上的优待。

算不上皆大欢喜，但对于大多数高密军来说，这结局总比平白无故被杀掉强。

至于高密军中态度无赖的恶势力，许稷一个也没留，全让朱廷佐带去依律处置了。

整件事做得算不上磊落但还比较厚道，朱廷佐这回也总算是认清了许稷的面目——这家伙可比他想象中要狡猾精明得多啊。

月末朱廷佐要撤军时，特意喊了许稷喝酒。

许稷正忙着处理兵员之事，已是焦头烂额，却还是抽出空来与他见面致谢。

"你县廨那些人嘴不会乱说吗？捅破那天你抓刘仕忠的事。"

"都在一条船上，没人会多嘴找事。何况说了也没什么，大不了就辩解说抓刘仕忠之前，某就已经受了朱兄威胁，是不得已为之。"

"行！又扣给我！都是我逼你许某人做的，好了吧？"朱廷佐摇摇头，"你这招算不得什么正人君子，但我服你。蕴北说得没错，你很有胆魄，且拎得清利害关系。"

许稷笑："可他还曾笑我自保心太重。"

"自保心没什么大不了。"朱廷佐转动手中杯盏，说道，"比起闷声地坑人，你能敞开来说要利用我，就已经好太多。且这样你还欠我一个人情，先记着吧。"

"是。"许稷认真记下这笔人情。

"说起来，刘仕忠倒了，县镇兵群龙无首不是办法，兵符交给州府了吗？"朱廷佐喝了一口酒抬眼看她。

"仍在某手中。"

"还在你手里？"朱廷佐错愕，"你莫不是想要——自请兼任镇使？"

"是。"许稷饮了一口酒，"倘若兵权再旁落，那什么都做不成。"

"话虽是这样说，但你到底一介文官，兼任镇使未必能得心应手。"朱廷佐摇摇头，"且县廨琐务繁忙，如此搞下去你是打算三十岁就华发满头吗？"

"人生能得想做之事已是万幸，许某人愿为之赴汤蹈火，华发满头又算得了什么。"她说着握酒杯起身，弯了腰道，"谢朱兄搬兵救某于水火，谢朱兄甘做此恶人，再谢今日酒菜款待，许某甚为感激，先干为敬。"

说罢，她仰头饮尽杯中酒，置空杯于案，拱手道："时辰不早，许某还有琐务在身，就此告辞，望朱兄勿要怪罪。"

朱廷佐起身相送，至营外见她走远，便不由想起先帝所言——"今一邑之长，古一国之君也……大抵休戚与夺之间，盖一专于今长矣。"

先帝所期待的县官，大约就是许稷这般吧。

是日，高密县的春意已到了最浓时，许稷夫妇却因要为五斗米折腰而欣赏不来这好景。

先前在长安，虽穷也不至于到发愁的地步。但如今置身外所另起锅灶，才发觉日子实在难过……

怎么到处都是看不见的开销啊？

千缨翻翻钱袋子吐吐舌头："没想到在长安时我们也占了老夫人不少好处……都是些看不见的帮衬，看来下次回去得多谢谢老夫人……"说着将钱袋子一倒，摸摸铜板，"可今日吃什么呀？"

许稷闭着眼揉太阳穴装死。

"俸料什么时候发呀？"

许稷仍旧装死。

千缨怒起身，正要上前揪许稷耳朵，却听得外面庶仆喊道："明府！长安有信来啦！"

长安来信了？

许稷睁开一只眼，求饶道："别揪我，我去想想办法。"

千缨遂收手叉腰，看许稷往外去。那庶仆一路跑进来，除信之外，怀里竟还抱着一只长锦盒："明府明府快看，长安还给捎东西了！"

"谁送的？"许稷止住步子，打量一番那长盒子，"看着很贵啊，这算受赃了吧。"

"是长安家里寄来的哩！如何能算受赃呢！"庶仆两眼发亮，"明府快打开看看！"

"家里？"许稷纳闷着接过信，速速拆开。

"从嘉，见字如面。以纻丝、白轻容各一匹慰暑夏，望笑纳。名——心——具。"

所谓名心具，正是"心照不宣、知名不具"之意也。

许稷自然认得这字迹，不过她显然更关注信中所提"纻丝、轻容"，忙接过盒子打开，其中正是一匹绿纻丝纹布及一匹轻容纱。

这时千缨已凑了上来，她瞧清楚后不禁瞠目惊道："三郎我们发了啊，卖掉换米可以吃一年哪！这是谁送的呀，可真是阔绰啊，我如何不知道你有这种朋友哪！"

许稷霍地盖上盒子冷静了一会儿。

如此昂贵的丝绸罗纱，虽然夏日里穿着凉快舒适，但对她来说，却不是十分有必要。如千缨所言，拿去卖掉就能发一笔横财，她亟需要钱，应当卖了这心意去换米吗？

见字如面，见字如面。

她仿佛看到王夫南站在跟前，看穿她说："看吧我就知道你想卖掉，为了钱就能把我的心随便扔掉，简直可恶。"

她果然是很可恶吗？

千缨忽摇摇她："到底是谁捎来的呀？"

"十七郎。"许稷回过神，老实与她交代。

"怎么会是他呀？！"千缨惊讶之余却又更高兴，"不过他送来的就更不要犹豫啦，卖掉换米换酒吧！"

"你说得是。"许稷这样说着，却又犹豫起来，抱着那锦盒不松手，"可旁人所赠之物，卖了不好吧？再说我如今为官，严格来说这也算得上受赃，不若……还给他吧？"

千缨盯住她："三郎，你不要骗我，你分明是想自己留着。快说你与十七郎怎么了，他为何送你这么贵重的东西？你是不是还很在意他的赠礼？"

许稷往后退一小步："千缨……"

"老实说，你是不是喜欢他？"千缨叉腰逼人，"我知道他好看！可是！人不能被皮相蒙蔽双眼！他本质是很坏的！"

"绝对没有！"许稷对天发誓。

"当真没有？！"千缨霍地抓住她双肩，盯住她乌黑的眸子看了好久，发现其中没鬼这才松了手，"好像是没有，不过我不大信你，你这个人太会做戏了，会骗我！"她说着一扭头，"不管了，我去何姊姊家蹭饭，快饿死了。"

千缨口中何姊姊，正是陈珣妻子。

陈珣妻温婉好客，见他夫妇二人拮据，便常让陈珣邀他二人至家中吃饭，这半月来，她已与千缨混得很熟。

"喂！"许稷见她真往外走，忙放下锦盒去追。

不过追也白追，千缨到头来是在陈家填饱了肚子。而许稷因觉不好意思，最后还是回了公厨吃了点稀饭，之后又忙到很晚才归家。

千缨等她等得已意识迷糊，见她回来便倒头呼呼睡去。

春末已有蚊蚋蠓蠓乱飞，许稷替她掖好床帐，拿过边上烛台走到外屋，在案前坐下，自袖中取出那书信来看了看，慢悠悠磨了墨，提笔打算写一封回信。

"王兄，辞若对面……"涂掉。

"十七郎，今已收到……"再涂掉。

"蕴北……"涂掉。

费纸，太费纸，看来是写不起信哪。

许稷想明白这点，自欺欺人地搁下了笔。

第八章·束刀戈

　　大约是陈珣与王夫南提了"信夹在公文中不小心被许稷看到"一事，此后王夫南干脆不再藏着掖着，有事没事就往高密写信，且每回都要捎带些乱七八糟的东西，除了入秋时寄来的两盒口脂尚有些用处，其余俱是不实用之物。

　　幸好许稷夫妇的财政危机终于有所缓解，甚至还有结余往长安家中捎些钱物，所以并不在意他寄的是什么。

　　快到十一月，秋税的征收也近尾声。

　　淄青辖高密时，杂税林立，赋税制度非常混乱，以至于许稷不得不重编高密户籍，核定主户及客户①数，再定户等，保证征收时尽量做到合理与相对公平，且原先征税项目一律作废，仅征收户税与地税。

　　不过，朝廷行两税以来，均是以现钱计算，譬如户税中要求"上中户三千五百文、上下户三千文"②等，所以百姓在交税时便又多了一

---

① 客户：即外来户，在本地有资产但不是本地人。

② 引自《唐会要》卷八十三。

道程序——要先将手中绢帛谷物等折成现钱。

但都挤在这时兑钱，往往又只能贱卖，资产便无形折损，反而增加了百姓负担。因此这时候控制市价就十分有必要。

可知难行易，一旦控制市价，商户们就故意使坏、不购本地百姓手里的绢帛谷物也是常事。但许稷说了，鉴于两税是按财产多少进行征税，既然商户们不配合，可以考虑额外再缴点税。

如此一来，不如各退一步——你们别死命压价收货，我也不会在制定税额时为难你们。

尽管推行期间也不乏矛盾与冲突，但总体而言，此次秋征还算得上顺利。

天渐渐冷下去，千缨给许稷留的晚饭总是冷的，回来还要再热一番再吃。这日许稷埋头吃饭，千缨坐在对面缝一件汗衫，许稷忽抬头问说："千缨哪，我能申请喝些酒吗？"

千缨瞪她一眼，斩钉截铁回："不行！"她指指旁边药碗，"老老实实把药喝了去睡觉，酒什么的，最近想都不要想！"

总之千缨做足了悍妇姿态，而"许明府是妻奴哟"的说法也在高密县传得尽人皆知。

百姓知道自家县令是个惧内的家伙，再联系他来到高密后的一系列举动，心眼坏的便评价说——"许明府也就在外面横，回到家还不是被婆娘打屁股！说是晚上只能睡地，床都爬不上！纳妾狎妓什么的更是想都不要想！"

"真惨！活成这样有屁个意思！"

"是也是也，必然是在家里欲求不满才出来横！"

因此许稷也总能收到些"同情目光"，又没法解释，就只能背着这冤名，哦，不其实是事实，继续在高密"横行"。

许稷求酒不得，只能以药当酒一饮而尽，满口皆是苦涩，可再坚持一会儿，竟能得微妙回甘。

这药又是什么来头呢？据千缨说是给她补肾用的。千缨说"郎中讲你头发早白是因为肾虚所以要补，我心一狠买了俩月的药量呢，你必须都喝掉不然会浪费"，而事实上，这药则是她问陈珣妻要来的方子配的。

她与陈珣妻混得很熟了，有日她便悄悄问陈妻："姊姊，到我这年纪还没有来月信是不是不大对哪？"陈妻惊："还没有来？这不对啊……"她便说："听说姊姊的从兄是高密有名的郎中，不知可有什么偏方哪？"陈妻将这事记在心上，竟还真给她弄了张方子。

可许稷喝这药都喝了近一月，却完全没什么变化，月信更是没消息。她也不怀疑千缨说的是真是假，既然千缨费心给她准备了，她就喝掉。

千缨今日见她喝完，忽然忍不住说："你也真是信我，不怕我给你下毒药吗？"

许稷却无所谓地回道："没想过这事，不过哪怕你给我端的是毒药，我也会喝掉吧。"

千缨听了却莫名很生气："你就是会说这种让人听了要哭的话骗我，若你真是男的，我怕要被你骗得死一百遍了！可实际上你是个花心郎！要换个人你也会说一样的话吧。"

"不会啊，换人我就不说了。"

"要换作十七郎呢！"

"提他做什么？"

"你心里有鬼！"千缨气呼呼地坐好，汗衫子也不缝了，就扔在一旁，"你不要对我好了，你明日就写放妻书给我，我自个回长安去了，我要去找十七郎打一架！"想想又底气不足，便又加了一句，"我……我放蛇咬他！"

许稷低头自行收拾碗筷："回了长安你也见不到他。"

"为什么？"千缨抬首，忽想起王夫南已很久不写信来了，"他死了吗？"

"朝廷和西戎又大打出手，他去陇右了。"许稷轻描淡写说完，端着空碗就往外去。

寒秋冻人，月光也冷，庭院里最后一片白果叶子悠悠荡荡落了下来。

她也是这两日通过邸抄才得知王夫南西征去了，而那还是三个月前的事。也就是说，她收到那口脂时，他已身在陇西。

三个月的战事，又是无数死伤，无数耗费，也不知如今是何景况。

许稷在廊下站了一会儿，庶仆喊："明府明府！兵营里好像出了些事，赶紧去看看吧！"

许稷丢下碗拔腿就往外跑，千缨追出来："这么晚还要出去哪？"

"你先睡，不用等我。"许稷回头潦草回一声，脚步匆促地出门去了。

千缨自知帮不上她什么忙，便老老实实将廊下的碗筷捡起来，拿回伙房去。

许稷如今是高密县令，同样也手掌兵权，她自请命的折子递上去，很快就批了下来，竟当真允她做兼任镇使。而这些事传到京城，政事堂的两三个老头子也不过笑着骂说——

"兔崽子做个县官竟然这么用力，弄死李斯道亲信还不罢休，还要抢兵权，简直不给李斯道面子！"

"屁用，密州挨青州那么近，兔崽子早晚还是要给李斯道下跪称喏？"

"李斯道……哎，算算今年都快过完了，要不，别让李斯道过年了。"

就在朝中一众老臣打算怂恿圣上尽快对淄青李斯道开刀的当口，李斯道却突然发威奋起，拍案道："老子想明白了，老子干什么要让儿子去当质子，干什么要把三州让出去？老子不干了，老子要夺回来！"

此人一向暗弱，被不明事理的夫人及宠妾一怂恿，就脑子发热要将三州夺回来，且说到做到，旁边一众僚佐大将拉住他裤腿痛哭都没能将他劝回来。

最先倒霉的，自然是紧挨着青州的密州百姓。秋征才刚结束，又到了农闲时节，百姓本都打算过个安稳冬天了，结果李斯道毫无预兆地率兵杀了过来。

"这个熊球！怎么不死掉！""好日子到头了！兄弟们拼了！""对对，说现在已经快杀到高密了，吾等不能这么干看着啊！"

许稷的高密兵营中已是起了要和李斯道决一死战的言论，当然也有反对的声音——毕竟这些人曾是刘仕忠手下，而刘仕忠又是李斯道亲信之一，他们自然认为跟着李斯道比跟着许稷好。

已是深夜，许稷坐镇军中，一边听探子的最新消息，另一边听副将叨叨对策。

副将说："李斯道为何想收回三州？说到底还是为了钱哪，少一方百姓可盘剥，他能养的兵就少一帮，势力就弱了，他这是不甘心哪……明府在高密这一年是百姓之福，倘若高密再落入李斯道之手，恐怕又要成肉骨头，被啃个精光啊。"

许稷沉吟："请问对策？"

副将又道："正值农闲，官健及团结兵加起来也有近四千员可守城，若死守，李斯道未必能进得了城！"

"死守？"许稷摩挲着地图，城门位置往西北方向挪三十里地，就是淄青军。而据探子回报，淄青军至少有近万人。四千人对抗李斯道的精锐部队，哪怕占据城楼地势，也或未必……

时间滴答滴答过去，更漏声走得飞快，天亮的鼓声就要响起来，许稷却迟迟不给答复。

兵符就握在手里，军令却无法下。副将在一旁着急得要死，催促道："淄青军可就要逼城了，明府请快下令吧！"

"人心不齐啊。"许稷抬头看他一眼，终于卷起手中地图，"这些人里面撑死了只有一半甘愿守城，另一半则是见风倒，死守根本没有胜算。"

"那也不能眼睁睁看着高密再……"

许稷看他一眼："这世上的麻烦不是光靠意气就能解决。我不可能放着他们去流血败城，更不想看着淄青军杀红了眼破城抢掠百姓，传令开城门。"

"明府！"副将的声音不由高了上去。

"若淄青军进城后欲犯百姓秋毫，我必第一个冲上去与他们拼命！但若他们是为秋征之财而来，又何必多添伤亡！我意已决，晨鼓响则开城门。"

许稷将地图揣进袖袋中，在天亮之间换上了干净整齐的公服，于城门口等候淄青军的到来。

晨鼓响，高密又迎来新的一天，城门如往常般打开，却没有百姓再进出。空寥寥的风涌过来，许稷站在城门街上，闻得马蹄声不断逼近，却一动也不动。

浩浩荡荡的淄青军趾高气扬地过了护城河，又踏过城门，顺利进得高密城内。

风将许稷的袍子吹得鼓起，杂沓的马蹄声在她面前停了下来。

许稷没有抬头，原本挺直的脊背弓下去："高密县令许稷愿以城降节帅①。"

队伍中有人嗤笑道——"你不就是那个踢飞刘仕忠的家伙吗？还以为多有本事呢？也不过是胆小鬼，居然这样就投降了，也太没趣了吧！"

"投降拿出点诚意来好吗？弯腰谁都会，跪下来求节帅啊！"

"正是正是，有本事跪下来啊！"

许稷心中梗了一口气，头发被寒风吹了近一个时辰，散发乱舞，脸冻得发白。

那青袍忽一动，脊背再弯，她终是撩袍跪了下去。

许稷伏地而跪，双掌紧贴地面。

地干燥又凉，有掩不去的尘土气，逼得人肺疼。

"哈哈跪得很快嘛！矮苗丁子！"其中一人笑话许稷软骨头，顺带着还笑了她矮，并为此得意扬扬，"节帅，这矮苗丁将刘镇将踢走

---

① 节帅：对节度使的称呼。

了，可要治治他？"

许稷一动也不动。

甲衣声骤响，忽有一人下马来，往前一步，蹲在了许稷面前。

许稷下意识脊背一缩，牙根压紧，几近碎骨的疼意便从手背传来——李斯道踩在了她手背上。

李斯道毫不在意地踩着这肉垫，居高临下道："高密秋征不是很顺利嘛！你干什么搞得像犯法了一样，是怕被老子抢走了，不好给长安那病鬼交代哪？"

李斯道口中病鬼，指的正是身体差极的当今圣上。

许稷松牙吐出几个字："回节帅，某只是惶恐……"

"惶恐个屁啊，这县令你不是干得很欢实嘛！把老子的人弄走了，自个待着惬意吧？"

"刘镇将一事，许某是迫于朝廷势力不得已为之。若节帅要责怪，某甘愿受罚。"许稷迅速转了话题，"至于高密秋税，仍在库中，节帅尽可自取。"

李斯道白她一眼，霍地站了起来，许稷顿觉双手几近残废，面上却仍紧绷着，没有惊叫也没有求饶。

"领老子进城！让老子的将士饱餐一顿再说！"李斯道不耐烦地跨上马背，许稷这才收回痛得几乎麻木的双手，佯作无事地站起来。

她忍痛领着李斯道等人至县廨，得了消息的一众县官县吏便出门相迎。诸君哗啦啦跪了一地，李斯道不耐烦地挥挥手让他们滚开，大摇大摆带着自己的大将谋士们占领了高密县廨。

淄青军将县廨围了个水泄不通，且又将高密兵看得死死，许稷简直无计可施。安排完吃食，她好不容易可以溜出来，林副将赶紧凑上去："明府，当真要将秋税拱手送那老儿？不若施个巧计弄死他算了！"

"之后呢？淄青军浩浩荡荡近万人，且又有骁将坐镇，李斯道一死，他们会善罢甘休？"

"可——"林副将满腔不甘心，他无意瞥见许稷双手，惊道，

"明府!"

"略肿而已，没什么大碍。"许稷面无表情将手背到身后，"若我没猜错，李斯道无法在高密久留。"

副将蹙眉："何以见得？"

"李斯道率众横扫密州，淄青其他地方呢？"许稷看他一眼，"朝廷想找机会削他，也早有布局。他这次一动，朝廷岂能干看着？且淄青军人数有限，必会顾此失彼。"她浅吸口气，"所谓攻其必救，倘若其他地方打起来了，他不可能留在此地放任他处不管。"

二人正商谈着，薛县丞忽从县廨中走出来。许稷速瞥了他一眼，故意厉声同副将叮嘱道："看好你的兵！再出乱子饶不了你！"

副将先是一愣，后见薛县丞，便又恍然。

他早知薛令之与淄青势力关系不一般，若被其发现他二人在背后议论李斯道，后果则不堪想。

薛县丞面色古怪地朝这边瞅了瞅，却是不声不响地跑了。

许稷察觉出他的反常，当机立断："此人不能留，得抓了他。"

副将抬眉不解："之后？"

"绑在家中别让他出来就行，对外就称染疾不便出门。"许稷说完，那薛县丞已是跑了没影，副将低首"喏"了一声，正要去追薛县丞，却又被许稷喊住。

"看好我挑的那一百人，随时待命。"

副将眉峰陡蹙，却瞬时明白过来许稷用意，忙应一声"喏"，匆匆忙忙就去抓人。

李斯道虽看许稷不顺眼，但毕竟她十分配合且也爽快地将秋征之财拱手奉上，丝毫没有忤逆之处。落在李斯道眼里，她便是个以财求和的读书人，实在一般般，成不了什么气候。

这日许稷极尽铺张地设宴摆酒，外人看来，这便是在费力讨好李斯道及其部下无疑。

黄昏左近，许稷回家四处找千缨，庶仆说夫人去了陈少府①家，许稷便又奔去陈府，好不容易寻到千缨，将她拽到门外，道："今晚城中可能不太平，你晚上睡觉时留个心眼，若听到什么动静，就躲进密道里去，记住了吗？"

"知道啦。"千缨应道，随后又取出随身药盒，抬起许稷的手一阵涂抹，又说，"看着真让人心疼！我想扒了那畜生的皮！"

"早晚有人会的。"许稷拍拍她的肩，"小心些。"

"你也是哪！没把握可别乱来啊，带好我给你求的符！"可她还没说完，许稷已是大步出门去了。

天色暗下去，妖风四起，空气潮冷。县廨内却是觥筹交错，一派热闹景象。

"矮苗丁！"擅作主张给许稷起外号的都指挥使喊她，"办得不错嘛！有模有样的，高密到底是富县啊！"

许稷推盏："过奖。"

李斯道瞥一眼许稷，又对都指挥使道："你既觉着高密好，那就由你带兵守在这！你看怎样？"

"节帅发令，当然没二话。来，某敬节帅一杯！"说罢举杯猛饮而尽，喝得很是爽快。

然就在这时，却忽有兵探来报。李斯道瞪一眼那气喘吁吁的兵探："急个屁，好好说！"

兵探猛吸一口气："魏博军过河了，正打郓州呢！"

"放屁！姓熊的吃屎去了吗？不是让他盯好河北那老痞子吗！"李斯道吹胡子瞪眼，"阳谷都守不住？！"

兵探哭说："节帅啊，河北痞子不是从阳谷过的河啊，是从杨刘啊！"

"要死要死，郓州丢不得，郓州万一被吃，青州使府危矣！节帅！此事不能等，得速救郓州才是啊！"一判官忙出对策。

---

① 少府：对县尉的称呼。

"慌毛！"李斯道摔杯而起，怒气冲冲，"要死的河北瘪子，认了朝廷当娘就是不一样，敢南下打老子！"他指了都指挥使道，"十八郎留下，其余人赶紧带上兵往西救郓州！"

都指挥使道："大帅！那某的兵呢？"

李斯道眼下关注重点哪还在这儿，他不耐烦挥挥手："留五百给你够不够？"

都指挥使被抢了兵虽很不满，但李斯道压根没空理他，火急火燎地就出去了。都指挥使连忙跟着起身，而坐在末席的许稷则迅速与副将交换了眼色。

他们所得情报比李斯道要早了将近一天，许稷料定今晚李斯道必走，便与副将谋定了计划，准备等李斯道一走，便来个关门打狗。

好不容易赶走了刘仕忠，她不可能放纵淄青势力在这地方死灰复燃，不论李斯道将谁留下镇守高密，她都得第一时间除掉，因拖久了只会更不好动手。

许稷携一众县官县吏恭恭敬敬送李斯道及其部下出城，待他们行出去一里路，这才关上城门，遣散众人各回各家。

留守高密的都指挥使将很是郁闷地骂了一阵，瞥见许稷又道："矮苗丁！陪我喝酒！"

许稷不动声色。

旁边林副将却一皱眉：许稷是今晚计划的指挥，可不能被拖去喝酒！且若真动起手来，万一误伤可如何是好？

他忙说："都指挥还是放明府一条活路吧，明府夫人可厉害着呢，若明府喝多了酒怕是要……"

都指挥使闻之大笑，声音听着却很冷静："是吗？原来矮苗丁还是个怕婆娘的！难怪这么矮哈哈哈！"

许稷听出他语气中暗藏的冷静与戒备，遂瞥了一眼林副将。

副将这才意识到自己多嘴反而惹了疑。

"那点酒算个屁，去我营中，我请你喝！"都指挥使一把抓过许稷袍子，"走走走！"

许稷被拖着往兵营去，副将紧跟其后，却被她瞪了一眼。

她将手背在身后，迅速同副将打了手语。

副将步子立刻慢下来，只见许稷已走出去很远一段路，这才又跟上。

许稷入兵营坐了会，才喝了一两杯，就忽然起身说："某去解个手，都指挥见谅。"

都指挥使无所谓地摆摆手："去去。"

许稷出了营，佯作去解手，但身后却不紧不慢跟了一名步卒。那步卒没敢离她太近，到了茅房更没跟进去。

副将果在茅房候着，他正要开口，许稷却指了指外面。

时间不多，许稷用手语重新安排了计划，最后手伸至脖颈处一拉，再往下一按，得副将点头后，她迅速转身出了茅房，回营继续喝酒。

都指挥使显然留了心眼，并没有放任自己喝多，不过是与许稷胡天海地地聊着，将京中一群老匹夫骂了个遍。

正聊到兴头上，外面忽有了动静。许稷蓦地放下杯盏，都指挥使则一把抓过案上的剑起了身。

许稷跟着站起来，到了外面一看，门口守卫却是不见了！

"他娘的干什么去了？"都指挥使骂骂咧咧，又警觉地乜了一眼许稷。

许稷道："擅离职守？莫不是偷着喝酒去了？"她边说边往外走，都指挥使亦跟上去。果不其然，俩守卫竟真带着酒气往这边走来。

守卫一见他二人，哆嗦着跪地求饶。

都指挥使上前抬脚就是狠狠两下："下次弄死你们！"

月光暗昧，并不明朗。

许稷道："这次都指挥饶了你们，还不快回去！"

那二人赶紧跑回去站着，许稷又与都指挥使道："都指挥请回去歇着吧。"

"酒还没喝够，歇个屁。"他说着又拽过许稷袍子将她拎了回去。

许稷坐在对面，听他东骂一句西骂一句，也不轻易搭腔，只默不作声地喝酒，心中则盘算着时间。

差不多了，她终于饮尽了杯中酒。

而就在这时，都指挥使忽然拔剑指向了她。

冰冷剑锋直指咽喉，再往前半分就能刺破皮肤。

许稷以静制动，不发一言地看向忽然翻脸的都指挥使。

都指挥使盯住她："兵符交出来！"

许稷沉默，但最终还放下酒杯，手探进袖中取出兵符，置于案上，朝他推了过去。

都指挥使迅速夺过兵符，却仍是以剑顶着许稷喉咙道："看着不中用，满脑子都是歪主意！说，今晚是不是打算动手对付我？"

许稷抬首，坦荡应对："没错。不过，不知都指挥是何时发觉了端倪？"

"重要吗？老子现在发现也不迟！起来！"都指挥使皱眉命令道，"出去与他们说计划取消，这次就不与你们计较了，下回若再有这般念头，老子削了你！"

许稷坐着不动。

这时外面军鼓声却"咚咚咚"如雷鸣般乍响了起来。

都指挥使顿觉不对，脸一沉，就要朝许稷刺去时，却忽有人从身后猛扑上来将他死死摁倒在地："别动！"

许稷不徐不疾起身，垂眸看了他一眼，淡淡开口："何时发现当然重要。若都指挥早些发现，某或许还没有这般胜算。"她说着伸出手去，"兵符。"

"说你呢！还不速速将兵符还给明府！"

将都指挥使摁在地的那名壮汉粗暴地吼道："不服爷爷削了你！"说着径直往对方身上一坐，敦实的身体便将都指挥使压得死死，随后他又手脚麻利地将其捆起来，再转向许稷问道，"明府！要不要捆他脚？"

"不用。"

"便宜他了！"壮汉说着朝他心口狠狠一拳，揍得都指挥使胸闷眼发黑，手不由一松，兵符也掉落在地。

许稷俯身拾起兵符，面色平静："带他出来。"

"好嘞！"壮汉像拎猪崽似的将其拎了起来，推着往外走时，又满嘴胡说道，"爷爷屠过的猪比你带过的兵还多，爷爷算个猪指挥使不？"

"狗屁！"胸闷的都指挥使啐了他一口，壮汉不以为意地掏出布团，往他嘴里一塞，"告诉你吧，你方才跟着明府出去查看动静时，爷爷就潜进你屋里了，居然还敢拿剑指明府要兵符，找死！"

都指挥使胸闷嘴闷，力气又拼不过这无赖屠户，被迫无奈地往外走，迫切想看到一两个自己人，可周围哪还有他的兵？

许稷行至大营外顿住步子。

壮汉便揪着那都指挥使，一撩门帘子，将他推了进去："与你的兵好好叙叙旧！"

都指挥使没站稳，猛地一个踉跄，等回神镇定下来，却见营帐内全是被捆了手脚的自己人！

许稷撩开帘子走进去，帐内副将忙迎上来："明府，淄青军五百人都在这了，有几个被迷晕了还未醒，要不要泼水弄醒？"

"不用。"许稷摆摆手，扫视一圈，说道，"诸位怕是还不知道，朝廷颁下已对淄青用兵，北有魏博、义成、横海军，南有武宁、宣武军，西有大胜归来士气正旺的神策军，东边则是无路可走的汪洋大海。郓州、青州已被合围，淄青毫无胜算，李斯道日子也快到头了。"

"干什么说那么多！成王败寇！既被你捉了是我等不幸，要杀要剐痛快些给句话！"底下一热血小将不耐烦地打断她。

"就是就是！痛快些！"

"再嚷削你！明府若真打算杀你们早就杀了，还跟你们费这心

176

思，当抓活人容易啊？捆绳子都捆得手疼！"一高密火长瞪眼怒驳。

许稷等着声音平息下去，顺着自己思路往下道："朝廷军虽来势汹汹，但欲诛之人，不过李斯道一人，诸位没必要为他陪葬。你们当中若有父母健在、想回家的，可遣回原籍，以尽奉养之道；若家乡已无亲眷，想留在高密也可以。"

一众淄青兵闻言面面相觑，营内鸦雀无声。

忽然，一人起头："许明府所言若不反悔，请算我一个！"

紧接着便是："当真？"

"我……我要回去……"

"某是被强征入伍的，某也要回家！"

"也算我一个！"

"某回青州也没家了，某要留在高密！"

"高密军还收人不？"

一旁的都指挥使气得脑疼牙痒，却一句话也说不出，只得憋红了脸怒瞪一群背信弃义的兔崽子。

已至深夜，许稷未在此地久留，出营与林副将叮嘱了几句，正要回去，忽有一步卒气喘吁吁跑来，对副将一躬身："薛县丞跑了！"

"跑了？"林副将瞪眼问。

许稷略蹙眉："什么时候？"

"约一个时辰前！守在他家的人都被杀了，他人也不见了，下官也是刚刚知道！"

林副将一时难信，再确认："十人皆被杀了吗？"

步卒点点头："下手狠准着呢！"

许稷早料到薛令之有鬼，但到底还是失算一步——杀了十员步卒，凭薛令之一人是办不到的，他背后是什么人，到底想做什么？这隐患令许稷有了几分焦躁，她扭头嘱咐林副将全城搜捕薛令之，又莫名有些担心千缕，便先回去了。

跨入家门，一片阒寂。

许稷拍拍耳房门，值夜庶仆却睡得死沉死沉，一点动静也没有。

她猛地撞开门，忙捂口鼻，又迅速推开窗，拎了旁边冷掉的茶壶就朝庶仆浇过去。那庶仆倏地惊醒："啊怎么了怎么了？"一看是许稷，顿时冷静下来，摸摸自己湿漉漉的脸，"明府……这是……"

"夫人呢？"

"夫……夫人老早就歇下了。"

许稷拔腿就往东卧房跑，推门便喊："千缨，千缨！"

庶仆持灯台追过来，一照，惊道："夫人不在了！"

在他还惊讶屋中无人时，许稷已进了藏身暗道，可里面哪里有千缨的影子？她搜寻一阵，从密道里爬出来，后背已冷透，手臂气力更是耗尽，庶仆扶了一把，她这才站起来。

离天明仅剩一个时辰，城门仍关着，若有人绑了千缨，这时候一定还在城内。公廨衙差几乎全出动，海底捞针般在高密城内寻人。不仅寻千缨，也是在寻薛令之。

薛令之逃逸后仅一个时辰千缨便失踪，怎么看这其中都有关联。许稷坐镇县廨，面前铺开的是最详尽的高密地图，边边角角那么多，根本无从下手。

不断有人传回毫无所获的消息，每传回一次，便是往许稷头顶倒一桶冰水。她愈冷愈急，但她必须稳住不能慌乱。陈珣在对面坐下来，道："若当真是薛县丞绑了夫人，那必然是有所图，可已过去近两个时辰，绑架之人却毫无动静，某觉得其中或有蹊跷。"

许稷沉声不语，眉头却是深锁。

她在等，等薛令之提出条件来，好见招拆招。可薛令之却丝毫动静也没有，让人如行迷雾，惊慌失措。

千缨会怎样？她怕黑胆子又小，如何去面对一众歹人？若遭遇什么不测——许稷痛苦地紧按住额头，陈珣则注意到了她微微发抖的手。

哪怕千军万马在前她都不眨下眼，但这件事她乱了阵脚，露了软肋。

这无疑是袒露命门于敌，是致命的。

陈珦给她倒了一盏热茶，缓缓开口道："明府，天太冷了，喝些茶暖和暖和。"

晨曦一点点踱进屋内，氤氲水汽于杯盏上方盘绕着，许稷却浑身都要僵了。因长期缺乏睡眠脑壳疼到麻木，双肩冷硬得动一动仿佛要碎，就在这时，吏佐祝暨喘着气闯进来："明府、明府！"

湿冷冷的早晨忽被这声音打破，许稷霍地抬头，祝暨一双眸子亮闪闪的全是喜兴之色："夫人回来啦！"

哗啦衣料声响起，许稷骤然起身，迈开僵硬的腿就往外走："在哪儿？"

"某过来的时候夫人正在堂屋呢！"

许稷自公廨一路狂奔至宅邸，步子不停地迈过门槛，直奔堂屋。千缨正裹着厚毯子坐在堂屋喝热水，心中虽还有些惶惶不定，但想着毕竟到了家，怎么也能放下心了，便捧着杯子呼出一口气来。

这口气还没哈完，许稷就冲了进来，几乎没给她任何反应的时间，便紧紧抱住她的肩："你不要出事，你不要出事……"

千缨被她撞蒙，悠悠转转回过神，听她喃喃说"不要出事"，竟不知要怎样开口安慰这模样的许稷。她撑出一个笑来，爽利应道："我好好的！你这样子是做什么哦？好像我死了一样！你要给我哭丧吗？"

许稷陡回过神，松开手转了身。

千缨低头看看被她碰翻的茶杯，怪道："毯子衣裳都湿了，你那么冒失做什么嘛！"

许稷的脸白得有些可怖，她努力平静下来，问千缨昨晚到底发生了何事。

千缨定定神道："我也不清楚，反正就不知在哪儿睡了一觉，醒来就被人蒙住眼送回来了。"

她轻描淡写地说着，心里其实吓得要死。而许稷完全不比她好，脸色久久不能恢复。

"他们问你要钱了吗？还是给你提要求了？"千缨鼓起勇气

问道。

"没有。"许稷声音凉凉的，"什么都没有。"

比起有要求有条件的绑架，什么都没有的更可怕。

这是一次试探，而她满盘皆输。

是夜，毫无预兆地下起了雨。

冬至已过，雨不再可亲，被风裹挟着往廊内刮，颇显萧索。她伸手卷帘，惹了一手潮，灯苗摇摇晃晃，却总是不灭。许稷润了润笔尖，闻得庶仆从廊中走过，便说："兰花要淋坏了，搬进来吧。"

公廨庭院无疑是安静的，雨夜也令人遐思无限。在昭应城的许多夜晚，都是枕着山雨入眠，次日醒来，却又是骄阳顶头，山道上的雨水很快就了无痕迹，下山去长安去学堂，要走的路似乎长得无休止，而如今却也走到了这里。

接下来的路如何走，又有什么路可走？

许稷忽停了笔，掩上公文起了身。

赶走淄青军，高密城重归平静，百姓生活按部就班，并没有受到外面铁蹄战火的影响，这值得庆幸，却并不能让人就此松口气。

淄青战事越紧张，许稷心中一根弦就越是绷着。

许稷关好门出了公房，撑伞踏着一路潮湿回到家，千缨却还没睡。甫进家门，千缨便忙活了起来，给她预备的餐食接二连三端上桌，洗漱热水也很快弄妥，俨然是十分称职的主妇模样。

自绑架事件之后，千缨便总要等到许稷回来才睡，因闲得无聊就半夜给她做吃的。许稷知她怕什么，也不多说，只将她满满心意与暗藏的恐惧一口一口吃下去。

到入睡时分，已是很晚。报更声沾染了潮气，变得低低哑哑，犬吠声也不若往常般此起彼伏。案头一盏灯，幽幽燃到了底，倏忽灭了，只剩一缕烟。

许稷面朝外侧而卧，甫闭上眼，千缨便贴了过来。千缨虽比她年长三岁，有时也老气横秋，但对许稷来说，千缨是妹妹而不是姊姊。

她有身为一家之主的觉悟，明白既然有了这层关系，就得照拂到底。尽管她曾受养父母的生死观影响，一度很看淡人与人之间的生死分别，但从那家中走出来，发现自己仍然很在意生死，在意……亲人的生死。

许羡庭夫妇因对她要求严苛，并不会随意表达亲密；阿兄许山对她好，她却因要掩盖自己身份而与之保持距离；千缨不同，千缨知道她的秘密，骨子里又是容易走近的人，会轻而易举就将自己的心掏出来给她看，真诚得甚至令她不知所措。而这关系中最微妙的是依赖与信任。千缨无条件地信她，也毫无顾虑地依赖她，许稷将这担子扛在肩上，开始是当责任，时间一长，早已不仅仅是责任。

她怕千缨出事，不单单是怕自己愧疚。

因她对千缨也有依赖。

活了二十个年头，忽然伸过来的一双手，炽热得令人贪婪。五房平日里虽小吵小闹不断，千缨也时常对她发脾气，但那区别于养父母家庭中彼此尊重的疏离，是不加隐忍、更真实的存在。

理智总认为自己当孑然一身走下去，但事实上她无法割舍这样充斥着人间烟火的温暖。

千缨有一下没一下地摩挲她僵硬的后背，隔着薄薄衫子，能摸到凸出来的脊梁骨，硬邦邦的，没什么温度，像块臭石头。

许稷睁开眼又闭上，千缨将额头抵上来，柔软的手抓住她的肩，压低了声音道："虽然我也怕死，但这世道什么都说不准，倘若有天你我来不及说道别，你也别觉得难过。能活到现在，全是托你的福，没有你的话，我早就成曲江鬼了。"

她低低软软地说着，渐渐松开了手，躺平了望着黑黢黢的床帐顶道："倘若有人用我来要挟你的话，你放弃我吧。"见许稷毫无反应，她又翻过身去，手一伸，捂住许稷的眼睛，却感受到了一丝潮意。

千缨没戳穿她，翻个身咕哝道："这雨还真是下个没完哪。"

这雨接连下了三天，冻得教人发抖。因是冬闲时节，高密城内便更没什么生息，多数人都窝在家中，喝三两杯热酒，聊些没边没际的话题，享用一年中少有的安闲。而许稷不仅要为来年的春征发愁，还要顾及西面的战事。朝廷军气势汹汹不断逼近，令淄青的辖地越退越少，几乎快退到了黄海边。

李斯道这个年，看样子是过不成了。

"说李斯道被逼得无法，征发民众修郓州城堑，男丁不够竟让妇女充役，于是激起民愤，加上熊兵马使又倒戈朝廷，这下郓州城基本是拱手送出去了，打青州宛若囊中取物，一破牙城①，李斯道人头就要不保啦！"

吏佐祝暨正兴奋地与县廨内诸君转述探子的话，却有人猛泼冷水道："密州呢？朝廷军何时来解救密州啊？我们可在密州腹地哪，密州眼下还有淄青势力呢。"

祝暨道："听说神策军快到了，就这两日。"紧接着又补充说，"我们这还不简单？挂个旗，打开城门，热热闹闹迎神策军进城就行了。反正我们又不跟淄青一拨，神策军可是自己人！"

"祝暨。"

祝暨扭头，只见是陈珦喊他，便忙起了身。出了门，陈珂责道："你嘴太快了知道吗？"

祝暨瘪瘪嘴："某也是一时高兴……"

"以后留个心眼。"陈珦叮嘱完，又说，"这几日要格外盯好许明府家，不能再像上回那样出事了，记住了吗？"

祝暨猛点头，得了允许后，便出去喊衙差。

另一边，神策军抵达密州城，火速收拾了密州城内顽抗的淄青余部，便直奔高密。

"高密弹丸之地，在密州这种地方独善其身到现在，且镇将居然还是由县官兼任，听起来怪有意思的，就是不知城中余粮够不够给我

---

① 牙城：节度使所在的州城，通常有三重城墙。最外一重称罗城，中间一重称子城，最里一重用以防护节度使府第，称牙城。

们补充军饷的，这些天老子可真是苦透了！"一将领道。

另一将领道："高密前阵子刚被李斯道搜刮干净，哪还有什么余粮，就别做梦了。"说着又问前面只顾着埋头骑马赶路的王夫南，"十七郎怎么一句话都没有？"

王夫南不理他。

"他哪有空理你？年轻人只有赶路的心情哪，快些吧，我们也别磨蹭了。"

这边连夜行军，高密城中的县吏及将士们也都无眠。城楼上的灯似为神策军照路般，全都亮了起来，所有人都莫名兴奋。

许稷沉着脸坐在营中听诸人窸窸窣窣的议论声，手下压着的是高密城图。

更鼓声敲过后，探子忽然来报："神策军就快到了！还有五里地！"

"知道了。"许稷应了一声，示意他下去。

探子喏了一声，转身出去，迎面便撞上慌慌张张的吏佐祝暨。祝暨惊魂不定地冲进来："不好了不好了！明府快看这个……"

一支飞镖一封信摆上案，许稷拿起来迅速扫完，眼角不自觉压下去。

"怎么了？"陈珣忙走过来问。

祝暨一脸焦躁："上回绑了明府夫人的歹人送了信来！"

陈珣面色陡变："夫人呢？！"

"不……不知道……某去的时候夫人已不见了，衙差也都东倒西歪的……"

许稷一言不发地起身往外走，陈便拾起案上信纸，只见薛令之提的要求竟是让许稷守城，阻止神策军入高密。若许稷以城降神策军，则永见不到千缨；若守不住城，亦是同样结局。

这是报复，赤裸裸的报复——让许稷与朝廷为敌，让她仕途从此中断，是要彻底毁了她。

神策军的大批兵马，此刻正朝高密城门狂奔而来。

原本该打开的城门，却紧紧闭锁。

神策军兵马被挡在了外头，却迟迟不见有人开门迎接，领头的将士便起了疑。其中一人道："消息不会有误吧？这位县令难道要顽抗不成？"

"就是，这么大动静，城内竟一点反应也没有，看来是不打算让我等进城啊。"

"不让进就打进去，他区区高密军算什么？"一判官嚷道。

"吵什么？城中出事了看不出来吗？"沉默良久的王夫南忽然笃定地开了口。他相信许稷为人，灞桥上她承诺必以城降，就绝不会食言。

"也是，贸然杀进去恐怕不好。可就这么点地方，能出什么事？又起兵变了不成？"

"管这作甚，今晚先就地驻扎，明早再看看情况，反正大家也都乏了。"某将领话音刚落，一看王夫南竟是策马往北边去了，忙嚷道，"十七郎！你干什么去？！"

"他定是想办法进城探消息了，随他去吧。"

城内的许稷这时刚从营中出来，便有校尉来问，说神策军已兵临城下，到底要不要开门？

许稷转过身，回头看一眼城门方向，抿唇道："不开。"

校尉急问："可万一他们贸然攻入城要如何是好？"

许稷堵了一把王夫南的行事作风，笃定回道："不会。"

那校尉闻言却忐忑，正欲言又止，见那边林副将步履匆促地走了过来，这才对许稷一拱手，"喏"了一声转身离开。

林副将快步走到许稷面前，又回头看一眼那校尉，又收回视线："明府，皆已准备就绪了，可要动手？"

许稷袖下的手慢慢收紧，眉却仍平顺，沉着地下了命令："收网。"

暗处之敌，防不胜防，所以只好在这防守之外，再布一张网。

"防"即许宅内的庶仆守卫，在明；而"网"则是许宅外的十几双眼，在暗。

"对方约有二十人，身手很好，似乎是刘仕忠余部，此次与薛令之联手，恐是心存报复，想借此机断明府仕途。"林副将边走边道，

"原打算在明府家就将他们擒获，但发现动静时略迟，且对方人多身手极好，怕对夫人不利遂没有着急动手，只能悄悄跟着。"

"眼下在哪儿？"

"城西一油坊。"林副将回说，"因怕动静太大被对方发觉，遂只挑了几个身手好的守在油坊附近，但周围各曲路口则均已堵死，他们已是无路可逃了。"

话虽这样说，许稷眼中却看不出半点轻松。时间紧迫，她匆匆牵了马，便与林副将一道往城西油坊奔去。

这时千缨晕乎乎醒来，想动一动，却发现手脚被捆，且双眼也被蒙住，什么都看不见，想开口，嘴也被堵死了。她不是头回经历这样的事了，比起初到密州时的惊慌失措，她这时虽害怕，情绪上却要镇定得多。

许稷之前与她透露过一些布局安排，她出入时也感受到了跟在身旁的暗线。她明白上回被绑之后自己就成了猎物，那些人见她对许稷而言如此重要，必会用她来要挟许稷以达到目的。正因太清楚等在前面的路是什么样子，她才想与许稷早早告别。她不是不信许稷的本事，但这世上太多事都说不准，为免遗憾，她宁愿做好准备。

念至此，她忽没那么害怕了，仿佛回到了很久之前的曲江池边——那时她可是连死都不怕哪！

周围没有动静，身后是硬冷的墙，空气里有胡麻油的气味，浓郁扑鼻。

是在油坊里吗？这周围是没有人吗？怎么半点动静也听不见？千缨将腿蜷起来，吸了吸鼻子认真地想着。

她并不知自己心心念念盼着的许稷，这时已到了城西。

"油坊布局图有吗？"

一校尉将图递了过去："有是有，但不大详细。这地方几经易手，内里改建过多次，不能确定其中是否有暗道。"

许稷只顾低头看，却不言语。若存有暗道，会非常麻烦，万一打草惊蛇，则不光千缨有危险，他们也可能会一无所获。

林副将开口道："管它有没有暗道，各坊门口都已派兵守住，除非他们将暗道挖出城，不然是逃不了的！友良！带上你的人翻进去将人救出来！"

"慢！"许稷抬首反对，却不给理由。

"明府！"

许稷不松口，转而问道："城楼那边还未有消息吗？"

"没有。"林副将道，"某已叮嘱余校尉，一旦有逮到可疑人等立即遣送过来。"

许稷认定这些人既是以"不开城门"为要求，必然会遣同党在城楼附近候着，便让夜巡校尉多留个心眼，可到现在……还没有消息。

高密城的傍晚，一如既往地平静。

报更声由远及近不慌不忙，多数人呼呼而眠，睡得不知天地岁月。

县尉陈珦正在城楼内焦急踱步，不知如何是好。祝暨戳在一旁，也不知要说什么。室内气氛沉闷得要命，忽有小兵冲进来报道："少府！有持神策军符的人来了！就在下面！"

陈珦闻言，夺门而出，一口气冲到楼下，倏地止住步子，猛喘两口气，看清楚了来人，面上陡现狂喜之色："十七郎！"

王夫南没空与他叙旧，径直扔了个被捆住手脚的人给他："处理好。"随即话锋忽然一转，"许稷在哪儿？"

一时间，事情全压过来了，陈珦只好努力反应消化。他一边回王夫南："明府与林副将往城西去了，但没说去做什么。"一边又转头吩咐身后吏卒："去将余校尉喊来。"

吏卒拔腿出门，迅速将余校尉喊了来。

余校尉一进门，陈珦便介绍说："这位乃神策军王将军。"余校尉谨慎地看一眼王夫南，接过他的符确认后，这才行了个礼。

王夫南开门见山："许稷出了什么事？"

余校尉环视四周，本想让无关人等离开，却忽然注意到了被王夫南捉来的那个人，陡然挑眉问道："那是？"

王夫南回头一看，道："此人携鸣箭于城楼附近徘徊，十分可疑，遂擒了来。"

余校尉闻言一惊，明府正是要他留意城楼外的可疑人哪！

眼下时间紧迫，他遂言简意赅道："有歹人以明府夫人相挟，令他死守高密城，眼下明府已往城西油坊去救了！明府去之前曾命属下发现可疑人等便押送往城西，请将此人交予属下处理。"

王夫南将人扔了过去，二话没说立即出了门。

陈珣还没反应过来，一把拽住也要出门的余校尉："这是怎么回事——"

"少府看不明白吗？"余校尉揪住那人，"这人就是眼线，他只要看到城门打开便会发鸣箭通知其他人，此乃贼人同伙！明府要抓他正是要问清楚底细呢！"

余校尉说完，便揪着那人赶紧去追王夫南："将军等等，属下带将军去城西！"

另一边，众人就快要沉不住气了。时间一点一滴过去，谁也不知会出什么意外，而城楼那边又毫无音讯，更是令人着急。

许稷心中比谁都急，却不能外露。

她指了布局图抬首安排："外面出口全部守住，友良，你带上三人从西边翻进去，这里是油库，藏人的可能性最大，也最危险，要小心。若被发现，鸣箭为信，其余人则冲进去抓人，能抓一个是一个，若对方通过暗道逃逸，那这四条巷子出入口一定要堵死，到时对方若用人质威胁，不要轻易答应，也不要随意放人走，就说须得等我来，记住了吗？"

众人纷纷点头。

"最后，备几车沙子。"

"备沙子做什么？"

许稷按住那布局图："这是油坊，若他们打算鱼死网破，最不缺的是燃料。"

林副将恍然，连忙前去安排，许稷则带上人悄悄绕到油坊西边，观察一阵后，她偏头看一眼校尉友良，抬手往前压了压，示意动手。

友良及其下属手脚麻利地翻墙进院，里面一片黑黢黢，静得出奇。许稷走回西门口，两边士兵都已在候着，随时准备破门而入。

时间蹑足而动，一点一点极其熬人，里面却毫无讯息。许稷掐算着时间，眉头深锁，袖中的手握了又松，松了又紧。林副将匆忙赶来，以手语告诉她都准备妥当，就等着动手。

就在众人绷紧了神经的当口，一支鸣箭腾空而起，领头火长霍地撞开门："快跟上！"

许稷陡转身，却见林副将的属下气喘吁吁冲了来："明府！他们果有暗道，但没有发现夫人！他们与夫人并不在一起！"

林副将道："不可能！夫人就在这里！"

"但属下并未见到夫人！"

许稷鼻翼微动，转头去看，却见油坊中火光冲天，空气里全是麻油味。

"明府！"林副将反应过来时，许稷已是独自冲了进去。

千缨在里面，千缨被他们丢在了里面……许稷径直往油库那边去，火势却完全失控，视线也被浓烟阻拦，走进去一步便回不了头。

可整个油库里哪有千缨的身影，许稷的呼喊声更是得不到任何回应。

她抬头去望，见这油库顶上还另外搭了一层，顿时恍然——千缨在阁楼里！

火苗已快蹿到屋顶，许稷忙去找梯子，可火势太大根本无法再后退。烟灰呛得她肺痛眼疼，脚下又不知绊到了什么，一个踉跄就摔了下去。

油坊俨然已成火场，士兵们进进出出不断泼沙子、盖湿布来灭火，却不知许稷已被困在油库之中。

还是林副将指了油库道："许明府在里面！先灭这里的火！"

就在此时，忽有一人拨开了人群。

这人扛了楼梯，浑身上下都用水浇透了，罔顾火势就往里去。

林副将咋舌之际，余校尉已是冲了来："副将！我们抓到了那等人的同伙！那同伙交代夫人就关在阁楼上！可这火势——"他说罢朝刚刚进去那人喊道，"王将军，可要帮忙？！"

"滚出去！不要添乱！"

王夫南扛着楼梯，从容爬上阁楼，猫腰走到尽头，将已经昏迷的千缨扛下来，迅速将其送到门口，猛咳一阵抬起头来："许稷呢？"

林副将被吓住了，反应过来急道："将军没看见吗？明府在里面啊！"

"不早说！"王夫南顾不得身上轻微灼伤，飞快奔了回去。

许稷的腿被什么东西压住，几乎疼废掉。火苗已燎到了她身上，她想爬起来，可却无法动弹，咳嗽声也是越发微弱。

循着那微弱咳嗽声，王夫南飞快走了过去，他挪开她身上重物，潦草扑灭她衣裳上的火，俯身下去将她抱起来，许稷微微睁开了眼。她感受到他衣服的潮湿，又感受到他皮肤的温热，但喉咙枯哑，却说不出一句话。

"没事了。"

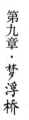

第九章·梦浮桥

许稷做了个长梦。

行至浮桥，再回头，彼岸空荡荡。

醒来的过程痛苦又漫长，浓烟熏坏了她的嗓子，双腿也无法动弹，费力睁开眼，却见王夫南坐在榻旁。

她马上闭了眼，勺子却喂到了唇边。

"喝口水再睡。"

是王夫南的声音。

许稷很累，但温顺地张开了嘴。勺子倾得很有分寸，不会让许稷呛着，也不会太磨蹭。饮完这口水，她才又得了些力气，复睁开眼看向榻旁的王夫南。

王夫南忽探过手去轻按她颈侧，大大方方道："脉搏很好，不过你的腿折了，需卧床休养。"

许稷仍看着他，张了张口，喉咙却疼得无法说话。

王夫南伸指按住她的唇："我知你想问什么——"他收回手，又从从容容道，"千缨已救了回来，无甚大碍，眼下正睡着；那些家伙点了油坊想趁乱逃逸，但你的兵却堵死了出口，一个不少全部落网；城门还未开，但神策军正在驻地好好休息，不急于这一时。"

"至于你身上的衣服怎么换的——"他一本正经说，"是我动的手。"说完这句他仍一脸坦荡，"你衣服烧坏了必须换，而这里知你身份的仅有我与千缨，千缨昏迷，我唯有代劳，请你理解。"

许稷就算想说什么也没法说，就任由他一张灿烂的脸在眼前晃。

他那样悠闲坐着，身上套着不知从哪儿搜罗来的旧袍子，袖子短了一截，手腕露出来，姿态从容，还是从前意气风发的模样。

真好啊，许稷想。

她想动动腿，却疼得根本挪动不了，最终皱眉放弃。

"想换个姿势睡？"王夫南起身，手探进被窝中帮忙。

"不。"许稷艰难吐出这个字，王夫南探进去的手却已触到了一丝微妙的湿热感。

他先是蹙眉，后收回手，待低头看清指腹上那一抹可疑血色，便焦急掀开被子去查看她腿上的伤。然伤口安好，并未再度渗血。

"哪来的血？"他皱着眉自言自语，许稷却是费力撑臂半坐了起来。白衫子上一片血迹令人心惊，而她隐约察觉到了腹痛。

"经血？"王夫南极迅速地反应过来，表现却很平淡。

他面上这样镇定，内里却烧得慌。不尴尬都是假话，但他不在意，索性直爽地看向许稷："你来月信了，需要帮忙吗？"

许稷的脸色变了又变，恨不能将他赶出去。

王夫南当她是在表达尴尬，却不知这是初潮。

恰这时，千缨的声音乍然响起来："三郎！三郎你在里面吗？"她声音也是哑哑的，音量却不低，隔着门都听得一清二楚。

她几乎是飞一般地冲了进来，毫无理智地扑到床前："三郎你怎样了？！"说着手摸到那绑着木片的腿，"腿怎么了？"再看到血，"怎会有这么多血！"

一惊一乍间，许稷抬手按住了她脑袋，要稳住她急躁躁的情绪。

她头发衣服全乱糟糟的，一看便是刚醒来。

半子 · 191

许稷动了动嘴，用口形告诉她："没什么事。"

"这还没有什么事哪！你为了救我也不必要这么拼哪！"千缨哭腔都要起来了，"还不如放任我死掉算了……"

"说什么胡话，让开。"

一直站在她身后的王夫南乍然开口，俯身就要将许稷抱起来。

"你做什么？！"千缨急急挡。

王夫南余光瞥一眼褥子上那血迹："有嘀嘀咕咕的工夫不如将褥子换掉。"言罢不由分说抱起许稷，"她来月信了，麻烦你去准备些必要的东西。"

"月信？！"千缨再度丧失理智，她手足无措原地转了两圈，抬头盯住王夫南，一时间不知说什么，乍然回过神，她惊道，"你……你怎知道那是月信？！莫非你——"她猛地一拍自己的脑袋，耳中嗡嗡直响，天哪，王夫南竟知道许稷是女儿身了！

她只觉一阵胸闷，仿佛下一瞬就要急晕过去，但最终还是拽回了理智，定定神威胁王夫南道："你倘若敢乱说我就放蛇咬你。"

王夫南皱眉道："别啰唆快干活儿。"

千缨深吸一口气，速扯下床上的脏褥子，飞奔至柜前扒拉出新褥子来麻利铺好，扭头对王夫南吼："快放她下来！"

"干净衣裳呢？必要的东西呢？这样放回去，褥子上又都是血，你脑子哪去了？"王夫南与千缨说话粗暴又直接，千缨讨厌他简直讨厌到发狂，她咬咬牙道："换衣裳关你什么事！你将她放回床上就行！"

两人势要打起来，许稷想劝架却出不了声，况腹痛一阵阵，她实在没多余精力去管这两位之间的矛盾。

"怎么不关我事？她身上穿的这件便是我替她换的。"

千缨闻言捶胸顿足——我要气死了！她丧失理智地想。

王夫南见地下一瞬可能就要炸成碎片，很识趣地将许稷放回床上，只身退了出去。他一出门，千缨便失控地号啕起来，泪眼对许稷："我就说过他本质是很坏的……呜呜呜……"

许稷什么话也没法说，只能可怜巴巴地望着她，而千缨见许稷太可怜，只好抹了抹眼泪，闷声不吭去给她拿必要的东西。门外的王夫南听里面哭声暂歇，这才迈开脚步离开了许宅，径直往公廨去。

日头露了脸，阳光虽惨淡，却仍有那么一点点温度。

王夫南坐在陈珦公房中，捋起袖子来默不作声将肘上及腿上的破皮撕掉，又勾过药膏盒子，蘸了些抹在伤处，末了熟练地拿布带包好，抬首恰好看见走进来的陈珦。

陈珦拿了新衣裳来："我的衣裳你穿都太短了，这是问我妻兄借的。"说着往案前一放，探头瞥瞥他的伤，"你没大碍吧？"

"能有什么大碍？"王夫南放下袖子，伸手翻了翻那衣裳，竟嫌弃道，"若我有换洗衣物，绝不穿人穿过的！"

"别嫌弃啦，我妻兄是郎中，极爱干净，何况这衣裳是刚做的还没穿过。"陈珦说完话锋陡转，"明府如何了？"

"就那样，腿折了，不养上数月好不了。"他说着顿了顿，"你去寻个手艺好的木匠，做个轮椅给他，他那性子总不可能一直卧床。"

"十七郎所想真是周到。"陈珦赞道，又想起先前他寄来那信，遂感慨，"十七郎对这位从妹夫倒很是在意，是以前有什么过命交情吗？"

"算是吧。"王夫南敷衍回道。

这时吏佐祝暨忽冲了进来，手中端了一碗红褐色的汤药："少府，姜汤好了！"

陈珦接过那姜汤递去："这么冷的天，淋了水，又从火场里走过，会受凉的，十七郎喝一碗吧。"

王夫南说话已带些鼻音，大约已经受凉，但还是端过碗，一饮而尽。

日光蹑足往西行，公房内火盆温度恰好，陈珦不急不忙与王夫南说着这一年来的事，王夫南便只沉默听着，也不插话。

陈珦口中的许稷，是他认识之外的许稷，但他也不觉得意外。她目的明确，知道自己要什么，知道自己要成为什么样的官。有这一点，就足够教人放心了。

黄昏悄然走近，公房内一片晦暗。陈珦点油灯时，王夫南揉了揉发胀的太阳穴，起身告辞。

陈珦亦跟着起身，送他出门。

出了房门，王夫南示意他不用再送，陈珦便停在原地，看那身影孤单单走出了公廨堂屋，走进暮色中寂静的庭院，越来越远。

另一边，因许稷说没胃口什么都吃不下，千缕为此而急得团团转，在后厨待了近一个时辰，也没想好要给她做什么吃。

初潮对于许稷而言，是无休无止翻天覆地的痛，痛到后来只剩麻木，终于摊手舒眉接受，呼吸也平静下来。

门被小心翼翼地推开，有人于暗光中走进来。

许稷偏头，认出那身形。

王夫南在榻边坐下来，熟练地伸手去探她额头，一层冷汗，连周边头发也湿透。

一定很难受罢？

但她也没有皱眉。

他忽然俯身，许稷骤然闭眼，只觉他额头贴上自己额头，那一霎便察觉到了烫意。

他烧得很厉害。

"听副将说你前后两次进了火场，可有碍？"她开口，声音虽低哑，却终于说出了完整的句子。

"没什么事。"他很自然地贴近她，闭眼安静地说。

许稷没有多余力气推开他，就随他去。他说"没什么事"时，她分明已嗅到他身上药味。

她仍低哑开口："你很累吗？"

他带着浓浓鼻音回道："嗯，是有些累。"因头脑太沉，他甚至放弃了用手肘支撑，上身沉下去，头埋进她肩窝，求索那微弱的托慰与温暖，用来安放数月以来的疲惫。

许稷没有出声，睁开眼便可见床帐上的隐暗纹路，自成体系地交错覆叠，却莫名地好看。被沉甸甸的身体压着，她能感受到对方有力的心跳。

　　他与千缨一样炽烈，掏心挖肺的本事甚至更高一筹。

　　可那心太烫太真，许稷不敢去接。

　　夜幕沉沉覆下，房中未掌灯，一片阒寂晦暗中，呼吸声交织，彼此各沉梦境，无人说话。细碎脚步声由远及近，至门口，那人调皮抬脚轻踹开房门，又腾出一只手来将门关上，摸着黑走到案前将食盘放下，小心翼翼地掌起了灯。

　　一星火苗瞬时蹿了起来，室内终于有了光亮。千缨重新端起食盘，扭头看向床榻处，看清后陡然睁大眼，惊道："什么人？！"她霍地放下手中食盘冲过去，揪住那人衣裳就将其拽起来。

　　王夫南一张脸在她跟前晃了晃，眼睛却还是闭着，似完全不明状况。千缨一手揪住他衣裳，一手狠捏住他耳朵："你在做什么哦！为甚要压着我家三郎？！"

　　她下手略狠，王夫南疼得咬牙皱眉，睁开一只眼来看向她，鼻音重重咕哝道："不知怎么就睡着了。"

　　"不知道？！"千缨咬牙捏紧那耳朵，"你的腿自己长了脑子带你过来的吗？你知不知道自己在哪儿？"她拧住他耳朵令他朝床里边看，"你方才都压得她喘不过气来了！成何体统，成何体统！"

　　她愤愤说着，那边许稷也是睁开了眼，哑着声问："怎么了？"

　　"三郎你醒啦？"千缨倏忽变了脸色，松开拧着王夫南耳朵的手，忙退到案旁，将食盘端来，"我给你熬了些瑶柱粥，很鲜的，还放了姜末，可以开胃！你喝完再睡。"说着便挤开王夫南自己在榻旁坐下，一手端碗，一手持勺，就要喂给许稷吃。

　　许稷本不想劳她，但又怕她没事做会同王夫南掐起架来，遂依着她心意，撑臂半坐起来容她喂。

　　千缨很周到地喂她吃完，又贴心问："还疼得厉害吗？可是好些了？"

"好多了。"许稷说着咳嗽。

千缨蹙眉:"你不会也受风寒了吧?"她说着扭头,盯住王夫南,眼神里杀气满满,似是在责骂:受了风寒不该避人吗?看你做的好事!

王夫南假装看不懂脸色,望向她手中空碗,道:"没我的份吗?"

"鬼才留你的份!"千缨又瞪一眼,将碗勺往旁边一搁,起身扶许稷躺下,喝令王夫南,"出来!"

王夫南不从,她便趁着对方病中体弱,硬拽着人出了门,随后将房门一锁,便头也不回地往厨舍去了。

高密城冬天极冷,白天惨淡的日光一旦西逝,晚上便只剩冷飕飕的风。夜幕压下来,好似近在眼前,沉甸甸的云里应是蓄满雨雪。

王夫南被这冷风吹得清醒了些,抬手探探自己的额头,却烫得要命。他在这不大不小的宅子里踱步逛了会儿,最终随手推开一间客房的门,进去后倒头就睡。

庶仆从外面路过,竟是有些可怜他。

千缨回到厨舍潦草吃了晚饭,百无聊赖挑了挑灯,庶仆妻在一旁无意说道:"昨晚上明府与夫人那模样,真是吓死人了。还有那王郎君,浑身湿淋淋的,看着都冷。所幸都没有什么大事哪。"

"哦。"千缨无所谓地应了一声。她不是不知自己及许稷的命都是由十七郎所救,但她与王夫南乃是宿敌,自然也不肯轻易低下头来道声谢。

横亘在心中的矛盾始终无法化解,千缨皱眉望着那盏灯发愁。

待外面报更声响起,庶仆妻要离开时,犹豫了许久的千缨忽喊住她,随后起身走到炉前,将小锅里剩的粥倒进碗里,搁在食盘上,同庶仆妻道:"给王郎君送去,问起来就说是吃到最后没人要吃了,倒了也浪费。"

庶仆妻连连点头,可刚要去接,千缨却又端过那碗将粥里面的贝肉挖出来一股脑地塞进嘴里,愤愤嚼了嚼。

庶仆妻看着觉得有趣,眯了眼微笑,接过碗说:"如此倒真像是吃剩下的了。"她亦有几个兄弟姊妹，知道手足之间的相处，有时便是如此别扭，讨厌时想掐死对方，但往往又都狠不下心，而即便心软，也总是要存留一份面子，不肯轻易服软。

庶仆妻端着那碗粥出了厨舍，千缨则将那鲜美贝肉咀嚼个透才咽下去，抬起头，见外面竟下起了雪。细细碎碎的，与长安的雪差了许多。这一年，就快这样过去了啊。

那厢王夫南则是被冻醒，起来翻找被子，恰闻得庶仆妻敲门声。打开门，庶仆妻递上粥，原封不动将千缨的话转述，末了抬头迅速看了眼这位郎君的神情，笑着退了出去。

都当自己是心冷绝情辈，却偏偏都是热心肠哪。这样的人，彼此又如何恨得起来呢？

她打算替这位郎君关上客房门时，对方却说："不用关。"

头脑晕乎乎时，见冬夜雪景，似梦似幻，回过神，粥也将凉。这一年快走到了头，除了身上多出来的两三处疤痕及手心里额外长出来的茧子，似没太多变化，可分明又变得很不同。

他坐下来将粥慢慢吞吞吃完，廊外积雪已铺了薄薄一层。

这雪没有下太久，神策军进城那天雪就化得差不多了。许稷尽管身体抱恙，却也亲自去迎了神策军。

那日出门时一众人在她家外面候着，陈珣则是带了木匠连夜赶制的轮椅站在院中等她出来，却迟迟没动静。

王氏兄妹因区区"谁将许稷抱出去"这个问题又争执起来。

最后千缨横了王夫南一眼，俯身抱起许稷就往外走，看得院中一伙人目瞪口呆，更证实了坊间"许明府惧内"的传闻——"啊原来是这样，明府夫人看着柔弱、实则力大无穷，明府平日于闺房中大约经常遭暴打啊！"

"难怪难怪，真是惨哪！"

"惨个屁，这分明是别有趣味的疼爱——将自己夫君抱出来哪！你们家的娘子行吗？"

"喊……不过是明府长得瘦小罢了，换个人呢？看夫人还抱不抱得起来！"

总之众人得出了结论，明府在家一定弱势就是了，不管被迫还是自愿。

因年关至，神策军便在高密度过了这个寒酸但安稳的年。六路大军压境淄青，却不动百姓分毫，且格外优待俘虏，以至于各州自举降旗纷纷倒戈，郓州一破，青州使府则如俎上鱼肉，只能任人宰割。

李斯道终是没过完这年就掉了脑袋。

淄青叛离朝廷五十余年，至此终于分崩离析。

朝廷遣派户部侍郎为宣抚使，将原淄青镇一分为三——天平、淄青平卢、泰宁。

而许稷所在密州，恰是属于泰宁镇。除密州外，还有沂、海、兖三州划归泰宁管辖。

淄青一分，各番人事调令便纷至沓来，有某某地节度使调任某某地的，连带着底下将校也是好一番变动；也有朝廷指派的空降下来做观察使的，比如在西征中大获战功的王夫南。

天平、淄青平卢镇皆设有节度使，偏偏泰宁没有，只设了个观察使。所谓观察使，观察处置使也，是军职，负责地方军政。因无旌节①，故地位次于节度使。

王夫南领观察使同时，兼泰宁都防御使与都团练使，因品级不够，遂按例借服②，从此脱掉绯衣穿紫袍。

到这时，已是天宁元年的春天。

城中百花开，百姓农耕忙。商户们带来别处的新奇物产，集市里则充满了拌嘴及讨价还价；士人们呼朋引伴野外郊游，一坛坛美酒便这样倒进肚腹，化作了万千诗作；教坊伶人们念着新词，奏着旧曲子，纸醉金迷地舞下去。

---

① 旌节：古代指使者所持的节，以为凭信。

② 借服：即允许低品的官员在某种条件下借穿高品服色，事毕归还。比如没到三品但是穿三品的紫袍，没到五品穿五品的绯服。

而许稷则盯着高密北城那一大块的水泊，思忖着变废为宝的办法。她的腿大概落了病根，风雨天总隐隐疼，每月也添了桩烦心事——月信来了真是讨厌哪。

这日她终于送走了月信，想着去城北看看，却不料一大早便收到消息，说泰宁观察使要来。去城北的计划搁浅，许稷只得在县廨中老老实实等着驿所传来的消息。

至傍晚时分，吏卒来报，说泰宁观察使将至，请高密各县官县吏速至城门处迎接。

一众人哗啦啦收拾了公廨，飞奔至城门口，列队迎接泰宁观察使的车驾。高密主簿弄齐整身上公服，呼口气瞥一眼旁边陈珦，提醒道："少府！腰带歪了。"

陈珦慢条斯理地整了整腰间革带，问他："至于这样紧张吗？"

"怎么能不紧张呢，某最怕带兵的人了。"主簿说着又深吸一口气。

陈珦淡笑："去年冬天不是已经见过这位观察使了吗？并不可怕啊，主簿实在是怕过头啦。"

"不不不，那不一样。那时他不过是神策将军，眼下身份地位俱是不同，不可轻看也。说起来，他此次来高密，是为了什么呢？"

陈珦看着站在另一边的许稷缓缓道："大约是为了授制书而来吧。为授制书要跑遍四州，也是不容易哪，这是最后一站了吧。"

"什么制书？难道军权又要还给许明府了？"

陈珦微笑不语，未等多时，便闻得车驾马蹄声由远及近，到了跟前。

车驾停在城门口，王夫南从车上下来，许稷亦是于一众县官中走出来，领头躬身行礼。

王夫南手持制书行至她面前，按捺住内心起伏，平静开口："密州高密县县令许稷。"

"下官在。"

"接制书。"

许稷撩袍跪了下去。

东风正烈，将王夫南的袍角吹起——

紫袍兽纹，就在她眼前。

制令宣读完毕，王夫南俯身朝许稷伸了手。

那只手干净，稳当又有力。

"高密军交给你了。"他平静开口，红色抹额之下，是舒展开来的眉眼。

"下官定竭力。"许稷有阵子没见他了，此时莫名觉得有几分陌生，遂没抓他的手借力，兀自起了身。

王夫南收回手站直身体，姿态保持着同僚之间的疏离。

天色将暗，春风微凉，一旁的陈珣开口说："县廨公厨已略备饮食，恳请大帅赏光。"王夫南闻言颔首，一众人便哗啦啦散开来又回公廨去。

许稷也要走，王夫南却拽住她，莫名其妙往她手里塞了块饴糖。许稷看他一眼，又瞧瞧两边，见无人关注这边，低头瞥了瞥包在外面的糯米糖纸，不禁蹙了眉。

"先吃一块尝尝味道，还有很多。"王夫南闲步走在她身后，"你阿兄说你爱吃，便做了许多托我带来。另外，你阿兄家年初时得了一个小郎君，你做叔叔了。不，是姑母。"

许稷回头看他一眼，王夫南脸色却是无谓："周围没人才这样讲。"

许稷不喜欢他拿男女身份说事，但长兄长嫂得子，倒是值得高兴的事。只是这么大的事，许山连封信都不写，倒让外人来转述，令她有些郁闷。阿兄那时不还嘲笑过王夫南怕蛇吗，二人关系怎么就突然热络了起来？真是贼怪。

一干人等到了县廨吃吃喝喝，基本算是开心。这顿接风洗尘的宴席虽很是一般，但对于清苦惯了的高密县官县吏们而言，已经算是不错的福利。

许稷是个抠门抠得很到位的县官，县廨不会克扣口粮，却也不会让人饱暖过头。总之抠得恰到好处，没法让人说什么不是。

因宴席不算太丰盛，几坛酒饮完就差不多告终了。

王夫南自然是往驿所住宿，许稷领着几位县官站在门口送他，客套说了几句道别的话就不再挽留。

见王夫南坐车远去，站在许稷身后的主簿终于松口气："总算走啦，某可以回家给小儿过生辰了。"

"主簿快去吧。"许稷说，又看向其他人，"时候不早，诸君都散了吧。"于是除宿直官吏外，其余人等各自道了别就纷纷散去。

许稷从县廨出来，径直往家去。因提前打过招呼，千缨一早就吃了晚饭，这时正与前来玩乐的陈珣妻子赌六博①玩。

"姊姊晚些回去没事吗？"

"今日七郎值宿，在家也是没趣。"陈妻掷采移棋，忽然眸色一亮。

"哎——我的鱼。"千缨见她的枭吃了鱼，又得两筹，而自己的明显落了下风，便有些着急。

陈妻却岔开话题，说："吃了上回那药，你月信可是来了？"

"咦，说到这个，倒是真灵哪。"千缨说着掷采，又问道，"姊姊兄长当真是神医，就是不知有什么法子可以治三郎的白头发吗？"

"明府少年白头，确实看着心酸，我寻机会替你问问吧！"

陈妻一口应下，千缨连连致谢，也不管什么输赢了。

恰这时，庶仆在外道："明府回来啦！"

千缨起身惊道："竟这么早就回来了，姊姊快收起来，若被三郎瞧见要骂的！"

陈妻万没想到许稷不准千缨赌博，遂手忙脚乱收拾起来。

许稷到门口时，陈妻已将东西都塞进了包袱里。可许稷还是瞥见了地上的一根博箸，千缨与陈妻也都瞧见了，陈妻大叹不好，可许稷

---

① 六博：一种赌博游戏，是早期兵种棋。

却往后退一步，放下了帘子，拱手道："庶仆未说有客至此，许某唐突了。"

陈妻松口气，趁她低头时将那根博箸塞进匣子，起了身道："既然明府回来了，奴这就告辞了。"

许稷退到一旁，陈妻拎着匣子往外走，又回头与千缨使了个眼色，便与庶仆一道回去了。

待陈妻走后，许稷重新打起帘子进屋，千缨一脸的此地无银三百两："我什么都没做。"

"哦？"

"你干什么这样阴阳怪气哦，好像很怀疑我似的。"千缨将手背在身后，心里有鬼地说。

许稷不拆穿她，反是走到卧柜前将落灰很久的博具拿了出来。

千缨惊："这是做什么？"

"赌六博。"

破天荒了，破天荒了。千缨想，许稷可是素来很反对赌博的。

"疏胜于堵，既然你这样爱赌，我便教你领会其中门道，懂了门道你便会觉得没甚意思不想玩了。"

"你简直太坏！我不想知道其中门道！等等——"她惊，"门道？不是靠运气吗？"

"掷采当然有门道。"

"你居然——"千缨万万没想到许稷原是个中高手，深觉被骗，"你还有多少事瞒着我？"

"就这件了，这件说完就没了。"许稷张口便是胡话。

"骗子！"

她这边刚嚷完，窗子口忽传来一个熟悉的声音："县官赌博，抓现形。"说罢，那身影闪至门口，撩起帘子长腿一迈，就大方走了进来。

千缨看清来人瞪圆眼："你干什么到我家来！"

王夫南道："驿所无趣，所以到这来，有什么不对吗？"他二话没说将手中包袱放下，"顺带送东西。"

许稷瞥一眼那包袱，知里面定是许山托王夫南带来的山货和饴糖，遂道谢接过。

千缨不高兴，但看在许稷的分上，去抬起头对王夫南道："不若我们来赌一局？"

许稷让开，由得王夫南与千缨赌六博，自己则卷了册书挨着矮窗读。

千缨一会儿骂"可恶"，一会儿嚷"你的散怎可以从这里走啊不要耍赖啊"，一会儿又扭头告状"三郎他欺负我"，再一会儿哀号"我的鱼又被吃掉了"，总之永远落于下风。

连输几局，千缨就要变成穷光蛋。虽然赌的不是真金白银，但她心中总是愤愤气不过。外面报更声咄咄响，千缨不高兴地扭头看出去，春日夜风已经不冷了，吹进来甚至有些宜人。

王夫南朝她伸过手，手心朝上。

千缨说："做甚？我没有钱！"

"给你解气。"

"咦？"千缨想，这是送上来给她打吗？

她正要动手打，矮窗那边却飘来声音："千缨别上当。"

"为什么？"

"你打他的手，你也会疼啊。"许稷翻过一页书，心不在焉地提醒说。

"是哦！"千缨恍然大悟，决定不用手打，遂抓过博箸，朝王夫南手心打过去。王夫南未缩手，任她连打几下，手心霎时红了一片，眉头却没皱一下。

千缨到底不是心肠冷硬之辈，打了几下就收了手，丢掉博箸说："没劲，不打了。"

王夫南收回手："十八娘可是解气了？"

"才没有呢。"千缨毫无底气地说。

王夫南又起身出门，拎了一坛酒进来："请你喝剑南烧春，解气吗？"

千缨已有 年未喝过烧春，内心斗争 番，最终起身拿了碗，毫无原则地回说："有点解气了。"又喊许稷，"三郎也来喝酒哪。"

"不喝了，你们喝吧。"许稷又翻过去一页书，单手支颐对着灯台继续往下读。

春风伴酒，香气袭人，读书似也要醉。

那边兄妹二人难得冰释前嫌地坐在一起饮酒，偶尔拌嘴却也有笑声，春夜温柔得一塌糊涂。

许稷看书看得入了迷，忽然回神，朝那边看去，却见烛火摇曳，灯苗快燃到底，而那兄妹二人也喝得晕晕乎乎，想必一坛剑南烧春早已见了底。她搁下书，走上前收拾了博具，又将喝得脸发烫脑子发晕的千缨拖起来："千缨啊，不能再喝了，睡觉吧。"

千缨迷迷糊糊睁开眼，忽然笑起来，两手抬起，捧住许稷略发凉的脸，含含糊糊道："三郎啊，那个人很坏的你要当心他。"

"嗯，我知道。"许稷只想着将她带回房，连连应道，"我知道他很坏，但太晚了，回去休息好不好？"

千缨点点头，将全部重量都压在她身上。许稷没她那么大力气，吃力地扶她回了房，将她安置好后退出来，又往堂屋去。

王夫南倚靠门框席地而坐，双眼微合，呼吸里都带着酒气。

许稷走到他面前："大帅该回去了吧？"又改口，"十七郎该回去了吧？"

对方却恍若未闻继续睡。

许稷深吸一口气，俯身要拉他起来。可双手才刚搭上他的肩，他的手却霍地抬起，反抓住她双臂，力气大得甚至吓到许稷。

"十七郎——"

王夫南上身忽往前倾，许稷一个不稳便跌坐在地，后背却被他稳稳托住。

他收紧臂，头也往前倾，离许稷的脸不过一寸距离。

许稷几乎看不清他的脸，只感受到那扑面而来的甘洌酒气与他紫服上的木头香以及越发逼近的炽烈气息。

庭院里已偶有虫鸣声，静得简直出奇，许稷甚至听到自己可怕的心跳声。

正愣怔之际，他额头忽抵上来，鼻尖也与她交错相碰，唇与唇之间更只剩下了一分的距离，几近相贴。

堂屋的灯悄然熄灭，王夫南睁开了眼。喝多了这样的借口，只能用一次。

愿这一次，此生无憾。

他托住许稷后背的手上移，轻启唇，俯身低头吻了下去。

廊下无灯火，眼看不见，其他感官却是格外敏锐。

即便酒气萦绕不散，王夫南却仍能捕捉到她极淡的体香。洁净，又有些冷硬，像土壤里刚挖出来的竹笋。唇是出乎意料的柔软湿润，令人渴求更深一步的接触，却很可惜地被人为中止了。

许稷按在他肩头的手移至他脸侧，头则往后避了一避，挣脱他的怀抱，逃开后竟是一本正经道："时辰不早，某送十七郎去休息。"

她不知哪来的气力，竟拽了王夫南起来，再将他扶送到了客房。薄薄的褥子一铺，许稷将王夫南拽上床，脱掉其鞋履，又解开紫袍将他丢进床里侧，最后扯过薄被一盖，一气呵成，从从容容。

看起来是理智毫无疑问地占了上风，但她出了门，独自站在昏暗廊庑下，从胸腔到指尖却都还在发麻。她低首握拳用力揉了揉自己的心脏，压迫感与疼痛让她从这种可控外的意乱中彻底醒来，却也仿佛揉空了心，徒有一腔涩麻知觉，涌上来令人不适。

王夫南自床榻上起了身，走到窗前，便有一暗昧人影落入眼帘，只见她在廊下站了好一阵子，最后似是搓了搓手，低首回去了。

虫鸣声复热闹起来，报更声再次响起，慢吞吞地将夜敲入寂静深处，让它变成再寻常不过的某个夜晚。

王夫南放下了帘子，一夜心思躺到了天明。

千缨的声音在走廊中响起，伴着嗒嗒嗒轻快的脚步声，愈来愈近。

"我错了，不该喝那么多酒的，你不要怪我嘛！"千缨絮絮叨叩，故意示弱道，"你脸色这样差我很害怕的，我不是故意想惹你生气的……三郎。"

脚步声骤停。

许稷道："昨晚有蚊子，没能睡好故气色差了些，不是生你的气。"又语气温和接着道，"厨舍煮了些醒酒汤，快去喝一些。"

千缨看看许稷："那就好！还以为你是生我的气，担心死我了。"

许稷笑了笑。她转过身，拍了拍客房门板，声音显然没那么温和："十七郎，该起来了。"

王夫南几近一夜未眠，被她这坦荡声音一喊，一下从床上坐起来，转瞬便下了床，因无履可跛，故光着脚就走过去开门。

许稷将他打量一番，视线从光着的脚丫到漂亮的脑袋逐次扫过，一处不落："十七郎也去喝碗醒酒汤吧。"

"我要洗澡。"王夫南面无表情，下巴微抬，态度简直嚣张。

"哦。"许稷应一声，转过身吩咐跑来的庶仆，"给大帅备热水洗澡。"

"不用了，我洗冷水。"说罢霍地关上门，只留许稷、千缨及庶仆在外愣愣站着。

千缨回过神，指了那门高声骂道："他还来劲了！好差劲！死旷男！"说罢拽过许稷，"不管他，时辰不早了，你吃过朝食还得去县廨呢。"

这朝食除了多备一份，与平日里并无什么不同。许稷吃完却不着急走，旁边千缨问道："今日不是旬假啊，你不去县廨吗？"

"今日要去城北。"

"去城北哪？"千缨闻言一愣，"可是好远，你晚上还回来吗？"

"若赶得及便回来，你不用等我太晚，到时辰便先睡。"她说着起身，又转头与庶仆妻道，"替我包两块蒸饼吧。"

千缨忙说："光吃蒸饼如何够的。"又赶紧跑去厨舍，亲自打点许稷外出要带的饮食。

恰这时，王夫南穿戴整齐地进了堂屋。

刚坐下，庶仆便将醒酒汤端了上来。

他接过去，慢吞吞地吃着。

许稷因要等千缨来，便干坐在这儿，看着王夫南吃。他的唇形好看，吃相也不错，干干净净，是有教养的人家养出来的孩子。许稷老气横秋地想着，不自觉就走了神。

而王夫南忽抬了头看她一眼，目光也是落在她唇上，昨夜旧事便忽然翻涌上心头。他想起那未能深入的亲吻，怀念那柔软潮湿气息交融，便更深地体会到伸手可及却不能拥入怀的遗憾。

他敛神吃完朝食，千缨也终于将许稷外食准备妥当送了过来："我听说城北挺荒僻的，你要当心哪。"

"没事。"许稷拿过食盒去取马，王夫南也跟着一道去。

至马厩，许稷一边解拴绳，一边道："十七郎若今日无事，与某去趟县北可好？"

"你要去那做什么？"

"去了再说。"许稷翻身上马往外去，随即便听到了跟上来的马蹄声。

两人马不停蹄地抵达高密北乡，已至下午。

勒马停下，满目水泽，衬以蓝天，竟有无边际之感。

许稷收回目光，不徐不疾道："高密境内河流皆是从南流到北，南来之水滞留在此地，城北便成了水乡。"

说罢，她自袖中取出高密城布局图："这片土地一日未能用起来，北乡就只能维持人少荒芜的现状。近年虽常有战乱，高密人口却逐年增加，外来客户也越发多，加上朝廷有意削减兵员，更多军人仍要回归土地。长此下去，高密土地紧缺的矛盾只会更突出。"

她下了马，王夫南亦跟着下马。两人沿河道而行，王夫南开口间："除土地紧缺的原因外，还有何理由令你动了这念头？"

"漕运。"

王夫南闻言不语，他大约能猜到许稷心中盘算。许稷与早年的一位名臣作风极像，不论在哪里为官，不论是升迁还是贬职，总愿以一双手为百姓造更多福祉。得父母官如此，此乃百姓之幸，却也透着局限。

他沉默不语，许稷遂问："大帅认为可行性有多少？"

王夫南停住步子，远眺道："你想将高密北乡之水导出，需人工开挖河道，必然要动用民力。我不怀疑你用民力的本事，依你之前的治绩看，你或许能将民力用得很好，但你有没有想过，你的任期不过三年，再多也不会超过四年。而开挖河道不是小工程，耗时自然不会短，或许工程还未结束，你就已离开了高密。你走之后呢？倘若下任能力不够，或干脆不作为，这就会是个劳民伤财的烂摊子。"

他句句戳中许稷所担忧的部分——有时很想放开手脚大干一场，需顾及的事却太多太多。

"太平年间不惧工事，但如今并不太平。"王夫南继续往前走，"往外看，西戎边患一直都在；西南边也蠢蠢欲动，且扰边行径较西戎更恶劣；往内看，北方藩镇眼下是平息下来了，但只要财权、兵权、政权都还在节帅手中，便始终是隐患；南方藩镇看着温顺，实际上只要朝廷一松手，兼并也在所难免。"

最怕到头来强藩并弱藩，举国混战。

他言声平淡，面色却不如先前那般轻松。身在朝廷，有些话是不能随便与同僚说的，但他愿与许稷说，这信任来得莫名其妙，又好像理所当然——"按说天下暂安，理应休养生息弥补这些年来的长久巨耗，但朝中已复起奢靡之势，对地方的盘剥只会变本加厉。你到高密之前也该知道，许多地方杂税多得惊人，惹怒百姓，后果会很不堪。"

王夫南说着俯身捡起一块石头掷进水泊之中，转开话题："既然水多，就用水之利不好吗？"

他说着看向她，眸光明亮。

许稷微蹙眉，转头看向这广阔水域，若有所思。

湿地湖泊，自然也有可用之处。

走了将近一天，日薄西山，两人皆是饥肠辘辘。许稷拿来千缕准备的食盒，寻了草地坐下来开吃。

王夫南也在对面坐下来，瞥了一眼她的食盒，没有说话。

千缨替她准备得十分周到，其中用心是一眼即可辨的。

许稷很节制地吃着，也不说要分给他。早上她看他吃，眼下则轮到他看她吃，好像十分公平。但她吃了一半便不再动筷子，食盒推给王夫南："十七郎要吃吗？"

王夫南接过来，将剩下一半吃完。

千缨若知道了恐又想杀了他吧，他收拾食盒时不禁想。

因实在太晚不便折回，许稷便打算宿在城北驿站。可到了驿站一问，却说只剩下一间空房。这可把驿丞愁坏了，这二人来头都不小——一个是一县之长，一个是泰宁观察使，他一个小小驿丞总不能委屈这两个人宿一间吧！

就在他绞尽脑汁之际，许稷却说："那就宿一间吧。"

驿丞满脸惊愕，顺带看了眼王夫南，见王夫南也点点头，便陡松口气，忙领他们二人去住处，又吩咐驿卒送了吃食及热水来。

许稷实在太累，亦没甚胃口，只洗了个脚，算是缓解了行路疲乏，便窝进床铺蒙头睡了。

王夫南见状，则在地上铺开了蔺草席，顺便吹灭了灯台。

先是一片黢黑，待适应这黑暗，便隐约可看见黑暗中的人与物。

王夫南坐在蔺草席上，能看到许稷侧睡的背影。

他很困了，但睡不着。

多年未考虑过男女情事，如今一发不可收拾，却又不得不忍耐克制。他可以将心全给她，但她未必会接受。她有自己要走的路，且只要她还想在这条路上走下去，她与他，就没有可能朝夕相伴。

他甚至明白她与千缨之间的互相依赖——若许稷以官员身份继续活下去，千缨就会以宦门夫人的身份伴她终生。千缨对她来说，或许是相伴一生的亲人，而他王夫南对她而言，恐怕只是秋晨之露水。

天一亮，就消散无踪了。

第十章·心绪颤

驿站客房外的走廊里有人走动，也有人轻声说话，衬得这夜更安静。王夫南盘腿而坐，实在坐不住，便悄悄起身出了门。

他前脚刚走，许稷便睁开了眼。

分明很困了，却如何也睡不着，她不由辗转叹气，起身剥了一块饴糖吃。大约是来自家中的熟悉味道令人心安，吃完这块饴糖，她觉得好多了，便再次躺下睡觉。

后来睡着了，她竟不知王夫南是何时回来的。只知道自己睁开眼，便看到王夫南正于蔺草席上打坐，面容平静，看起来莫名有几分潦倒与困顿。

她迅速掀被下榻，披上外袍，戴好幞头，径直走到那蔺草席前，看了一眼明亮矮窗："大帅，天已大亮，该走了。"

王夫南睁开眼来。他未束抹额，又仅仅穿着薄中衣，看起来没有太多身为将领的气势，反而瞧着有些可怜。

眼窝略凹进去，是没休息好的模样。

见他毫无回应，许稷决定关心他一下："大帅没睡好吗？"

王夫南抬首，直来直去："若我说没休息好呢？你会心疼下我吗？"

许稷闻言心中一咯噔，他却忽然起了身，顿时从仰视的姿态变成了居高临下。王夫南垂眸看了一眼许稷的心口，目光上移，又看向她的眼睛，轻描淡写地说："既是你不在意的事，有询问的必要吗？"

好差劲！许稷面上毫无波澜，心里却全是千缨的那套愤愤骂辞。

她风平浪静地微笑，然后俯身捡过足袋及鞋子，弯着腰穿好，站直了看他一眼："大帅还是将衣服穿好吧，某在驿站外候着。"

她说着头也不回地走了出去，王夫南拍额一阵懊恼。

若逞一时口快都是傻子，他必然是头号傻子。

许稷那种冷硬心肠，怎么可能因他一两句气话心软？

王夫南唉声叹气穿戴整齐出了客房，无精打采下了楼梯，而许稷早已等在了驿站外的蒸饼铺子里。

棚下寥寥坐着几个行路的人，许稷低头喝热水，余光瞥见王夫南走过来，便放下陶碗，示意他在对面坐。

可王夫南偏偏不遂她愿，故意往她身旁一坐："你吃了什么？我要吃一样的。"

许稷毫不在意地挥手示意伙计过来，又替他喊了份一样的粥与蒸饼。

两人各自低头用朝食，许稷速度显是更快些。她将食物都塞进肚腹中，正要起身，王夫南却霍地抬手按住她的肩，示意她坐下："你急着做什么去吗？"

"春征正忙，昨日已荒废了一天，今日自然要早些赶回县廨。大帅若无事慢慢走就是，但请允许某先告辞。"

"你这样做事的吗？喊我过来，眼下又要将我丢在这里。"

许稷居然无言以对，只好继续坐着等他吃完。

"大帅的抹额没有束好。"她好意提醒。

王夫南恰低头吃蒸饼，闻言立刻转过头来："你就只提醒一下吗？"

"不然呢？难道要下官给大帅束吗？"

"不可以吗？"王夫南手抓蒸饼，看一眼她正处于空闲状态的双手。

许稷未再多狡辩推辞，坦荡起身，手伸至他脑后解开那抹额，又往后稍退一些，将抹额贴上他发际往后收，一丝不苟系好，侧头一本正经盯着他的脸看了看，认真地说："这回好了。"

她一脸的无所谓，王夫南心中却波涛翻涌静不下来。

在这种事上她可真是高手哪，姿态坦荡得令人不敢乱想，却偏偏又将人心搅得天翻地覆。

太过分。

待这顿朝食用完，两人便踏上归程回高密县廨。抵公廨时又是下午，许稷正要去公厨填肚子，陈珦却急急忙忙拦住她："明府，快看这个！"

他说罢将文书递给许稷，又瞥了眼跟进来的王夫南，拱了拱手。

许稷将文书看完，忽然皱眉看向王夫南。

"不是我要与你争财权，所以不必这样看着我。"王夫南似乎很清楚她手上文书是什么，"进去谈。"

许稷顿时忘了吃饭一事，握着那文书进了东边公房，陈珦也跟了进来。

王夫南在主位坐下，待他二人也落座后说道："这次我来高密，一是为了高密官健兵削减事宜，二是为了财税。二位也看到了，户部要求各州县原除陌外增加抽贯，有何想法不妨说说看。"

许稷将文书放在案上，暂不说话。

陈珦则道："近年来举国战事连连，实在巨耗，国库一遇危机，便不断增加除陌钱[1]，从每贯二十文已至五十文，如今还要再额外增加抽贯，恐怕——有些难办。"

所谓除陌，是商税一种。初设时天下公私贸易，皆要进行除陌抽贯，交易每贯[2]，则由官府抽取二十文，称之为除陌钱。此后除陌钱不断加征，用以军费补贴，从抽贯二十文到五十文，眼下竟还要求继续

---

[1] 除陌钱：一种杂税。

[2] 每贯：每贯等于一千文。

加征。

至于陈珣所言难处，其实是行两税以来，地方与中央在财权一事上久有的矛盾。中央要与地方争财权，其中行之有效的办法就是增加除陌抽贯——以每贯抽二十文为例，中央便可争夺地方两税的百之二，故增加除陌比例，中央所能获得的财利也愈大。

简而言之，增加除陌即变相增加了地方的上供税额。

执行还是不执行，愿不愿意将这财权让出去，都是许稷要考量的问题，也是王夫南避不开的选择。不过许稷面对的仅是一县，而他要处理的是四州。

但许稷半天不说话，一开口便是摊牌："每贯抽八十文是下官能承受的底线，但户部要抽两百文，下官觉得匪夷所思。"

她径直递出结论："下官做不到，也不想做到。"

这态度非常坚决了，几乎没有商量余地。哪怕对面坐的不是王夫南，换成其他上官，她也会毫不犹豫地给出这答案。

王夫南却说："又不是往后都要抽这么多，只是眼下朝廷缺钱用，多抽些而已，咬咬牙就撑过去了，怎么做不到？"

"二百文。"许稷咬牙，"不是二十文！若强征，民必恨牙商苛索、官府无情，哪怕只多抽这一时，也会致人心无悖！"

她对中央的财税政策显然是不满的，仅以盐茶市价而言，光从去年到现在就一加再加，已至极限。倘若抽贯再无止境地加下去，她就不仅仅是不满，而是痛恨了。

朝廷如此作为，是杀鸡取卵，非要逼得民怨沸腾。她不想看到那样的一天。

"我知你现在身为地方父母官，处处为百姓着想。"王夫南平静地说，"倘若你站在户部的位置，面对空虚无力急需充盈的国库，又会如何想？"

她知道这样一个庞大帝国，尤其是连年被战事拖耗的帝国，需要用怎样可怕的财力去维持。户部想要开源，是理所应当的想法。

但许稷道："在其位而谋其职，下官在高密一天，就会以高密县官的立场做事，这是下官的局限。但县官不是帮着朝廷敛财而设，为充盈国库加抽贯至两百文，恕下官无法执行。倘若有一天立场改变，下官去了户部那位置，下官也绝不会以此种办法与地方争财权。"

外面有吏佐走动的声音，有其他公房间或响起的开门关门声，也有窸窸窣窣说话声，仍是一副日常的忙碌景象。

而房内，却是一片沉寂，各不说话。

"所以呢，你要上书反对吗？"

"是。"

王夫南无话可说。她说的都对，但对他来说没用。她不可能直接上书至朝廷，她的反对牒文会先到他手中，倘若他说不，她的反对就毫无用处，必须执行。但她态度坚决至此，就更让他为难。

他是逼迫她执行，还是回头上奏朝廷呢？

一旁陈珣小心翼翼开了口："明府，此事要不然就……"

许稷看他一眼，王夫南也看他一眼。

陈珣顿时收获两道不大友好的目光，立刻闭嘴坐正。

王夫南开口："请陈少府暂回避，顺道将公房门口那两个偷听的人带走。"

陈珣忙起了身，步子飞快走到门口，一开门果真逮住两个偷听的家伙，遂压着声音责道："在这做什么？没事干吗？快去做事。"

屋内两人则继续僵持。

没了外人，这气氛更古怪。

许稷饿得胃疼，她皱了脸看向窗户那边，有些气馁地说："说是户部要充盈国库，其实并不可信。每年财赋，有多少能进得国库？都是进了内库[①]罢了，而把持内库的又都是阉党，这种没本事的点子，多为宦官挑唆。"

许稷提起宦官，眸中便是沉甸甸的往事。她转过脸来，看向王夫南："我不是故意令你为难，抱歉。"顿了顿，又说，"请大帅还是

---

① 内库通俗来说归皇帝私有，且通常由宦官把持。

按原先的打算做吧，方才是下官太冒失了。"

"我之所以征求你的意见，也是给自己多个理由。"王夫南很平静，"起初我想，若上奏反对，恐会被人当是'观察使贪恋财权不肯与朝廷让步'，但听你一番话，发觉这担忧毫无意义。"

他忽然伸过手，摊平手掌："你冷吗？我想握一握你的手。"

许稷看一眼他摊平的手，回说："实在不知下官的手冷不冷与大帅想握一握有什么干系。敢问大帅是想握冷的手，还是不冷的手？"

王夫南自己措辞不清出口错漏，给了她大空子钻。以至于这么一句本质上肉麻麻的请求，最后变得冷硬又疏离。

但他正自恼，许稷却将手伸了过去："若想握旁人的手，不是该直接说吗？为什么要问我冷不冷？"

她突然抓住他的手，用力握住，坦率评价道："看来大帅是想握冷的手，因为大帅的手当真是很暖和。"

王夫南的手被她凉凉的手一握，却是僵了一僵，好一会儿才回过神，但也任由她握着，他怕一反握，她就要甩手离开。

许稷用力握着那只手，像是拼命借取那温暖，却如何也填不平心中沟壑，反而觉得更空、更冷。

恰这时，门乍然被推开。

刚刚从外面回来、不知情委的祝暨大咧咧进来，刚要开口说事情，却被紧握着手表情奇怪的两个人惊到。

"呀！"他慌不择路地要出去，却只是无头苍蝇般地原地转了一圈，随后盯住二人，"某是不是来错了时候？"

许稷倏地收回手，定定神道："可有事？"

祝暨便道："哦，是为这个！"他说着往前一步，一只虫子尸体便落在了案上。

许稷拿起来看了一眼："哪里发现的？多吗？"

王夫南已辨出那是蝗虫尸体。

"有些多。"祝暨实话实说，"南乡报来说已发现不少了。眼下还是春季，多是若虫，再过个一二十日，天再热些就都长成有翅膀的成虫了，就怕到时候飞蝗太多会很麻烦哪！"

许稷顾不得天色将晚，即刻起身就要往南乡去。

王夫南另有事做，则不同往，却不忘在许稷出门前去公厨拿了两块饼给她，并叮嘱道："千缨那里我会替你带话，但还是尽早回为好。"

许稷接过纸包塞进怀里，翻身上马便与几位吏佐一道往南乡去。

去年冬天雨水少，土地旱时居多，对飞蝗而言便是繁育的好机会。许稷今年早春时便周知各乡，只要发现土脉隆起便立即报官，以便及时扑灭幼虫。另一方面，水利疏通也不敢懈怠，就怕至夏时干旱，更易引得蝗灾爆发。

河南河北两道均是蝗灾高发区，但吃了这么多次亏，在治蝗一事上却毫无长进，到头来百姓饥荒国库空竭，只引得动乱频发。

许稷一行抵达南乡，将里正聚集起来，连夜议了防蝗灾之事。许稷治蝗方法很明确，逮住就灭。然却有年老的里正义正词严反对道："飞蝗乃是'灾仙'！如何能这样灭？盖蝗虫奶奶庙是做什么用的？便是用来拜的！只需多拜上一拜，等这诚意足够，灾仙们便会自行离开！若按明府所言，这般贸贸然扑灭，等惹怒了灾仙，那蝗灾可就真的要来了！我高密多少年没有蝗灾了，都是蝗虫奶奶庙的功劳！"

"明府太年轻了，孩童心性！全不将灾仙放在眼里！"有老气横秋的乡民指了许稷道，"本来蝗灾不会有的，明府如此一整，不来也要来了！"

"就是就是！"

"有这工夫不如去拜拜蝗虫奶奶庙！"

"明府带上县官去拜一拜，蝗灾就不会来了！"

"有理有理！"

许稷坐着不吭声，一旁的祝暨瞥瞥她，厉声道："明府是为高密着想！尔等休要瞎起哄！"

"这哪是起哄？是明府没事找事做！"

许稷仍不说话。

这时有年轻的里正看不下去，帮着许稷反驳道："蝗虫奶奶庙每年都拜，可七年前那蝗灾又如何说？难道那年就没拜吗？蝗虫奶奶庙拜得到底有没有用还未可知咧！你们就跟着瞎说！"

"就是就是，一群老头子就知道瞎说。"另有人跟着附和。

两群人眼看着要打起来，许稷拍了拍案，示意众人安静。

"蝗虫奶奶庙许某不会去拜，扑灭蝗虫则势在必行。"她说着补充道，"常平仓①及义仓②为积极灭蝗者而大开。至于消极之辈，丌仓时许某会有所考虑。望诸君掂量。"

她说罢起身离席，祝暨忙与诸里正道："诸位散了吧，时候不早，赶紧回去睡一觉，明早还得与乡民一道灭蝗呢。"言罢赶紧追上许稷，走了一段忍不住问道："明府，高密这边蝗虫奶奶庙已拜了许多年，您这般斩钉截铁地说不拜，有些乡民恐是无法接受哪。为何不迂回一下呢？"

"迂回？一边去拜，一边灭虫吗？乡民会以为县官毫无立场，最后该怪还是要怪。"她叹一口气，"靠土地为生之人仰赖天地神灵，是情理之中的事。但拜蝗虫奶奶庙是对飞蝗的姑息，是给无为找借口，此风不能助长。"

她立场很坚定，以至于祝暨也不知该回驳什么。但他仍不死心，又劝道："可倘若灭蝗也没用，还是爆发起蝗灾来，最后这罪名……怕都要安到明府头上了。"

"若尽了人事还是无用，那这罪名——"许稷远眺夜色笼罩下的田地，叹道，"安就安吧。"

因放心不下南乡灭蝗事宜，许稷决定亲自坐镇监督，并将春征及县廨其余事务全权委托给了陈珦。

---

① 常平仓：朝廷为调节粮价，储粮备荒以供应官需民食而设置的粮仓，既防止"谷贱伤农"，亦防止"谷贵伤民"。

② 义仓：朝廷的粮食储备，目的与常平仓不同，主要是用来赈济灾荒的。

她还连夜写了信，令吏佐转交给王夫南。

王夫南收到信已是第二日的中午。彼时他正在高密驿所写反对加抽贯的折子，便听得有人敲门将信送来，打开一看却是许稷字迹。

许稷在信中提了几件事——一是泰宁所辖四州皆是蝗灾多发区，一处爆发必累及他处，恳请他务必处理好泰宁镇蝗灾的防治工作；二是既然朝廷想要与地方争夺财权，不若恳请朝廷恢复荒废多年的常平仓及义仓，一来地方灾害有所倚靠，二来因此二仓的所有权属于中央，中央反而增了财利。

最后一条言简意赅——望君保重，知名不具。

公事之外点到即止的柔情，恰到好处。

她确实是高手。

王夫南自叹弗如，写好折子便动身折返泰宁治所沂州。

加抽贯一事，因遭到多数节度观察使的反对而以失败告终。而春征总额按照惯例分为三份使用，一份上供中央，一份献方镇节度、观察使，最后一份留州县。

这三份素有份额，三级财政明面上的份额互不相让，绝不肯多割舍出一分给其他。若中央想从方镇或州县兜里多摸出点钱粮，就要费尽心思拐弯抹角地想办法。

许稷所提出的恢复常平仓及义仓，则是替中央争财利的办法之一。

尤其义仓，是用以赈济灾荒。按说赈灾之粮应从中央兜里出，但中央却能以义仓之名，要求其中粮食从所征收的地税总额中扣除。如此一来，便是变相让地方负担了这部分粮食，而义仓所有权，却归于中央。

就在春征结束之际，中央果真下令恢复常平仓、义仓。尽管地方仍有愤愤不满之声，但中央打着"为水旱天灾为百姓储粮"的冠冕旗号，实在是令人没理由反驳，因此也只好执行。

高密所受影响不大。

早在去年，许稷便开始利用县预算的羡余及周转本钱开始屯义仓之粮，以备不时之需，高密义仓到这时甚至将满。

时间不知不觉近六月，天气热得出奇，千缨每晚都喊热，半夜总要起来吃半个凉瓜才能接着睡。

"三郎哪，有近一个月没下雨了吧？不过这瓜倒是很甜。"她一边吃着瓜，一边歪着脑袋看向正在伏案工作的许稷。

"嗯。"许稷抽空应了一声，继续写她的牒文。

千缨吃完瓜去洗了手，看许稷仍在忙案牍之事，又见她蹙眉，想问却又不知怎么问。

这种阅历与见地上的碾压，并没让千缨觉得不舒服。她觉得人做自己擅长的事没什么不好，若让她读书不如要她的命，而若要许稷置身于琐碎日常的事务中恐怕也是要她的命。但如此各司其职也有局限，她没法与许稷有太多想法上的交集，何况许稷还常常故意迁就她。

这种不足令她感到遗憾，也难免有些失落。

想了一堆，千缨竟是睡不着了。她就坐在那案旁，支着下巴看许稷做事。

许稷骤然抬头看她一眼："你不去睡吗？"

千缨不说话，只看着她。

"看我做什么？"

"你好看呀！"千缨说着又不高兴，不由皱起眉来，"你若长得不好看，十七郎说不定就不会喜欢你了。"说着又否定自己的假设，"也不一定，他也不是看中样貌的人，哎，反正就是很讨厌啦，他做事很坏。"

许稷不知怎么回。

千缨起了身："若他哪天要将你抢走，我要和他打一架，不，我要放十条蛇咬他。"她愤愤一握拳，外面却响起了敲门声。

许稷抬头，千缨也转过身。

庶仆急急忙忙去开了门，却见是祝暨来访。

祝暨二话没说直奔堂屋，许稷起身走到外面，喊住他："有什么急事吗？"

"明府！出大事了！"

飞蝗越过青州，压境高密，一时间垂天蔽日，无见边际，仅仅半晚，便自高密西北结群迁徙至南乡，引得高密民众惊惶一片，不知如何是好。脑子清楚的尚知道奋力扑灭，不清楚的却只能眼看着蝗虫食苗，手不敢捕。

蝗虫奶奶庙顿时香火旺盛，乡民皆烧香礼拜，期冀蝗势自行减退。许稷连夜赶至南乡，所见便是这副情形。

天还未大亮，许稷立即召集了南乡里正，议捕灭蝗虫一事。

祝暨将连夜拿到的邸抄递给许稷："今年春夏不雨，河北河南甚至淮南道眼下都是飞蝗成灾，纵使先前高密做了诸多防治事宜，但今势之下，高密也不过波涛孤岛，恐也免不了被吞没……"

最担心的事仍发生，哪怕许稷事先做好了准备，也被这漫天蝗虫弄得愁眉不展。年轻里正摩拳擦掌预备大干一场，执迷不悟的老里正则愤愤暗骂许稷，仍认为这蝗灾皆是因许稷拒不礼拜蝗虫奶奶庙而起。

然许稷并不在意这般说辞，只撂下了奖励办法：捕得一升蝗虫者，奖米一升，以蝗换米，决不食言。

至此，执迷不悟的老里正们也闭了嘴。他们历经过数次蝗灾，对蝗灾最后造成的结果有非常直观的预估，蝗灾既然来了，饥饿是在所难免的，而眼下许稷既然承诺了"以蝗换米"，为免得最后饿死，也只得咬咬牙率领乡民捕蝗。

许稷也亲自率高密官健兵奋力扑灭蝗虫，官民齐心奋战，历经几个昼夜，个个疲惫不堪。万人面对数千万只蝗虫，人力便显出卑渺来。

草木被啃得零零落落，长久苦战，令人累到几近呕血。蝗虫扑灭一阵，却留满地虫卵，若不及时处理，很快便又是一阵。自青州、莱州、淄州飞迁而来的蝗虫简直难以阻挡，山川城楼均不能阻挡它们的双翼，势要将千里间草木啃尽。

正值炎夏，赤日当空，土地倍感焦灼，干裂露纹，仅有芝麻等作物幸免于难。耗时近大半个月，这一阵蝗势终在众人努力之下亦渐止息。

许稷挨着树干打算浅寐一会儿，却沉沉睡了过去。

阳光将她的脸晒得发红，嘴唇干燥脱皮，眼窝深陷，花白头发也更显出沧桑来。

祝暨飞奔而来，见此景况却倏地止步——大约是太累了吧，祝暨想。

他也想让这位拼命县官再睡一会儿，可有事要报，就只能硬把人叫醒。

许稷猛地睁开眼，眼中全是血丝。

"明府！水渠通啦！"祝暨眼中也都是血丝，但面上却尽是喜色，"水引入田间，料那虫卵也是活不下去了！"

许稷闻言闭了闭眼，说："知道了。"

祝暨又道："陈少府传话说急需您回去一趟，义仓那边他似乎主持不来。"

许稷缓缓叹口气，终于起了身，却一阵头晕眼花："祝暨啊。"

"咦？"

"饿吗？炒盘蝗虫吃了再回县廨吧。"

"好嘞！"祝暨闻言立即奔回去，令厨子将蝗虫炒了吃。

许稷吃了满满一盘蝗虫，打起精神回了县廨，未打顿，便与陈珣一道往义仓去。陈珣边走边说："某闻得朝廷已分派御史为捕蝗使至各州县灭蝗，决心很大，却不知结果到底能如何。倘若临近州县蝗灾势头不减，我们也是懈怠不下来的。"

许稷默不答话，至义仓，便先调了簿子看。

忙昏了头的书吏抱怨道："这阵子前来换米的人实在太多，收了好多蝗虫哪！烂臭烂臭的！"

"炸了佐酒吃味道挺好，分下去能吃就吃了吧，吃不完烧掉。"许稷将簿子翻完即往前面去，又与陈珣说，"我看大豆、芝麻、棉花都还好，不若明年军田就多种这些吧，蝗虫不爱吃。"

"是。"陈珣应道，"不过今年秋征粗估至少要减七成，且义仓的粮食不知能不能撑到下一季粮收。"

"义仓的粮食足以让高密熬过这个冬天，只要人心不乱，不至于出什么大事。至于秋征，今年河北河南都是这副样子，朝廷也只能继续节衣缩食了。"

许稷既然这样讲，陈珣也不再泼冷水。

若换作他，想必无法将百姓用度计算得如此清楚，也做不来这等未雨绸缪的事。高密义仓空荒多年，许稷用公廨本钱及羡余能填满这偌大粮仓，理财观念确实难得。

许稷曾在制科策文中对蝗灾问题写过策论，如今将对策落实，她却并不觉得欣慰。旁人看她步步走得稳妥，只她自己知道自己走在悬崖边上。

蝗灾之后是矛盾爆发的集中时期，能不能处理好，她心中并没有底。

走一步算一步吧，她疲劳地想。

"灾情如何上报？"陈珣又问。

"受灾情况据实上报。"许稷留了个心眼，"但义仓的事随便说说就好了，不要让他们觉得我们粮食充裕。"

"是。"

说话间二人就快走到东门换粮处。门口已派重兵守着，按说不容易闹起事来，但许稷规定不能轻易对百姓出手，此时官健兵们便只能一动不动忍受着乡民谩骂。

"都是春季时你们灭蝗惹来的灾祸！现下没有粮食吃了，凭什么不给我们换米？"

"就是！若不是你们灭蝗，今年都要丰收了！"

"家中小儿都要饿死了，还不发粮！"

官健兵就只能一板一眼回说——"要米请拿蝗虫来换。"

"何时开仓放粮明府自有定夺，请诸位回去等吧。"

乡民愤愤，扑上去就揍，其余人便一拥而上，打起官兵来。

许稷见状要过去，陈珦却担心她成为靶子而一把拉住她："明府！"

许稷看他一眼，陈珦见她态度坚决赶紧松了手，只好也跟着她过去。

"县官来了！县官来了！"人群中忽有人高喊，殴打官健兵的乡民便纷纷停手，看向走来的两位县官。

一块石头忽然朝许稷脑袋飞去，许稷反应极快，偏头避开，皱了眉道："余校尉！"

"在！"校尉立刻出列，跑至许稷面前停下。

"知道带头挑事者是谁吗？"

"知道！"

"扰乱换粮处妨碍公务并殴打官健兵，该如何处理？"

"徒一月！"

"按律执行。"

先前乡民仗着官健兵骂不还口打不还手，态度甚是嚣张，眼下却被官健兵围了个水泄不通，不由惊慌。有人欲夺路逃，却被余校尉逮个正着。

"狗官！都是你要灭蝗灭出来的灾祸！"其中一老者骂道。

又有人附和："正是正是！把粮食还来！"

许稷简直被这样的污水泼到麻木，也不想解释。在这位置上待一天，不论做什么，总有人说三道四，她不可能因为这样的事情就动摇。

她必须有立场，才能走下去。

"至下月中旬，里正会对每户情况进行核实上报，县廨会分轻重等第拨粮。而对闹事者，必按律处置，决不轻饶。"许稷宣布，"望周知。"

有了她这一番话，骚乱渐渐平息下来。

就在官健兵遣散乡民之时，许稷身子忽然一歪，径直就栽了过去。

"明府——"

"明府！"

许稷这一觉睡了很久，醒来时暮色沉沉，千缨坐在榻旁缝衣服。

"你醒啦！"

许稷撑臂坐起来。

"你一去就是这么些天，还是他们将你抬回来的，吓死我了。"千缨嘀嘀咕咕说着，又起身，"我去给你弄些吃的。"

外面庭院风平浪静，好像只是睡了个漫长午觉，醒来后什么事都未发生。

然蝗灾波及多处州县，赤地千里，颗粒无收。这一年对许多人而言，都很艰难。举国多处粮库纷纷告罄，市场上的米价也一路飞涨，民食草子而食，饿极了啃树皮，或去外地逃荒。

初秋早晨，寒露降，天转冷。许稷在去往公廨的路上见饥民无数，甚至被一个孩子死死拖住裤腿索要食物。

她没有给。

庶仆见她面色很差，便说："明府很想给吧？可一旦给了，灾民就都会拥上来的。眼下外地都说高密有粮，就都往这边来，外来饥民是越来越多了，还有抢粮食的，唉，真不知要怎么办呢。"

庶仆所言，许稷何尝不知。近些日子，她每天都要督促吏佐及时处理城中饿死的外来流民，以免尸体处置不当暴发瘟疫。

但她担心的仍是发生了，高密城外开始有瘟疫肆虐，患了病的流民却不断拥进高密。

高密弹丸之地，只怕负荷不起了。

这一日下起了雨。

焦渴了多日的天地，终于迎来老天的恩赐，可惜太迟了。

许稷站上城楼，看红了眼的流民冒着滂沱大雨争前恐后地挤进城内，握住伞柄的手青筋凸起。

副将站在她旁边催促："明府，快做决定吧。"

她久久不言，身为一邑之长，她的立场注定狭隘、自私。

"传令关城门。"她做了决定，同时转过了身。

副将脚步匆匆前去执行，不时，底下便传来拍打城门声及谩骂声，哭天喊地，是走到绝路的凄惶。

秋雨越下越大，许稷觉得伞太沉了，就丢弃在一旁，低着头走下了城楼。她顶着湿漉漉的头发及衣服回到未掌灯的室内，整个人都冷得发抖。

自我厌弃感难以抑制地涌上心头，暗光中有个人朝她走来。

一盏灯亮起来，室内听不清城楼外的呼天抢地声，但雨声却依然如鼓、毫不停歇。

王夫南手持灯台走向浑身湿淋淋的许稷，在她面前停下来。他从未见过许稷这般模样，哪怕是从前在东市暗曲中被揭穿身份时，她也没有这样狼狈。

河北河南蝗灾一闹，彼此都分身乏术，已很久没再见面。

这时他取出帕子，沉默不言地伸过手擦干了她的脸——皮肤一如既往地凉，灯光映照下的脸疲色难掩，身体被罩在宽松的袍子里，看起来比之前更瘦，精气神有所消减，但脊梁骨还挺着，证明她还有活气。

庆幸她还"活着"的同时，王夫南胸中是漫涌而上的酸涩，层层叠叠，几乎要将他的心吞没。

晃动烛火带来一些微弱温暖，许稷却仍在发抖。

王夫南上前一步，握着灯台的手伸至她背后，另一只手却毫不犹豫将她拥入怀。

会觉得暖和一些吗？

他格外珍惜这拥抱，如此贴近，好像能感知到她的心跳，也能够将他心头漫上来的酸涩悉数压下去。许稷则默认了这个拥抱，借取他的体温，竭力将自己微颤的身体与心绪稳住。双方一时无言，彼此都心知肚明，好像连开口的必要也没有了。

王夫南心底里自然希望这拥抱能长长久久，但他另一只手却握着正在燃烧的灯台，稍有不慎，那火苗就会烧到许稷。

于是他只好松开她，将灯台放回案上，于架子上寻了干手巾重新折回来，拆开她的幞头替她擦头发。

许稷一动不动。任由他揉自己的头，窸窣声伴着屋外滂沱雨声，

半子 · 225

令人如置身梦幻。只有他身上的熟悉气味，提醒她这并非幻境。

王夫南解开她湿答答外袍挂起来，又于房中寻到毯子围住她双肩。

"为什么要故意淋雨？"

许稷不答。

"你若病了，高密县谁来主持？"他不急不慢地说着，紧握围住她的毯子，低头看她，"过会去喝碗姜汤，睡个觉，大小事情明早起来再处理。这是身为你的上级给你的命令，请务必完成。"

许稷渐渐回过神，抬眸看他，应道："下官知道了。"

她说话间精气神恢复了一些，手也抬起来，自己压住了毯子。

王夫南收回手，道："高密的情况我大概清楚，我知你为难，但从给自己预设一个角色开始，人命就是有差别的。身为母亲，自己孩子的命往往比其他孩子重要；身为国君，他国国民的性命似乎也抵不过自己国民的性命珍贵；而像我这样身为军人，在人命一事上的狭隘就更明显，敌人的命就是该亡的，自己人则不该死，但对于敌军的家人而言，他们却是至亲、是人世间最宝贵的人，他们真的该死吗？都是角色立场罢了。我并不是说你今日此举做得正确，但也不希望你太耽于此困局。记住它，当哪天有了更大的力量，尽你所能地去减少这样的惨剧。"

有理有据，语气温和却从容。

然许稷脑海中却一直回响着拍打城门的号哭声，她头一次觉得选择如此艰难，而这却未必是她人生中的艰难之最。

她深吸一口气，脊背弯下去，最后索性裹着毯子坐了下来。

王夫南陪她坐下，没有火盆也没有酒菜，席地而坐的两人只能听得到外面可怕风雨声——这风雨，将高密逼进萧索秋天，之后便是难熬的漫漫长冬。

"这次朝廷也做了调度，但因事先毫无准备，最后还是迟了。地方上的自救也是心有余而力不足，各镇都元气大伤。幸好夏天已经过去了，这瘟疫是可控的，不然会更麻烦。至于你先前提的蝗灾防治事宜，往下推时阻力极大，乡民往往都不接受，然蝗灾爆发，却又怪官府不作为。"

亲民之官不好做，王夫南是真正到了地方上，才真切地领悟到此理。他们都还有很长的路要走，越往前，肩上的担子越重，做决定也越不易。

一场夜雨浇灭炎夏残留的温度，彻彻底底冷了下来。而王夫南也很快离开了高密，他此行只是路过，实际是要往受灾更严重的海州去。天亮之后他就离了城，而许稷自县廨值房里醒来，想起昨晚的事，只觉好像做了个梦。

她甚至不太确定王夫南昨晚是否当真来过高密。

将复杂心思都收起来，她出门还要面对高密寒冷萧索的秋冬季。

县北水乡莲藕成熟，团结兵纷纷前去挖藕，南乡仍有大豆棉花芝麻可收，虽不比往年丰饶，但听说县官撑着一座义仓在，民心也不至于太慌乱。

但城中防治瘟疫的薰药味常在，几乎每日都有冲突与抢劫暴乱，客户与土户之间的矛盾无法消除，商户们也因为出不了城而抱怨不休。吏佐们每天脚不沾地来来去去，忙着处理城中一切杂事，县官们也是闲不下来，许稷面对义仓中逐渐减少的粮食更是终日愁眉不展。

何况十一月的秋征期限将至，尽管征收额有所减少，也未必能完成。她硬着头皮在户籍上做手脚，不得已增加了通过税，这才勉勉强强交了差。

至此，她已不是刚从比部出来的那个小直官了。面对天下计账，她必须客观刚正、不做任何变通；而夹在百姓与朝廷中间，她就必须自寻平衡，把握分寸。这分寸的把握往往又是最难，稍有不慎就会过头，就会与初衷背道而驰。

在高密城的最后一个新年格外辛酸，没有新衣可穿，亦没有酒饮，更无佳肴可食。县廨公厨内，县官县吏们仿佛都已经习惯了五分饱的粗茶淡饭，三两口扒拉完打个招呼便出去继续干活儿。

城内年味虽然很淡，但街巷中仍能闻得几声爆竹响，寺观也有香火，都是对来年的企盼。

许稷冻得要死，炭也没得烧，手脚冰冷地蜷坐在案前算账。

祝暨从外面进来，嘀嘀咕咕抱怨："明府啊，他们太过分了！又贴这样的字条来！"

"给我。"许稷伸过手，另一只手却仍拨着算筹。

祝暨只好将字条交过去，许稷拿过来胡乱瞅一眼，顺手就收进了旁边的书匣里。

"明府怎么这般无所谓呢，写上'狗官'什么的来羞辱人真是太过分了啊，又不是一天两天了。"

"写一张我收一张，不知道离任时能收到多少呢。"她的注意力几乎都在账簿上，又因为算出点问题来不自觉地低头咬了咬指甲，"你出去吧。"

祝暨简直服了她，关好门退出去，搓着手继续抱怨"冷死了冷死了"，说着看向灰白一片的天空。

真希望春天赶紧来，却又矛盾地希望时间的脚步迟一些。春天来了万物复苏，会有新的期冀，但时间的逼近，也意味着许稷在高密的任期要到头了。

对祝暨来说，他并不希望这样一位县官离开高密。但百姓倒是无所谓的，大约是许稷这县官做得实在是没什么值得留恋，他们对即将发生的人事变动毫不关心。

许稷收完了最后一次秋税，便明白从此要与高密县道别了。

多条河流过境、盛产绢棉赀布及铜铁、能与周边州县互通有无的高密县，似乎就要与她切断干系。

在此生活了三年，见过南乡阡陌连片、北乡莲叶接天、城西贸易通达、城南百姓安居，也见过天旱无雨、蝗势蔽日，更见过流民无居、暴乱频发。带着一腔热血一步步走下去，期冀不再有天灾人祸，她交给高密的答卷也只有治律有当的县廨、上下齐心的卫县官健和满满当当的粮仓。

只可惜，见不到高密的下一次丰收胜景了。

举家收拾了行李，却发现并没有太多要带。千缨低头算私房钱，却发现与来时一样穷困潦倒。

"一点点俸禄都被你捐光啦！路上吃什么呢？"

"带上十七郎前些年送的东西，一路卖一路走吧。"

"啊？"千缨嘟嘟嘴，回头看那赁来的宅子，想着以后大概会怀念这段时日吧。不用被家中从姊妹说三道四，也不会被伯母嫂嫂们瞧不起，自由自在……可到底还是要回长安去了啊。

到这时，她也已二十六岁，已有细纹悄然上脸，与初来时到底有了不同。

将宅子交还给房主，二人登车前往密州驿所。秋风乍起，许稷摸出一只盒子来，从里面翻出来的全是骂她的字条，沉甸甸的。

马车忽停下，许稷问："怎么了？"

"有个小儿。"车夫扭头说。

"小儿？"许稷撩开帘子朝外看了一眼。那小儿就站在马车前，歪着脑袋看向许稷。

"有事吗？"

那小儿摆正脑袋问："是许明府吗？"

"我是。"

小儿奶声奶气道："我阿爷说，若不是明府，我们全家前年就都饿死了。但我阿爷腿脚不便，不能来致谢，听说明府今日走，便让我来送一送。"

他顿了顿，真挚地望向许稷："我会记住明府的。"

许稷按住手中那盒子，心头一酸，却也只是淡淡一笑，同样真挚地回他："谢谢你，也谢谢你阿爷。"

小儿笑起来，露了两颗虎牙，眼眸分外明亮。

他与她挥手："明府再见！"

第十一章·秋晨之露

　　秋高气爽，许稷等人一路走得悠闲。之前从西京到高密上任，因给的装束假①太短，故而匆忙了些。这次时间给得充足，不着急回京，也可放慢脚步深入探查一番民情。

　　可一行人往西刚过了沭水，还没到沂州就被拦了下来。

　　一使者下马来："贺许参军迁官之喜哪！"说着深深一拜，告身已是双手奉上。许稷不明所以，旁边千缨更是一头雾水，但很识趣地往车内一躲，放下了帘子。

　　许稷接过告身，听得那使者道："许参军任高密县令时课最居首②，免铨考特拜沂州录事参军。"他眉飞色舞说完，及时补了一句，"沂州刺史刚过世，上佐又缺人，录事参军即代领州府一切事宜，恭喜许参军哪！"

　　———————————————————

　　① 装束假：从京城到外地做官上任这段时间给的假期，时间长短依照路程远近来定。

　　② 即考课居首之意。

原来至州一级的组织架构中，仍是遵循四等官结构。刺史乃一州之长官，其后另有通判官、判官及主典。州府一般以"别驾、长史、司马"为通判官，又因是长官副贰，遂被称作"上佐"。录事参军作为判官，下有各曹参军，上面顶着的就是上佐官。

使者的意思是，老刺史死了，上佐又缺人，作为州府判官的录事参军自然就代领刺史执掌，虽顶着正七品上的官职，却行刺史职权，贸一看的确是值得贺喜之事。

许稷面上却平平，只客气道了谢，之后又接过官服，确认了上任时限，这才与之道别，回到了马车里。

她坐下来定定神，千缨拿过她手中盛公服的盒子，打开一瞧，乍然惊道："三郎！是浅绯服啊！吓死人了！"

许稷也是吓了一跳，方才那使者什么都没说，她还以为又是绿袍，却不料赐她绯服，是允她借服色代行刺史事。如千缨所言，确实是太吓人了。她知道朝廷眼下缺人，许多州府甚至连上佐官干脆都不设了，可竟到了这种程度？

许稷再度定定神，见千缨将银鱼袋印绶什么的一件件翻出来，沉默不言。

"三郎你走大运了呀！"千缨喜上眉梢，因她在家中见过几位长辈和王夫南穿过绯服，清楚这意味着什么。可她完全忘了，许稷本质上只是个正七品上的州录事参军，俸料待遇根本不会有所增加，责任却比之前更累更重。

相比之下许稷冷静得多，上面忽然丢下这么个担子来，对她而言算不上什么好事情。沂州是泰宁镇治所所在，意味着她要与泰宁使府打交道，且这么大的地方扔给她，以她的资历未必能够胜任。

可就算心有惧忧，任职期限就卡在那，马车也嗒嗒嗒行过沂水，很快就到沂县。

沂县是沂州州廨所在地，泰宁使府亦在这里。

至沂县时，州廨有人得了驿所的消息前来迎接，一路送到沂州州府，正是午时。比起之前赴任高密的一番磨难，沂州显然要友好得多，故而十分顺利。

录事参军下设六曹参军，但因人手紧缺，眼下六曹也仅有四人而已。许稷与州府官员一一见了面，简单了解过沂州情况后，已是傍晚。可能因底气不足，她没有像在高密那样一开始就立威，反是客客气气摆了一副请多关照的姿态。毕竟她太年轻了，而六曹参军往往为官多年，个个都资历深厚，很不好应对。

她独自坐在州廨公房内撑额苦思之际，忽有一吏佐急忙忙跑来敲门。许稷抬首，听那吏佐道："泰宁使府大帅邀许参军过去一趟。"

王夫南？

自蝗灾后她便没再见过他，泰宁镇虽相对太平，但灾荒过后的恢复也很麻烦，他恐怕也是分身乏术。

许稷起身，吏佐又道："哦，大帅还邀参军夫人一道前往。"

千缨眼下暂歇在临沂驿所，许稷绕了一大圈路将她接来，这才往使府去。

观察使府同样也是重兵把守，设有层层关卡，最后至牙城，才真正到了主将的住处。这是许稷第一回见如此阵仗，她在西京待了多年，之后任职高密县令，又不得随意出城，论见识，其实并不太广。

千缨亦有些忐忑，若不是清楚主将是王夫南，她大约要吓死了。

至牙城，天色彻底暗了下来，她二人由步卒领着进了官邸，还未进主厅，那步卒便顿住步子："属下奉令送二位至此地，请容属下告退。"

许稷点点头，步卒便躬身作揖，姿态冷硬地转身离开。

院中虽草木落尽，却并不令人感觉萧索。一人沿着廊庑慢悠悠行至主厅门口，遥遥站定，手背在身后，看向迎面站着的许稷与千缨。

昏昧廊灯下只辨得清他身上紫袍，并无法看清楚他的脸，但许稷仍是认出了他。

使府上下，唯王夫南一人可穿紫袍。

而王夫南也看向暮色中的她，那一身浅绯官袍被风吹得鼓起来，腰间的银鱼袋亦跟着轻晃。

哎，一年不见，她还是这么矮。

千缨摘掉帷帽，完全不与王夫南见外："十七郎好威风哪！"这话一半出自真心，另一半则完全出于奉承——许稷来了临沂，可不就是受王夫南直接管辖了？讨好王夫南自然是有必要的。千缨念至此，快步走上前，有板有眼地拍起王夫南马屁来。

许稷则规规矩矩拱手行完了礼，最后才抬首看王夫南。

王夫南垂眸，弯起唇温温和和道："好久不见。"

许稷接受这说法，却没多作回应。

王夫南遂侧过身："时候不早，入席吧。"

至此，主厅门却仍然关着。千缨刚要上前，王夫南却手一拦，令门口一庶仆道："送参军夫人至西院用晚饭。"

"为什么哪？"千缨不服气。

庶仆解释道："今日宴席有使府众多僚佐在场，您是女眷故不方便。"

千缨一听气焰瞬时消了下去，只得乖乖跟着庶仆往西院去。

许稷随王夫南进了主厅。厅内坐着的泰宁僚佐纷纷起身，王夫南同许稷一一介绍，许稷则挨个拱手，姿态不卑不亢。

诸僚佐都清楚新来的录事参军实际上就是未达品级的沂州刺史，且这人似乎与王夫南私交密切，故不敢太怠慢，尽管他们的资历可能远在许稷之上。

这般宴席场合，许稷并不是太适应。

若高密县只是个鱼塘，此地简直是龙潭。

王夫南瞧出她内心的微妙不安，伸手拉了她一把，随后指了主位下左侧的空位令她坐，是将她当作主宾对待。

既然她没法自己立威，就不如推她一把。宦海浮沉，场面上的事是必须适应的。他不希望她出了高密就手足无措，反被所谓的资历困住手脚。他希望看到她仍然从容、自信的一面。

酒菜纷纷端上桌，香气扑鼻，许稷早已饿得胃疼，却不能放开手脚吃，且也没时间。诸僚佐的问题一直没停过，无非是关于许稷的高密治绩及她对沂州现状的一些看法。许稷态度真诚，不夸谈也不吝言辞，看得出有想法，诸僚佐心中便人人致有了数。

此人资历虽浅，但赤忱很难得，且思路清晰不惧场，是块好材料。假以时日，或许会有所作为。

一顿饭吃得丰盛且愉快，因没有玩乐项目遂早早散了。许稷也起身走到厅外，但因千缨还在府内，遂没有与幕佐们一道离开。

王夫南自厅内走出来，站在她身后，居高临下看她一眼，评价道："你表现很好。"

纵然内里有几分心虚，面上却能遮掩住，装腔作势的本事愈见增长——在他预料之内。

许稷转头看他，他一直背在身后的手却突然伸出来，手中握着一碟子，大方道："吃吧。"

许稷的确饿极，转过身从他手里接了碟子，低头吃起来。

王夫南垂眸看她头顶，想伸手按一按，但努力克制住了。她吃相算不上好看，却也不丑，为什么觉得像老鼠？真是莫名其妙。

他皱皱眉，那边小仆忽跑了来，报告道："大帅！参军夫人饮酒醉了！"

许稷闻言抬首，王夫南按按额头："这个酒鬼。"

"不要这样说她。"许稷低低说了一声，立即跟了小仆去找千缨。

多嘴的小仆道："大帅本来只给夫人预备了一壶酒，可夫人却要了一坛子喝！喝着喝着就倒了。"

"为什么要给她那坛酒？"

小仆委屈道："大帅说要照顾周到，小人哪里敢怠慢……"

许稷无端端想起那次在高密，王夫南带了剑南烧春来灌倒千缨之事。他就是算好了千缨很久没喝一定会馋，又太了解千缨爱贪便宜自制力差的性子。

哎，简直可恶！

许稷前去料理了千缨，照顾她睡下，刚出来，就见王夫南已走到了客房门口。

他负手而立，有一片银杏叶子飘飘荡荡落到了他肩上，却也不掉下去。

许稷瞥那叶子一眼，隐约嗅到他衣香，想起某个春风醉酒的夜晚来。王夫南抬手拈住肩头那片扇形黄叶，忽然伸手递给她，像无聊的孩童。

许稷没有接，他便索性走到她面前，按住她的头将叶子塞进了她的幞头里，拇指指腹则碰到了她脸侧。

"你的脸为何这样烫呢？"

他的声音在头顶响起来。

秋夜风凉，到底比不过温暖和煦的春风令人沉醉。

许稷警觉意识到气氛不对，顿时步子往后一收，脱离了他的控制范围。她眉眼略弯，回复他"脸为何这么烫"的问题："十七郎方才靠某那么近，某被你熏热了而已。"

坦率直接，也不避讳。

许稷说着敛了笑意，认真道："以后请不要无节制地供酒给千缨喝，她自制力有欠，哪怕给十坛子她都能喝下，对身体不好。"紧接着又补了一句，"某会生气。"

这是她首次对王夫南坦率表达自己的感受，不管是因靠太近紧张尴尬，还是因千缨醉酒之事感到生气。

王夫南却背了手毫不在意地说："妹夫真是活得无趣啊。"

许稷站在安全地带回驳道："某偏爱有节制并且可控的活法，至于趣味，某生来便没觉得这种东西有什么用处。"

已经二十八岁的王夫南可不这样认为，他上前一把揪过许稷，毫不费力地拖着她就要往东边廊庑走！

许稷官袍被拽，不由质问抵抗："干吗抓我！"

王夫南手陡然一松，笑道："没有啊。"

许稷黑了黑脸，正正衣冠："请大帅注意言行。"

言辞举止一派御史模样，也不知哪学来的。

不过她身为朝廷任命的录事参军，的确手掌纠举大权，算是半个御史。为免被她抓了把柄，王夫南顿时改了策略，一本正经问："请问许参军，上官喊下官喝酒可算是违律吗？"

许稷脑子转得飞快："不算违律，但倘若下官不想喝上官也不得逼迫。"

"那是你自己定的规矩？我从没读过这一条。"

许稷顿时哑口无言，王夫南伸长手一勾，大大方方揽过她肩头："你方才也没有吃饱，再吃一顿又能如何？"

许稷深知敌我力量悬殊，最终识趣地随他去了小厅。

小厅面朝庭院，两边矮窗支起，长案设于厅中央，下铺蔺草席，有软垫可坐故而不冷。许稷在他对面坐下来用饭，只顾着低头吃，酒几乎沾也不沾。

在高密三年，她极少饮酒，怕随时会有事，不敢有所松懈。出了高密，这习惯也保留了下来，若非必要则不沾酒。但这样一直紧绷着，她已经回不去在长安时的自在与惬意了。王夫南看得出她心中有事，也不逼她喝酒，轻叩桌面，屏风后便响起了琵琶声。

琵琶声乍响，似将心弦拨。

许稷惊了惊，那声音又低了下去，柔柔转转腻了一阵，又铮铮起来，急促过后戛然而止，没了音。

许稷回过神，低头吃了两口饭，那屏风后便又响起乐声。

之后接连弹了好几曲，就在许稷吃尽碗中最后一口饭时，屏风后走出来一位怀抱琵琶的女子。许稷赶紧放下饭碗，朝那女子看过去。

那女子朝她一笑："参军可还要听旁的吗？"

许稷摇头。

女子便又看向王夫南："大帅呢？"

声音柔柔，很是好听；眼眉笑如弯月，面目看着十分可亲。

许稷不由多看了她两眼，却听王夫南说："不用了，你回去吧。"

那女子脸上有淡淡失望，却仍是抱琵琶一弯腰："奴告退了。"

许稷见她离去，不由自主端起酒杯饮了一口，毫不在意地说：

"那位娘子似乎很想留下来，大帅为什么不留？"

"留下来做什么？彻夜弹琵琶给你听吗？"

"若在长安城，肯出平康坊至宅中弹奏，自然就是希望留下来。方才那娘子望向大帅的目光中尽是倾慕向往，如此解语花做不得枕边人吗？"

不论长安还是地方，狎妓完全是再正常不过的社会风气，就连正房夫人也会给夫君安排家妓，且反而会被称赞贤德。

然王夫南瞥她一眼："那不过是新兴士族放浪不羁的习气，王家是礼法旧门，没有这等爱好。"他说着饮一口酒，"何况我枕边应另有他人，解语花再美也不合心意。"

说这话时他径直看向许稷，目光真挚毫无遮掩："你太不了解我了，我是有了婚约便不会乱来的人。"

他所指婚约，自然就是那门荒唐的娃娃亲，而枕边人，则是许稷无疑。

许稷听着指尖发烫，闷闷饮了一口酒："那婚约不作数。"

"怎么不作数？"王夫南盯住她不放，"你阿爷答应下来，且我阿爷也认可了。若不是他眼下在岭南实在太远，我倒是可以领你见见他。"

"胡说什么！"许稷皱眉。

"我二十八了，家中却无一人逼我娶妻。"王夫南给她倒满酒，"因我阿爷说，卫将军的女儿兴许还活着，容我三十岁之前等她。"

许稷闻言心滞，却又端起酒杯饮了一口："三十岁之后呢？"

王夫南闭口不答。

这答案太显而易见了，他是嫡房长子，不可能为了一个连生死与否都不确定的人孤独终身。哪怕是为了王家嫡房的血脉考虑，最终他也要接受家庭的安排娶妻生子。

"三十岁之后，这婚约便无效了是吗？"许稷搁下酒杯，"那十七郎就再等三年吧，到时候自会有合适的枕边人。"

王夫南顿觉胸中一阵闷痛，许稷这话实在太堵人了。若他不理解她，大约气气就过去了；可他偏偏十分理解她，知道她为什么要说这番话。

他们之间或许不存在什么天大的误会，但就是难在一起，他行一步，她退一步。他往前走得越是急切，她退得也更快。他不能逼她，纵然她心中也存了几分情思。

横亘在他二人之间的滔滔江河，不仅仅是千缨，还有各自的理想与抱负。

为区区个人情义而放弃这一切，似乎是不大可能的。

念至此，王夫南非常难过。

他抬起头，复看向许稷，壮着酒胆卑微又真挚地进行首次告白："我甘愿成为你的秋晨之露。"

许稷看他，目光几乎未移开。她又壮饮了一杯酒，薄情寡义地说："秋晨之露？见光就消失殆尽？十七郎难道是想做我的地下情人吗？"

一字一句，悉数挑开，不给半点面子。

"方才还嘲笑新兴士族作风放荡不羁，眼下就开口要做情人，十七郎是搬起石头砸自己的脚吗？"许稷越说越觉得自己刻薄，但她只能将这张脸撕破，"下官虽不是什么礼法旧门出身，但眼下一点也不想学同僚们找情人。"

她搁下杯子起了身，却因太激动的缘故一时没站稳。她晃了晃，侧过身要出门，走两步，又说："都是酒话，今夜过去，请十七郎当作什么都未发生。"

说完话她整个人都发冷，全然不知最后怎么走到了客房，又怎么挨着千缨睡下。

千缨喝多了酒浑身热烫，许稷挨着她痛苦地蜷缩成一团。想亲近他，却又无法伸手，心中隐约萌发的情思最终被她自己搬起来的一块大石毫不留情地压了下去。她紧按住那大石，却能感受到这努力压制下的血脉搏动，愈动愈疼，愈是无奈。

自我的斗争比起与他人斗来，难上百倍。她不知自己会在这条路上迷失还是及时归返，失控感让她感到痛苦。

千缨睡着睡着咕哝了一声，转过身面对着她继续睡。许稷叹口气，冰冷的手伸过去握住了她的手。

这边尚有人可温暖，而另一边，就当真是寒衾孤枕。

王夫南辗转反侧，最后坐起来，只能见地上凉凉月光。于是最终还是拎了酒至堂前，对着寂寞月色，将夜风下酒，饮了个干净。

许稷今晚断了他最后一条路，将他堵在深深暗曲中，不得他再前一步，也不会再伸过手来。

醉酒是极好的慰藉，秋风入酒，将思绪都搅得混沌，就不再觉得难眠。

睡着后似乎做了长梦，道路崎岖蜿蜒，无休无止，不知最终要走去哪里。

温度渐渐冷下去，至半夜最冷，之后又缓慢回升，直到太阳初露了脸。王夫南在堂前廊庑中醒来，睁开眼浑身都疼，遂又闭了闭眼。

再次睁眼，一个小人正站在他面前歪着脑袋看他。

另有一双算不得干净的皂靴出现在视线中，靴子的主人不耐烦地皱皱眉："我不想弹劾你，所以快点起来。"

王夫南迅速坐起来，抬首即见练绘那一张万年不变的冷脸。

练绘低头看他一眼，又对身旁那软乎乎的小女孩道："樱娘，快喊人。"

三岁小儿还没法站得太稳，软绵绵像团粉肉，看着十分可爱。她听练绘吩咐完便赶紧上前一步，仿佛要扑进王夫南怀里，稚声稚气地唤道："伯伯……"

王夫南赶紧往后退一步，惊道："你女儿吗？"

"暂且算是吧。"练绘仍旧不耐烦，"你不能起来吗？衣冠不整躺在使府堂屋廊下，成何体统？"说着还甚是嫌弃地挥挥手，"一身酒气！"

王夫南已彻底醒神，起身拍拍衣裳，樱娘却笑嘻嘻地抱住了他的小腿。

王夫南脸一僵，练绘也懒得管："我连夜赶来，请先给我朝食吃吧，樱娘也饿了。"

软绵绵的樱娘拨浪鼓似的拼命点头。

使府的朝食算不上丰盛，当然也可能是因为御史突袭，自动降低了伙食标准，毕竟"御史来吃饭，粗糠就酱菜"是放之四海皆准的道理。

起因是某灾荒年间，某御史到凤翔镇的一个同僚家吃饭，见同僚大鱼大肉招待，顿时一拍案，指了同僚就说"看看你的肥脸，一看就鱼肉了百姓，我要弹劾你"云云，故而此后招待御史都端粗茶淡饭，一来是故意报复，二来则是避免麻烦。

练绘一路也没吃什么好的，王夫南既然慷慨给了就埋头吃。而樱娘也是什么都不挑，捧住自己的碗，拿了木勺挖挖挖。

潦倒"父女"二人组正吃在兴头上，那边小仆报道："许郎君及夫人来啦！"

王夫南本来兴致缺缺，闻言忽然打翻了碗。

练绘抬头瞥他一眼："你在故意浪费粮食吗？还是得病了手稳不住？"说着望向门口，"许稷为什么会在这儿？高密县令擅自出城是违律之举。"

他才刚提出疑问，许稷就走到了门口。她一拱手，解释道："某现下任沂州录事参军，已不在高密任职了，练御史别来无恙。"

练绘微颔首，只简单道了声恭喜，便低头继续吃饭。

因有外客在，千缨本要避开，王夫南却已令小仆将许稷及千缨的朝食送了来。

千缨随许稷坐在王夫南及练绘对面，旁边则团了一只软绵绵的樱娘。千缨小心翼翼瞥了她几眼，实在觉得粉嫩可爱，但碍于不是自己家的孩子，只能干看着。她又多看樱娘几眼，再看看练绘，陡然想起，这不就是王夫南说的练御史嘛！她那时还怕练御史对许稷行不轨着急过哩！

哎，这样的一个可恶的御史，竟有个这样绵软可爱的孩子，真是气煞人！

樱娘吃得前襟脏兮兮的，脸上也是。千缨瞥见，格外想伸手过去给她擦干净，却又怕唐突。她的注意力全在樱娘身上，自然没有察觉到对面王夫南的古怪脸色。

许稷则连头也没抬，简直懒得关注。

王夫南受尽冷落，埋着头，有一口没一口地喝粥。反而是迅速吃完朝食的练绘惦记着他，问道："昨晚可是有什么想不开？在走廊里喝醉就睡，看起来不太像你的作风。"

王夫南心中愤愤：御史一定要这样好奇吗？闭嘴难道会死？

练绘摸出帕子擦擦嘴："使府上下应无人敢欺负你，难道是被哪家娘子伤了心吗？"他唠叨得简直令人厌烦，王夫南往他嘴里塞了一块蒸饼，对面许稷终于肯施舍目光抬头看一眼。

练绘觉得这二人之间有鬼。他正打算深入发掘一番，樱娘却忽然学王夫南打翻了碗。

练绘瞬时沉了脸看过去责备："你不能好好吃吗？"

他凶得很，千缨一时没忍住脱口而出："她这么小，你怎么能这样凶她？"

练绘怔了一下，许稷与王夫南也跟着愣了愣。

许稷私底下轻掐了一下千缨，千缨却无知无觉，反将樱娘一把抱过来，掏出帕子给她擦手擦脸，嘴里还低声抱怨："衣裳都脏成这样了也不给换，你阿爷真是差劲！"

千缨费力地将她擦干净，樱娘却软乎乎地黏着她，像个无骨肉团似的，几乎要埋进千缨怀里。

"你女儿似乎很喜欢她。"王夫南机智地将话题从自己身上移开，练绘冷眼看着，沉默不语。

许稷又暗扯了扯千缨。笨千缨却完全领会不到要点，反将樱娘抱起来递给许稷："三郎啊，你看她好可爱！"

她强行将樱娘塞给许稷让她抱，许稷硬着头皮接下，对面练绘却起身朝许稷伸过双手："给我吧。"

樱娘一见他，居然扭开头，死死搂住许稷的脖子。许稷何时料理过这样软绵绵的小孩子？一时间不敢乱动。

"樱娘。"练绘朝她拍拍手，缓和了脸色哄她。

千缨一愣，因她幼时也被称作缨娘，于是不自觉道："名与我一样也。"

"不一定。"王夫南与许稷异口同声。许稷倏忽闭了嘴，王夫南接着道："天底下音同缨的字太多了。"说着问练绘，"你家是哪个？"

"樱树之樱。"练绘耐心回，又朝樱娘拍拍手。

"看吧，与你的不一样，你是缨穗之缨。"

"不一样吗？"

"不一样。"其余三个见多识字的家伙同时回。

千缨感受到了迎面而来的碾压感，却不气馁，起了身道："樱娘有带换洗衣物吗？我去给她换衣裳吧。"

三个不擅长料理小孩子的人顿时松了口气，练绘说："那有劳参军夫人。"说着将换洗衣物给她。

等千缨带了樱娘离开，三个人终于可以聊一些正事。

许稷问："练御史为何会到泰宁来？"

"青州兵变，姚监察被杀。我前来善后，途经泰宁，就过来看看。"练绘说着兀自倒了一杯热水，"去年刚蝗灾，今年又一味地销兵，本是为削减军费开支，却适得其反，起了暴动。"顿了顿，"泰宁销兵的情况如何？"

王夫南简略回道："每年每百员中减六人，这个速度暂时还可以接受，目前还没起什么冲突。"他说着看向许稷，"销兵在行的，是你对面这位许参军，高密官健兵一年内由四千减至五百，减得服服帖帖。"

练绘有所耳闻，对此很是好奇："某倒是想请教一二。"

"不敢当。"许稷道，"高密当时情况特殊，又有朱将军帮忙，只是碰了运气。不过销兵一事，某在地方待了几年后，倒略有一些看法。"

"请说。"

"多年来土地兼并严重,穷者无地可倚傍,要养家糊口却只剩一身力,便投身藩府做职业兵。销兵便是将这条路也给堵死,他们无路可走,便只好铤而走险。所以关键是销兵之后,能不能给他们一条出路。有了出路,发生兵变的可能自然也就少了。"

"这出路怎么给?"

"或为农,或为工。"许稷续道,"其一,公廨田、官田、驿田、职田等仍有分配余地,皆可以予其以业,但所有权归公,不得转让,这样一来,既有田地可耕,又可免于被兼并,是出路一种;其二,州县工事总需人力,许多工事耗时甚至可长达数年,可予以免赋并给其生活资料。"

练绘听她讲完,心中大致有数。她虽有些新的思路,但多数都是能想得到的,难的是具体推行与实施。

他抬眸看许稷一眼:"以沂州为例,公廨等田给百姓租佃本就是州府的收入来源之一,拱手让给人,你州府的收入必然减少,开支要怎么办?再者,地方兴工事,必然是大项开支,钱哪里来?"

"两税三分,州县之两税留军资库,抛开赏设钱物,必要开支不过是官吏俸禄、军士衣粮酱菜钱、军马钱、修甲仗费、馆驿费。而其中供军钱物斛斗却是最重,占地方两税三分之二,以每年销兵百分之八来算——"

王夫南忽然打断了她:"我什么时候说过每年销百分之八?"

"百分之八不是不可行。"

"减百分之六是我的底线,所以你不必算给我看。"

练绘抿了唇道:"你二人有冲突某管不着,请许参军继续。"

许稷接着说:"某所说给地,非拱手让人,公廨田、营田等原先配给百姓租佃,现下分配一部分给退伍职业兵,仍要征税,性质并无太大不同,收入并不会有大规模减少。且州府收入除两税外,还有关市税收入及公廨息利本钱等收入,开源办法有很多种,譬如由官府主持的远途贸易——"

她说着很顺手地取出袖中地图，令王、练二人都愣了一愣。

许稷铺开地图，手指滑过一条河道："沂河往西南逼近运河，挖通之后便直通江淮，沂州盛产之物便可由此快速进入江淮进行互易，江淮物资也可由此往上行。江淮转运仰赖运河，若搭上运河，便搭上了帝国之生命线。"

"你要说的工事是这个？"练绘认为事情变得有意思起来，不由托腮沉思，"难怪你要费尽心思促成销兵，将军费开支转为支付工事人力，让退伍职业兵有所依傍，却不至于劳民，而此工事一旦达成……"他渐渐舒展了眉，"长远来看确实利大于弊。"

王夫南在一旁听到现在，已完全理解了许稷的心思。

她该生在盛世年景，有的是机会让她发挥，可偏偏生在了这时候。

他上身忽然前倾，手按上那地图："你大幅度销兵是为开源节流，为百姓谋福，但是——"他说着手指一划，连同河北一起划入，"眼下各方镇都在互相节制，我若是任由你销兵，知道后果是什么吗？"他抬眸看向许稷，"不要认为眼下看着还算太平、方镇兼并不可能，到时候河北会南下直接吞了我。"

"所以我说百分之八！用兵为遏乱而非争，减百分之八并不会影响遏乱！"热血上头，许稷气势也丝毫不输。

王夫南冷笑："我是看在你是我妹夫的面子上才这样与你说话，我今日提醒你，不仅我的兵你不能动，沂州州府的镇遏兵你也不能动。要挖河道通江淮，请你另想办法。"

旁边的练绘深吸一口气，闭上了眼。

练绘复睁开眼，见两人仍在对峙，忽洞穿世事般高冷地开口："你们靠这样近做什么？都快亲上去了，难道还有断袖癖好吗？在这种事上也能吵起来，两位是有私仇吧？"

许稷上身倏地往后一退，王夫南也立刻坐正，互相不再说话。

"樱娘是怎么回事？"王夫南轻咳一声，岔开话题。

"捡的。"练绘面无表情说着，但分明很不悦，"青州仍在闹饥荒，途中一老妪拉住我，非将这孩子塞给我，我还未及反应她就一头撞死了。"

他没有再往下说。三人都见识过饥荒，深知其中景况。倘若当时留下孩子不管，便是让她充了他人的胃腹。人饥相啖，柔柔软软且无人管的小孩子在饿得丧失理智的人眼中，只是食物而已。但救了这一个，却仍有无数性命丧于途。

"青州饥荒竟严重至此？"王夫南问道。

"五路兵马压境青州时，青州就疲乏不堪，去年蝗灾更是元气大伤，自天下粮仓调拨粮食，却挨不过三个月，逃户甚多，剩下些老弱妇孺，想要恢复很难了。"

练绘说着看向门外，一只不愿南去的候鸟落在门槛上，低头不知在寻找什么。他续道："朝廷伐淄青，当真是为了百姓吗？若是为了百姓，眼下为何会变成这样？"

三人同时沉默。

恰这时，千缨抱着樱娘折了回来，给堂内平添了几分生机。樱娘整个人都团在软垫上，却并不老实，转头就开始揪许稷的袍子。

许稷任她揪了一阵，忽起身，顺带将她抱起来。幼童干净的脸上是明媚纯真的笑意，她不懂什么灾荒，也不明白大人们的世界，更不知道自己正处于怎样的时代。

等她长大之后，这世道会发生转机吗？

许稷迎着照进堂内的清洌阳光将樱娘举起来，心中便又有了力量。就算眼下路难走，为了后辈们将来要面对的世道，也不能够无所作为混日子啊。

她深吸一口气，转身将孩子交给练绘。

练绘将樱娘抱过来，樱娘却忽然不理他，只顾着对千缨笑。千缨眼馋这种小娃子，看向练绘和樱娘的目光里便满是羡慕。

许稷将她的神情收进眼中，却道："千缨，要回驿所吗？"

千缨不大情愿回冷冰冰又无人可交际的驿所去，犹犹豫豫站起来，王夫南却及时留客："还去驿所做什么，就在这里住下吧。"

千缨颇为感激，瞬时瘫到地不想走了。在住房问题解决之前，许稷却也不想看她随自己吃苦，就点点头："那遣人将放在驿所的行李搬过来。"她说罢又与王夫南及练绘打了招呼，"某要去州廨，先行一步，回见。"

走廊里有风，许稷紧了紧顶上幞头，想起千缨看向练绘与樱娘时羡慕的神色。寻常女子若是嫁了人，到千缨这年纪差不多也该儿女绕膝了。千缨是个内心柔软的人，对小孩子又格外喜欢，从她对樱娘的自来熟上便看得出来，她其实是很想要一个孩子的。

当初凑成这桩婚姻，就预设了某种牺牲。没有自己的孩子，对千缨来说，会是遗憾吧？

许稷叹口气前行，千缨却得了允许，再次将樱娘带去后院照顾。因此堂内便又只剩了王夫南及练绘。练绘道："许参军所说百分之八当真不考虑吗？我倒认为这计划有可行性。"

"这念头她早就有了，且肯定琢磨了很久。销兵百分之八或许的确可行，但大兴工事大多是落得一身骂名，这对她并没有好处。"

"担心任期内完不成吗？"

"她在沂州待不长，且眼下还只是代领州府事务。"王夫南诚实地给出了理由。

"但能将眼光放长的州县官已不多了。"练绘觉得有些可惜。

地方官皆有任期，任期内完不成的事对自己的考课毫无益处。所以眼下地方官基本都是想着自己任期内能做多少事便做多少，任期一到，拍屁股走人，决计不会考虑到离任后的事。很少有州县官会对百姓产生感情，他们照顾的只是自己的利益。

许稷本该有更大发挥余地，但没有碰上好时候。

"她若有本事，我就算不给她支持，她也一样能翻出浪来。"王夫南言罢起了身。

事实上他很想为许稷遮风挡雨，但她却并不是他树根底下的一只蘑菇。矮个子也能长高吧？她身穿绯服站在他旁边时，他竟也存了隐隐期待——或许，她也会有服紫佩金的一天吧。

沂州公廨内一片静寂，寥寥吏佐出入，各曹参军则在公房内下棋，矮窗旁一排秋菊开得正盛。

司户参军一抬头，便看到许稷自窗前飘过，忙丢了棋罐子，同僚佐道："来了来了！"

其余三位参军闻言赶紧回到自己案前坐好，于是许稷进门时，便瞧见司户参军正低头整理案上乱七八糟的记账，而其他人则也是装模作样埋案做事。

她不打算说什么，只与司户参军道："褚参军请随我来。"

其余三个老家伙面面相觑，只见褚参军抱上记账簿子跟着许稷进了东边公房，却猜不到这位新来的录事参军到底打的什么主意。

这位褚参军除了任司户参军外，另还兼任司仓参军。其执掌分别是户籍、记账、道路、六畜和公廨、度量、庖厨、仓库、租赋、市肆等。事务剧繁，且手握州县财脉，可谓身居要职。

许稷邀其入座，又拿过对方带来的记账，低头翻了翻，无意一瞥，注意到他神色略有不安。于是她起身，给褚参军倒了一杯热茶，亲自送到他面前，折回去继续看账。

褚参军捧着茶杯稍有些局促。

因许稷一直低头看账也不说话，简直是在故意耗他。

许稷耗到饭点才放褚参军前去吃饭，褚参军陡松一口气，没料刚吃完饭，许稷又将他喊去，说要看军资库的账。

褚参军心底一阵哀号，只得令吏佐将账搬了来。他于是又在许稷公房耗了一下午，而许稷只看不说，他便猜不出她到底看出了什么。

直至黄昏左近，许稷终于从账簿中抬起头，面色淡淡与他道："时辰不早，褚参军可以回去了。"

褚参军今日什么活儿都没干，却心累至极。他弓腰喏了一声，没精打采地出去了。

许稷掌了灯，合上账簿。

褚参军有鬼，账目也有鬼，但她不打算贸然地捉出来。

她正打算去公廨寻些食物填填肚子，吏佐却咚咚咚敲响了房门。

"进。"

吏佐推开门，一揖道："叶五郎递了帖子来。"

"叶五郎？"

吏佐将帖子递过去，点点头道："正是沂州巨富叶子祯！他这是向参军示好哩！府里来接人的马车都在外边了，要请参军过去呢！"

"若不去呢？"

"不去……恐怕不好吧。"那吏佐道，"叶五郎是纳税大户，素来与州府关系密切……"

许稷在地方上虽与富商没什么冲突，却也从不主动走近。天下熙熙皆为利来，官与商之间的利益往来最后通通都说不清，最好不要轻易去碰。

"找个理由替我回绝吧。"许稷态度坚定。

吏佐显然是收了别人的好处，于是一阵为难："可是……"

许稷抬头，那吏佐皱了眉不知该进该退之际，却有一人迈过公房门槛走了进来。

那人一脸笑意，俊朗五官在这暗室中却不失光彩，考究的衣料与裁减将人衬得更是挺拔修长，竟似谪仙。

许稷手按住账簿，坐得四平八稳，却完全没有站起来的意思。

吏佐很识趣地夺门而逃，室内便只剩下叶子祯与许稷。

"别来无恙，三郎。"

云淡风轻的声音响起来，许稷却完全没有见旧识的心情。她丝毫不关心对方为什么会改名，又为何会出现在沂州。

叶子祯走到她案前，双臂撑在那高足案前，又放肆伸过手按住她的头，声音里都带着笑："头发居然都已经白了，你还真是辛苦啊。"

"手拿开。"许稷抬眸警告。

对方却笑得开心："不饿吗？邀你吃饭为何不去？叙叙旧不好吗？"

"请我吃饭大可不必，知你为利来，有话请直说。"

"这样太直接了不好吧？还是边吃边谈吧。"

许稷冷笑了一声。

没过一会儿，叶子祯的马车从州府离开了，这当口，恰好路过州府的王夫南也到了门口。

他勒住缰绳问吏佐："许参军呢？"

吏佐老实交代："许参军方才似乎与叶五郎一起出去了……马车刚走，应是去叶家赴宴了。"

"叶子祯？"此名在沂州可谓尽人皆知，诸人谈及不是愤愤嫉妒，便是一脸羡慕，唯王夫南满脸嫌恶，扭转马头暗骂了一句，"死断袖竟喊从嘉去吃饭！"

他扬鞭就要往叶宅去，可才刚拐过弯，便见一熟悉身影独自走到了深曲尽头。

马嘶声响起，许稷转身回头看了一眼。

王夫南纳闷骑着马过来，问道："你不是去赴那死断……"及时收住口，"叶子祯的宴了吗？"

"我不与断袖吃饭。"许稷抬头回他，"不过大帅又如何知道他是断袖呢？他一贯藏得很好啊。"

王夫南着了许稷的道被她给绕了进去，却黑着脸拒不解释为何知道叶子祯是个断袖。许稷摇摇头，收起看热闹的心，一脸的"罢了罢了"，转过身继续往前走。

王夫南却着急："你不要乱想！"

"某没有乱想。"许稷回头瞥他一眼，"大帅到这把年纪尚未娶妻，且不近女色，皮相又好，叶子祯难免会将大帅当成异类对待，他不论对大帅做出什么样的事来某都不觉得稀奇。"

"什么都没做！"

许稷绷着脸继续往前走："知道啦。"

"我可以捎你一段。"

"谢大帅美意，不过某在屋子里坐了一整日，腿脚都快废了，得走走。"她说话时没回头，瘦小身影就这样从从容容行在临沂城的夜色里，好像天地间也没什么好怕的。

王夫南则索性下了马，牵马行在她身后。他不敢走太近，似乎怕她一拳挥过来。

两人遂这样纯情地穿过临沂城渐渐起了晚雾的深曲，从州府公廨往泰宁使府去。

千缨陪着樱娘坐在堂屋里望眼欲穿，却是先等到了练绘。练绘走到门口瞧见堂内只有她二人，一时竟觉尴尬，不知该进还是该退。

樱娘大约忘了早上被训的不愉快，从千缨怀里爬起来就噌噌跑了出去，揪住练绘的袍角卖可怜。

练绘心一软，就将她抱起来，站在门口也不知说什么好。千缨倒不觉得难以自处，她目光全在樱娘身上，听小娃子咯咯咯笑便没空去想其他。

练绘觉得太尴尬，遂抱着樱娘转身戳在冷飕飕的走廊里，只留了个背影给千缨。千缨看不着樱娘，只能看到练绘的背，脸上笑意唰地冻结，百无聊赖地转过身拨弄案上的茶具。

樱娘觉着大人的怀抱温暖，将头埋进去便呼呼睡。

一时间无人言语，只有暮色中秋虫低吟。气氛虽然冷清，却也静美。深秋就快要步入尾声，寒意渐渐逼近，年关也就不远了。

这个年，会过得顺当吗？

就在练绘被冷风吹得有些受不住时，纯情二人组终于姗姗归。练绘松口气，回头一看，千缨已经毫不在意地伏在案上睡着了，怀里抱着的一只软绵绵肉团，也因被裹得太好，睡得十分沉稳。他想起家道破落前的许多个黄昏，儿时的温馨情境仿佛重现，令人心头莫名窜出一星温暖火苗来。

那二人进了堂屋，王夫南先开了口："千缨当真与许参军一样，哪里都能睡着。"他走上前就拍拍千缨，"要睡觉到客房去，睡在这里成何体统，何况还有外人在。"

千缨蒙蒙抬起头，用力按了按太阳穴，正要嘀咕什么，忽看见许稷，乍地起身辩解道："啊我不是故意睡在这儿的，是等太久……"

许稷赶紧示意她坐下，那边王夫南及练绘也坐下后，小仆便将早已准备好的晚饭送上。因个个都已饿极，故闷头吃饭互不说话。睡得像头小猪一样的樱娘大概嗅到了香气，眼也不睁开，先拱起背，然后打个哈欠，软绵绵的一团肉便冉冉冒出来，脑袋搁到案上，蒙蒙看着众人。

千缨极其顺手地给她盛了饭，木勺子往里一塞："吃吧！"

"你都快成她阿娘了。"

王夫南随口一说，练绘瞥了他一眼。

王夫南偏头："瞥我做什么？今日可有收获？"

练绘搁下筷子，顿时换了张御史脸："不知大帅及许参军有无了解过沂州的出债情况？"

许稷静候下文，王夫南也不说话。

"某今日查证了一二，眼下沂州的公廨钱出债①月息为十五分，是不是太高？此外，捉钱户②出债时掺入私钱牟利的情况亦非常严重，任意欺凌欠债人的事例也数不胜数，是不是要管？"

所谓公廨钱，乃是一司衙门之本钱，此本钱用以负担本公廨开支，只囤着必然只会越支越少，故需好好经营。最常用的办法就是让捉钱令史或捉钱品子拿出去放贷，到期本息双收，公廨钱便会如雪球般越滚越大。

这其实已成为举国常态，但沂州的情况确实比较严重。王夫南平日里对财政关心甚少，只略知一二，并未深入了解过。许稷虽初来乍到，但从州府公廨账上也看出一些猫腻，正要细查，练绘却提前将这道开胃菜端上了桌。

① 公廨钱出债：即官方放的高利贷。

② 捉钱户：公廨本钱的管理者叫"捉钱令史"，也有一些六品以下官员的子孙来干这项工作，称为"捉钱品子"，"捉钱户"则是替官府干这件事的一些百姓（一般是富户）。

于是吃完饭，她对练绘道："练御史可方便与某聊一聊？"

练绘自然应下，并起身与她去了西边园子。

这一聊便是许久，回来时樱娘正缠着千缨不放手。

千缨许是太讨孩子喜欢了，又格外耐心周到，樱娘死死黏住她，就是不肯与练绘回去。练绘毫无办法，就只能容小娃随千缨去睡。

许稷和千缨带了孩子去客房，堂屋就只剩了两个大男人对弈饮酒。

这一晚许稷睡得很谨慎，她怕压到睡在床中间的樱娘，都不敢翻身。到天蒙蒙亮时，她睁开眼，只见趴在床上的樱娘将背拱起来，看样子似乎是要起了。许稷不敢乱碰，千缨醒了就笑："你看她好软的！你抱抱她。"

许稷坐起来，动作生硬地抱过樱娘，樱娘便将头挨过去蹭蹭蹭。小孩子的纯真与没有猜忌，将许稷心中藏着的一丝丝柔软悉数勾了起来。

就在她适应了这般亲近时，千缨却突然将孩子抱走了。

许稷一愣，只闻得千缨道："时辰不早，你要赶紧去公廨了！"

许稷只得下床穿衣洗漱速去吃了朝食。临走时，与练绘交换了神色，便径自去往州府公廨。

公廨内一副半死不活的样子，许稷仍喊了褚参军陪着看账，褚参军简直欲哭无泪。

时近中午，吏佐忽来报："朝廷的御史来了！"

褚参军抬抬眉，还未及反应，一绯袍御史便直入公房，与许稷作了一揖，递上文书："某接到举告，沂州司仓参军纵捉钱户放私贷，并与其分利，故特来查明此事。"

褚参军一愣，看到许稷起身才恍然——这矛头是指着自己来哪！

"许某初到沂州不知此事，可否容某审覆过再行处理？"

"州官想包庇僚佐这种事我见得太多了。"练绘面无表情看向许稷，冷酷开口，"我已有确凿人证，不用你插手。请将沂州司仓参军立刻喊来，我要审。"

许稷哑口无言。

旁边褚参军心一颤，忙看向许稷，然许稷却只皱眉不语，看样子是对付不来这绯衣御史。他一慌，扑通跪下去："某是沂州司仓参军，某没有与捉钱户分利啊！请御史明察……"

"话说得再无辜也没用，既然送上门就别怪我不客气。"练绘一把揪住他后衣领，拽了他就往外去，途经其他参军的公房时，将三位参军都吓了一跳。

许稷跟出来，一参军问："这是怎么啦？"

许稷循声看一眼，脸色淡漠到极点，却一句不回，径直走出门。

她刚出去，吏佐就鬼鬼祟祟进来报信："是朝廷御史来了，褚参军是被拎走审问了哪！"

"四五年不管了，这时候搞什么心血来潮！"

"褚参军要如何是好？！"

"万一……"

一众人都与褚参军在一条船上，船翻了大家都完蛋。倘若绯衣御史昏庸无能就罢了，可他看看就精明，且还长了一对螃蟹腿，横行又霸道！

三人愁眉不展各自忐忑，一看就有鬼。

许稷也不管，只做了甩手掌柜，将审查之事彻底扔给练绘，自己则从公廨账中将猫腻一一勾出来，又将捉钱户都召集了来，令其将公廨本利全部交回。

一众捉钱户纷纷抗议："债还都放在外边呢，两手空空，本利都没有！"

"按律州府不得管某等！唯有捉钱令史能予以追究！"

"捉钱令史已被免职，公廨钱事务由我暂领。"许稷搬过册子，"诸位还有其他不满赶紧说，我好回答。"

"反正债都在外边，收不回来！眼下交不出！"

"脑袋搁在这了，要就拿吧！"

"再过几个月就到年底了，那时候交回不行吗？"

许稷显然无视抱怨，径直喊道："徐文立！"

其中一捉钱户闻声定住。

"你持一万钱出借，收利一万五，请如数交。"

"赵曾亮，你持两万钱出借，收利三万，请如数交。"

"张大卞，你持一万钱出借……"许稷兀自将簿子念完，"诸位可都清楚了？"

"不清楚！"

"月利没这么高！某出借的月利只有八分！"

"某收不回来这么多！"

许稷"哦？"了一声。又道："恐怕还不止十五分，你们往里掺了多少私钱我不知道吗？要不要再挨个念一遍？再得了便宜卖乖，就别怪我不客气了。本来想放诸位一马，就不计较那些私钱得利了，但如此看来，不全部罚没恐怕是不行了哪。"

"你敢！"一背景复杂的富户发声道。

"你看我敢不敢。"许稷敛起笑脸，站在她身后的三位参军顿时感到了一股阴凉之气。

第十二章・掌财权

众捉钱户见许稷态度堪比强盗，已有人心动摇，也有持怀疑态度的，更多的则是拒不相信。区区一录事参军真是胆大包了天了！他想罚没还当真罚没不成？谁给他的本事！

"州镇军现已往诸位家中去了，诸位还请好自为之哪……"站在许稷身后一参军胆战心惊地说着，眼神不住瞟向众捉钱户。

此言一出，捉钱户纷纷激动得要跳上案——

"胡来！"

"卑鄙！"

"州镇军是用来做这种事的吗？州镇军是护卫百姓的！"

"姚参军你想干什么？你可不能过河拆桥啊！"

"哦？过河拆桥？"许稷掉头看了一眼，"姚参军，请你同我解释一下。"

她先前令姚参军与众捉钱户道出"州镇军已往他们家中去"，正是因为清楚姚参军与捉钱户之间的那些蝇营狗苟。与其逼问，倒不如让他自招。

而官大一级又压死人，姚参军不得不开这口，以至于矛盾瞬时激化，众捉钱户暴怒之下拥过来就要揍姚参军。

许稷往后一避，速退到门口，砰地将门关上，咔嗒落锁转过身，一校尉便迎面跑了来："叶子祯家也要去吗？"

"去。"他可是沂州头号捉钱户！

"这里怎么办？"

许稷转头瞥一眼："守着！"又说，"注意里边动静，别弄出重伤和人命。"

"喏！"

许稷低头匆匆走出门，领着一众州镇军直奔叶宅。

这时叶子祯正在宅中逗兔子玩，兔子各番不配合，叶子祯顿觉被冷落，心情差极，拿了毛杆子戳，兔子却稳若泰山满脸冷酷。

叶子祯将毛杆子一扔，威胁道："不喂你了！"

兔子无动于衷扭开头。

叶子祯十分火大，恰这时仆人来报："沂州府录事参军带着一帮州镇军气势汹汹杀过来啦！"

"怎么可能？"叶子祯手伸过去捏住那兔子耳朵，"你说是不是啊？他一介儒生，哪有这个胆量。"

兔子不理他。

叶子祯气极，放了狠话："剥皮吃了你！"

兔子从容自若、视死如归。

叶子祯顿觉心痛，转过身瞥一眼那仆人："到门口了吗？"

"就快到了！"

叶子祯倏忽敛了神色："说我不在家。"

仆人连连称喏，扭头就往耳房跑。

许稷至叶宅时，影壁后大门紧锁，竟是一个人也没有。她令校尉前去敲门，敲了一阵，耳房冒出个人来，语气甚是不善："拍什么拍！我家主人不在！"

此地无银三百两，叶子祯可真是养了一群蠢货。校尉反应极快，大步走过去瞬时拿住那门房，身后几个步卒一拥而上，接连制服几个小仆，冲进宅内开了大门，许稷便领着一众州镇军踏进了叶宅。

叶子祯正坐于堂屋，听得外边动静，吐掉蜜饯核："几年不见倒真是长了胆子！"旁边仆人哆哆嗦嗦："那参军不会是来抄家的吧？"

"闭嘴！"叶子祯听得外边脚步声逼近，起身走到堂屋门口。

而一众步卒也由绯袍参军领着跨过庭院，到了堂屋门口。那绯袍参军走到他面前，客气一拱手："希望今日某能与叶五郎谈得愉快。"

叶子祯挑眉："带枪弄棒的，我能与你愉快交谈才怪，屁话不用多说，讲正题。"

许稷收手立于堂前："借一步说话。"

叶子祯淡笑："单独与我谈？不怕我绑你当人质吗？"

"参军不要与他废话！直接抓了就是！"校尉说上前一步。

许稷伸手一拦，仍看向叶子祯："某怕也没用，有些事早晚都要商量。"说着手一伸，"请吧。"分明是她到访，却完全像个主人，叶子祯被兔子气完又被许稷气，心情实在是好不起来。

门关上，叶宅仆人及州镇军都被关在了门外，堂屋内就只有叶子祯与许稷。

"有什么见不得人的话要单独说的吗？"叶子祯单手支着下巴吊儿郎当地看着她。

"叶五郎做捉钱户起家，眼下发达了，放债早已不是大头——"许稷看他一眼，"你上回想请某赴宴，实际上是为更大的生意吧？"

叶子祯唇角微微挑起，意味不明地看向许稷："找你谈生意只是其一。"他上身前倾，嬉皮笑脸，"其实是我对你仍余情未了呀！"

"生意人就不要说这种话了，私情对叶五郎来说重要吗？"许稷盯着他道，"州回易务①交给你管怎么样？"

---

① 回易务：管理贸易求利的机构。

半子 · 257

所谓州回易务，是州一级管理贸易求利的机构，官商性质极重。

对于叶子祯而言，这无疑是个大诱饵。

叶子祯霍地坐正，许稷知道鱼上了钩，立刻道："但有条件。"

"说。"叶子祯上身往后倾，一脸警觉。

"带头把沂州公廨钱的本利交上来，并且要有一定程度的罚没。我不收你太多，但样子要做到。"

"杀鸡儆猴啊？"

叶子祯早就听说一群捉钱户被她喊去的消息，想来是许稷要拿这群贪得无厌的家伙开刀，将沂州公廨钱收回来。

"怎么样？想必你早看不上放高利贷的营生了，名声也不好，不是吗？"

"你很了解我啊。"叶子祯撑起来一张笑脸。

"不要那样对我笑，我会很想揍你。"许稷起了身，"就这样拟定，你尽快整理一下，我等不了太长时间，别让我动用武力。"

叶子祯抬头看着她笑："知道我秘密的人不多，你算一个。"他顿了顿，"同我吃顿饭吧，我觉得太无聊了。"

"事成之后再说吧，另外请多备一副碗筷，我会带人来。"

"你不敢单独赴我的宴哪！"

许稷笑笑，径直走了出去。

天阴了下来，温度也越发冷，风直往袍子里灌。她带着州镇军离开叶宅，想起多年前的某位同窗。出身阀阅世家，惊才绝艳，却因生性古怪被父亲所百般嫌恶，后来干脆不告而别，一走千里。

若没有出走的话，大约他眼下也是宦海中沉浮的某个官吏吧。

不过，做富贾似乎也不错。可为何改名易姓不再受制于家族的名声，如今却仍然过得那样落寞呢？

世间诸多事，大约也只有独自吞咽了吧。

接下来几日，一众捉钱户负隅顽抗，最后却仍败给了许稷这个强盗，因捉钱户队伍中出了个大叛徒。听说叶子祯竟未多做抵抗就乖乖还了钱，且还交了罚款。

如此一来，便有人心虚紧跟上，也乖乖还了钱。

三两个人这么一搅，余下的人就分成两类，一类是立场坚定："我得扛着，死都不能松口，不然就是中计！"

另一类则是心虚："再拖着会不会出事哪，家里到底什么情况都不知道，要不还是交了？"

许稷很快推了一把，给出限期，称多拖一日罚没就更重。

第二类人纷纷倒戈，就只剩第一类顽固分子。

至此，事已基本办妥——都已经给过脸了，既然不要脸就干脆撕了吧，州镇军当真出动抄家，一点情面也没有再留。

许稷压好公廨钱，并令吏佐全城张贴告示，周知百姓"公廨钱出债至此废止，倘若还有人以官府名义收债，即刻告官"，以此绝了这些捉钱户再出去招摇欺凌人的后路。

忙完这些，一场深秋雨姗姗来迟。

恰逢旬休，整座庭院都笼在茫茫雨幕里。许稷盘腿坐在堂间，有一下没一下地揉着她的伤腿，天气又冷又潮，腿也越发疼得厉害。

廊中忽响起脚步声，许稷抬头一看，见是练绘走了进来。

她揉腿的手顿时停住，只问："练御史可是要走了？"

"是。"练绘在长案另一边坐下，"州府里几位参军可考虑好怎么处置了？"

许稷点点头。

"都是可轻可重的罪名，你自己拿捏好。"他说着倒了茶水，"明日就要走了，再见不知何时，许参军还望多保重。"

这声保重才刚说完，王夫南带着一身潮气就踏进了堂屋："一下子竟冷成这样。"

许稷顺手倒了一杯热水递过去："暖一暖吧。"

王夫南对她如此顺手的体贴感到惊讶，怕她会突然反悔似的赶紧将杯子接过，又偏头问练绘："可是要走了？"

练绘点点头，外面走廊里便响起了樱娘的笑声。

"樱娘怎么办？"王夫南饮一口水，"整日与千缨黏在一起，分都分不开。"

恰这时，外面又响起千缨的声音："家里来的信吗？"

小仆说："说是长安家中来的。"

千缨拿了那信便迈入堂内："三郎！家里来信了。"

许稷伸手接过，阅毕脸上却毫无喜色。

千缨见她脸色至此，忐忑问："怎么啦？家里出事了吗？"

"阿娘病了。"

千缨一愣："病了？病了多久，什么病？"

她说着忙抢过信来看，看完却说不出话。信中说，韦氏自入秋后便病得很重，又因家中无人料理便更是潦倒，希望千缨能回家去。

一出门便是三年，没有回过一次家。

千缨眼眶发红，转过身对着薄薄家书不说话，而樱娘跑了进来黏住她，口齿不清道："不要哭，不要哭哪。"

许稷起身，将手中毯子给她裹上："回房再说吧。"

"不要哭了。"王夫南也说，"会遣人送你回京的。"

樱娘抱住千缨的腿，昂首继续口齿不清道："阿爷……阿爷也要回的。"

千缨走的那天，沂州仍阴雨蒙蒙。秋日将尽，潮冷的空气冻得人感官都敏锐了起来。

许稷撑了伞将她送出门，千缨抱着樱娘转过身来叮嘱："你记得按时吃饭！别忙起来就什么都忘了，这么大的人日子也不会过，真是让人操心。"

她说着说着便不高兴，许稷则是频频点头连连称喏，整个妻奴模样。

听完念叨，许稷送她上了马车，又对庶仆妻交代了一些事，这才放心后退一步，目送她离开。

练绘穿着蓑衣上马，与许稷及王夫南道了别，一挥鞭子便奔至马车前面，领着千缨等一众人离了泰宁使府，往西向长安去。

沂水迢迢路漫漫，此行有人帮衬也算是好事，尽管之前许稷反对千缨与练绘同行，但河南道如今并不太平，千缨一介女流，就算带了庶仆，真遇上什么要出面的事，也会很麻烦。练绘姑且也算得上正人君子，在保持距离方面自有分寸。何况中间还有个樱娘牵扯着，最后思来想去只能是让千缨与练绘同时走，但各走各的，必要时帮衬一番。

送走一行人，许稷径自回客房收拾行李。

王夫南走到门口恰好看见，惊问："你要走吗？"

"州府随时会有事，搬去住方便些。"理由堂堂正正，但只是其一。重点是千缨走了，她没有继续留住在此的道理。

许稷要将行李拎出门，王夫南长臂一撑，挡了她去路。

许稷咬牙："行李很重的，快让我出去。"

王夫南一把夺过来："我替你拎。"

"要送我去州府吗？"

"不，就这么站一会儿吧。"王夫南极度识趣，知她决定了的事几乎没什么好商量的余地，就索性不求她留下来，只求这么安安静静待上一会儿。

庭院中的雨悄无声息，王夫南站在门口，将许稷面前的光全部挡去，她便被罩在那阴影中。想抬手，手却背到了身后；移开目光，瞥见窗棂上栖着的一只栗毛雀，好歹分散些注意力，心神便又定下来。

"站够了吗？"她转回头看他一眼，但对方却闭着眼充耳不闻，似乎当真很享用这安静相处的时光。

"真想将你困住啊，却又不能。"王夫南纯情地想着，撑在门框上的手却伸过去，按住她肩头，想说什么长篇大论，最后却只是长叹一声，"保重啊。"

"不用了，我们很快会见面。"

莫名其妙地说什么保重，好像她要去天边似的。

"嗯？"王夫南霍地睁开眼，"很快会见面是什么意思？"是府里伙食太好了所以还会来蹭饭吗？以后仍可以同吃同饮的意思吗？

许稷挪开他的手，重新拿回行李，公事公办道："晚上我会遣人来请，望大帅勿提前吃晚饭。"她伸手将他搡到一旁，拎着行李从小门挤出去，罔顾王夫南追问，速喊了庶仆来，匆匆忙忙逃回州府去了。

留了个大悬念就直接溜了，简直奸诈！王夫南愤愤地想。

但也不容他多想，许稷一走，马上就有消息来说，卢龙节度使弃了旄节突然遁入空门了，幽州混沌一片，周边几镇纷纷动了念头，河北怕是要乱。

河南道紧挨着河北道，万一河北乱起来，泰宁难逃影响。他转头吩咐匆匆跑来的小仆，令副使、支使、判官推官及参谋等人至使府合议。

而许稷一回公廨，就去了州狱。

褚参军被关了好些天，又遭受练绘的精神打压，几乎放弃希望，颓丧得要命。这日他正躲在沉甸甸的寒衾下瑟瑟发抖，走道里却响起脚步声。

那脚步声越走越近，至牢门外停下来。

褚参军当是狱卒来送饭，也不高兴理会——牢饭想起来真是令人万念俱灰，他继续窝着，一动不动。

许稷抬手敲敲铁柱子，褚参军顿觉不对，翻过身抬首一瞧，见正是许稷，惊得差点从窄榻上滚下来。他这阵子深感许稷心黑手重，实在懊恼早前轻视了此人！想他姓褚的顺风顺水了半辈子，今朝却栽在这强盗一样的臭小子手上，真是运道太差！

褚参军心中既不平又害怕，见识过练绘的手段，他知道许稷的手段也绝不会仁慈到哪里去，于是突然毫无气节地扑通跪下了下来。

许稷也不拦他，蹲下来与他道："褚参军乃沂州府不可缺之材，精于计算运筹，当然假账做得也很漂亮。该有的证据某都已经留了，本要上报，但眼下州府缺人，某将此事压了下来，望褚参军以后勿再踏入迷途了，走太远是回不来的。"

褚参军闻言，惊讶抬头，各番心思乱涌：这话什么意思？既往不咎？要重新用他？仔细一想却并不是这回事——许稷的话分明是说：

"你那些作假的手段或许瞒得了旁人，但逃不过我的眼睛。因你尚有余热才用你，所以收起那些花招老实干活儿吧。"

褚参军想明白这点，连连称喏。

许稷起了身，忽有一狱卒嗒嗒嗒跑来，双手奉上钥匙："许参军！"

许稷手掌狱门开关之权，落在褚参军眼中则又是警告：既能将你放出来亦能将你再关进去。

褚参军擦擦额头冷汗，忙爬起来作揖谢过。狱卒便又送来入狱前穿的公服等，容他换完后，许稷早就离开州狱回公廨去了。

褚参军沿阶梯走上地面，被深秋细雨淋了一头，冷得搓了搓手，心叹：这财权从此就彻底落入许稷手里了，此人可真是集权主义的典范啊。但奇怪在于他并不热衷谋取私利，难道是为了博个好名声吗？轻利者会重名誉吗？褚参军摇摇头觉得费解，一抬首见阴云沉沉，天也快黑了。

许稷遣庶仆去使府请干夫南，然他却迟迟不来。

倒是庶仆先折回，报道："大帅正与僚佐商议要务，说是一时走不开，要晚些时候再来。"

天彻底黑下来，雨声越发大。许稷从案后起身，走到窗前朝外看，神思也随风飘入细密秋雨里。也不知千缨在路上如何了，按说该到驿所歇下了吧？能睡得好吗？

正走神，吏佐忽来报："参军，大帅——"

他还没报完，王夫南嫌他啰唆就一脚踏进了门，大步走到许稷面前卖可怜道："从嘉，我快要饿死了。"

"那走吧。"

"去哪儿？"

"去吃些好的，庆祝下。"

纯情王夫南轻信了许稷的话，兴高采烈登上了车，端着一张稳重脸，内心却雀跃得像个稚童。

走了一段路，车子忽停了，王夫南率先抢过伞，决定先下车给许稷撑伞。可他刚下去便又探进头来，不满质问道："来这儿做什么？！"

许稷不回，起身弓腰下了车，也不打伞，径直走向叶宅大门。

王夫南极不情愿见叶子祯，但见许稷淋雨又实在狠不下心，毫无原则地追了上去。行至堂屋门口，许稷道："大帅能至此地，许某感激不尽。"说罢朝王夫南深深一拱手，"请。"

堂屋门应声打开，两人被请入，作为主人的叶子祯则抱着兔子候席多时。兔子总一脸你欠我百万贯不想理你的破样，叶子祯看着走进来的两人则是笑靥如花。

王夫南会来简直出乎他预料，本以为要老死都不相往来啦，真是小心眼！他忙起身让了主位给王夫南，自己则甘坐于下首，又让许稷坐在对面。王夫南沉着脸入席，酒菜陆陆续续送上，他便埋头吃起来。

许稷饮了一口温酒，开门见山："今日之宴，是为沂州回易务一事。"

"还要议吗？不是说要交给在下吗？"叶子祯问，顺带瞥了一眼王夫南，"莫非参军做不了主，还要请示泰宁观察使不成？"

王夫南算是听出门道了，许稷这是勾结了叶子祯要将回易务的权力一把抓过去！

回易务眼下属于泰宁军的军费补贴来源，贸易往来自然也由泰宁军控制，但泰宁军中实在没有经商奇才，以至于回易数额总无法令人如意。换个人来经营吧？可他又瞧不上什么人。叶子祯是块好材料，但又偏偏是个烦人的断袖！王夫南一点也不想同他有什么来往。

就在他寻觅其他人选时，许稷却出手抓住了叶子祯，并要他将回易务的财权拱手让出来。天底下哪有这么便宜的事？！

许稷道："回易务是为补贴军费所设，控制权理所应当归使府所有，州府也不是要全拿回来——"她先让一步，"只求使府出让部分经营权，容州府入一半本钱，倘有余利，按六四分。"

"前阵子你大动干戈收回公廨钱，便是为了参与市易吗？"王夫南搁下酒杯看她，"公廨钱不放高利贷，放到回易务去经营，听起来是不错，可我为何要容你入本钱？"

"因大帅手下的回易务，非常差劲。"许稷直言不讳。

她这话简直戳中王夫南痛处，论经商理财，他完全不及面前两个人。所以这回易务在他手中，确实也开不出什么花来。但许稷身为州府长官，做这种事就是在抢使府的财权。不，她这招，是想借他使府用不上的荒地来种菜，倘若进行得顺利，对双方而言或许会是共赢。

叶子祯等了老半天，却不得王夫南答复，便道："大帅迟迟不答难道是因记仇？"

"记仇？"许稷往火星上淋了一勺子油。

"哦，是因为上回……"不遗余力地继续烧吧！

"你闭嘴！"王夫南霍地站了起来。

叶子祯微笑，同时又看了一眼许稷。

王夫南越是紧张激动，事情就越有趣。叶子祯一直按捺着心中秘密，但现在快压不住了，好像张口就要将王夫南的滑稽事情抖搂出来，于是一脸的"我就快要说啦你赶紧答应放权！"，弄得王夫南心神烦躁。

"容你入本钱。"王夫南被逼得无法，坐下来连忙补充道，"但分成还需再议。"

"六四竟还不满意吗？州府可是出一半本钱与人力的。常理应是五五分，但控制权在使府，这才额外让了一成给大帅。"

"分成少，州府才会有压力将总数做上来。这点不用谈了，我与僚佐商量清楚再给你答复。"

和军人简直没法谈生意，叶子祯摇摇头，喝了一口酒："你们分完，那在下的呢？"

"让许参军从州府的份额里支给你。"

"哦？若在下掌管回易务，则必要得审名军籍①，如此一来在下就是泰宁军的人，让州府拨给在下不大合适吧，还是应从大帅那一块拨

_____

① 审名军籍：让商户获取军籍，然后以地方军名义行商。

给。"叶子祯穷追不舍，就是不让使府占便宜。

王夫南简直怕了这两个人，一唱一和像是提早串通好的。

他正要反驳，叶子祯却抬眉看他，仿佛在说："别讲价哦，这已经是底线了，不然将你的事抖出来哦。"

王夫南闭了嘴。

一方面，此事使府并没什么损失，回易务这鸡肋扔到他们手里指不定还会成为肥肉；另一方面，则完全是因为他信任许稷，并愿意给她这个机会。

许稷也深知这道理，才敢带他来。若换是河北三镇的某个节帅，她绝无可能用这个办法。

宴席结束，外面的雨仍未停。王夫南起身要走，许稷便也站了起来。

叶子祯没理由再留他二人，遂抱了兔子起身，亲自送他们出门。

王夫南走在最前面，叶子祯由仆人撑着伞走在许稷身旁。

他压低了声音与许稷告密："十七郎有次醉酒，非拉着我的手说喜欢之类的屁话。我觉得他不算赖，等他清醒了就也与他坦白心迹，说'十七郎，在下对你也有好感，可以考虑考虑'，但他听完突然嫌恶我，从此记上了仇。唉——"

叶子祯道："大约是单恋某人求不得，你认识哪位叫卫嘉的人吗？"

还真是纯情执着得可怕！

许稷连连摇头："不认得。"

"说起卫嘉，我一个早失了音讯的表妹也叫卫嘉。"叶子祯说，"不过也不知是生是死，我姑母或许带她一起去见姑父了吧。"

许稷并不是不知这一层关系。她母亲正是长安城中世家女，出身名门，下嫁寒门出身的骁勇将军，也算美人配英雄，曾传为一段佳话。而这位世家女，与叶子祯的父亲恰是从兄妹，故叶子祯应唤她一声姑母。但她母亲出嫁时，叶子祯才刚出生，之后也未怎么见过，叶子祯对这位姑母几乎算是没有印象，更别提和卫嘉有什么交集了。

可没想到这位表兄后来竟与她在一个学堂读书，由此有了一段交集，想来也是缘分。

许稷忽然问："叶五郎离开长安这么多年，还打算回去吗？"

叶子祯怀里的兔子动了动，他眸光不自在地闪烁了一下，却又淡笑道："回去做什么呢？长安还有人念着我吗？"

当年他的遭遇虽称得上惨烈，但都过去了。长安还是不要回了吧，免得徒增伤心。

已行至门口，要送两位难得的来客离开，他也该止步了。留不住任何人，也没有什么可真正惦记的对象。

偌大庭院里晃荡不停的风和止不住的雨，就是他的人生伴侣了。

王、许二人的马车嗒嗒嗒湿漉漉地远去，夜风涌进来，仆人问："郎君，要关门吗？"

"让风再吹一会儿吧。"

许稷与王夫南一路无言，至州廨门口，王夫南却不急着下车，开口道："若我是河北那群老家伙，早就将你推出去砍了知道吗？"

"知道。"许稷也不着急起身，自动放低姿态道，"大帅可是要指点一二？某洗耳恭听。"

王夫南瞥一眼她低下去的脑袋，忍住按她头的想法，心平气和道："你这般行事在地方上或许行得通，但回京之后最好收一收，我知你与那群阉党有血海深仇，但你不如他们不要脸，比险恶你比不过的，小心为好。"

"某在沂州敢如此行事，是沾了大帅的光。"许稷很识相地说道，"所谓看人做事便是此理，某定谨记大帅教诲，对其他人绝不这般鲁莽。"

"看人做事，对我就是这个样子吗？"王夫南瞥她一眼，内心纯情地想，既然看人做事的话，难道不该是用美人计吗？

美人计，他闭眼想了想，陡然又睁开眼，许稷恰看着他。

被许稷这么一盯，王某人顿时心虚："我没有想什么。"

"没有吗？"

王夫南摇摇头。

"那大帅还有什么要指点的吗？"

"可以换个地方指点吗？"

"某欢迎大帅到州廨坐坐。"

"可以睡在州廨吗？"

许稷霍地转过身去弓腰下了车，转眼手又伸进来抢走伞，嘱咐庶仆："送大帅回使府。"

唉唉唉，王夫南揉揉郁结的胸口，又悄悄撩起帘子一角朝外偷看一眼，许稷视线却刚好转过来盯着他，他遂又慌忙将帘子放下。

许稷戳在门口目送他远去，在门口站了会，独自一人走进了州廨。

这场雨断断续续下了大半个月，之后一路晴好至寒冬，空气也变得干燥起来。叶子祯审名入军籍，开始正式执掌回易务大小事情。

沂州素与河北、淮南道都有生意。本来河北这阵子不太平，许多生意人都纷纷避开，但叶子祯认为河北动乱物资一定紧缺，此时不赚更待何时，遂亲自去了。

进入冬季，州廨风平浪静，底下各乡县也开始重整户籍编造记账，纷纷赶在截止时间内送到州府。许稷作为通判官，再将州记账审核完毕，遣计使送往长安比部。

就在计使离开沂州后的第三日，许稷终于收到了从长安捎来的家书。千缨写字不好看，太复杂的字句也不会用，但每个比画都透着亲切，仿佛她就在眼前说话似的。

千缨说觉得长安比高密暖和多了，又说长安城仍是老样子，家中除了有棵树晒死了之外也没什么旁的变化；又说阿娘的毛病好一些了，让她不必担心；再说许山还送过野味山货来，小侄子长得特别可爱，嘴很甜会说话；最后说樱娘暂住在家中，挺好的。

其他的事她没有再提，一张纸便将所有要说的话都写尽了。许稷将那书信收起，回了一封，又封了钱喊人送去驿站。

做完这些，她盘腿坐在门口，揉着酸痛的骨头，外面温暖的阳光就"踱"了进来。

长安城内也是这般晴日。

年关将近，千缨打算与庶仆妻出门采买些年货。可她才刚开门，练绘就到了门口。千缨知他来找樱娘，恰好她要出门又无法照看孩子，便让庶仆妻将樱娘抱来。

"对不住，老夫人很想念孩子。"练绘抱过熟睡的樱娘，低声与千缨道。他还穿着公服，眼底有疲色，显是刚从御史台过来。

没想到御史连旬休也要熬夜做事到现在，真是辛苦哪！

千缨同情他的同时，又说："可樱娘实在认床，在练御史家恐是睡不着的，什么时候可以去接呢？"

樱娘忽然打了个哈欠，无意识地一掌拍在练绘脸上。小人睁开眼看看他，又咯咯笑起来。练绘对她露出难得笑脸，又对千缨道："晚些时候吧。"

千缨有些不舍地点点头，那边庶仆妻已经在催，她便与练绘道别，顶着帷帽上了马车，还不忘撩开帘子朝外看看。

练绘站在门口却不着急走，抱着樱娘看马车离开，这才转身往府里去。

东市里一派热闹繁忙景象，千缨犹豫再三还是买了酒，但因许稷不在，她买一坛就收了手，可还是觉得太贵了。不光是酒，盐的价钱也比当初离开长安时要贵上一倍，对于寻常百姓家实在是难负荷。是因为又打仗，还是传闻说的圣人大兴土木呢？千缨想不明白，她只能感受到最直观的生活负担。

这世道将来会比现在好吗？希望会吧，千缨单纯地期盼着。

与庶仆妻又逛了些店肆，千缨见天色不早，便打算回去。车子驶出东市往平康坊去，千缨忽然想起樱娘还在练宅，便让车夫改道先往练绘家去。

街鼓咚咚咚响起来，长安城渐渐入暮，抵达练绘家时，他家廊下都已点起了灯笼。

庶仆妻先下去，与门房讲了来的缘由。那门房却说练绘傍晚时有急事，一口饭都没来得及吃就直奔皇城去了，所以若要将孩子抱走，得问过老夫人。

那门房说完便至宅内请示练老夫人，而庶仆妻则折回来，将门房的话转述给千缨。

千缨听她说练绘急忙忙出门连饭都没来得及吃，心道难不成朝中出了什么大事？近来的确是有一些不大好的传闻哪！

她正愣怔之际，练宅的门房小仆忽跑了出来。他走到马车前一躬身，与千缨道："老夫人请王娘子至府中用饭。"

"哎？"千缨愣道，"要我过去吗？"

千缨犹豫一番，庶仆妻道："练侍御不在府中，与老夫人见面也无甚不当之处。官家女眷之间的往来并没什么的，娘子若打算今日将樱娘抱回去，还是应了吧。"

千缨觉得有理，遂下车随门房进了练宅。宅子不大，但胜在精致齐整，庭院里的花木也打理得恰到好处，看得出主人的雅趣。

因无风，廊下灯笼一动不动，只安静亮着。再往前走，便听得孩子的嬉笑声传来，很是悦耳。

樱娘是个机灵的孩子，该装傻时装傻，该卖可怜就卖可怜，见人不高兴就温温软软凑上来安慰，很会讨人喜欢。

练绘久未成家，练老夫人在冷冷清清的宅中无人陪伴，难免孤独。这小娃嘴甜懂事，给了她很大慰藉。可练绘却与她说这孩子是路上收养的，且格外黏许参军家的娘子，不能住在府里，只能旬假时带来看看。

老夫人一听自然失落，就想见见这位许参军家的王娘子，然一直寻不到机会。今日忽闻得王娘子到府里来接孩子，便趁练绘不在家，赶紧请她进来谈一谈。

老夫人忙让庶仆多备了碗筷，坐在堂屋中焦急等着。

千缨内心略是忐忑，行至门口脱掉沉重台履，走进去行了一礼，抬首却见练老夫人慈眉善目，看起来似乎不是难说话的人。

樱娘见她来了，赶紧黏上去，"阿娘阿娘"喊得分外顺口。

练老夫人瞅着很是羡慕，见她们"母女"二人这般亲近，早想好的措辞却是难说出口。唉，要怎么才能将小娃留下嘛！这算什么事哪，小娃到这里来喊祖母，回到王宅又要喊韦氏祖母，且小娃喊的阿娘还是别人家的娘子。

练老夫人暂压下这些念头，忙招呼千缨用饭。千缨吃得极谨慎，规规矩矩不敢造次，落在练老夫人眼中便又格外讨喜。想这样一个门阀世家的娘子，长相文雅，行事又有分寸，对路上捡来的孩子都能这样好便意味着心地善良，真是好人选哪，可惜……

怎么就成许参军的夫人了？

听说那许参军年纪还比她小上三岁，且头发都已白了，瘦瘦小小实在没有男儿气概。眼下虽仕途前景还不错，但还是比不上她练家的男儿嘛！

倘若那许参军在外勾搭了什么花花草草，回来想要与王娘子和离，那就太好了。练老夫人越想越没边际，等她察觉过来自己都吓了一跳，遂欲盖弥彰地同千缨笑道："老身常年抱恙，不便出门，更无交际，难免有招呼不周之处，还望王娘子勿往心里去。"顿了顿又说，"许参军沂州那边的任期还有两三年？"

"老夫人客气了。"千缨回说，"拙夫今秋赴任，按说要满三年，但眼下时局不定，诸事便不好说。"

最好不要回来了……

老夫人不切实际地想着，但又觉这念头可恶，忙压下去。

单纯的千缨全然不知眼前这面带微笑分外和蔼的老人家，竟想了那么长远的事。

一顿饭好不容易吃完，千缨终于开口与老夫人提要将樱娘带回去的事。练老夫人一脸舍不得，最终厚着脸皮道："王娘子，可否让樱娘今晚宿在这里？"

千缨微笑，却是低头问樱娘："樱娘呢？若想宿在这里，阿娘就先走了。"

"儿要与阿娘回去……"樱娘毫不犹豫地抱住千缨的腿，"改日会来看祖母的。"这几个月她被教得很会说话，虽还有些含混，但与刚开始比起来已好得多。

老夫人甚是气馁，想想却也情有可原，毕竟小娃与王娘子相处的时间更长也更亲密。

她暗叹一声，摸过拐杖要起身相送。

千缨忙道："请老夫人留步。"说着将樱娘抱起来，躬身行礼正要往外去，外面却骤响起脚步声，庶仆惊慌失措地跑了来："来了几位神策军，将门给堵了……"

"啊？"千缨低呼出声，樱娘吓得赶紧搂住了她脖子。

千缨也算见过大风浪，镇定问道："说为何而来了吗？"

庶仆愁眉苦脸回："个个凶神恶煞，问什么都不说！"

老夫人显也有些慌神，千缨看她一眼，将樱娘托付给老夫人，径直就往门口去。

让她一个女眷出面不好吧！老夫人想拦，可千缨全然不惧地大步走了去，她腿脚不好实在是追不上。

千缨至门口，瞥见庶仆妻还在外面等她，庶仆妻眼尖也看见她，连忙跑了来，可却被守在门口的神策军伸刀拦住。

庶仆妻道："这是我家娘子啊，只是来做客罢了。"

"吾等奉命行事，门内之人皆不可外出，请回吧。"神策军冷冰冰道。

庶仆妻一脸焦急，倘若不是她劝，千缨便不会进去吃饭，便也不至于被困了。然千缨却迅速与她使了个眼色，庶仆妻瞬时明白过来，二话不说先回去报信了。

千缨被困在练宅，安抚了老夫人的情绪，拿了偶人给樱娘，自己则心不在焉地坐在一旁等。她总有些不大好的预感，觉得有大事要发生，而宅门被堵，也可能不单单是因为练绘出了什么事。

就在她毫无头绪胡思乱想之际，禁苑内却已是一触即发。圣人自上月末罢朝至今，宫城内外皆有秘闻称圣人顽疾复发，恐是难愈，一下子群臣惶恐。然前日圣人却又于延英殿召见河北道裴节帅，谣言便不攻自破。

裴节帅与群臣道，圣人不过龙体略欠安，并无大碍，群臣便纷纷放下心来。然今日及暮，却有消息传来，称圣人病危，召群臣入东内听旨。

宰相以下五品以上等京官纷纷赶往东内中和殿，天色已黑尽，殿门外却是神策大军层层把守，群臣无法入内。

赵相公正要上前，却被左神策中尉陈闵志倏地拦住："相公且慢！"

"圣人令吾等前来听旨，难道眼下不是时候吗？"

陈闵志一张臭脸，不耐烦道："没错，不是时候。"

神策军乃北衙禁军，领军者唤作护军中尉，皆由宦官领任，陈闵志等阉党由此把持北衙军权，很是嚣张。

群臣对这群阉竖积怨已久，怒气正上来时，内侍马承元也走出中和殿门，后面哗啦啦跟了一群小太监。

"跪——"马承元扫了一眼，底下乌压压一片，什么紫袍绯袍金银鱼袋，在昏昧宫灯照耀下，糊成一片诡异的色彩。

群臣闻言纷纷撩袍跪下，当是听旨。

然马承元张口就道："陛下近来深信方士之药，服丹半年有余，今近酉时，服完丹药忽不省人事，尚药奉御及诸位御医救治无效，方才已是宾天！"

群臣大哗，已有人站起来要往殿门口冲，神策军上前就粗暴相拦。

马承元视若未见，阴阳怪气继续念下去："幸陛下留有遗诏，命太子嗣位，即日正位！"

是人都知道新太子尚幼，若非阉竖在皇帝面前搬弄是非，旧太子魏王也不会被废。群臣一直酝酿着要将魏王推回储君之位，然阉党却弄了一出皇帝暴崩、留遗诏立新君的戏码！倘若小太子一继位，阉党把持住小太子，其势更不可挡，朝中天幕再无明时！

赵相公率先起了身，神策中尉陈闵志拔剑直接指了过去："相公可是对遗诏不满？可是有谋逆之心？"

"说陛下暴崩是服食丹药所致，实情确如此吗？！"御史中丞瞪目高问，并呲呲道，"乃尔等阉竖杀害了陛下！尔等阉竖！"

陈闵志挥剑就要刺过去，马承元却收了所谓遗诏，阴阳怪气道："中尉慢着！"

陈闵志收回剑，忽冷笑一声："陛下体恤诸位，怕诸位大半夜到这地方来了家人无人照看，特遣派神策军至诸君家中护卫，还望诸君不要辜负了陛下一番好意。"

群臣皆被闷了一拳，有所准备的还好，全无准备的这时心都提到了嗓子眼——体恤？好意？

分明就是威胁！言下之意便是："尔等若是不服，就同你们的无辜家眷一道去死吧！"

练绘正要起身，赵相公按住了他的肩。

赵相公到底沉得住气，阉党势力不容小觑，眼下硬碰硬抗争反而是给阉竖送定罪贬官的理由，此事还需从长计议。

众人见赵相公再次伏了下来，忽然都安分了许多。

练绘一直被赵相公按着不得出头，他趁陈闵志不注意时压低了声音与赵相公道："当务之急，是护魏王之周全。若下官猜得没错，阉党定会对魏王动手。"

倘若群臣认定的储君被阉党杀死，那他们就真连最后一招也没了。他仍是压着声音道："魏王离京已近一月，眼下应抵河南道。倘若再往北，便是彻底入了贼穴！"

河北藩镇正乱，河北节帅又多与阉竖有牵扯，倘若宦官以"不幸卷入战乱丧于途"借口杀死魏王，就真是逼人吃哑巴亏！

练绘续道："应速发信至泰宁王夫南，要拦下魏王！"

他话才刚完，眼尖的马承元狠挑眉，厉声道："练侍御可是有不满吗？！"

第十三章·计中计

马承元忽然变脸，像是要拿人开刀，群臣纷纷倒吸冷气，不敢再作声。

腊月夜晚本来就冷，偏偏风又大，一干人等硬是在东内中和殿外跪了一宿，到天蒙蒙亮时，马承元才允几位紫袍相公进殿，并委与尚书省速筹办储君即位典礼及国丧事宜。

冷霜覆地，地砖冰凉，诸臣膝盖都快废了。天边一轮昏日迷迷糊糊地升上来，像被蒙了一层雾。那微弱的光从东边一点点攀升着，简直毫无温度。几位紫袍相公自中和殿内出来，礼部几位属官已是捧着一件件敛衣送进去了。

帝王丧事大多数时候并不会手忙脚乱，因帝王们几乎一早都安排好了自己的身后事——年纪轻轻就为自己修建陵墓，准备大小敛衣、梓宫等，真到了一命呜呼的时候，重要的东西几乎都已置办好，丧事反而能有条不紊地办下来。

与帝王丧事相伴的，往往就是新君的正位之礼。本朝通常会在丧事完毕之后再行新君登基礼，但也有怕局势不稳、生枝节的时候，新君便会在先帝发丧前就匆匆忙忙即位。

　　一个终结，一个开始，这两件帝国大事挤在一块，最心烦身累的便是尚书省礼部官员无疑。众臣哪怕都被放了回去，礼部官员却只能打起精神往来于禁苑与皇城之间，熬上几个不眠不休的日子。

　　腊月要走到头，元月在即。本是欢欢喜喜过年的时候，长安百姓却只好收敛了心思，凄凄惨惨地挨过这国丧期。

　　练绘未能及时回家，而是被抓了进去盘问。马承元到底还是追究了那晚几个出头鸟。冒头的御史中丞已是个老人家了，也被逮进去好一番审问，无非是些什么莫须有的谋逆之心。

　　心这种东西怎么证明呢？正因无法证明，这污水才能随便泼。

　　御史中丞眼看自己将要被贬，却很是凛然。大约是对这朝局失望，遂对被困隔壁狱房的练绘嘱托了许多事，又说自己孑然一身已无所谓生死，最后"咚"一下，撞墙死了。

　　这位年近七旬、晚年丧子又丧偶的老人家，一生清正，最后却以这样激烈的方式自绝了人世。纵然看多了生死的练绘，此时却只能抿紧了唇。起初入宦海，不过是想给母亲更好的生活、想要光耀练家门庭，但这舟越行越远，见过更多海风海浪，心中便不仅仅是那些最初的期许了。

　　这世上能凭一己之力改变的事太少，但有同行共梦者，便奢求真的能改变什么。

　　帝国躯体上遍布的蛀虫能清得干净吗？血脉拥堵之处又能否疏通呢？能再回往日盛景吗？

　　练绘缓缓睁开眼，微弱的光从小窗蹑足而入，一枝小小的藤花在这冬日里迎着凛冽的风盛放了开来。

　　另一边的练宅，千缨也被困在此好几日。

　　这天神策军终于撤走，她赶忙带了樱娘要回去，临走又不忘安慰老夫人："既然神策军已撤走，应是没什么大事了。"她顿了顿，又补充道，"晚辈会替老夫人打探一番练侍御景况的。"

　　练老夫人本来身体就虚，被这一吓就更是不好，若不是这几日有千缨和樱娘在，她怕是也撑不过来了。听得千缨这样说，她病病弱弱点点头，抓住千缨的手久久不放，眼中全是重托。

千缨深吸一口气，待她松了手，深深行了一礼，遂领着樱娘回去了。

她阿娘韦氏听说她被困练府，也是好一阵着急，这下看女儿平安归来，这才放下心。

"你可万不要出门了，眼下局势很是吓人哪。圣人宾天那晚，我们家外面也守了一群神策军呢，吓死了。"

韦氏让她在家待着，但千缨哪里待得住。她答应了练老夫人的事，总归要做到，于是她翻出许稷的男装换上，从后门悄悄出去打探消息。

京中一片人心惶惶，圣人宾天的消息传下去，诸道诸州乃至各方镇，一时间都人心动荡。

王夫南收到急报这一日，许稷恰好从沂河回来。她亲自带人对沂河通往运河的道路进行勘测绘图，并详细做了工事预算，正要呈至使府给王夫南过目，王夫南却于使府中愁眉不展。

圣人宾天的消息传来，同时抵达的是尚书省发来的急报，让他务必阻拦魏王入河北。

许稷进使府时，王夫南正传令至各驿所，一得魏王消息，便即刻将其请到使府来。

吏佐得令纷纷退下，许稷也走到了门口。王夫南抬首看见她，许稷则规规矩矩行了个礼，这才脱掉靴子步入屋内。

王夫南未起身，屏退左右，指了对面的位置令她坐。

许稷瞥见他面前急报，也不言声，只将手中预算簿子递了过去："请大帅过目。"

王夫南心思不在这上面，他盯着许稷看了好久。

这家伙一走就是好些天，一看就是没吃好睡好，看起来真是潦倒。

"从沂河直接过来的吗？"

"是。"

"圣人宾天的消息知道了？"

"知道。"

"你还挺灵通。"王夫南掩住面前急报，叹气道，"去洗把脸，吃口饭再来。"

许稷确已感到饥饿。千缕走后她过得简直一塌糊涂，州廨到处冷冰冰，从沂河回来竟不自觉地就直接来了使府，好像这里有一团温暖火焰，可以驱散她长久以来的疲惫与寒冷。

真是贪心哪。

她起身去洗了把脸，重新系好幞头，折回堂屋，热腾腾的饭菜已在等她。

天色渐渐暗下来，案前一盏灯温温亮着。许稷埋头吃饭，内心则思量着如何开口说这段时日探听到的一些事。

王夫南也不饿，只坐在另一张案前看她吃。

然这温馨气氛却未能持久，吏佐忽至门口，咚咚咚敲响了门。王夫南回神应了一声，吏佐便入内将一张字条递给王夫南。

王夫南拆开字条陡蹙眉，许稷抬头："怎么了？"

吏佐道："大青山有匪人称现已抓得魏王，要大帅今晚亲自带钱货去领人，不然就……"

"就区区一张字条？"王夫南抬头，"骗鬼呢。"

吏佐"哦"了一声，忙又双手递上一腰牌及一块衣料。

许稷眼尖认出那腰牌及衣料应是魏王所用，如此说来，魏王倒真有可能在他们手上。不过——许稷看一眼那吏佐："你先下去吧。"

王夫南看着那腰牌与衣料沉默不语。他知道这些意味着什么，倘若魏王因这种缘故遭遇不测，他哪头都不好交代。

群臣之间虽然也有争斗，但一旦站到宦官的对立面，他们便又合为一个整体。魏王是朝臣对抗阉党势力的希望，万一他保不住魏王，则无法于朝臣前立足；且乐得弄死魏王的宦官，也可将脏水泼到他头上，反而怪他保护不力令魏王死于贼人之手。

所以，魏王不能死，尤其不能死于匪贼之手。

他正要起身，许稷却忽然走过来按住了他的肩："不要去。"

"什么意思？"

"下官认为其中必定有鬼。"许稷坚定地说，"大青山一带，如今根本没有匪贼窝点。"

"没有吗？"

"没有。"她上任后特意盘查了解过境内匪类据点，大青山一带几年之前是有一群土匪，但后起内讧，不是死了就是逃了，如今根本没有人。

"或是临时聚集呢？"

"那就更不对了。"许稷看着他道，"大帅今日收到急报，下午才将寻魏王消息的命令发出去，这才多少时候就收到了匪贼绑人通知，难道不会太巧了吗？"

"你是怀疑——"王夫南微眯了眼，"使府有奸细？"

许稷颔首，王夫南不语。使府有奸细一事，他早有怀疑，却一直抓不住把柄。

许稷见他不说话，又道："匪贼圈定了时间，并点名要让大帅去，怎么看都像是调虎离山之计。眼下要紧关头，大帅擅自离开，倘若使府出事，后果将不堪设想。"

她的担忧王夫南岂能料不到？

于是他道："倘若按照你的思路来说，使府中有奸细盯着，那更不能遣人替我去——一来，他们会知道我没去，二来，眼下使府中的人并没有我能信得过。"

"副使也信不过吗？"

"信不过。"

"那下官去。"

"开什么玩笑？！"王夫南斥道。

"大帅不必担心下官与你身形差太多会被看出端倪，下官自有办法，只需借大帅一身盔甲即可。"许稷仍不死心。

王夫南霍地抓住她双肩："给我好好待着。"他说罢松了手就要往外去，许稷却冲过去抱住了他。

王夫南从未试过被人从身后抱着，且对方还是许稷！

他不由身子一僵，然许稷却在他愣神之际，迅速抽了他的腰带，往上猛地勒住了他的脖子，屈膝给了他狠狠一击。

王夫南全未料到许稷会做出这等事来，痛得龇牙咧嘴之际正要发问，许稷却不知哪来的滔天气力，将他反压在地，反捆了他的双手。她下手极狠，王夫南到这会儿却还当她在开玩笑，妄图以言语说服她。然许稷却利利索索收拾完，起身对他拱了个手。

"你玩真的？！"

"没错。"许稷走向屏风后挂着的那沉甸甸的盔甲，将其收进包袱，又走到王夫南面前，再次拱手，"若大帅不想看我因'以下犯上''妄图谋逆'这种罪名被抓起来，就请等我走了之后再喊人。"

王夫南拿她简直没有办法，许稷飞快别开脸，不敢对上他的目光。

但她想了想，仍是走上前，俯身郑重地抱了下他，笃定道："大帅请务必守好使府，下官会活着回来的。"

言罢再一鞠躬，抱着包袱就出了门。

王夫南费力地解开腰带，将亲信喊进来。

亲信见到他吓了一跳："大帅方才不是与许参军一道出去了吗？某问大帅做什么去，大帅还不理我！还是许参军说大帅要去剿匪，某才知道……"

他啰里啰唆，还没说完就被王夫南打断。

许稷这家伙一定是喊了自己的副将扮作他，实在恶劣。

王夫南道："在这见到我一事对谁都别说，让周指挥使带人去大青山支援，确保人质安全——"顿了顿又补充道，"还有许参军。"

亲信吓得连连点头，赶紧往外去。

而许稷这时早带着两队二十旗的兵力离了临沂，直奔大青山。这队人中多为州镇官健兵，几乎都是许稷亲信，平日个个训练有素，精兵是也。

一路马不停蹄，逼近大青山速度却放慢下来。

许稷将地图铺开，熟悉地形的副将持火把伸过去，道："还有五里地，往这边行就是大青山主峰下的坳谷，这坳谷里很可能有埋伏，参军要避开这里绕道上山吗？"

"大青山虽高不到千米，但东梁山岩却十分陡峭，这里设防很难，倘若他们也是初来乍到，就更容易忽视东梁的防御布局。"

许稷抬首看向一队长官："卢列校。"

"在！"

"率一队从东梁上山，注意勘路，确保不会中埋伏。以三声响箭为令，闻之往上合围，若未闻则及时撤退。"她说完将撤退路线又重复了一遍，再问，"明白吗？"

"喏！"

"二队跟我去峰下坳谷。"她说完收起地图，"敌人定不是什么山匪，所以多加小心。今日目的是救魏王，倘若确定魏王不在这里就立刻撤，不要在这里和他们硬拼，明白吗？"

众人齐声称喏，一队得令，卢列校便带着二百五十人绕小路往大青山东梁方向去。而许稷则带了二队一众便衣骑兵向坳谷缓行。

行了两里路，众人纷纷下马，二到五旗分散埋伏，许稷与副将带一旗前去勘路，没想一路竟根本没有所谓埋伏。不远处可见哨岗，且与他们一样，也都穿着乱七八糟的便服，贸一看还真像是山野土匪。

许稷观察了好一阵，打手势告诉副将，令他即刻回去转告二队诸旗，让二旗留原地哨岗待命，三、四旗则往南边哨岗待命，五旗往北边浅河处待命。副将得了信号及行动约定，便猫着腰悄悄折了回去。

许稷身后几个士兵纷纷屏气不敢出声，许稷右手忽伸向北方，做了个迂回的手势，并通知其中一伍长带俩人往那边去。

那伍长瞥见岗哨那少了个人顿时明白过来，带了手下两人就往北边去。

往北荒凉无人，只有一条浅河，那哨兵离开岗哨到那边去大解。

他正解到舒爽之际，连屁股也没擦，就被忽然冲过来的二人按倒在地。

"干什么——"

"闭嘴！"一士兵捂住其嘴，那边伍长赶紧佯作犬吠声，汪了几声后，许稷猫腰跑了过来。

许稷道："问他口令。"

"将暗号说出来，放你一条生路。"

那被捂住嘴的哨兵拼命摇头。

"何必呢？"许稷在他面前蹲下来，"这世道混口饭吃而已，这么义气谁在乎你？"

哨兵想想，点点头。

士兵倏地松开手，那哨兵就道："猪是谁杀的？关二爷！"

许稷起身："满嘴谎话，杀了他！"

伍长拔刀就扎下去，那哨兵惊叫一声显是吓坏，实话便脱口而出："今晚吃什么？今晚不吃！"

"土鳖！"伍长起身，将哨兵留给士兵处理，跟着许稷就往回走。

"参军怎知道他头一个是谎话？"

"吓吓他而已，那种人不到真正临死关头基本没实话。"

哨岗那边似听到了方才的尖叫，已经起了动静。许稷回头看一眼伍长，伍长便倏地止步往后撤。

就在这时，许稷忽然高喊："有人，河对面有人！"

她话音刚落，便见浅河对面纷纷亮起火把。

岗哨那边一众人闻得动静，一个个速往这边奔来。许稷捂住肚子猫着腰，撞上迎面跑来的哨兵。

一片暗光中，连人脸都瞧不清，根本分不清是不是自己人，许稷大着胆子只管瞎说："你们都往这儿跑，总得有人回去汇报敌情吧！哎哎哎肚子疼得要命，我这就去！"

她言罢一阵狂奔，至入口处，却仍有人把守。

"做什么的？！"

"报告军情！"

那人打量她一番，却仍是报出了口令："今晚吃什么？"

"今晚不吃！"

那人略有疑惑，却仍旧放行。行营中以口令辨别身份，尤其在这种临时组建的队伍中，各队代号混乱，根本不可能个个都互相认识，只能靠询问口令来辨别对方是否为自己人。

许稷前脚刚进去，后脚就拥上来十几个士兵，速将守卫弄死拖走换了一拨自己人，其余人则跟着许稷往里走。

一路遭遇口令盘问数次，许稷面不改色继续往山上走。

而这时主营内进进出出皆是报信的——

"大将不好啦！南边也打起来了！"

"坳谷竟也来了兵！正往这边投火石呢！"

一时间，山中乱糟糟。

"真是乌合之众。"跟在许稷身后的伍长暗想着嗤了一声。

许稷带兵继续往前走，至一拐弯处却忽被人喊住："你谁啊？往哪儿去？"

许稷转过身煞有介事道："三面都打起来了，眼下只有东边能逃，大将让我去将魏王带走。"

"带魏王走？"那人眼中闪过一丝凌厉，"哪有什么魏王？你他娘的到底是谁！"

许稷一看被识破，手腕微微一抬，伍长及士兵立刻拔刀朝那人砍去。

顷刻，血溅了她一身，许稷抬手抹了下脸，转过身嘱咐："处理掉。"伍长及时跟上来："听那人话，魏王似乎当真不在这里，眼下可是要放信号撤？"

许稷却不下令，只算了下时间就继续前行，且步子越来越快。她一路走得实在太坦荡，口令对答如流，问做什么，全是回"有重要敌情向大将报告"。倘若有人说只能转告不让她继续往里去，就是被狠

半子 · 283

狠一瞪："你有什么资格转告？"

因一身血污且实在太霸道，识相的小卒只当这人是什么不得了的长官，便只好后退。倘若遇见不识相的，二话不说直接砍。身后跟着的士兵也是个个像螃蟹，就这么一路横行到了主营外。

许稷深吸一口气，对主营外的守将报出了队伍代号，又对了口令，抬起手被简单搜了身，竟堂而皇之入了主营，之后深深一揖："大将！"

那所谓大将正烦着，头也不抬一下："有屁快放！"

许稷瞥了眼他两边戳着的小卒，其中一小卒盯着她的花白头发仔细想了很久，指了许稷忽尖叫起来："大将！某记得将校当中似乎没有这人哪！"

"怎会没有呢？你再看看！"许稷向前两步，拎过炉上滚烫开水就冲过去，对面的人还没反应过来她已踩到了案上，抬手就往下倒开水，那大将嗷嗷大叫往后一避，许稷将铜壶直接砸了过去，那俩小卒正要抓她时，伍长终于带兵冲了进来。

大将头脸烫得几乎疼昏过去，倒在一旁抽气。

许稷往后一退，寡着脸道："魏王在哪儿？"

"带着往……往东边撤了……"小卒支支吾吾道。

"你们是谁的兵？为何伪装成土匪？可是与泰宁使府里的人有干系？"

许稷一连串发问，那小卒哭着摇头："不知道啊不知道啊。"

"参军，依我看应是河北的兵。方才一路上来你听出那口音没有？"

"河北……"许稷恍然转过身，"通知一队逮住东梁一切可疑人等，协助二队诸旗收尾，你们几个跟我速回临沂。"

此时夜已深，匆匆忙忙下了山，却有大队人马围了大青山，正是周指挥使手下的牙兵。

周指挥使忙与许稷道出缘由，却遭许稷怒斥："简直胡闹！使府正是用人之际，让你带这么多人出来不是给人钻空子吗！"

周指挥使被她吓到，却说："怎么是用人之际？"

"有人要作乱！"

"什么？"

"河北兵都逼境了！我说前阵子怎么会有那么多流民，全是河北兵……"许稷这时不光是失察的自责，更多是控制不住的焦虑。

大青山这儿全是些废物，就是用来使调虎离山计的。他们本意是要将王夫南和精锐骗出来，随后里应外合占领使府，攻占牙城，夺得泰宁地盘，吃下这块沃土。

许稷骑上马狂奔回临沂，周指挥使亦领兵去救。

可惜，此时牙城已是大乱。

副使变节，勾结外兵叛府，罗城洞开，气势汹汹往内杀进子城，王夫南率亲兵抵抗，子城内是一场激战，血染夜幕。

僚佐不是逃就是死，拼到最后，敌伤一千自损了八百。

去捉变节副使时，王夫南后肩已经受了重伤。他也只是抹了下脸上的血，转过身就往牙城走。然他刚走进夹城，暗中却忽有人扑过来，杀他个措手不及，刀也被打落在地。

借着夹城中一片暗光，他辨清楚了那张脸，正是他泰宁府的副使。就在这一瞬之间，副使也抬手反掐住他脖颈，并吼了一声，迅疾翻身又将王夫南反压下去。

王夫南死死掐住他喉咙，副使骤然腾手，匕首一亮就朝下扎去，王夫南霍地一偏头，刚避开这匕首，那匕尖便又朝他咽喉扎去。

王夫南伸手握住那刀锋，上身侧偏，额角青筋暴起，血珠子不断往颈口滴，他猛吸一口气，后肩的伤却使他气力和耐力锐减，咬着牙似乎也扛不下去。

就在这时，他忽然听见急促的马蹄声。

那马蹄踏着血，越过尸体，逆着蕴满血腥气的风，穿过罗城子城，朝他奔来。

与那声音一道逼近的，还有一支钢头弩箭，箭头几乎是转瞬间就穿透了副使的胸膛。

握着那匕首的手顿时失了气力，副使沉沉压下来，王夫南差点呕出血来。他睁眼看天，夜幕将要撤回，曙光将至，但风却不停，吹得他一句话也不想说。

马蹄声在他耳旁停下，许稷翻身下马将副使翻到一旁，将他拖起来。

两个人几乎都面目模糊，血与汗混杂，头发乱蓬蓬，身上衣裳也不再齐整干净。王夫南抿紧了唇一言不发，他几乎耗尽了力气，就只这样看着许稷。

此时只能听到风呼啸而过的声音，许稷面上毫无波澜，最终只闭了闭眼，将手掌按在他肩头伤处，手臂收紧，沉默地拥住了他。

天实在是太冷了。

混沌不清的风涌进夹城，一呼一吸间，胸腔里尽是汹涌血气。许稷按着那冷硬甲衣，手心的血也渐渐转冷，她几乎感受不到他心脏的跳动，也感受不到他的呼吸，只察觉到沉甸甸的疲惫压在她肩头。

不要死，振作一点。

她想撑他起来，却根本挪不动，几次努力尽是徒劳。

好在有小卒及时赶到，将已经昏迷的王夫南抬进牙城，又速去喊了郎中来诊治。

夹城内又只剩了许稷一个人，她走去牵了马，手握缰绳站在那血途中，想起一些事——那些她在母亲小札里读到的，大意是说人命比想象中坚强，却也比预料中脆弱。坚强在于不知它何时会爆发出怎样的能量；脆弱在于太容易消逝，像手中握着的一根丝线，稍不留神就滑走了，想抓却再也抓不到。

而母亲写下这些的时候，父亲已经失去了音讯。

抓不住会怎样呢？许稷没有继续往下想。

她独自在牙城入口站了很久，才牵马离开了夹城。

天边渐渐有了光亮，前面的叛乱还未结束，都指挥使领着牙兵收尾，将还活着的叛军、敌军统统抓了起来。看样子似乎赢得了卫城的胜利，实际上却输得十分惨烈。

因泰宁使府多位僚佐被杀,王夫南又重伤卧床,使府一时间缺人带领,都指挥使便将许稷请了回来,这时许稷已接连三天没睡了。

她见缝插针在车里眯了会儿,到了使府便跳下车,由牙兵领着往里去。

都指挥使、判官与她一起将这两日所查情况梳理了一遍,最后许稷将纲要递给支使:"按这个起草上报文书,之后拿给我。"

她疲惫不堪,走出门又问都指挥使:"大帅醒了吗?"

都指挥使摇头:"血止住了,脉搏也还好,但就是醒不过来。某觉得大帅很沮丧,说实话前几日那样的状况,在他眼里其实已算惨败。但当时那景况,除了硬拼还有什么其他办法?难道将使府拱手让给河北痞子吗?"

许稷抬手按住隐隐胀疼的额角:"知道了,我去看一看。"

她低着头大步走去王夫南寝屋,庶仆赶忙退下,只留他二人。许稷坐在榻前胡凳上,安静地等了一会儿,后来熬不住,于是手撑额头闭目睡。支离梦境像破碎铃声,细细杂杂叮叮当当,让人更累。

天暗下来,最后连可怜暮光也一点点撤走,屋子便沉入了无边际的黑暗当中。

王夫南先醒了过来,试图翻动身体,却隐约看见坐在胡凳上的一个人:"从嘉……"

声音尽管低哑,还是唤醒了许稷。

许稷猛地坐正:"醒了?"随即又起身走过去,在床侧坐下,自然而然地端过案上茶碗,舀了一小勺水递过去,"不管冷热,先将就着饮一口吧。"

王夫南将那水饮下,许稷便要去点灯,可王夫南却伸手按住她手腕,正要道谢,许稷却说:"在高密时你也救过我与千缨,就当是还人情了。"

她轻描淡写说着,又迅速岔开话题:"这几日我已大约查了个明白。河北眼下一团糟,叛军逃兵无数,原魏博及横海几个失势牙将带散兵南下,一路招讨流民匪贼,与泰宁副使勾结,打算将泰宁府吃下，所以才有了那晚的兵变。"

她毫不避讳接着道："眼下的结果是，使府损失惨重，僚佐起码被杀了一半，至于士卒损失则更严重。善后工作很麻烦，抚慰金这笔开销就令人焦头烂额，州府不可能替你支这笔钱，希望你尽快处理。"

没有一句安慰，有的只是公事公办的态度。

"魏王呢？"

"安全。"

尽管许稷言简意赅，没有多加解释说明，却无端值得相信。

她做事比预想中要可靠得多。

许稷忽不再说话，她伸手端过案上茶碗，将余下冷水一饮而尽，随即低了头。

因身处暗中不必在意自己及对方的表情，她开口道："这次使府遭遇不测，某有失职之处，某将来必会多加注意入城可疑人员，确保不会再有这样的事发生。当然大帅也有失职之处，倘若能及时发现副使的变节心思，恐也不会酿此悲剧。"

都有失职，都需要反省。但眼下状况已是既定事实，只一味追责并无太大意义，路还是要想办法走下去。她说话的口吻越变越官方，每到这时，就像是要离他远去。

王夫南甚至都做好了她起身离开的心理准备，她却忽然侧过身，对他说："今日是除夕，新年要来了，这个年似乎会很艰难，大帅做好准备了吗？"

王夫南这才察觉她握住了自己的手，那只手不大，也不甚温暖，却很有力。

是鼓励。

王夫南点点头，觉得她说完最后的话当真要走了，可她没有，反是忽然俯身将头埋了下来。他一愣，才想起来她是学许久之前的自己。

那时在高密，他也是这么将头埋进她肩窝，渴望能暂时安放长久以来的疲惫，想要获取一点点力量。

许稷很累了，方才撑着说完那些话，脑子早已混混沌沌。她快撑不住了，想寻个温暖可靠的地方睡上一觉，王夫南这里就是个现成的好地方。

"从嘉？"

"别说话，我头太沉了，就借地方睡一会儿。"她做得比王夫南更无赖更随心所欲，像个四处留情的风流郎君，丝毫不将这样的亲近放在心上。

除夕没有热汤饭，也没有家人围炉夜谈的温馨，两个身在沂州的异乡人只能以这种疲惫又奇怪的方式熬过去。

尽管许稷睡得毫不在意，但她仍然避开了他伤处的那侧肩头。

新帝即位，改元并大赦天下，又赐钱予左右神策军，每人百缗。

然魏王却失踪了。

失踪的说法很是微妙，既不是一定还活着，也不是已经死了。留了个大余地，却分明是躲入了无人可寻的暗处。

朝野皆为之唏嘘，阉党则烦得要命，人到底死了没有呢？

不知道，无可查。

有人说死在了大青山东梁那场混战里，有人又说看他往北边跑了，众说纷纭，莫衷一是。而该谣言的始作俑者许稷，这时正忙着和泰宁使府回易务分利钱。叶子祯替回易务发了一笔横财，顺利从河北折回，不由沾沾自喜，坐在公房里想要向许稷邀功。

结果等了半天，许稷却一句表扬的话都不说。

叶子祯像个孩子似的坐到她面前，按住她面前的簿子道："你不能夸夸我吗？"

"你是小孩子吗？"

叶子祯点点头，并将手一伸，袖子一捋，展示一条刀疤："看到没，差点丢了条胳膊回来，河北人太狠了。说起来，朝廷是打算彻底放弃河北了吗？"

"不是朝廷想放弃，是不得不。"许稷继续算账，"连年战事灾荒已将国库耗尽，如今财政紧迫，馈运困难，想讨伐也没这力气，只会喊边上的方镇帮着揍。可哪个方镇这么好心？个个都自保心重得要命，没好处谁愿意蹚浑水。"

"倒是有理。不过——"叶子祯忧虑地皱皱俊眉，"河北这种斗法，最后还是我们倒霉啊。挨这么近，到头来免不了被揍。我听说使府损失惨重，正是被那帮河北痞子搞的，他们能来一次，就会来第二次啊。到那时怎么办？如今使府的兵力恐怕远不如之前了吧。"

"兵力少有兵力少的打法。"许稷皱眉咬指甲，"你给我的账对吗？算下来有问题。"

"你还懂兵法哪？"叶子祯完全没有抓住她的重点，"以少取胜这种事不都是奇才才办得到吗？比如我姑父卫将军，以千人从五万敌军中突围，那才是本事哪。王夫南有这本事吗？"

"本事不够运气凑呗。"许稷头也不抬，将另一边的簿子拿过来重算，"我给王夫南算过命了，他最近运道应该不错。"

"也是，凭空就让他分走这么一大笔钱，的确是撞狗屎运了。"叶子祯略有些愤愤，又对许稷道，"你不能做个假账骗骗他吗？扣下来的钱我俩分了。"

许稷忽抬头起身："大帅怎么来了？"

叶子祯闻言吓一大跳，赶紧拍拍屁股跳起来，回头一看却个人也没有，不禁破口骂许稷"死骗子"。许稷趁机抱着账簿从窗户逃离了公房，逃离了聒噪的叶子祯……

正月里头，整个京城还处在国丧的氛围中，千缨却开始了两头跑的日子。练绘没能放出来，练老夫人急得一病不起，然她又格外惦记樱娘，千缨只好时不时带小丫头去探望老夫人。

因跑得太频繁，难免引出一些是非。

就在正月快走到尽头时，不知是谁举告到了御史台，说侍御史练绘与沂州录事参军许稷之妻王氏私通，言之凿凿，且将从何开始都说得清清楚楚，甚至说幼女樱娘正是二人私通所生。

按律法所言，和奸者各徒一年半，有夫者徒二年。

倘若属实，不仅练绘会被继续关在牢里，且千缨也逃不过牢狱灾。

练绘与千缨私通被举告一事捅出来不过半天，王家内宅竟然全都知道了。这种事简直比瘟疫传得还快，在相对保守的高门大户中，倘若传起闲话来，反而要比外面传得更为恶毒。

韦氏身体刚好一些，出门去别家还个东西，就被阴阳怪气的指指点点吓晕过去了。王光敏还未回家，当事者千缨更是一无所知。樱娘生病，千缨与庶仆妻吃过午饭便带她去看郎中，到薄暮时分却还没有回来，庶仆便赶紧出门去找。

街鼓声将尽，王光敏终于忙完衙门里一堆琐务打了点酒回来，刚进门便发觉耳房小仆看他的眼神不对。

他瞪一眼："怎么了？"

耳房小仆忙摆手："没什么没什么……"

他于是拎着酒囊哼着小调往里去，至自家院门口，见双门紧阖，抬手就是梆梆梆三下："快开门！"里边却什么动静也无，王光敏抬脚就是一踹，院内冷冷清清，没一间屋子是亮着灯的。

他撂下酒囊就冲进韦氏的房间，却见韦氏卧床昏迷，怎么也喊不醒。王光敏速点了灯，恰这时庶仆及庶仆妻急急忙忙进了院门，一见屋内亮起了灯，走过去就在外面扑通跪下。

王光敏吓了一跳，庶仆妻抱着小樱娘哭道："十八娘被……被万年县的人带走了哪……说是犯了什么和奸罪，非要……"

"什么东西？！"王光敏打断她，"你再说一遍！"

庶仆妻哆哆嗦嗦又重复了一遍，王光敏扑通往凉凉地板上一坐，廊下顿时陷入一片沉寂当中。

樱娘尚不知发生了何事，她一直昏昏睡着，醒来却不见阿娘，只看到庶仆妻不停淌眼泪，就问怎么了，庶仆妻又不敢和她说什么，擦擦眼泪，将她哄入睡抱回来。在这当口，小家伙却醒了，趴在庶仆妻肩头不停地咳嗽。

重浊的咳嗽声将廊下死寂打破，樱娘挨着庶仆妻，咳得小小窄窄的肩背都在发颤。

王光敏醒过神，顿时将怨气都怪到了她头上，起身从庶仆妻怀里夺过小家伙，将她往廊下一放，气呼呼道："你走！都是你才有这些事！早就说我王家怎么能留别人家的孩子住，千缨还偏不听劝！现在好了吧？破事全他娘的来了！"

樱娘听出了怒气，隐约明白自己好像犯了什么了不得的错，于是双手捂住口鼻，怕咳嗽声会惹得王光敏更生气。她整个人缩在大棉袍里，站在寒风里瑟瑟发抖，眼眶红了一圈，她想要阿娘，她只想要阿娘……

然放眼望去，哪里有她的阿娘呢？

庶仆妻看不下去，可又不敢火上浇油，遂转移话题道："听说韦娘子不大好，可要去喊郎中来？"

王光敏倏忽记起房中的韦氏来，瞪了一眼可怜巴巴的樱娘，甩袖转头进去了。

庶仆赶紧去喊郎中，庶仆妻见状赶紧抱过樱娘，将她带回千缨的屋子，灯也不敢点，只说："家中出了些事，你不要怕，就在这里待着，晚些时候给你拿药吃，记住了吗？"

樱娘蒙蒙点点头，骤听得外边有人大喊："人到哪儿去了？！还不赶紧烧热水来！"庶仆妻听得催促声，随手扯过毯子将小家伙一裹，急忙忙就走了出去。

门咚地一关，樱娘惊得一缩。

没有点灯又无其他人声的房间，此时黑黢黢一片，与平日比起来像是突然变了样子。阿娘在的时候不会不点灯，也不会这样冷这样可怕……阿娘遇到什么事？她在哪里呢？还好吗？

与此同时，万年县衙门却彻夜进行着审问。

千缨认为这是无稽之谈，自然拒不承认。然不论她怎样解释，万年县尉却认定她没讲实话。这盆污水泼得太突然太荒唐了，且这种事根本无法自证。

万年县尉问了一连串——"你与练绘认识多久？""是什么时候好上的？""你为何三天两头去练宅？""上月你去探监是为

何？""樱娘可确实是你与他私通所生？"

千缨一一回答，努力撇清自己与练绘之间的私人关系，并特意强调樱娘是领养的孩子。

那县尉见她态度这般坚决，又问"那么是否是他对你先做出不轨之举你不得不应和？""他有无利用职权对威胁过你？"等问题。

千缨仍旧称否。

那县尉遂诱导说："你空口否认并无法洗脱嫌疑，和奸罪按律要徒二年，但倘若是练绘强迫你，便不能定此罪，你也可免去这二年牢狱灾。"言下之意分明是劝千缨自保，将污水都泼给练绘。

但千缨不愿承认未做过的事。

她与练绘之间清清白白，为何要承认二人之间有什么见不得人的关系？！

那县尉见她如此不识趣，便不再给好脸色，撕破面皮令衙役将她带下去，说明日开堂由明府再审。

千缨心中惦记樱娘，又担心家人听到这消息会受刺激。韦氏身体不好，王光敏又是臭脾气，真不知会闹出什么事来。然她自己也是泥菩萨过河，被衙役丢进最杂最乱的一间女监，一众狼狈罪妇见丢进来一个白白净净的宦门娘子，顿时拥上去一顿厮打，将平日里对门阀世族的仇愤一股脑全撒了过去。

千缨起初还与她们厮打，但毕竟仅有两只手两只脚，斗不过一大群人，且力气也尽了。最后头发被扯乱，嗓音嘶哑鼻青脸肿，只能老实缩在角落里大气也不敢出。

至半夜，女监里多数人已经睡了，打鼾声此起彼伏，也有人装疯卖傻时而低吟时而怪笑，听着可怖。

长夜漫漫，今晚格外难熬。

台狱中的练绘亦得了消息，但到现在也未有人来审问他，知道他们显然是打算将这所有压力全抛给千缨，逼得她一介女流承认此事。

知道审问对付他肯定很麻烦，于是就拿千缨开刀，简直卑鄙至极。

练绘一拳砸在铁门上，将打瞌睡的狱卒吓了一跳。

次日一早，万年县重新审理此案。大白天审案，于是多了些不相干的人聚来听。万年县又是富贵门阀聚集地，多的是闲得没事做的妇人，因自己不方便直接前往，就打发了庶仆小奴来听。

一身狼狈的千缨被带上堂，便引得唏嘘一阵。万年县令又是个特别恶心的老头子，问话十分刻薄，且言辞中处处存了偏见，千缨拒不承认，面对万年县令的刁钻审问和堂外不绝于耳的谩骂声和风凉话，她脊梁骨挺得笔直。

无惧，却也生气，自证清白很难很难，用死来证明可以吗？她甚至这样想过，但死有用吗？不相信的人仍会觉得是畏罪自尽吧？

她不能做这样令亲者痛仇者快的事。

但要如此咽下这口气吗？

她咽不下去。

就在万年县令打算动刑时，忽有人拨开人群道："让让让让，都聚在这做什么？！"一庶仆一王光敏就这样冲了进来，颇有些要闹事的架势。

"来者何人哪！"万年县令怒道，"扰乱公堂，将他们赶出去！"

衙差赶紧上前，没料王光敏却手一挥，往前一站，道："某来做个证！"

千缨闻言一愣，她万没料到她不中用的阿爷会在这时候出现，更不知他来能有什么用。而王光敏速瞥了她一眼，见她竟被人欺负成这个模样，一阵心痛又不由来气，对万年县令一揖便道："明府一得举告就将人抓来，事先也不查一查，太冒失了吧？"

区区一流外官竟还来脾气了，敢这样与他说话！万年县令暗瞪他一眼，便又听得王光敏道："敢问明府，何为和奸之罪？"

万年县令懒得理他，旁边主典便将律书上的和奸罪一字不落背了一遍。

"既然主典这样说，那小女怎能与和奸之罪扯上干系呢？"王光敏拔高了声音，底气十足，"小女可是和离之身，那练侍御也是无婚约在身，别说没什么，哪怕真有什么，也与和奸罪毫无干系！"

"你说什么？"万年县令瞪道，"和离之身？"

王光敏忙从袖袋中摸出文书来："此为沂州许参军亲笔所书放妻书，岂能有假？小女与那许参军早已不再是夫妻！"

一旁的千缨早听得愣了，放妻书？她如何不知道？！

吏卒赶紧将文书呈给县令看，万年县令皱眉看完，又听得王光敏道："反正许参军有甲历可调取，倘若不信这文书为真，对一对笔迹一目了然！"

万年县令抿紧唇不说话，笔迹一定是要对，但倘若对下来确实没问题又该如何？这件事可是内侍省授意为之，倘若做不好，他也不好交差。若此案就这么算了，继续关练绘的理由便不足，难道要将他放出来吗？

于是他咳了一声，道："就算王娘子已是和离之身，但倘若与练绘当真有什么，练绘便是监临奸①罪！"

"胡说八道！何来监临奸一说？"王光敏口齿越发伶俐起来，"小女和练侍御可是有人给做过媒的！婚期都定了！这恐怕不归明府管了吧？"

"有此事？！"

就在堂内拉扯不断真假难辨之际，外面却是安安静静停了一辆马车。

胖尚书略是忧愁地放下帘子，与紫袍相公道："姚主典模仿旁人的字能到以假乱真的程度，应是能混过去，但这文书一出便如泼出去的水，可就真成事实了啊。"

"二十四郎难道有其他办法？"

"没有。"胖尚书摇摇头，"相公为保练绘当真是费尽了心思，就是可怜许参军，这么平白无故就丢了发妻。"

---

① 监临奸：指朝廷官员与其所管辖范围内的女子发生通奸行为。

Orange
橘子洲

赵熙之 著

BANZI

半子

江苏凤凰文艺出版社
JIANGSU PHOENIX LITERATURE AND
ART PUBLISHING

目录

半子

她不再惧怕接受这颗心，哪怕烫手她也想要收下。

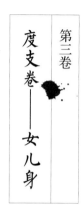

第三卷

度支卷——女儿身

第十四章 · 过河卒

县廨公堂内外吵吵嚷嚷，万年县令又是一连串发问，诸如："既已和离，为何无其他人知道？""婚期既然已经定了，到底是何时？"

王光敏难得机灵，面对县令重重逼问竟是顺顺利利答下来，像是一早预备好了说辞似的："和离算不上什么喜事，除家人外便没同其他人讲，旁人自然不知。婚期原本定在去年腊月，却又撞上国丧，不得不延后，还望明府知。"

千缨敏锐察觉到王光敏今日表现有异，但又猜不到究竟是谁在背后插手了此事。她又饿又累，浑身多处疼得要命，只稍想一想便脑壳痛，只期盼着快些结束。

王光敏顺利将万年县令驳倒，令其不得不松口，最后带了千缨从看热闹的人群中挤了出去。

而这时候县廨外的马车内，紫袍赵相公听得外面动静，终于开口对面前的吏部尚书道："让许稷回来吧。"

"难道抢他一个发妻，还他一个京官的位置？"胖尚书思忖道，"给他什么位置好呢？"

"既然有专财兴利之能，还有什么地方比度支更适合他吗？"赵相公淡淡说完，掸了掸落到紫袍上的半根羽毛。

"但这资历——"胖尚书纠结起来，"比部直官，高密县令，沂州录事参军代领刺史职，恐是不够啊。"

"资历不够有时许是好事哪。"赵相公将帘子挑开一些朝外看，胖尚书忽恍然大悟。

资历不够，一看就构不成威胁，是麻痹阉竖的好办法！不过以什么理由将许稷调回来呢？沂州的任期可还没满哪！

"趁和离一事还没传开，以'王夫南是他妻兄，不得有监临关系'为由速将他调回来。"赵相公简短地说完，随即催促车夫行路。

赵相公要走，胖尚书只好下了马车。

是哪，王夫南是许稷妻兄，有这层关系在，此二人按说应该回避，不该在同一个地方任职。当初因为这点，他可是极力反对过的，然最后还是被迫点了头。眼下呢？又要以这个理由将许稷调回来，可真是随心所欲啊。

他在万年县的阳光底下站了会儿，叹气一声，背着手悠悠往西行。

另一边，千缨被王光敏领回家，路上她便质问道："和离一事到底是谁的主意？那文书是如何来的？三郎知道吗？阿爷为何要这样做？"

"阿爷为何要这样做？"王光敏反问，"倘若不这样做，你就得在里头关上两年！"他将她打量一番，"只不过关了一个晚上就成了这模样，两年还了得？何况那小娃在家谁也没法照顾周全，你总不忍心让那小娃孤零零一个人吧？"

千缨闻得这话，因"莫名其妙被和离"而腾上来的怒气瞬时熄下去一些，又听得王光敏道："那赵相公都找上门来了，阿爷我能说不吗？"

"赵相公？"

"正是！倘若不是有赵相公撑腰，阿爷我哪里敢与万年县令说这话？那放妻书亦是赵相公带来的，我那些话也是他教的。"

"那与练侍御的婚期又是什么？！"

"当然是真！这可不敢开玩笑，赵相公亲口说的。"王光敏一脸的"被胁迫、无可奈何"，心中却已是暗喜多时，练绘总比许稷要好得多。许稷要后台无后台，要前景也无前景可言，还不知要在沂州那角落里熬多久，如此和离了改嫁练绘正好。

然此事对千缨而言却是晴天霹雳。一纸假造文书就宣告她与许稷不再是夫妻，随后又要莫名其妙与练绘成婚？不，一定是哪里弄错了，哪怕她这里无异议，练绘也定不会同意的。

千缨暗吸一口气，决定静观其变。

正忙着沂州五县春征的许稷却完全被蒙在鼓里。

京中这样一件小事，不可能写到邸抄上去，且千缨写给许稷的家书也被不明人士截了下来，以至于许稷对"莫名其妙被恢复独身"一事毫无所知。

与此同时，调令却长了翅膀似的飞到了她面前，让她愣了一愣。

调任户部侍郎专判度支——这是什么概念？"难以置信、简直是疯了、一定是搞错了"的概念。以她现在的官资来说，一步步往上起码再熬上个十年才可能到这个位置。

因为此职包含了两个内容：一是户部侍郎，这是本官；一是度支使，这是使职。以户部侍郎的身份经管度支职事，且加了个"专"字，意味着她的实质工作已不是户部侍郎，而是判度支。

自该使职设立以来，一直是由侍郎以上本制官担任，从无例外。也就是说，成为度支使，多数时候都已服紫佩金，再不济都要服深绯，而她不过是区区借浅绯服的七品官罢了。

待她从最初的惊诧中冷静下来，王夫南却到了州廨。他自然获知了许稷的调令，意外之余则是十分担心。进了公房，却只见许稷撑额头孤坐，似乎也是心事重重。

制书就在眼前，回京日期也卡得死死，容不得半分推诿与拖延。

王夫南在她对面坐下来，将带来的酒往案上一搁："什么时候交接完要走了，记得喊我喝酒。"

"你为送这个而来吗？"

"是。"该叮嘱的话早已叮嘱过，她又不笨，并不需要再三指点。

可她却问："十七郎如何看此次调动？"

王夫南略沉吟，回道："度支看似权力很大，但如今国库与内库之争愈烈，度支的权力也被削弱了不少。倘若要夺回财权，则必然要与阉党斗。"

他冷静分析完，给出结论："赵相公等人，是将你推上去与宦官抢财权，这不是好事。"

看似给了她滔天的权力，实际上却是将她变成过河之卒。

那为何用她？因她资历浅太年轻，宦官不会将她放在眼中，反而会嗤笑朝臣一派"无人可用"，从而放松了警惕。但她又如何斗得过阉党呢？

许稷并无太大信心，但仍是起身送走王夫南，抓紧时间做沂州州廨的工作交接。

春征事宜交代好，需要做了结的事也一一做好了结。她得确保走时干干净净，不会遗留什么难题给下一任。

再三确认好之后，许稷从容收拾了行李，打算轻装上路。

临走前一晚，叶子祯要找她喝酒，她却待在公廨哪儿都不去，提前温了上回王夫南留在这里的酒，略备简餐，请叶子祯与王夫南过来。

王叶二位仇人相见，仍旧眼红，哪怕叶子祯已成回易务的摇钱树。

许稷意图很正直，你们二位是许某在沂州的好友，分别在即，再相见也不知何时，最后碰个杯吧。

这一餐有别于之前在叶府那一顿，饭菜简陋，且心境也都变了。短短时日，河北遽变，泰宁也是风雨飘摇不知将来会如何，彼此心情都有些沉重，又适逢好友调任，更是愁绪万千，衬着屋外呼呼风声，竟有些凄惨。

叶子祯饮尽一杯酒道："许稷，将来撞见了若有难处互相帮一把，行吗？"

"权钱交易除外。"许稷亦饮尽杯中酒，公事公办地说。

"教条无情！"叶子祯摇摇头，决心不与她说话，又转头瞥了一眼王夫南，"大帅没话可说吗？"

王夫南心情极差，一想到许稷走后他就得自己面对这个死断袖，就顿时阴郁起来，因此理也不理他，只顾闷头饮酒。

许稷却明白他愁闷的不止于此，于是上身前倾，手伸长，杯子举到他面前，碰了一下："十七郎多保重。"

她说完饮尽杯中酒，并倒置，一滴也没有落下来。

王夫南将她这温暖嘱托与诚挚祝福收下，亦饮尽了酒。

许稷起身去取了一本簿子，双手递到王夫南面前："上回使府内乱，此事就给耽搁了。本来想我至少还有两年任期，但眼下是做不成了，请大帅收下，或替某转给下一任沂州刺史。"

翻开那簿子，是沂河通运河之策，从详细的勘测编绘，到工事预算，巨细无遗，非常周密。

叶子祯瞥了一眼没说话，这种计划好可惜，画了美好的梦，却无人去实现它。

能实现它的人要远走千里，去与朝臣阉党斗。

这一晚酒都未喝尽兴，但王、叶二人却都死皮赖脸留在公廨不肯走。这么熬到了第二日清早，个个眼底青黑，只能这么狼狈地送许稷上路。

许稷没与他二人胡闹，昨晚独自在值宿房睡了一觉，以至于精神抖擞，看起来状态极好。她骑上马，临沂城料峭的春风将她浅绯色的袍子吹得鼓起来。她回头朝他二人摆了摆手，继而转向前方，握紧缰绳一夹马肚，朝着久违的长安城行去。

那马绝尘而去，马蹄声也渐远，叶子祯捂住口鼻娇气地咳嗽，王夫南瞥他一眼："留在这儿吃灰吗？"他佯作潇洒地转过身，将酸楚收进心里，给身后的叶子祯无情下命令，"一个时辰内将回易上月的簿子送去使府。"言罢就头也不回地走了。

等许稷回到长安，天已彻底热了起来。

街头处处是凉饮，到天门街时，她渴得很，便下马来要一碗桑葚饮。等凉饮的同时，她四处瞥了瞥，陡然看见一头分外眼熟的驴。

许稷一惊，那驴似也一惊，"厥哩厥哩"乱叫起来，惊得那"主人"出来看。

那驴没拴，见"主人"来了，竟飞也似的朝许稷奔去。那店家正将桑葚饮端给许稷，许稷还没接稳，被那呆驴一撞，紫湛湛的凉饮泼了她一身，连脸也不能幸免。

那"主人"赶忙跑来牵驴，也不道歉。

许稷问："请问郎君这头驴是如何得来的？"

那"主人"脸色倏变："干什么，要你管哪？"

"某没甚恶意，只这头驴与某早些年丢的一头驴甚像，故而……"许稷顿了顿，"倘有冒失之处，还望谅解。"

驴"主人"脸色越变越差，却蛮横道："驴有什么像不像的？你分明就是想讹我的驴！"

哦？有讹驴之事看？

一众无所事事的闲人纷纷聚来，许稷正要解释一二，却忽有人开口嚷道——

"哎呀，这不是那个许……许什么参军嘛！"

"你家夫人……不……是原夫人今日改嫁大婚哪，许参军怎么在这里转悠啊？还弄得这么狼狈！"

"什么？"

许稷蒙了，她觉得全长安城好像跟她开了个玩笑。

路人七嘴八舌众说纷纭，根本没一句能信。

许稷拨开人群，抹掉脸上的桑葚饮，一身狼狈上了马。已近酉时，日头当空却仍旧灼人，风也岙啬，许稷没喝到凉饮口干舌燥，思路也被一伙多事路人扰乱，火急火燎一路直奔回王宅。

那偏门仍是原来模样，然门边上却诡异挂了红绸。门房闻得动静霍地探出头来，瞥见许稷顿时跟见了鬼似的："呀，许三郎怎这时候回来了啊？"

他说完忽砰地关上门，缩回门内速去给王光敏报信。王光敏一听得许稷到了，顿时一惊："真是怕什么来什么哟！"又拍拍心口，"幸好千缨已是走了啊！要不然得出大事啊！"

旁边韦氏却是一脸着急失措："可怎么办？许郎君想必还不知此

事，要怎么与他说才好？"

"别急。"王光敏强自镇定，吩咐庶仆，"将你家许参军的行李拿过来。"

庶仆忧心忡忡拿来一早收拾好的行李，王光敏提起那藤箱就往外走，霍地打开门，将藤箱往许稷面前一扔："这里不是你的家了，你回昭应去吧！"

"怎么不是？"许稷仍抱了一丝希望，"传闻莫非当真吗？"

王光敏点点头，已经做好了随时关门的准备。他将许稷上下打量一番，虽心底里觉着自己不厚道，且又有些可怜他，但一想到新女婿，顿时狠下心肠来："没错！你与千缨和离了，她已改嫁，你不要来了！"

他说完就要关门，许稷却伸手进来，撑住门框沉着问道："是练绘吗？"

"是。"

"什么时候走的？"

"迎亲到现在有一阵子了。"王光敏瞥瞥天色，见黄昏左近，"吉时快到了。"说完又警告许稷，"你可别去闹啊，闹了也没用。此事可不是你我能控制的，都是赵相公做的主啊。"

许稷深吸一口气，王光敏趁她走神之际，挪开她的手，砰地将门关上。

装了她所有家当的藤箱倒在面前，许稷从此与王家半点关系也没有了。

若干年前她孤身来长安求学做官，也是这光景。

许稷一时不知道要做什么，从包袱里掏出买给千缨的礼物，最后又塞了回去。长安城终于起了风，傍晚的风将白日里的热气都卷起来，吹得人头昏脑涨。许稷转过身，长曲中骤响起嗒嗒嗒声。

许稷没理会那声音，闷闷翻身上了马，就往西边行去了。

她前脚刚走，便有头小驴在王宅前止住了蹄子，咚咚咚去撞那门。门房闻声探头一看，又吓一跳，捂住心口自言自语道："天呢，竟有头驴自己找上门来了，看着怎这么像许三郎先前丢的那头驴哟！"他对那头好不容易逃离魔爪的驴说道，"你在这撞也没用啦，你家郎君啊，方才往西边去了。"他说着指指西边，"快去快去！"

小驴瞬时撒丫子狂奔，只为能追上许稷的马。

因在长安无其他去处，许稷只得寻了个馆驿住下，将零零散散的行李收拾妥当，屋外已是一片暗沉沉。

她沉默着直起腰，没有点灯就关上门走了出去。

闭坊后的街道格外冷清，许稷一路走一路寻，想找个地方吃一顿热乎饭。然酒肆饼店约好了似的纷纷关了门，在这夏夜里，竟有几分寒意。

她不自觉就走到了练宅附近，喜乐犹在，空气里飘着酒香。许稷往前走了一步又一步，就在她要退回去之际，忽有"嗒嗒嗒"声响起。许稷耳朵一动，一头小驴竟是疯了一般朝她冲过来，激动地叫个不停。

练宅门房闻声探出头来，客客气气睐了眼笑道："郎君是来吃喜酒的吗？"

许稷连忙摆手，然那小驴却不停叫唤，引得几个小仆都跑了出来。庭院里吃流水席的宾客更是以为出了什么事，好奇地问这问那，甚至有人也出来看热闹。

一众人围住许稷与她失散多年的小驴，想弄清楚这小驴为何这样激动。然忽有一眼尖的认出许稷来："许三郎啊！你来做什么哪！"

噢，原来是许稷！诸人摩拳擦掌要看"前夫哭闹前妻大婚现场"这种大戏，没想许稷却是垂了脑袋牵过驴，想要从人群中突围回馆驿。

诸人不干，这种好戏怎能轻易放过呢？于是有人速去喊了练绘。

此时练绘正被一群同僚盯着作完却扇诗，却见庶仆冲进来道："不好啦，许三郎回来了！"

千缨闻言倏忽放下了手中团扇，练绘转身就往外去，诸同僚亦是悻悻出了新房。千缨也要出去，却被媒妇死死盯住："娘子不能出这门，晦气！"

可千缨实在有太多话要与许稷道，譬如她为何不回自己的信，又为何不阻止这些乱糟糟的事发生……她实在忍不住，霍地起身就往外去，俩媒妇上来就将她搂住："新妇可不要乱跑！"

练绘一出门，宾客更是来劲，大戏要开始了哪！

却没想练绘径直走到许稷面前，二话没说拽过她就往东边去，只留下一小驴陪诸宾客玩耍。小驴深觉这些看客极蠢，一见主人走远，就怒气冲冲朝人墙撞去，惊得一伙人纷纷散开，它便趁机冲向许稷处。

许稷罔顾那头碍事的小驴，沉住气抬头质问："所有事请与我说实话。"

练绘于是一五一十还原了事情起因经过，最后给出了必然的结果。

许稷听完气得发抖，几乎红了眼，不由分说就给了练绘一拳，压低了声音怒斥："男人之间的那些烂算计，却要牺牲女人来解决！你们还是不是人？！"千缦与她亲如手足，这手足却要因为莫须有的罪名入狱吃那些苦头，又因为要息言乱不得不改嫁！

不论拳头还是怒言，练绘全盘收下，沉默着一句话也不说。

许稷收紧拳头深吸一口气，努力忍住再挥一拳的冲动，练绘却忽然撩袍跪了下来。

那一身喜袍于暗光中竟格外刺眼，许稷皱了皱脸，想说什么，却根本开不了口。她转头瞥见墙根边上扒耳朵听好戏的，顿时抛开平日里那些好脾气，厉声道："都滚！"

一众人被她这么一骂，纷纷作鸟散状——

"哎哟许三郎这脾气可长了不少！"

"出任外官果然不是好事，夫人被人抢走了，自己也变得很坏！"

"正是正是，不过练侍御也太窝囊了，这种情况下难道不是打一架吗？"

"你们听清楚先前许三郎的话了吗？什么什么算计，这其中难道还有其他弯弯绕绕的事情不成？"

"不知，他声音压好低噢！"

议论声渐远，小驴也变得安静。它从久别重逢的喜悦中醒过来，大约知道主人遭遇了什么不好的事，也不再出声，只沉默乖巧地看着。

许稷那一腔怒火仍在烧，她闭了闭眼，却深知不论如何这事实已定，没法再回圜。

冷静下来的内心像是被肃飒秋风横扫而过，一片空荡荡。她不自觉往后一步，看向长跪不起的练绘。早几年王夫南曾与她说过宦海中的立场，练绘既是顺着座主的关系一步步往上爬，那么他的人生也要接受座主的安排，这其中亦会包括婚姻大事。

要怪，就得怪他们都置身这波涛浑浊的宦海，怪立场，怪权争，怪他们都无能抵抗这侵袭而来的巨浪。

置身宦海，跪下来太容易了，站着才累，几乎要将力气耗尽。

许稷后背挨上墙壁，对练绘说：“练侍御请起来吧，某受不起。”措辞转为客套与疏离，已经是保持距离的理智在主导。

练绘听懂了她的话，起身犹豫了半天，道：“请随某来。”他侧过身往偏门走，正是要带许稷去见千缨。

许稷瞬时窥知了他的意图，却没有及时跟上。

练绘止住步子回过身：“许参军？”

许稷钉在原地一动不动，夏夜的风将她沾了桑葚饮的袍子吹得鼓起来，空气里的酒气迟迟不散。她拒绝了练绘的好意，并道：“十八娘因那样的流言被迫选择眼下的路，某不能让她再染上什么闲话。”

她已为他人妇，不能再轻易靠近。

流言害人，会让她将来的日子都不好过。

练绘知自己是致使他夫妻二人分离的罪魁祸首，倘若不是宦官为了诬陷他，倘若不是赵相公一意孤行要救他，那么也不至于令事情变成这样。

许稷这般，令他更为愧疚，甚至不敢回去面对新妇。

就在他愧得不知做什么回应之际，许稷却忽迈开步子朝他走来。

她在他面前停下，自怀里摸出一盒不远万里从沂州带来的上好口脂递过去：“请替某交给十八娘，让她保重。”

“她喝酒没有节制，不要给她太多酒；她喜欢钱，发脾气的时候给她钱数一数就会消气；她睡相不好，天冷的时候记得及时给她盖被子。"她退后一步深深鞠了一躬,"请你好好待她,也好好待樱娘。"

她说完即刻转过了身,小驴反应过来,连忙嗒嗒嗒地跟了上去。

练绘站在原地,手中还握着那一盒精巧口脂。

硬邦邦的金属尚带着体热,是心的温度。

许稷比预计早几日到长安,遂不必立刻赶去户部报到。如今她在长安已无处可去,接连几天基本是在满城寻住所,最后在务本坊国子监隔壁赁了一间小屋,虽砢碜了些,但好歹算有了个容身所。

至此,她已算是身无分文,饿着肚子整理完屋舍,就看见放旬假的国子监学生朝气蓬勃地从门外路过。

许稷一身士子单袍,虽然头发花白,却像极了跑来长安求学的外地学生。

有好奇的家伙瞥瞥她:"咦,又换了人住也!"甚至对她狡黠一笑,恶作剧地说,"这里死过人哟!晚上要小心!"

许稷淡淡一笑,这群青春逼人的家伙见她如此反应,无趣笑着各自散了。她回屋拿了礼物,关好门,骑驴往昭应去。一别许家就是好几年,也不知他们眼下如何。

她先是到昭应城的旧居所,没见到人,便赶在天黑前上了骊山。

刚行至石瓮寺,家犬许松就兴奋跑了来,后面跟着一个小娃,气喘吁吁止住步子,仰头看许稷,许稷也看他,那小小眉眼与许山妻十分相像。

许稷正要上前抱他,许松却汪汪汪不停吠,不由分说凑过来就是一顿亲昵,看得一旁小驴愤愤地直喷气。

暮色将合,在这暑气旺盛的时节里,山中却很是凉爽。

许稷带了一娃一犬一驴迎着晚风回了家,许山又是惊喜又是兴奋,他先是将许稷打量一番,又道:"王娘子如何没与你一道来?"

他久居山村,对长安城的各种消息并不知情,更不知他家弟媳如今已改嫁为他人妇。许稷犹豫再三,最后还是坦白了和离事实。许山一愣:"为何和离?是你不好还是她不好?"

许稷尴尬抓抓脑袋："成婚几年了也没能有个孩子，我不能耽误她。"

她等于直白地说自己不能生，许山一听自己弟弟竟有此隐疾，顿时不知是安慰好还是劝他求医好，最后瞥见在角落里玩耍的亲儿子，招呼过来大方与许稷道："不要紧，往后给他养老。"

乖巧小娃赶紧抬头唤了声"三叔"，许稷伸手揉揉他脑袋，递了见面礼过去。

小娃接下，咧开嘴表了大决心："我会给三叔养老的！"

屋内气氛瞬时热闹起来，许山妻将晚饭端上桌，一家人高高兴兴吃了饭，到最后许山也没有问过许稷一句仕途上的事。他并不在乎弟弟是否可以做大官，只是希望弟弟身体康健。年纪轻轻就白了头发，手伸出来惨白细瘦，根本没什么血色，这才值得心疼。

次日许稷临走前，他又装了一堆滋补山货给她，再三叮嘱："你身体都是虚耗得太厉害才这样，一定要记得吃，等天凉快点啊，多炖些吃吃，身体养好了才能做事记住没！王娘子如今不能替你操持内务，你自己一个人不能太将就，往后旬休无事就到这来吧。"

他叨叨个不停，许稷骑上驴都要走了，他仍在不停说，最后还是被妻子拉住，这才止住了话。

他看着许稷远去的背影叹一声："我这个弟弟啊，什么都好，就是太能吃亏，可怜哪！"

夏日天亮得早，但百官们仍是天蒙蒙亮就要起来，免得上朝迟到。

这日更鼓声过了没多久，樱娘翻了个身，八爪鱼似的手脚缠住千缨不放。千缨见时辰不早，轻手轻脚挪开她的手脚，将薄毯拖上来盖住她肚子，小心翼翼下了床，迅速掩好床帐免得有蚊子飞进去。

她洗了脸，坐到妆台前麻利整理了头发，施了淡淡口脂，看着镜中人却觉有些陌生。

那面目比几年前看起来更清丽干净，也添了些因年龄增长带来的从容，毕竟她不再是当年那个一不如意就会逃出家门跳曲江的轻率家伙了。因为樱娘，因为这些年遇见的许多事，她体谅了为人的难处，也懂得了生命的可贵，更清楚自己应该做什么。她像个寻常宦门夫人操持着家务，安排每日膳食，管理开支账务，侍奉长辈教导孩子，有条不紊，尽职尽责。

练老夫人对她极好，简直当成亲女儿；练绘也对她极敬重体贴，她看得出他努力想要做一个好丈夫，但这些都不是急于一时的事。

千缨起身往厨舍去，她前脚走，小樱娘就翻身坐起来，费力挪过足凳，站上去够水洗脸。她磨磨蹭蹭将自己收拾妥当，溜出房门就去找练绘。练绘昨夜忙到很晚，这时听得动静从满案卷宗中撑起头，睁开眼就瞥见樱娘溜了进来。

"阿爷很累吗？"她一张脸上透着虎虎生机，与练绘说，"我想让阿娘教我写字，可阿娘说自己写得不好看不愿教……阿爷能写张字帖给我吗？"

练绘应了一声，微笑着起身去开了窗。夏日晨风涌进来，樱娘趴在矮案对面，看她阿爷收拾卷宗，又看她阿爷变出一张纸来，给她写字帖。

时辰不早，千缨过来喊练绘吃朝食，走到门口，就恰看到如此一幕。

她抬起来要敲门的手就这样悬在半空，直到练绘将字帖写完递给樱娘，她这才敲响了门板，淡淡地说："用朝食了。"

与此同时，住在务本坊国子监旁的许稷也爬了起来。

她翻出崭新的深绯官袍，佩上银鱼袋，系好幞头，吃了些干粮就往外去。

她走到门口，恰逢放假回来的国子监学生，那一众学生见这破屋里骤然冒出个深绯服色的高官，顿时吓了一跳——

"喂，那不会是鬼吧？"

"鬼你个头啦，是上次新搬来那个白头发家伙啦。"

"啊？竟然是个四品官！太年轻了吧……"

"我都二十三了还在国子监混，什么时候我才能穿上那身哪！"

"还是做梦比较实际。"

"对对。"

一众人便这样轻易放弃了雄心壮志，看许稷骑着寒碜小驴嗒嗒嗒远去。

务本坊紧挨安上门，许稷便从安上门入皇城，沿着安上门街直接就能到尚书省。拴了驴绕出来往西走，左手边仍是老弱聚集地礼部南院，右手边则是她再熟悉不过的比部公房。她步子未停，然吕主簿却恰好在这时出门去对面礼部南院索要食物，看到她跟见了鬼似的惊叫一声："天呢！你是从嘉吗？才几年不见你连这身衣裳都穿上了！"

竟是深绯哪！

许稷停下来淡笑笑："吕主簿。"

"你调回来了？"吕主簿仍是蓬头垢面，看样子又熬了一晚上，到清早才出来觅食。

"嗯。"许稷应一声，"吕主簿可还好？"

"有什么好不好的。"吕主簿揉揉空荡荡的肚子，"每日总那些事，还能翻出什么花样来？说起来……"

他听闻了许稷与王十八娘的和离之事，也听说练绘娶了十八娘，觉着许稷肯定备受打击，道："哎，你要好好过啊，坚强些哪！"

许稷浅笑着点点头。

今日天不好，风大潮气重，阴云沉甸甸，看着总有大雨要来。

西京湿润的空气里蕴着帝国百年浮沉的味道，藏纳了无数公廨的皇城，像一口方方正正的井，深不见底。

许稷别了吕主簿径自往政事堂去。

在往户部报到前，她得先去见过政事堂一群紫袍相公。

记得几年前还在比部时，头次来政事堂，那个夜晚风大天也很冷，处于立场选择中不知如何是好的她，而现在也重新走到了这里。她正了正衣冠，逆风行至政事堂门口，吏卒抬头看她一眼，忙往里通报。

脱靴，开门，进屋，行礼，应声抬头，政事堂内竟有八个人在。许稷迅速扫过，内心给他们一一排定了立场，最后在矮案前跪坐下来。

"许侍郎在高密及沂州的治绩格外突出，破格提拔，是圣人期望许侍郎能领好度支，充盈国库富我大周，莫要负此重托。"一位紫袍相公如是道。

许稷低头以标准官腔应道："下官定鞠躬尽瘁。"

"还有一事。"忽有位稍年轻的紫袍相公开口道，"魏王于沂州失踪，关于此事，许侍郎可有话要讲？"

终于问到。

许稷面色无丝毫变化，她一直在等他们问到魏王，但对不起，她这棋还不能动。

她仍以官腔答："彼时恰逢河北军作乱，下官无能，应付无法，并没能打探到魏王消息，请降罪。"

这官腔岂能骗得了一众紫袍妖怪？

不过就算是谎话又能如何？魏王竟然当真信她，躲起来不再出现，也不与其他人联系。她莫名其妙成了联系魏王的一条单线，倘若将她这条线剪断，对谁都没好处。且也不能逼问她，若惹急了，她连玉碎这样的事都做得出来。

此人狡诈，出乎意料。

姑且就先这样用着吧，等宦官一势弱下去，再作打算不迟。

诸位相公打算放过她时，忽有一吏卒敲响了门。

吏卒进内，对众相公行了礼，又对许稷拱手，道："圣人口谕，传召户部侍郎许稷延英殿觐见。"

他说完小声对许稷道："内官已在外候着了，许侍郎请吧。"

诸相公不语，圣人不过小孩子，哪里想得起来喊朝官应对，分明就是阉竖的意思吧？

许稷起身，又与诸相公行了礼，转身出了政事堂，低头穿鞋。

站在不远处的内官眯眼看了她一眼。

延英殿外是中书省、殿中内省等中枢机构，此时各公廨一片沉寂，同这阴沉沉的天色一样，不知雨能撑到何时才落下来。

许稷垂首老老实实跟着内官往前走，白玉阶每一层都有凉意，令人怀疑如今并非值盛夏。

远处的蝉鸣一声接着一声，殿门被打开后，埋首下棋的小皇帝从案后抬起了头，听得内官通报了一声，便见许稷垂首躬身地进了殿。

湿润的风涌进来，小皇帝打了个喷嚏。

许稷进殿规规矩矩行礼问安，却根本没人理她。小皇帝倒是看了看她，但很快又将目光移到了棋盘上。马承元跪坐在棋盘对面与之对弈，同小皇帝随口道："陛下，这是新上任的户部侍郎专判度支，认一认吧。"

小皇帝尽管年纪小，但有些事也明白的。他道："是替朕管国库的吗？"

"正是。"马承元落下一子，阴阳怪气道，"不过也有逆党声称国库不是陛下的，陛下还记得吗？"

小皇帝不知是该点头还是摇头，仅"唔"了一声。

他隐约知道之前的那一任户部侍郎上书谏称国库乃天下之有，只有内库才是皇帝所有。身为一国之君，不该为一己私欲穷国库而富内库，不然国用日耗百姓穷困，君主就会成为祸国之首。

言辞激烈恳切，仿佛要拼上命一博，但他们给他安了个"大逆不道"的罪名就弄死了他。

总之，倘若有人想将手伸向内库，好像就会不得善终。前一任的户部侍郎死于此，这一任呢？小皇帝不清楚。

马承元故意当着许稷与君主的面说这件事，就是要告诉小皇帝"任何想夺内库之财利的，都是逆贼"，另警告许稷"前车之鉴就在那儿，不想死就别动什么歪脑筋"，是再明显不过的下马威。

许稷一动不动，安安静静跪在一旁跪了好久。直到马承元说："陛下又赢了，老奴实在不敢再与陛下对弈哪。"

小皇帝脸上闪过一抹微妙的失望和无趣感。自打这些人想将他扶上位，就是这样日复一日地讨好——给他找各种新奇玩物，哄他高兴，几乎事事都顺着他。

他原觉着自己棋术不错的，但下多了就渐渐发现并不是那么一回事。

他忽然瞥向许稷，甚至不知道她姓什么，就说："爱卿会下棋吗？"

许稷回："微臣略懂。"

小皇帝迅速瞥了一眼马承元，见他面上没什么变化，就与许稷道："那与朕对弈一局吧。"

"喏。"

马承元睨了睨许稷，满脸的瞧不起，起身让了位置，许稷便小心翼翼跪坐到棋桌对面，将棋子分拣回棋罐。

棋局慢慢铺开，小皇帝颇占上风，斗志满满打算赢了面前这劲敌，最后却莫名其妙被许稷杀得节节败退，输得简直不明所以。许稷从不以欺负小孩子为耻，她堂堂正正清点了棋子，宣告了小皇帝的败绩。

小皇帝瞠目结舌看着，蒙蒙道："朕真的输了吗？"

"是。"许稷一脸无情无义，淡漠瞥了一眼旁边的马承元，马承元果然目光瞬变，似在责怪许稷不知轻重。

小皇帝求仁得仁终于输了一回，醒过神来双眼发亮，猛地伸手抓住许稷袍袖："爱卿好厉害，教朕下棋吧！"

"喏。"许稷没有半分谦虚，坦率应道。

马承元全没料到这人如此不识眼色，按常理这时候不应该万般推辞吗？可许稷偏不，她从从容容分拣了棋子，起身一躬："陛下若无他事要问，请容臣告退，臣还要往户部去报到。"

小皇帝见她要走了，忙说："爱卿不能再陪朕下一局吗？"

许稷深谙这种屁孩子的心理，偏不顺着他，不要命地回说："改日吧。"

小皇帝抿了抿嘴，瞥瞥身边的马承元，也不敢说太多的话："哦，那你去吧，朕会再找你的。"

许稷再次行礼，又与马承元拱了手，甚至笑了一下，转过身却是满脸冰霜，最终面无表情地走出了殿门。

雨哗啦啦倒了下来。

早不下晚不下，偏偏是这时候，实在任性。许稷冒雨一路穿过丹凤门拐进皇城直奔尚书省，到户部时已浑身湿透。

她刚进门就撞到从度支司匆匆跑出来的小吏，那小吏身形一晃，怀里一摞高过头顶的簿子就散落一地，许稷忙蹲下来帮着捡，那小吏也没注意她身上服色，亦是埋头捡。

恰这时，一双黑皂靴踏进了度支司的门。

"中尉过来躲雨哪？"

"中尉可要喝水？"

一连串奉承的话即刻迎了上去。

许稷看也没看，只听得"中尉"称呼，便知来者何人。

左右神策军，各设一名护军中尉，这位护军中尉凌驾于神策军所有将吏之上，有最高指挥权与监督权。要命的是，护军中尉担当者，全是宦官。

阉党一手控制着兵权，另一手紧握内库财利，这就是专权的基础。故而外朝官吏虽恨极阉党，却也有人为了往上爬勾结宦官，为官宦牟利；或是表面上和和气气甚至笑脸相对，免得结下梁子落个悲惨下场。

来者正是左神策护军中尉陈闵志，他对度支官员的热情似乎并不买账，冷淡地接过送来的茶水，却也不坐，只居高临下看许稷与小吏埋头整理地上林林总总的簿子。

从许稷服色上可轻易辨出此人就是新任户部侍郎，且专判度支。听闻这人是直官出身，官资很是一般，也不知那群老家伙相中了其哪一点，竟将掌财利的要职丢给其做。

许稷埋头捡拾簿子，丝毫没有理会他的打算。

陈闵志饮了一口茶水，直接就吐了出来，且接连吐了好几口唾沫："这种茶也能喝吗？"

递茶的小吏顿时紧张万分，不知是去将茶盏接回来还是赶紧去给他换一杯……他尚在犹豫之际，陈闵志却直接摔了杯盏，甩手出了门。

公房内顿时一片静寂。

一书令史霍地认出许稷来，忙起身唤道："许侍郎！"

公房内其他人闻声纷纷站起来，其余公房内的人也涌出来，度支上上下下几十号人，瞬时将许稷围在了中间，许稷却一动也没动。

这位新任侍郎周身湿淋淋，陈闵志怒摔掉的杯盏碎片划破了她的手背，唾沫则吐在了她手腕上，倘若陈闵志是故意，这便是赤裸裸的羞辱。

她看起来十分狼狈，尤其是在即将共事的僚佐面前。与她一道捡拾簿子的小吏这时压根不敢动，都怪他眼拙！就不该让新来的侍郎捡簿子！

公房内气氛格外窒闷，只听得屋外哗啦啦雨声。

许稷抹去簿子上的水，一丝不苟整理妥当交给小吏，起身自袖袋内摸出帕子，在众人围看之下默不作声将手擦干净，抬起头来。

以前度支与比部常来往，某些度支官员对许稷非常熟悉。那时她就是比部最沉得住气的官员，几年未见，她竟不可思议地爬到了这个位置，且气量也见长，实在无法小觑。

许稷没有说太多，仅简单讲明了来意，就由吏卒领着往公房去。

侍郎公房在最里面，上一任户部侍郎看起来似乎十分勤俭，公房内未有太多布置，简单整洁，很合许稷心意。

庶仆打了水来，恰这时，却忽有吏卒进来报道："许侍郎，御史台练侍御前来拜访。"

许稷一愣，回之："请。"

练绘入内时，许稷正在洗手洗脸。

"敢问练侍御为何事而来？"许稷偏头看他一眼。

练绘收起尴尬，公事公办道："某为度支的某些账而来。"

许稷闻言微顿，收回水盆里的手，拿过手巾擦干，问道："度支怎么了？"

"据某所知，度支高价收了二万二千五百匹紫绫入国库。"练绘说着关上了门，"而这些皆是从内侍手中购入。"

换言之，宦官将紫绫高价卖给度支，等于变相将国库的钱挪进私囊。货蠹国用，严格来说是重罪，但这样的事肯定早有了，且一定不止这一件，练绘为何这时候提出来呢？

许稷手背上的口子很深，她抹掉血珠子，取出随身携带的伤药盒子，很是自然地抹药膏，并道："练侍御很着急处理这件事吗？"

"是。"

"此事积弊已久，不是片刻就能解决的。现在动手会不会太急躁了些？"

"正因积弊太久，忍无可忍才不得不解决。"他说着打开书匣，将其中一本簿子递给许稷。

许稷接过来速翻了一遍，抿唇一言不发。

室内气氛一阵凝滞，许稷认真道："我才刚到任，这些事我需再想一想。"

她说着皱眉看了眼再度冒血的手背，撕了一块干手巾咬住一端，迅速缠裹住，却忽听练绘道："你与王夫南越发像了。"

随身携带膏药，连给自己裹伤口的姿态都一样。

"是吗？"她没有意识到，低低说了一句就合上了簿子。

练绘绕回重点："此事我需要你的配合，明日请一定给我答复。"

许稷起身，做了个请回的动作。

待练绘走后，她重新坐回案后，偏头即可看见窗外淅沥不止的雨，还有打着伞从景风门街横行过去的神策军中尉陈闵志。

练绘这招是积极的对抗，尽管对阉党这张网而言只是剪断了其中一个小口子，但总好过坐以待毙。

她摊开缠着白布的手，不自禁想起一些旧事——阉竖专权几十年，横行无忌。

但总有一天，要看他们灭顶。

第十五章·引内斗

　　至下值时分，外面的雨仍没有要歇下来的迹象。宿直官吏纷纷小跑至户部公厨抢饭吃，唯有许稷仍埋首公房梳理内外朝派别之间的关系。她离开长安多年，对朝局的把握多是依赖邸抄，但这次回来发觉许多新面孔，不免有些惴惴。她耐心做了一番梳理，厘清基本关系，又打开练绘留在此的簿子。他的清单里写得很清楚，什么时候某某某与宦官勾结做了什么事，看着很是触目惊心。许稷粗略心算一番，也大概知道这其中盗走了国库多少钱货。

　　如今的国家财政收支系统，大抵分为二，与此对应的分别是度支所掌的左藏库，及内官所执掌的大盈库。

　　前者是狭义上的国库，后者则是俗称的内库。

　　如上一任不幸被害的户部侍郎所言，国库是天下所有，并非皇帝私产，是为支度国用，不是为满足帝王私欲而设；而内库则相反，内库纯粹是帝王私库，供帝王使用，基本与国用无关。

　　那国库与内库的收入来源又各是什么呢？如今国库收入以两税[1]为

_____

① 参考《陆宣公集》卷二二

主，而内库收入则以进奉为主。这两个完全不同的财政收支系统，都有各自收入来源，按说不会有太大冲突，但事实上，却无处不争利。

早在很多年前，就有兴利之臣入相，为争夺内库利权，不惜改革赋税制度，推行两税法重新确定天下赋税收支，此后非法赋敛、急备供军、折估、宣索、进奉之类者，皆并入两税。因此这些原归于内库的收入也就都哗啦啦收回了国库。然而内库也不会干等着喝西北风，于是又弄出一系列新的敛财名目来，继续问底下要钱。

如此反反复复，你争我夺，无有尽头。

内廷与外朝的矛盾，最集中体现的也就在此——财利。

财利相争贯穿始终，且双方都无法拍着胸脯说"看，财权都被我握在手里了"，哪怕一时占了优势，也要时时提防。

如今的形势对度支来说是极不利的，许稷曾在制科对策中陈述过一二，主要集中在进奉制度这一块。国家的财收相对来说是固定的，问题总是出在分配上——以进奉名义交上来如今都要进内库，进奉多了，国库的收入必然就会减少。

以盐利为例，盐乃国家专营，其中利润颇高，每年度支对盐利都有征收定额，但年年都征不到一半，为何？

因盐利收入多用来进奉行贿，正额盐利却计以虚估。进奉入内库，行贿入宦官和某些使臣之囊，那么入国库的自然就少了。

类似积弊，数不胜数。

度支是稍有不慎就会上下左右都得罪的衙门。倘若与宦官沆瀣一气，则朝臣不满；坚守立场争夺财利，宦官不满；征收得多了，地方不满；国库不盈无力拨给，边军及各衙门又会不满。

处此位，如行走危崖，一不小心就会掉下去。

许稷熬到很晚才回务本坊，潦草洗了个澡换上干净衣服，睡了一个时辰就闻得屋外晨鼓声鸣。飞快起床赶去上朝，早朝结束后吃廊餐，一群殿中侍御史来来回回巡查，盯吃相差姿态差的，抓住就弹劾。许稷往嘴里塞了一块饼，才刚咽下去，就有内官急忙忙跑来，说小皇帝要找她下棋。

许稷又赶紧抓了两块饼，在对面吏部侍郎目瞪口呆的注视下，迅速往嘴里塞。殿中侍御史逮住了许稷这强盗般吃相，正要过来指摘一二，许稷立刻催着内官往东内中和殿去了。

小皇帝找她下棋，马承元居然不在，按说可以假借此机会与小皇帝灌输些"小道理"，但马承元却安排了宦官在一旁盯着，监视许稷一言一行。

许稷索性只与小皇帝论下棋。不过棋盘中亦有大学问，从棋路棋风中也能看出些端倪，小皇帝很聪明，年纪虽小但也能看出一些心计与策略，倘若按照这种势头长下去且没被宦官玩死，将来或许也能成为明君。

一盘棋刚结束，小皇帝托着下巴琢磨为什么会输，这时外面内官忽然通报道："右神策军杨中尉到了！"

小皇帝咕哝一声"坏了"，赶紧与身旁那小内官道："你快去将马常侍喊来。"

那小内官拔腿就往外去，许稷瞥了一眼门外侍卫，趁这当口低声问道："杨中尉过来，陛下为何要去喊马常侍呢？"

小皇帝紧张地说："朕有些怕杨中尉，他会凶朕。但他与马常侍关系不大好，马常侍在他就不敢凶朕。"

小皇帝这话实在太微妙了，许稷一句话也不接，只顾埋着头收棋子。

杨中尉气势汹汹进来，对小皇帝也只是一拱手，瞥瞥许稷，又盯住那棋盘，果然凶道："陛下除了下棋便没什么旁的事好做了吗？难道什么事都要交给马常侍去做吗？这样下去如何才能长大，才能治国？"

小皇帝闷屁不敢放一个，抿着嘴巴不说话，眼巴巴望着门口，等马承元来救他。

许稷则厚脸皮坐着，打算只要他们不赶她走，她就坚决不走。

马承元姗姗来迟，还没与杨中尉打招呼呢，杨中尉的气势就瞬时低下去一截。但马承元也不会对他吆五喝六，只问："杨中尉可是有事要奏？"

杨中尉挺着帅气的肚子："河北军太不像话了，新派去的监军^①又被杀了，不荡平河北简直难消心头恨。何况河南诸镇也深受河北军之苦，再这样下去，河南几镇全要被吞掉，陛下快拨钱打吧。"

"先帝几将内库拨空了，军费这块是无底洞，所以——"马承元说着看向许稷，"内库没钱。"

许稷装傻充愣不搭理，杨中尉瞥她一眼："你是新到任的户部侍郎？国库有钱吗？有钱就快拨给。"

"啊？"许稷佯作一惊，仍是跪坐着道，"下官刚刚上任，还不大清楚……"

"屁用都没有的窝囊废，那群紫袍老鬼还真是没人可用了。"杨中尉直来直去，虽是个阉人，说话却一点都不阴阳怪气，最后烦躁地撂下一句，"我不管，反正河北一定要打，不然河南再被吞过去，江淮转运就断了，江淮转运一断，我们都得喝西北风。左神策军不想动，那就让我们来，所以军费请拨给到位，就这样。"

杨中尉牛气地说完，同小皇帝道："陛下要好好读书，别整日想着下棋，臣走了。"说罢头也不回地出了殿门，留下呆呆的小皇帝和默不作声的马承元，还有一肚子歪心思的许稷。

许稷也起身，与小皇帝行一礼："臣还有公务在身，今日论棋就到此吧，请陛下容臣告退。"

小皇帝纵然舍不得这良师劲敌，几经犹豫，但瞅见了马承元不耐烦的脸色，也只好乖乖地对许稷说："好的，许爱卿慢走。"

许稷出了门，外面一改昨日风雨如晦的景象，日头甚至灼得人睁不开眼。她还能看到杨中尉的背影，那背影越走越远，最后拐个弯，消失在了视线中。

许稷下了白玉阶，急匆匆回了度支公廨，直奔公房翻出练绘的簿子，取了笔耐心地进行勾画。她一页页翻一页页勾，至午饭时辰，度支众官吏都去公厨吃饭了，她携了簿子往御史台去。

正值饭点，御史台大小官吏也大多去用饭，练绘从门内出来，恰

---

① 监军：一般由宦官担任，主要负责向中央汇报军队情况。

撞上许稷。

练绘似乎不想让人知道许稷在配合他查度支的案子，遂压低了声音道："换个地方谈。"

许稷跟着他往含光门那边的大社走，那边平日几乎无人，在这炎炎夏日里，更是没人会跑到那地方去忍受阳光炙烤，倒是个密谈的好地方。

"这次的案子你不需要出头，表面上看只是无奈之下配合御史台查案。"练绘澄清其中利害关系，"你新任户部侍郎，没必要太早和他们对着干。树旗帜这种事，交给御史台就好了。"

与其说是保护许稷，不如说是朝臣一派想保存斗争力量。

许稷自然明白，她眼下也在观望，并不打算和宦官硬碰硬，这也是她会选择忍受羞辱的理由。许稷领首，练绘又问："看了簿子有什么想法吗？"

"我并不赞成你一锅端的计划。"

练绘挑眉。

许稷自袖中取出簿子递过去："我们可以先只吃一边。"

练绘翻开簿子，那上面已被她勾满，贸一看，应是按照她的认知对这些人划分了阵营，而她打算只针对其中一个阵营下手。

宦官也有派系也有内斗，光神策军就分了左右两支，所以至少存了两派。这两派面对朝臣及其他势力时或许会有合作，但平日里更多的则是互相牵制和争夺。

很明显，以杨中尉为首的右神策军与陈闵志、马承元为首的左神策军，各有心思，也各成派别。想要对宦官动手，不一定要同时得罪这两派阵营，可以先对一边动手，而让另一边暂时得利。她相信，杨中尉一定乐得见外朝从马承元、陈闵志囊中掏钱拨给他当右神策军的军费。

权力斗争的智慧不在于表明立场时时树敌，而在于如何使用能动用的力量。

午食这点工夫并无法深聊，许稷辞了练绘回度支，二人约定下直后再议。

许稷下午的表现很反常，度支司中是个人都能瞧出许侍郎很焦虑。许稷一焦虑就会咬指甲，走来走去坐都坐不住，且她忧心忡忡调取度支封存的账目，好像陷入了什么大麻烦之中。

笨蛋只能干看着许侍郎心神不宁，机灵人却隐约能猜到一二。

因昨日练绘前来拜访了许稷，按说他二人私下有那层微妙的裙带牵扯着，应该关系很差，不会轻易有来往，那么练绘特意过来，便意味着有公事。

被御史找上门谈话，绝不可能是好事。

练绘到访，许稷焦虑，种种迹象像投石入湖，引得度支顿时起了片片涟漪。不过，御史台真敢动刀吗？或许只是吓唬吓唬人？心虚的家伙纷纷存了疑，怕出事但隐隐又觉得上头有阉党罩着，应该不至于出什么大事。

下直后许稷破天荒地第一个出了度支司，大小官吏纷纷觉着怪异，但又不敢轻易张口议论。

许稷大步出了尚书省，骑驴回了务本坊。她换了身士子服，拎了书匣从小宅里出来，恰撞上一群从国子监溜出来的学生。国子监学生对她甚感兴趣，因她年轻却白头，二十几岁却已是高官，是高官却住在如此潦倒之所。国子监学生尾随她一路，在后面打赌说她一定是去平康坊狎妓作乐，没想到她却进了一间酒肆，寻了个角落里的位置坐下来，只要了一碗素汤饼。

"真是穷得不像话哦！"国子监的富家子弟们看不下去，就在她旁边的桌旁围坐下来，要了满桌酒菜，豪奢地吃着。

许稷仍低头吃面前的素汤饼，一只手忽然伸过来，一盏凉饮就放到了她面前。

许稷抬头，一个十七八岁青春逼人的家伙对她一笑："郎君请用。"

"干吗给他哟！"

被唤作李茂茂的家伙颇无所谓地说："我为什么要多给钱？每人一份我又没多拿。"

许稷接受了这孩子气的好意，但细想李茂茂之名，隐约觉得耳熟。她接受了这好意，抬首就见同样一身士子服的练绘走了进来。

　　练绘果然也很抠门，连汤饼也不要，坐下来就只要了一碗茶。

　　纯真的学生们并不认得多少官员，只当又来了个穷鬼。

　　但李茂茂眼尖得很，瞅见练绘就别开头，只听同窗们瞎聊，自己一句话也不讲。

　　许、练二人亦不怎么说话，只待许稷吃完汤饼喝完凉饮，两人这才打算走。许稷摸出铜钱来，临走前往李茂茂面前一放。李茂茂赶紧遮脸，练绘却已是看到了他，但也什么都没说，就与许稷一道出去了。

　　务本坊内有东西横街，街南边被景云观占去，街北边一半则全是国子监，除此之外只有进奏院与旅舍等，私宅极少，故平日里十分冷清。

　　许、练二人路过西门鬼市，天色已晦，进得偌大景云观，便有小道出来相迎。观内十分清静，小道领二人至一处厢房，拉开门道："两位施主，请。"

　　练绘进内点了灯，许稷跟进去，那小道便很识趣地走了。

　　屋外唯有夏夜虫鸣声，丝毫不用担心会有人听墙根。

　　练绘摊开簿子，许稷也将自己查账整理的一份从书匣里取出来。练绘道："你先前勾的那一份有些疏漏，我遂重新勾了一遍，请过目。"

　　她先前按几年前的印象划分阵营显然有些错漏，练绘重新勾过之后，再翻一遍，她对宦官阵营也有了更明确的认识。

　　簿子快翻完时，她道："报给政事堂知晓了吗？"

　　"说了。"

　　"怎么讲？"

　　"说'不是什么高明的点子，但既然阉竖囊中的钱没法直接纳入国库，那就索性用掉它，让许稷送杨中尉一个见面礼也不错'。"练绘一字不变地转述座主赵相公的原话，又道，"所以，今晚动手。"

　　许稷抬眸，又闻得练绘道："涉案的度支、太府寺官吏及内侍省等宦官，应是早得了风声正在观望，但他们认为御史台不会太着急动手。越是如此，越要杀个措手不及。南衙诸卫与北衙神策军比起来虽不值一提，但抓几十个人应不是问题。"

"之后呢？"

"人一带走，就直接抄家。"练绘仍然冷面，"文书都已妥当。"

"我需要做什么？"

"平赃定估。"

所谓平赃定估，即将赃资以贯折算，一来是为判定受赃轻重以便量刑，二则是为后期赃资快速入库支用做准备。

"预计数额会很大，所以接下来几日户部可能会很忙，这里厢房很安静，你可以在此先睡一觉。五更天之后会有小道士来唤你，届时你直接从安上门回衙门即可。"

许稷颔首，练绘却已起了身。

他低头道："我还有事在身，先行一步了。"

他步子迈出去，却又想起许稷给李茂茂铜钱那一幕，遂问："你认得李茂茂？"

许稷摇摇头，练绘便不再追问。他将要移开门时却又顿了顿，另一边许稷心中也是一番犹豫，最后两人同时开口："十八娘……"

许稷止住话头，练绘续道："很好，樱娘也好。"说罢拉开门，低头走了出去。

景云观清静得简直如死寂了一般，许稷睡得很沉。

将近五天更，小道在外梆梆梆敲响门，许稷霍地坐起来，出门洗了个冷水脸，天边还是一片暗沉沉。

她速赶去衙门，刚到就被户部尚书当着一众人责道："还知道回来啊！昨晚度支十几个人被抓，这是多大的事你知道吗？不是说住国子监旁边吗？怎么寻不到人？你上哪儿逍遥去了？"

许稷被骂得狗血淋头，户部大小官吏皆不敢出气，甚至还有人可怜许稷，但多数人不过觉得她年轻不懂事。唯有当事人门清，许稷深知这不过是演戏。紫袍老臣们为了"保护"她还真是什么法子都用上了。

昨晚练绘让她宿在景云观的意图，就是让人去住所找不到她，如此早上才有戏可演，让她从一个主动参与者变成被动执行者。

许稷忙同户部尚书认错，户部尚书不耐烦道："行了，带上你的人赶紧去将赃资折算清楚。"

一众人正要散，陈闵志带着左神策军就到了。户部尚书转头就要逃，陈闵志高喝一声："站住！"

户部尚书站定，拱拱手道："敢问中尉为何至此？"

他握着佩剑，横眉怒抬："少放屁，谁让你们将东西搬这儿来的？"

"回中尉，御史台称这是赃资，遂遣南衙搬来的。"户部尚书想也不想，矛头全指给御史台。

陈闵志满脸戾气，言简意赅指挥手下："搬回来！"

户部尚书惊道："陈中尉可得按律办事哪！不然某等不好交差哪！"

陈闵志横他一眼，手下神策军立刻就往里冲。户部一群文官，哪里是他们的对手，只好眼睁睁看着他们将御史台搬来的赃物抢回去。

尚书省廊庑下顿时一片乱糟糟，别的衙门的纷纷探出头来往这边看，许稷弓着的腰也直起来，她听见嗒嗒嗒脚步声，于是偏头去看，只见杨中尉领着右神策军朝这边行来。

她站着一动不动，冷眼看陈闵志指挥手下搬赃物。

陈闵志转头一瞥，见杨中尉也带人过来，还以为他也是同自己一样来要东西的，遂命令手下动作再快些，抢了东西赶紧走。

没料杨中尉却带人直接围了户部，将出口全部堵死。

陈闵志挑眉："杨中尉这是做什么？"

这场祸事里杨中尉什么损失也没有，自然不是来抗议的。

他看一眼许稷："你就是那个判度支吧？"

许稷忙躬身："是。"

杨中尉挺着肚子问："按律赃资怎么处理来着？"

"按律应没官充官用。"许稷顿了顿，第一次行使了领度支后的支用分配权，"征伐河北在即，军用紧缺，可充右神策军军糈。"

杨中尉得了这话，顿觉解气。先前陈闵志借马承元内常侍的便利，在先帝驾崩时把持东内，现在又把持小皇帝，弄得他右神策军屁点好处也没占到，加上再之前的种种矛盾，如今已是恨得要命，这下见了陈闵志吃哑巴亏，真是天道轮回好报应哪。

陈闵志见状况不对，但横行的架势丝毫不弱。他指了许稷冲杨中尉道："你小子搞错了吧？是他们抓了我们的人，抢了我们的东西！"

"我怎么不知道？"杨中尉瞥他一眼道，"是你的人手脚不干净，和度支勾勾搭搭行蝇营狗苟之事。我手下可干净得很，什么事也没有！"

陈闵志倏忽明白过来。御史台是拿住他左神策军开刀，对右神策军则是分毫不管！他啐了一口唾沫，瞥见一脸无辜的许稷，怒气顿时涌上来，也不管她到底是不是无辜，冲上去就要揍。

许稷避也不避，当真挨了一拳，这才惊得往后退了一步，忍痛求饶道："中尉饶命！"

杨中尉这时才站出来横臂一挡："你拿他撒什么气？他与你有仇吗？"

陈闵志瞪圆了眼，杨中尉仍挺着肚子，一脸牛气。

他忽朝陈闵志的手下喝道："找揍是不是！东西都给老子放下！"

许稷舒口气，抬手揉了揉痛得快掉下来的下颌骨。

陈闵志怒瞪着杨中尉，直接与他戳穿了朝臣们的诡计："他们今日能对付我，转头就会对付你，你就等着后悔吧！"说罢命令手下开撤，怒气冲冲甩手就走。

右神策军让开路来让他们走，杨中尉乜一眼许稷，又回味了一番方才陈闵志的话，却丝毫不在意这诡计，反而看着那满目赃物与许稷道："他娘的竟有这么多，折算成军费应是不得了吧，能撑着打完河北吗？"

许稷捂着下巴粗略算算，诚实地回说："不够。"

"河北痞子，真是逼人烧钱。"杨中尉不肯相信国库没钱，"太府寺能拨多少？"

许稷说："不多。"她痛得龇牙咧嘴，声音低下去，"按说内库这几年吃盐铁进奉和宣索都很多，不该穷的，再者说神策军是圣人的禁卫军，赏赐军费从内库出也是无可厚非吧……"

杨中尉心说真是屁话，他也知道内库有钱，可手伸不进去有什么办法？他才无所谓军费是内库拨还是国库给，只要有钱就好了。可个个都在哭穷，难道要他自己掏腰包吗？他也不是很有钱啊！

杨中尉瞪住许稷道："不是快秋征了吗，多征点会死啊？"

许稷艰难回话："征收定额是去年记账便配好的，下官想改也只能改明年的……"

"多开些临时名目不就好了吗？！"杨中尉一腔求钱不得的怨气全抛给了许稷，"只会抓着死规矩不放，真烦！再不改，钱就全进内库了！"

许稷等的就是他这话。

内库被陈闵志、马承元等人把持，想必杨中尉也认为从国库捞钱比从内库捞钱容易，所以在国库与内库的财源争夺中，他兴许更愿意站在国库这一边。

那么赋税制度改革，是否也能获得右神策军的支持呢？

许稷不是太确定，但有一点她非常清楚。支持改革的，一定是想要从中获得利益，跳出来反对的只会是既得利益者。只要明面上看着无伤右神策军的利益，那么获得支持的可能性会很大。至于具体要如何操作，才能让他们明明支持却吃哑巴亏，就是专业与非专业的较量了。

很显然，杨中尉对财利争夺这块，非常生疏。

许稷捂着下巴一句话也不说，杨中尉又瞪她一眼："一拳就给打脱臼了真是不经揍。"他上前一步，忽然扳住许稷下巴，一拉一托，骨头咔嗒声乍响，许稷吓了一跳。

给她整完下巴，杨中尉竟然抬手拍了一下她脑袋："真是没用的东西！快去给老子折算清楚！"

许稷被拍得脑壳疼，却不敢再捂头，只领着一众度支官员将赃物

我也愿成为你的

秋景之露。

再搬回去，户部尚书则连忙去与杨中尉说好话。

他啰唆一阵，杨中尉觉得没趣就直接走了，却留了一大半人守在户部外面，免得再生出什么枝节。

御史台和大理寺没眠没休地推鞠审案，户部一众官员也没得歇，因神策军就守在外面，也不好轻易出去，且还有赃物源源不断地送进来，待全部折算清楚，已是四日后。

一众人都潦倒得不像话，又值炎热夏日，户部闻起来都臭烘烘的。

许稷撑到了最后，待她整理妥当，其他官吏不是回家就是径直往平康坊泡汤搓泥去了。

赃资折算结束暂入太府寺①，但也只是走个程序。征讨河北一事不能再拖，右神策军开拔在即，军费是不能欠的。而军费拨给的程序也不能忽略，作为专判度支的户部侍郎，许稷要以度支通判官的名义上奏，得到长官户部尚书的审批之后，再报给尚书省左右仆射进行勾稽检查，通过之后，传至度支长官负责执行，下符支配太府寺，到太府寺出纳执行，这事才算完。

许稷从太府寺忙完手续出来，低头闻闻自己的官袍，觉得是有些味道，于是径直回了务本坊的家。

又是旬休，又是国子监学生溜出来放风的日子。平素里冷清的务本坊瞬时热闹了起来，引得横街对面的景云观道士们很不满——

"干吗打扰本道修炼！"

"年纪轻轻真是烦死了吵什么吵！"

诸如此类。

而国子监生们也丝毫不弱，毫不犹豫骂回去——

"嫌吵就上天去呀！"

"不是有本事嘛来啊！"

许稷骑着毛驴路过时，便有幸得见这一月三次的道士与监生之吵。

---

① 太府掌管仓储出纳。

忽有个脑袋从人群中挤出来，走到许稷面前拦了她的驴。

许稷勒住缰绳，定睛一看，来人正是李茂茂。她不开口，李茂茂就笑着说："许侍郎好。"

打听得还挺清楚，竟连她的官职都知道了。

"有事吗？"

李茂茂忽从袖袋里摸出信来，双手捧着递了过去。

许稷一愣，他又眯眼笑道："驿所方才来了人，见许侍郎不在又不知给谁。某恰好路过，就代收了，请侍郎收下。"

许稷接过信，却不着急拆开，只问李茂茂："为何要代我收呢？"

李茂茂一摊手，青春逼人的脸上笑意满满："某也不知道，只觉得似乎很久之前就认识许侍郎了。"

许稷对这般套近乎的说辞并不在意，只随口谢过，就径直回了住所。

她烧水打算洗个澡，等水烧开时，就将信取出来，往阳光底下一坐，拆信。

一共两封，都很厚实。

看字迹，许稷就已认出了寄信人。一个秀整谨慎，一个洒脱无拘，拆开信来，内容物亦是迥然不同。

许稷将其中一只信封里的内容物倒出来，竟是会心地淡笑了笑。

这封信寄于一月之前，彼时夏收刚刚结束。

叶子祯到泰宁使府汇报回易务的事情，见了王夫南。二人聊完公务，王夫南再三催促他离开，叶子祯却死赖着不走。他回头一看，只见廊中站了个驿站的家伙，一看就知道是王夫南喊来收信的。

叶子祯说："大帅是要写给谁啊？这么神神秘秘不想让人知道，看着就可疑。"

"你走不走？"

"不走，我也要写。"叶子祯厚脸皮地说，"大帅写给谁我也就写给那个人。"他说罢不要命地抢走一只信封，盯住王夫南道。

在死不要脸这件事上，王夫南深知自己不是他对手，索性不再管，将一早写好的信装进信封，又从小屉里取出一把新收的麦穗，一并放入了信封内。

叶子祯在对面看着，不由努了努嘴。

他已猜到了王夫南的写信对象，一定是许稷没错啦！

还真是肉麻，叶子祯不由想，不过倒是一副很懂许稷的样子呢——告诉许稷今年沂州丰收，再附上沂州土地上收割下来的麦穗，一定很能讨得嘉嘉欢心。

世上难得是知心，十七郎这只熊包可真是很了解从嘉啊。

然叶子祯却摇摇头评价道："一把麦穗哪里吃得饱哟！"他说完将钱袋拿出来，嘀咕说，"嘉嘉不食人间烟火，而我却只有钱。"说着抓了把金叶子往信封里一塞，眯起眼来对王夫南笑了笑，"我可没有行贿哟！"

王夫南看着对面那张欠揍的脸，已经预见到他被许稷退信的惨淡结局。

果然，一个月后许稷从那信封里倒出大把金灿灿的金叶子时，只愣了一瞬，立刻将金叶子又都塞了回去，并又包了一只信封，回寄给了叶子祯。

这封信辗转至叶子祯手中，又是一月后。

右神策军已经开拔，许稷亦开始秘密筹划盐利进奉的改革，而远在沂州的泰宁使府，上下已绷紧了等待遽变的到来。

这天王夫南点完兵回来，天色就倏忽晦暗如夜。

初秋到，雨也变得频繁起来。闪电扑进使府，余雷声阵阵，似乎就在耳畔。他刚坐下，叶子祯就到了。仍是按惯例汇报回易务的收支情况，但这次又有些不同，因泰宁府将迎来一大笔开支，故叶子祯需将总账算给王夫南，看看到底能负担多少。

自许稷开先河将州府公廨本合入使府回易务之后，州府与使府一直合作愉快，一度鸡肋的回易务也成为两府的重要收入来源。如今河北军屡屡南下进犯，实在令人忍无可忍，而秋收将近，河北更是蠢蠢欲动，等谷物一熟，便会如蝗虫一般南下抢掠。

同样遭河北之害的还有天平、淄青平卢两镇，这三镇本该联合起来对抗河北，可又彼此不信任，怕一出兵，镇内空虚，就会遭到对方的突袭。

这一拖就是许久，直到神策军征伐河北的消息传来。既然朝廷表明立场要打，作为没有割据的方镇，就要紧随朝廷步伐配合神策军征伐河北。

既然要带兵出境打仗，就意味着大笔开支。按说藩镇兵出境作战是需要朝廷拨给军费，但如今朝廷拼命哭穷，度支的许稷也说"请诸位先垫上，以后再补给"，简直是空头屁话，没有半点可信度。

但尽管将许稷骂了个狗血淋头，各镇却不得不自掏腰包充军费，王夫南也不例外。

叶子祯当着王夫南的面算清楚，自信满满道："只要大帅还有力气打，我就有办法筹钱，所以没有太多后顾之忧，大帅可放心。说起来，这些钱还是从河北军手里捞过来的呢，如今用在征讨他们上，好像也不觉得很可惜。"

王夫南看着那账簿不言声。老实说他一点都不想将钱用在这上面，他本来打算筹够沂水通运河的工事钱，以便明春开挖河道的。

眼下看这计划又要泡汤。

屋外的雨哗啦啦地下，风雨往屋内涌。叶子祯起身将门窗关起来，因为穿了一身单衣，故抱怨起这天来："说冷就冷下来了，真是不舒服。"

王夫南点了灯，叶子祯见他不大高兴，霍地想起什么来，忙道："对了，十八娘与从嘉和离了，大帅知道吗？"

王夫南骤然抬头，京中传来的信中，根本无人与他提过这件事。

"唉，真不知道啊，不过大帅庶妹和离改嫁，确实也不是什么值得广而告之的事。不过呢——"叶子祯弯唇一笑，"重点是从嘉和离了竟也没告诉大帅！"

"为什么会和离？改嫁于谁？"

"两地分居？被练侍御钻了空子？或者为了樱娘？总之就是和离了，改嫁给了练侍御，我也是行商途中遇见一京中老友，他告诉我的。"

王夫南深感震惊。

"大帅不是该开心吗？干吗这种表情！"叶子祯满脸的瞧不

起他。

叶子祯啧啧说完，门忽被梆梆梆敲响。

"进来！"

一吏卒冲进来，努力压住起伏不定的气息，报道："河北军从抱
犊山西边杀过来了！"

屋外秋雨不停，反有越下越大之势，雷鸣声更是不绝于耳，时值
傍晚，天色一片暗沉，眼看着就要全黑下来。

速奔而来的吏卒呼吸声粗重，在这屋内听起来格外清晰。

王夫南起了身，叶子祯抬头看他一眼："河北军等不及我们打过
去，倒是自己送上门来了，大帅可有把握吗？"

王夫南不轻易表决心，只道："你回去睡觉吧，不早了。"

叶子祯一抿嘴，单袍袖子一拊，露出一截白皙手臂来，用力撑了
撑让皮肉鼓起来："我亦是很有力气的，大帅不考虑带我上阵杀几个
河北痞子吗？我可是有军籍的人啊！让我回去睡觉像什么话嘛！"

王夫南瞥他一眼，伸手用力一握，叶子祯就嗷嗷喊疼："你不要
这样！我告诉嘉嘉！"

"没你的事了，快滚回去睡觉。"王夫南理了理衣服，叶子祯不
再挣扎，捂住手臂往案上一趴，就听得那脚步声渐渐远去。

吏卒跟在王夫南后面拼命追赶，听得王夫南令道："速去通知何
刺史，集结三千州镇军，让周指挥过来。"

夜雨不停，沂州刺史闻讯，立刻集了三千州镇军。一群人都是
刚吃过晚饭，有的是力气，听说河北军来犯，个个都打起了精神，就
等着一声令下立刻开拔。

另一边，王夫南则召集了僚佐速做城防部署。经历过上次内乱的
清洗，使府内部反而是干净了不少，余下僚佐几乎都是亲信，部署也
不必瞒着藏着。

听完情报兵的汇报，王夫南指了地形图道："抱犊山往这边走是
水路，河北兵不通水性，也不会备船，所以碰上水路他们就得再绕个
圈子，转而从这条道走。"他道，"我军可在此设伏，抄近路，可以

赶在他们之前到。"

"大帅要带多少人？"

"连同州镇军五千。"

"大帅领兵出击，如此一来，守内会不会空虚……"

王夫南毫不客气道："正兵对敌，奇兵袭后，不出动伏击难道全困在此地被动防守吗？"他说着看向都指挥使，"周指挥，城内交给你了。"

"喏！"周指挥使信心满满地应下，"末将决不让河北军踏进沂州城半步！"

王夫南即刻又问了军器筹备等事宜，得了皆已妥当的消息马上出门往州府去。

何刺史领着一众州镇军等候多时，终于等来了王夫南一众人。王夫南令人速清点了人数，这时雨却停了。

何刺史笑曰："真乃天助我沂州也，幸亏大帅令某备上胡麻油，如此用得上啦。"

浩浩荡荡五千精兵，出了潮湿的沂州城，直奔伏地。

敌军是魏博田文仪的部队，共三万人，看来是有心要吞掉河南道，以此断了帝国运河的转运中枢。这中枢一旦落入河北军手中，江淮就要跟着倒霉，而江淮乃帝国财源的大头，节度使又基本都是文官出身，抵抗无力一旦断掉，京师将如丧母之崽，难以为继。

夜风里蕴着满满潮气，虫鸣声不时跳出来，与马蹄声混到一块。

埋伏处是沿路东西两边山坡，盛夏刚过，草木仍旧青葱翁郁，行走间盔甲都被染湿。情报兵急匆匆折了回来，报道："先过来的应是魏博军的先头部队，约有五千人，轻骑无辎重负累。"他短促喘一口气，"还有五里地。"

王夫南召集各牙将及州镇军将领，再次确认了部署。使府牙将与他的默契自不必说，而州镇军先前一直接受许稷的指挥训练，在配合一事上纪律严密素质极高，只需稍微指点，便知道要怎么做。原本还人头攒动的山坡上，霎时悄无声息，无一人出声。

情报兵忽从地上爬起来与牙将打了手势，牙将则将消息传下去。

很快，嗒嗒嗒马蹄声就传了来。

田文仪的先头部队十分谨慎，先遣了数十个人通过，见确实无事，又令一部分人通过。一批一批行走，每次都只通过一小部分人，像是试探又像是狡猾的拖延，相当狡诈。且这群人都穿得似乎一样，从盔甲上看，竟无法分辨出哪个人是将领。

有牙将看得快沉不住气，与王夫南打手势问到底什么时候可以动手。

王夫南却一直注意那火把动向，忽抬手示意后边一个伍长过来。那伍长凑到他面前，王夫南耳语与他吩咐完，伍长点点头，忙带了十几个步卒从另一侧下了土坡，绕进前面的农田里。

魏博先头军仍不急不忙地一拨一拨通过，十分悠闲。然就在这时，军中忽有人报："前面地里的湿秸秆烧起来了！"

浓烟伴着胡麻油的味道弥散开来，一看就是有人故意为之。夜色不明，魏博军不敢深入，只能看着那潮湿秸秆燃烧腾起来的浓烟踌躇不前。

这时隐藏在普通士兵中的某将领似乎终于露了脸，指挥士兵前去探路。使府牙将这时忽拉开了弓，箭头也对准了那露头的将领，然王夫南却忽伸手过来按住了他的弓。

牙将疑惑地看了王夫南一眼，却只见王夫南张起弩，对准了那将领旁边的一个人。

那人微微侧头，王夫南扳动弩机，弩箭飞射而出，几乎是瞬间从那人脑后穿入。

魏博军见状乍乱，一时间人头火把攒动。

牙将差点惊呼出声，瞥了一眼不动声色的王夫南，迫切想问他是如何猜到那人才是主将。

然王夫南却与他做了个手势，令他趁乱放响箭。

牙将陡回神，随后响箭骤鸣，西面山坡上接二连三亮起火把，而王夫南所在的东面却仍是毫无声息。胡麻油味道将这潮湿夜晚熏得充满食味，牙兵州镇军不停烧松炬，仗着居高临下的优势往下丢。

西面故意暴露诱敌，魏博军想往上爬，却惨遭箭矢石头松炬袭击，难以抵挡。又因失了主将，指挥混乱，以至于纷纷往后溃逃。

然王夫南早已领了兵从东面下了坡，绕过去堵住了魏博军的退路，敌军想往西爬，西边山上却也燃起了熊熊火把。

丧失指挥核心的敌军此时一团糟，前路浓烟滚滚，后路被泰宁牙兵横堵，东西两面山坡火光吓人，已成合围之势，无路可逃。瓮中之鳖自有觉悟，心慌之下就只好跪地求饶投降。可惜这种时候，大批俘虏只会成为累赘，何刺史与王夫南道："虽有些可惜，但收缴武器后还是全杀了吧！"

然王夫南却只杀了俘虏中某几个将校，扫了俘虏一眼又道："让他们将盔甲衣服全脱了。"

"唉？"何刺史有些无法理解大帅的取向了。

"何刺史老家是河北吧？口音挺好的。你也脱了吧！"王夫南看他一眼说。

何刺史下意识一捂，却见王夫南都开始脱盔甲衣裳，遂也只好从命。

数名州镇军扒了敌军衣甲迅速换上，贸一看竟与魏博军无异。

在这当口，王夫南速审了俘虏，敲定讯息可信后，挥手令牙将把光着膀子的俘虏悉数带走。

随后，王夫南与何刺史耳语了布局。何刺史闻言很是忐忑，可一想，他怕什么哪？不还有王夫南陪着他吗！要命一条，无所谓了！于是拼命点头应下。

主力部队一走，此地就只留下王夫南、何刺史及一众穿着魏博军衣甲的泰宁军。一众人脸上抹了血与泥，看起来狼狈不堪，似当真经历了一场激战。

尸体遍地，何刺史觉得浑身发怵，他又想抱怨王夫南怎么出这等馊主意时，情报兵忽从地上跳起来："来了来了！"

"要冲过去迎接吗？"

"和尸体躺在一起比较好吧，像拼杀得累坏了！"

"何刺史也太没经验了，一般来说如果不幸遭遇埋伏，应当逃回去报告才是正道！"

"是这样吗？"

文官出身且战斗经验不足的何刺史向王夫南投去求助的目光。

王夫南从地上挑了把好刀："何刺史快深吸三口气！"

何刺史一惊："大帅要作甚！"

"跑啊！"

何刺史吓得拔腿就跑，牙将紧随其后，一众牙兵也跟着跑得飞快，王夫南与一副将则留在原地不动。

等当真撞到了魏博军的主力部队，何刺史惊魂未定气喘吁吁，吓得都快要跪下了……而事实上他也的确扑通一下栽倒在地，用带着哭腔的河北话号道："大将，某等中了埋伏啊……"

演得逼真哪，旁边的牙将一边赞叹一边装模作样扑倒在地，俨然一副气绝模样。

魏博将领见派出去的五千先头军竟只剩了这么一些没用的残兵，怒从心中来，狠骂了一通，却又问："只剩你们了吗？魏指挥使呢？哪里中的埋伏？敌军可还在？"

何刺史哭边说，最后又用熟练的河北话补了一句："有人去探敌军消息了……"他哭得满脸花，揉了揉与旁边牙将道，"他咋还不回来……"

牙将忙道："对对对，因怕还有埋伏，有人自告奋勇探听敌军消息了！"

魏博大将略迟疑一番，却也不着急深夜行路，有安营扎寨的意思。

这时何刺史又道："敌军约有万人！就怕杀过来哪！"

魏博大将自然不想陷入被动，略一思忖，终又派出一支队伍再去探路。

而这时副将问王夫南道："大帅为何笃定魏博还会遣派支队前来探路，万一大部队直接杀过来如何是好？"

"不会，田文仪非常多疑，其手下也一样，不试探清楚，主力不会动。那就耗死他。"

第十六章·借刀计

就在副将对王夫南的推测持怀疑态度时，马蹄声却嗒嗒嗒逼近。

一众魏博骑兵在何刺史等人的带领下进入谷坡夹道，副将闻得动静回过神，身边的王夫南却已跑了个没影。他连忙追上，气喘吁吁在魏博骑兵队伍前停下来，听王夫南与敌军汇报军情。

王夫南睁眼说瞎话，称泰宁军悉数往北去了，南边的岔路已去探查过，并无埋伏。那将领对这些小兵小将不熟，便很是犹豫，但路总要走，不能僵在这儿。于是他琢磨一番，指了何刺史、王夫南及几个牙兵道："你们去前边带路！"

王夫南喏了一声，转过身就往前走，何刺史及副将便赶紧跟上。何刺史紧张得不行，却又不敢与王夫南说话，他们走得很快，后面那群骑兵则根本没有要动的意思。

待他们走出去老远，才隐隐听得马蹄声传来。

"跟上来了。"何刺史压低了声音与王夫南说话，王夫南却根本不理他。他识趣地闭了嘴，学王夫南闷头往前走。

马蹄声越发近，在南北路分叉口，却忽地静息了下去。

王夫南回头，只见那将领遣了一亲信举火把走过来，低头照路。

因被雨水泡过，泥土潮湿容易留脚印，于是那亲信仔仔细细看了，发觉北边脚印、马蹄印杂乱无章，而南边却几乎没有什么印子，瞬时放下心来，转头与那将领道："南面确无脚印，应是往北边去了。"

得亲信汇报，那将领松一口气，便当真领着手下随王夫南等人往南边去。

越往前走，何刺史心里越慌。王夫南告诉他的布局，到此就结束了，后面会发生什么事，他根本无法预测。于是他本能地靠近王夫南，觉得挨着大帅走就不会出什么大问题。王夫南起先不管他，然一众人很快停下了步子，只因前路被宽阔水域挡了，且连座桥也没有。

魏博将领顿时气急败坏："既是不通的路，如何不提前探得？！难不成游过去！"他言罢下了马，握了剑气势汹汹朝王夫南等人走去。王夫南已站在河岸边上，被吓得不轻的何刺史则挨着他，瞥他一眼结结巴巴地开口说："大……大帅……"

"大帅"的称呼一出口，魏博将领乍然挑眉。

他猛地反应过来，握住剑上前一步，与此同时，王夫南提在手里多时的刀也挥了过去，下手狠戾精准，血哗地溅了一脸。

何刺史被那血溅到，顿时蒙住。他吓得不知该如何是好时，忽有一只手猛拽他一把，他身体后仰瞬时就跌进了凉凉河水里。

这一激，令他醒过神来，耳畔只闻得接连不断的扑通声与水流涌动声，再然后便是啾啾啾的飞箭声。原来王夫南在这地方安排了埋伏哪！河北军多不懂水性，不敢轻易下水，真可谓机智也——可他要往哪里游才对啊？怎么觉得这么沉哪！

何刺史正迷茫，王夫南忽拽住他胳膊，指指他，随后迅速扒掉了自己身上沉甸甸的盔甲。何刺史连忙照做，最后拼了老命游到对岸，看到自己人，顿时瘫坐在地，没力气再动。

何刺史望着对岸凌乱火光，不由摸摸心口，他心道跟着王夫南打仗可真是惊心动魄哪，魂都吓走一半了。

王夫南浑身湿淋淋，瞥一眼领头那牙将："交给你了。"

这一战打得很是畅快，因担心负累太重遂不接受投降，全部歼灭。不过，接连瓦解了敌军两个先头部队的泰宁军，此时虽然累极，却也丝毫不敢懈怠。后面的主力部队还有两万多兵力，若正面硬碰硬打，纵然他们都是精兵，恐怕也不会有什么胜算。

不过接连两批先头部队被歼灭，魏博军眼下着急得很，情报兵被杀，更是觉得前路如迷雾般摸不透。泰宁军到底有多少人？到底埋伏在哪？虚虚实实，令人不敢前进。

多疑的魏博军主将见损失惨重，决定撤回改道再来。

天已蒙蒙亮，王夫南听完情报兵的汇报，命泰宁军原地轮流休息。何刺史不解，他眯眼看了看缓慢亮起的东边天际，揪了根野草问王夫南："河北军吃了亏应是撤了吧，我们不回去吗？"

王夫南却说："干粮够吃就暂时先等等。"

"大帅是觉得他们会沿旧路杀回来？"

"不是。"

"那？"

王夫南没回他，往嘴里塞了干粮猛地灌了几口水，重新束了头发，原地坐了下来。何刺史偏头看看他，颇有些羡慕这英俊眉目与挺拔身姿。他低头抓抓自己腰间肥肉，叹口气说："唉，其实某年轻时也与大帅一样的。"

旁边正在喝水的牙将闻言喷了他一脸水。何刺史抹抹脸，不好意思地说："差一点，差一点，没有大帅这么……"他接不下去，瞬时岔开话题，又问王夫南，"不过大帅条件这般好却不婚，莫非大帅当真是那什么……"他挑挑眉毛，不要命地求证坊间那些乱七八糟的传闻，"断袖？"

"断袖怎么了？"王夫南继续吃干粮，一反常态毫不在意地说。

"那——"何刺史琢磨了一下措辞，"之前的那位许参军，大帅当真与他有什么吗？"

王夫南看了眼天边，忽然很想念许稷。他将食物咽下去，偏头看一眼何刺史："你觉得呢？"

何刺史听他这样反问，顿觉坊间传闻也不是空穴来风，忙说："倘若真有什么也是一段佳话啊，呵呵。"心中却是暗自嘀咕，"那许参军可是少年白头脾气冷淡，有什么好的，还不如叶子祯呢，大帅真是想不开啊！"

远在长安的许稷打了个喷嚏。大早上的打喷嚏不是什么良兆，近来长安天气转凉，她又常常要熬到很晚方能回去休息，恐怕是晚上吹风受了寒。她赶忙去公厨要了碗生姜水，捧着站在户部公厨外发呆。阳光照得人通体舒畅，以为自己受凉的许稷，全没想到千里之外的某人正坐在河岸山坡上一遍遍地暗自念叨她。

一碗生姜水还没喝完，度支员外郎火急火燎跑了来："许侍郎，政事堂那边要你过去一趟呢。"

许稷仰头饮完余下的生姜水，匆匆折回公房取了簿子就往政事堂去。

一众紫袍老头刚议完事，就将许稷喊了来。许稷在外打够了喷嚏，腾出一只手来将鞋脱掉，敲敲门得了回应，就拉开门往里行。

她抱着簿子躬身行礼，随后自觉跪坐下。她将簿子放在矮案上，抬首看了看这满目紫袍，心中也不免有些压力。

政事堂内堂的设置，就是这么别出心裁。诸位宰相的位置围了小半圈，而空荡荡的中央只放了一张小案，一张软垫。贸一看像极了审问，来者心态再好都会有些发虚。

许稷将簿子摊开，自觉汇报："各司各使公廨食利本钱①已核算清楚，其中以御史台为最，计一万八千五百九十一贯；其次是太常寺，一万四千二百五十四贯；尚书都省一万二百一十五贯……"

她不徐不疾汇报，诸位宰相也就风平浪静地听着，一直到她将诸司诸使公廨本拿出来与户部两税总额比对，各自表情才微微有了变化。许稷称，去年度支两税实收五百万缗，公廨本钱却将近一百五十万缗，比重之大实在惊人。何况公廨本多用于高利出借，实

---

① 食利本钱：为公廨本钱的重要组成部分，李锦绣在《唐代财政史稿》中称，食利本钱"极琐碎"，且多有变化，此处参考的是《唐会要》卷九十三及《册府》卷五百零六、五百零七中有关诸司诸使食利本钱数。

在是伤民之措，并且滋生腐败，实乃大弊，建议严控。她知道公廨本一时无法废止，但又实在看不下去，遂只说严控。

诸相不给她答复，虽然他们不介意许稷去得罪诸司诸使，但自己都不想被搭进去。最后还是赵相公开口："此事不急于一时，以后再议。"他顿了顿，"今日就暂到这里吧。"

诸相闻言纷纷起身，许稷亦跟着站起来。

她正要走，赵相公却道："从嘉留一下。"

许稷躬身站在一旁，待诸相都走后，她这才重新坐下。

赵相公问："盐铁这块你一直说时机未到，如今可是有什么想法吗？时机到了吗？"

许稷四平八稳地坐着，回说："天时地利都够，需要一些人力。"

"怎么说？"

"下官认为盐铁收入持续走低，到现在这般微薄境地，主因是月进^①太高。倘若想要提高盐铁收入，不可避免的就是罢黜月进常制。但如今朝廷盐铁使因脾性懦弱，在底下盐场各监院、巡院中并无威望，想要罢除月进恐怕还不到时机。但还有一条路可走——"

她抬起头来："盐监院。"

赵相公微眯了眯眼。

"盐监院主盐业生产与收购贩卖，其中非法获利是大头，且盐监院又多与阉党勾结，河南尤甚。倘若由我们动手，必然会引得阉党不满。但如今河南河北两道正值混战，河南盐监院倘若不小心被南下的河北军端了呢？"

阉党总不可能跑去与河北军算账，最后只能吃哑巴亏。

"此事要谁去做？"

"冒充河北军杀个人抄个家，算不上什么难事。"许稷毫不犹豫把王夫南推了出去，"泰宁王观察使。"

"蕴北啊。"赵相公很久没见王夫南了，他笑了笑，却说，"蕴

---

① 月进：行贿、进奉、非税收渠道，专门用来疏通关系和贿赂皇帝。

北是从杨中尉手下出去的神策军大将，他是右军的人，与阉党必有牵连。你让他做这件事？"

王夫南出身南衙十二卫，却没有碰上好时候。

天下土地兼并愈重，均田制瓦解，致府兵式微，南衙无兵可交，最终不可抑制地走向衰败，曾经的风光也悉数拱手让给了北衙禁军。

北衙主力即左右神策军，作为皇帝禁卫军，护卫京师、畿内与关中要塞，负责征讨平藩乱，是规格最高的天子禁军。因此不论是从给养或是升迁等各方面，神策军都要比其他军队享有更优厚的待遇。

而神策军势力的壮大，与阉党专权几乎是同步的。

宦官任神策护军中尉，神策军将校皆受其辖制，把持军权便由此开始。眼下到了何种程度呢？连出任地方的节度使或观察使，都基本出自神策军将领之中。

王夫南就是个典例——在南衙一身抱负无法施展，想征讨西戎夺回河陇，于是入神策军出征，大捷而归，遂出任泰宁观察使。

可以说王夫南的仕途，倘若不踩阉党这块跳板，也未必能走到今日。赵相公不信任王夫南是有原因的，朝党内争中他们不在一个阵营，再扯上王夫南与神策军这一层关系，就有足够理由否定掉王夫南。

面对赵相公的怀疑，许稷却没有正面回答。

她道："不能交由他去做吗？可是——"她故意停住，一脸为难，"信已发出，算算时间，也该到王观察使手中了。"

先斩后奏，想反对也迟了。

赵相公瞬时敛起面上仅存笑意，道："此事倘若做不好，你清楚后果吗？"

"下官正因深知其中利害关系，才将此事托给王观察使。"许稷一收难色，面上是十足的笃定。

"你很信他吗？"宦海当中，哪有什么信任？说到底不过是利益。然许稷表现出来的，却是超乎利益关联的信任。

"据下官所知，王观察使并不是与宦官沆瀣一气之辈。"

她一字一句皆是在为王夫南证明立场。如今内外朝争斗愈烈，而他并不会在泰宁那地方待上一辈子。既然回朝是必然，倘若因立场模糊而被清理，就实在太冤枉了。

都是避不开的问题，还不如说清楚。

"你如此为他撇清，是为了什么呢？"赵相公深知许稷至今未站队，在朝党内部斗争中她几乎不存在立场。但倘若她与王夫南私交过密，变成世族党或许就是必然了。

"倘若相公是以私交来判定下官的立场，大可不必。练侍御与王观察使的私交亦是极好，且练侍御曾也让王观察使处置魏王之事，难道练侍御的立场就值得怀疑吗？"

她抬起头："下官只是觉得浪费，分明是可用良将，却因与宦官的那些逢场作戏而被弃置一旁，相公不觉得可惜吗？"

她点到即止，不再往下说，因清楚自己能做的就到此为止了。

堂内霎时只听得到她合上簿子的声音，赵相公默不作声看着，不由眯了眯眼。

能拿出练绘来举证，即她的聪明之处。因练绘是党争中的核心人物，深得信任，她能洞察出这一点，就足证眼力不错。

许稷收拾簿子告退，出了门秋阳覆面，整个人顿时暖和了一圈。她低头穿上鞋，乱舞秋叶落到她脚边，看起来像一把小金扇。

是银杏叶，她乍然想起初到泰宁使府的那个晚上，王夫南按住她脑袋，往她头发里塞的那一枚银杏叶。

一年已逝，光阴如风。

她将叶子捡起来，扑面而来的风卷来更多落叶。她要回度支，目的地似很明确，但将来呢？她能走多远，又能在京中待多久？最后的归宿又会是哪里……无法想象。

不过，她还是会走下去。

应付度支虽比她预想中还要吃力，但倘若能为国库争取到一二，能将盐利及税改推行下去，她就算为此头破血流也算不上什么。人总要有一二值得赴汤蹈火之事，才不至于迷失了未知命途。

不论是顺、是逆，是于两京呼风唤雨，还是贬至边地远离权力中心……她都做好了准备。

这会儿的右神策军也到了曹州。

杨中尉径直领兵杀去魏博，中护军问为何路过泰宁而不救，万一泰宁失守可就出大事了。

杨中尉则骂道："有没有脑子，魏博出兵泰宁，现在守内空虚，不快点打下来留着过年再战吗？"

"那泰宁？"

"王夫南要连泰宁都守不住我剁了他子孙根！"杨中尉脾气暴躁，不耐烦地回。

马蹄声浩浩荡荡，而天已近暮。

王夫南这时领着诸兵将折返回临沂，让将领逐级传令下去，都不得懈怠，因今晚极有可能要应付恶战。

晒着秋阳休整了一日，诸人全无睡意，马不停蹄往城门赶。

天完全黑下来，守城的周指挥使却不得歇。因情报兵来讯，称魏博军竟绕个大弯路杀了回来，距临沂城门仅剩四里路了。

周指挥使做好了布防，深呼一口气。

王夫南迟迟不归让他很是担心，况情报兵也说没有得到他们的消息，这点就非常可疑。到底去了哪儿呢？昨晚难道打败仗了吗？可倘若败了的话，魏博军也没必要绕大圈子了。

可疑，实在可疑。

兵者诡道，周指挥使摸不清王夫南的心思，他能做的，仅仅是拼尽全力守住城门。

可对方浩浩荡荡两万多人，周指挥使不免有些心虚。

魏博军来势汹汹，加上昨晚被狠狠修理了一番，心中皆有愤懑之气，都是不要命地推着冲车往前撞拒马枪，随后云梯也迅速往上搭，前赴后继，面对泰宁守城部队的攻击毫不在意。

就在泰宁军投石扔火炬抵挡魏博军进攻时，魏博军竟又用绞车张起车弩来，多枚箭齐发，射程远至七百步开外，集中攻击城门，威力实在不可小觑；又有用抛车往城楼上投石的，令人应付愤愤道："长途跋涉东西竟还带得这般齐全，魏博军这次是来狠的啊，看爷爷弄不死你们！"

他言罢一刀砍了差点顺云梯爬上来的魏博军，一桶麻油就浇了下去，火把再一丢，瞬时烧了起来，烫得爬梯的魏博军如熟了的蝼蚁般纷纷滚落下去，云梯也很快瓦解在火焰中。

"今年沂州丰收！麻油喂你们个饱！"旁边一小将亦倒了一桶下去，丢了火把瞬时往边上一倒，一支利箭就从他头顶飞过。

他翻个身爬起来，听周指挥朝他号道："我看这里魏博军远没有两万，可能有支队往西城门杀去了，速带人去支援！"

小将喏了一声，连忙带人撤下。周指挥使则仍领着一众守军抵挡魏博军的进攻，但啾啾飞来的兵箭却越发密集起来，真教人头痛。

城门毕竟不是无坚不摧，能破一道就能破第二道，这么死耗着绝对不是什么好法子。倘若王夫南在，估计要使出什么引敌入城伏杀之的诡计来，但周指挥没十足把握，实在不敢做这么大胆的决定。

魏博军与泰宁守军的拉锯战一刻喘息时间也无，两边都不惧死，补充兵力又都能及时填上，武器也都不是一时半会就能耗尽。倒是血腥气混着麻油燃烧的汹涌香气填满了鼻腔，古怪得令人作呕。

"周指挥！"有人唤他，"麻油快用尽了！"

"再去拿！"

"没了！"

"娘的用得这么快！"

"打得太猛了啊！"那小将号道，"干脆放他们进来下内门，关在里面杀！总好过他们爬上来啊！"

周指挥使犹豫不决时，又有小将喘着粗气奔上来："周……周指挥……大帅……大帅将西城门的魏博军给杀得七零八落的，已带人往这边来了，说实在守不住就让他们进来，人一进来就下石门，堵在里面杀，关在外面的……就……就留给他解决。"

累得不行的周指挥深呼一口气，却仍是敏锐地避开了飞来的兵箭。

来得好啊……

周指挥定定神，安排好城楼上的士兵后，速下令放弃守第一道门。

一众魏博军被胜利冲昏头脑，不管不顾悉数涌进城门内，然还没往里头跑多远，便另有石门降下，再回头，另一道石门也降下。尽管有人奋力托着那石门，或以身体阻挡它继续下沉，但都于事无补。

没有前路，去路也被阻绝，被关在两道石门之间的魏博军宛若瓮中之鳖，而留在城外的亦好不到哪里去。因兵力分散且已经疲了，根本不是从外围突袭而来的泰宁军的对手。

然正面战斗堪比近身肉搏，铁血较量，残酷直接，却也是巨耗。

这一战打到天微明，空气里有麻油残香，有云梯衣服甚至人肉烧焦的味道，还有随秋日晨风一起蹿进鼻腔中汹涌的血腥气。

泰宁军开始清点人数，州镇军亦开始帮着清扫战场，城门大开，到处是尸体。

兵马使则刚从西城门赶来，着急忙慌地处理俘虏问题。

王夫南脱下头盔，回了使府。晨光将他的影子拖了老长，血淋淋的靴子在干净地板上留下印迹，天还不是太冷，庭院枝叶仍是凝结起了露，晨光奢侈地铺下来，露水便逐渐走向消亡。

"大帅，西京来信。"

王夫南单手抱着头盔，对着晨光拆开信。

熟悉的久违的字迹，内容却是让他杀掉河南盐监院的孙波。怎么会让他做这件事呢？朝臣难道不怀疑他与阉党有牵连了吗？孙波可是阉党的人哪！

他隐约明白过来，许稷这是为他回京铺路。

她欢迎他回去吗？信中没有说。

于是王夫南将带血的头盔放在一旁，在案前坐下，对着照进来的晨光，不慌不忙磨了墨，提笔写了回信给她。

一朵秋菊临窗悄悄盛放。

他在信中同她说——

我不想做秋晨之露了。

王夫南这封信辗转至许稷手中时，孙波不幸遇害的消息也传到了西京。

说是那日忽有一群穿着魏博军衣甲的人冲进盐监院府邸，孙波还没来得及反应，就成了刀下鬼。其家财也被"魏博军"掠夺一空，据说翻出来有万万钱，光银器就有数千件，豪奢景况令人瞠目结舌。这笔巨财不知去向，因随之而来的消息是魏博被荡平、魏博军解散，所以此财或许是被魏博军内部瓜分掉了？鬼才知道。

孙波暴亡，肇事者又是魏博军，阉党就算有所怀疑也只能吃哑巴亏。还没来得及暗地里动作弥补损失，外廷已经抢先一步置了自己的爪牙，直截了当夺了盐铁财利，转眼进奉就少了。

与此同时，河北的战事也将近尾声。

因河南三镇共同出兵河北，又有右神策军打主力，鏖战将近三月后，魏博等镇相继平定。消息一传到西京，许稷就火速将手伸到了河北，上奏要求河北诸镇纳两税、按律行盐法。她这样做无可厚非，因按常理来说，藩镇向中央申官吏、纳两税、并行盐法，即归顺中央的标志。既然河北眼下被荡平，理所应当要恢复两税及榷盐法。

先前一些藩镇之所以平了又乱，就是因为手握的兵权财权太大。从源头上控制财权，会不会有用呢？许稷决定一试，于是上奏至政事堂，却只得了"天真"两字评价。

"你前脚要求纳两税、行盐法，他转眼就会置店收税抢茶盐之利，有用吗？"

"藩镇说一句支用不足就能废掉你这个想法，你会要钱他不会哭穷吗？"

"想些有用的法子来吧，这有什么用。"

紫袍老臣说话直接，一点情面也不留。

许稷却说："下官以为即便没用也要做，纳两税及行盐法皆是朝廷的基本原则与立场。倘若连这点也不申明，诸镇在争夺财利上只会更加放肆。"她顿了顿，"下官深知中央与地方之财权争夺并非一朝一夕至此，也知不可能一招制胜，但因为困难就放弃原则，下官认为不妥。"

于是重申道："下官恳请朝廷要求诸镇纳两税、行盐法。他若设店，朝廷就罢店；若增税盐钱，就罢地方率税——既有张良计，自有过墙梯，对策总有拆解的办法。"

她做派非常强势，丝毫不怕与人为敌。从削减两京诸司的预算，到如今积极对抗地方争夺财利，她态度一贯如此。是因为贪财吗？可她住贫屋吃公厨，也没有牟取私利的动作。这样单纯的一腔热血，透着孤勇的可怕执着，反而让人看不穿。

"许侍郎太年轻了，许多事不是你立志去做就可以做成的，此事暂到此为止吧。"

尚书省右仆射最终给了她一个否定的答复，许稷沉默不言，一直弓着的脊背缓慢挺直，最终握着自己的折子退了出去。她或许是太天真了，以为什么都能解决。但朝堂关系哪有那么泾渭分明，政事堂明面上应是与地方夺利的一方，但政事堂中与地方势力就没有牵扯吗？

政事堂决策效率之低下，这半年来她深有体会。

小小内堂，实在牵扯了太多外部关系与利益，牵一发而动全身。正因为此，几乎每一个征求意见的讨论，才会变成拉锯战。而她一个立场不明的户部侍郎，是被排除在外的。

风越发冷冽，如今正是秋税收纳时，她没太多工夫与政事堂死磕，于是转而回了度支。然刚到尚书省门口，却有个小仆挡了她的去路。

他道："我家郎君请许侍郎晚上去府里一聚。"

许稷迅速认出他来："有要紧事吗？"

小仆点点头："是很要紧的事。"

"不能在公衙谈吗？我晚上要忙到很晚。"

"郎君说了，侍郎忙到何时他便等到何时。"小仆说完一躬身，"某已转达完了。"说罢一溜烟跑了个没影。

许稷思来想去，实在猜不到练绘找她有什么要紧事，况因为千缨，她应尽量远离练府才是。这一番纠结，至傍晚下直时分也没有个头绪。她又坐了一个时辰，听得承天门鼓声一下一下响起来，最终收拾了案上判卷，套上棉袍离开了度支。

天色已黑，她骑驴抵达崇义坊早过了酉时。她很久不来崇义坊，路过王宅时仍看到外面亮满的灯笼，似乎什么都未变。她低头继续前行，至练宅立有小仆出来迎接。进到堂屋，练绘已在候着，酒菜也都备好。

许稷入席，并祝练绘迁官之喜。

这是练绘升任御史中丞后，她头一次单独见他。

练绘面上却并无喜色，淡淡道谢，随即开门见山："请你来，是有两件事。"

"请说。"

"先吃饭。"他沉默举箸，许稷便也不客气。

吃到一半，忽有孩子跑了进来。

许稷偏头，却闻得千缨的声音："阿爷在会客，不能去哪！"

樱娘倏地止住脚步，见她阿爷的确有客在，淘气笑笑，一转身就撞进了千缨怀里。千缨抬首，看到许稷，愣了一下，不知该进还是该退，犹豫了一番，最后还是抱着樱娘带上门退了出去。

许稷放下了筷子。

练绘亦停箸，给她斟了一杯酒。

一只猫从走廊里踱足而过。

笨蛋千缨悄悄站在门外偷听，却不知廊下灯光将她的影子投在了门纸上。

许稷仍看着那门，练绘亦看了一眼。

"我听说你之前打算严控公廨本，如今三个月过去了，可有什么想法？"练绘开口将她的思绪拉回来。

许稷转回头，敛敛神回道："有一些，不过某想听一听练中丞的立场。"

"公廨本出借，原是为应付诸司职俸及日常开支，但如今高利出借已成诸司敛财的手段，伤民无益，应当废止。"练绘毫不避讳地表明了自己的立场。

早在沂州时，针对公廨本高利出借一事，这两人就有过联手。如今一个是户部侍郎，一个是御史中丞，大环境换成京师，面对的不仅仅是一州，而是两京诸司，又能否再次联手呢？

同样的鹰派作风、冷面脾气，按说该气味相投一拍即合，但许稷今日兴致却不太高。

她说："从眼下状况来说，完全废止公廨本是不可能的。倘若完全废止，诸司开支的负担又会重新落到户部、度支头上。而眼下户部除陌、职田钱还不够支付京官俸禄，所以……我不支持完全废止。"

站在天下百姓和帝国长治久安的角度，废止是有必要的；而站在户部度支的角度，废止公廨本只会徒增负担，一点好处也没有。

不过她话锋突转："完全废止虽不可行，但严控出借利率防止高利伤民，御史台却有可能做到。"

"说说看。"

"百年前公廨本出借为何没有猖獗到如今地步？因出借利率有限额，一旦高出此限额，就严惩法办。那么道理很简单，想要控制就将这条线重新拉上来，逮住违制者，严惩重罚即可。"她不咸不淡说完，补了一句，"余下就要看御史台有没有足够魄力了。"

她将难题重新踢给了练绘，拿起酒杯一饮而尽。

"你今日似乎有些沮丧。"练绘直截了当地指出来，"是因为河北的事吗？"

"是。"许稷不太确定，"也不是。"

她的确为河北的事苦恼，朝廷如今不肯表明财政立场，以后烦的却是收不到钱的度支；而她苦恼的又不仅仅于此，入度支以来，她上下左右都要应付，能做的实事却不多，这是她的困局。

"不妨说来听听。"练绘试图开解她。

不过她却抬起头，淡淡地回："没有什么要紧事。"

练绘听出了她极重的戒防心。

他忽道："倘若这里坐的是十七郎呢？你会倾倒苦水吗？"

"什么意思？"原本有些沮丧的许稷瞬时眸光微敛，恢复了一贯警觉。

"你与十七郎——"练绘给出洞穿一切的御史表情，正要接着说下去，门却忽被敲响。

"什么事？"

门外小仆道："有位度支的郎君来了。"

许稷霍地起身，推开门只见度支一个吏佐站在外面。

那吏佐一躬身，也不说自己是怎么找到这儿的，只速报道："延资库①连夜到度支收归积欠来了！说倘若不补就要拿秋税去填！"

许稷转头对练绘作个揖："告辞。"言罢看看两边，哪里还有千缨的影子。

度支出此大事，不能耽搁，她遂速去牵驴。然她还没走到马厩时，忽有一只手伸过来，将她猛地拽进黑暗中。

"是我！"千缨声音里透着紧迫与急促。

"千缨？"许稷一愣。

千缨双手抓住她小臂，努力稳了稳情绪："有件事你得知道。"

"怎么了？"

"前日我喝多了，似乎说了些不该说的话。"千缨紧张得手都发冷，"他好像知道你是女儿身了……"

许稷深吸一口气，难怪方才千缨一直在偷听，难怪练绘最后要提十七郎。今日喊她来，所谓的要紧事，指的是她女扮男装之事吗？

"你别慌。"许稷反握住她手臂，顿了顿，"度支有点事，我得回去。你不要怕，没事的，我不要紧。"

千缨得了许稷安慰，却还是无法放心，她见许稷匆匆牵了驴离开，回过神拐进廊内，却见练绘正站在廊下。

她吓得往后退了两步，一脚踏空，就跌进了庭院。

练绘本想抓住她，但反应太迟了，伸出来的手就这样停在半空中，不知下一步要怎么做。

千缨痛苦地捂住崴了的脚，抬首盯住台阶上的练绘。练绘被她盯得讪讪收回手，小心翼翼地解释说："我今日请许侍郎来，没有恶意。"

他知道了，他一定是知道了。

千缨恨不得拿头撞墙，她可真是个草包啊，怎么连这种事都会暴露给对方呢？万一练绘说出去，三郎可就完蛋了！她将头埋下去，忽

---

① 延资库：一种备边库。

地又抬起来，放低了声音哀求道："求你装作不知道这件事好不好？求求你了……"

她姿态低微得可怜，却让练绘进退两难，尴尬得不知要怎么办。

他之前就对许稷有过怀疑，因王夫南对许稷的态度太过微妙，且其本身对断袖之癖很是嫌恶，不可能忽然对男人产生好感，所以他怀疑过许稷的性别。前日从千缨口中听说，不过是得到确证罢了。他有意料之中的惊讶，却并没有要揭发许稷的打算。

千缨见他不答话，更觉心焦。她知练绘是个面冷心硬的家伙，做事手腕几乎算得上狠毒。栽在这样的人手里，简直无望——她如此一想，眼泪开闸般地滚落下来，且越哭越起劲，架势比樱娘还要可怕。

练绘霎时手忙脚乱，樱娘哭的时候尚能用饴糖哄骗，可眼前是个成年女性，糖总无法奏效吧……况且他也没有糖。

他勉强说了几句安慰话语，想令她相信自己并不打算揭发许稷，可哭到兴头上的千缨压根听不进去。

夜风冻人，廊下灯光昏昧，练绘耳郭都红了一圈。

尽管在官场中与各式各样的人打交道，按说在为人处世上应十分圆滑才对，但他并不擅长与女性相处，这简直是他致命软肋。一直以来，千缨都与他保持着合适的距离，扮演得体大方的宦门夫人身份，陡然变成面前这个模样，让他格外不知所措。

大半个时辰过去了，练绘蹲在台阶上腿都麻了。他忽然伸过手去，指尖将碰未碰到她时，千缨霍地抓住了他的手。

练绘脑子顿了一下，想缩手已经迟了！

千缨抓着他的手抽抽搭搭地哀求道："你一定、一定不会说出去吧……"

练绘赶紧摇头，一想好像摇错了，就又赶紧点头。

千缨到这会儿才哭明白，眼前这个铁面御史似乎也没有那么恶毒，但她仍是有些不放心，反复确认了几次，这才稍稍松口气。

她霍地松开手，练绘的手瞬时暴露在冷风里。

好冷！他这才惊觉到她的体温有多烫……尴尬将手收回，却见她站了起来，但很显然，崴了的脚已经肿了。而他经历内心一番斗争最终打算去扶时，这位方才还哭哭啼啼的娘子，硬是忍痛一踮一踮地走回去了。

练绘站在夜风涌动的走廊里发呆。他回过神反思一番，觉得自己似乎应学一学"什么时候应当伸手"的本事。

另一边，许稷急匆匆赶回度支，却见公房已被人占去。度支员外郎一把拉住她："侍郎要小心哪！"

许稷朝里瞥了一眼，只见延资库使夏元珍正在翻她的秋收判卷，老气横秋，姿态十分嚣张。

所谓延资库，是设于大明宫内院的专库，又称为备边库。该库是独立于左藏库和内库的第三大库，初设是为专掌军费，并且一定程度上与内库争夺财利，因此曾一度受到宦官的强烈反对。

不过如今延资库的收入来源却是户部、度支及盐铁三司的定额拨给，早已失去了与内库争夺财利的作用。而领延资库事的夏元珍，也与阉党有扯不清的关联。

夏元珍是以节度使拜相，又兼延资库使，官资高许稷一截，态度嚣张些自在情理之中。

她上前一步，做足了表面功夫，一揖道："夏相公深夜至此，敢问可有要事？"

"天宁元年元月至今年八月前，除纳外，度支欠延资库共计一百九十六万五千七百一十四万贯匹，因积欠数多，已具申奏。"

夏元珍旁边一个书吏一板一眼说完，底气十足地看向许稷。区区一个流外官就嚣张到这个地步，也不难猜出夏元珍的态度了。既然对方强势又流氓，那摆君子面谱就没意义了。

许稷直截了当回说："此事某是知道的。不过这积欠是前两任度支使留下的烂摊子，某暂时顾不上，因度支眼下也很困难，实在无力支付这积欠。"

她摊开来说度支没钱还不起，夏元珍能怎么办？抢吗？

没错，夏元珍今日就是抢钱来的。

众所周知，两税是度支最大的收入来源。而这阵子度支上上下下刚忙完秋税征收，正是有钱的时候，不趁这时抢更待何时？

"秋税快收完了吧？"夏元珍又翻翻她的判卷，"实收五百五十余万缗，填这积欠绰绰有余啊。"

"度支所配明年支用预算远超五百五十余万缗，秋税都不够用，哪里来的余钱可以还延资库的积欠呢？"许稷实话实说。

"不给也行。"夏元珍显然做好了十足准备而来，"往后两税每贯割一百文到延资库，便不再问你要这积欠。"

这才是真正目的吧？

许稷顿时没耐心再往下谈。夏元珍这是明摆着要瓜分两税税额，且胃口大得惊人。尽管他说可以不用还积欠，贸一看减轻了度支的负债，实际上却是张开血盆大口来吞税赋。两税每贯割一百文是什么概念？度支每收一贯钱，就要给延资库一百文。从原先的吃定额，到吃分成，怎么算度支都亏。

她又不是不懂这其中的猫腻！

许稷神色淡然地说道："不知户部与盐铁两司的延资库积欠还了没？倘若户部、盐铁都给足，某必想尽一切办法还清。"

但如果户部、盐铁司不打算还，她为什么要还？她又不是冤大头。她连忙又说："天已不早，还请夏相公先回去吧。各司有别，夏相公占着度支的主事公房，说出去怕是不好听。"

夏元珍武职出身，见许稷这样无赖恨不得揍她一顿，但眼下还不到时候收拾她。他领着书吏甩手出了门，留了一众度支宿直官员面面相觑。

许稷忙上前将案上判卷收起来，员外郎朝外看了一眼，关了门道："这就完了吗？"

怎么可能？夏元珍初任延资库使，定想着要做出点成绩来，如此轻易就放过她，这不天方夜谭吗？

"还没完。"许稷将度支抄锁进小屉，"叮嘱下去，倘若下月十五我不在度支，原定两税交付太府寺的计划就取消。"

"是怕延资库强行征没吗？"

许稷抬眸看他一眼，员外郎瞬时闭了嘴，只"喏"了一声，就转身出了门。

许稷往案后一坐，抿唇看向面前不断跳动的烛火。之前她一直想着如何抢利权，却忘了还要时刻提防着旁人来夺。

夏元珍倘若借左神策军的便利强征怎么办？左神策军中尉陈闵志一定很乐得报上次的夺财之恨。而她要找谁援助？南衙吗？还是御史台？人望不够当真是步履维艰。

许稷在度支愁如何守财时，远在泰宁的王夫南亦要面临将使府拱手让人的事实。

调令已经下来，他即将离开这待了将近四年的地方。而右神策军完成了征讨河北的使命浩浩荡荡回京，路过泰宁，杨中尉却歇了个脚，与曾经的部下王夫南叙旧。

"兔崽子，乐不思蜀是不是？这么一块风水宝地，你够逍遥啊。"杨中尉甫进使府，见着王夫南就是一脚。

王夫南机智躲过，回道："非也，实际很穷，能使唤的活人都没几个。"

杨中尉露骨地说："拥一镇而治，有兵有钱没人管，不就是土皇帝吗？你也就哭哭可怜罢了臭小子。快给我烫酒，这天冷得跟冰窟似的。"

王夫南令人前去烫酒，在杨中尉对面坐下来。

使府酒菜一般，杨中尉也没说什么。常年征战在外的人，对饮食都不是太在意，有酒足矣。

曾经的上下级，你一杯我一盏。天高皇帝远，杨中尉借着酒意将朝中一群庸辈骂了个遍，又觉得自己活着没劲，说河北打是打下来了，不知道哪天又乱了。

"老子起码还能活个四十年，想想这四十年内河北还会再乱，老子还要一遍遍来打就来气。"他自暴自弃道，"真想一把火全烧掉一了百了。"

"照中尉的想法，要烧的不止河北。"

"对，边上那一圈也都不是好东西。老子就不明白了，一个个调过去的时候都是好儿子，乖得不行，转头就变成逆子，这不有病吗！"杨中尉往嘴里塞了一块羊肉，闷了一口酒道，"你要是没底下那根东西，老子就收你做儿子了，到时候把你调过去，肯定不会反。"

他"唉"了一声，为错失一个好儿子惋惜一阵，忽又道："你那子孙根是不是没用哪，怎么到现在连个儿子都弄不出来？"

王夫南被他说得噎住，想了半天说："嗯？"

"反正你也快回京了，我先回去替你物色个好人家的娘子，回来就把事办了吧！"杨中尉粗暴地替王夫南做了决定。

"不不不。"

"你已有了？"

"中尉。"王夫南忽然一本正经道，"倘若我是个断袖怎么办？"

王夫南拿过帕子很是嫌恶地擦掉脸上的酒："如此激动至于吗？我喜欢的又不是中尉。"

"那是谁？"杨中尉瞥他一眼，"可千万别是左军的人，那样处理起来太麻烦了。"顿了顿又严肃地说，"右军的吗？右军有点姿色和气概的都是有妇之夫，你勾搭了哪个有妇之夫吗？那更麻烦……"最后自暴自弃，"算了，随便是谁，反正别是我手下的就行。说吧，如果我能帮着罩一罩，绝对罩着。"

王夫南太了解面前这个人的脾气了——直爽、不屑心计、认定谁就掏心掏肺，倘若不是个阉人，恐也是威名赫赫无人敢说三道四的大将军。

"大帅这次征伐的军费就是他筹措的，合作愉快吗？"

杨中尉瞬时想起那个被陈闵志打脱了下巴、低头哈腰的白头发臭小子。

"他啊？"杨中尉满脸惊愕，"那小子哪里值得喜欢，你真是让猪给拱了啊！"

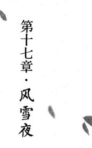

第十七章・风雪夜

　　杨中尉全然不信王夫南看上许稷一事，借酒意将王夫南训了一通，说他脑子被驴踢坏了只会讲胡话云云，最后不了了之。

　　此话题到右神策军离开泰宁也没有再被提起过，杨中尉临走前只说："你回去了其实也没什么好，听说江南淮南眼下民怨很重，骚乱更是常有的事，说不定你刚回去，就要被调去平江淮啦！"

　　做朝廷将军与一镇之帅相比，几乎没有自主权，中央指哪儿就得打哪。倘若是御外敌卫家国也是值得的，但如今都是些什么事。内乱不断，地方上个个都揣着鬼心思，身为朝廷将军，干的活儿不过是扫害虫罢了。

　　可这害虫扫得完吗？就怕会如蝗虫一样，铺天盖地一瞬间全都涌来。

　　到那时，怕是有三头六臂，也不够用吧。

　　"蕴北啊。"杨中尉忽然一本正经地感慨，"这真是个窝囊得令人想自怨自艾的世道啊。"

　　他忽然严肃起来，配上那张爬了许多皱纹的方脸，倒也有几分饱经风霜的味道。

猎猎秋风将他露在铁甲外的红衣吹起来，显得有些萧索壮烈。他转过身看一眼后面浩浩荡荡的右神策军，将铁盔戴起来，啐一句："鬼地方真是冷死了，回长安去了。"

说罢翻身上马，又看一眼王夫南，莫名其妙叮嘱道："你小子以前不是问卫征到底为何而死的吗？因他太单纯正直啦，又太守规矩！你要是也到了他那位置，可千万别学他！我觉得很可惜啊，知道吗，我可是想收你做干儿子的，都怪你那死阿爷太固执啦。"

王夫南想说些什么，最后却只是开口道："中尉一路顺风，回京再叙。"

杨中尉大笑，猛地一夹马肚："走了！"

霎时尘土漫天，王夫南往后退了两步。

他站在这个位置送过许多人，有州府的人、有泰宁军的人、有朝廷的来使……现在也该轮到他自己了。他似乎明白杨中尉与他提卫征的缘由。因他从这里到京城，即将接替的位置，就是当年卫征身为朝廷将军最后的位置——右神策军大将军。

这是他年幼时就一直企盼着的位置，意义深重，但也意味着更残酷的权力争斗。

卫征曾止步于此，为忠义奉上自己的头颅，那么他呢？

十月十四，东都洛阳干冷得不像话，许稷觉得脸都要被风吹破了。

她抬手捂着脸，站在东都中书省外冷得直跺脚，一小吏终于走了出来："许侍郎快进去吧。"

许稷跟着他往里走，接连穿过三道门，拐进廊内继续往前走了百来步，才到中书令的公房。

许稷连忙弯腰脱了靴子放在外面，进去后径直躬身禀报道："下官许稷前来奏元中二年支度国用计划。"言罢站直了摸出度支奏抄，朝主位看过去，却是愣了一愣。

中书省内阴冷非常，外面天光惨淡，以至于里面也昏昧十足，不过许稷还是认出了中书令旁边那人。

"不用这么着急，你先坐。"裴中书说完，又令庶仆上茶，随后转向旁边那人，"国老不妨也听听看吧。"

被称作国老的人抬头看了一眼许稷，见她坐下来埋头翻奏抄，于是伸手移了一下面前的烛台。

裴中书反应过来，忙喊小仆给烛，很随和地问许稷："从长安赶过来，觉得东都更冷吧？"

许稷含糊地应了一声，似乎有些手忙脚乱，于是捧起茶杯灌了一口温烫茶水，定定神直入主题："元中元年度支收春秋两税共计一千二百六十四万三千五百六十一缗，以各司所报八月都账为基础，元中二年各司支用预算如下……又以各州县计账为依据，元中二年各州县征税定额如下……"

公房空而阴冷，冬天独有的寂静令人发慌。裴中书不插话，李姓国老也不出声，从头到尾只有许稷一人在讲讲讲，讲得她都快要冻死了。

她负责认真、一丝不苟地全部汇报完，却仍是低着头，沉默地等待结果。

小仆将奏抄拿过来递给裴中书令，裴中书翻了翻，问旁边的人："国老怎么看？"

李国老却寡着一张脸道："如今战事灾荒频繁，哪能按着度支的计划拨？支度国用编出来随便看看就行了，没什么所谓。"

他虽说得不客气，但这是事实。现在的临时支用太多了，像百年前那样严格按照计划执行是几乎不可能的事。

裴中书道："也是，奏抄先留下吧。"

于是这份由度支严格按照天下记账及八月都账编制、经过尚书省两位仆射勾检过的度支奏抄，得了个"能看得过去就行"的结论，就这样留在了中书令案头。

许稷闷声不吭站起来，躬身深深一揖，道："下官告退。"

"去吧。"裴中书道。

许稷闻言转过身，却听得李国老道："年轻人别将自己的用功太当回事，与其抱怨'辛辛苦苦编制出来的计划为什么得不到肯定'，不如想想怎么去应付伸过来要钱的手。"

许稷的背影顿了一顿。其实早在提交给尚书省左右仆射勾检时，就已经被说过"干吗这样当回事，随便做做就好了"，现在再听类似的话已经无所谓了。

她不难过，只是有点失望。

许稷头也不回地留了一句"下官谨记国老教导"就出了门。

她弯了腰在门口套靴子，呼呼朔风像夹携了沙子一样刮得人脸生疼。她不着急走，就这么背对门站着。

公房内传来说话声。

裴中书道："我起初以为尚书省提个这样年轻的孩子上来是胡闹，但看样子做得还不错，但太认真死板了，也算不得太好。"

又说："如今朝中青黄不接，快要撑不起来了，国老如何忍心放着不管哪？当真要一直在陇西老家避居了吗？"

"我回来又能怎样？回来藩镇就不闹了吗？两党就不斗了吗？"李国老冷冰冰地说着，"几十年了，实在看腻了。"

实实在在努力过，发觉毫无建树，才是真难过。

许稷短促地吸了一口气，觉得肺疼，牵扯到胃，再到四肢，指尖都觉得不舒服。

这位李国老是十年前致仕回陇西安度晚年的朝廷老臣，是当年卫征出事没有站出来说一句公道话的那位岳父，是没有向丧夫的女儿伸出援手的那位冷漠父亲，是她的——外祖父。

许稷被寒风刮得有点理智错失，她听不太清里面人说话的声音，努力闭了闭眼，偏头却看见西山日落，洛阳迟暮。

十月十五，正是两税交太府寺入左藏库之日。

一大早度支员外郎就盯着门口不停抱怨："咦，怎么还不来哪！"

"许侍郎去东都还没回来吗？"

"没有哪！说是今日要回的，若下午还不到，就只能通知太府寺改日了。"

"还要改日吗？已经拖过了啊，太府寺又该抱怨了，眼下正是急着用钱的时候哪！"

"那能怎么办，许侍郎说她倘若不在西京，就延后。"

员外郎忠心耿耿地与同僚解释利害关系，并坚守到了下午，见许稷仍没有回来的迹象，遂打算去通知太府寺延后。

然而本来下午并不宿直的度支郎中却忽然出现，拦了员外郎道："做什么去？"

"通知太府寺延后……"

"这种事哪有延后的道理，许侍郎在不在不是一样吗？"度支郎中不耐烦地打断了他的话，"说好今日交就得交，速去准备！"

"可——"

"可什么可？出了事我来担，快去！"度支郎中拍了他一下，转过身朝外看了一眼。

员外郎很是为难，但几位同僚却是一片附和："是啊别等了，太府寺那群人烦着呢，都来催了十几遍了，赶紧结束吧，我们也好回家睡个好觉嘛！"

员外郎被逼无奈之下，只好照做。

好在没什么大波折，太府寺的验入程序也进行得十分顺利，就在他要松一口气时，却遥遥见一伙人朝这边走来。

员外郎眼尖认出夏元珍的手下来，顿时大叹不妙！

"延资库的人到这做什么？"太府寺少卿嘀咕了一句。

说话间延资库一众人已走了过来，并道："某等奉命前来取度支的延资库积欠。"说罢立刻出示了度支文符，合理合法道，"限今日出纳结清。"

员外郎闻言不要命地跳起来："不可能！这度支文符一定是假的！"

太府寺少卿小心翼翼往后退了一步，使出迂回之计："今日太晚了，天都快黑了，还是明日吧。"

"没听到吗？限今日出纳！"说着便将度支文符移近一步。

"可是……"

"太府寺哪来这么多话？度支下符，你依符奉行①不就行了吗？"领头那人说罢往前一撞，气势汹汹。

太府寺少卿蒙了一下："等等，我要勘合木契②。"

没料木契竟也突然递过来，太府寺少卿一合，果真没错，于是疑惑地看向度支员外郎。

员外郎也是一惊，但他笃定这些全是假造的！定是延资库趁许侍郎不在、两税又刚入库之际前来强收！他瞪大眼，竟是以迅雷不及掩耳之势一把抢过太府寺少卿手里的一只雄木契，塞进了嘴里。

"干什么！"

员外郎扭头拔腿狂奔，冷风将他一张圆脸吹得通红，幞头也散了，因嘴里塞了木契眼睛瞪得极圆，面目痛苦得近乎狰狞。

不能让他们得逞！不能让他们得逞……

一块石头朝他后脑勺飞了过去。

跑得快要断气的员外郎闻得一声"站住"，还没来得及迈出下一步，脑后钝痛骤然袭来，他死撑着往前走了两步，却两眼一黑栽倒了过去。

血从黑发中涌出来，幞头落在地上，将其仰面翻过来，嘴里却还死死咬着那木契。延资库的人弯腰去拿那木契，骂骂咧咧道："他娘的都咬坏了！毁木契可是重罪，真是找死！"又瞥一眼度支那群小吏，"砸晕了，快送去让医官看看吧。"

度支司几个小吏慌得要命，因都知道抢木契这种事不占理，并且对方实在凶恶，也不敢挺身出来说上一二，抬起那员外郎就往医所跑。

太府寺少卿被延资库的流氓架势给吓着了，非常乖顺地收起"逃跑"的心，老老实实站在原地不动。他仔细一想，这事不论度支赢还是延资库赢都不重要，重点是他已严格按照程序验入了两税，而延资

---

① "凡太府出纳，皆禀度支文符，太府依符以奉行，度支凭按以勘覆，互相关键，用绝奸欺。"参考《旧唐书》卷一百三十五。

② 分雌雄，勘合使用。太府寺手里的应该全是雌木契。

库拿来的木契既然能合上，文符也没有问题，他有什么理由不进行出纳呢？

程序上来说并没有问题，届时哪怕许稷回来气急败坏要追究，也束手无策。

太府寺少卿心中一权衡，下定决心要坑一回度支时，却见左神策军也到了，一看就是延资库的帮手！他暗自庆幸，好在他想通了，不然连怎么死的都不知道，于是立刻换了姿态，对延资库言听计从，并按照那文符将度支的积欠出纳给延资库。

天已暮，西京城被阴云沉沉压着，坊市内涌动着干冷的风。

皇城内几乎只剩下一些宿直官员，其他都该吃吃、该喝喝，回去度寒冬去了。

许稷赶在城门关闭前回了长安，借着身份特权一路回到皇城，刚到尚书省门口，就有吏佐急急忙忙跑了来："郑员外郎出事了！"

"怎么了？"许稷脱掉大氅问道。

"今日太府寺催得急了，李郎中便让郑员外郎去太府寺验入秋税，可没想到半路杀出延资库的人，还给出文符木契，信誓旦旦说是侍郎这里给出的，要太府寺按符出纳度支积欠。太府寺少卿刚合完木契，郑员外郎觉得不对，抢了木契就跑，这一跑就被砸了！恰中后脑，血流了好多！"吏佐绘声绘色还原当时情形，"某等将郑员外郎送去医馆他都快不行了，眼下还昏着呢，送回家去了，还不知会怎么样……"

"太府寺按符出纳了吗？"

吏佐沉痛道："当时不仅有延资库的人，还有左神策军的人。度支这边李郎中回家去了，郑员外郎又被砸成那样，还被安了个恶意毁损木契的罪名，所以……"他摆了一张苦脸接着道，"度支这儿没人能撑住场子，太府寺少卿又是个看眼色行事的，就给了……"

混蛋！

许稷拎着大氅憋了口气道："将李郎中喊过来！"

"喏！"吏佐拔腿就往外跑，许稷转头就往政事堂去。

这时一直在偷听的盐铁使陈琦掸了一下落到肩头的枯叶，弯唇笑了一下。身为户部、度支、盐铁三司使之一，他过得实在太窝囊了，眼下看许稷吃瘪自然觉得解气。

许稷的身影迅速消失在顺义门街，夜晚的槐杨柳树随风晃动看着阴森森，礼部南院蹿出来几个去太常寺偷酒的小官，犬吠声很快平息下去。

政事堂守门吏卒被许稷吓了一跳，他正守着火炉烤豆子，就看得许稷兀自推开门进了政事堂，也不待通报就像头牛一样冲了进去。

吏卒瞬时丢了豆子出去拦，却到底迟了一步。

许稷麻利地脱掉鞋子闯进公房，她本要找赵相公，进去却见夏元珍也在！

夏元珍好像料到她会来告状似的，不在意地笑了一下，仍是低头享用政事堂公厨的美味。

赵相公停箸看了一眼极不友善的许稷："怎么了？"

许稷丝毫不惧夏元珍，径直禀道："延资库假造度支文符及木契窃两税。"

夏元珍敛了笑意，看向许稷，瞬时转移了重点："窃两税？度支司积欠延资库的，如今不过是还清了而已。欠债还钱天经地义的事，也被许侍郎抹黑成是窃取，延资库也太冤枉了吧？还有你手下的人是怎么做事的？抢夺木契企图毁损，这是重罪吧！"

"那木契——"

许稷话还没说完就被夏元珍打断："许侍郎千万别到这里来告状，欠钱的怎么都不占理，明白吗？"

他说得冠冕堂皇正气十足："延资库做什么用的？备边军费，倘若边境告急，到时你度支给不出钱来，请问边军吃什么、穿什么？度支、盐铁、户部司谁都不给钱的话，延资库设了做什么？喝西北风吗？积欠之风绝不能惯着！"

他说完看了一眼赵相公："相公以为此理可对？"

赵相公面上毫无波澜，于案上拿了一只果子吃了，抬头看向许稷："不早了，你先回去吧，此事……"

他话还没说完，许稷一躬身，行了个礼就出了公房。

什么叫"就算不是一派也能和睦相处",今日她所见就是典例。

赵相公心里一定也是火大,但活得久的人都不会像她这样怒气冲冲,尽管再三克制,她就是咽不下这口气。延资库现在真的是备边库吗?!敢不敢将底账拿出来查查看!看看那些钱到底拿去做了什么事!

两税被夺,政事堂面上和和气气,甚至对她说不要在意,可转眼钱不够用又要训她没本事!

不会就这么算了的,许稷深吸一口气,披上大氅出了政事堂大门。

走回尚书省,天越来越冷,长安城像是被锁进了冰窟。

度支李郎中被吏佐喊了来,此刻正在外面候着,见许稷来了,赶忙迎上去解释,努力撇清自己。

许稷沉住气听他说完,却没有发作。因他撇得太干净了,抓不到可以治他的把柄,不过许稷至少看穿了他的阵营与立场,那么就等待时机到来吧。

她走出门,李郎中亦跟了出去。

她忽止住步子:"你在此等我,我回来之前不要去别处。"

朔风冷冽如刀,李郎中看着许稷远去,戳在顺义门大街上冻得直跺脚,回头一看,却见有吏佐正盯着他。

许稷不回来,李郎中就只能干冻着。

许稷带上度支吏佐出了含光门往长安县郑员外郎家去。刚到门口,就听得号啕哭声。

许稷身边的吏佐顿时有些害怕:"万一郑员外郎……"

许稷知郑员外郎这人能信能用,却没想到他忠心到这程度。

她短促呼了一口气,一团白雾涌进黑幕里。

她带了吏佐往里去,却看见一小娃跑出来。

那小娃撞到她,满脸眼泪鼻涕,继而大哭起来,拼命打许稷:"你们欺负我阿爷呜呜呜……阿爷不认得我了……坏人赔我阿爷!"

许稷心头一紧,僵在原地不动。

忽有一庶仆迎上来,那庶仆看一眼她服色,瞬时明白过来,即刻冲进去知会夫人。

庭院内霎时安静下来，许稷在外面等了有一阵，那小娃也哭累了，抓着许稷的袍子低低抽噎。

员外郎夫人走了出来，见到许稷行了一礼："不知侍郎到此，是有何事？"

她镇定不迫，看上去十分冷静，但眼眶分明是红的。

一旁吏佐道："侍郎闻得郑员外郎受了伤，遂过来看看。"又忐忑地问，"员外郎醒了吗？"

郑夫人平静地说："醒了。"她说罢将小娃拉过来，转身领许稷等人往厢房去。几人刚踏进门，就听得里面传来"不给！不能给！"的声音。

小娃又大哭起来，郑夫人捂住了他的嘴。吏卒警觉听出这是郑员外郎的声音，大叹不好，却见许稷兀自走了过去。

郑员外郎坐在床上，头缠着棉布，怀里捂着一把木勺子。给他喂粥的庶仆想要拿回那勺子，然他却死活不肯。

许稷走到榻前，郑员外郎却认不出她来，咄咄道："你是谁！你到这里来抢秋税的吗？不给！谁也不给！"

一瞬间谁也不说话，唯有小儿低低抽噎声在室内回荡。

郑夫人闭了闭眼，其实早在许稷来之前，就已经有衙门的人来过，说郑员外郎擅毁木契，是足以降职徒刑的重罪，但他如今这个样子就不追究了，望他家好自为之不要纠缠。

郑夫人哭过怨过，但到了这时候，却只是保留一份宦门夫人该有的克制与理智，来应对到来的困难。

她道："拙夫失职致度支巨损，罪失难弥。但妾身还是厚着脸皮……想请侍郎不要太苛责拙夫犯下的过失。"

许稷被她这番话说得无地自容，张了张口，最后却什么也没有说。她定定地看着郑员外郎，想到泼过来的污名，觉得这天气冷得让人感到闷仄，一口气怎么也喘不上来。

她对郑夫人道："郑员外郎毁损的木契是假造的，他没有罪，请夫人不要为此愧疚。"她说着看向那不住抽噎的小儿，想再说些什么，却没有开得了口，只对他们母子一躬身，"许某告辞。"

吏佐紧跟许稷出了门，闻得她道："抚恤费照常拨给，往后另从我的俸料里支一半给郑员外郎，我先回去了。"

吏佐喏了一声，就见许稷孤零零的身影慢慢消失在深曲中。

长安城下起了雪，吏佐伸出手，雪花就洋洋洒洒落在了手心里。

风大雪大，平康坊里仍是一派热闹得不知天地岁月的景象。

杨中尉甫回京，被一帮手下拖出来喝酒，喝到兴头，一众人开始狎妓作乐，他便起身了想要出门透个气。他从后门走出来，朔风挟着雪片呼啸而过，地上已积了薄薄一层雪，而两边的槐柳树也白了，排水沟里一点水声也没有。杨中尉深吸口气往前走，脑子里晕晕乎乎，也颇有些不知年岁的飘忽感。

他刚到长安的时候，还是三十年前吧，瘦不拉几像根豆芽。

那时的长安城，比现在有趣多了。

他边走边乱想，脑子里大片混沌，都交织成回忆，而这回忆来得莫名其妙。

雪扑面涌来，面上点点凉意让人慢慢醒，看到前方气势汹汹杀过来的人，杨中尉下意识抽出了腰间软刀。

他耳朵一动，扭头一看，平康坊暗曲西面，刀械人影也如雪涌来。

琵琶声叮叮咚咚，楼上的一曲出塞才刚刚奏演。

而此时的许稷，也终于回到了务本坊的家。

因没有蓑衣，她幞头都白了，大氅也白了。

驴低鸣了一声，似乎也觉得这天太冷了。

许稷下了驴，腿上旧伤疼得要命，她顶着汹涌雪花打开了门，却见廊下灯笼已亮，有个人站在那里。

雪花扑到睫毛上很快就融化，视线重归清晰。

许稷看得没错，确有一人站在廊庑下等待她归来。她怔了一怔，木然地关好门，转过身顶着风雪走了过去。

大概以为是幻觉，她没有走得太近，也没有太激动，直到王夫南主动往前走了两步，低头拆开她覆了积雪的幞头，又抬手掸掉她肩上的雪，她才恍惚察觉这是真的。

许稷藏在大氅里的手指无意识地动了一动，不知是该抬起手来，还是要握紧。顶着寒风马不停蹄地从东都赶回长安，又遭遇一连串变故，今日她整个人都已经被填满，塞不进新的变化。于是她僵在原地，也不抬头看王夫南，目光反而有些涣散。

"吃饭了吗？"

王夫南很是寻常地开口，好像分别只是昨天的事，这其中并没有什么要紧事发生。

许稷已经被风雪冻得僵了。

吃了吗？她甚至不清楚有没有吃过了。她终于将双手握紧收在腹前，肩头微缩，混在冰雪清冽味道中的衣香隐隐传来，很熟悉，像寒冷洞穴里跳出来的一星火苗，带来一丝微弱暖意。

王夫南察觉到了她的不对劲，干燥的手掌移至她脸侧，想要焐热她，许稷终于抬头，眸光闪烁了一下。

"是你。"

她认出他来，但双手仍收在身前，脚也未更往前一步。疾风骤雪将她的嗓子都冻住了，想说更多的话却是不能，只能静静感受对面那双手将她双颊一点点焐热。

"出什么事了吗？"王夫南察觉出她的不寻常来。

说话间一团白雾在夜幕里迅速消散，像梦境。

许稷说："没什么事。"石子投入水中，却并没有激起波澜。她像只巨大的怪兽，默不作声吞掉了一切，却未设出口倾倒。

就在她恢复神志要转身回屋时，王夫南却俯身用力抱住了她。许稷胸口一滞，局促交握在身前的手也紧紧抵在他二人之间，想动也动不了。隔着大氅传来的压力和不可忽视的暖意让她有一瞬失措，王夫南将头搁在她肩头，闭了闭眼道："我原本预备了许多话要同你说，不过现在只想陪你吃顿饭。"

她怎么冷成这样？他隔了厚厚的大氅棉袍抱着她，都能察觉到她在发抖。

不用问了，她一定没有吃饭；垂眸看看，白头发也更多了；再瞧瞧四周，这宅子堪称简陋；身为绯绯高官，她甚至算得上贫穷。

没有千缨的日子就过得这样潦倒吗？王夫南小心眼地表露出不高兴来。

风雪涌进廊内，许稷却将脸埋在他肩窝里不吭声。

恰这时，门梆梆梆被敲响。

"十七叔！我进来了啊！"李茂茂言罢霍地推门而入，隔着漫天飞雪抬头一看，竟是愣住，"啊！十七叔、许侍郎！"

他连忙放下手中食盒，转身捂住脸："我不看我不看，你们继续……"

许稷陡惊，然王夫南却是不慌不忙松开双臂，放开她径直走到门口，将钱往李茂茂手中一塞："好了，你走吧，夜路当心点。"

李茂茂低头数数，确认王夫南多给了跑腿钱之后，点点头小声地说："还是十七叔会办事，许侍郎从来不给我跑腿钱，我给他送信他都很冷淡呢！"

他家在给小孩子零用一事上素来抠门，李茂茂在一群一掷千金的纨绔中生存至今，很不容易哪！

李茂茂收好钱："食盒我明天来拿，放在门口就行了，反正许侍郎也没有锁门的习惯。"他压低声音故意说，"许侍郎好穷，贼都不高兴偷他。"

"小孩子话这么多做什么？"

"奇怪十七叔为什么和他好啊！"李茂茂一张白皙青春的脸冻得通红，他搓了搓手道，"放心吧，我不会说出去的！我家一个叔父曾经为此吃过苦头，我不会那么坏的！"他深吸一口气，捡起伞，大义凛然地出了门。

王夫南将门关上，拎了食盒回到屋内，赶紧关好门，将风雪都挡在了外面。

许稷挂好大氅生了暖炉，迅速收拾了窗边的小案，王夫南便很是自然地摆好饭菜碗筷。热汤热饭，在这寒冷雪夜里显得格外珍贵。

许稷什么话都没有说，对窗坐下来，埋头吃饭。她近乎一天没有进食，空荡荡的胃腹得到慰藉，似乎能恢复一些精气神。

她将满满一碗汤喝完，头也不抬，问旁边同样对窗坐着的王夫南："为何支使李茂茂去买饭？"

"他自称缺钱，非要代跑一趟。"

"你与他很熟吗？"

"世家之间的往来，算熟悉。"王夫南说着停下筷子，"他是你表侄。"

许稷捧着仍有余温的碗，看着窗户道："我知道。"

起初一直想不起来何时听过这个名字，见了李国老之后才豁然想起她与李茂茂的这一层血亲关系。说起来，她母亲那边的家族仍然昌盛，其实她还有一群亲戚，但和没有也没多大区别。

她收起这些和自己过不去的想法，招呼也不打，搬过王夫南面前还未喝的汤，仰头一口气喝了下去。

王夫南安安静静看她，随手递了帕子过去。

"今日刚回京吗？"

"是。"

"回过家了吗？"

"回了家再来的。"

"家里人都还好吗？"

"很好。"

"你呢？"

"如你所见。"

王夫南顿了顿，又问她："之前的信收到了吗？"

"收到了。"

就这样吗？好平淡的反应……他可是在信上说不想做秋晨之露了，就不能给点更热烈的反应吗？

他还沉浸其中，没料许稷却已经转移了话题："河南盐监院孙波被抄的家财收在哪儿了？"

王夫南陡回神："在叶子祯手里，近日会想办法运回京。"

"你让他回京不是为难他吗？"

王夫南言简意赅："没有其他人可信任。"

许稷微蹙了蹙眉。长安对叶子祯来说不是什么值得回忆的好地方，她本心里是不大希望他回来的。

"你下一步计划是盐铁司吗？"

许稷将手中的碗转了半圈："没错，盐铁司如今是一群窝囊废，只会干等着被人抢掠。我不抢，会有阉党去抢。这样一块肉我不可能让给阉党。"

直白、野心勃勃，是她一贯的集权作风。

放到地方做了这么多年事，最容易惯出来的毛病就是集权。地方远离朝廷核心，只要不出格不谋逆，想怎么改怎么做都可以，但一旦回到中央，就面临处处受制的局面，要突破这局面，温和派是毫无作为的，必须强硬、铁腕，不惧流血。

仕途本身就是血淋淋的，没有干净的路可以走。

想通这一点，她确实没什么好怕。

许稷上身前倾推开一点窗，只一丝缝隙，风雪就拼命往房内涌。

天气越发恶劣了，也不知这雪何时会停下来。此时平康坊南曲暗巷里，雪被夜风卷成团，呜呜直响，楼上漫长的琵琶曲叮叮咚咚终于到收尾，并不悦耳的女伎歌声也哀哀怨怨低了下去。

然而兵器碰撞声却不止。

冷硬金属与深夜风雪相遇，右神策军护军中尉与一群听命行事的铁甲禁军对阵，孤身一人奋力厮杀，一招一式都使尽全身解数，温热的血珠飞溅，融了冰雪，霎时又冷。

"有人举告中尉勾结魏王妄图作乱，只命某等带中尉回去审问，并无杀害中尉之心，所以中尉莫要再杀了！同某等回去自有转圜余地，说不定还不会死。"有人在一旁劝说，但杨中尉已杀红了眼，分明听不进去了。

所谓的转圜余地，不过是罢为平民流放边疆！他才不要那样可怜兮兮凄凄惨惨地活着。这群人想设计他很久了吧！马承元那个王八蛋，只会摄君敛财危害社稷！等着吧，倘他早死了，做了鬼也不会放过那群奸佞！

他愤愤杀，愤愤想，臂膀却忽遭人砍了一刀。

他陡皱眉，瞬时杀得更狠。

对方将领见他不听劝，抿唇摇了摇头，忽抬手做了个手势，东西两边即有更多禁军拥来。铁链声哗啦啦响动，平康坊里的歌舞声霎时间似乎全都停了。

前后铁链浩浩荡荡袭来，拦住他又迅速交错，将他死死锁住。

杨中尉何惧此，竟是仰天大笑，几将眼泪都笑了出来。他笑着笑着忽然明白，之前为何会有那么多回忆涌来，原是大限将至哪！雪扑了他一头一脸，象征着军人的红色抹额却未被吹散，反而格外鲜丽。

唉，许多想做的事都做不成啦，河北也终于不用再反反复复去打了。

他长叹一声，止住笑道："我岂能死于尔等竖子之手，真是可笑！"言罢举起刀，在那禁军将领"拦住他"的令中，干脆利落地将刀锋插进了自己的胸膛。

雪越发大，中和殿外几乎要被淹掉，小皇帝守在晃动的烛火前发抖。

"马常侍，杨中尉虽然凶了点，但是……但是朕觉得他是个好人呢……"

"陛下，杨中尉可是勾结魏王要夺位呢。"

小皇帝慢悠悠转过头，看了一眼淡淡微笑的马承元，又将头缩回去，将手指朝那火苗伸过去，试图去碰，最终却被烫得低呼了一声。

他好没用。

务本坊的小宅内，许稷关了窗。

王夫南仍坐在她旁边，过了好久，终于开口道："我要走了。"

许稷低着头。

他又重复了一遍："我要走了。"

许稷仍低着头，似在努力做出取舍。

王夫南伸过手，搭住她双肩，将她身子扳正，最后郑重说道："我要走了。"

许稷抬起头，面上一本正经，气息沉稳有力："今日被李茂茂撞见，我无所谓，你要紧吗？"

王夫南盯住她的黑眸，那里面是他从未见过的认真。

他几乎是瞬间明白了她的心意，努力放轻松，这才回道："不在意。"

"名分呢？"

"也不在意。"他努力撑着笑脸说完，鼓起勇气问，"那么你呢？"

许稷沉默了片刻，一双冰冷的手忽然上抬，迅速搭住他侧脸，上身骤然前倾，毫无预兆地吻了过去："不在意。"

王夫南等这一刻等了太久，哪怕许稷只是浅尝辄止。

他错愕过后正要开口，许稷却伸指按住了他的唇："别说话。"她面上一派沉静，冰冷的一双手却下探探进他的袍子里，绕开中单贴上了他的皮肤。忽然获得的温暖让她一直紧着的眉头瞬时舒展，而另一个被冻得忍不住要打战的家伙也只能面不改色地死扛。

好在他很快就不觉得这忽然伸进来的手冷得突兀，而许稷也正色道："你的心意，我明白。"她忽然垂眸，"我的心意，我也清楚。"复抬起头看向他，"我不喜欢拖泥带水，但是有一点——"

王夫南等她下文。

"与我同行，我只能允诺在有生之年，我的心不会变，除此之外，我能给你的非常少。"她无法成为合格的宦门夫人，甚至以女子身份行事也不行，更何况她还要在这风浪不息的混沌宦海前行，会不会翻船、会不会淹死……一切都是未知数。

允诺一生一世白头偕老这种话，对他们来说都太轻率了。

"足够了。"王夫南说。

因他能给的也未必会比她多，姑且不论行军打仗总有意外，就算没有死在沙场上，也未必能一生无虞。倘若因为这个就畏首畏尾，怕自己遭遇意外对方无法承担，那么再好的心意都只能收拾收拾扔进曲江池喂鱼。

眼前这个他等了二十几年的人，奇迹般地出现，顽强活到现在，如今还能将手挨近他取暖，就已经值得万分庆幸。

许稷手往上移，按住了他的心——仍是那样炽烈，隔着皮肤能轻易感受到它的有力跳动，她不再惧怕接受这颗心，哪怕烫手她也想要收下。

仿佛各自都获得了勇气，此刻外面的风雪似乎也算不得什么了。

她没有着急收回手，于是王夫南按住她的手，看着她满脸疲色道："倘若吃掉我能让你恢复力气，那么就请毫不犹豫地吃掉我吧。"

许稷跪坐着直起上身，却是低头继续方才那个没有深入的吻。

他唇形好看，唇瓣也柔软，回应堪称温柔，与在高密酒醉后那个吻不同的是，她想要了解他更多，而非当时一味理智的推拒。

炭盆里木炭燃烧发出轻微声响，朔风呼啸，两个老大不小的成年人却在亲吻一事上纠缠不清，脸红心热地妄图将对方吃掉。

烛火燃尽，许稷停了下来，额头抵着他，气息不定却非常疲惫地表达了自己想要休息的欲望："太累了，我想要睡一觉。"

从东都到这里，两天里她没有合过眼，等愤怒和亢奋劲头过去，就只剩下独自吞咽的疲倦。好在，还有另一个人在，她觉得安心了许多，像是有了可以囤放倦意的居所，并且也乐意接受对方的疲惫。

王夫南察觉了这一点，且深以为今日并不是什么水到渠成的好日子，容她挨靠着休息了一会儿，竟将她抱了起来，低低柔柔地回应道："那就睡吧。"

两人同室处过，甚至抵足而眠过，如今更是将那一层距离也移开，并枕而眠。简榻薄被冷褥，是真正的寒舍，但能分享体温，躺下来的一刻觉得可以安心到马上入眠，这些简陋就都无所谓。

许稷难得温暖地睡了一觉，醒来时手脚竟都是热的。

王夫南仍在睡，面对她侧躺着，将她的手收在胸前，于是她睁开眼，就恰看到他的脸。

外面天色已渐渐明朗，虽常参已经停了也不必大早上赶去上朝，但许稷还是得起来了。她想了想昨晚的事，也并没有觉得自己冲动。她于是抽出手抱住他，好像要将心中积欠多时的想念填补起来，直到觉得胸腔中满了一些，这才喊他："该起来了。"

王夫南装死不动,察觉到她松手,反拥住她,两人沉默地这么待了一会儿,许稷说"来不及"了,才从那怀抱中逃开,下床利索地套靴穿衣,又迅速出门打水洗了脸,蹿进屋内却见王夫南刚起来。

她将手伸进他衣服里,脸色惨白,声音都像是被冻住了:"冷死了,外面都是雪。"

王夫南适应了那冷手,说:"那你再焐一会儿。"

"不了,我要趁早去太府寺。"她抽出手低头哈气,拿过架子上的大氅,"不与你一道吃朝食了,我去公厨吃,你走之前带上门。"

她说完披上大氅急急忙忙出了门,踩着积雪往北边的安上门去。

暴雪终于停了,长安城的百姓却被满城积雪愁坏,几乎都是坊门还没开就出来铲雪通路。只有小孩子们不明白这大雪带来的麻烦,反而没心没肺地玩乐,像百姓无法懂朝堂里明争暗斗。

平康坊昨晚死了人。

妓馆的仆人将积雪铲开,才看到积雪下一摊摊的血迹,于是慌忙报了官。而昨晚夜宿平康坊的右神策军将领们在早上碰头时,也互相问道:"咦,中尉人呢?难道昨晚冒雪回去了吗?"

一群人尚不知发生了何事,走到南曲见万年县衙差和平康坊仆人堵在巷子里,上前一问才知昨晚花天酒地、喝得醉醺醺时,坊内出了事。

有人心中腾起不好预感,那万年县衙差为稳众心却说:"唉,指不定是阿猫阿狗的血,散了吧,都散了吧。"

"放屁,阿猫阿狗能有这么多血?"一孔目官骂道。

衙差不想和当兵的打交道,于是弓着腰低声说:"倘有打斗楼上必能闻得动静,某去问问。"言罢就溜了个没影,一众路人也因觉着案子没什么大爆点遂也纷纷散开。

十几个右神策军将领也没心没肺结伴去吃朝食,有一人却说:"昨晚怕是喝大了,头晕,我先回家去了。"

说话那人正是右神策军中护军曹亚之,作为仅次于护军中尉的领官,同样是由宦官充任——曹亚之是个不折不扣的阉人。

他当真是要回家去,脑子却一点也不晕。昨晚那场厮杀打斗发生时，他就在楼上，悠悠闲闲听伎人弹唱完了漫长的出塞曲。

那厢许稷回公厨潦草吃了朝食，出来后瞥见冻得瑟瑟发抖的李郎中："冷吗？"

李郎中昨晚在风雪里站到半夜，后来被冻晕了还是被小仆扛进去的。他为表忠心，不要脸地说："下官本想等到侍郎回来的，后来冻晕了才……"

"我说让你等你便等吗？"许稷看也不看他，"这种话倒是听得进去，那我让延迟交太府寺的事为何听不进去呢？"

她语声不高，但无疑是朝李郎中狠狠挥了一拳。

李郎中忍冻吹风想要一表忠心，却反被她拐弯抹角骂了一顿，连许稷身后的两个书吏都看出来他已失势，不再对他唯唯诺诺，反而是昂首挺胸从他面前走过，跟着许稷往太府寺去了。

太府寺少卿早就料到许稷会来，竟是称病告假索性在家歇着，但这并不妨碍许稷查账。度支虽不能直接越过太府寺动左藏库，但对太府寺的出纳仍有审查权。许稷没有让御史出面，因她打算顺手将盐铁司与太府寺之间的出入账也一并看了。

主官都不在，太府寺一群小吏就任由许稷拿捏，账簿更是悉数奉上，毫不保留。

许稷带着度支书吏迅速翻着今年盐铁每月的入账，到收尾时忽听得公房外面有人跑了进来，压着声音四处宣扬："杨中尉死啦！"

许稷倏地合上手中簿子，对面俩书吏愣了一下，抬头看她，她却又翻开簿子将余下的账看完。

外面的议论从"怎么死的？"到"真的是谋逆吗？"，知情者则一一道来——

"说是昨晚在平康坊，陛下派出北衙的人去捉杨中尉，没想到杨中尉畏罪自尽了！一刀扎心啊，死相很惨哪！"

"没错就是谋逆啊！还记得魏王吗，说是魏王在河北悄悄募兵策划谋反，杨中尉与之有勾结哪！"

"魏王？"

"正是魏王！如今通缉令都下去了，魏王有谋逆之心，见之格杀勿论。现在一众人大概都忙着与魏王撇清关系吧！"

许稷合上簿子收了书匣，对面前两位书吏道："速收拾好了出来。"于是走出门，对太府寺小吏道："簿子都收了吧。"

小吏应声止住议论，忙进去收拾簿子。

许稷埋头出了太府寺，拐进安上门街，步履匆匆往安上门走，到处都是寒冷雪气，许稷鼻子都冻得麻木了。

风迎面涌来，她思路也终于理顺。好个一石三鸟，杨中尉、魏王、与魏王有牵连的朝臣，只要沾上或许就避不开被清洗的命运。她甚至跑了起来，希望王夫南还没有出门，希望能将此事速告知于他……

中和殿内，马承元仍与小皇帝下着千篇一律的棋，他道："陛下，杨中尉一除，右神策军不能无首啊。"

小皇帝不想说话。

马承元就说："陛下认为谁能挑起右神策军护军中尉的担子呢？"

小皇帝摇摇头，小心地说："朕不知道。"

马承元落下一颗棋："将曹中护军喊过来问问看吧？"

小皇帝蒙蒙地问"曹中护军是谁……"时，许稷已跑到了太庙西边，迎面就撞上了王夫南。

王夫南握住她的肩，她深吸一口气，抬首道："出事了，杨中尉……出事了。且魏王也……所以……"

"我听说了。"王夫南神色凝重，显然已思忖过其中阴谋。

他伸手顺了顺许稷后背，在许稷喘气的同时，忽然想到一个人，他声音表情均是冷淡："是曹亚之。"

第十八章 · 如你所想

积雪将树枝压塌，一块雪掉下来，就要砸在许稷头上，王夫南拽了许稷一把，那团雪就散在了地上。

许稷看着那摊雪想了想，抬首道："曹亚之一旦上位，右神策军恐怕……"

她还没说完，王夫南忽然搭住她后脑勺将她按进怀里，并一派悠闲地看着太常寺太乐丞神色惶恐地从他们身边路过。

太乐丞完全吓坏了，却又忍不住回头多看了几眼，转瞬就跑了个没影。

"这种话别在这地方说。"他下巴抵着她，声音低低，面上云淡风轻，"曹亚之倘若接替右神策军护军中尉的位置，对朝廷、对你我的确都没好处，不过这麻烦以后再解决，现在别着急动，他们在放饵呢。"

他说完才松了手，许稷往后退了一步："方才有谁过去了吗？"

"太常寺那个姓苏的太乐丞。"

怎么是他？！

许稷扭头去看，哪里还有苏太乐丞的人影。她仿佛能预见未来几日的闲言碎语，因这位姓苏的太乐丞出了名的爱散播是非。不过无所谓，她既然已经做了就不怕被人说道，只是……她顿了顿："你家人多、闲话也多，不要紧吗？"

"我会寻机会同阿娘说。"王夫南站在她面前，手忽然伸过去正了正她的幞头，"我阿娘一向通情达理且心宽，你不用太担心。"又说，"如今正在风头上，夺盐利的计划暂缓一缓不好吗？"

许稷见四下无人，道："度支钱不够用，且每月盐利都以进奉形式入了内库，盐铁司能收上来的很少，不能再拖了。"她顿了顿，补充道，"我有数，你倒是要当心，因魏王当时是在泰宁失踪，眼下追究魏王，我怕牵扯到你。"

"阉党嚣张，朝臣也不是吃素的，不用太惊慌。"

许稷点点头，她打算撤回度支，遂问他："你现在要去哪儿？"

"回家睡觉。"他面上撑出笑意来，转过身，"晚上别在公厨用饭，回来吃。"

他说得轻松，像是毫不在意，许稷却清楚这其中利害——曹亚之虽然和马承元等人看起来交情平平，但内里有什么弯弯绕绕的关系谁也说不准。万一曹亚之与马承元等人沆瀣一气，那么右神策军对左神策军的约束力就会大打折扣。

要命的是，倘若曹亚之上任，王夫南身为右神策军大将，直接领导者就会变成曹亚之。她隐约觉得这会变得很麻烦，按照王夫南的脾气，绝无可能对曹亚之低声下气。

曹亚之此人弄权有余，打仗却并不在行，让这样的人来指挥十几万人的禁军，想想都很可怕。

许稷满腹心思回了度支，盐铁使却在公房内对着这月收上来的微薄盐利感到闹心。他深知自己本事有限，也知正因为此，他才坐到这个位置——

因本事有限，就不会与宦官争夺盐铁进奉，宦官们对他就很满意。

按说他攀附宦官这棵大树足矣，但他又不甘心。盐铁无功，连底下的盐监院、巡院等也对他不理不睬，问他们要钱，从来没给过好脸色，因为都看不起他。

他身为三司使之一，活得实在憋屈。怎么才能让盐铁司富起来呢？他很困惑。

隔壁公廨的许稷却替他做好了决定。

许稷进了趟宫，与小皇帝下棋时趁着马承元不在，塞了一份奏抄给他。

小皇帝将奏抄收进怀里，又移开棋盘，迅速朝许稷努努嘴。许稷面色镇定、手脚麻利地将棋盘下压着的制书收了起来，起身与小皇帝行了一礼。

小皇帝速瞥了一眼背对他们而站的两个小内侍，故意说："听说那个姓陈的盐铁使下围棋很厉害！他还会下盲棋呢！爱卿明日能喊他一起来吗？"

"臣……尽量。"

"噢噢，反正你一定要努力带他来啊，朕很想见识一下怎么下盲棋呢。"又装模作样说，"爱卿快点回去吧，天都要黑了呢！"

"喏，臣告退。"

许稷再度行礼，转身往外走，小内侍便跟上去，送她出宫。

幽深殿内亮起了灯，小皇帝紧紧捏着手里的奏抄，整个人都瘫在软垫上，肩膀还微微发着抖。他头一次越过马承元去插手政事，且这件事还得自己盖印，得承担可能会来临的暴风雨。

马承元平日里对他虽温温和和的，但要是爆发起来，恐怕也很吓人。

他一想到那场面，就紧张地咽了咽唾沫，不过他得趁马承元回来之前将奏抄藏好才行，于是赶紧起了身，同那小内侍道："朕有点困要去睡一会儿了，马常侍回来再喊朕。"说罢赶紧溜了个没影。

许稷出了丹凤门，到光宅寺解驴径直返家。

她履行诺言回家用饭，而王夫南也于家中备好了酒菜。

承天门上的鼓声落尽，许稷踏进了家门，转过身将街上来来往往的国子监生笑闹声关在了门外。

王夫南闻得动静起身出了堂屋，接过她脱下来的大氅进屋挂好，转过身就将双手贴上了她双颊："暖和吗？"

许稷鼻子都冻得通红，此时一声不吭只顾点头。

等她的脸焐热，王夫南松了手道："快吃吧，要凉了。"

屋内火盆烧得正旺，饭菜都用碟子盖好，揭开来还是热的。

许稷匆匆洗了手，在窗前小案后坐下来。王夫南则拖了一张软垫坐在她旁边，与她一道吃。

"是你做的吗？"

"我哪有那个本事？"王夫南老实说道，"李茂茂送来的。"

"又支使李茂茂，他到底有没有好好念书？"许稷摇摇头，将饭吃完，又倒了满满两杯酒，递了一杯给王夫南，"回来的时候好像又下雪了。"

"不是下雪，是风将积雪吹下来了而已。"

"风什么时候会停呢？"

"不会停。"王夫南给了个消极的回答，却是事实。只是风大风小罢了，只要有人在，就不会没有风。

他饮了一口酒，问道："我看你大氅暗袋里似乎有东西，是什么呢？"

许稷不打算瞒他，于是起身将制书拿来递给他。

王夫南看完挑了下眉："罢盐利月进？"

他觉得不可思议："这制书当真是从宫里出来的吗？"

"陛下手书，并亲自按印，要求各地盐场监院罢盐利月进，除煮盐本外其他收入一律上交，入太府寺收左藏库。"

"做了什么手脚？"

"以盐铁使的名义上了奏抄，请求罢内库进奉。陛下允了，制令地方，就是这样。"

"你假冒盐铁司名义上奏？万一被揭出来呢？"

"既然这样做了，就一定有应对之策。"许稷风平浪静地说。

"看来陈盐铁使会倒霉。"他婆婆妈妈地替她指出顾虑。

"姓陈的如果识趣，就可以无虞。"她随口说着，却分明已经裁定了另一个人的命运。官场需懂得合理取放，容不下柔软心肠。

他只问了一句："此事赵相公知道吗？"

"知道。"

王夫南觉得她手脚太快了，昨日才说要动盐铁司，今天就拿到了制令，可见很早之前她就在谋划了。

胆子也太大了！

许稷将杯中酒饮尽，想化解一下他的担心与焦虑，道："离开比部之后，许多事对我来说都是赌博。我觉得胜算够了，就会动手，其他都交给运气。我这样行事，是不是让你不放心？"

"是。"他担心她没走稳会掉下悬崖，但他抬了头看向她，"不过倘若换成是我，也会这样做。"

行事风格无限接近的两个人相视一笑，饮酒击掌。

许稷忽然注意到，窗边多了一盆水养的雅蒜。她忽略了他的细腻之处，对待生活，他可能比她更乐在其中。

到明年春天，这盆雅蒜就会开花吧。

再环顾屋内，虽没有添置太多东西，却不像之前那样看着冷飕飕，窗子重新钉过，连座下软垫都换了。卧房里也同样换了厚实温暖的被褥，应不会再觉得冷。

许稷洗了澡，换上干净中单，坐到床上围了毯子看书。王夫南走过来俯身看一眼她手里的书，许稷短暂闭了下眼，鼻息间全是清爽干净的木香，都是他的气味。

她握着书的手垂下来，想要抓住他单薄的中衣，迟疑了一下，却还是没有动。

"光线太暗了，明日再看吧。"他说着拿过她的书，灭了灯，将被子摊开。

许稷躺下来，在他也躺下来的一刻将手伸了过去。

王夫南安静了一会儿，犹豫了一下却又说："你这样抱着，我会有点困扰。"

"什么困扰？"

"睡不着。"他可是热血旷男哪！

许稷收回手翻了个身侧着朝里睡："明日要早起，好好睡吧。"

很快，睡着时特有的均匀呼吸声传来，王夫南侧过身，将她花白头发捋顺，从背后轻揽住她，轻叹了一口气。

明日早起，就得面对杨中尉被诬赖上谋逆大罪的事实。

大丈夫马革裹尸都不怕，前提是要死得其所，但如今这样算是什么呢？怀揣忠义之心却被剿，最后落得惨淡下场，连帮忙收尸的都没有，反而是死了也要接受鞭笞侮辱。

太多了，朝中为此而死的人太多了。若只是因此，就磨灭了走下去的信念，怕是连迎接明天的勇气都没有吧。

许稷睁开了眼，翻了个身，反拥住了他。

次日盐铁使陈琦奉召入中和殿陪小皇帝下棋，许稷却借口度支事务繁忙未陪同。临近年底，度支是忙，但这只是一方面，另外的原因是今日陈琦入宫面圣，她回避最好。

小皇帝和许稷有约定在先，许稷没来在他预料之中，遂也只是装模作样努努嘴，说："许爱卿没来好无趣哦！"随即话锋一转，"不过有陈爱卿陪朕下棋也是很好的！"

于是兴致勃勃投身棋局，与盐铁使厮杀起来。陈琦起初战战兢兢，但后来见马承元除了派小内侍盯着并无其他动作，也放下心来，甚至自作聪明与小皇帝议论一些朝堂里的事。

小皇帝觉得他远没有许稷厉害，却装出一脸附和。陈琦于是自得起来，平日里的不得志在走出中和殿时统统抛开，甚至觉着积雪皑皑的长安城都比往常可爱。

与此同时，要求罢月进常例的制令也从皇城内发往了地方盐监院。

到了时辰，官员该回家的回家，该宿直的宿直，如往常并没有什么不同，看起来风平浪静的皇城各衙署，实际却已波涛暗涌。

中书省拜将文书皆已商量拟定，连夜付翰林学士草制。中书省用黄白二麻为纶命重轻之辨，而白麻下诏，是拜将相才有的待遇。

王夫南拜神策军大将军，是以白麻下诏；曹亚之拜神策军护军中尉，亦用白麻诏。内廷宦官与外廷朝官分庭抗礼，可见一斑。

曹亚之拜护军中尉一事虽还没有公布，但多的是见风使舵之人簇拥前去溜须拍马，钱货贿赂自也不会少。曹亚之却绝顶聪明，将宅门一关，悉数谢客，令一众人吃了闭门羹。在这风口上，他可不想因为贪图一时之利被朝臣抓了把柄。

遭遇与之截然相反的则是杨宅。杨中尉毫无悬念地被安上了谋逆罪名，紧随其后的是彻彻底底的抄家。

王夫南从杨宅路过时，所见正是这一幕。

仆从早就分了家财逃之夭夭，一众南衙卫兵进进出出翻东翻西，骂骂咧咧说实在没有什么值钱货啊，抄个屁！

宅外灯笼仍亮着，有几只已经残破，府内动静迭起，引得民户来看，便又是一番指摘——"啧啧，就说阉党都不是好东西啦！"

"好在没有家人，自己死了也不会牵连别人。"

"这种人没法立碑吧？"

"什么碑啦，连坟都不会有的！应该是最后烧烧丢曲江吧！"

"好恶心！被你这样一说感觉曲江水都脏了！"

"有什么脏的，曲江本来就沉了很多死人骨头吧！其实这样也好啊，免得留具尸体，将来还要被开坟挖出来鞭笞……"

王夫南没有听完，拨马径直回了务本坊。

许稷没有回来，进门是黑黢黢的一片，廊下积雪看起来像冷硬石头。他于是转头往安上门去，递了鱼符在度支见到了许稷。

许稷见他找来，愣了一愣，却一本正经问："大将到度支可有事吗？"

他却不答，只四下看看，像个前来巡查的御史。

度支几个宿直官员面面相觑，心中想的则皆是同一件事——据苏姓太乐丞说，即将上任的神策军大将与许侍郎有牵扯不清的关系也！

什么牵扯不清的关系？不是前妻兄妹夫吗？

苏太乐丞则说：不对！是前妻兄痴恋上前妹夫的关系！

天哟！右神策军那个将近三十岁的老旷男痴恋上独身怪脾气的度支侍郎，实在太有爆点了。

公事琐碎无聊，如此劲爆的消息当然传得比什么都快。许稷今天来公廨时就隐约察觉许多人看她的眼神不对，遂猜是太乐丞那个家伙四处散播了她与王夫南的谣言。

她当然还是坦荡荡做事，但底下官吏却做不到。

这种传闻实在是对无聊官场生活的最好慰藉了，他们只会嫌事情不够大。因此这会儿看到王夫南过来，一个个内心都分外雀跃，哦哦，这位王旷男倒是越长越好了，也不知道自家侍郎那小身板受不受得了哟！

当然也有反着想的，咦……好歹许侍郎也是娶过妻的人，且素来强势，怎么会是在下面那一个呢！真是没想到啊，堂堂神策大将，仪表堂堂威风凛凛，居然是被压在下面那个……

两派互相不服，由好赌的太乐丞牵头，一群小官小吏纷纷加入了赌一把的行列中。到底许侍郎和神策大将之间是什么样的上下关系呢？嗯……一众人严肃思考了一番，押了注，等待来日验证。

被当成赌博内容的两个人，却完全不知情。

许稷公事公办地和王夫南说了几句话，拿上书匣就说要去政事堂，揖了一揖，就低头匆匆忙忙出去了。

这一晚上许多人注定难眠，翰林学士要连夜草制文书，中书省、尚书省、政事堂也都是心事重重。阉党以勾结魏王为名除掉杨中尉之后，忽然罢手，竟对外廷朝臣没有丝毫追究，实在是反常。许稷也没有料到会这样平静，但这平静背后，则是不知何时又会突然伸过来的毒手。

皇城内高度戒备了好几天，这一日，沉浸在消极气氛中的右神策军终于迎来了新的大将及护军中尉。

拜将仪式与拜相一样隆重，王夫南终于看到了阔别四年的曹亚之。

仪式收尾，曹亚之偏头对他笑了一笑："别来无恙。"

王夫南也已是活了将近三十年的人精了，很多情绪都不再往脸上写，于是同样不痛不痒地回了一句："别来无恙。"

两人都知道对方是什么货色，就算别了四年，本性难道还能改了吗？于是众人都察觉到了他二人之间微妙的不友好。

随着两人被任命，杨中尉一事匆促结了案，而他最后也当真被烧成灰撒进了曲江。神策军中多的是明白人，故那几日总有人偷偷摸摸前往曲江吊唁。

王、许二人则挑了个旬假前的夜晚，去慈恩寺吃了斋饭，出来一直走到了曲江边上。

冬日曲江冷得要命，便很少有人在此玩乐。然这样冷风飕飕的日子里却有人放灯，一只一只升起来，越行越远。

许稷停下步子。

不是七月十五，却有河灯漂荡，看来吊唁的人并不少。

王夫南沉默地看了一会儿，道："有一年我阿爷也在深夜时分带我来过，那时候也是如此，数不清的天灯河灯，像夜里做的长梦，令人难忘。"

许稷知道他说的是哪一年，他所说正是卫征遇害的时候。朝廷上下污水泼满她家门楣，没想到仍有人愿意相信她父亲不是叛逃。

人间这一点相信，虽只是微弱火光，但她知道那火光有多温暖，温暖得令人有足够的勇气走下去。

长安越发冷了，虽然国家内忧外患，但因为年关将近，人们也都开始筹划迎接新年了。

到十一月，长安城都风平浪静，然皇城内关于"度支侍郎与神策大将风流韵事"却传得越发火热，更有国子监一群好事监生听说两位主人公住在务本坊，没事就去蹲点，倘若逮着他二人一道回来了便兴奋不已，恨不得爬进去看看两人怎么过日子。

许稷感受到了这种注视和困扰，却并不澄清。能有这些乱七八糟的传闻来转移视线，对她来说其实是好事，因为将有大变动要发生了。

十一月末，常例的盐铁进奉却没有送上来。内库责问地方巡院，得到的回复却是："陛下不是下诏罢月进了吗？！"

马承元得讯从内侍省赶回来时，小皇帝正在天真地看棋谱。

他抬头看向马承元，咧嘴一笑："马常侍，陈爱卿给朕的这个棋谱太厉害啦！你快来看看！"

马承元却没有笑的心情。

小皇帝见他这样，知道暴风雨要来了，便赶紧敛了笑，低低地说："马常侍有什么不高兴的吗？"

"陛下写了制书，私下给朝臣吗？"

小皇帝紧张地将手收到了案下："啊？什么……"

"陛下置东、西枢密①于何地？！"马承元铁着脸，好像下一瞬就会将小皇帝拎起来杀掉。

小皇帝害怕极了，但他仍强装镇定："马常侍……是指朕写给陈爱卿的那个制书吗？"他连忙撇清自己，撒谎道，"是他给了朕个折子，说只要朕写了制书……就给个很厉害的棋谱给朕。"并且主动认错，"朕……朕真是糊涂了……"

他说着竟将那本许稷给他的奏抄翻出来，老老实实递给了马承元，睁眼说瞎话："就……就是这个折子，是陈盐铁使给朕的……"

马承元翻开奏抄一看，徐徐吸一口气定了定神，转过身阴阳怪气同小内侍道："传陛下口谕，令盐铁使陈琦入延英殿议事。"

小皇帝瘫坐在地上，说谎真是吓死人了，看来还要好好练练才行……

不过他的许爱卿，不会撒手不管了吧？别让他一个人应付啊，他应付不来哪！

这时的许稷悄无声息地走到了尚书省西门口。眼尖的小吏瞥见她，赶紧对身边一群聚众赌博的家伙使眼色，可等他们反应过来到底还是迟了！

一群人手忙脚乱收拾时，许稷却已走到了他们身后。

许稷将头一探："赌什么呢？"

皇城内各衙署惯有小赌的习惯，多是趁天好在太阳底下摆上一局，一边晒太阳一边议论顺便押注赌钱。

---

① 东、西枢密：枢密分东、西院，东院为上院，西院为下院，枢密使由宦官担任。基本职掌是内呈外宣、出纳王命，随着宦官势力的膨胀，东西枢密院逐渐成为内廷中枢决策的主要成员之一。

这群人今日不巧赌的正是度支使与神策大将的关系问题。这个悬而未决的赌局拖到今天，押注的人越来越多，太乐丞那小本本上都快要记满了，因为几乎是个皇城官员都在这赌局上押了一注。

许稷瞥了一眼惊恐的太乐丞，又顺带看见了他怀里揣着的簿子，伸过手。

太乐丞抱着那簿子歪脑袋狡辩："这……这可是机要，侍郎还是不要看了吧……"

许稷"哦"了一声，却看向那案上的铁证。案上铺着的一块白布，左边写着度支，右边写着神策军，而两边则又分别压了铜钱，明眼人一看就知道什么意思。

一众人屏住呼吸等死，许稷却是将那白布摊摊平，从袖袋里摸出一枚铜板来，很有肚量又很潇洒地往度支那边一放。

旁边一圈瞬时都瞪成了田螺眼。

许稷押完注，并叮嘱太乐丞不要忘了往簿子里添上她这一注，低头又将白布抹平，慢吞吞地走了。

一众人呆愣了一下，太乐丞最先反应过来，登时翻开簿子最前边一页，举起笔就要改自己的押注，一群人反应过来连忙阻拦——"不能这样啊！太乐丞怎么能只改自己的呢，快把某的也改了，还有曹书吏的，快快快，押大将简直亏死，失策啊！"

"一边去，谁让你不早点押许侍郎，现在怎么能改呢！买定离手知道吗？都像你们这么搞还赌个屁啊！"

一番闹哄哄之下，太乐丞从人群中猫腰挤出来，幞头也掉落在地，只能顶着一头散发迎风哀叹："世风日下，以貌取人果然是不对的！"

这边还在吵吵闹闹，那边许稷已从西门口走回度支。

她刚到门口，就见一名小内侍急急忙忙冲进了隔壁盐铁司。

原本风平浪静的盐铁司瞬时沸腾，那内侍骂骂咧咧，最后扭头问："怎会不在？今日又不是旬休！他告假了吗？"

盐铁司一众官吏支支吾吾——"不……不知道。"

"那……那个……其实陈盐铁使已两天没来了……"

"是哎，压了一堆判卷，到现在还没有处理呢。"

内侍听一众人说完，大叹不妙，朝那正在扫地的小吏吼道："快去将你们长官喊来！就说陛下要见他！"

小吏吓得丢了扫帚，赶紧奔出门往自家长官家去。

他一路死赶，穿过含光门到长安县，在陈琦家门口下了驴，抬手就是一通敲门，可敲得手都疼了就是没人理他。

他贴上去从那门缝往里看，里面却是一个走动的人也没有。耳朵贴上去仔细听听，连个呼吸声都没有！小吏觉着其中有鬼，这时恰有一老妪走过，他便问："知道这家人往哪里去了吗？"

那老妪说："好像是搬走了，连夜走的，本家的老母死了吧，不是死了爷娘就要守孝三年吗？应是回家守孝去了。"

"哦哦。"小吏不明就里，赶紧骑上驴回去汇报。

可没想到，他一本正经对那内侍说陈琦丧母回去守孝时，内侍直接甩了他个嘴巴子："放屁！陈盐铁使家的爷娘七八年前就死光了，他本家哪还有什么至亲！"

小吏吓得气都不敢出，直到那内侍气焰嚣张地出了门，这才松了一口气。

内侍前脚走，盐铁司内一片冷寂，别说抱怨了，连议论也不敢有——从内侍的态度来看，陈琦必然犯了事。不过素来脾性懦弱、对宦官低头哈腰没什么气节的陈盐铁使又怎么会和阉党对着干呢？费解。

隔壁许稷闻得盐铁司动静消停下去，立刻就起身去往御史台。

练绘刚从政事堂回来，在路上恰好碰到许稷。

省了寒暄直入主题，练绘边走边道："陈琦还没走，但家眷已离京，他本人则在观望，不过所有证据都指向他，对他那种胆小怕事的人来说，能避开这麻烦自然是上选，他很快会发现这观望除了徒增危险并无意义。况且这件事，本质上构成不了什么罪名，阉党没有明着治他的理由，他只要离开京城，就没什么事了。"

他一口气说完，驻足停下，宽阔的景风门大街上一个人也没有。

担心做了这么一场大戏，到头来还是无用功。

费尽心机让地方盐监院罢除月进、让陈琦这个无用的家伙滚蛋，或许可以因此获得一两个月的高盐利回报。但如今宦官把控枢密院，内呈外宣、出纳王命，阉党想要恢复月进，其实并不难……

"我正为此事而来。"许稷伸手示意他继续往前走，低着头道，"对盐监院来说，进奉或是交国库，并没太大差别，他们在意的只是能不能继续待在盐场牟利。阉党能威胁他们，我们为何不能？盐场腐败乃大罪，只要抓出来，罢职是没跑的。所以说，服就继续罢进奉，不服就让地方监察御史出面查，必然一查一个准。"

她说得不无道理，然练绘却直截了当回绝道："监察御史势单力薄，孤身去撞盐监院，无异以卵击石。我不能送下属去送死。"

"不见得。河南盐监院已换成了自己人，东南盐场更是温和派，监察御史不可能连这些都做不到。"

"只要东南？"

"光靠东南养边军就绰绰有余，目前能将东南盐铁茶利抓过来就足够了。"与宦官争利只能慢慢来，倘若太急躁，阉党的反击也会越厉害，她觉得朝臣目前并没有可以吞掉阉党的气势。

所以，能争一点是一点，太冒进了或许会适得其反。

"同赵相公说过了吗？"

"倘若必要，你可再与相公商量一番。"许稷很谨慎地说完，又补了一句，"如果行之有效，改日请你吃饭。"

她言罢就要回去，练绘却喊住她："你与十七郎……"

"没什么好揣测的。"她转过身来，"如你所想。"

许稷坦荡说完，就往东回了度支。

皇城内的阳光静如水，隔着一道夹城内的宫城此时却涌动着不安。

中书省及尚书省一众朝臣、东西枢密使、马承元和小皇帝，在延英殿内对峙。

许稷同样在列。

枢密使无非是质问小皇帝为何要擅作主张下制令，而小皇帝怯懦懦地开口："因为陈爱卿说，内库已囤了许多钱，但边军却吃不饱穿不暖的，才总是打败仗。他说朕不该问底下要太多进奉，朕想了想觉得有点道理。"

他机智地举出例子来："朕每天都吃一点点，用的也不铺张，宫人的吃穿用度肯定也不可能比朕还好，所以宫内的开支一定很少的。既然宫内不需要那么大的开支，那么内库果真是不需要很多钱的，要那么多进奉做什么呢？"

"陛下，宫中支用不过是内库开支的小头，平日里陛下对神策军的别敕给赐才是大头，更别说还有寺观建筑、佛道施舍等支用了。况且内库也是左右藏库的后备库，别忘了先帝在时，可从内库拨给过许多军费！"东院枢密使道。

"这么麻烦啊……"小皇帝声音低下去，"那……能少给些赏赐吗？反正平日也没有缺他们的俸……至于寺观建筑、佛道施舍，朕不信那些呢，不能少支一点吗？还有既然已经有延资库了，为什么还要再设个后备库呢？军费从延资库支不就好了吗，朕听说延资库前阵子将度支和户部的积欠都要回去了呢，现在应是很有钱吧……"

小皇帝语气姿态柔柔弱弱，说的却全是朝臣要说的重点。东西枢密使气得要命，马承元平日里到底在干什么？难道没有将史书拿出来教小皇帝念吗？史上那么多朝臣篡权篡位的例子，小皇帝竟没觉得朝臣不可信？！

"陛下这样想真是太天真任性了，这些支用都是内库惯例，陛下难道要违背先帝创下的制度吗？"东院枢密使又道。

"可是……"小皇帝无辜又困惑地看向马承元，"马常侍说，内库是朕的啊，朕想怎样就怎样。难道不是的吗？"

马承元已察觉到了不好的苗头，前阵子他太疏忽了，放任小皇帝和朝臣往来太多，眼下看来是不行了。

小皇帝这一问，弄得枢密使只能无理取闹道："陛下还是小孩子，哪能全由着陛下的性子来！"

"郑枢密这话是在质疑陛下的权威吗？"一紫袍老臣道，"君臣有别，岂可这样说话？"

小皇帝却说："不不，郑枢密说得也对。朕是小孩子，故而要时常听一听大家的想法才能行事，不能妄断。往后朕想做什么，都会与众卿好好商量的，不会再像这次一样了。"

他示弱示错，却委婉表达了要与朝臣们沟通的想法，分明是想踢开内呈外宣的东西枢密院。

朝臣接道："陛下这次下制令虽欠商量，但目的却是好的。"充分肯定了罢除盐利月进的措施后，又说，"只是盐铁司不可无长官，陈盐铁使既然跑了，总要有人接替。"

"他跑了呀？"小皇帝做惊讶状，"好可惜哦，他下盲棋好厉害……"

"不若让度支许侍郎兼盐铁使吧！"又一老臣说道。

"不行不行！"小皇帝看向许稷，故意坚定地说，"许侍郎原本就好忙，倘若再兼盐铁使，岂不是更没空与朕下棋了！陈爱卿已经跑了，许侍郎再没空和朕下棋，朕会没事可做的！"

"陛下，眼下朝中真没什么人可用了，就让许侍郎暂时代领盐铁事务吧。"老臣道。

"不会吧？"他转过头又看一眼马承元，"马常侍……"

在大事决策上，他仍寻求马承元的许可，便是充分给阉党脸面。马承元沉吟片刻，却说："不过是暂领盐铁事务，这种事陛下自己不能做主吗？"

"朕……朕做主？"小皇帝矛盾地皱起了眉头，"朕本心里是不想的，可是……"

许稷垂着头一声不吭，因她知道小皇帝下一句肯定是："哦，那就暂辛苦许爱卿了。"

一个"暂"字是很微妙的，"代"领更微妙。

许稷就算主盐铁事务，却并不是真正的盐铁使，宦官想换掉她就不难，再加上马承元不想让她以下棋的名义与小皇帝有太多接触，就干脆让她去忙。

最重要的是，马承元并不觉得她有什么本事，仍觉得她不过是外廷老臣的一颗小卒子，构不成太大威胁。

小皇帝允了这请求后，唉声叹气满脸不高兴，像小孩子丢了个玩

半子 ·

伴，纯真自然。

待许稷谢完恩，他有点不耐烦地说："就这样吧，朕有点想去睡觉了。"

东、西枢密使还想说上一二，却被马承元给瞪了回去。而一众朝臣也纷纷告退，离了延英殿。

赵相公领头走在前面，许稷低头行在他身侧。

晒了一天太阳的白玉阶似乎没有平日里那么阴冷，赵相公神采里难得有笑意："璞玉之质，可造之才。真是没想到。"

许稷知他所指是谁，于是接口道："请相公公务必保全陛下。"

赵相公迟疑了片刻，最终在走下白玉台阶后，迎着暮光道："从嘉啊……你还是太单纯了。"

长安城又迎来了黄昏，街鼓声咚咚咚，叶子祯拿了字条行在务本坊的巷子里，找了半天，终于找到了许稷的破屋子。

他在那门口探了探，正嘀咕"宁可住这种破屋也不要我的金叶子真是愚不可及！愚不可及！"时，忽有人很谨慎地在他身后开口："九叔吗？"

叶子祯身子瞬时僵住，李茂茂犹犹豫豫绕到了他跟前。

李茂茂起初尚不确定，但甫见到叶子祯正脸，简直要跳起来："九叔你还活着！"他这位叔父一去不返，好些年一点讯息也没有，还以为早就不在人世，没想竟活得如此鲜亮照人！真是美男子哪！

"我是茂茂啊！"李茂茂激动地说着，手已伸过去想要紧握叔父大手，然叶子祯却别过脸一声不吭。

暮色随鼓声逼近，叶子祯身上笼了一层看着暖洋洋、实际却没什么热度的光。李茂茂察觉出他的冷淡来，识趣地往后退了一小步，又瞧见同窗正往这边走来，只留话道："九叔倘若有空还是回家看看吧……我……我先走了……"

他说完就与顺路的同窗一起回家去了，叶子祯听那脚步声远去，则扭头朝另一边的国子监看了一眼。长安真是没什么变化，国子监的学生换了一茬又一茬，大门却仍是那个样子，树也是旧模样，好像这些年都没有长。

排水沟潺潺流水声都变缓，叶子祯悄无声息地转过身，就看到王夫南骑马而来。

那马倏地停住，昂首嘶叫，马蹄扬起尘土。

叶子祯被呛得直咳嗽，他掩面皱眉，抱怨王夫南的粗暴："你就不能慢慢地停？"

王夫南却不着急下马，只居高临下问道："都要闭坊了，你不去馆舍在这儿做什么？"

"馆舍太无趣且乌糟糟的，我来投奔嘉嘉啊。"

叶子祯看一眼那门，心道许稷怎么还不回来呢？他正想着，忽扭头盯住王夫南："那你到这儿做什么？你家不是在崇义坊吗，这里可是务本坊！"

"我住这里。"言简意赅。

叶子祯反应片刻，顿时跳起来："你说什么？！你与嘉嘉住在一块吗！"

他指了王夫南："真是禽兽啊！"他愤愤说完，扭过头，完全不想再理会王夫南。

王夫南莫名被他凶了一顿，也不与他争辩，掉转马头径自买饭去了。

叶子祯又成了孤零零的一个人，尘土扬起又落下，黄昏愈浓，夜幕欲降。

许稷回来了。

许稷骑了那头失而复得的小驴，慢吞吞到了家门口。

叶子祯一点矜持也没，又跳起来："给你金叶子为什么不要？！"

许稷本想温和些对待他的，却没料招呼还没打就遭遇了这么劈头盖脸的问话。

"宁肯住这么破的房子，骑这样蠢笨又寒酸的驴，真不知你是如何想的！"

小驴喷气怒瞪叶子祯，许稷隐约察觉到叶子祯心情不太好。

"因为收了金叶子，便是受赃。"许稷就事论事，语气十分温和。她下驴开了门，转过头对他道："进来吧，天都要黑了。"

叶子祯自知有些理亏，遂站着不动。

他纠结了一阵，最后说："我错了，你不要往心里去。"

"没事的。"

他于是将那头"蠢驴"牵进来拴好，耷拉着脑袋告诉她："十七郎来了又走了。"

"知道了。"许稷应了一声，领着他往里去，指了东侧一间小屋同他道，"不是什么好房子，但前些日子修整过，至少不会漏雨进风，你暂住这里吧，倘觉得不舒服再回馆舍去住。"

叶子祯将包袱放在搁架上，四下看看，屋子虽小却也干净，他竟然破天荒对许稷说了声"谢谢"。

"你先歇会儿，我去买些吃的来。"许稷对他友好是有原因的，回长安对叶子祯来说并不是一件妙事。她知他内心沉重，所以也不打算再让他吃瘪添堵。

许稷刚走出门，就闻得马嘶声传来。鼓声已落尽，王夫南将手里的食盒递过去，自己则拎了坛酒下了马。

"怎么样？"王夫南牵了缰绳问她，"盐铁司的事没牵扯到你吧？"

许稷点点头："以后再细说。"她拎着食盒进了堂屋，那边王夫南已是站在走廊里开口道："出来吃饭。"

叶子祯换了身宽松袍子，养尊处优往堂屋一坐，王夫南则在一旁自觉生火盆，而许稷将刚出炉的古楼子端上案，鼻翼轻翕，两边唇角略弯，满脸的满足："好香。"

上一回三人一起吃饭，已经是近一年前的事了。

古楼子还冒着热气，酒盏里都满上了剑南烧春，气氛便很快被调动起来。叶子祯一改之前的郁郁脸色，生动叙述他们离开后泰宁发生的一些趣事。

"泰宁是好地方。"许稷切了一小块古楼子慢吞吞吃着，"不过开挖河道的事，有眉目了吗？"

"何刺史已在筹备，明年开春或许会动工。"叶子祯说，"你走之后沂州风调雨顺，何刺史真是捡了个大便宜，倘若之前水利没修估计也不行的。"

他说着忽想起什么事，摸出一本簿子来递给许稷："我已核算过了，孙波被抄家财按市价评估有八十多万缗，具体明细在此。"

"让你将孙波被抄的财物千里迢迢从泰宁运到长安，这一路辛苦了。"

"是有点费事，不过我都换成了轻货，也还好。"叶子祯直言不讳，"自朝廷禁了飞钱①之后，行商就很麻烦，每次出门都要带上一拨人，用途仅仅是为了护运钱物，太费事了。"

"飞钱一事，朝廷在考虑恢复了。"

"当真？"

"铜钱荒越发严重，急需缓解。但是飞钱要如何管理，还在商榷。"

"我可以给你参谋参谋。"

"好。"许稷接过王夫南递来的一块古楼子，却被叶子祯抢了去，"最后一块给我吃吧。"

"喂！"王夫南小气地要抢回来，"从嘉在公厨从来都吃不饱，你不能体谅她一下吗？"

"吃吧。"许稷却如是说。

于是叶子祯毫不犹豫地将最后一块古楼子吃进了肚子里，又饮了一杯酒。他喝起酒来简直没完，一坛子里有一半都是他喝掉的。

就在三人快要结束这晚餐时，外门忽被敲响。

这时会有谁来呢？许稷起身，王夫南却按她坐下，自己走了出去。

堂屋的门没有关，有寒风涌进来，叶子祯缩了缩肩，偏头看向外面，并与许稷说："看起来是个小仆。"

---

① 飞钱：商人外出经商带上大量铜钱有诸多不便，可先从官方开具一张印有地点、钱数的凭证，之后持凭证去异地提款购货，此凭证即"飞钱"。

许稷隐约猜到是王家的人来找王夫南，就收起打探的目光，反是将杯中酒饮尽了，低头翻阅手边的簿子。

王夫南匆匆折返，对许稷道："我阿爷从岭南回来了。"

叶子祯和许稷同时看向他，王夫南又说："阿爷被调回，应是得益于李国老回朝重掌中书，不管怎样，都是好事。"

他提到李国老时，叶子祯的眸光明显闪烁了一下。

许稷则问："你现在要回去吗？"

王夫南点点头，许稷起身，他却又将她按回去，当着叶子祯的面堂而皇之亲了下她前额，又看了一眼叶子祯，示意他离许稷远点。

叶子祯一脸不屑，目送王夫南离开后，转回头看向许稷："王相公贬到岭南那么久，到底是回来了。不过王相公一回来，你们以后必然会碰面，不会觉得尴尬吗？"

许稷想饮酒，但酒已经没了。

"不会。"

"王家会如何处理这件事呢？"叶子祯低低地说，似乎想起了一些旧事，"你们之间的关系，并非谁都能容忍。"

"我知道。"许稷仍是低头翻账簿，翻了一会儿缓缓抬头，"你呢？回来的心情如何？还恨那些人吗？"

"人都死了，有什么好恨的。"叶子祯无所谓地说着，将杯子里仅剩的一口烧春喝完，白皙面庞上就染了隐约醉意。

他又自相矛盾地说："可是，当真能放下吗？有阵子我已很富裕了，并无生活之烦忧，却一直感到痛苦。我也尝试放下纠结，去享受当下的快乐，但时间一长，还是回到原先的怪圈子里，牵扯不清。"

许稷从那不羁与随性中察觉出了困扰，但这样的困惑与痛苦是旁人难以体会和开解的，只能自己吞咽。

"今日我遇见李茂茂了。"他说。

许稷抬头。

遇见李茂茂？难怪他情绪会突然变得这样古怪……是担心李家上下得知他回来的消息吗？他又在害怕什么呢？

倘若害怕，是因为根本没有放下过吧。妄图有一天这个家还能再

102

接纳自己，妄图一切都没有发生——倘若当年没有一时糊涂喜欢上那样的人渣，就不会遭遇出卖和羞辱，也不会被家族驱赶放逐，更不会丢掉名字。

这些是他仍然贪恋的部分，想起这部分就会觉得自己恶心且浑身是错，但他又做不到违心地活着，这是矛盾之处。

李家能接纳现在的他吗？是否仍觉得他不干净、有辱门风……

叶子祯双臂交错伏在案上，头埋进去，仍然年轻的身体微微颤抖。孤独多年无可告慰的人生难处，也只能在半醒半醉时，才有释放的可能。

许稷起身拿过架子上的毯子覆在他肩上，拿起案上的账簿，语声低低，像是自顾自地说着："李家现在会不会不一样呢？"

不会像以前一样冷血无情，不会再往原本已经遭受伤害的亲人身上再插一刀，逼着他们灭亡……

就在她想起母亲之时，外门再一次被敲响了。

许稷收回神，披上大氅冒着寒风走到门口，只见一老仆立在门外。那老仆对她一揖，双手递上请柬，并道："国老邀许侍郎及叶郎君明日到府上一聚。"

第十九章·待天明

这突如其来的邀请，让许稷有些不安。不论是邀请她，还是邀请叶子祯，都不太正常。

那老仆却紧接着道："国老说请侍郎去是为公事，望侍郎不要觉得唐突。"

公事有必要去私宅里谈吗？老仆的话仍没能打消许稷的顾虑。那老仆又行一礼随即告辞，许稷则在门口多站了一会儿。

她回屋后叶子祯已伏在案上睡着了，她将其拍醒，见他一副睡眼惺忪的样子，便没有着急告知李国老的邀请。

次日天刚亮，王夫南就到了。

朝食摆上桌，许稷梳洗完毕坐下来，叶子祯则无精打采坐在案后。他抬首看看王夫南："你担心我会将嘉嘉吃了才故意这么早过来的吗？一点诚意也没有，也不带好吃的来，这里的朝食也太差了。"

王夫南寡着脸用一只杂馃子堵了他的嘴，许稷则将请束拿出来放到案上，平推了过去。叶子祯咬着那只杂馃子打开了请束，顿时俊眉微蹙，神情几变，看得出很是纠结。

"说是公事，所以你不必太紧张。"许稷安慰他。

叶子祯放下请柬，吞咽干巴巴的杂粿子，低头未说话。

王夫南将那请柬拿过来看了一眼，又看看身旁的许稷，却见她神色平淡，似乎对此全无所谓，尽管本质上这邀请意义深重。她是卫征之女，李国老是她的外祖父，这一层血亲关系是如何也抹杀不了的。她出生至今，从未踏足过李家，也没有称呼过任何一个李家人，但如今李家却喊她去赴宴，怎么看都不能算是无所谓的事。

李国老知道她是卫征的女儿吗？按说不应该。那么，请她去，难道真的只为公事？而将叶子祯一并喊去，是因知道叶子祯就是李纯吗？

王夫南想了想，说："下直后我送你过去。"

那边叶子祯忙问："那我呢？"

"你自己去啊。"王夫南无情地说。

"你不能顺带也将我一起送过去吗？我看着可比从嘉还好欺负，万一遇上什么不测呢？"

王夫南简直无话可说，最后还是许稷开口："酉时一刻到安上门等我。"

叶子祯的紧张情绪这才得到了缓解，从定的许稷显然是棵值得挨靠的树，他要借一借她的镇定。

长安城晴空万里，但这个暖融融的冬季白日却并不好过。

盐铁司不仅司盐铁茶利，还要主转运，实际事务繁重。之前陈琦在时，因对盐铁司疏于管理，底下官吏也是懒懒散散，许稷暂领盐铁事宜，就又要整肃风气。

这种事她从地方一路做到中央，一遍又一遍，好像没有个头。这样的日子，要持续到何时呢？

许稷从盐铁司拐出来时，耀武扬威了一天的太阳缓缓降下，一轮红日挂在西山，晚霞铺满天际，势要覆住整座长安城。承天门上的鼓声准时响起，下直官员纷纷出了公廨，景风门大街上来来往往全是人。

许稷埋头往前走，忽有一人拽住了她。

四面八方的目光瞬时投过来，王夫南却坦坦荡荡同许稷一道穿过大街往安上门去。

按说同僚之间互相拉拉拽拽也不算稀奇，但这一对哪怕只是一起走，都要引来一阵唏嘘议论。堂堂两个高级官员，却明目张胆在一起，性质就大不一样。

叶子祯正是在这件事上吃过苦头。

他那时不过十几岁年纪，时常去秘书省溜达寻书看。少年人总有迫切的求知欲，虽然他在同龄人中已算才情惊人，但阅历毕竟有限，之后认识了一个三十岁的秘书省正字，便常常询问切磋，时间一长，竟对风流倜傥博学多才的正字产生了倾慕之情。

风流成性的正字竟是将此段风流韵事拿出去炫耀。一片赤忱却换来艳词侮辱，叶子祯断然转了头。

悲痛倒是其次，重要的是闲言碎语瞬间涌来。对门风极正的李家来说，任何丑闻都是不被允许的，叶子祯因此遭受了严酷的家法伺候。

倘若这些罪遭够了就能重新开始也就罢了，但上至父母、祖父，下到弟弟、妹妹，一时间都百般嫌恶他，觉得他十分古怪恶心。

他离开长安李宅那一年，用的仍是"李纯"这个名字，那时他还不叫叶子祯。自尊丧尽，他是怀着卑微怯懦又愤恨的心情离开长安的。

如今再回来，那一份惧怕仍是未减，却隐隐冒起了"想要被重新接纳"的天真心思。

许多年过去，人们似乎都已忘了当年轻率说出口的话，只剩当事人仍然记忆深刻，也只有当事人还能够低头看到那把划开胸膛的利刃。

许稷喊了他一声，叶子祯有些错愕地回过头。

许稷收回侍卫递过来的鱼符，走出安上门，同他道："你站在风口等，不冷吗？"他的脸被风吹得仿佛要皱起来，惨白一片，一点血色也没有，最后只勉强挤出一丝笑："迎风站才潇洒啊。"说罢又整了整自己特意换上的好看衣裳，"干净漂亮吗？"

许稷看看他，眸光干净得像个不谙世事的士人，于是毫不吝啬地称赞："好看。"

许稷喊他上了马车，叶子祯就一直窝在侧旁望着外面，将长安城暮色尽收眼底。

一路弯弯绕绕，熟悉得不能再熟悉，因是梦里走了无数遭的回家路。

相比之下，许稷就平静得多。她公服未换，到李宅时仿佛多了一层铠甲。

下车时王夫南说："我先回务本坊，晚些时候来接你们。"

许稷点点头往里去，身后则跟了个底气不足的叶子祯。

回家情怯，叶子祯手脚冰冷，许稷停步转身，走过去很义气地拽了他一把："谈公事紧张什么？"

叶子祯浅叹一口气："嘉嘉你真好。"

"说什么胡话，快点走，我们已经迟了。"许稷催他往前，又抓抓他的手给了他一点勇气。

叶子祯眼眶微酸，低头跟着她一路行至中堂。

老仆将门打开，说："两位郎君先坐，国老马上就会来的。"

李国老姗姗来迟，他虽上了年纪却仍然精神很好。朝官将已经回陇西养老的李国老请来重掌中书，可见朝中真的没什么人好用了。

许稷与叶子祯都起身与他行了礼，李国老很寻常地说："坐吧。"

酒菜上桌，许稷、叶子祯与李国老仅隔了一张案的距离，对方的一举一动都尽收眼底。叶子祯的紧张是难掩的，他对祖父的印象还停留在许多年前。他深知祖父的手腕——他离开长安后不久，那位秘书省正字就被贬边地，后来死在了任上。

三人吃了好一会儿，互不说话。

后来许稷问道："请问国老今日是有何事要指教晚辈？"

"听说你抄了河南盐监院，钱物交给了一个商户？"李国老直白地开口，又看向叶子祯，"是这位叶五郎吗？"

他没有选择与叶子祯相认，叶子祯心底里一些微妙的希望破灭，却忽然不那么紧张了。

换上叶子祯的身份，他是有底气的。

"正是在下。"他回。

"打算怎么用？总不至于抄了你的钱货入国库吧？"李国老姿态毫不客气，像是当真对待陌生人。

许稷回道："回国老，下官认为此款可用在扬州城城南的运河维修工事上。盐铁茶利、米谷赋税，都要仰赖运河。而东南运河是转运之根本，但如今扬州的漕运条件却每况愈下，维修迫在眉睫。倘若可行，下官会奏请自筹经费兴运河疏通工事，以改善扬州的漕运条件。"

胸有成竹，一句自筹经费，就合理地将此款用在朝廷工事上，既避开了宦官的反对，又顺便抬高了叶子祯的地位，因名义上这笔钱是叶子祯私人捐给的。

拿了好处又送人情，倒有几分高明。

李国老却道："扬州那个烂口子，没有几百万缗是填不来的。你这笔钱倘若用完了还不够，之后呢？"

"在下来出！"叶子祯脱口而出。

许稷错愕地看向他，他看起来竟像一个着急在长辈面前表现自己的小孩子。他是巨富没错，但……

叶子祯却浑然不觉："下官行商，也确觉扬州港如今多有不便利之处，不能再拖下去了。"

"你自己掏钱给朝廷，未必会有什么大回报，明白吗？"

他微微垂眸："在下……想做些有用的事。"不想被再说成是恶心的怪物，想成为有用的人，想在你们心里有一点点位置。

许稷闻言，手中的杯子转了半圈，抿紧了唇。

"那既然你已有了好想法，就这样办吧。"李国老直接拍了板。

许稷抬首，李国老却是饮了一口酒："没人说你像一个人吗？"

许稷挺直了脊背，这是她的防御姿态。她以为今晚可以不用触及这个话题，但终究——无可避免。

"有，说年纪轻轻就头发花白，像以前的卫将军。"

李国老转了小半圈杯子："是吗？似乎是有点像。"

"卫将军算是国老半子，当年卫将军遭害时，国老却未出面说一句话，是为什么呢？"

"说一句话就有用吗？"李国老忽然抬头看她，"不要想当然。"

"说一句话，或许……会有转机呢？"她脊背已经略弯，"毕竟卫将军，并不是会投敌叛逃的人啊。"

"他那个古怪脾气，平日对人爱搭不理，偏偏又功高盖主，旁人一看都觉他傲得很。嫉妒也好、有积怨也罢，倘若有一天，他被指投敌叛逃，多的是投石之人。难道老夫一句话，就能把那些石头都吹上天吗？"

许稷手掌撑住座下软垫，想要借一把力："可为何国老没有出手帮一帮那对母女呢？丈夫被众人诬陷、污水泼满门庭，倘若当时身为父亲、外祖的国老伸一把援手，她们母女就不会死。"

"不会死吗？"李国老眸光仍然锐利，一针见血，"李家出去的人，遭遇了这样的事情，必然会死。"

许稷握紧拳，语气已经不对："都没有伸手去试，就如此笃定吗？"

"气节比性命重要，以死明志亦比苟且偷生更重要。"

"明志为什么要去死？死了就能够证清白吗？！"

"是。"

一旁的叶子祯忽然起身跑了出去，而许稷已经红了眼，她撑着酸胀的眼皮，将一口气生生闷了回去。

她起了身，声音冷透："下官告辞。"

她干净利落地退出了堂屋，行在灯笼遍布的走廊里，朔风吹得人脸生疼。叶子祯的匆促脚步声消失在走廊里，她眼皮忽然耷拉下来，眼泪倏忽滚落，无休无止。

她不知怎么走到了门口，又不知在门口站了多久，偶有过往行人好奇看她，却无人驻足。马蹄声逼近，又戛然而止，有人下得马来，大步走过去将她按进了怀里。

干冷冬夜，门口灯火不停晃动。

门房窝在小屋里偷偷喝酒，听到外面马蹄声骤停，以为是什么客人来了，忙探出头去看，然所见却吓了他一跳。一个高大官人搂着一个娇小官人，黏得可真是好紧哪！可怕可怕，再一看……咦，那娇小官人不是之前出去的那个许侍郎吗？原来传闻竟是真的！

他留了道门缝，本想喊其他人一道来看，却陡看到王夫南朝这边投过来的目光，瞬时吓得将门闭紧："吓死我了！"

旁边的人忙问："怎么啦？"

门房说："看到了一个很凶的鬼！"

旁边那人哆嗦了一下，转眼酒杯就被对方抢了去："快让我压压惊！"

许稷止住了哭，王夫南却仍能感受到那瘦弱身板在发抖。他有料到今日或许不会是什么寻常日子，但到底没想到许稷会哭成这样。上一回情绪失控，大概还是几年前蝗灾闹饥荒，那时她面对人命选择时的无力哀恸，也是这样。

拜托什么都不要问，只待一会儿就好。

王夫南了解她的需求，于是就任她这样站着哭完，手心稳实有力地顺她后背，直到她缓过来，那身体不再颤抖，不再有抽噎，这才松开了双臂。

许稷用力握住了他的手，声音低哑道："谢谢。"

将眼泪糊满他前胸袍子，自己脸上倒是干干净净，嗯，这感谢他心安理得地收下了。王夫南任她抓着自己的手，觉得这样待到何时都没关系。许稷却抬首道："我很想和你待着，但眼下我得去找叶子祯，为公为私我都怕他出事。"

她手握得更紧，最后忍不住又伸开双臂紧紧拥抱他，像是借取一些力量。

"如今坊门都闭了，他应还在这附近。"

"不。"许稷看向停在对面被解了马的车，"他解了马，手里又有我给他的通行文书，坊门拦不住他。"

"你回务本坊去找，我去商队住的馆舍看看。"王夫南很快做了安排，"你骑我的马回去，我去武侯铺借匹马就行了。"

言罢轻哨一声，那马便走到许稷面前。

许稷有好几年未见这匹白马了，它似乎又老了一些，琥珀色眸子里满是故事。而此时来不及感怀太多，她披上大氅利落地翻身上马，接过王夫南递来的马鞭，一夹马肚就速驰远去。

风将大氅鼓起来，猎猎作响，她穿行在沉寂将眠的深曲中，像一只展翅的鹰。尘土扬起又歇，马蹄声渐远，那身影也越发小，王夫南心中却涌起感动，比起他，她到底更像卫征啊，孤勇仗义，不轻易示弱，好像什么也不怕。

她倘若要飞，他一定不会阻拦。

许稷几乎将务本坊翻了个遍，甚至去了国子监、道观。一一问过，却根本没有叶子祯的踪迹。而王夫南带人将李宅所在的长兴坊巡了一遍，又去平康坊问过馆舍中的人，但都没有叶子祯的下落。

许稷找得头痛，额角突突跳得厉害。叶子祯在她与李国老争辩过性命与气节孰轻孰重后忽然跑出去，她很担心他会想不开。他只要一回李家，仿佛就变回当年那个犯了错的少年。

这样的少年会一时冲动做出什么傻事来吗？许稷深吸一口气，蹿进肺里的空气冷得戳人，她忽然舒展了眉头，翻身上马往长安城东南方向的曲江奔去。

对，曲江。

他多少年前就说过这样的丧气话，倘若有一天必须要死的话，就死到曲江去，和满池的淤泥为伴，来年沃养盛开的荷花，那时就没人记得他了。

马不停蹄赶到曲江时，许稷胸腔都要废了，仿佛塞满了冰碴，一呼一吸之间都好疼。她翻身下马，借着月光四处找，终于在一棵歪柳树旁看到了那匹被叶子祯解下来的马。

那匹马显是从定极了，沐着月光站姿悠闲，完全不关心将它骑到这来的人去了哪里。许稷笃定了他在这里，却越发心焦起来——不要放弃……

不要同她母亲一样，为了那该死的气节就轻而易举放弃了自己……

她沿南岸搜寻，两边、前面，一处都不放过。柳树枯槁枝条乱晃，月光被切割成条，又交错斑驳，她霎时驻足，却见一双黑色皂靴立在岸边，孤零零的像无处可去的魂灵。

许稷当即脊背发寒，冲过去就往下看，但哪里还有什么人影？水面风平浪静，连涟漪都没有……

叶子祯……

许稷的心怦怦猛跳，跪地就朝下喊："叶子祯你不要乱来！快点出来！"

越喊越急，四下只能听到自己的声音，水中则一点动静也无。

有人霍地从后面拍了她一下，神经紧绷的许稷吓得差点跌下去。她速起身转头，却见浑身湿淋淋的叶子祯正站在她面前。

不知是惊吓过度，还是喜悦，许稷这时眼泪差点掉下来，几次要开口都没能发出声来。

她觉得肺快要冷碎了，努力想要将怦怦狂跳的心收回来，叶子祯却没出息地哭了出来："呜呜呜你竟还记得我以前说过的胡话，知道到这里来找我……嘉嘉你为何要对我这样好……"

"我没有对你好。"许稷见他又哭又抖，沉默着解下身上大氅，上前一步踮脚给他披上。

叶子祯哭得更猖狂。

他边哭边说："我打算一了百了，可跳进去才发觉冬天的水却不够深，连曲江水都欺负我……"

许稷摸出帕子来递了过去。

窝囊了一整天的叶子祯这时候可怜极了，但他又觉得身上这件大氅给自己带来了热度与力量，于是止住了哭，看向许稷："我事情还没有做完，所以还没有到死的时候。答应下来的事，我不会撂挑子的。"

"蠢货。"许稷见他这模样，太想摇醒他了。

他可怜巴巴地说："你能抱抱我吗？"

"不能。"

他继续卖可怜："那你能抓抓我的手吗？"

许稷义气地伸出手去，一把握住了他的手。

叶子祯已然平静下来，被夜风吹到麻木的脸却变得柔和起来："你是我表妹对吗？嘉嘉……从嘉，我该早些想到的。"他温柔垂眸，长睫毛下一片惭愧，之后又抬眸看向许稷，"我知道我没有资格代表李家，但还是，对不起。"

许稷的手被他反握，她低头，却又抬起，哑着声音说："接受。"

叶子祯忽觉得心头骤暖。

原以为世上都是无关紧要的旁人，幸运的是，他还有这样一个面冷心热、义气十足的表妹，好像孤星终于找到了相邻的另一颗，日子也没有那样难过了。但许稷忽然低头，拎了那双皂靴扔到他面前，干净利索地破坏了气氛："不想被冻死就赶紧穿上跟我去慈恩寺。"

叶子祯赶紧将靴子乖乖穿好，跟着她往附近的慈恩寺去投宿。

她待他洗漱完毕换上居士袍，便说："城中还有其他人在找你，我得去知会他们，你好好休息，明日还有正事要做。"言罢她拿过架子上的大氅就要往寮房外走，却忽然又转过身来，盯住叶子祯，"倘若你再去做傻事，我绝对不会饶过你。"

叶子祯被她盯得发毛，忙摆手说不会了。

许稷却不太信他，于是放出了大招："我这个人不嫌淤泥脏，你只要敢去跳曲江，我就一定会将你的遗骸捞上来，扔到粪坑里去，什么化作肥泥沃养荷花这种美事你想都不要想。"

叶子祯闻言哆嗦了一下，仿佛已经被无情的许稷丢进了粪坑。他觉得好恶心好恶心，正要回驳许稷，许稷已经披上大氅帅气地出门去了。

他坐下来，拉开了袖子。白皙手腕上几条刀疤皆有来历，他觉得痛苦时数次想要了结自己，但如今他改了主意。

他要死得其所才行。

长安城没有迎来温暖的阳光，取而代之的是一场柳絮般的雪。

许稷从务本坊出来时地上还是干燥的，只有雪满天恣意飞舞，一点寒意也没有。但她仍然挽了挽袖子，想要维持住原有的一点热度。

她昨晚未能寻到王夫南，正打算骑马去神策军公廨看看。可才刚刚拐进天门街，就有马蹄声传来。

许稷一见是王夫南，忙勒住了缰绳，待王夫南走近后她道："叶子祯没事了，我过会遣人去慈恩寺将他接回来。"

她顿了顿："昨晚辛苦你了。"

"这么见外做什么？走，带你去吃饭。"王夫南掉转马头，径直带她往一处饭庄去。

这时王相公的马车正从他们身边路过。

王相公听车夫说"那不是十七郎吗"，于是挑开了帘子，却看到王夫南与许稷一前一后，越行越远。

絮雪被风拽进车厢内，王相公眸光微敛，放下帘子铺好了膝上的薄毯："继续往前走吧。"

另一边许稷追上王夫南，与之并辔而行，又道："你为何是从皇城内出来的？昨晚难道回公廨了吗？"

"有点急事，所以连夜回去了。"

"什么急事？"

"浙东裴松聚众造反，象山等县被攻。两浙久无战事，官军不经打，浙东观察使征伐无力，只能请求朝廷援助。"他看着这满目雪花，冷静地开口，"不知这场火会烧到哪里啊……"

大雪纷飞的早晨，王、许二人在天门街西边一家食铺里临窗吃了朝食。许稷还记得夏天烈日炎炎时在此听说千缦改嫁的事，好像是转眼间，凉饮冷淘就悉数收掉，换成了热气腾腾的汤饼和米食。

因饭食太烫，吃得又有些急，许稷额头都沁出薄汗来，于是她推开一点点窗，便有雪花恣意涌进来。

王夫南将切成小块的蒸饼递过去："你吃得太着急了，又没有人同你抢。"

许稷鼓了下腮帮子，这转瞬即逝的小表情简直称奇。

她将碟子接过来，说："千缦总说饭要趁热吃，我认为有道理。"说罢一块一块将蒸饼塞进嘴里，偏头看向窗外，努力咀嚼吞咽，讷讷说，"不知千缨怎样了。"

"听五叔母说丁缨月底要回府。"王夫南直截了当地说，"你倘若想见她，届时到府上来吃个饭吧。"

许稷有点犹豫，于是含糊地应了一声，低下头喝粥。

出门时大雪满天，仰头就能落得絮雪轻拂，化成一脸凉。

冬日深，新年近，长安城百姓如往常一样辞旧迎新，并没有人在意浙东的逆乱——因浙东太远了，且京畿有神策军镇守，百姓自觉活在安全无虞的笼子里，市井的生机就不会被磨灭，这平静日子就能无休无止地继续下去。

两人在食铺分别，一个去往神策军营，另一个则直入朱雀门往度支去。

许稷督促小吏催收盐利，要求盐监院除煮盐本外所有的盐利交归盐铁司，并核定了各盐监院应交数，倘若交不足就令监察御史去查，看看盐利到底被耗用在了哪里。

至中午时分，叶子祯才由小仆领着回了馆舍。

许稷拿了账簿赶到，只见他换了身衣服，举手投足透着从容稳重，与昨晚上哭哭啼啼的家伙简直判若两人。

本以为他会在那阴影下挣扎一段时日，可他却像什么事都没发生一样，散漫、自在，好像仍是沂州走出来的那个不羁富商，没心没肺。

许稷与他一道进行了账实核对，确认无误后叶子祯道："如此巨财放在我这里你还真是放心，馆舍可不是什么安分的地方，不如移进外库贮着，也安全些。"

"且不说贮于外库是否安全，这些钱货放在那也只会耗损贬值。"许稷侧过身，"改善扬州漕运是大事，度支的预算一时半会儿出不来，按朝廷一贯的行事风格不会太快决定。所以，这笔巨资暂交给你作为本钱行商，但愿不会赔本。"

"也就你会将利用说得这样冠冕堂皇。"叶子祯将簿子收起，"不行商真是太可惜了。"

"所以可有计划？"

"去扬州。"叶子祯道，"沂州虽也不错，但我觉得有些腻了，去扬州花天酒地一下怎么样？吃不完的宴席，唱不完的曲，喝不完的酒，永不暗的夜市……真是太美妙了。何况，既然我得出钱支持扬州漕运工事，也得提前去看一看才是。"

"别到时看别人玩乐，自己又抱只兔子窝在宅子里叹空虚。"许稷一眼看穿他的本性，又低头道，"不打算再寻个人为伴吗？"

"我有日月天地为伴，还要人陪做什么？"说罢一脸自得，好像当真坐拥了山河日月。

叶子祯离开长安那天，仍是晴好天气，一如多年前，但到底又有不同。

许稷目送车队远去，折回尚书省。

在浙东观察使的一再请求之下，朝廷决定用兵浙东，征伐裴松。而军费开支则又被搬上来说说说，无非就是内库不肯拨给神策军军费，阉党们全是"神策军是保护陛下的，打不打浙东无所谓，所以钱不该从内库出"的嘴脸。

许稷被朝臣和一众阉党逼得烦不胜烦，于是将计就计，直接在延英殿甩了脸子："既然内库无法拨给，而度支的支用计划也被排满不可再额外支用，那么就将盐利重收归度支，以东南盐利来充。总好过谁都支不出军费、神策军无法出兵，容裴松一路打到西京吧！"

她态度里甚至有几分破罐子破摔的意思——好吧，既然你们都不想出，那就我来出，度支钱不够用，就用盐铁司的盐利去抵，总好了吧？

却有人反对："盐铁都已专门分了出来，如何能再入度支？"

"几十年前盐利可归入度支，如今为什么不可以？"许稷毫不客气地回驳。

"许侍郎既然并领度支、盐铁两司事务，两处收支合并也无不可。"左仆射顺势推了一把，硬是将区区一件临时事务，推成了制度变革。

盐铁收入归度支，这可太不给阉党脸了。

东、西枢密使正要反对，小皇帝却抢先一步开口："朕觉得不好！"

他看了一眼群臣，又回头看看马承元，接下去说："既然神策军出兵浙东是临时开支，那……不如盐铁归度支这件事也临时好了。"

各退一步，平衡之策。

众人都不吱声，最后马承元开了口："陛下难道说得不对吗？相公、侍郎们怎么没有回应呢？"

得马承元这句话，阉党偃旗息鼓，朝臣也鸣金收兵。

马承元深知近期收回盐利并不现实，既然这部分盐得不到，那就索性让他们用吧。至于是归盐铁还是归度支，都无所谓。反正时机成熟了，将许稷一脚踢走，什么都好解决。在此背景之下，许稷将盐利收归度支并没有遇到太大阻碍。尽管她本人也知这不是长久之计，但眼下将肉吃进来，阉党真想抢回去，恐怕也没有他们想的那样容易。

神策军远征浙东一事定下来，军费拨给都到位后，也终于到了年关。

年前所有事都告一段落，许稷在公房内枯坐。

皇城内冷冷清清，几个宿直小吏聚在一块烧面汤吃。

"今日是除夕哪，侍郎居然不回去哎！"

"一定是大将要同家里人过节，侍郎回去也是屋寂榻冷的，索性就不回去了呗！"

"啧啧，真是可怜。"

"倘我是侍郎，我就上门去王家吃守岁饭！"

"哈哈对对，反正也不是没吃过，以前还是王家的半子呢，如今……也差不多吧，就是十八娘换成了大将！"

"说起来，那个王家十八娘嫁给练中丞后，一点动静也没有了。要我说练中丞这么大年纪了，膝下连个子嗣也没，是不是有毛病哪！"

"嘘！讲御史坏话会遭报复的，快闭嘴！"

"哦哦……"

一群人正讲到兴头上，王夫南只身走了进来，吓得一群人纷纷跳起。

其中一人赔笑道："因公厨没人了，某等才在这里烧面汤的！"

王夫南又不是御史台出身，根本懒得管这种破事，旁若无人直入公房，抬手敲敲门："许稷，出来。"

许稷从案牍中抬首，却说："进来。"

王夫南推门进去，走到她面前，双手撑住矮案两边，俯身："跟我回去吃饭。"

许稷一动不动。

"不是想见千缨吗？错过时辰她就得回婆家了。"王夫南一本正经地盯住她，唇角弯起来，"快点起来。"

"去你家不好吧，你家那么多人。"

"你难道还怕闲话吗？想想几年前，你还是比部小直官，那时你都不惧他们，眼下竟然怕了吗？"

"不怕，可是你……"

"我怎么会怕？在那种家里，要是怕被说闲话，我能长到这么大吗？"

王夫南见已经说服了她，于是胸有成竹地走到架子前拿过大氅，长臂伸过去给她披上系好。许稷起了身，跟在后面往外去。

一众小吏叽叽喳喳好一阵议论，直到那俩身影走远，仍止不住话头。

许稷随同王夫南一起抵达王宅时，黄昏左近，灯笼悉数点亮，守岁宴也即将开始。

许稷不禁道："几年前你被调回来那天，府里也是这样亮。"

"似乎什么都未变，但确实又不同了。"王夫南转过头对她说。

有小仆来来去去地忙，但只要见了他二人就慌忙低下头避而不看。

天色越发暗，许稷问："千缨已经回去了吗？"

"练老夫人非让他们到这边来吃完团圆饭再回去，所以千缨眼下已在堂屋等着了。"

"可你先前说——"

"兵不厌诈。"他温温和和回了她的话，伸手带了她一把，"往这边。"

王家人几乎都在堂屋已坐定，只剩一些在外任职的小辈不在家。王夫南带着许稷到堂屋时，所有目光都投了过来。

几年前许稷在这个地方，头顶罩了一盏灯，因摔了一跤一身狼狈，如今却已是深绯银鱼加身。

撩袍跨过门槛，许稷对王家长辈深揖行礼，不卑不亢。

老夫人抿唇看她，王夫南母亲神色平静，王相公则稀松平常地开口："许侍郎肯来赴宴，是老夫的荣幸，请坐。"

"多谢相公相邀。"许稷在大食案前坐下，甫一抬头就看到了练绘，旁边是小小的樱娘，再旁边，则是千缨。

千缨比她之前所见时气色更好，衣裳也挑得极衬人，出门前应是精心打扮过。

她略略走神，只听得三伯母蔡氏暗讽道："千缨哪，你还真是命好哪！不论换不换人，都不错啊！真是教人羡慕，倒不如说说，如何才能有这般好命哪？"

千缨不再是当年那个容易气急败坏的小丫头了，面对蔡氏的明嘲暗讽，她转脸看过去，不急不忙道："三伯母既然说我命好，那就是命的事了，难道命也可以教吗？"

蔡氏脸上仍挂着酸兮兮的嘲讽之色："千缨哪，别怪三伯母好奇，毕竟谁改嫁也不都像你这般圆满，夫君疼爱，女儿又伶俐可爱，任谁看了都是羡慕的，说这种话堵人做什么？"

千缨无奈失笑，她堵人了吗？

那好吧，不说啦！

练绘给她倒了半杯酒："慢点喝。"

蔡氏将练绘的贴心举动看在眼里，又忍不住挑事："千缨打算何时再要个孩子呢？都快三十了吧。与许侍郎那会儿东奔西跑好几年都没要孩子，如今诸事都定下来了，不打算生一个吗？有儿有女才圆满哪。"

蔡氏一番话将千缨、练绘、许稷甚至王夫南都卷进去，实在别有用心。

千缨和许稷处了几年都没有子嗣，这下跟了练绘，也只捡了个樱娘养着，相处这么长时间仍旧没有一点动静。那是千缨生不出吗？还是许稷和练绘都有问题？实在不得不引人揣测。

加上坊间广传"王家之前的女婿许稷转头就与王家十七郎勾搭在一起"的断袖风闻，就将这四人之间的关系变得更为离奇复杂起来。

闺中秘闻，总是最引人好奇又最能激发恶意。

蔡氏本想挑拨千缨与练绘、练绘与许稷之间的矛盾，顺带再恶心一下王夫南。没料练绘却毫不在意地说："晚辈们自有打算，三伯母多费心了。"

言罢支使起小孩子来："樱娘，将这个虾子送去给三伯母吃吧。"

蔡氏还没来得及回他，软绵绵的樱娘就已经抱着一盘虾跑扑了她面前，双手捧着将盘子递过去，亮亮水眸无辜地看着她。

蔡氏愣了一下，樱娘则在费力思忖如何称呼对面长辈，但想了好久却仍是不太懂，于是只神秘秘地与蔡氏说："这个虾子很好吃的。"

她长得实在伶俐可爱，蔡氏看着觉得可恨，却又下不去手，遂只能摆出一脸不悦。樱娘见她不接就一直端着，直到老夫人开口说："樱娘，到这边来。"这才放下盘子往老夫人那边去了。

蔡氏见状，撇了撇嘴，暂时消停了下来。

奴仆时不时添酒送餐，左右说笑议论声不止，宴席很快热闹起来，许稷甚至被熏得有些热了。她灌了几盏酒，很实在地填饱了肚子，却察觉到总有探寻的目光朝她投来。

三伯母那边几个女眷更是议论纷纷一直不停，好像要将知道的秘闻都抖搂出来。

果然，待宴席快到尾声时，有人开口问她："许侍郎不回昭应过年吗？不是说昭应还有兄嫂侄儿吗？"

许稷认为没必要回这个问题，但王夫南还是说："许侍郎要回去的。"除此之外不再多加解释，正合许稷之意。

王相公却忽抬首："许侍郎还要连夜赶回昭应去？看来老夫请你过来是打乱了你的计划了哪！"

"相公言重了。"许稷说，"那，下官能否先告辞？"

宴席已快要散场，王相公道："既然这样老夫就不再留你啦……"语气轻松地说完，又看向王夫南，"蕴北，送一送。"

王相公这分明是默认了王夫南与许稷之间的不寻常关系，而这态度令一众人惊讶不已——明明仅这一个独子，竟能容忍他做出这等事来，王家好歹是礼法旧门，家法何在？！

许稷与长辈们又行一礼，王夫南亦起身同她一道出门。

"就送到这里吧。"许稷止步，与他道别。

"倘若我要与你一道去昭应呢？"灯笼光将他的身形修饰得温柔，又有几分暖融融的调皮。

许稷短暂一怔："在家守岁可是大事，你确定要同我走？"

"确定。"显然深思熟虑。

"那走吧。"许稷应得干干脆脆，转头就去西厅拿大氅。

他二人回西厅各自穿了大氅，外面说笑声、脚步声逼近，看来是宴席散了。许稷正要往外走时，千缨、练绘两人走了进来。

许稷抬首就撞见千缨，忙让开一步，千缨却霍地抓住了她的手："三郎！"练绘识趣往后退了一步，王夫南却站在几步开外的地方一动不动。

因有练绘在外守着，也无旁人进来，千缨又不将王夫南当外人，不由分说按下许稷的头就查看她的白头发，最后皱了眉说："比以前多了。"她不太高兴，睨了一眼不远处的王夫南，"倘他对你不好，我就——放蛇咬他！"

许稷闻言笑出来，抬头看她："你没有更好的法子对付十七郎了吗？"

"不需要旁的法子，这一招就可以治他一辈子。"千缨又瞥王夫南一眼，同许稷说，"你一定要记住这招才行。"

许稷憋住笑，敛了敛神，又问："过得好吗？"

千缨点点头，却听到了外面小孩子的笑声。她不禁笑起来，打开门将樱娘抱进来递给许稷。

软绵绵的樱娘看到许稷就笑，许稷顿时不知所措，千缨催促道："你抱抱看啊，重了很多呢！"许稷忙将小孩子接过来，却又一脸笨拙，不知道要怎么讨小孩子欢心。

千缨见她这样不知所措，脱口而出："你这么怕小孩子啊，那将来生一个出来可怎么办哪？"

被她这样一问，许稷有点发怔，因喝了酒脸上还有些发烫，然王夫南却大步走过来，接过樱娘做个鬼脸将她逗得咯咯笑，随后将小孩子递回去，很不在意地回说："有我啊。"

"喊……"千缨一脸鄙夷，"不要脸。"

她说完速去拿了斗篷，抱过樱娘就出了门。

许稷、王夫南跟出去，只见练绘拿过她手中斗篷，很是顺手地给她裹上，千缨这才偏过头说："先走了，再会。"

许稷目送她远去，像送姊姊出嫁一样不舍得。

她转过头对王夫南道："不早了，我们也走吧。"

二人各自骑马，携了行李纵情夜奔，过了灞水，一路东行。

夜风将袍子大氅吹得鼓起来，许稷却不觉得冷。耳边只剩下彼此交错的迅疾马蹄声和呼呼刮过的朔风声，一路畅行毫无阻滞。

这一刻，她是自由快乐的。没有朝廷中那些错综复杂的关系牵制，她似乎可以一直跑下去，到她追逐的彼岸。

马不停蹄，二人终在深夜时分抵达骊山。

仍然是冬日里的骊山、冬日里的石瓮寺，与几年前别无二致。两人下了马，许稷走在前面，还没推开柴扉，猎犬许松就冲了上来。许稷忙按住它脑袋，做了个噤声的动作。

许松立刻乖乖低伏，一声也不吠。屋子里灯火都灭了，只有外面一只小灯笼温温柔柔地亮着。许家没有守岁的习惯，到这时辰都已经睡了。许稷轻手轻脚往里去，到了自己卧房门口，又支使王夫南从窗户爬进去。

王夫南老实照做，进去后拨开门闩点了灯，放许稷进来。

这一路急赶，两人都一身汗，王夫南解开包袱丢了崭新袍子过去："换了吧，冷下来会着凉的。"

"泡完汤再换吧。"许稷拿过木匣子，将袍子等物放进去，又起身去柜子里翻了翻，被褥果然是重新翻晒过的，细嗅还有阳光曝晒的味道。

她将被褥铺在蔺草席上，王夫南骤然想起几年前那一次"抵足而眠"来，不由唏嘘一阵。

他出门在伙房里搜寻到一罐子果酒，拿过来给许稷尝了尝，许稷一边说"好喝"另一边又说"明早阿兄要喊捉贼了"，最后却还是接连饮了好几口果酒，提过木匣子："我要去泡汤了，一起吧。"

王夫南自然非常乐意，于是拎上酒同她一起去。

夜幕低垂，星辰满天，许稷从未觉得那些星星离自己这样近。泉水上方热气氤氲，许稷很久未泡汤，飞快下了水，不由叹气出声。而王夫南同以前一样，仍是捂好中单下了水，闭眼适应了一下这水温。

两人安安静静泡了一会儿，许稷伸过脚踩踩他脚背，王夫南霍地睁开眼："你再踩试试看。"

许稷又踩他一下："不能踩吗？你以前也踩过啊。"

王夫南忽然长臂一伸，将她揽到身前。

许稷踩在他脚上，手探进他湿答答的中衣领子里，挑出两根项绳来，迅速找出其中一根，迅速解下来，握在手心里："物归原主，没错吧？"

"没错。"王夫南抬起手，"我给你系上。"

许稷遂又将项绳给他，王夫南手伸到她颈后，打好结又将项坠摆正，低头正要亲下去，却霍地被许稷挡住。他于是站直，正要问为什么不行，许稷却伸臂抱了他："谢谢。"感谢你为这段关系做到如此程度，此生无以为报。

王夫南被这样突如其来的感激撞得晕晕，唇角不自觉弯起，加上热气倾袭，胸腔里满满情绪瞬时要满溢出来。

"接受。"他说。

胸腔有力起伏，许稷能感受到他一呼一吸间的情绪变化。其实她也一样，胸膛里细细密密的酸涩如潮般漫上来，让人掉眼泪亦让人欢喜。

王夫南很珍惜这一刻，他已觉得很圆满了，死了也无所谓。

但前方草木忽然微动，他骤回神，声音干巴巴的有些紧张，不好的回忆又涌上来："会不会又有蛇？"

"有。"许稷说。

王夫南闭眼皱紧眉，想要努力克服，许稷却道："有蛇也不怕，我来保护你。"

"好嘉嘉。"

许稷笑起来，松开他回头看了一眼，恶趣味地忽然将手探进他中衣里："这次我的手应当暖和了吧？"

王夫南点点头。

许稷便更肆无忌惮地乱探，引得他头皮发麻。

王夫南又皱眉，这岂止是暖和？简直是要烧起来了，烧起来了！但是——请这样继续好了，不在意……绝不在意被烧得干干净净。

不过许稷却狡诈地收回手，伸臂探过酒罐子，低头喝了两口，又递给他。王夫南无可奈何接过酒罐子，正觉失落之际，许稷却将手按在他前胸，问他好不好喝。

王夫南有些不好意思地点点头，许稷却抓住他胸前那结结实实的两块自顾自说："某几年前就觉得有些羡慕，没想抓在手里果然是不一样，看来吏部以体貌取才也不是没有道理。"

王夫南深觉这果酒定是烈酒无疑，不然他为什么会脸烫脑晕？她五指收拢，最后留了俩指头很恶趣地捏了一下，王夫南简直尴尬得要死了。

许稷将他表情变化都收进眼中，眉眼都笑弯成了月。

最后双手移到他后腰，只见王夫南为掩饰尴尬正佯作喝酒的样子，于是许稷倏忽将手下移，以迅雷不及掩耳之势猛拍了一下他屁股，堂堂正正宣告道："十七郎，从此你是我的人了！"

王夫南身体僵了一下，手里的酒罐子还没来得及放下，许稷就踮脚吻了上来。唇齿相依之间是果酒甘醇香气，热意侵袭皮肤，叹息声时刻相伴。

彼此的回应都分外热切，更暗藏了一份渴求、压抑了多年，终于甘愿剥开的坦诚与心无旁骛的接纳。不过尽管如此，对于新手而言，怡情的温热泉池却并不是彼此坦陈的好地方。王夫南面对面将许稷抱起来，腾出手拿过木匣里的袍子给她披好，离了泉池往屋舍去。

室内炭火烧得旺盛，唯有临窗灯光溜进来，温软被褥里许稷露出脸来，年轻的肌肤彼此相贴，体温传递间才能察觉到难灭的热情与迫切。

王夫南长指轻按住她下颚，唇挨近她颈窝，又抬头看向她双眸，微弓起背，声音低哑："我是你的了，请你……好好享用。"

第二十章·终难平

不知不觉四更天，新岁就这样热切地到来。

躯体失控是最直白的感受。窗外微光倾覆之下，仿佛沉醉深海，却仍焦灼难耐，无论如何也觉得不够。许稷蜷起脚趾，挨在王夫南耳边偶尔小声说话，喘息声在这阒寂冬夜里似乎怎样也无法平息。

温柔也好，热烈也罢，缓急轻重却无一不默契。

皆是领悟力极高之辈，在这件事上简直无师自通，享用起来更是一点也不含糊。然而如此一来，最惨烈的后果就是等过了四更两人才互相挨着睡着，不过短暂一个时辰过后，外面天就亮了。

山中鸡鸣犬吠，石瓮寺的钟声也响起来，屋内两人却仍睡得沉沉。

炭盆早冷，皱巴巴的被褥是年轻肉体恣意纵情过的结果。许稷睡得极深，她素来喜欢侧睡，王夫南也就跟着她侧睡，手臂从身后伸到前面，握住她的手，横在小腹前。

然就在两人肌肤相贴温存沉睡之际，大哥许山终于拎着儿子爬起来，推开柴扉放爆竹。火药填进竹筒里，点起来噼里啪啦一阵响，惊得鸡飞狗跳，硫黄味在冷峭山风里久久不散。

小儿捂着耳朵咯咯笑，许山就更来劲，正想再点一个，夫人却从厨舍探出头来说："大郎，厨舍似乎被人翻过了，你去看看有没其他东西少了的。"

许山一把拎起儿子，将他扛在肩上，毫不在意地说："跟阿爷去抓贼咯！"

沿着走廊一路走，小儿嘻嘻笑，猎犬许松却窜过来，径直往许稷那房奔去。许山顿时警觉起来，放慢脚步走到那门口，双手往上一搭，肩上小儿很配合地屏住了呼吸。

许山猛地一拉，定睛一瞧，只见许稷身边睡了个壮汉，肉贴肉挨得可近，连肩头都露在被子外面了，被褥也是一团乱糟糟，简直吓人！

小儿居然认出许稷来："那个是……是白头发三叔！"

许山目瞪口呆，猛地反应过来：哎呀少儿不宜啊！于是连忙关上门，驮着儿子往厨舍去。

小儿说："为什么不喊三叔起来哪？"

许山震惊过后则是一脸无可奈何："十七郎看起来那么壮！你三叔一定累坏了，让他多睡会儿吧……"

小儿不明所以，凑到炉旁等着吃甜汤，许山在外面来来去去走。

夫人探出头来说："又有什么烦心事了？"

"三郎回来了。"

"回来是好事啊。"

"唉……你不知道……"他想讲又咽了下去，又说，"我出去转一转。"

"半个时辰内记得回来用朝食哪。"

"知道啦。"许山去谷里散心，在厨舍里待着的小儿却把三叔给卖了："阿娘阿娘，三叔和一个大伯睡在一块。"

许山妻吓一跳，忙捂了小儿嘴说："不要乱讲。"

小儿点点头。

另一边，王夫南睁开眼。他听到了外面的动静，也知道许山来过，但不想惊动沉睡的许稷，就索性装睡到现在。晨光蹑足入屋，猎犬许松在外接连吠了好久，许稷忽然动了一下，转过身将头埋进王某人怀中。

常年积劳和昨晚恣意情事让她倦得不行，好像要将缺的觉都补回来。

王夫南任她继续睡，直到阳光占满卧房的半壁江山，连被褥也被笼罩其中，许稷这才迷迷糊糊醒来。她单手揽住王夫南的腰，掌心贴在紧致的年轻肉体上，闭着眼叹口气说："你在紧张吗？"

"没有。"分明浑身紧绷的王夫南违心地矢口否认。

"那为什么这样硬邦邦的？"她仍然闭着眼，像个老道的风流官人，又猝不及防拍了下他的肌肉，"有点羡慕。"

"不用羡慕，已经是你的了。"王夫南又快要烧起来了，忙抓住她嚣张的手臂，"你太累了，要再睡会儿吗？倘若不睡就起来同兄嫂拜个年讨口饭吃，我有些饿了。"

许稷睡得不算太久，但已十分满足。于是为了王某人的一口饭，她立刻起来去捡衣服穿。王夫南却兀自将被子一裹，一动不动。许稷套上中衣，转头一看："捂得这样严实做什么，又不是没有看过。"

她言罢将包袱提过去，翻出一件干净中衣，跪坐下来道："手伸出来。"

在许稷的正确穿衣"指导"下，王夫南顺利穿好了衣服。

她又给他梳好头发，绑上抹额，正色道："好了。"

王夫南充分放心她的手艺，镜子也懒得照，双手伸过去按住她肩膀，将她转过去，捡起梳子将那花白头发梳顺："什么时候变成这样的？"

"长身体的时候。"许稷毫不在意地说。

王夫南手中梳子顿了顿，又听得她说："也有好处。譬如可以看起来老气横秋一些，又或者等同辈都到花甲之年，我仍是这个样子，就会给人'咦，你怎么十几年都没有变过'的错觉，当然……如果能活到那时候。"

"你没有信心活久一点吗？"

"本来没有，现在多了一点。"

"因为我吗？"

许稷微微低着头，王夫南伸手过去，将长发撩起，梳上去弄成一个髻盘在顶心，白皙的脖颈就露出来一截，阳光照拂下看起来暖洋洋。

她细想了一会儿："嗯。"转过头，那张脸仍是年轻的，在日光下看着甚至有些发亮。

王夫南怕再看下去又要烧起来，赶紧低咳一声站起来："我在外面等你。"

许稷套上外袍出门，已近中午。

许山正坐在门口愁眉不展，见许稷和王夫南出来，忙起身上前一把拽过许稷，压低声音道："我知道你与王娘子和离一定不好受，但你可不能自暴自弃啊！"

说罢竟然有些嫌弃地瞥了一眼王夫南："十七郎虽然不坏，但——"许山又是一阵唉声叹气，好像觉得王夫南玩弄了他纯真的弟弟。

"阿兄放心，我有数。"许稷说，声音压低神秘兮兮道，"绝对不是阿兄想的那样。"

"哦？难道——"许山很是惊讶，如此瘦弱的弟弟竟然玩弄了那样一个大男人？果然是人不可貌相啊……但他好歹获得了一些安慰，于是也松一口气，但看王夫南的眼神明显不对了。

就是说嘛！一个怕蛇的胆小鬼，哪里有胆量来玩弄他家三郎！

许山纠结了一个上午的心终于松了一松，又说："快去洗把脸吃饭！"

阿兄的"善解人意"亦很令许稷感激，她进堂屋拜了年，又给了孩子一把吉祥的小金锁，送了些面脂口脂给嫂嫂，这才坐下来享用温暖的家宴。

她赢了一局棋后，王夫南小心眼地不肯再下，反是看向正在熟悉鼓捣火药的许山："大郎很爱做这些吗？"

"阿爷在配火药一事上钻研多年，阿兄从小耳濡目染，也很有造诣。"许稷说完，又对专注的许山道，"阿兄，你的簿子能拿出来看一下吗？"

许山豪爽回道："等着啊！"

王夫南看她："你要做什么？"

"武器。"许稷平静地说,"眼下零零散散的一些火药武器都太差劲了,倘若能够改良,或许大有用武之地。"

她很早前就琢磨过此事,但她对武器实在不甚了解,只知道许山在此事上很是精通,或许能与王夫南一拍即合。

许山很快将簿子拿了来,其中还包括了父亲许美庭的不少钻研记录。

王夫南翻了一会儿,其中除了火药配制,更有一些军器工图,应是出自许美庭之手,后面许山画的部分似乎也很不错。他一边看,许山一边同他讲,许稷就在一旁听。

山间日头西移,许稷起身拎了茶水过来,不急不慢将茶叶碾碎,冲入沸水中,香气就骤然扑鼻。许山兴致勃勃地与王夫南聊了许久,王夫南最后拿过其中几本簿子——

"我能抄下来吗?"

"当然可以!"

许稷于是回房准备笔墨,又拖了张长案过来,铺好纸张预备抄录。

因明日就要回长安去了,两人只能抓紧时间分工抄录簿子。许稷做事的精细自是不必说,而王夫南身为武人,竟也仔细得一塌糊涂。

许稷鲜少见他提笔的模样,于是抬头看了一眼。他解了抹额,穿着素色袍子,却也有几分文士样态。

王夫南似乎注意到那目光,也抬起头来:"看什么?"

许稷放下笔,想了想道:"去浙东要小心。"

"担心我吗?"

"倘若只你去倒还好,但曹亚之也一同去,我总觉得不大妙。"许稷神色里略有几分难掩忧虑。两人都清楚曹亚之的行事手段和风格,身为弄权之人如今为了争功领兵打仗,矛盾在所难免。但王夫南显然不想让分别的气氛变得这样郁郁伤感,于是弯起唇角径直在蔺草席上躺下,扒开外袍不要脸地说:"听说有位许侍郎在尚书省下注时押了度支,正所谓上上下下无穷乐也,那王某就委屈一下让你赢一回吧!"

神策军正月开拔时，西京大小官员仍沉浸在年节的气氛里醉生梦死。按西京人的一贯传统，要到了元月十五日年味才有所消减，眼下才初五，春假还没结束，正在兴头上。

满城的酒味硫黄味难散，东、西二市到很晚才闭，而务本坊里却一片清寂。

原本热闹的国子监如今放了假，只剩几个值宿的小吏庶仆；而道观里大多在忙着修炼成仙，则是一贯的冷清。

这天许稷推开门，从寡冷的街上走出来，转个弯出了坊门往安上门去。

平日里迎送搜查的皇城守卫，这阵子经常大半天见不到一个活人，此时正是交班的时辰，许稷递了鱼符，听交班侍卫轻声议论："今天是有什么事吗，春假还没结束呢吧。"

"不知道，方才连赵相公也进去了。"

许稷低头匆匆往里走，石板路上一点温度也没有，一路行至政事堂，她稍微出了点汗，在门口脱掉鞋子，小吏通报了一声，给她开了门。

堂内烧了太久的火盆，有些闷热，一群老头子还故作风雅地燃了熏香，难闻得简直令人作呕。

许稷坐下来，抬手拭了下额角薄汗，摊开了面前的簿子。虽还在假中，老人家们却实在闲不住，索性聚到公房里下下棋骂骂人，顺便论下公事。许稷特意抱着簿子来，因为太正经反而显得格格不入。

户部尚书输了棋，打算虐虐虾米以解心头之恨，偏过头对许稷说："从嘉来与老夫杀一盘！"

许稷觉得味道实在太恶心，不想待太久，于是坐过去麻利地将户部尚书杀了个片甲不留，最后翻开簿子说："户部除陌钱太高了吧？还有竹木税、漆税……"

"你想说什么？"户部尚书惨败过后显然心情好差。

"东南税太重了。"许稷言简意赅，合上了簿子，"明年再这样征下去，一个个都要被逼成浙东。"

手握盐铁度支后她气势渐涨，地位基本与户部尚书持平，于是直言不讳毫无顾忌——东南是帝国财源没错，但照眼下这架势剥下去，百姓迟早要反抗。浙东的例子就是最好的证明，凭什么裴松举旗造反可以一呼百应，就是因为百姓过不下去了才决定拼命一搏。

"东南税收一年不如一年，不多添名目钱从哪儿来？"

"一年不如一年是因记账报上来的户口数一直锐减，相公清楚东南这些年增了多少逃户吗？罔顾这一点，一味暴敛，无疑杀鸡取卵，多收几十万缗毫无意义。"

争执引得其他人看过来，许稷揣了簿子起身说："下官要去趟中书，先告辞了。"

逃离了臭气熏天的政事堂，许稷出门猛吸几口干净空气，这才心情舒畅了些。

方才两人的争执，耳鸣昏花的老家伙却个个都听得清清楚楚。

许稷说的并没什么不对，能征税的户口和土地减少，是税赋锐减的一个重要原因，倘若要恢复税额，单纯增加名目的确不行。譬如除陌钱，已经不堪再加，如此下去确要出事。

"气急败坏的，脾气越来越差了，真不知道过个节谁惹他了，兔崽子！"户部尚书愤愤地说。

"你和他置什么气，好心点想想吧，换成你家夫人被丢到浙东去打仗，你能好脾气？"左仆射说。

户部尚书环视一圈，见王相公不在，悄悄摸摸说："前阵子太乐丞那赌局难道是真的？"

"过年都去吃饭了，还有假？王相公也真是心宽哟！真不知他两家的户籍该怎么弄，是蕴北转到许家呢，还是许稷转到王家去呢？"

"不合户婚条律吧？"

"那可不一定，这兔崽子很会钻空子，说不定真弄个名分出来，真是乐死人了，多有趣的兔崽子呢。"

左仆射嘻嘻哈哈说着转向赵相公，瞬时正色道："许稷年前递了个折子。"言罢将折子摸出来递过去。

赵相公抬头，支使小吏："去把许稷喊回来，我还没说话呢跑什么跑！"

许稷去中书省的路上被小吏抓回了政事堂。

她重新坐下来，左仆射说："你年前递的折子我看了，有魄力，但是针对佛寺的这种事情……"

"下官不怕因果报应。"她看起来很像个抢地、抢人头的土匪，"举国万所佛寺，动辄占地百亩甚至千亩，侵占良田致贫民无地可耕，毫无底线高利出借钱货，贫民无力偿还就沦为寺院奴隶……佛寺富得流油，国家却不从佛寺取分文税赋，佛寺之猖獗，实在可恶！倘若继续膨胀下去，后果将不堪设想。"

立场决定看法，与奉佛之人相反的是，她只看到贫者被佛寺欺凌到无立锥之地只好沦落为奴，只看到大量田亩因被佛寺兼并而逃避赋税，只看到借此盈利敛财的僧人和背后的巨贾甚至大量宦官、朝官。

佛寺普度众生的袈裟之下，干了什么害民损国的勾当，大家心知肚明。但佛寺因牵扯到皇族、外廷某些官员、内廷宦官多人，便不太好下手。然而左仆射敢提、许稷敢说，政事堂诸人此时也就无法规避这一事实。

"缩减佛寺规模、征没土地、释放奴隶。征没土地一部分交奴隶耕种、余地出售交户部。倘如此，不仅增加了税户徭役人口，地税自然也会随之提高。"许稷接着说。

"多出来的是两税，最后进了度支，全是你的好处，旁人无利可得，谁愿意给你冒大不韪拆佛寺？"户部尚书嗤了一声。

"下官方才分明说土地给户部司，相公为什么要忽略了这大好处，非揪着两税说呢？"她瞬时将户部尚书一起拽进了战壕。

赵相公此时也将她的折子翻完了，却合起来啪地摔回去："写的什么鬼东西，过个年你脑子都不好用了，画大饼小孩都会，仔细算好了再来。"

许稷撑头想了下，又抬头说："下官要御史台帮忙。"

"你跟练中丞不是很熟吗？私下去商量吧。"右仆射想着那些闺房传闻，不怀好意地笑着说。

许稷没好气地捡过折子站起来："下官以为右仆射身为朝廷大员还是少和太乐丞混吧，他可是个只会酿酒说闲话设赌局的小浊官，名声实在不敢恭维。"

右仆射想打趣她反被咬一口，顿时不高兴，待她转身出去，抓了足袜就丢过去："不知天高地厚的臭小子！手里抓到钱真面目就全露出来了！"

赵相公却说："若没有这土匪气概，兔崽子当年在淄青估计就废了。"他嫌恶地瞥了一眼右仆射，"脚怎么这么臭！你家夫人不给你水洗脚吗？！"

右仆射生气地跺脚跳出去捡足袜，哼了一声头也不回地走了。

缩减佛寺一事很快就传得尽人皆知，许稷的诉求很明确，说到底无非是和那些嚣张的佛寺夺财收、兵源、土地、劳力。而反对声也一大片，所陈理由多是："藐视佛祖不会有好下场，不见北朝皇帝灭佛最后落个什么报应吗？父子都不得好死！还有那北周皇帝，得病早亡，国祚也完蛋！这样做无非就是要亡我大周！居心何在！"小皇帝听得心惊胆战，虽然他不信佛，但也瘆得慌。不过比起报应云云，他倒是更担心许稷会被安上个什么"有不臣之心"的罪名……

他可不想损失个好棋友、好臣子。

许稷这天从御史台出来，被拉进同一战壕里的练绘送她出门："自上而下的事，往往会比想象中难，不过倘若尚书中书门下都没问题，陛下又点头，此事就名正言顺。只是……万一拆毁寺庙后，以后朝廷真出些不好的事，罪名或许就会安到你头上，说都是你主张缩减佛寺的罪过，不怕吗？"

许稷想起她在高密时，闹了满天飞蝗，百姓却说是她"春日灭蝗"的过错。缩减限制佛寺，也是同理。人们想要安罪名，无论如何都有理由，她不想因为这些缩手缩脚。

"我没关系，但倘若此事真的要推行下去，还是得仰靠御史分道督查，到时还请你多费心。"许稷如是回。

练绘点点头，将她一路送到了尚书省，这才放心离开。

许稷接连许多天都收到各番恐吓，除却部分"劝许某人回头是岸"的，大多都很恶毒，说她在造业云云，倘若再不收手，她就等着不得好死吧。

气急败坏地跳脚是因为利益被触犯，许稷无惧。她将恐吓一一收下，整理了一摞打算上堂念给内外廷相关人等听听，这些所谓的尊佛重佛之人，到底是慈悲为怀，还是满心恶毒。

一大早她先到政事堂，脱鞋子时又忍不住皱眉，反正最近她每天都觉得政事堂的味道格外恶心，恶心到恨不得将朝食都吐出来。她特意没吃朝食，在堂中坐下，将仔细推算过的缩减佛寺折子递上去。

左仆射翻了翻却扔了块蒸饼给她："瞧你那惨白的脸就知道你没吃饭，先吃个填填肚子。"

许稷接来深吸一口气，咬了一口就忍不住皱眉，太恶心了。

她闭了闭眼，左边右仆射说："别像怀了娃的娘子一样娇气，有得吃不错了，就会乱嫌弃。"

许稷眸光瞬时敛了一下，起身说："下官实在饿得不行，请容下官回公厨正正经经吃一顿再来。"说罢一脸恶心地飞快冲了出去。

"他最近有毛病吧！"

"大约真被佛寺给咒了……"

"比出身就是不一样啊，这折子写得真是漂亮。"左仆射还沉浸其中，抬起头来，"人呢？"

"好像被你的蒸饼恶心得出去吐啦！"

许稷在政事堂外干呕了一阵，回过神将手里的蒸饼扔进排水沟，转身就回了尚书省。公厨仍有朝食预备着，许稷挑了半天，要了一碗杏酪粥，喝下去却仍觉得不大舒服。

她在尚书省待了一会儿，又折去政事堂，这次终于忍无可忍，起身将政事堂的窗子打开，干净的风瞬时就涌了进来。

左右仆射看得惊呆，右仆射抱肩说道："天呢你发什么疯？是要冻死老夫吗？！老夫关节可娇弱着呢！"

许稷贪婪地吸一口新鲜空气，毫不留情地说："倘若右仆射洗脚多用点心也就不需要开窗子了。"

难道不觉得这里面气味很恶心吗？

"只有老夫臭吗？大家都臭！都是臭男人！"右仆射不由分说将

同僚全部拉下了水。左仆射低头闻闻，瞬时也没了反驳的底气，就与许稷说："唉，年纪大了总归有点老人味，让你和我们这些糟老头子一起办公真是为难你啦，快点坐下，把这个折子改完。"

许稷坐下来与左仆射继续改折子，那边右仆射暗搓搓起身打算去把窗户关上，许稷面无表情地看过去，右仆射在原地转了个圈，像只猫一样又老实坐了回去。右仆射近来觉得这兔崽子眼神恶毒得很，把财权都让给此人真是失策！这下好了，果然变嚣张了吧？！

这份奏请缩减佛寺的折子，在经历了申请、驳回、修改申请、再驳回的漫长拉锯战后，终于获得了许可。

虽然看起来好像只是中央内外廷各个部门的扯皮纠缠，但它的背后实际上却是各方利益阵营的角力。眼下李国老执掌中书，外廷各司似乎逐渐步入了正轨，但闭上眼，仍能感受到四周波涛的涌动。

制令一下，监察御史及里行等人速至地方，分道监察缩减佛寺事宜。各地因此事瞬时炸了锅，僧尼及借此逃税牟利者自然最为恼火，其次是礼佛重佛之人。

当然也有高兴的，譬如不幸沦为奴隶的贫民，以及想要趁此机会捞一把的地方官员。不过短短一个月，就爆出十几处官府在土地征回和返还一事上偷捞油水的事，当然也有执行力较高的官府，在拆毁佛寺后，被人纵火报复等。

缩减佛寺规模一事，虽然磕磕绊绊，但总体上还算顺利。

御史每月上报成绩，拆毁佛寺数、收回土地数、还俗僧尼数、被释放奴隶数……每个月都在涨，且非常可观。

举国缩减佛寺的同时，浙东的战事仍在继续。

神策大军将抵浙东越州时，剡县等地已被攻下，裴松反军人数将近三万，来势汹汹。裴松本人更是自称都知天下兵马使，像模像样整编军队，收罗了一群骁将勇兵。而浙东观察使是文官出身，懦弱无能，见反军势大，不敢与之对阵，只能被动挨打，无奈之下问旁边浙西借兵，却只得敷衍而迟迟不见兵来。

就在他急得要死时，神策军总算到了。

浙东观察使哭天抢地抓住曹亚之的袍角："中尉来得当真及时，

那裴贼东踢一脚西打一拳，眼下象山怕是保不住了，中尉可一定要弄死他把地抢回来啊！"

曹亚之不冷不热地说："与其哭丧成这样，不如想想怎么受罚怎么死吧——没用的东西。"说罢冷言踢了一脚，恨恨甩开了他。

观察使顿时没了声息，一动也不敢动。他也曾是手握重权的一方大帅，然在护军中尉面前，却只能卑微害怕得连气也不敢出。

曹亚之十分自负，认为自己什么都对，但他从不上前线。他迅速召集了神策军将士，针对裴松反军的攻击制订了反扑计划："裴贼到现在打得都毫无章法，可见他心里没有计划也没有把握。既然对方只是一介莽夫，就速战速决弄死他吧。"

"裴松虽看起来毫无战略，但他一无所长吗？为何官军连连惨败，又为何有那么多人响应反军，是因裴军有人勾结城中官吏，是因百姓食不果腹易被鼓动——"王夫南不急不忙得出结论，"开仓放粮吧，民心稳定下来才行。至于内部的事，遣人暗查即可，倘有官吏与裴军联系之人，以通敌问罪。"

他说着看一眼战战兢兢的观察使："门禁戒严了吗？"

观察使说："还没有……"

"门禁戒严，白天无验不可出入，晚上闭门。"王夫南又问，"常平义仓的粮食够吃多久？"

"按灾荒的规格开仓放粮……大约可以维持三个月。"

"三个月？"曹亚之立刻翻脸，"都开仓赈民，倘若战事拖久了军粮怎么办？不行。"

"战事拖久？"王夫南反问道，"方才斗志满满说裴松不过一介莽夫，要速战速决的难道不是中尉？"言罢随即转向浙东观察使，"就这样办吧。"

他起身，好几个将领立刻犹犹豫豫要跟着走，曹亚之脸色顿时转阴。他被王夫南驳了面子又抢了风头，自然十分不爽。

待王夫南和几个将领走后，三两个心腹凑在曹亚之耳边道："大将太嚣张了，全不将中尉放在眼里，可要治一治？"

曹亚之看那背影走远，敛了敛眸光。

在土团军的引导下，王夫南率一队精锐骑兵从越州往东，讨伐贼军，以解象山之围。而曹亚之则领神策军余部征讨南部反军，欲将唐兴等县夺回。东、南两路征讨大军，将裴松杀了个措手不及。

因兵力分散，策应不及，裴松顿觉不妙，立刻调整部署重兵镇守宁海。曹亚之急功近利，未等与王夫南的东路军会合，便着手进攻宁海。尽管一众将士认为时机尚不成熟，但曹亚之却坚持认为乘胜追击才是硬道理，遂主张即刻进攻。

王夫南得了消息已经迟了，曹亚之令人强攻宁海，却遭到贼军狠狠反扑，大败宁海，神策军损失惨重。

而此时，曹亚之却安然无恙地待在大营内，身上甚至连一抹灰一滴血也没有。这是个根本不懂战场残酷的外行。耽于嘴皮和所谓谋略之人，又如何能够领兵？

"末将竭力反对过，然曹中尉一意孤行，强令出兵攻打宁海。"小将跟在王夫南身后边走边报，"宁海乃反军主力屯驻之地，曹中尉显是想一口吞下，可是太急功近利了，末将实在觉得——"杀得满眼血红、好不容易突围的小将此时义愤填膺，看着兄弟手下被敌军围困至死，他觉得太冤！

"觉得冤就留着命打胜仗。"

"可是——"小将实在意难平，他不是头一回跟着曹亚之混了，如今真是恨曹亚之恨到牙痒，于是握紧大刀，"不如末将去营中将他结果掉算了！"

王夫南神情寡淡，语声冷静："出头的事轮不到你来做。"

"大将——"

王夫南回头看了他一眼，小将强抑满腔怒火，眼红得像是随时要流出血来，但最终还是止住了步子，任由王夫南一个人继续往前走。

"混蛋！"王大南走到曹亚之营外，低骂一声，捧着头盔就大步入内。曹亚之还未及反应，一顶带血的头盔就"砰——"地丢在他案上，抬起头见到的则是一身血衣风尘仆仆的王夫南。

曹亚之嫌恶地看了一眼那头盔："不洗洗干净拿到这里来做什么？"

如果可以，王夫南或许已经杀了曹亚之千百遍，但理智告诉他不行，于是他冷淡开口："请中尉勿在行军一事上独断独行，宁海一役神策军元气大伤，倘再不慎重行事，恐要酿大祸，届时对中尉、对下官，没有半点好处。"

曹亚之冷眼看他说完后拿起头盔，脊梁骨笔挺地出了营门，抓起案上一只茶盏就砸了过去。

宁海一役过后，反军又开始罗织活动势力，而神策军也进行了几次突袭，不过都没成什么大气候。

神策军如今兵力不够，只能奇袭。

于是很快敲定攻击剡县，以瓦解反军势力。

这次曹亚之执意要求充当前锋，让王夫南殿后。他率骑兵趁夜从剡县以西进军，这夜黑漆漆的，周遭更是寂静得只听得到自己人的行军声。王夫南担心有诈，将任务嘱托给手下副将，骑马往前行。

至三溪附近时，果真遭遇裴军，两军瞬时打了起来。然裴军余部显然势单力薄，根本不是神策军的对手，裴军见大事不妙，赶紧仓皇而逃。

曹亚之一直冷眼看着，此时见敌军一个个都涉溪而渡，忙下令追击。然这时王夫南却匆匆赶到："暂时不要追！"

曹亚之勒住缰绳，旁边一支火把将他的脸照得有些可怖："你不在后面待着到这儿来做什么？"

"此地乃设伏佳地，裴军方极有可能是佯败。"王夫南坚定地看向不远处的三溪，"诱敌之计。"又转回头，"应遣人查探清楚才可行事。"

"畏首畏尾！"曹亚之厉声责道，"等你探清，反军早就跑个没影了！"

涉溪而逃的敌军部分被兵箭杀死，而大部分却都已经渡溪跑远，三溪也渐渐平静了下来。

王夫南越看这情形越觉诡异，他坚持自己的意见："中尉若执意如此，只会得不偿失！请立刻撤军！"

火把晃动，曹亚之的脸简直狰狞："神策乃天子禁军，主官之命

半子 · 139

乃天子之令，横加阻拦以叛军罪论处！"他再次下令，"愣着做什么！快点追！"

"曹中尉！"

曹亚之原地不动，支使一神将像赶牲口一般逼将士往三溪追击。

王夫南见劝说无果，正要调兵协助，曹亚之却厉声责他："你擅离职守藐视天子，该当何罪！"

王夫南勒马停下，胸腔里一股怒火已快要蹿出来，他被闷得实在无法，正打算罔顾其质问时，忽闻巨瀑水声传来，火光晃动又瞬灭，惨叫声此起彼伏。

三溪上流堵塞处被决开，水流霎时汹涌而下。

水流决堤而下，原本鸦雀无声的三溪南面瞬时涌出伏军，神策军惨遭洪流冲淹，一个个措手不及。

曹亚之大骇，王夫南到这时哪里还顾得上什么君令王命，立刻率余部杀去北面，一神将将命令传达下去，高声道："裴贼在三溪北面守株待兔呢，快去将他们给端了！"

此时列阵于三溪北面的裴军见神策军从上游被大水冲下来，遇一个杀一个，鲜血混进水里，一路往下，厮杀声此起彼伏。

环境恶劣，又是深夜天晦之际，神策军不谙地形之优劣，几乎一直处于被动态势，曹亚之见状忙令人回撤，但哪里还撤得回？

湿漉漉地与裴军拼杀了几近一夜，待到曙光来临时，战场才终于平静了下来。

水声潺潺，血迹很快被冲刷干净，裴军全部被歼灭，神策军也是损失惨重。打扫战场清点人数时，王夫南在水边坐下来，默不作声地刷脱下来的铠甲。

"曹中尉不见了！"

"应是昨夜见势不妙自行撤回去了，真是害死人！"

"大将，曹中尉如此一意孤行下去，神策军早晚要被葬送的，某等可不想因此而无辜丧命！"

将士们义愤填膺，王夫南却表现出了意外的平静。

冷硬铠甲怎么都刷不干净，他掬水洗了把脸，腕上的刀口子却还在渗血。阳光一点点铺下来，四月的天已经不冷了，按照一贯的作风他应当拿出药膏来涂，但这次却没有。

部下见他一言不发，知他心情很差，就不再问了，只默默报上伤亡人数，王夫南这才起身折回营内。没料回去之后曹亚之竟大发雷霆，王夫南一问，听说他竟是将情报兵给杀了，罪名则是刺探不力致我军深陷埋伏。越州土团军的长官忍无可忍，和曹亚之吵了一架，亦被拖出去杖责。

总之曹亚之将罪过悉数推到了旁人头上，自己则毫无过失，上报的军情更是只报喜不报忧，并借口军粮不够，要求府仓进行粮衣拨给。

征讨叛军之战，从计划中的速战速决，硬生生拖到了五月份。

春征结束，许稷将两税并附加税等妥帖收好，费尽心机从延资库抠了一部分出去犒劳辛苦的边军，又将盐利彻底划进了度支。与此同时，举国的缩减佛寺改革，也到了最激烈的时候。

许稷忙得要命的同时，也被一众人恨得牙痒痒。政事堂几个老头子担心她被人暗算，遣派了南衙几个骁勇壮汉跟着，防止她上下直的路上被人杀了。

这一日延英殿议政，东西枢密使、三省长官、内侍省马承元、神策军陈闵志，包括许稷、练绘等人悉数到齐。

一堆破事扯完皮，小皇帝问："佛寺的事情呢？眼下进行得怎样了？"他说着看向练绘，练绘遂将折子递上去。

马承元接过来一翻，寡着脸丢给小皇帝。

小皇帝一看，惊讶地说："新增了这么多税户与土地呀？许侍郎，都是你的功劳哪，倘若不减佛寺，朕还不知道有这么多逃户和土地在佛寺挂着呢。"他满脸喜悦，天真地想要给许稷嘉奖，"许侍郎快说要什么奖赏！朕都给你！"

"陛下既然这样说了，就容臣说一二句心里话吧。"许稷一副"没睡好所以都不要来烦我"的模样，霍地掏出一大把恐吓信件，跪坐在地上一封封拆开，百无聊赖地念起来。

恐吓信中言辞十分恶劣，基本是将祖宗十八代都咒骂一遍，之后又扯上断子绝孙这种恶毒的话，再不然就说要下十八层地狱云云，更有等不到来世报的，说马上就找人弄死她等。

小皇帝听得目瞪口呆，一众人也不知许稷要搞什么鬼，都猜她是故意卖可怜想要博个什么人奖赏，于是东枢密使鄙夷地说："世人信佛，你打算毁佛寺时起就要做好这般准备，眼下到陛下这里来哭可怜算什么事？真是可笑。"

"陛下，臣太自负了，原以为被咒骂一两句就完了，没想到如今这程度。"许稷悔不当初地说着，又叹气道，"臣近来深感命不久矣，请陛下容臣离开西京去江淮避一避。"

小皇帝震惊地看向她，她说话时满脸疲色，配上那灰白头发，看着好像真的气数将尽的模样。

小皇帝忙说："卿万万不要说这样的话！你要去江淮散散心朕肯定是允的！朕听说江淮佛寺本来就少，如此激进之辈恐也少得多，你那到那边或许也安全些……"

许稷请去江淮，出乎宦官意料，也同样让老臣震惊。她可是削减了脑袋往上钻的人，怎么可能这时候避去江淮？

马承元静观其变，倒是右仆射说："许侍郎一走，度支、盐铁事宜怎么办？"

"又不是不回来了，问这做什么。"李国老不耐烦地说，"郎中、仆射难道都是摆设吗？"

右仆射说："话是这样说……不过许侍郎也太自在了吧，跑去江淮散心还能领俸禄。"

右仆射存心和许稷过不去，许稷却顺水推舟："仆射误会了，下官并没有要离开盐铁度支的意思。"她略略挺直腰背，"下官去江淮，一是出于私心想避一避这咒骂，二则是为扬州漕运。"

小皇帝顿时来了兴致："扬州漕运怎么啦？"

"扬州乃漕运要冲，但城内官河年代久远，雨水不及补充，就常常淤塞难行，是漕运大弊，实在太影响转运效率。而转运事宜，又是盐铁使之职责，臣如今代领盐铁事，不能放着不管。臣此行往江淮，正是要解决此弊，疏浚大周之漕运。"

小皇帝对许稷所陈利弊深以为然，但他小小年纪已开始为钱愁，于是问道："呃……可……可这是大事，要许多钱？支给如何解决都想好了吗？"

许稷又摸出折子来递上："此乃度支的工事预算，至于支给，臣此行欲自筹经费，无须动用国库。"

小皇帝松了一口气，也就是说不用与内廷争钱咯？宦官们应当不会阻拦，他可以开开心心地应下此事啦！于是他将折子接过来左看看右看看，最后拿给马承元阅过："马常侍也觉得不错吧？"

改善扬州的漕运条件，对宦官来说也是好事一桩，马承元没必要阻拦。但他由此却收回了之前对许稷的一贯看法，他之前太轻视这家伙了，如今看来，许稷才是真正的厚黑之辈，心思比她两颊那可恶的梨涡还深。

"既然陛下认为可行，还请枢密、中书予下官文书，以便行事。"许稷顺理成章地促成了此事，有理有据，根本寻不到什么借口来反驳。

见无异议，许稷抬头看向众人，却恰撞到李国老投来的目光。她避开那视线，又跪谢过天子恩德，听得马承元说"今日就到这里，都散了吧"，就随众人出了门。

许稷走得慢吞吞，到阶前，抬头可见天边连片阴云被风卷过来，空气里已经有了初夏的味道。一年年这样过去，不变的是皇城方方正正的格局，好像永远也不会被损毁被破灭，但当真如此固不可摧吗？

她在风里站了一会儿，回过神不由看向浙东的方向。这一场战事比预料中久，实在是令人担心。但她也只是蹙了蹙眉，就匆匆下了白玉台阶。

风里盈满了潮气，好像要下雨了。

到这时她已有孕五个月，冬春官袍捂住看不出来，眼看着要转夏，她不可能继续留在京中，正好去扬州将筹谋已久的工事做个了结。

这么快怀孕虽有些出乎意料，但也不至于令人惊恐。她决定与王夫南一起行这条路，不论是家庭阻碍或其中一方早亡甚至产子，都已经在打算之内。

路总有走下去的办法，她并不怕。

接下来筹备离京，她将衙门里的事做完交代，最后去了中书省。

李国老问她："为何一定要离京？"

"因京中骂声太多，且扬州漕运积弊太久，也亟待解决。下官倘若没有记错，去年下官就与国老提过此事。"

"只因此事？"

"是。"

李国老没有再逼问，许稷起身告退，要出门时李国老却道："独身一人去扬州，千里迢迢不安全，会有人跟着你的，是自己人。"

许稷未接话，低头出了门。她相信她外祖父是洞察一切的，甚至她的心思。

离京那天，她独自出了门，李茂茂拿了一大袋干粮给她，而隔壁道观的小道士则跑出来，拍了一张黄澄澄的符在她包袱上："侍郎！这是道长给的！你能让那群横行霸道的僧尼吃瘪我家道长很开心呢！你要长命百岁啊！这个符很厉害的！可以横杀妖孽！"

"噢，谢谢。"许稷将符摘下来，卷一卷塞进了包袱里。

告别务本坊，一路往东行，至城门口已有马车在候着，而许稷也换了一身衣服，戴着遮面帷帽上了车。

内侍省里，马承元问底下的人："许稷的行踪探到了吗？"

"他没有循着驿所走，也没有四品官员出行的迹象，因此没有消息。"

而许稷这时已经随商客登了船，旁边站了一个十几岁的小婢，后面跟了一壮汉。她成年以来第一次换上女装，面目以帷帽遮挡，问小婢说："我为何去扬州？"

小婢说："夫人的郎君在扬州做生意，是去寻亲。"

第四卷

转运卷——烽火局

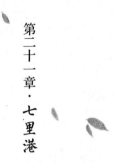

第二十一章·七里港

夏抵广陵，一路从粽子吃到荸荠杨梅下市。江左大镇，地道吴语入耳，十分动听，但听得更多的还是江淮官话，熟悉亲切。

对许稷来说，扬州是预想中的那个样子——城市比长安富饶有趣数倍，往来商客络绎不绝，内河千舟竞渡，码头人来人往，回鹘、粟特、波斯人更是随处可见。商人逐利享乐，纸醉金迷的扬州是谓天国。许稷一路走来，到了此地，才终于捕捉到一缕帝国繁盛时的余韵，可到底还是衰微了。

她出行隐蔽，并没有惊动地方长官，扬州府的大小官员更是不知道盐铁度支使已抵城中。倒是叶子祯，一早就收了消息，抱了只害羞的小兔子守在扬州港，等着许稷到来。

小婢下了船便一直问"郎君长得什么样子？高矮胖瘦，爱穿什么衣裳？"，码头上的人实在太多，她想快点帮娘子寻到郎君。

"高瘦爱穿白衫，喜欢兔子，笑起来很欠打。"许稷一边描述一边往西南方向走，她已经看见了叶子祯，他还真是明亮出挑得令人羡慕哪。

时值盛夏，叶子祯果真套了件白袍衫，飘飘的，像个仙子，怀里的白兔子快与他融为一体。

小婢恍然大悟说："啊，原来郎君是嫦娥下凡……"

后面一直板着脸的壮汉闻言差点要扑哧笑出来，最后却还是生生憋了回去。壮汉虽也觉得叶子祯貌美，但此郎君看着实在很弱，没趣没趣。

许稷走到叶子祯面前，却没着急摘帷帽。

叶子祯将她打量一番，简直看愣住了。许稷的衣裳虽然很是宽大，但肚子却已经显出来了，这与她往常一贯的体态自然差了许多。再加上叶子祯从未见许稷穿过女装，便觉得分外好奇有趣。

他正愣神，小婢开口道："郎君愣着做甚？夫人可是从西京千里迢迢赶来的，这一路可是折腾极了，坐船又换车的，吐了许多次呢。"

叶子祯赶紧让许稷上了马车，还额外塞了个垫子给她："颠着没事吗？"

"不妨事。"许稷这才摘掉帷帽，又问，"过来时有人盯着吗？"

"没有，放心吧，在我旁边安插眼线不是容易事。"叶子祯自信满满，"你认为朝中会有好事之人盯着？"

"他们一路未能寻到我踪迹，但知我肯定要与你碰头，指不定就会先下手盯住你。"许稷抹平衣上褶子，"诸事小心为妙。"

"女装出行你也真是够绝了，阉党死也猜不到吧。"他又道，"何况常有娇娥到我家做客，所以今日来接你也不算什么稀奇事，毕竟你也……"他评估了一下许稷的美貌程度，"姑且也算个娇娥吧。"

美貌一事上，许稷自知无法与之比肩，于是也就任由他评说，并无所谓。她道："时辰还早，先去趟闾门。"

"这么着急？"叶子祯原本预备了酒席替她接风洗尘，这下看又要泡汤，不由哀号，"你真是个枯燥的家伙啊！"

"你消消火，过会儿请你喝凉饮。"

"好吧，能买贵的吗？"

"买。"

于是马车转头往罗城北部的阊门去。

阊为西，开在西城墙的城门，因此称为阊门。阊门朝南，西为七里港。

抵七里港，许稷不着急下车，摸出钱来给小婢："天太热了，去买些凉饮吧，再额外带两碗回来。"

叶子祯连忙补充："要贵的！"

小婢笑着同那壮汉一道去买凉饮，许稷则在车中铺开扬州城地形图来。

"备得可真是齐全，哪里弄来的？"

"都水监①。"

"不是疏通内官河吗？到这里来做什么？"

"城内官河取水量有限，疏了还是会堵，治标之策而且格外费事，所以索性废掉城内这段旧官河，从七里港——"许稷指尖划过去，"开河往东，取道禅智寺桥旧官河，以后漕河就从阊门外绕城走，内官河堵不堵就无所谓了。"②

图纸上划了短短一段，实际上却是大工程。

叶子祯卷起竹帘，朝外看了看，视线所及就是许稷相中的七里港，它当真能替代内官河吗？

"要挖多长？"

"都水监算下来是十九里，应该不会与实际差太多。"

"土质呢？"

"比内官河好，内官河都是疏松的沙质土。"

说话间小婢已将凉饮买了来，连同余钱一起递过去说："最贵也只有一文的。"

---

① 都水监：掌河渠、津梁、堤堰等事务。

② 参考《旧唐书·王播传》："时扬州城内官河水浅，遇旱即滞漕船，乃奏自城南阊门西七里港开河向东，屈曲取禅智寺桥通旧官河，开凿稍深，舟航易济，所开长一十九里。"

叶子祯说："我从没喝过这么便宜的！一定不好喝！"

"那下次再请你喝贵的，这次我就不客气了……两碗都给我吧。"

话音刚落，叶子祯就赶紧拿了一碗。许稷笑，低头不慌不忙喝凉饮，有带着潮气的风从车窗子外涌进来，令人觉得畅快。

两人绕着阊门外转了一圈，各自心中有了数，折回城东的府邸时，天已将暮。

叶子祯献宝似的预备了一大堆吃食："说人怀了之后口味会有变化的，我就多备了一点。"

许稷道了谢，在长食案前坐下来，抬头就可见门外暮色中的江南庭院，自在极了。有蚊蚋乱飞，叶子祯哗啦站起来，光着脚丫子去点了驱蚊香："闻得觉着恶心吗？不恶心我就继续点着了。"

"点着吧。"许稷举箸开动，因饿了很久的缘故吃得很香。

叶子祯一贯的认知是孕妇好像都是吐吐吐，而许稷的吃法简直让他目瞪口呆。他不由道："你食量怎么变成这样？你是猪吗？！"

许稷将米饭吃完，抬头说："吃惯了便宜的太仓米，觉得这个米的确好吃得多，果然一分钱一分货……"

"重点是这个吗？"

"一直都吃不胖，突然肚子大成这样很新奇，就趁这时机多吃点，变成猪也不要紧吧。"

"……心还真是宽哪。"叶子祯啧啧两声，"这次没去浙东看看吗？十七郎还不知道你有孕吧？"

"不知道。"许稷敛神说道，"浙东乱成那样，为找他特意去一趟的话，对谁都没有好处。"

"也是。"徒增危险和担忧这种事不是她的风格，那就让王夫南打完胜仗回来再说吧，不过——叶子祯道，"老实说，浙东的战事也拖得太久了。"

"是有些出乎意料，不过应当快了，总不至于年前还搞不定。"许稷说得淡定不迫，手却慢慢握起来。

年初神策军开拔时她就隐隐觉得不妙，眼看下这预感真是精准得可怕。她不过在路上漂了一个多月就觉得辛苦,征战数月的辛劳则无法想象,何况下要对将士负责,上要与曹亚之周旋,十七郎也的确不容易了。她想念十七郎,也怀念曾在同一个位置辛劳苦战过的阿爷。

心间漫起的层层酸涩,融进江南闷湿的夜晚里,变得湿答答的。

夜间下起雨来,院墙外的沙沙声一直未停,但到了早上,却又是灿烂朝阳,一片晴朗。江南的夏天就是这样奇怪,雨水来得利落,去得也干净,不像春冬那样拖拖沓沓。

许稷没有出门,扬州府却是一大早就迎来了都水监的人。

同都水监少丞等技术官一起来的还有个盐铁司的一个小吏。

那小吏带来了朝廷批允开挖七里港的文书,呈给扬州府刺史阅过后,刺史道:"许侍郎人呢?"

"不知道。"小吏直白地回道,"侍郎深陷拆毁佛寺的困扰之中,被吓唬得实在怕了,为了避免麻烦,此行至江淮就未敢暴露行踪。"

都水监少丞说:"某听说许侍郎是到江淮散心来的,不出面倒也没什么。不过这工事,他当真不打算管吗?度支可没给拨钱哪!拿什么挖河?"

"费用是自筹的,侍郎说找扬州一个叶姓富商即可。"

"可是叶子祯?"刺史对这个姓叶的交税大户很有印象。

"是也是也。"

"原来如此。"解决了钱的事,都水监少丞松口气,又道,"不过许侍郎当真不打算露个面吗?既然在江淮,碰个头商议一番也好啊。"

"侍郎说倘若有事,请找叶五郎商量就好了。"小吏继续充当传话人,"侍郎还说,尽管他不露面,但他会时刻关注工事进度的,所以请诸君全力以赴。"

至此,要传的话全部说完,小吏倏忽松了口气。老实说,他也不懂侍郎为什么要在离京前交代他这些,好像一去不回,是在交代遗言呢!

都水监少丞顿时浮起满脸不屑,心道:"许稷这个家伙真是胆小鬼，被激进之徒一吓，连出门都要遮遮掩掩的，真是令人瞧不起！"

而刺史闻言，则抹抹额角的薄汗，小心翼翼地发表评价："侍郎的脾性还真是有些古怪离奇啊……"

小吏点点头："侍郎行事一贯不寻常，恳请诸君理解。"

"那去将叶五郎请来吧！"都水监少丞说道。

刺史又说："叶子祯架子一向大，怕是请不动吧……"

"区区商户……"

都水监少丞很是不服气。

刺史却温温和和地自降身段："毕竟人家负担如此大的工事开支，你我还是去府里拜望一趟吧。"

一番争执过后，都水监少丞终于肯同刺史去叶宅。

此时许稷刚吃过朝食，正埋首账簿、图纸及各种水利工事的书籍当中，只见叶子祯闯进堂内低呼："天哪，嘉嘉你快找地方躲起来！扬州府那群老头子居然到府里来了！我要罢了那个乱放人进来的门房！"

他说这话时，一群人已行至廊庑，直奔正堂而来。

许稷忙起身，却陡陡皱眉，手移到了腹部。

叶子祯敏锐察觉到许稷的神色变化："你不舒服吗？"话刚问完，杂沓脚步声就逼到身后。

叶子祯当机立断霍地关上门，转过身恰好撞上刺史等人。

矮个子刺史见他这般动作，忙惊讶抬头，问道："叶五郎可是要到哪里去吗？"

"正打算出门。"他居高临下扫了几位官吏，随后瞥了一眼那个不知轻重的门房，道，"你速去把蒋郎中请来。"

刺史客气说道："叶五郎可是哪里不舒服？"

"某不是好好站着吗？哪有什么恙，舍妹有孕在身途经扬州，胎不大稳，正在某这里养胎呢，今日又不怎么好了，唉，这闷糟糟的破天气。"他编故事简直信手拈来，丝毫不窘迫紧张，甚至还透着一丝情理之中的不耐烦。

"我说怎么请蒋郎中哪！"刺史仍很是客气，"蒋郎中可是千金圣手哪……"他啰里啰唆说完，又看向叶子祯，然这家伙却丝毫没有要请人入堂的意思。

"纪刺史到寒舍来，请问是有何事指教？"

刺史温温和和说："是为七里港工事而来。"他说着拿出朝廷文书续道，"盐铁度支的许侍郎称此工事支用仰靠商户自筹，并指明找叶五郎。"

叶子祯"哦"了一声："此事竟劳刺史亲自跑一趟，真是折煞某了。不过某今日还有些事，可否改天再谈呢？"

纪刺史看在叶子祯的美貌上差一点心就软了，都水监少丞却不干："此事不宜拖，既然今日人都齐了，索性就将筹备事宜一并谈了吧。"

他颇看不起商户，盯住叶子祯身后那扇门，语气生硬道："叶五郎不打算请某等进堂坐吗？"

叶子祯看他一眼："敢问贵姓？"

"某乃都水监少丞，免贵姓杨。"

"哦，是杨少丞，失敬。"叶子祯伸手按住门板，推了一下，却未全推开，"请吧。"

他说完率先走了进去，四下一瞧，果然已不见许稷踪迹。他松一口气，纪刺史与都水监少丞也走了进来，紧跟其后的还有两个技术直官。

几个人分别坐下，叶子祯很是顺手地收拾起长案上的账簿书籍。坐在长案对面的纪刺史瞥了瞥道："看来叶五郎一直在忙工事筹备，真是辛苦。"

"总得知道这笔钱大概要花在哪里。"叶子祯淡淡说完，正要将图纸也收起来，却被杨少丞倏地一按。

杨少丞一双细目瞬露锋芒："这是都水监出的图纸吧？！"

他说着捏住那图纸一角就往外拽，后面一个都水监技术直探头一瞧："对，这正是某画的！某那日亲自交给许侍郎的！"

"噢。"杨少丞十分关注许稷动向，发现此等蛛丝马迹可还了得？他抬头意味深长地盯住叶子祯，"许侍郎来过吧？"

叶子祯万没想到这都水监少丞如此多事，但他毫无负担地说道："那还用说？杨少丞与许侍郎共事至今，还不知道他什么脾气吗？这工事定是要被盯死的，他前阵子一到扬州就来某这里晃了一圈，账簿都一本本看过了，真是操心得厉害。"

"许侍郎眼下不在贵府？"

"不在。"叶子祯回得坦荡，"他可鸡贼得很，一面担心工事一面又怕被人暗算，眼下定是隐姓埋名在哪花天酒地呢。"

叶子祯所言听不出什么破绽，但杨少丞仍隐隐觉得哪里有猫腻。

尽管各怀心思，几个人仍是一道商量了开河夫役、佣直、粮食等事宜，最后不可避免地议论到钱的事。

按照官府的想法，是要叶子祯将筹集的钱货交府库，再由扬州府进行专项的支用拨给。一来是因"开凿河道是官府主持的工事，如此支用会更方便"，二是"府库更安全"，并允诺会定期核账，确保专款专用，不会被其他支用侵吞。

纪刺史拍着胸脯信誓旦旦地说完，叶子祯表示要考虑一下。纪刺史见他一脸不信官府的样子，正要开口妄图继续说服他，叶子祯却伸手让他打住。

叶子祯低头，看到了软垫上的血迹。

他顿时惊到，霍地站了起来，不由分说送了客："今日就到这里，明日某必登门拜访再议，请诸君回吧！"

几个人还愣着，叶子祯已经走到了外面，急忙忙问小仆："蒋郎中怎么还没有来？！快去催！"

"叶五郎有妹妹？"

"表姊妹吧，听说的确有个远嫁的。"

"着急成这样，倒像亲姊妹一样。"

几个人议论时，管事忽进来，一揖道："倘若诸君不嫌弃，在府里用过饭再走？"

"不了不了。"纪刺史摆手道，"府里既然有急事，就不叨扰了。"

他起身，杨少丞也只好跟着站起来。

管事将这几人一送出门，叶子祯就霍地冲进堂内，直奔西南角的一架屏风而去。

"嘉嘉！"只见许稷蜷在角落里，白袍上血迹一片，叶子祯简直吓坏了，冲上前跪倒在地，双臂伸过去揽住她后背，急促开口安慰，"你怎么样？别怕！郎中马上来了！"

他紧张得手都在发抖，语无伦次说了一堆废话："不要紧的，我听说有人会这个样子，所以没事的，肯定没什么大事，你是不是冷？脸色怎么这样差……不要吓我，我胆子很小的，嘉嘉……"

许稷好不容易找到空当可以插话，却只说："我还没慌，你慌什么！"

尽管出血，她精神一点都没变差，只是有些许恐惧，但还不至于慌乱。她手按在腹部，隔着袍子可以感受到那个鲜活的生命，他一直蓬勃有力，不应该早夭。

叶子祯终于被她骂醒，听得外面小仆说"蒋郎中来啦！"便赶紧一捋袖子，将许稷抱了起来。

啊！居然这么沉！

叶子祯臂力太弱，却还是死咬牙逞强将许稷抱回了卧房，并警觉地将帘子放下，这才让小仆领蒋郎中过来。

蒋郎中一脸老道，本质却是个不折不扣的老顽童。他瞧了一眼正在揉手臂的叶子祯，便猜到肯定是逞强抱娇娥，直白地说："老夫上回都让郎君去练一练了，总这样连个娇娘也抱不动的，也不觉得丢人哟！"

叶子祯这时哪里还顾得上脸面："快看病哪！流了好多血啊！"

蒋郎中不急不忙坐下，而这时帐中也伸出一截手臂来。

蒋郎中将手指搭上去，边诊边寒暄："娘子真是稳重，倘若换寻常娘子孕期出血，恐怕要吓死了。"

他诊了好一会儿，又换了一只手："娘子一定舟车劳顿很是辛劳，是从哪里过来的呢？让老夫猜一猜，是北方到南方吧？娘子平日里应是费心费神、寝食无律……"

他叨叨着，叶子祯实在忍不住："到底怎样啊！"

蒋郎中揪住胡子，皱眉说："不好，不好。"他说，"娘子很晚才行经，可见先天不足，要补肾哪！是不是发稀色淡哪？"

叶子祯快要急死，帐内许稷却缓缓应道："是。"

蒋郎中一眯眼，笑道："娘子这般体质按说不易受孕，但这孩儿却出乎意料地顽强，实在可喜可贺！娘子哪……"

蒋郎中收回手："你的孩儿很急切地想出世与你见面啊，不过小孩子还是不要太急性子的好。"言罢一拂袖，"纸笔拿来，老夫来养一养这娃的急脾气。"

小婢送上纸笔，蒋郎中洋洋洒洒写下方子，又说："这孩子会给娘子带来意料外的惊喜，请娘子静候佳音吧。"他说罢又将方子递给叶子祯，"郎君还这样紧张做什么，该松口气啦，反正又不是你的小孩子。"

叶子祯不服气地嘀咕一声："怎么不是，是我外甥呢。"

蒋郎中早看透他了，这么大年纪没个儿子，得个外甥就高兴成这死样，啧……

"当真没大碍吗？"叶子祯对那一片血深表担心。

"老夫真是很怀疑郎君怎么将生意做大的，要说的老夫方才不都说了吗？"

蒋郎中说着取出针盒来，叶子祯忙嚷："不是说孕妇不好施针吗？"

"止血罢了，郎君瞎嚷嚷什么？"蒋郎中取小臂上的穴位缓缓捻针，好一会儿才问许稷，"娘子眼下觉得如何？"

"好多了，很神奇，多谢郎中。"

蒋郎中收了针，整理完药箱，走到叶子祯面前将手一伸："要多给点。"

叶子祯豪气万丈地摸出一把金叶子，双手捧给蒋郎中，又问："舍妹大约什么时候生？"

蒋郎中一片一片地将金叶子收进随身锦囊里，眼珠子一转，瞥了一眼窗外，神秘地说道："等那……木樨开。"

一走出门，蒋郎中不禁感慨：哇，这株木樨树长得可是真好，得多少年了啊！于是一扭头："这棵树今年开的花老夫全包了，可不能给别人啊。"

蒋郎中心满意足地走了，叶子祯则赶紧让小仆去抓药，自己在床旁的墩子上坐下，松口气说："吓死我了，你真的好些了吗？"

许稷点点头，话锋却突转："今日你们议论的事，其他都好商量，但钱不能交府库，这点绝不要妥协。朝廷制令压着，此工事就得按时做妥当，所以会求着你要钱。一旦钱给出去，你就什么都不是了，工事上更是一句话都插不上，更别说查账实了。还有——"

她眸光微敛："多警惕杨少丞，他是阉党的人。"

"阉党如此积极地追查你的行踪，不可能只因好奇，他们有什么旁的目的吗？"

"可能不想让我活着回京吧。"许稷缓缓说完，按在腹部的手感受到腹中小儿动了一动。

窗外的木樨已经蓊郁得不像话，天气一转凉，碎金般的小花就会蜂拥而出。

迎接一个新生命的降临——

这样的期待，如今越发迫切起来。

是日，扬州罗城阊门七里港人头攒动。

除却看热闹的百姓，更多的则是商户和开河工。

州府纪刺史领头，后面跟了七七八八的参军、衙差等人，还有都水监杨少丞和几个直官，按照惯例热热闹闹祭完河神，工事也就算正式开动了。

还不到正午，阊门外西边路上的棚子就迅速搭了起来，桌子一架，茶碗一摆，大锅煮起粥，饼子一块接一块地出，是专门为河工们准备的伙食。

纪刺史带人巡了一遍，撞上叶子祯。

叶子祯正抓了把茶叶子闻气味，转头看到纪刺史，随口寒暄："这茶还不错，纪刺史可要来一碗？"

纪刺史心说他可真舍得下血本，竟还真拿出像模像样的茶叶来给河工喝。而旁边都水监少丞则撇了下唇，讥道："这些都是花费，又不是白得的。挖河是大工事，处处都是开支，可不像随心所欲行商，还是计划着用好，别在小头上花费太多，到头来大头不够用。"

他就是挑刺，叶子祯扯嘴皮子笑笑："河工方才还说前边一段难挖，少丞快带人去瞧瞧吧，白操心某兜里的钱也没用啊。"

杨少丞很是不悦，连带着纪刺史脸色也不大好，但工事用度全握在叶子祯手里，他们一没法从中捞油水，二没法说上太多话，只能憋屈受着。

为钱一事，之前双方争执不下十次，次次谈不拢，叶子祯态度坚决，而朝廷给的期限就压在头上，实在不能再拖，一个月之后官府终于妥协，才有了今日姗姗来迟的开工。

扬州城的暑气渐渐消了下去，城中往来商客却仍不见少。当然，常常守在叶府外的阉党眼线，也一直没有能捕获许稷的行踪。因叶子祯简直有孤僻病，府里客人少得可怜，交际上的事大多交给了能干的管事，自己很少出面。

他们跟进跟出，盯住前后门，却根本没见到有个叫许稷的男子出现。

已到孕晚期，许稷越发嗜睡，于是不再主动插手公务，尽可能地多休息。叶子祯偶尔也会翻账给她看，但他本就做得十分妥当，用不着许稷再多费心，只是让她借此了解一下工事进程和耗费。

"近来久旱，内官河淤塞得厉害，就又得分人手去修，新河的进度就被耽搁下来了。"叶子祯边翻簿子边说，"等天再冷一些，河工的吃食也得换，嗯，这个要记下。"

最后又抱怨："唉……什么时候可以下些及时雨哪？"

"要下雨了。"许稷揉着腿，看向窗外。

百年桂树肥大的叶子沉甸甸的，似乎已有香气在其中涌动。

她又补充了一句："很快了。"

"你是神算吗？"叶子祯抬头，却看她坐在对面揉腿，"腿怎么了？"

"一点旧伤，天不好就有点不舒服。"她缓缓吸了一口气，觉得胸腔里一阵窒闷，"真的要下雨了……"

她小心翼翼站起来，又慢慢吐出一口气："能喊稳婆来吗？"

"啊？"叶子祯蒙了一下，抬首看她，"你要生了吗？！"

"是。"许稷坚定地点了点头，一阵阵的疼痛与之前有过的俱是不同，算算日子也差不多了。

叶子祯反应过来，霍地丢下簿子冲了出去："快快快，将稳婆和蒋郎中都请来！"

府里瞬时变得忙碌起来，预备产房、烧水、准备衣裳、熬药，几乎个个都在忙。雷声骤然响起来，晦暗天色里亮起闪电，分明已经是秋季，却有几分未散的暑气。

空气里的尘土味似乎越来越重，小仆急忙忙赶到蒋郎中家时，蒋郎中正打算闭门谢客喝老酒。

"我家娘子要生了！"

"哦！生就生吧！你家没有找稳婆吗？"

"就怕稳婆靠不住哪！"

"这个天眼看着就要下雨，哎呀我可怕打雷，别让我出去了，让我喝喝酒吧！"

"有马车呀！"

"马车也不行，我上辈子是妖怪，出去会被雷打死的。"

小仆急中生智："郎中不去，满树的木樨花就都给别人了！那可是百年的老树啊！"

"什么？"蒋郎中跳起来，"去去去！"

小仆抱上蒋郎中的药箱就跑，蒋郎中则弄了一布袋揣袖里，紧跟着就往外去，等上了马车行了一段，雨哗啦啦地就落了下来。

蒋郎中一拍脑门："下这么大的雨，你家木樨花也要被淋坏了，唉，老天都与我作对！也不知能留住多少！"

稳婆比蒋郎中早一步抵达叶宅，进入产房见许稷羊水已破，又见灯火下那面目很是平静："娘子还没阵痛吗？"

"痛，但还不是很厉害。"许稷神志清醒地深吸一口气，"这么晚，真是麻烦了。"

"哪里的话，都是老身该做的。"稳婆暗赞她的镇定，绞了条湿手巾往她额上一搭，又探查一番，"娘子恐怕还要再等等，看样子应不会这么早生下来。"

得了稳婆这话，许稷心中更加有数。

室内时亮时暗，屋外雷电交加，雨声拍打屋顶，叶子祯则忍不住拍门。

"郎君可不能进去哪！"

"进去这么长时间了怎么还没生？会不会出事了？我要去看看。"

"快拉住郎君！不能让他进去！"

"不要拦我！"

"生孩子又不是拉屎，哪有那么快的！"蒋郎中大步走来，抓瘦鸡一样逮住急欲闯门的叶子祯，"快快快，郎君将木樨花都捋给老夫！"

言罢掏出大布袋，往他手里一塞："下半年的甜食可就指望这了，郎君莫要辜负老夫哪！"

叶子祯皱眉乱跳："给给给！郎中快进去看看，看看舍妹是不是出事了？"

"关心则乱，产房还是不要随便进的好，倘有急事，稳婆自会出来求助。来来来……"蒋郎中大力抓住他手臂，不容抗拒道，"外面打雷这样吓人，郎君快陪老夫喝酒压压惊……"

叶子祯空长副漂亮架子，力气却不敌老人家，挣扎二三却被蒋郎中不由分说抓去喝酒吃饭，他一打算往产房去，就被老头摁住，最后只好作罢。

扬州雨声哗哗，闪电不停。

此时的浙东，也一样下着滂沱大雨。

神策军征讨之战终于进入尾声，诸将在进行周密部署后，打算将裴军余部一网打尽，活捉裴松，彻底做个了结。而这一日要命地下起了雨，连火把火药都没法使，实在不利于作战。

王夫南要求延后一日，或等雨停了再进攻，而曹亚之却执意要打："雨夜敌军防御就会更差，此时进攻杀个措手不及，才是求胜之道！"

王夫南与之争执不下，曹亚之最后拍案怒道："前锋诱敌，后有策应，布局周密至此，你还有什么后顾之忧？大将难道是贪生怕死之辈？雨天就不敢出战？"

王夫南沉默不言，曹亚之见激将法不管用，再次动用了最高指挥权，不再给商量余地。一众将士只得奉命行事，各自捧着头盔出了营。

神策军出动了不到一半的兵力打前锋，成功干掉对方哨岗，继续往里进攻，惊动裴军后，只见裴松余部像疯了一般反扑过来，浩浩荡荡气势滔天，简直是要拼尽最后一口气。

王夫南立刻指挥神策军撤退，因策应大部按计划就在不远处设伏，只要将敌诱至深谷，就能一举将敌军歼灭。

裴松余部杀红了眼，而神策军边杀边退，直奔深谷伏地。雨夜泥泞，血腥味很快被汹涌雨水盖灭，深谷之中，却寂静得只闻雨声。

"我们的人呢？！"一裨将惊骇大叫，"大将！没有策应！"

另一小将骂道："娘的！曹亚之还没带人来吗？！他在想什么心思！"

厮杀声此起彼伏，雨夜昏昧的混战里，神策军的前锋部队因为人少毫不占优势。

"大将！我们被合围了！"

"这是给我们自己设坑啊！"

"援军在哪儿？！这是要弄死老子吗？！"

王夫南低头看一眼肩窝，抬手折断了箭头，猛将断箭扎进了敌人的后颈。

血汩汩流，雨无休无止。

而此时的神策军营内，曹亚之却坐着闭目养神，一支香快要幽幽燃到底。

亲信斗胆问："还不到出兵的时辰吗？似乎蛮久了，又没有设伏策应，恐怕……"

曹亚之睁开眼："不出，等反贼也疲了，坐收渔翁之利。"

"可大将……怕是撑不到那时候……"

曹亚之瞥他一眼，凌厉眸光惊得那亲信心惊——

他……他是要……大将的命啊。

扬州城内，叶子祯陪蒋郎中吃完饭，就一直在湿漉漉的走廊里等着，心焦又百无聊赖。

初晓时分，雨停了，天边隐隐有光，他蹲在走廊里伸出手，廊上的积水就滴到他手心里，凉凉的，是金秋的温度。

小孩子的啼哭声打破清晨特有的沉寂，微光里，门被打开，小婢擦擦额头的汗走出来："贺喜郎君当舅舅啦！是个小子！"

"是吗？"叶子祯顾不得脚麻，激动地跳起来，"嘉嘉呢？！"

"娘子很好，就是很累了。"小婢笑道。

叶子祯死活不放心，冲进堂屋将呼呼大睡的蒋郎中揪起来："快给嘉嘉诊个脉，生了一夜哪！肯定累得要命，快看看要如何补！"

蒋郎中摇摇晃晃，走出门深吸一口气："啊，木樨开了。"

叶子祯一看，果真开了！他觉此兆甚好，摘了一枝就冲进产房，悄悄放在她枕边。

许稷累得睁不开眼，却嗅到了那令人愉悦的味道。

被暴雨洗刷了彻夜的扬州城迎来了一个干净的阴天。不见太阳，只有灰布般的天，不太高，也望不到边际，陈公塘、勾城塘均蓄满了水，内官河的水位一下子就涨了不少，舟行人往，仍然热闹。

屋外积水滴落声徐徐，安静的走廊里骤响起嗒嗒嗒的脚步声，小婢端药碗推门而入，放在床旁的小橱上，对许稷说："药已好了，是蒋郎中给开的方子，说娘子急需养上一养，趁这时机正正好。"

许稷睡了会儿，已经缓过劲来。

她接过药碗，仰头全数饮尽，声音有些低哑："孩子在哪儿？"

"在睡呢，郎君一直守着。蒋郎中说他笑得同个傻子一样，郎君便说'我就像傻子怎么了？你家外甥有这样好看吗？'。"

小婢一字不落转述完，又笑道："小郎君确实很好看呢。"

"是吗？"许稷先前未能细看，稳婆将孩子递给她时还满身是血，后来孩子被抱去洗澡，稳婆处理完余下的事，她就累得撑不开眼皮。只觉沉甸甸的梦中有隐约香气浮动，甜得让人想饮一杯桂花酿。

"木樨开了是吗？"

小婢点点头。

许稷下了床，套上袍子拢了拢，小婢忙上前拦道："刚生产完不能下床的，听说得在床上待到出月子才行！"

许稷笑说："那要方便怎么办？也在床上吗？先前蒋郎中还说要多走动走动，不受凉就行了。"

她说着又拿了条毯子裹上，走出产房，便有满树木樨香扑鼻而来。

蒋郎中告辞回家，叶子祯则抱着熟睡的小孩子往这边走，看到走廊里的许稷便嚷道："呀，你怎么出来了？！你站得稳吗？"

许稷掖了掖毯子，伸出双手："孩子给我。"

"真是好体力啊……"叶子祯小心翼翼地将小孩子递过去，又说，"乳母下午才过来，所以先喂了一点牛乳。"

孩子还很小，裹在毯子里很不起眼，许稷低头挨近他，小孩子特有的奶气混着木樨味就盈满鼻腔，是甜腻的味道。

"名字想好了吗？"

许稷偏头看一眼那百年桂树，觉得很吉利，就说："叫阿樨吧。"

"你还真是随心所欲哪。"叶子祯摇摇头，"乳名阿樨，大名呢？不会想要留给十七郎取吧？说起来浙东的战事也差不多要结束了，要递个信让他折道扬州来看看他儿子吗？"

"不用。"眼线那么多，没必要冒这个险，"工事结束后我就回京了，那时再见也不迟。"

"还真是冷情啊，不想他吗？你平日里都不怎么提他。"

酸涩感浸透每一块骨头，让人觉得麻麻的。

许稷抱着怀里的孩子深吸一口气，认真地回道："想。"

非常想念，想要分享这份辛劳、这份愉悦，这份属于他们的礼物，想要看他有没有多条皱纹，有没有添了伤疤，有没有瘦，有没有……

她缓缓呼吸，一大块的阴云从扬州城上空不徐不疾地移过。

七里港往东，河工正清理昨晚被暴雨冲刷下来的石头，棚子里的大锅肉汤滚沸冒烟，香气飘远，令人更有干劲。而浙东的神策军却没有这样的好待遇，一个个肚子空空，从黎明搬尸体搬到临近中午，却还没得歇。

有小兵忍不住嘀咕——

"昨晚谷中这一仗真是恶战哪！"

"好像一个都没有能活下来。"

"没有策应，就那么点人突围太难了！为什么昨晚没有让出兵相援呢？"

"闭嘴，这些事不要乱议论。"

"可大将还没有找到，只寻到了盔甲！难道……"

毕竟谷中面目全非的也不在少数，难道已经死了吗？

昨晚真是杀疯了，鱼死网破，两边都没占到好处。曹亚之到四更雨停才派人出动，但抵达一看，谷中一片死寂，尽管大雨冲刷过，却还是血腥气扑鼻。

晨光罩满谷地，湿漉漉的尸体横七竖八，战场可谓十分惨烈。神策军先锋部队全军覆没，曹亚之表现却十分平静，好像一切都在意料之中。正如小兵所言，那样的景况下，生还的机会微乎其微。

将士们搬动尸体清理战场，曹亚之就在边上看。

一小将冲过来报道："有些尸体已无法辨识，不知其中有没有大将，可要……追查大将下落？"

他说着将王夫南的铠甲递上："这是大将的。"

曹亚之却问："裴贼呢？裴贼本人的尸体有无找到？"

"也没有！"

"姓王的不是死了，就是被俘投敌。"曹亚之嗤了一声，"倘若是后者，可真是没气节！"

旁边小将不敢接话，曹亚之瞪他一眼："愣着做什么？让土团军去打探裴贼的下落！"

小将领了命拔腿就跑，土团军将方圆几里地搜遍，压根连一个反贼影子都没有捞到，更别说裴松本人了。

按说敌军几已全亡，战事算作结束，可以撤军回京了，但因裴松仍没捉到，曹亚之便不能放心。他指挥全军搜索之际，队伍中却有诸多将士惦记着王夫南的生死。

"姓王的叛逃了，朝廷自会追究！"

曹亚之武断下了结论，底下顿时群愤一片。

"大将怎会叛逃？！"

"中尉可不能说胡话！"

"不是叛逃那就是死了！"曹亚之身边一裨将驳道。

底下瞬时鸦雀无声。

但也只是一瞬，骂声又起："大将是被逼死的！那一点人马如何打得过裴贼余部？！"

"大将是相信有策应才打的，为何不出兵相援？！这是看着他们全军覆没！"

"拥兵不救，是中尉送他去死的！中尉眼下如何坐得住？！"

一群男儿说着红了眼，始作俑者却面色淡淡："事已至此，愤怒有用？立刻追查裴贼下落，倘王夫南与裴贼在一块，则以叛敌处置，杀无赦。"

曹亚之言罢起了身，在亲信的护卫之下回营，走了一段即偏头对亲信道："王夫南手下那几个爱出头的，回去找个办法解决了吧，真是碍眼。"

亲信低头暗吸口气，低低应了一声："喏……不过，大将当真已经死了吗？"

"你觉得他能活？"曹亚之太了解王夫南的脾气，"那种傲性子，怎可能忍气吞声当俘虏？"

不论是裴松，还是王夫南。

曹亚之下令停止搜寻，决定返京。

然军中却丝毫没有胜仗回归的兴奋劲，年初时神策军两万人的队伍浩浩荡荡离京，到如今虽然剿灭了反贼，却只剩了千人。

军中弥漫着沉重的气氛。大战幸存本值得高兴，但他们更多体会到的，却是唇亡齿寒的惧意和愤怒。

太难过了，死得实在太窝囊、太委屈了。

这种悲伤的氛围像伤寒一样传染着，消息也迅速传到了越州，乃至江淮、两京。

叶子祯是从纪刺史口中听说的此事。他先是错愕，后是否认，但纪刺史将驿站的邸抄拿出来给他看时，他愣了愣，抬手就将邸抄移到烛火上，烧成了灰。

他一言不发地出了门，留下屋内的纪刺史和都水监少丞面面相觑。纪刺史说："叶五郎怎这般反应？"

杨少丞便说："他以前在沂州，给王夫南的回易务做事，交情自然匪浅，王夫南出事，他有这反应并不奇怪。"

叶子祯有些木然地回了府，撞见迎面走来的小婢。

小婢后退一步，他忽问："今日驿馆送邸抄来了吗？"

"送来了。"

"快拿过来！不要给娘子瞧见！"

他语气很急，小婢一惊，却吞吞吐吐道："娘子将邸抄要过去了，就……就刚才……"

叶子祯简直吓坏："娘子在哪儿？"

"在……在堂屋。"

叶子祯拔腿奔至堂屋外，深吸一口气打算装得镇定点，可他刚进门，许稷恰好合上了邸抄。

她看到了。

跑累了的叶子祯往地上一坐，目光呆滞地看过去："嘉嘉……"

"他现在遭遇的是我阿爷也遭遇过的事。"许稷缓缓抬眸，"但我觉得，他仍活着。"

浙东恢复了往日的平静，身在治所越州的浙东观察使终于舒了一口气，而神策军也在越州扎营休整，补充粮草。

观察使筹了丰盛宴席邀请曹亚之及其亲信，一众人吃吃喝喝，谁也不再惦记死在这场战争里的牙军、州镇军、神策军，甚至土团军……悲伤的只有战友和家人。

宴席上琵琶铮铮响，经历过大挫后的浙东，夜色无论如何谈不上温柔。

　　曹亚之被一众人簇拥着回营，快到营外时曹亚之挥挥手，让亲信撤了，独自进了营帐。他喝得有点微醺，晃到案前想要点灯，手却有些不稳，于是索性摸黑往里走，挨着床沿就醉醺醺地往后一倒。后背硌到一个球物，他下意识伸手去拨，却只觉湿腻恶心，腐臭味夹杂着血腥气瞬时让他清醒过来。

　　曹亚之连滚带爬下了床，颤着手点起榻旁灯，只见床上放着的正是裴贼人头！

　　他惊得差点叫起来，然才刚张口，就有人从身后遏住了他的咽喉。那只手坚定有力，曹亚之瞪圆双目，妄图抬手掰开那只手，却根本动不了分毫。

第二十二章·祭英魂

"你……你——"曹亚之出声嘶哑，因喉咙被锁死呼吸也变得困难。他欲屈肘攻击身后之人，却被人抢先一步锁住了双臂。那气力大得无穷，是积攒了多日的愤怒难掩，简直要将他的骨头弄碎。

曹亚之低呼一声，面上尽是苦痛之色。对方弄断了他的手，抬脚一击令他跪地，将他脚趾踩在了脚下，用力狠到好似要碾碎他的骨头。

"与马承元合谋设计杨中尉，是为不忠；罔顾将士性命拥军不救，是为不义；屡屡放水给反贼，是为通敌铁证——杀你千百遍亦无法解恨。"

是王夫南！

曹亚之眼睛瞪得更大，脸色涨红转青，已快窒息，却努力拼尽最后一口气，嘶哑辩解："误……是误会……"

一柄刀毫不犹豫地插进了他的锁骨，骨肉与冷硬金属的嘶擦声短促一声响后，曹亚之口吐血沫，浑身都在发颤："求……求——"

"不会让你死得这么便宜。"王夫南倏地松手，又猛拽住他后衣领，顺势拎过床上的裴松人头，拽着无力反抗的曹亚之就往外拖。

亲信巡兵一个个都喝酒喝过了头，醉醺醺回了各自帐内。

曹亚之眸中一片凄惶惊恐，目光所及根本瞧不到其他人在外边转，连守卫竟也不在了！

王夫南将他拖出营外约三里路，所见只有深夜里的滚滚江水。水声似呜咽，风声如泣诉，头顶更无星月，只有一支火把照亮前路。

曹亚之双目发怔，周身疼得根本说不出话来。王夫南站在他跟前，血衣袍角随猎猎夜风刮到他脸上，似还隐有血腥气。

曹亚之想要抬手去碰肩窝处的那把匕首，胳膊却因脱臼抬不起来，于是哑着嗓子破口大骂："你这样逃出来也一样是叛过敌的人！算什么好汉！不过是贪生怕死偷偷龌龊的勾当！"

王夫南一脚踢过去，前脚一迈踩住他的腹部，拔出他左肩的匕首转瞬就扎进了另一侧肩窝："对付你，用再龌龊的办法我都觉得不够！"

他声音冷得像数九寒天里的尖锐冰凌："这一刀，是慰杨中尉的冤死。"

拔出来，扎进肩膀关节："这一刀，慰死在宁海的神策军将士。"

再次拔出，扎进右侧旁肋骨："这一刀，慰死在剡县三溪的神策军将士。"

…………

"这一刀，慰惨死的神策军先锋部队。"

刀刀狠扎到底，却处处避开致命要害。

曹亚之痛得说不出话，模糊视线中只见剩王夫南怒红的双目，他竟不由笑起来，试图令怒极的王夫南崩溃："你部下、部下都死了……你怎么好意思活……活下去……"

"该为他们殉葬的是你！"王夫南拔出扎在他盆骨的匕首，"是你让他们死得如此委屈，如此冤枉——"

这声音里压制了太多愤怒和悲伤，王夫南突然将曹亚之从地上拽起来，迫他跪下："这条河里淌过神策军将士的血。你跪的是死在你轻率兵符下的神策军，是为平浙东叛乱冤死的将士，你会跪到血流尽而亡，不到明早就会有野狗将你吃光！你费尽心思为自己造的那口好棺材，将永远派不上用场，因为你——会下无间地狱。"

曹亚之伏跪在地，口中血沫喷吐，胸骨痛得似已尽碎，他还想再动，却根本无法再移分毫。王夫南的声音像当真从阿鼻地狱传来，伴着风声水声一并袭耳，让人陡生幻觉。

曹亚之呼吸越来越弱，王夫南亦按住了他肩头再度裂开的伤口。

手心再次感受到血液的温热，猎猎秋风挤涌进胸腔，无一例外全冻成了冷硬冰碴，呼吸间都痛得要命，却仍然……痛不过满心愤懑。

次日一早，神策军营内瞬时炸翻了天，因护军中尉曹亚之的营中只剩斑斑血迹，却根本不见其踪影。

最先吓坏的是前来问事的亲信，他领着一众人在周围搜寻了一圈，最后在三里开外的河边发现了被野狗猛兽撕碎的曹亚之的衣服，以及……几块残碎的头骨和烂肠。

亲信先惊后觉恶心，忍不住便是一阵作呕。呕完了，这才指挥手下将余下的那些东西都捡回去。

手下问："肠……肠子也要捡吗？"

"捡回去做什么？炒菜吗？"亲信一捂鼻，"骨头也不要捡了，衣服捡几片就行了。"

自上次剿杀裴贼余部一战之后，亲信对曹亚之就隐有不满。因曹亚之此人作风已经被看透，他会让神策军先锋部队去死，总有一天也会逼着他们这些所谓的"亲信"去死。兔死狐悲，正是此理。

曹亚之遇害的噩耗传至军中，均传曹亚之被裴贼的人报复杀害，最后喂了林中野兽，说法是出奇的一致。除此之外，军中上下几乎都是"死得活该"的兴奋，而不是主将被害的悲伤。

浙东观察使屁话都不敢说，只老老实实替神策军补了粮，送神策军离越回京。

而神策军离开浙东之际，王夫南却提着裴贼人头回了营。

许多将士还记得那一日。

阴沉沉的天色，朔风猎猎，王夫南身上的单薄血衣已经旧了，形容尽管憔悴，却锐意不减。他将裴贼已经腐烂的人头扔在营帐门口

半子 · 169

时，欢呼、狂喜声便涌满了耳朵，是为大将的归来，也为裴贼的彻底覆灭。

神策军鼓足士气回京，之前的低丧之气一扫而空。

十二月至潼关，长安在望，已无山峦障目。浙东一战，最后虽平了叛乱，但到底损失惨重，谈不上真正的胜利。回朝也不会迎来一贯的奖赏，恐怕只有追责，只有阉党玩不腻的圈套和阴谋。

但将士们，都做好了准备。

回京途中的最后停顿，诸人领了一碗酒，面朝浙东举碗单膝跪，酒洒地，祭血战到底的英雄，余下半碗，仰头饮尽，以后的路，还是一起走。

扬州城仍繁华，却也只是一日日地演着旧梦。

浙东的战事仿佛不会在此发生，笙歌艳舞也不会绝，此地是帝国的财脉所在，永不会灯灭舟停。

寒冬到来，七里港工事也赶到了尾声。在深冬傍晚的层层暮色里，一十九里长的七里港新河连通到旧官河，水满舟高，终于通航。

从此，承载扬州转运核心的内官河将废，新河替之，舟船再也不会遭遇隔三岔五的淤塞了。

河工拍手庆贺，沿岸的棚子也预备了最后一顿晚饭，甚至添了酒，为这寒冷冬天增了暖意醇香。许稷戴着帷帽遮了面目，坐在临岸的铺子里迎接了这一刻的到来。

叶子祯感慨说：“半年啦，真是累死了。然这区区十九里，流的却是朝廷命脉，真是难以想象……”他说着看向许稷，“谢啦，让一向毫无作为的我也做了一点事，不再感到那么……羞愧。”

他言罢举杯示谢，白袖掩唇，仰头饮尽一杯桂花酿。

许稷看向窗外，从小婢手中抱过熟睡的阿棸，起身往外去。

叶子祯立刻跟上，只见她走到港口，下了台阶，从小婢手里接过点起来的河灯，俯身将其放入了宽阔的水域中。

这一只河灯承载了很多心思，就像岸边隐隐约约的丝竹声，婉转曲折，尽在不言中。

许稷直起身，见那河灯漂远，转过头去，同叶子祯说：“倘若此后再无战事就好了，扬州是个好地方，沉在烽火兵戈里太可惜。"

"不止扬州。"叶子祯也取了一只河灯放下去，"没有地方天生就该沉沦在铁蹄战火中，我讨厌战争。十七郎的消息你从邸抄上看到了吧？果然虚惊一场，待我回京揍他一顿！白白让人掉眼泪哪，太坏了。"

然他眼里的虚惊一场，实际上却是拼尽全力杀出来的血路。许稷知道的，她明白他的难处，也清楚他的努力。

"走吧，我该回去了。"

许稷是深夜走的，外人只知叶子祯的表妹带上出世不久的孩子离开了叶宅，往东边去了。然那车子却在出城之前停了下来，拐个弯回了扬州城。

许稷换了男装，因太久不戴幞头甚至觉得有些奇怪。她将孩子暂时交给了乳娘与小婢，自己只身住进了邸店。

次日，纪刺史、都水监杨少丞等人于七里港庆贺新河正式通航，商户平民热热闹闹聚作一团，庆贺完毕，官府几个人正互夸之际，许稷却忽然到了。

这工事她无论如何都得出面，挑这一天刚刚好。

先是都水监的一个技术直认出她来，惊呼："那不是许侍郎吗？"

随后一众人看过去，连叶子祯也做惊讶状："哎呀许侍郎真是好久不见。"许稷走上前，一拱手："新河开凿能顺利完工，诸君辛苦。"

她说着故意看了眼杨少丞，只见杨少丞眸光微妙地变了变，似乎心中瞬时有了什么计划。而许稷在等他上钩。

一众人寒暄几番，最后吃了顿饭，许稷就先行告辞。她明目张胆住进了驿所，进去后就再未出来。

寒冬里天黑得极早，驿所内没什么乐趣，便都早早睡下。

许稷要了热水洗漱完，关门灭灯放下了床帐。约至二更天，驿所临街的窗户忽然一动，很快便翻进来一人，那人笨拙地摸至榻旁，掀开帐子只见被窝拱起，于是袖中匕首陡露，举起就要往下扎。

他正要扎下去时，却惊觉脖子一凉！

歹人察觉到脖间抵着的冷硬匕首，仍不顾性命地朝被窝扎去，却被身后之人霍地扭住臂膀，掀翻在地。

一壮汉踩住他，凶神恶煞道："敢对我家郎君起歹念，弄不死你！"说着将其扭捆起来，扭头对床那边道，"郎君接着睡吧，某去处理了这贼小子！"

歹人身手实在平平，对付手无缚鸡之力的文士还有相当的胜算，但面对力大无穷身手敏捷的壮汉，却只能被堵嘴捆肢默默吃瘪。

壮汉将他拖出门，对驿所小吏嚷道："竟有人斗胆在驿所图谋不轨，妄图刺杀朝廷要员！"

值夜小吏闻声冲出来："哎这是……"

他瞅瞅那壮汉，记得好像是许稷的随从，甚是紧张："许侍郎没事吧？"

"差一点命就没了！"壮汉咄咄逼人，"快将人扭到纪刺史那儿去，让纪刺史看看扬州府驿所是怎么看门的，歹人竟能翻窗行刺。"

"别……别啊……"值夜小吏失职，怕被盯着追究，忙上前阻拦，"此时夜已深，不如先审问出是谁人指使，明日到纪刺史那儿也有的说。"

小吏打得一手好算盘，认为转移了视线便可少些追究，遂将袖上前跃跃欲试。

壮汉将人往前一推："行，瞧这人也不是有骨气的样，一起问吧！"

小吏兴致勃勃地接下了这差事，欲从歹人口中问出幕后指使，而此时许稷早已在扬州城外。

"你设局是为了弄垮杨少丞？"

"不，我只是确认一下。"

"到现在仍没有消息，兴许是你多疑了吧？"

"不见得，反正有益无害，左右我不可能明着离开扬州。"

叶子祯对她谜一样的出城计划佩服得五体投地，当真堪比狡兔三窟，目的就是使杨少丞等人摸不着头绪。想她能悄无声息从西京抵扬

172

州，再避开一路眼线回长安，似乎也不是什么难事。

"他们仍当你住在驿所，等回过神来，你都快出淮南道了，妙哉。"

叶子祯刚说完，就有小仆跑来，气喘吁吁一伸手："刚收到的信。"

待小仆退下，叶子祯拆开信一瞧："你料得没错，驿所果有人行刺，看来他们的确很想在扬州了结你。不过即便避开了这一次，回京之后，你恐怕也不能掉以轻心，阉党似乎不大能容得下你了。"

"我明白。"许稷接过信看了一眼，顺手将其扔进了炭盆。

天寒地冻，行舟也不方便，只好坐车，一路颠簸至西京，天地仍然未能从漫长冬季中苏醒过来。

已经过了正月，西京城还有些残存的年味，前阵子大概刚下过一场雪，排水沟旁还堆着些许积雪，沟中则水声潺潺，似无止歇。

正值午后，务本坊内多的是闲散国子监生和神叨叨的道士在外晒太阳。许稷的马车刚从景云观大门口路过，就听得一声"哟！一定是许侍郎！"传来。

马车骤停，眼尖的小道士冲过来，嚷嚷说："道长算了一卦，讲许侍郎今天要回来，竟是真的！先前那符好用吗？"

许稷透过窗子回了一句："管用。"

"那太好啦！"小道士连忙又摸出两张来，伸手往马车上一贴，"专防小人！"又贴一张，"仕途通达！"

许稷将手探出去，将符收回来："多谢了。"

"不客气！"小道士嘻嘻笑着看马车远去，又转身回去同李茂茂下棋："你说得真准也，说今日到就今日到，莫非有什么眼线？"

"不告诉你。"李茂茂"啪"落下一子，抬头朝那远去的马车看了一眼，顿时想到家中那位白发苍苍诸事尽在掌握的曾祖。

而这位曾祖李国老，此时正于清冷的政事堂内，翻着堂案与王相公争执不休。两人起初还是以公事相争，到后来却忽然变成："国老，那个孩子怎么也该姓王吧？"

"没有婚姻之名，户籍也未落实，为什么要姓王？孤身一人从扬州带个孩子回来，跟十七郎有什么关系？怎么也不可能姓王。"

"那总不能姓许！难不成姓卫吗？"

"实在不行姓李就是了。"

"姓李又是哪门子风俗？"王相公合上面前条陈，暗自嘀咕：姓李才是最扯吧？

尽管小孩子不太可能姓王，王相公仍然无法按捺住内心喜悦，起身道："下官先回去了。"

"此事勿与十七郎说。"

"有孩子了难道不该让他知道吗？"

"晚辈们的事由他们自己去解决。从嘉都没开口，你一个局外人跑去揭开这层纸算什么？"李国老头也不抬，仍暗自筹谋着右神策军将来的路。

"好吧。"王相公接受了这个事实，转身出了门，碰上小仆立刻嘱咐道："去知会十七郎，让他今晚去务本坊吧，不要回家了。"

"好嘞！"小仆得令拔腿就跑去右神策军营，一字不落将相公的话转告给王夫南。

王夫南先是愣了一下，随即明白是许稷回来了。他连训练的衣裳也没换，火速牵了马就直奔务本坊。

然务本坊此时却已有客抢先一步到了，叶子祯笑眯眯地扒着门框："嘉嘉！"

"你为何会在这儿？"

叶子祯回说："我有很重要的货要到长安，思来想去索性亲自来。比你晚出发三日，也早到三日，眼下就住在隔壁。"

叶子祯说着，佯作无事地走进去，却趁小婢不注意瞬时抢过阿榑来抱。阿榑正捧着一只鲁班锁啃啃啃，突然被叶子祯举起来，也不慌乱，只稍稍愣了一下，就又乖乖巧巧地继续抱着木头啃。

"脏死啦。"叶子祯单手抱住小孩子，抖搂出帕子来就给他擦口水，"我猜十七郎今晚一定要来的，小孩子会碍事的，我先抱走了啊，明早再给你送过来！"

他说完拔腿就跑，许稷反应过来追出去，这小子早就跑了个没影。

小婢呆愣在一旁，看着许稷："这——"

许稷倒吸一口气，正准备去将孩子要回来，坊道里瞬时传来急促马蹄声。那马蹄声骤停，马和人都陷在暮色里，如画一样。

一年多未见，许稷觉得有些陌生。

王夫南翻身下马，走到她面前，也不管有无旁人看着，张开双臂就抱住了她。因疾驰赶来，他呼吸略重，胸膛不住起伏，似乎无法控制内心的渴望与久别重逢的喜悦。他抱得太用力，许稷甚至呼吸都有些不畅。

冬末春初的寒意和另一个人的炽热交织，熟悉的气息和脉搏跳动的方式，将她从阔别已久的陌生感中拽了回来。

许稷闭眼深吸了一口气，那寒冷空气很快被焐热，胸膛中的冰碴也一块块化解，以此来告慰长久的想念。

还活着，真是太好了。

邸抄里的种种说法，皆是几经转述再撰写而成，真真假假不知该信几分，半夜梦回还有片刻的恍惚和不安定，而此时她才真切感受到了他仍旧鲜活的生命力——体温、脉搏、呼吸，都那样真切，她能够一一体会到。

王夫南稍稍松了手，气息却仍旧不稳。他认真地看着她的眼，心中百般缠绕的情绪终于得解。

许稷抬着头，因呼吸忽然恢复顺畅而有些急促。两人之间距离不过半寸，彼此交织的气息融进长安城渐浓的夜色里，温柔得令人醉。

许稷转过头，同看愣的小婢道："去准备些酒菜。"

小婢回过神，拔腿就跑，只留下他二人。

"很久没能听到长安城的街鼓声了。"许稷紧握住他的手，"你还好吗？"

"不好。"他非常诚实，"但现在好多了。"

许稷知道神策军征伐浙东遇到的那些糟心事，也听说了曹亚之的惨死。这一年他的确不可能好过。

"主将惨死，你受罚了吗？"

"罚俸一年。"

"没关系，我可以养活一家子人。"

许稷另一只手也伸过去紧紧握住他的手。

"一家子人？"

许稷目光坚定，却又蕴着柔和暖意："我们家添了一口人。"

王夫南不太明白，那俊颜先是茫然，后又蹙眉，最后眸光陡亮，简直不敢去信。他轻启唇，欲言又止，一颗心似要从胸膛里扑腾出来，几番罗织措辞却觉喉间哽咽。

许稷再度握紧他的手，两颊梨涡深陷。

她用笃定又平静的语气告诉他："是真的。"

言罢她走到隔壁敲开门，只见叶子祯坐在廊下拿了一块饴糖逗阿樨。

叶子祯一见王夫南和许稷都站在门口，忙将阿樨抱到怀里。

王夫南愣愣看着，叶子祯就炫耀道："看什么看哦，这可是我家小孩子。"他戳戳自己的脸，又戳戳阿樨的脸，"长得是一样的好看，简直是一个模子里下来的。"

王夫南二话不说走过去，叶子祯仍不要命地炫耀："第一口牛乳还是我喂的呢！喂——"

炫耀未果，阿樨却已经落入了一个坚实的臂弯。

小奶娃目不转睛地盯着王夫南，咯咯咯地笑起来，将沾满口水的饴糖塞给他阿爷。

王夫南单手抱着，另一只手犹豫了很久，才敢抬起来碰一碰他的脸颊，感受到那真实温度和柔软触感时，他简直要沉醉其中了。

"不要捏他的脸哪！会流口水的！"叶子祯紧张得跳了起来！叶子祯上蹿下跳，却全无本事将小孩子从王夫南手上夺回来，于是自暴自弃跟进许稷家门，厚着脸皮蹭顿晚饭。

三个大人入席，旁边放了一只肉团子，小小身躯就挨在王夫南身边，软软的，格外乖巧。

叶子祯起身就要给小崽子喂牛乳，却被王夫南一把夺过碗和小勺。

"这可是我外甥哪，你不要瞎喂啊！"

叶子祯对他喂小孩子的本事深表质疑，然王夫南一手端碗一手拿勺，像模像样地喂阿樨吃起了牛乳。阿樨也十分配合，小勺一递过来就老实张开嘴，王夫南送得迟一些，口水就从嘴边上淌下来，一双亮闪闪的眼像极了许稷。

吃完牛乳，他伸出小爪抓住王夫南的袖子，将头蹭过去擦口水。

"阿爷衣服不干净，蠢小子。"王夫南按住他小脑瓜，抽回被拖住的袖子，"吃饱了就睡吧。"说好喂完就不再关注小孩子，可一听边上没了动静，就又转头去看，简直是满心惦记。

为人父的事实来得太突然，对王夫南来说，因毫无准备竟觉得是在做梦。相比之下许稷则冷静得多，但看他爷俩一大一小挨在一块，又顿时觉得心窝里升腾起暖意来。

她起身给阿樨擦了擦脸，又将他裹起来，免得他受凉。像模像样，动作一气呵成，完全没有之前抱樱娘时那种局促与不知所措。

她重新坐下，王夫南看向她，发觉她同以前似乎有些不一样。

许稷将酒饮完，同叶子祯说："再过两天是旬假，恰好摆百日酒，会有客来。"

她的话到此就止了，叶子祯明白她的意思。他不适宜与京中的人走太近，因太容易被认出来，且会造成不必要的怀疑。

"放心吧，那天我会闭门不出的，但晚上你一定要补我的酒才行。"叶子祯鼓了下腮帮子，求证般问道，"不过你明目张胆摆百日酒是打算昭告天下吗？"

"嗯。"就算不摆酒，不出三日朝中也会传闻四起。与其被人窥测，不如先发制人，至少看起来坦荡些。

叶子祯微妙地耸了下肩头："那十七郎可就惨了，百日酒那天十七郎也不方便在场吧？"

他机智得已经预见到那天的"风言风语"，于是托腮看向王夫南，一脸的幸灾乐祸："十七郎别生气哟！只是当一日弃妇而已啦！"

王夫南闻言，起身就要揍他，结果这厮却抱着酒杯转瞬逃之天天。

叶子祯走后，气氛一下冷清了许多，许稷让小婢先将孩子抱去睡觉，屋内便只剩了他二人。

一年未见有许多话要说，但不急这一时。许稷一路舟车劳顿，遂先起身去洗了个澡，回到房内，却仍坐下来将要处理的公文看完。

夜深了一些，王夫南走进来，关好门在她案前坐下。刚洗过澡，他皮肤都冒着热气，看起来像刚出炉的蒸饼，许稷抬头看他一眼，笑了一下。

"笑什么？"王某人无辜地问。

"你看起来似乎有些美味。"她搁下公文，解开还未干的头发，忍不住偷个懒，"帮我擦头发？"

王夫南自然非常乐意，拿过干手巾坐到她身后，按住她脑袋仔细擦头发。然他忽然停了手，许稷问怎么了，王夫南问："近来你自己仔细照过镜子吗？"

"没有。"许稷扭头看他，他指头在她发间拨了拨，"新生出来的头发，是黑的。"

许稷一愣，王夫南伸出指头比画了一下："半个指节这么长，还不是很明显。"

许稷回过神，陡想起之前蒋郎中所说的"这孩子会给娘子带来意料外的惊喜"，难道是指她的头发？又想想蒋郎中后来给开的那些补药，兴许是那些调理的药物起了作用？

"你气色比先前是要好一些，自己觉得怎样？"王夫南仍给她擦头发，低了头鼻尖便蹭到她耳朵，气息撩动皮肤，令人觉得酥痒。

许稷又转过头，刚想回"是要觉得好一些"，对方却忽然吻了过来。

许稷慢热地回应，因为太久没有接触甚至有点生疏，但柔软唇瓣相触，就又恢复了熟稔的渴望。久别重逢，彼此传递热量与想念，许稷将手探入他的袖内，触碰到他的皮肤，心却是沉甸甸的。

她熟悉他身体的每一个旧伤疤，每每触及新的疤痕，心便因承载了更多的疼惜往下多沉了一些。战场上刀箭无情，腥风血雨里走着，性命便永远不在自己手里。时局如此，她想要他毫发无损到底是奢望，能做的，也只是把握当下了。

许稷忽然上身前倾欲将对方压倒，王夫南却抱起她移向温暖床榻："地上太硬了，背会疼的，你如何舍得啊，真是狠心的家伙。"

既然被诩"狠心"，许稷便顺理成章抛开"怜花惜玉"的念头，毫不留情地蹂躏了十七郎，而苦兮兮的十七郎亦同样不甘示弱地予以回报，两人简直像斗了一架。

情潮稍平，两人仍然腻在一块，不分彼此。许稷很自然地往他怀中挪了一些，额头恰好抵着他的下颚，不急不忙说道："孩子出生的时候，江淮的木樨花开，满院子的香气，很让人愉悦。"

"所以乳名叫阿樨？"

"嗯。"许稷声音略有些慵懒的低哑，"名字还未起，因我也不确定要用哪个姓。"

"那不重要。"王夫南说，"人本身比姓氏重要。"

"我很累了。"

"那就睡吧。"

他全身心地接纳她的疲惫与示弱，不过半炷香的工夫，就闻得身边传来平稳的呼吸声。

百日酒恰设在旬假这一日，实在别有用心。

收了帖子的一个个都说许稷简直奸诈，穷得一毛不拔，用一纸帖子几杯薄酒就要混财礼。但更多的关注点却是他到底是哪里得来的儿子？！

"江淮温柔乡，许侍郎遇见美色没把持住，一不小心搞大了人家肚子，对方一看哎呀这种其貌不扬的家伙居然是个侍郎，为了权钱就生下来了，谁料许稷是个一穷二白的坏人！于是对方丢下小儿怒弃许侍郎而去！"

"啧啧……之前不是说和神策军大将搞在一起吗，去一趟扬州就变卦啦？"

"十七郎好可怜，出去打个仗就惨遭情人背叛，这下一定肠子都悔青了！"

"放屁啦，这是百日酒哎！这个孩子至少是去年正月里怀上的，那时候许侍郎有屁个机会和扬州美人乱搞啦？！你们也不看看许侍郎那身板，羸弱不堪的，能搞大人家肚子才怪，之前那个王家十八娘，与他在一起好几年还不是什么动静也没有。依某之见哪，这娃八成又是路上捡的。"

"去一趟河南捡个小女娃回来，去趟扬州捡个小男娃回来，许侍郎可真是捡娃上瘾。"

"生不出来嘛哈哈，只能捡了……"

总体来说，虽然这孩子来路不明，但皇城诸司无疑又多了一项谈资，又可打发掉不少无聊时光。因许稷家的房子实在小得可怜，许多人很识趣地喝上两杯酒就走了，只有几个老头子，像模像样在她家吃起饭来。

许稷令小婢将孩子抱过来，王相公望着小娃，笑眯眯说："长得可真是好哪。"

李国老瞥一眼："眉眼说得过去。"

"国老太违心了吧？分明长得很好，为什么讲这种很敷衍的话。"

"这样貌确实很普通啊，同国老家那几个后辈比起来的话……"胖尚书捏着酒杯实话实说。

王相公闻言板起脸，几个人顿时不再讨论小孩子样貌，只闷头各自饮酒，许稷这时开口缓解气氛，说道："小儿路上一直吃的牛乳，但吃久了恐怕也不太好，倘若能请到一合适乳母，就再好不过了。"

王相公立刻应下："老夫会替你留意的。"而实际乳母早已寻妥当，毕竟乳母都是待在家主身边的人，若是被人借此安插了眼线，那岂不是糟糕。

王相公自觉对孩子表现得太亲昵了，于是将阿槊交给小婢，又道："听说你一路勘察了漕运水道，可有什么收获？"

"淮河、洛水、汴河运粮水道都急需修缮，大船太少，转运路程太长，效率太低。"许稷言简意赅，一句话就将现行的转运方式进行了大规模否定，然这却是实话。

江淮乃帝国财脉，也是粮食供给的大头，每次从江淮运送粮食至长安，运一次就大半年，且长途转运，路途中很容易出意外，或粮食减损，或人员伤亡，效率实在低下。

“下官认为，可支取部分盐利，用以修水道造船场，将单程长途转运改为分段短途转运，每段各设粮仓，处理转运事宜。如此一来，安全和效率上来说都可大幅提高，倘若再多增些大船，则可以更快。”她短促地停了一下，接着又未雨绸缪，“倘若将来有战事，粮草输送也不至于会跟不上。”

“你这是在期待打仗？”胖尚书略有些不怀好意地睨她一眼。

“不，下官痛恨战争。”可她并不乐观，“但下官一路走来，从东南到关中，所见却令人忧虑。”

浙东起义，或许不会是终结。

屋子里瞬时没了声音，只有几只孤雀落在门口叽叽喳喳叫。

一直安静的阿樨忽然哭了起来。

“从嘉啊，还是要慎言哪。”王相公意味深长地说，“孩子哭得太凶了，你去哄一哄吧。”

尽管诸人都知眼下局势不太好，但许稷这样明着讲出来，被人抓住话柄大做文章就不好了。

许稷遂起身将阿樨带出去，只留几个紫袍老头在堂中继续吃酒。有胆大的栗毛雀从门口跳进来，丝毫不惧人。

胖尚书开口道：“要修早修了，哪还会拖到今天？都当是扬州开新河那么容易哪。”七里港的工事倘若要朝廷出钱哪还会这样顺利？他许稷想修漕运水道造船场，钱从哪儿来？用盐利？怎么可能够用……

光神策军在外打一年仗，度支供军支用就噌噌噌飞涨，加上其他乱七八糟的额外开支，许稷回来正该是为支用愁得焦头烂额的时候，可她竟还有闲心在这小宅里奶孩子。

胖尚书闷闷饮了一盅酒，借口有事就先走了，李国老紧随其后，王相公则特意去与许稷道了个别，又看了看孩子这才出门。

他出门没多久，却见李国老的马车停在务本坊门口东侧角落里。

眯眼一瞧，见礼部某个小吏正踮脚贴着那马车窗户说话。

那小吏絮絮叨叨说了几句，李国老姿态神色皆不变，只交代："回去就将那策文换了。"

小吏得令就跑了，王相公也放下了帘子。

正是旬休，整座长安城都沉浸在懒散的氛围中，太阳也一样懒，一直挂在天上，就是不想往西边挪。前来讨酒喝的人仍不少，许稷翻了翻名录，发觉除了一些交情不太深的，还有一位熟人没来——练绘。

许稷打算换身衣裳去一趟度支时，练宅的小仆却到了。那小仆送来一只小锦盒："是中丞与夫人的一点心意，请侍郎收下。"

打开锦盒是一只小银锁，不算贵重，但许稷记得这是千缨在淄青集市上所购。那会儿她说"真是小巧可爱，太合眼缘了"就出手买了下来，原本是打算回京送给许稷的侄子，后来出了那些糟心事，一时忘了就没送出去。她看着那银锁有些感慨，却到底将对千缨的挂念埋进了心底，收下那锦盒，并让小仆将谢意带到，牵过马出了务本坊。

逢假，安上门就有几分冷清。她递上鱼符核验门籍，侍卫认出她来："侍郎好久不来了，听说去了扬州？扬州好吗？"

"挺好的。"她照例寒暄完，进门即直奔度支。

度支仅剩几个宿直官员，许稷悄无声息进去时诸人毫无反应，直到她往里面公房走，才有个书吏跳起来："是谁！"

许稷转头，书吏"啊"了一声，认出她来。

诸人闻声，纷纷起身拱手。

许稷示意他们坐下，喊了员外郎调去年支用账。

许稷看账时，员外郎同怨妇似的在一旁不住抱怨度支入不敷出，又说延资库欺人太甚强行索要度支积欠，再将太府寺的敷衍和隔壁盐铁司的恶劣行径痛陈一遍，最后说得口舌都干了，许稷却仍然不声不响地看簿子。

员外郎说来说去，其实都只是为一件事——钱不够用。

这个问题从许稷接手度支之前就一直存在，本来都已经有所改善，可钱荒如今却愈演愈烈，度支就差跪地哭穷"对不起，剥皮卖肉都掏不出钱来了"，加上今夏关中又遇蝗灾，前路实在不乐观。

许稷在公房待到天黑，听承天门的鼓声一下一下响起来，回过神正要走，员外郎却将制科支用的公文递了过来。

"要开制科？"

"是。"

在这个节骨眼上，多买支蜡烛都是浪费，铨考、进士科都照例举行的背景下，突然心血来潮地开制科，不仅额外多出一笔支用，且有些奇怪。许稷心事重重地处理完，走出度支时，礼部一小吏从南院狂奔出门，冲到街上，差点与她撞上。那小吏看到她惊了一惊，却什么话也没说，拔腿就往政事堂跑。

许稷将目光收回，却看到几个内侍从礼部出来，往景风门去。

内侍出现在礼部并不奇怪，或许是为制科筹备事宜也说不定。但方才那小吏的反常表现，却令许稷隐隐有些不安。

此时政事堂内除宿直宰相，还有李国老等人。赵相公摆好了棋盘，同李国老对弈，意有所指地说："国老这样护着一个初出茅庐的晚辈，倒是不寻常。"

"敢想敢做一片赤诚，好犊子为什么不护。"李国老端起茶盅饮了一口，正要落子，却遥遥听得外面梆梆梆一阵敲门声。

那敲门声很快被阻止，老仆领着敲门小吏进了里间，还未及禀报，门就被抢先拉开。

那小吏火急火燎，上气不接下气，李国老见状眸色便沉了一沉。

他深吸一口气，李国老却抢在那之前开了口："没来得及换掉？"

"没……没来得及。"小吏深喘口气，"许侍郎的策文被内侍省拿走了。"

李国老抿了下唇，旁边赵相公亦倏地抬眸，视线从棋盘上移开。

赵相公立刻嘱咐老仆："让练绘过来。"

练绘正在推鞫院，闻得赵相公此时喊他过去，便知没什么好事。

一进政事堂，只见李国老与赵相公都在，棋盘上无一棋子，只有厚厚一份抄卷。

"许稷当年直谏科的策文是你看着礼部封的，还有印象吗？"赵相公问他。

练绘瞳仁骤缩，再看那份长抄卷，不由揣测："策文可是被翻了出来？"

"当年就几个人看过的策文，阉党为什么觉得其中有鬼要翻出来？你平日里可是说漏了什么？"

"下官绝——"练绘倏地止住话头，抬眸忽道，"是孟老。"

他口中孟老，即刚刚致仕的中书舍人。当年正是这位孟老，力挺直谏科中脱颖而出的许稷，甚至不惜与其他考策官争执。

"孟老离京那日，下官前去相送，孟老与下官论及许侍郎时，曾言'那后生策文论及商贾、军兵、吏治、僧道、税法，之后所为也当真循着策文来，只是可惜真如那策文所陈弊端一般，终究是受困于臃赘的宰辅和干政的阉党，掀不出什么大浪来'，此言许是被有心之人拾得了。"

"就是这个吗？"李国老翻着面前这份当年誊录下来的策文，眼角微动。

练绘上前看了一眼："正是。"

真是有骨气，一纸策文同时得罪一众宰辅和阉党，劝谏行文相当冒进，当时要被捅出来，估计仕途也就完蛋了。

"真是个执着的蠢货啊。"

李国老声音寡淡地说完，将誊抄的策文丢进了火盆里。

"但没有这份策文，他当时也出不了头。"赵相公看着那腾起来的火焰，不紧不慢接着道，"阉党想在这上头做文章可真是挑准了时机，度支盐铁现在这个入不敷出的鬼样子，踢走他太容易了。"他顿了顿，"还有先前魏王之事，杨中尉都能因此而死，他能避得过？"

李国老将手中一颗棋子稳稳地翻了个面，听得练绘道："下官斗胆认为，此事与杨中尉一事，并不一样。"

李国老将棋子重新翻了过来。

这个时辰，叶子祯在许稷家等得胃抽筋。他坐在地上揉肚子，旁边一只肉团子却没心没肺地呼呼睡。说好百日酒晚上要补他的酒，可这两人到现在还没来，真是让人着急。

桌上一支蜡烛已经燃了将近一半，他自备的酒菜也都冷了，叶子祯站起来走到门外，忍着寒风站了一会儿，务本坊里只听见国子监的夜读声，街上空空荡荡，一个人也没有。

他冻得实在吃不消，吐了一口气缩回堂内，瞥一眼窝在襁褓中的肉团，赌气说道："你许阿爷和王阿爷都不要你啦！"

阿楔听到声音动了一下，叶子祯一惊顿时后悔，手刚伸过去，阿楔就开始吐口水泡泡。

叶子祯缩回手擦擦擦，抬眸盯过去："小螃蟹！"

他刚说完，外面就忽有人敲门。

叶子祯闻言起身，一脸惊喜去开了门，然门外却只有一小吏。

那小吏朝叶子祯揖了一揖："某是奉大将之命而来，大将令某转告许侍郎及叶五郎，西戎告急，晚上急议西戎战事，无暇赴宴，改日再聚。"

"西戎告急？边军又扛不住了吗？"

旬假晚上连夜议事，叶子祯就算不是局内人，也察觉到了不寻常。

"这个某就不清楚了。"小吏一躬身，作势告退，叶子祯却一把拉住他，"你们大将也不知许侍郎今日有什么急事吗？"

小吏摇摇头："大将应以为许侍郎在家替小儿庆贺百日，没有什么特别交代的。"

叶子祯有点着急，却只能放走来报信的小吏。或许许稷是为了军费挑灯议事，所以到此时还没回来？他尽可能往好的一方面想，可他正要关门时，马蹄声却嗒嗒嗒响彻了整条巷子。

那马疾驰至他跟前，一红衣侍卫翻身下马，看到叶子祯即问："足下可是叶五郎？"

叶子祯颔首，侍卫又道："某是南衙左监门卫府的，今日镇守安上门交班之时，恰遇许侍郎下直出门。然许侍郎出门时被内侍请回宫城了，故托某到此报信，请叶五郎勿等，百日酒改日会补。"

"为何这时辰还会被请回宫城？"

侍卫面色有些沉重，却依照许稷交代的，平静回说："某不知。"

第二十三章 · 供军使

夜里的宫城像座深窟，巍峨宫阙锐利得似要戳破夜幕，铜铃随风动，细碎声音传入殿内，小皇帝不由打了个寒战。

小侍塞了个暖抄手给小皇帝，小皇帝抱着那暖呼呼的一只，盯着门大气也不敢出。他刚听小内侍念完许稷当年的策文，尽管有些地方听不太明白，但他却知这时候将此文翻出来绝非好事。

马承元就坐在一旁，不动声色地继续翻看那策文。

小皇帝又哆嗦了一下，听得外面幽幽传来禀报声："许侍郎奉旨觐见——"

这时辰进入宫城手续烦琐，内侍带着许稷一路"过关斩将"才得以抵达紫宸殿。已是冬末春初，许稷却冻得手脚冰冷，得令入内，才陡获融融暖意。跨过一道道门，最后走到小皇帝面前，许稷跪地行礼，却没有抬头。

小皇帝觉得她花白头发簪直刺目，他许久没见这位良师益友了，也不知她这阵子是怎么过的，听说得个儿子，那应当是喜事，这会儿却……

小皇帝搂紧了怀里的暖手抄。

都是马承元等人说要开制科，又说制科中的佼佼者策文十分精彩，皆是经世治国之策，劝他问礼部要来看看。他心想这是好事，于是当真让礼部调这些年的策文来看。可拿来一堆，马承元象征性地抽了几份，最后将许稷的拿了出来。

马承元一看不得了，连忙让人将许稷喊来，又让小内侍将策文慢慢读给他听。摆明了就是要找许侍郎麻烦哎……小皇帝的心又揪了起来。他看向那烛台，想起先前杨中尉的死。

那时也是马承元、陈闵志等人说杨中尉勾结魏王意图谋反，并令人去擒杨中尉。他没有办法阻止，尽管他很怕凶巴巴的只知道盯他念书的杨中尉，但他并不想让他死的。

许侍郎……会是下一个杨中尉吗？

小皇帝又打了个寒战，说："爱卿起来吧……"

"陛下，许侍郎有罪之人，怎么能让他起呢？"

"哦……"小皇帝含含糊糊应了一声，"那爱卿就……"

许稷脊背再次弓起，头虽没抬，却问："不知臣犯了何罪？"

马承元同小内侍使了个眼色，小内侍便捧着那策文递到许稷面前。

许稷抬眸瞥了一眼，瞳仁微缩——是几年前考直谏科时她写的策文。这种东西被不小心翻出来的概率微乎其微，除非有人要故意拿这做文章，而事实显然是马承元想整治她。

她回京前就做好了准备，以为马承元会暗地里解决她，但没想到，马承元仍然选择了明面上的斗争——不是派一群人直接杀了她，而让她走到这里，并还有说话反驳的机会，真是"大恩大德"难言谢。

"陛下觉得这策文如何？"

马承元余光睨了眼小皇帝，小皇帝拢着手小心翼翼地说："有些朕听得不甚明白，不好说。"

"许侍郎于策文中，将先帝与前朝亡国皇帝比，其用心实在不忠，乃至恶毒。"马承元阴阳怪气，"这些陛下应当听得明白？"

"臣——"

许稷要反驳，马承元却骂道："许侍郎是将我大周天子置于何地？先帝一世英名，竟容得你诋毁？"

"先帝确实英明，但臣——"

"许侍郎可是要狡辩？我只问，这策文是不是出自你手？"

许稷回："是。"

小皇帝皱眉回忆起文中那些措辞来。许稷策文的确十分冒进，其中提到阉党弊祸时，所陈不过是前车之鉴，想要以此引起重视。

事实上百年前的谏官常出类似言论，用来劝诫君主勿重蹈覆辙，算不上什么大事。可到如今，谏官几乎已敢怒不敢言，许稷这般言辞就格外"异端"。

加上马承元断章取义，就更凸显许稷的"不臣之心"。只这一点，就足够剥下她身上这绯服，将她流放到边地去。

小皇帝很着急，但他仍拢着那暖抄手，源源不断的热量让他越发心焦。他说："都已经是好些年前的事了，还是不要计较了吧，何况……许侍郎也没有因这策文登第嘛！"

他可是知道许稷出身的！绝对不是直谏科出来的，在这科上一定是被黜落了，她是借着另一科出的头。他原本还庆幸自己机灵，可马承元一开口，他顿时后悔得要趴地哭。

马承元道："既然陛下提了这事，老臣也想问问为什么许侍郎写了这样的策文当时却没被追究？最后反而以文经邦国科登了第？"

许稷陡皱眉，马承元的目标不仅仅是她！他是要顺带追究——

"当时谁是这科的考策官？"马承元果然转向小内侍，"卷上有吗？"

小内侍忙又拿过卷子递去给他看，马承元细目一眯，手指一划："这两位都致仕了，倒是这位——御史台侍御史练绘，如今竟都是御史台中丞了！"

他冷笑一声："身为御史台官竟包庇这种事，御史台哪还有可信之处？"

小皇帝心顿时提到嗓子眼，一个是许侍郎，一个是练中丞，都是他暗地里十分信任的人……马常侍这是要砍了他的手足吗？

他后脊背冷透了，看向马承元不敢说话。

马承元抖抖策文："制科开考在即，不整肃此风简直不得了！陛下说是不是？"

小皇帝连咽几口唾沫："可……可这都是旧事了，何况御史台眼下也很好啊，度支也是，能做好当下的事才重要嘛……"

马承元挑眉笑："度支也很好？"那笑在瞬时敛起，声音亦突然高上去，"许侍郎！度支眼下当真好吗？"

小皇帝快要被吓死了，他发觉自己不论说什么，马承元都能接着他的话往下再插一刀，偏偏刀刀都能扎到人。

他决定闭嘴，但仍存了一丝希望看向许稷，期待她能来个漂亮反击。但许稷无话可说。她原先还打算辩驳，但很快就发现眼下争辩其实毫无意义，说得越多，漏洞和把柄只会更多。

但有一点，她是有把握的。

许稷抿紧了唇，保持着这个姿势跪伏在地上，做好了久耗的打算。

她的反常安静，令马承元只能一人将这戏唱下去。

然马承元并不打算唱这独角戏，他道："陛下，据老臣所知，许侍郎与魏王颇有干系，倘若深究一番，许侍郎恐也免不了谋逆嫌疑。"他在用谋逆死罪逼许稷开口。倘她不辩驳，就当她默认，再顺理成章定她的罪。

许稷没法说。

她若问"证据在哪？"，马承元即会说"魏王是在沂州失踪"，随即翻出她在沂州任录事参军时的旧事，同时会将王夫南卷进来，因"那时王夫南是泰宁观察使"，要说和魏王有牵连，她和王夫南都难逃怀疑。

马承元之前能将练绘扯进来，自然也够够将王夫南扯进来。何况他必然猜得到是王夫南弄死了曹亚之，曹亚之一死，右神策军简直成了王夫南握在手里的利剑，马承元能咽得下这口气才怪。

小皇帝紧张得手心一片湿腻。

许稷埋着头，身体几乎贴地，那绯袍那白发，在宫灯映照下，当

半子 · 189

真是太刺眼了。

外面响起嗒嗒嗒的脚步声，小皇帝一抬眸，只见东、西枢密使领着几个人鱼贯而入，简单一拜，东枢密使道："陛下急召某等可有要事？"

小皇帝睁大眼，陡惊道："没……没有……"

他没有召见枢密院的人哪！

他虽不知马承元具体要如何处理此事，但枢密院乃宣达王命之司，马承元是铁了心要以他的名义下决断了……

小皇帝眼睁睁看着枢密院假传王命，传令金吾卫拘户部侍郎许稷、御史中丞练绘送大理寺。

小皇帝看着金吾卫进殿，有些坐不住了。

然马承元却按住了他的肩，与枢密使道："陛下疑右神策军大将亦有不臣之心，遂速令左神策军……"

他正打算要将王夫南一并抓起来，小皇帝霍地扔掉了手里的暖手抄，厉声阻止："朕没有！"

诸人都被这歇斯底里的声音吓了一跳，唯马承元居高临下地冷冷看了他一眼，那眸光中一闪而过的杀气，却并没能让小皇帝瘫软下来。

扔掉了内侍给他的暖手抄，他反而觉得说不出的畅快与自在："朕没说！朕觉得这些都是吹毛求疵的事情！朕今晚只是想好好地看策文！"

他说话间小脸通红，因为激动，单薄的双肩都在颤抖。

许稷抬首看了他一眼，马承元则看向金吾卫，冷着声音道："还愣着做什么？陛下该就寝了。"

金吾卫得了这话，只能押着许稷往大理寺狱去，而此时外面却又有脚步声骤响。

"陛下，河……河南乱了……"

小皇帝霍地瘫了下来。

而比小皇帝更早得到消息的则是左、右神策军将领。原本是连夜议西北战事，却又得河南举旗作乱的消息。

左神策军护军中尉陈闳志不愿发兵西北，与其去和无情残暴的西戎铁蹄较量送死，还不如去打一群不中用的河南反贼。但王夫南也不肯让左军在外逍遥，非要拉上左军一起将西戎赶走。

争执不休之际，忽有人敲响了门。

政事堂一吏卒进了门，看一眼王夫南，躬身道："大将借一步说话。"

王夫南一看是政事堂的人索性让他上前，那吏卒于是附耳与其说了会话，随后再次躬身告辞，转过身就匆匆忙忙走了。

堂内一片沉寂，王夫南霍地抬眸："右军打西北可以，让度支许稷做我的供军使。"

王夫南提出让许稷任西北行营供军使的同时，一众金吾卫也急匆匆跑去御史台捕人，见他不在台院，又奔去政事堂。

旬假晚上，政事堂内冷冷清清。

李国老已经走了，只剩赵相公与练绘对弈。

这对师生皆非常冷静，似乎于一局棋中都谈好了对策。金吾卫规规矩矩地守在门外，等这一局棋下完，练绘起身，对栽培他多年的座主深深一揖，随后转过身，二话不说同金吾卫往大理寺去。

马承元此次挑事，不是专为弄死许稷。倘若只要许稷一人死，完全可以让她死得悄无声息，但他还要拔掉御史台里的这颗眼中钉，还要趁机拉王夫南落水，就得将许稷这颗棋子用到实处。然西戎犯边与河南之乱打乱了马承元的计划。他的坑还没挖到足够深，就迫不及待将人拽进去，是无法将对方活埋的。

许稷被责问之下一声不吭，王夫南则借着"出兵西北"的机会拥兵谈条件。哪怕马承元此时想要扳倒王夫南，陈闳志也不会同意，姓陈的只想平了河南争功夺赏，至于西北这块硬骨头，他只想扔给王夫南去啃。

河南内乱易平，西戎外患难除。

陈闳志打了一手的好算盘。

而这时王夫南提出的"让许稷做他的供军使"要求，就也不显得过分了。要知道供军使不过度支下的临时使职，让许稷做供军使，等于是将她从度支使的位置上拽了下来。

尽管王夫南这招一看就是在救许稷，但此举正合阉党心意。

何况西北供军院素来不省心，因粮料被抢、供馈不时而被罢掉的主吏多得是，许稷这次接下的，是块实实在在的烫手炭。

许稷很久没在推鞫房这种地方待过了。上一回还是在比部时，被练绘盯上关进御史台推鞫院，没日没夜替他看账。但那时好歹暖菜热饭暖炉一样不少，而今晚却只有冰冷狭小的房间，连只火盆也没有。

空气里浮着铁锈气味，沉冷阴森，毫无人烟气。灯昏得不行，灯芯摇摇欲坠，火苗晃来晃去几乎要灭，随着一声开门声响，软弱灯芯骤塌，火光倏灭。伴随着脚步声一道来的是照明的火把，许稷抬首，就见到了练绘。

金吾卫和大理寺推官对练绘显然十分客气，打开门请他进去，并道："委屈中丞了。"

随后关上门，一并退去。

练绘听那脚步声走远，非常平静地走到案前拿过火折，将油灯点亮。火苗霍地蹿起来，他转过身，看向许稷，若无其事地说："弄璋之喜不能当面道贺，正觉得遗憾，没想到却还是见面了。令郎可还好？"

许稷这时不由想起阿樏，分明是美好的百日酒，但此时一家人却分离难聚。

"很好。"许稷回过神应道，"百日贺礼很是用心，多谢。"

"是十八娘的主意。"

"千缨还好吗？"

"很好。"

两个因多年前一卷策文而被困于此地的人，见面却不谈阴谋不论对策，只顾着寒暄对方家眷，像是街边遇见，坐下来喝茶闲聊。

许稷索性坐了下来，练绘也在另一边坐下。两个朝廷高官，一个专门挖蛀虫，一个手握帝国财脉，席地而坐，心中各有挂念，面上却都是从容。

"牵连你实在抱歉。"

"没有策文也会有其他事，欲加之罪，不必太在意。这种罪名撑死了不过贬谪，阉党只是想将我赶出御史台，那就遂他们的愿。我在御史台待了将近十年，挖蛀虫这种事，无止境，尤其是树根都蛀烂了，有时甚至觉得真不如拔掉重来。"

练绘薄唇抿了一下，看向灯火眸光却黯。

他抬手比画："这是树干，里面已经烂了一个大洞，只剩了外面薄薄一层枯皮在装模作样，根须发了疯地长，水、养料都被汲得干干净净，地都要干裂了。"

他重新看向许稷："我想，你明白这其中道理的。"

许稷几不可辨地点点头。

在此处说这话没事，但他这番话扔到马承元面前去，就是大逆不道。

他曾为了抓蛀虫甚至不择手段，一心想要肃清宦池重振朝纲。然那样的一个人，如今却也发出了这般无奈的喟叹。所谓树干意指朝廷，汲干的水与养料则是百姓血汗。不论浙东叛乱，还是河南举旗反，究其原因，都是朝廷与百姓之间矛盾的不断冲撞、激化。

这也是度支的难处所在。

横征暴敛、多增名目与两税配额，纵然能使度支看起来不那么寒酸，却伤透百姓；而朝廷要荡平藩乱、要养军御敌，度支却……无力支持。

这是个困局，两个人心知肚明。

"西北一战，不知何时才能了结。"练绘声音很低，烛火映照更显出他日益瘦削的脸，眼底则是过劳的疲惫，"连河南竟也作乱，神策军至少要遣出去将近一半人。京畿素来都是重兵护卫，如此一来，两京也不那么安全了。"

"将近一半人。"许稷下意识地算了算，"还有诸镇军的出界供给，拖上一年就可以彻底掏空国库。"

她忽然微微仰头，闭了闭目，不知道要怎样说下去，过了好久才低下头："我打算拼一回。"

练绘抬眸等下文，然许稷却不肯轻易透露她的计划。

她忽然起了身，像个老人家一样低头在房间里踱步打圈，走了十几圈，停下来问练绘："御史台除你之外可还有靠得住的人？"

"姚侍御。"

"好。"许稷记下，"但愿姚侍御此次安然无恙。"

"你笃定自己可以走出这道门吗？"

"不是我笃定，是你笃定。"许稷站着说道，"我一提牵连，你立即知道是策文，你在我出事之前恐怕已经预料到了此事。而你的表现，分明已经是有了对策，政事堂不会放任不管，因你我还没有到用尽可废的时候。"

"此事十七郎已经知道了，倘若不出意外——"

"我会成为他的供军使？"

练绘再次抬眸。

"他也只有这办法了。"下下策，但好过让她继续窝在这地方。

练绘对他二人之间的默契毫不怀疑，但他觉得许稷可能另有打算。

双方都沉默了一会儿，许稷倦了，就靠墙埋头休息，但又不可能真的睡着。

练绘忽问："有魏王的下落吗？"

许稷未抬头，只低低反问："知道又有何用呢？"

"陛下是可造之才，但等一个孩子长大——太久了，如今已没人等得起。"这样的局势之下，似乎多等一天，就多一分危险。

一个毫无力量的君王，活在阉党的掌控之下，也在受罪不是吗？倘若是寻常人家的孩子，哪里要这样如履薄冰。

许稷斗胆反问："魏王取而代之就有用吗？"

练绘轻叹出声："你见过陛下的伤吗？"他语声稍滞，"那么小的孩子，身上青一块紫一块，却只能悄悄捂住不敢告诉旁人。连近身内侍都敢掴他打他，小孩子的强颜欢笑，也是很累的。"

许稷的心梗了一下。

今晚他那样冲撞马承元，甚至怒气冲冲摔了暖手抄，马承元怎可能不教训他？

阉党需要的只是一个提线木偶，不是有脑子会思考的活人。倘若这木偶动了支配自己命运的心思，就会被胁迫虐待，直到重新变回那个乖顺木偶。许稷觉得很难过，倘若阿樨被这样对待，她必会冲上去撕了对方，换成小皇帝，她也一样这样想，可实际上她并没有足够的力量。

深夜里的中和殿安静极了，只听到细尺抽在皮肉上的声音。

小皇帝弓着腰跪坐在地上，像个犯了大错的罪人，身后站了一个小内侍握着细尺子一下一下地抽他的背。单衣之下是疼得皱缩颤抖的身体，小皇帝拼命忍着痛，不让眼泪掉下来。

其实他只要哭饶就好了，示弱是最好的解决办法，但余光一旦瞥见坐在一旁的马承元，他就憋足了一口气，不再想求饶。

从记事以来，他见过许多人的死，原本不明白为什么，后来才觉察出是因为自己无能。他没有能力保护他的臣、他的民，甚至连所谓的内库，他都没有资格过问。

只要哪个臣子与他走得近一些，就会像过河卒一样，被碾得粉碎。

他觉得，太难过了。

这难过，甚至胜过细尺经年累月的惩罚。

他是个没有用的小孩子。

屋外的风带着长安城初春的料峭寒意四处晃荡，铜铃声无节律地咚咚乱响，已过四更，长安城的百姓多数仍在安眠。

千缨睁开眼，看看窗外一片漆黑的天，咕哝一声搂着樱娘继续酣睡；叶子祯辗转反侧披袍起身，给小奶娃掖好被子，束起头发走到廊外迎接次日晨光；王夫南终于结束了漫长的会议，领兵径直赶去大理寺。

"大将冷静哪！"

"等明日再说也不迟啊……"

"大理寺现在……"

可他没法忍受许稷在那鬼地方多待上一刻，这群无耻禽兽，他早晚要弄死他们。

大理寺宿直官员还在打盹，看到王夫南领兵进来顿时吓了一跳："大将这是要做什么？"

"放人。"他将文书丢给宿直官，头也不抬地大步走了进去。

街鼓声响起时，长安城各坊门口早早聚集了一批要出坊的百姓和官吏。官吏牵着马彼此寒暄，有些附耳议论西戎、河南战事，要么热血激昂，要么唉声叹气，当然更多的是漠不关心，因西戎铁蹄还没杀到西京，而河南河北反反复复闹事，听都听腻了。

但等日头移至当空，天门街上来来去去都是军人时，长安百姓忽然领悟到了一点，此次调派的军队规模可能超出了他们预料——边境或许当真不太扛得住了，而河南此次也不仅仅是藩乱兵变。

尽管天气转暖晴日当空，却莫名有山雨欲来的气氛。

小皇帝一大早就爬起来去做摆设，他沉默地坐在上首，听群相诸将议论战事。而实际上，调兵的命令在与他商量之前早已下定，他枯坐了两个时辰，京畿各驻军也都已经忙了一个上午，为开拔做准备。

案上的茶凉了又换，新换上的这盏又凉了。小皇帝扫过众人的脸，没有看到许稷和练绘。

他小心翼翼地问："许侍郎呢？"

一片安静。

唯赵相公道："许侍郎任西北供军使，眼下正忙着筹备大军粮草。"

"哦。"他不咸不淡地应了一声，用余光迅速瞥了一眼马承元。

许稷从大理寺出来，眼也没合就回了度支。供神策军的军费自不必说，而藩军出界打仗，也全仰赖度支给付粮草军饷。许稷趁新官未到，毫不犹豫地挪用了东南盐利充军费，近乎一整日都耗在烦琐的手续和转运事宜上。

待回家收拾行李已经是次日深夜，同坊卒出示了鱼符，骑马回到务本坊的宅子，迎接她的只有外面一盏灯笼。

她抬手敲门，叶子祯几乎是以最快的速度冲了过来，打开门做了个噤声的动作，压低嗓音道："好不容易哄睡了，不要吵醒他。"

许稷进门后挨着门板低头喘了口气，独自将马拴好，正要去看阿樗，却被叶子祯逼着先去洗漱。

他一脸嫌弃道："你脏成这样子怎么好意思去看小孩子！"

许稷从大理寺出来，身上味道确实不好闻。她认真洗漱完换了身干净衣裳，这才回到房间，在榻旁坐下，伸手想抚摸小孩子的脸，却又怕他醒。

叶子祯以极低的声音在一旁道："十七郎下午抽空来过，也是行色匆匆，见一眼就走了。你们都往西北去，孩子怎么办？"

许稷眸光黯了黯。

"西北要打多久？一年半载够吗？"叶子祯尽管很想将小崽子据为己有，但他也不忍心看亲子长久分离这种事，最好是快刀斩乱麻将西戎处理干净，好回来团聚。

然而许稷沉默半天，却摇了摇头说不知道。她从没去过西北，更不知眼下战况到底如何，说实话她心里并没有底。

叶子祯不再说话，却忽见许稷起身又跪坐，面朝他伏地行大礼："表兄——"

"你这是干什么？！"叶子祯瞬时跳起来，"你不要开玩笑！托孤什么的我绝不会接受的，你同十七郎都得分毫不损地回来，不然我就恶毒地将阿樗扔到曲江去喂鲤鱼！"

许稷却一动也不动，弓着脊背冷静道："我会努力活着回来，但世事谁都无法预料，倘若我遭遇不测，恳请表兄——"

"混蛋！后面的话不许说！"

叶子祯声音不由自主地高上去，原本呼呼睡觉的阿樗咕噜翻了个身，似乎要醒。他按住心口，平息了一下情绪跪坐下来，压低声音非常冷静地同对许稷道："活着回来，阿樗不能没有阿娘。"

许稷点了点头。

叶子祯垂眸，顺着她头顶心的花白头发往下看，隐约看到滴落在地板上的眼泪，心头不由一酸，于是递了块帕子过去："我会好好照看阿樗的，在西京等你们。"

夜随更漏一点点深，叶子祯起身出门："一看就是好些天没睡了，快点睡一觉，行李的事我来吧。"

将门小心翼翼地关上，叶子祯站在走廊里被夜风吹得肩头发颤，他心忧地睡不着觉，正好替许稷打点行李。

而那屋的灯，很快熄了下去。

接连几天没闭眼的许稷守着阿榍入睡，至后半夜，隐约听得动静，迷迷糊糊中睁开眼，只模糊辨得身影与熟悉气味，知道是王夫南在外侧躺下，就继续睡。

这一觉睡到天蒙蒙亮，阿榍最先醒来，整只都扒住王夫南，口水糊了他前胸，湿答答一片，但那软软的脸却还往上蹭。

王夫南醒了，却任由小家伙捉弄自己。

许稷睁开眼，看到这一幕，将手伸过去与王夫南的手交握，借取一点干燥暖意。阿榍玩腻了阿爷，就扒住他继续呼呼大睡，如此亲昵是十足的信任，小崽子像是天生就知道阿爷值得依靠。可他这位值得依靠的阿爷，却要辞别他，远征西北。

许稷以为王夫南要起来了，可他却单手搂着阿榍，往里挪了一挪，三个人的呼吸都可闻，互相倚靠，连温暖也是流动的。

这短暂依偎，是人世间最美好的事之一。

凝注了最温柔真挚的情感，也暗含了无奈的舍离。

日光愈来愈亮、愈来愈暖，王夫南睁开眼，舍不得起身，却不得不走了。许稷也同样起了身，王夫南替她披上袍子，她将再次睡熟的阿榍裹进襁褓，低头亲吻他的额头，犹豫再三终于放下。

叶子祯在外面等了多时，见他二人出来，将许稷的行李递了过去："什么都备好了，绝无遗漏，你们走吧。"

这个狠心的家伙连朝食也不给，就将他们赶出了门。

待他们当真走了，叶子祯又从门口探出头去，孤寥寥地看着空荡荡的街巷里，灰尘重新落下来。供军粮草、衣料，随同右神策军一起浩浩荡荡离开了西京。而王、许二人的事，也给沉闷的西京添了一些话题与谈资。

譬如说王夫南不计前嫌勇救抛弃他的许侍郎，许侍郎感动之下后悔不已，终于两人又握手言和云云。但玩笑话也只能解一时的愁，京中大规模的人事变动，弄得皇城内乌烟瘴气，人心惶惶。

练绘被调至凤翔任节度使兼陇右度支营田观察使，终于离开了他待了近十年的御史台。

调令下来，驿所就催着走。

凤翔就在长安西边，因离得近，练绘所得装束假就十分短暂。

千缨得到消息连夜爬起来收拾行李，有了之前同许稷东奔西走的丰富经验，她收拾起家当来从容不迫井井有条，以便到了凤翔还能同现在一样过日子，不会缺东少西，这里不顺手那里不顺眼。

练老夫人已经年迈，自不可能与他们夫妻一起颠簸，只交代了几句，便由得他二人自己解决。

时近黄昏，樱娘在老夫人房里临她阿爷的字帖，尽管还不怎么识字，但像模像样写得十分起劲。

千缨则站在卧房外对着单子核对要带的行李，她眯了眼努力瞧，但暮光太暗了，看得十分吃力。这时忽有亮光靠近，千缨抬头又转身，只见练绘不知何时走到了她身后，正举着一只灯笼给她照明。

"回来啦？"

千缨赶紧将那单子收起来，因她觉得自己的字太丑了，怕被嘲笑。

练绘应了一声，带了些鼻音。

尽管已经相处了这么久，但练绘每每与她单独相处，总会表露出些许的拘谨。千缨挑了下眉，转过身去看放在廊下的行李："快收拾完了，明早就可以走，驿所的人说什么时候来了吗？"

"明日辰时。"

"那来得及。"千缨俯身合箱，"我再收拾一会儿就结束了，你吃饭了吗？厨舍还热着饭呢，或者再做条鱼……"

"这次离京去凤翔，实在是辛苦你了。"练绘很抱歉地说，"让你们随我奔波，对不住。"

千缨停下手里的动作，转过身去："为何说这样的话？这不是很自然的事情吗？哪里有人可以一直在京做官哪，外任都是再正常不过的事，我有准备的，不在意。"

"可是凤翔——"

"淄青我都去过，凤翔算什么？"她又开始睁眼说大话，"我胆子很大的，樱娘随我，胆子也很大，听说要离开西京去别处，她比我还开心。"

练绘不知道要怎样接她的话。长时间的相处，他清楚自己的妻子是什么样的脾性，她乐观、坦率、麻利，好像什么也不怕，但实际是个胆小鬼。

暮光越发暗沉，他手里的一只灯笼也越发显亮。这光亮映照在她的绯裙上，柔和又暖融。

千缨看他拘谨的模样，知道他在担心什么。这个人在朝堂里迈得开步子，在家里却缩手缩脚，怕一着不慎破坏已经存在的一点点温暖，却不敢再往前走一步，去拥抱属于他的人生。

这时一个小仆低着头从廊下走过，他走得很慢，千缨盯着那小仆一路走远，再转过头往另一边一瞧，见四下皆是无人，忽然往前一步，走到练绘跟前，还不容他反应，抬起双臂忽然抱住他，踮起脚在他侧脸浅浅地吻了一下。

练绘手里一直提着的灯笼，轻晃了晃。

西出长安，过中渭桥，历兴平、武功、扶风、宝鸡，经兰州往西，也就彻底出关内，到了河西治所凉州。

而如今凉州已被西戎攻陷，河西节度使杨三德无力抵抗，弃凉州往西逃，还没到甘州，途中就被沙陀杀了。

西戎乘胜追击，陇西大乱，而这时的朝廷西征军却还在路上。

西征军离开长安好几天了，身后的柳树抽芽返青，关内将迎来春天，而他们的前路却仍被困寒冬之中，风雪漫天。

气候恶劣，干燥寒冷浮尘又多，连夜行军考验体质和意志力，许稷的供军队伍远远落在主力军后面，只能拼足一口气往前赶。

所幸行军不仅仅仰靠专线供给，军队本身有将近三分之一的辎重兵，负责武器、粮料等物资的护运，还能进行就地补给，这样算来，许稷的供军粮料只能算为储备，前期并没有太大压力，走得慢些反而稳妥。

她很久未见王夫南了。尽管一同西征，但王夫南比她早行将近几十里路，两人又都无法随意离岗，就不容易见上一面。

夜晚可闻得水声呜咽，依稀可辨远处山脉，有雪花不断落下来，风呼啸而过。许稷勒住缰绳，身后判官道："可是要停下来歇一歇？"

许稷点头，翻身下马，去河边接了水，洗了个脸。她蹲在河边，低头揉了揉太阳穴，一个队头忽然扔了条鱼给她："刚抓的！"

许稷摸出匕首，将匕尖插进鱼腹，不动声色地撕开肚皮，掏出内脏刮干净鳞片，浸到水里洗净，走到生起来的火堆边去烤鱼。是一条不错的鱼，没有调料吃起来也很香，她吃得耐心又有条理，能将一条鱼彻底吃成一只空架子。

判官开玩笑说她是猫投生的，随后又递过去一封信，正色道："前边送来的。"

王夫南？许稷擦干净手，接过信拆开，对火光眯眼细看。

王夫南言简意赅，无非是说"人粮马料、军装、军资的具体细目及数量"已阅，请她务必按人头重估一遍，并尽量找机会沿州县补充口粮，不要只指望西北供军院的屯田和盐场，因西北供军院的就地补给一向不值得信任。最后又说，西戎近期可能对大散关有所动作，倘若真打过来，不必往西到凉州了，这儿就会先打起来，所以让供军粮草走慢一些，免得被卷进去造成不必要的损失。

他屡次西征，经验丰富，自然值得相信。

许稷于是嘱咐判官："今晚就地休整，明早再走。"

众人都累得不行，可以睡个囫囵觉自然开心。而待他们扎营时，许稷则起身带人巡视周边做好部署。

细雪往下落，惹了一头白。从长安往西这条路，许多人走过，这其中也包括她阿爷，但他到底没能再回来。

这是条血路，多的是无法回头的人。

往西，再往西，是她没有接触过的人情风土，她不知那里是什么模样，也不知自己的命途会如何与之交错相缠，是否会有深缘。

雪越发大了。

长安往东有函谷关，往西有大散关。大散关是出入关中之要隘，散关失守意味着关中西边门户打开，十分危险。王夫南所料没错，西戎着急扩张的狼子野心昭然若揭，攻陷秦、成、渭、陇州后直扑大散关，势要将陇西南部全部吞下。

当地官健及牙兵死守大散关，快撑不住时幸得朝廷西征军相援，终是补上了这口气，继续与气焰嚣张的西戎军相对抗。打起仗来的消耗与日常行军的消耗自然差了许多，前线的大口张开，源源不断吞补给，而许稷只预备了四十日的军粮。

前路被堵死，许稷只能后退问藩镇借粮，哪料藩镇捂紧口袋只嚷嚷没粮，分毫不给。最后没办法问凤翔要粮，凤翔竟慷慨解囊，许稷这才知道练绘调到了凤翔。

来不及叙旧，许稷便要动身，并将粮草分批运送。

粮草出界，宛若肥肉出锅旁边围了一圈贪婪食客，个个都等着争抢，她自然做好了发生折损的准备。而将粮草分散运输，则是将目标减小，从而避开大规模的争抢。而由她亲自押运的三十乘粮车，从凤翔出来，还未到陇州，便与一群作乱的叛军遭遇。叛军有数百人之众，而她只有八十人，正面相遇，且又有粮车拖累，敌我差距太大，胜算小得可怜。

许稷在指挥奇袭上尚有优势，但正面攻防却根本不行。她当机立断要求所有人弃粮车后撤，队头惶惑不解之时，只见许稷已经带着手下的人掉转马头往西飞奔。

真是个胆小鬼！队头无法理解这样的决定，要知道这三十乘粮食来得多不容易，说拱手让人就让人吗？！可另一边却不断催促他赶紧逃命，队头权衡之下，趴下来抱住那粮车轱辘："老子死也要与粮车死在一块！"

上百号官健叛军见许稷弃粮逃之夭夭，只剩一个队头死抱着车轱辘不放，将粮车围了一圈，笑道："你死守有个屁用，你们头都跑啦！脑袋这么尖，给爷爷们蹱鞭都嫌不好使！"

一阵哄笑。

那队头是个志气满满的愣小子，他听了这话气直骂许稷："没气节的混蛋！身为供军使连护卫粮食的觉悟都没有！朝廷派出来的文官就没一个好货！都是孬种！只知道保命！不得好死！呸！"

而被骂得狗血淋头的许稷此时已经带人绕了一个大圈，回到了东边。

官健叛军觉得那队头是个二愣呆货，也就懒得杀，捆了扔在粮车上，拖着三十乘粮车径直往东边去。将近两百人，本想将粮食拖回安全的地方，但此时已经日暮，前面路又险，实在不宜继续前行。

一群人弄了粮食，像模像样烧熟了饱腹一顿，看车上竟然有酒，骂道："娘的神策军真是好待遇，连酒都有！"

一群人气不过，立马将酒一分，高高兴兴地喝起来。

喝酒喝到月上中天，被捆在粮车上的队头则一直骂骂咧咧："喝屁个酒，都是我们的酒！强盗！叛贼！无耻！不得好死！呸呸呸！"

他骂得越厉害，叛军就越开心，一个个饮得东倒西歪，指着他回骂。

这边酒食飘香，守在东边岔路口的许稷等人却饥肠辘辘。笑骂声渐渐低下去，食物的香气也趋于无，挂在天上的月亮已经慢慢往下移，隐约听得打呼噜的声音，间或夹杂着哨兵们防止打瞌睡的闲聊声。

许稷仔细辨听了一会儿，伸手右摆，示意动手。尽管带出来的都是神策军的辎重兵，算不上个个好手，却也不赖。前锋悄无声息摸过去杀了几个哨兵，见叛军此时都已睡下，遂往回投石告知许稷。许稷眸光沉稳，示意下一队人跟上。

十来个人陆续摸进叛军当中，躺的躺蹲的蹲，就为一刀抹干净对方脖子，让对方死得连声也不能出。一群人动作麻利，一个副队头刚杀完人，打算站起来去杀另一边，却被一叛军搭住了脚，那叛军咕哝一声："你干啥去啊？"

他说着就睁开了眼，副队头一惊，那人看见刀子也是一惊，副队头瞬时回神，眼明手快补了一刀："起夜撒尿，快睡你的。"

有人迷迷糊糊听得这话，也不在意就继续睡。副队头这才松一口气，却仍不敢懈怠，可他刚转头，就有人乍喊："血！都快醒醒！"

副队头飞快冲过去就将他宰了，却见接连有人闻声跳起来。他忙给许稷放了信号，收了匕首双目一瞪，握起大刀逢人就砍，身后一群小卒也跟着他一顿狂砍。

　　叛军陆续被惊醒，拎起刀就回砍，这时东边忽响起冲锋鼓声，一群人蜂拥杀过来，还伴着火炮炸开的声音。

　　叛军吓了一跳，迷迷糊糊全然不知是哪里冒出来的军队，且对方阵仗似乎还不小！

　　鼓声如急骤雨声，敲得人心慌乱，叛军一个个都是乍醒，反应过来杀的杀跑的跑，还有人不愿放弃粮车，拽了粮车想溜。

　　那队头被绑在粮车上，原本骂累了都快要睡着，听得"嘭——"的火炮炸裂声和厮杀声就回头看，还没看明白是怎么一回事，却突觉车被拖走，惊骇之下忙号道："有人偷粮食啦！有人要把粮车拖走啦！"

　　他快要喊破喉咙，然那粮车却被越拖越远。

　　许稷骤听得那声音，循声一看粮车已经被拖走，她冲过去时旁边正有一叛军要翻身上马，几乎是眨眼间，一把匕首就扎进了那叛军的腿，许稷狠狠将他拽下马，紧握缰绳翻身上马，骑马速追那匹被抢走的粮车。

　　只有月光的夜里，那粮车越跑越远，许稷腾手抽出身后弓箭，憋足一口气拉满弓，稳住手臂霍地松开手指，那尖利兵箭便骤然飞了出去，从那队头背后危险擦过，瞬时戳进了前面人的后脑。

　　另外一人见队友倒下，惊骇之下正要提刀将队头杀掉泄愤，另一支箭却也离弦，"啾"一声朝他速飞而来。

　　那队头转过脑袋，隐约看到马背上姿态英勇的许稷，顿觉错愕，却陡然睁大了眼，惊呼道："侍郎小心！"

　　许稷来不及闪避，低头就看到一支箭头从她锁骨下面戳了出来。

　　几乎是同时，她弓下了背。

第二十四章·偿血债

许稷闻得身后马蹄声，也听到箭从上空掠过的声音，她料定身后只有一人追来，算好时机弓着身子咬牙撑开了弓，在避开一支箭的同时迅速转身，离弦之箭便直扑敌军而去。

对方显未料到她会突袭，还未及避让，箭已没入左胸，那人身子略倾了一下，发觉大事不妙，立刻掉转马头匆匆往后逃去。

许稷撑着一口气奔至粮车处，迅速下了马，那队头看到她宛若看到救星："侍郎救我！那群兔崽子……"

"闭嘴！"

许稷痛得已经不耐烦，咬着牙将他身上绳索割开，那队头这才察觉到她锁骨处的箭头："侍郎你——"

许稷扔了那绳索，下意识捂住了伤处，短促地补一口气道："这辆车我看着，你去告知他们不要硬拼，我们的重点是粮车。"

队头骤然回神，忙不迭点头，只见许稷丢了把匕首过来："后面砍了。"

她转过身，那大半支箭就露在背后，队头咽了咽口水，紧张地抬手小心翼翼地将箭弄断，捧着匕首递还给她："侍……侍郎那我

半子 · 205

去了……"

他转身飞奔，脑子里还没能彻底回过来，原以为许稷是个只会舞文弄墨的臭文官，可没想到竟然是这样的狠角色……

许稷手凉透了。

伤口因为最后拉弓有些撕裂，皮肉骨头全连着一块儿疼，后脊背和额头直冒冷汗，她闭目深吸气，闻得那边的拼杀声逐渐消止，这才松一口气挨靠在粮车边上。

脚步声逼近。

"侍郎就在那边！中箭了！"

"你个蠢货，先前让你跑你死逞个什么能！"

"我……我以为——我……我哪里知道——"

队头边跑边辩解，最后实在不好意思说了，冲到许稷面前，扯了块布条献宝似的递过去："侍郎快将衣服解下来绑上！不然会流血流死的！"

许稷睁眼瞥了瞥那块不知从哪件脏衣服上扯下来的布，挨着粮车低声道："不用了，去清点一下人数和粮车，把我的包袱拿来。"

队头抿了下嘴，发觉自己好像是被嫌弃了，于是沮丧地将布条塞进怀里，去给她拿包袱来。

许稷待一众人走远之后，趁着天色未明，咬牙拔掉箭头，轻嗤一声，迅疾解开袍子露出肩膀抹上药膏，撕了一件干净汗衫子压住伤口，肩头渐渐就麻木起来。她抬头，只见明月倦累，也快与日头交班了。

纵有好药，在这种地方也无法得到很好的治疗，那件汗衫子几乎被浸得血红。到天明时，许稷又上了一次药，裹上厚实的外袍，翻出地图看了一会儿，只能祈求接下来的路顺当一些。

她面色苍白，时不时发热，不过十来天似乎已经瘦了一大圈，袍子套在身上仿佛都空空的，抓不到骨肉。队头从这之后对她态度突转，就差将这位侍郎供起来，路上能抓到什么好吃的全都弄给她吃。

一直到陇州，他们才与其他分队相遇。

诸队都不是很顺利，但折损程度仍在预估之内。神策军辎重兵收了消息，前来迎接他们。许稷将军粮安全运到最前线时，也迎来了神策军击退了西戎兵的消息。然而如今大散关却比以往要冷清得多，放眼望去，能见到的几乎都是当兵的。尽管西戎兵此次没能占到什么便宜，却也让守军损失惨重。

许稷在驿所倒头睡了一觉，醒了之后全身都疼。

光从窗子里照进来，但已不太亮眼。她试图翻个身，但肩头实在痛得厉害。又躺了一会儿，眼看着外面的光逐渐暗淡下去，才知道自己睡了将近一个白日。

她倒吸口气坐起来，磨磨蹭蹭穿好袍子，忽有人在外边敲门："侍郎，大将请您过去一趟。"

她应一声说知道了，随后低头套好鞋子，正要往外走时，又折回来照了照镜子，觉得还算说得过去便出了门。

太久没见，王夫南找了个正当理由喊她过来，说是要看一下军资细目。

许稷至营中，刚将簿子放下，就听副将说："大将方才去北边巡防了，侍郎可要等一会儿？"

许稷身体不适，就在营中等候。

天色越发暗，许稷等了好久却仍不见人来。她起身出营，独自往北边走，山脉隐在暮色中，只有月亮与之为伴，回头看才能得见依稀灯光和人烟气。

许稷低头吸了吸鼻子，踢走脚边一块石子，很是想念远在长安的阿樨和其他亲人们。倘若可以，她也想活在安定盛世，不用为战乱奔波，也不必出手杀人。

她想得出神时，忽有马蹄声传来。

那马蹄声不断逼近，许稷抬了头，暮光中那人带着一队兵马疾驰而来，是扑面而来的风霜。

她站正了，那马奔至她面前骤停。

王夫南翻身下马，回头对僚属道："你们先回去吧。"

僚属多少听过一些传闻，颇不正经地嘻嘻哈哈一阵就是死赖着不走，王夫南回头拉下脸，一众家伙才打哈哈各自上了马，掉转马头回营去。

许稷清了下嗓子，开口说："军粮昨晚都送到了，我觉得很困，就睡了一天。"

她说着偏头望了一下天际："是问凤翔借的粮，倘若不是刚好碰见练绘，我恐怕——"

王夫南却打断了她："还好吗？"他目光迅速在她身上打量了一番，纵然光线晦暗，许稷消瘦的脸和发白的唇色却还是没有逃过他敏锐的眼。

"受了点小伤，没什么大事。"许稷尽可能地淡化了这件事，她知道王夫南脾气，让他知道了反而麻烦。

"这叫小伤！"外袍一翻，裹着的白布上仍有血，"你告诉我这叫没事？！"

他尽力克制，但牙根发颤心肺都翻涌，那血布在暮色里看着都刺目，她到底将自己当不当回事？！

没想到许稷二话没说，忽然伸出双臂，柔软地抱住了他。

他一愣，许稷压低了声音道："不要对我生气。"

她将脸贴近他的胸腔，头顶挨着他下颚，有节律地呼吸，甚至干脆闭上了眼。王夫南一腔怒气就被她柔软态度瞬时逼退，最后只剩满心酸楚翻涌，硬气地说："你松开。"

"当真要松开吗？"许稷嘴上这样说，行动上却为零。

"压着对伤处不好。"他冷酷地说。

"但我想抱一会儿。"许稷深深吸了一口气，重新闭上眼，声音越发低软，仿佛要一起沉进这暮色里，"就再抱一会儿……"

莫名感觉到安心。

不论经历过什么事，不论曾经有多痛，能这样拥抱就令人分外安心。朔风挟尘涌来，但也不觉得冷。大散关短暂的春日在望，继续往西北行军，关外的春天也快要到了吧。

王夫南替她挡了粗糙朔风，垂眸可看到她新冒出来的黑发，他恍惚想起来，怀里这个人三十岁还不到，肩上却已经负起了重担，且只能这样扛下去。

他应当理解她的坚忍，明白她的用心，但……

他的手护在她脑后，想要给她一星半点的温暖："不是生你的气，是觉得……"

许稷忽然抬手按住了他的唇，抬首道："不要说。"

她知道他那套说辞，无非是觉得拖她出来做供军使很后悔，觉得自己很没用之类。但比起这样的话，她倒是更喜欢和他谈一些实际的事情。

她单手搂着他，抬眸说："作为弥补，给我换个药。先前自己动手，处理得有些拙劣。我得快点好起来，这样很不方便。"

王夫南二话没说，顺手将她抱起："上马回营。"

不远处，几个好事的僚属看向这边，已经哈哈哈笑作一团——

"那谁打赌说大将在下面的，眼睛都瞎了吗？大将单手就能将那小侍郎抱起来，还下面？下面你个鬼哦！"

"乔四郎你好天真哟，不说你了，赶紧撤，被大将逮着要完蛋！"

王夫南策马正往这边来，一群人赶紧作鸟兽散状。

许稷说："看这情形该回京找苏太乐丞做个了断了，这赌局似乎还没完。"

"让他们赌吧，左右谁也赢不了。"

王夫南勒住缰绳下马，抱她下来，不顾左右，径直入营，将伤药翻出来，又问小卒要了热水，哗啦啦全倒进木桶里。

"你得洗个澡，处理完伤口接着睡。"他看一眼营门，"没事的，这里不会来旁人。"

许稷脱掉衣服钻进水里，为了防止水沾到伤处，只得缓缓往下沉。王夫南拿来药膏白布，坐在旁边抓住她另一侧肩："当心。"

他皱眉拆许稷自己裹的白布，每撕开一点都觉得心疼："痛就告诉我。"

许稷偏头看着不说话，他拆完后取过潮湿手巾将周围擦洗干净，打开药盒，手指蘸了药膏，一丝不苟抹上去，最后麻利撕开白布："手抬起来。"

许稷照做，他迅速替她裹好，双臂撑在桶沿："我会换到你伤口彻底好为止，你那种拙劣的手艺不要再自己弄了。"

许稷点点头，磨磨蹭蹭洗了一会儿，手扒住桶沿说："赏件换洗衣服穿吧。"

"等着。"他去翻找衣服。许稷在他身后说："经这次的事，我觉得食出界粮①这一套很糟心，还不如完善就地供给。你先前说不要太仰赖西北供军院，但西北供军院的屯田盐场确实能满足开销，倘若制度施行上没有问题，不可能……"

"现在不谈，到西北供军院再找那群人算账。"王夫南折回来，将衣服递给她。

"够不到。"许稷说。

他走近一点，俯身撑住桶沿："走太近我会热血沸腾的，你自己来吧。"

许稷伸手抓过他前襟，仰头吻了上去。

"唔——老实点！不要胡来！"

许稷半夜醒了一回，做了不大好的梦，醒后忍不住松口气庆幸那只是梦。她想抬手擦擦额头薄汗，手却被王夫南握着。脑后可感受到他的呼吸，后背紧贴着他胸膛，能察觉到稳健有力的心跳。她稍稍挪动了一下身体，换了个更舒服的姿势想要接着睡，但闭上眼许久，却根本睡不着。

白天睡了太久，她现在脑子清醒得很，于是将近来一些事梳理了一遍。老实说成为西北供军使并不在她的计划之内，且这战事不知要到何时，倘若一直被困在这，会耽误她的其他计划。

她一离京，盐利就又落入了阉党手中，而度支也因入不敷出像条濒死的鱼一般苦苦撑着，户部司为了补充户部钱，不出意外地又拔高了除陌钱，更是将飞钱经营牢牢控制在手中，加饶高至百文，引得商户百姓多有不满。

---

① 食出界粮：朝廷征调节度使辖军出境，到外地作战时所负担的军费。

210

河南战事也不如预料中那样的顺利，血盆大口已经张开，可根本填不饱它。帝国的航向成谜，谁也不知是触礁沉没，还是惊险避开险滩从此一帆风顺。

许稷想了半晌，反握住王夫南的手，闭上了眼。

西征大军继续往西北行，那里有被西戎攻陷的凉、沙诸州，西戎一日未逐，大周子民就只能生活在西戎的势力之下。

许稷的伤，在王夫南的紧盯与照料之下，也逐渐好转。她一路筹集粮草，并不轻松，但她仍然是珍惜了这段常聚的时光，两人一道钻研火药，她也趁机向王夫南习一些防身之术。

"太慢。"王夫南抓住她的手腕，"再试。"

他松手，她活动手腕，将匕首收在袖中，酝酿了一番，出其不意攻向对方，就在刀尖贴上他衣服时，王夫南再一次抓住了她的手腕："还是太慢。"

无论她速度有多快，总能被他抓住，根本没法按照计划扎上去。而王夫南除了动动右手之外，连站姿都几乎没变过。

他在这种事上明显是严师，也是高手，许稷毫无胜算。

"你每次出手前眸光都会变，这破绽太明显了。"他握着她手腕，"虽然被抓住也不是死局，但是你臂力不够，没法反手扎，所以——"

他按住她肩膀："往后，抬脚狠踹。来，试试看。"

许稷瞄他一眼，觉得还是算了："我下不去手，何况你在对面，我出手扎时也会犹豫，倘若对方真是我想杀的人，我会比现在更快。"

王夫南松了手："未必，人紧张时表现只会更差。"

他似乎猜到她的意图，接过步卒拿来的茶水，分一碗给她，意有所指道："倘若你打算采用这样的办法杀某个人，就是下下策，我不希望你用弱项去与旁人博。"

许稷饮了一口茶，不承认也不否认。

"你不是刺客的料子，死了这条心，听到没有？"

王夫南甚至是在警告她，他教她这些，是希望她在危急时保命，而不是将自己当成利剑，面对面地去戳敌人的胸膛。

　　"可我很想报仇。"许稷声音很冷淡，"我快忍不下去了。"

　　"继续忍着。"他清楚她与阉党那些新仇旧恨，他自己也很想去一刀结果了那些恶贯满盈的家伙，但他不能让她去做这种事。

　　他搁下空碗："等我回去，新仇旧恨，都让他们血偿。"

　　许稷动了动唇，但没有说话。

　　她将匕首收起，忽闻得接连几声巨响，随后一步卒匆匆跑来，那步卒道："新做的火炮方才试了，很是厉害，恐能将人炸飞，马都吓死了！"

　　许稷闻言很是兴奋，拔腿就要跑，却被王夫南拽了一把："从容点。"

　　他握住了她的手，又松开："等回去得好好谢谢你阿兄。"许山看着是个山野村夫，却有造武器的天赋，他的一些试验再经改良，竟是威力十足。

　　火炮虽不至于令多人死伤，但好歹能令马惊人慌，倘若天气干燥，则比单纯折炬放火要省力得多，这无疑是对作战极为有利的。

　　两人又看了次试验，王夫南叮嘱她保存好配比与制作方法，不要让有心之人窃得。

　　西征军继续前行，军粮供给也紧跟其后，但还是体会到了拮据感。

　　西北供军院如传闻中一般不靠谱，账目一塌糊涂，许稷熬了数晚核对账实，厘清收支，惩戒了几个中饱私囊的僚佐。

　　好在收获的时节在即，许稷估算了一下，今年屯田与盐场的收入，倘若全用以供军，足够支撑西征军小半年的支用，就在她暂舒一口气时，却收到了京中的消息。说是河南战事吃紧，馈运不济，让她回去。

　　君命如山，她没有理由拒绝，于是以最快的速度收拾了行李，交代完供军院的事，立刻动身回关中。

　　天热了起来，王夫南腾出时间来送她，分别时只给了她一袋瓜："这一路驿所太少，别渴着，路上当心。"

他顿了顿，嘱咐完："你还有我，有阿槊，很多事不要硬拼。"

许稷点点头，想再说些什么，但公事都已经交代完，私事……想说的太多不知从何说起。于是她干脆什么也不说了，翻身上马，挥动马鞭疾驰而去，外袍就被风吹得鼓起来。

身后，是心头牵挂；往前，任重而道远。

一路不做无谓的停顿，鼓足了劲往回赶，驰过中渭桥，进了金光门，就是熟悉的长安里坊。

她仓促面了圣，又速回了中书外省，从李国老口中闻得最新战况。原来陈闵志领兵攻打河南叛军的同时，河北又乱，武宁等镇纷纷领命出界配合攻打，全仰靠南北供军院供给，而南北供军院现在一塌糊涂，快到夏收时，倘若转运控制不好，要出大事。

河南河北今年的收成是不要指望了，那就只能以东南之粮补给。但河南又踩着帝国运河命脉，河南如今乱成这样，运河转送也十分堪忧。

许稷危中领命，二话没说扛上担子就带人直奔河南。东出长安，途经灞水，柳树成荫，人烟寂寥，过了函谷关即可见逃难流民，成群结队蜂拥往西去。

她不是没来过河南，两任官职都在此地，那时淄青纵然被控制在李斯道手中，却也没有像今日所见这样，满目疮痍。田地荒芜百姓弃家逃难，不过短短数月就沦落至此，看着叫人心痛。

深夜时分终于赶到沂州，驿承认出她来，知她是以前的州录事参军、眼下的户部侍郎领南北供军院事，赶紧请她入驿所住下，然许稷却并不打算在此多待，只问："眼下这里是谁镇守？"

时局多变，镇守也往往都是临时将领。

驿承回："是朱廷佐将军。"

"朱廷佐？"许稷只知他后来去了银夏镇，同年银夏军被编入神策行营，眼下竟也来打河南？这在她意料之外，但也不失为一个好消息。

许稷连夜奔赴营地，出示鱼符要见朱廷佐。

朱廷佐闻得许稷到来，立刻起身出迎。二人自多年前高密裁撤官健军一事后，便再未有过交集，如今也算是故地相遇，但心境、地位都已经大变。

朱廷佐虽不在西京混，但也听说过她与王夫南的事。凭他对王夫南的了解，倘若王夫南真的不顾传闻要与许稷在一起，那许稷必然是女人，且……许稷不可能是旁人，只能是卫征的女儿。

他十分笃定，但不戳穿。

许稷风尘仆仆赶来，他备了酒菜招待，许稷便抓紧时间询问眼下情况。

朱廷佐不急不忙说："神策军打得一团糟，前来支援的诸镇牙军，由于节帅太多，人心不齐，都各自观望，决计不会主动冲在第一个。"

人心不齐，枉兵数众，反而虚耗口粮，调动困难。

"诸镇牙军都是吃这口饭的，要他们出界，钱给不到位，自然就不肯动。时间一长，士卒离叛之事，屡屡发生，人心都快散成沙了，要拢回来谈何容易？"

许稷将一口没有咀嚼的饭咽了下去，噎得食道一阵钝痛。

"这次调兵太乱了，眼下还不如让几个镇的兵全部撤回去，南北供军院只供神策军应该算不上太难。"

"神策军不是打得不好吗？倘若诸镇撤军，叛乱又压不下去，岂不更糟？"

朱廷佐极厌恶地轻嗤一声："有陈闵志怎么可能打得好？还有他底下的中护军和判官，都是什么狗东西！"

"怎么说？"

"你那里做军资细目，估算支用数，是按照人头来做。但军中等级森严，从上往下数个级别，单单分给最上面的，就可以抵下面千人所需。陈闵志领兵打河南，哪是为了平叛啊，他就是在刮军饷啊！这就算了，他还问我们这些人收纳课钱，敢问谁受得了？供给神策军的军资，到底能有多少进士卒囊中，非常值得一探。"

"所以士卒积极性很差……"许稷抬头。

她抿唇不再说话，其实这个道理王夫南同她说过。曹亚之在时，也干过一样的事情。陈闵志这样做，并不稀奇。但眼下境况紧迫成这样，居然还在中饱私囊，当真教人忍无可忍。

她吃完了极堵人的一顿饭，想要饮一口酒时，朱廷佐却拿掉了她的酒盏。

他道："你欠我一个人情，还记得吗？"

在高密时，她的确欠过他一个大人情。

许稷点了点头。

朱廷佐抬眸盯住她："干掉陈闵志，如何？"

许稷不是白痴，尽管朱廷佐提出的这个想法极具诱惑力，但她也没必要立刻表态。

于是她蹙眉迟疑，抬首道："之后呢？护军中尉倘若没了，底下恐怕只会更乱，左神策军不比右军，右军的人心是偏离阉党的，但左军——则很难说。"

"抛开护军中尉，神策军的实际指挥是大将军。只要大将军还在，神策军没有理由会乱。"朱廷佐似乎信心十足。

许稷闻言沉吟道："朱兄的人情某很想还，但某一介弱质书生，恐是无法遂朱兄的愿。"

"此事旁人难为，反而你做最为合适。"朱廷佐眸光盯紧她不放，"眼下陈闵志对下属戒备心极重，平日里大将军与之会面，都得先搜身，怕的就是武人动手行刺。但你不同，他对你的戒防会弱得多。"

许稷挑了一下唇角："是吗？"

她起身："感谢朱兄款待，但此事非某一人之力能达。"

随后深深一揖："何况这样的想法轻诉他人绝非好事，朱兄谨慎为好。"

她断然拒绝倒是令朱廷佐有些意外，然就在她转身之时，朱廷佐忽说："你当真甘心？卫将军可是死在……"

许稷霍地一顿，知道朱廷佐已然猜出了她的身份，她却坦荡问道："卫将军怎么了？"

"你养父许羡庭是那次暗算中的幸存者，对不对？"朱廷佐索性将事情挑明，径直翻出她与阉党的旧仇来，"后来他更名许羡庭，隐居山林，也一定同你说过卫将军为何而死。你不觉得气愤吗，卫嘉？"

他已不是试探，许稷也无须再遮掩。

"气愤又如何？"许稷眸光不变，语声沉稳，"激将法对某不管用，朱将军还是早些休息吧。"

她言罢出了营，在城中歇了一夜，之后赶赴供军院，连气也来不及喘。按照规定，属于度支的钱物，供军使可直接取用而不必先购后用，这就保证了许稷有权直接调用两税当中供国库的部分。

江淮两税转送至西京，势必要仰赖大运河。既然运途刚好被阻断在河南，许稷就可从河南直取江淮两税供军。她的计划是，两税供军多下来的部分中，轻货用车运回京，至于粮食这种难运的，就留下来贷给地方。

于是从得到消息开始，供军院一众僚属及许稷就日夜守着运河，紧盯上了江淮这块大肥肉，生怕被人掠走。

朱廷佐那天虽没有与许稷达成一致，在这件事上却出手帮了忙。

他拨给许稷的辎重兵数毫不吝啬，而许稷也知道他想要什么——我出手帮你了，解决军粮军饷的事请首先照顾到我。

利益往来，如此而已。

许稷重新核算了河南河北境内的神策军数及藩镇兵数，做好配给与财物分割，将允诺给朱廷佐的付清楚，随后亲自押车去了神策军主力的驻扎地——郓州。

一路上并不太平，有分散的起义军势力和流民试图抢夺粮食，许稷也是损兵折粮。

他们抵达郓州时，神策军仓曹参军高兴得简直疯了，直呼许稷乃救星也："倘若再晚一些，弟兄们就要饿死了，但——"他脸色一沉，"还不能动。"

许稷抬眸，他语调已冷静了许多，道："钱物都需再清点核对过后，由中尉分配定夺。"

这就是朱廷佐所说"分配要按等级，中尉一人之配给，或可抵千人用"之事了，再加上要求士卒们交纳的"课役"，林林总总一算，陈闵志一人或许就能卷走三分之一的军需配给。

既然如此，许稷道："今日已是入暮，不若等明日再行清点。"

仓曹参军想了想，又问过录事参军，就让许稷先扎营，明日再清点物资。许稷手下遂在不远处驻扎下来，许稷允他们开了一袋小麦粉，火长做了饼，许稷吃了一块，起身走过去看着火长继续揉面团，她道："多放些盐。"

火长闻言往里加盐，许稷说"不够"，又加，"还不够"，再加……

最后火长抬起头一脸惊恐："侍郎这……这是……"

"咸到齁死人最好。"她垂首没头没尾地说了这么一句，又道，"烤好了拿给我。"

火长深以为侍郎压力太大，可能脑子有点不对劲了，但还是烤了一块巨咸无比的饼给她送了去。

许稷将饼放进食盒，同几个亲信交代了一些事，只身往陈闵志的营中去。

她对步卒说明了来意，那步卒立刻前去通报："许侍郎带着粮食来了，她说还有额外的事要禀告。"

许稷在外等了一会儿，步卒跑了来："中尉请侍郎过去。"

许稷随步卒往里走，至门口时，被要求打开食盒，并抬手搜查有无刀剑，最后才得以入门。

她深深一揖，就差伏地磕头。

陈闵志瞥她一眼："有什么额外的事可说？"

"事关粮草要事，请中尉屏退左右。"她直白地说。

陈闵志挑眉轻哂，挥挥手让旁边人出去，许稷于是上前一步，道："某为中尉独留了一份大礼。"

"哦？"陈闵志显然有些意外，"你是要贿赂我吗？"

许稷似乎是想了一想，回说："是。"她说着从袖中摸出一份细目来，走到他跟前递过去。陈闵志接过来，眯眼瞥了瞥，觉得这小子似乎变得懂事了。那细目簿上内容十分丰富，简直超出他预料。

"你想求什么？"

"某想——重掌度支。"

"被踢下去觉得后悔了？"陈闵志哼一声，"早知如此何必当初？"

许稷不说话，她将食盒搬上案，同时瞥了一眼案上的茶水盅。

她很是顺手地将茶水盅往自己身边挪了一下，让出位置将食盒推过去，对正在看细目的陈闵志道："中尉，这是今年新麦做的饼，可要尝一尝？"

这阵子吃腻了陈谷烂麦的陈闵志一听是新麦，立刻腾出手来撕了饼往嘴里塞，但他却没吃，将撕下来的小块扔给了许稷："你先吃。"

许稷将饼塞进了嘴里咀嚼，咸得她简直喉咙都要哑。

陈闵志于是很顺手地拿起饼往嘴里塞，可他刚嚼了嚼，许稷就大声道："中尉别吃！"

可陈闵志已然察觉到那饼咸得简直要夺人命，惊慌失措的许稷忙将茶水盅递过去："中……中尉——"

陈闵志瞪她一眼，咕噜噜将凉透的茶水饮尽："咸成这样你给老子吃！"

许稷就差跪下来了，求饶道："中尉莫怪，下官定回去教训火头……"

陈闵志巨财在手，打算饶她一命，而许稷抬首瞥了一眼案上那只空茶盅。

她道："细目上所陈今日也运了过来，某方才借口天色已晚，同仓曹参军说了明日再行清点，中尉眼下可要去看一看，提前将财物挪库？"

陈闵志有些犹豫，但许稷态度实在诚恳，且不过是一介手无缚鸡之力的书生，哪怕有杂念，估计也是心有余而力不足。

许稷无所谓他答应不答应，她只安静等他答复。

陈闵志突然起了身："就随你去看看。"

毕竟行贿受贿不是什么正大光明的事，许稷先行告退，陈闵志后出了营，许稷便领他往西边走。

西边是许稷粮草营驻扎所在，看着并没什么问题，但陈闵志觉得不太对劲。许稷敏锐察觉到了他的变化，因他一句话没能说完，就顿住了。

许稷将要转身之际，陈闵志忽然扑来，从后面死死扼住了她的咽喉："你——"

窒息感迫近，许稷索性闭上眼。

那手力气大到甚至要掐断她的脖子，但她没有挣扎分毫，就这样任由他掐着，沉静得像个死人。

陈闵志双目瞪圆，许稷额侧青筋暴起，单薄的皮肤仿佛要炸开。

她不能死，也不会死。

濒死的体验将至巅峰时，掐在她喉间的手骤然松了。

空气涌进胸腔，许稷霍地回神，转身反掐住了陈闵志的喉咙，她眼中腾起怒火，却又迅速压制下去。

陈闵志原本瞪圆的双目耷拉了下来，那怒气也顺势委顿了下去，先是抬不起手，紧接着，周身肌肉也一并麻痹——

是……是那盅茶……

她做了那么多转移视线的事，为的是在茶水里下毒……他竟……竟疏忽了。而他哪怕不跟出来，也无法呼救，因他连舌头也僵硬了。

许稷迅速地摸到了他的符与腰间的钥匙，吹了一声口哨，很快就有亲信跑来。

她将钥匙与符交给亲信："到他的私库将钱物悉数运走，符与钥匙是凭证，诸事小心。"

亲信一点头："喏！"

"其余两人，抬上他跟我走。"

那两人迅速将陈闵志抬上预备好的小车，跟着许稷到了七八里外的一处废屋。那两人将陈闵志往地上一扔，将火把递给许稷，随后出门拎了油桶就往房子上泼。

陈闵志的喉咙里发出痛苦的嘶叫声，似乎想问清楚这一切。

许稷一直压制的怒火喷薄欲出，她看着像丧家犬一样的陈闵志，咬牙道："二十多年前你是右军中护军时，大将军是卫征，你们强令他出兵，却撤走策应，拥兵不救，上千神策军被围困，血战惨死以身殉国，而你们——

"转头回朝，却说他们叛国投敌！"

她一直克制的声音渐渐高上去："我，就是卫征的女儿——"

陈闳志的嘶号声显得越发痛苦起来。

"我阿爷和当年冤死的神策军将士所受到的诽谤、侮辱和怨苦，我会如数奉还，让你们血偿——"麻油气味越发重，许稷的声音却越发冷酷，"你汲汲营营囤起来的私库，今晚就会被搬空，你也见不到明日的太阳。所有人只会当你抗击敌军不力，携私库巨财而逃。你会被追究，你朝中的同党——也一样都会完蛋。"

许稷双肩颤抖，眼前仿佛是当年血海，耳畔尽是拼尽气力的厮杀声。

她往后退了一步，面无表情地将火把扔向了泼满油的屋子。

火苗瞬间蹿起，熊熊大火灼得人周身发烫。她脖颈被陈闳志狠狠掐过的伤痕及痛意犹在，然伫立在炽烈的夜风里，却已经听不见里面的嘶号声。

血战到死以身殉国的将士被污蔑唾弃，诸如曹亚之等人死后却被追赠国公——如此颠倒黑白、是非不分的糟心逻辑，就随同这大火，烧光吧！

这边大火熊熊燃烧，那边则由许稷亲信假借陈闳志的名义搬空了私库，至此，底下僚属还无甚反应。毕竟众人对陈闳志私库的存在都是睁一只眼闭一只眼，陈闳志也不是头一回挪动私库，谁知道他大半夜做这种事又是发什么疯。

到天明时分，诸人才察觉到不对劲——营中哪还有陈闳志的影子？

仓曹参军一头雾水，但因之前和许稷约定了要核点物资，也顾不得太多就直接去见许稷。

许稷一晚没合眼，处理陈闳志的私库耗费了她许多时间，却仍来不及全部清点成册，于是先存下，并将其中一部分难运输的留下来，掺杂至她带来的军需物资中，让仓曹参军去清点。

倘若陈闳志没有独吞下这些，这些原本也该归神策军所用。

许稷虽大方给了物资，但同时与仓曹参军核定了支用标准，并预估出当下这些物资至少能够支撑三个月。

"三个月内南北供军院不会再安排军资馈运，望参军严格按标准支用，倘若有人恶意侵吞军资——"

"知道知道！"仓曹参军忙不迭点头，"后果自负，后果自负……"

他瞥一眼许稷的脖子："许侍郎昨晚……"

那脖子上的掐痕实在很明显，难道半夜同人打架去了？许稷连敷衍的心思也没有，她索性没回。而这时，忽有小卒狂奔而来，对仓曹参军及许稷仓促行礼后，气息不定道："中……中尉不见了，说是昨晚中尉命人将私……私库也挪空了。"

"什么？！"仓曹参军跳起来，"可还带什么别的人走了？"

"好像有几个步卒不见了，眼下还在查，大将让参军与侍郎过去一趟。"

仓曹参军有点意外，大将军要见他也就算了，为何要见许稷？

没料许稷二话没说爽快地跟了去，抵营中，大将径直问："据守卫报，昨晚中尉最后见的人是你，可是有什么异事发生吗？"

"某不知。"许稷低着头沉声道，"某出门时，中尉仍在营内。"

大将军虽与她没有太多交集，但也知道许稷绝不是窝囊货色。

他目光瞥向她脖颈间的掐痕，心中生出一丝怀疑，但同时又觉得费解：如此弱质书生，怎么可能干掉陈闳志？简直匪夷所思。

难道陈闳志当真是携巨财逃了？他不信。

但无所谓其中情委，从他的角度来说，陈闳志失踪或者死亡的事实更重要。

许稷一口咬定不知道，他也就没必要盯着不放。

大将军道："许侍郎最近可是要回京？"

"是。"供军院暂安定下来，两税余下的轻货还需转运回京。

"将中尉失踪的消息也带回去吧。"

左军大将的心思很好揣摩，他怀疑许稷和此事有关，在清楚陈闵志真正下落之前，他更想知道许稷会以怎样的说法将此消息传递回京。

而许稷没有推辞。

这一天，京中已经有了凉意。

长安的夏天从没这样短暂过，连卖凉饮的铺子都抱怨今年生意差到冰窟里。

许稷直奔朱雀门，进中书外省，最后风尘仆仆进了宫。她进宫门的这一刻起，南衙诸卫也已经出动，随时准备抓人。

赵相公与李国老仍稳坐政事堂，外面的天忽然阴了下来。

公房内的小窗开着，带着潮气的风拂动帘子，远处的铃铎声叮叮当当。

许稷进延英殿前回头看了一眼这阴沉沉的天，她没有带伞，所以希望出来时这雨能够痛快下完。同时，她将厚厚一摞簿册放下，抬起双臂，通过侍卫的例行搜查，俯身重新抱起簿册，跨进殿门。

小内侍瞥一眼她怀里簿册，问道："许侍郎是要将这些都拿给陛下看吗？"

他语气分明不怀好意，许稷也没好脸色："是。"

内侍不再多问，领着她一路往里走，直到小皇帝面前。

许稷放下簿子，即刻伏地行礼。

小皇帝正对着棋盘发愣，见她行礼连忙说："许爱卿赶快起来，朕有事要问你，你上前来。"

许稷遂抱了簿子上前，将其摆在脚边，听得小皇帝道："你看这局棋，是不是就此死了？可还有回转的余地？"

许稷看了一会儿，在小皇帝的注视下伸手拿掉一颗黑棋子，紧接着又拿掉一颗，小皇帝不加阻止，她就快要将黑棋子拿光！

小皇帝甚是惊慌："爱卿这是要做什么？！"

"死局只有这样能解。"

许稷放下棋罐，小皇帝低头看那棋盘，若有所思地转了转眼珠子，忽然压低声音道："爱卿有话快悄悄同朕说，马常侍今日不在呢！"

但许稷却抬眸道："陛下还是宣马常侍过来吧。"

小皇帝惊讶极了，好不容易逮着马承元不在的时候可以说些机密事情，她竟要喊马承元过来？

他几番犹豫，转头吩咐了小内侍。

小内侍立刻前去寻马承元，许稷环视殿中，除了她与小皇帝之外，仅有一名小内侍戳在灯旁，其余都守在外面。

殿内越发暗淡，只有一盏灯幽幽亮着。

马承元的脚步声迫近，小皇帝忍不住缩了下肩头。

许稷面色寡淡，长久的奔波与劳累几乎要耗垮她，但仍坚韧撑着口气。

马承元走到小皇帝身边跪坐下来，瞥了一眼许稷道："陛下宣老臣来，是为——"他话没说完，目光就掠过那棋盘。方才那棋局，黑子是由他执握，可棋盘上的黑子此时却被移去了一大半，而许稷就坐在他刚刚坐过的地方！

许稷开门见山："马常侍与左神策军陈中尉私交甚密，可知陈中尉出事了？"

陈闵志失踪一事的消息，由大将军全面封锁，连军中可疑的眼线也被处理干净。许稷日夜兼程回京，为的就是在马承元反应过来之前，将消息带到。

小皇帝先惊道："陈中尉出事了？出了什么事？"

马承元沉住气观望。

许稷也就沉住气，拿过一本簿子往棋案上一放，翻开来颇有耐心地讲神策军的物资开支，并将军中按照等级分配的规矩与小皇帝说了，随后又讲明"军中征收课役"事宜，小皇帝都要等得急死，她这才问道："陛下可知陈中尉有私库？"

"啊——私库？"小皇帝小心翼翼地瞥了一眼马承元，马承元眸光则渐渐敛起。

"分配所得的军资、所征收的课役，这些都进了陈中尉的私库。

而这私库之巨，占去神策军近三分之一的军资——"

"许侍郎做起御史了吗？"马承元终于开口。

他只当许稷是要拿贪腐开刀，却没料许稷立刻回道："不，下官要说的是，这私库已被卷携而走，而陈中尉正是因抗击叛军不力屡屡遭挫，最终卷了这巨财逃匿，可以叛国论处！"

许稷今日态度嚣张，全不似往常。

马承元盯住她回道："胡说八道。"

许稷仍板着脸："下官是不是在胡说八道，马常侍难道不是最清楚吗？"她倏忽转向小皇帝，"陛下——马常侍与陈中尉私交甚密，陈中尉此次逃匿，马常侍却佯作不知，这其中可有纵容、可是欺君？！"

小皇帝全没料到竟会突有此转折，他从没见过许稷同马承元叫板，且还给马承元安上这么一个"欺君"的大罪！

"朕——"他不敢接口。

屋外雨声骤响，窗口涌进来的风充斥着潮意，陡有一道闪电劈进来，那灯台忽然灭了。

小内侍赶紧去重新点灯，可风实在太大，怎么都点不着。

轰隆隆的雷声迫近，小皇帝觉得地都在颤。

马承元眼角狠狠挑起："你是什么东西，胆敢挑拨老夫与陛下？！"

"这是事实还是在挑拨，马常侍心中有数！"许稷长了张不怕死的脸，"欺瞒陛下已是大罪，可马常侍竟连陛下龙体也敢施虐，平日里教陛下吃尽了苦头；且马常侍操纵内侍省、内库、东西枢密二院乃至神策军、皇权——"她径直盯住马承元，痛陈其恶劣行径，"侵吞国库之财至内库，将内库视作一己私库，致左库空虚、边军无禄——怎么算都是谋逆大罪！"

她手按在簿子上，声音瞬时高上去："请陛下明察！"

小皇帝瘫坐在原地，因他看到马承元的眸光变了又变，其中已经藏了杀意。他痛苦地看向许稷，心中哀求：爱卿、爱卿求你不要再说了……

先前就有起居舍人因公然顶撞马承元最后死在了他面前，当时的血，溅了他一脸。

那边小内侍因点不着灯，终于跑去关窗。

而马承元忽然俯身揪住了许稷的衣服，连带她的人还有她手里的簿子也一并揪了起来！

小皇帝差点惊号出声，但他捂住了自己的嘴。

马承元被彻底激怒，许稷却冷笑："陈闵志不得好死，你也一样。"话音落下的瞬间，她手里锋刃毕现，转眼就扎进了马承元的后背。

稳、狠、准，分毫不差，直戳他的心窝。

刺杀，确实是卜卜策。

但若对方无戒防，就是上上策。

马承元全未料到她会动手，眸光闪烁，却呕出血："你——"

许稷一张脸惨白，并不比他好多少。

马承元身体压下来，小皇帝瞬时冲过去号了一声："许侍郎——"

他看到了方才她从簿子里摸出的刀片，看到她握着那把没有刀柄的利刃扎进了马承元的身体，他也看到了她的手——

因为要用力握住那刀片，那只手亦被割伤，鲜血淋漓。

她的武器藏在账簿里，账簿，也是她的武器。

许稷身体还在发抖，手掌心的伤深到骨头，她咬牙跪坐起来，竭力稳住自己的气息，拍了拍吓呆的小皇帝，瞬时就有南衙卫兵冲了进来。

许稷撑着精疲力竭的身体站起来道："左神策军中尉叛逃，内常侍马承元怕事情败露，意欲对陛下行刺，已被就地处决。"

外面的雨，下得越发畅快起来。

第二十五章 · 风欲止

　　西京这场雨下了很久，天地间水雾迷茫，凉意沁人。许稷从丹凤门出来时，雨水哗啦啦地往下倾倒，靴面上湿漉漉的，她却全未在意。

　　此时的中书外省内，左监门卫的一个小将跑来禀告了宫中的事，李国老将棋子一放："成了。"赵相公舒一口气："这一局下得畅快，国老要等会食，还是回府？"

　　皇城各衙署之间此时有南衙卫兵穿行，李国老稳坐着不动："天气这般差，就等到会食吧，让许稷过来。"

　　赵相公起身，令人去知会诸相至政事堂参加会食。

　　所谓会食，简而言之便是一众紫袍老臣聚在一块吃饭，顺便议论公事。会食原本已经停了很久，因说政事堂公厨开支太大，为作表率就暂时取消了，今日又开会食，实在是鸿门宴，不定要整治谁。

　　许稷刚路过光宅寺，就被政事堂吏卒逮到。

　　那吏卒一看许稷："侍郎脸色如何这样差？"目光下移，倏地瞧见她裹得像粽子一样的手，"这……这……"

　　"有事请说。"

"是这样，过会诸相会食，赵相公请侍郎也过去。"

"不了，我还有事。"许稷一侧牙疼得厉害，牵着太阳穴突突跳痛，她道，"请转告相公与国老，我去内库了。"

吏卒还没接话，她已低着头匆匆走了。

吏卒骤回神，赶紧又去请其他相公，挨个知会了遍，最后跑回中书外省，赵相公问："许稷如何没来？"

"许侍郎说他还有事，往内库去了。"

"去内库？"赵相公转过身看了一眼李国老，又听得吏卒补充道，"许侍郎的手包得像个大蒸饼！"

收拾棋盘的李国老闻言顿了顿，但也只一瞬，就又将棋子放回了棋罐中："知道了，你出去吧。"

待吏卒出门，雨渐渐停了，室内涌满潮湿的风，赵相公与李国老皆不出声。

雨后的皇城快要沉入夜幕中，却静不下来。

一早部署好的南衙卫兵，这时该抓人的抓人，该查抄的查抄，名目合理正当——护军中尉陈闳志叛逃、内常侍马承元意欲刺杀圣人，所有相关人等皆要接受清算。

这其中如何清算，又会牵涉到哪些外廷官员，之后要怎样处理，这是政事堂要做的事情，许稷管不着也没空管。她所有的精力，全部都投给了内库，这才是她的目的。

因此马承元一死，她第一件事就是卸掉其内库控制权，同时让姚侍御立刻查封账目，将这个最大的私库拨乱反正。

那时在大理寺狱，许稷曾估算过国库能撑多久，得出来的结果十分堪忧。倘若再不缓解中央财权的争夺问题，她甚至可以预见这棵大树的轰然倒塌。

可还是迟了一些。

她并没有觉得很兴奋，反而异常冷静。

姚侍御觉得奇怪："某做了这么些年御史，还是头一回接触内库的账。先帝强势，容不得御史台插手内库；而陛下即位后，内库又被阉党把持至今，几成阉党私库，御史台便更不得干涉。如今内库重新打开，将来再无内库左藏库之争，许侍郎如何一点喜色也没有呢？"

"姚侍御……"许稷道，"财争，当真能止歇吗？"

或许有人的地方就不会停止争夺，马承元、陈闵志之流是死了，与其牵涉的势力也会被削弱，纵然短时间内不会出现内库与国库之争，但中央与地方、中央诸司之间的争夺却不会止。

何况阉党又怎可能除尽？

权力游移反复，只要不是死灰冷透，就会有复燃的一日。

短暂的胜利，值得兴奋吗？许稷不知道。她避开政事堂会食的原因之一就是不想显露这种不乐观，也不想将自己架上火上烧。

阉党的失势，越发会凸显外廷内部的矛盾，朝臣党派斗起来，血腥程度绝不会亚于此。

将内库事宜匆匆理出个头绪，已经是次日中午。许稷拿账簿的时候差点从楼梯上摔下来，她知道自己撑不住了，就不再死扛，同姚侍御说要回家一趟，就径直往务本坊去。

到门口，她几番摸钥匙，手都稳不住，眼前一片虚白的光，晃得人要晕。

就在她快要栽过去之时，门突然打开，一只手伸出来握住她的肩——

"别倒！"

许稷依稀辨清楚眼前人的面目，她清楚他力气不够，于是说："我知道，我会——撑到卧房再倒。"

"你——"

许稷头重脚轻往里走，推开门："不要管我，让我睡一觉就好。"言罢遇床即倒，再没二话。

叶子祯快要气炸了，许稷这个混蛋！

然他瞥见她缠成白粽子的手，便又顿时心软，坐下来解开那白布条，看到深至骨头的伤口肩头都颤了一下。他不清楚她到底干了什么会变成这样，遂又是一通骂，骂完解气了，才又拿来药膏、白纱布替她处理。

整个过程中，许稷都睡得沉沉的，动也没有动。

叶子祯安安静静在房中坐到日头西斜。老实说，只要许稷或王夫南一日在朝中，这家人就无法享用寻常人家的安乐静好。但让这两个人为安逸而放弃现在的生活与角色，却是更不可能。

涉及人生取舍的问题，太艰深没趣了，叶子祯就不打算继续往下想。

外面隐约响起小孩子的哭声，叶子祯起身出去，轻轻关上了房门。夕阳铺满走廊，乳娘正在哄阿樨，转头看到叶子祯，道："小郎君想要下地走，不小心摔了。"

"会走了？"叶子祯眸光亮起，他蹲下来，伸出双手，"阿樨，走给舅舅看看。"

阿樨听到舅舅的声音，止住了哭。

乳娘将他放下来，小娃还有些战战兢兢。

叶子祯道："别怕，舅舅护着你。"

乳娘悄悄松手，小娃往前挪了一步，又往前挪了一步，叶子祯继续鼓励他，小娃继续往前走，却忽然不稳，最后跌在了舅舅的臂弯里，咯咯咯地笑起来。

叶子祯单手将他抱起来，戳戳他鼻子："为什么会走路还不会喊人呢？舅——舅——这么简单学不会吗？"

阿樨却只将头往他肩窝里蹭，偏偏就是不喊人。

但叶子祯仍高兴坏了，他想将阿樨会走路的好消息说与许稷听，可许稷这会儿睡得同猪一样，罢了罢了，这样的坏娘亲就让她去睡吧！

许稷是被渴醒的。

翻个身看到地上有光，恍惚中还以为自己刚睡了个午觉。她坐起来，脑壳疼得要命，抬手一看，伤口重新包过了。她打算下床寻茶水，却觉得身体十分沉重。她正要喊人时，叶子祯抱着阿樨就进来了。

"终于醒了！别动——"叶子祯冲过去，"要喝水是吗？"

他赶紧喊乳母送热水来，自己则在旁边坐下来，放下阿樨，任由他在地上翻滚，同时一本正经同许稷道："你知道自己睡了多久吗？"

手指头一伸："三天两夜。"

"难以置信吧？就跟昏迷了似的，还发热。"他将手伸过去一摸她的额头，"不热了。"

立刻又嫌弃地收回手："你同阿樨比真的差远了，看看你这个样子……"

"谢谢。"许稷很感谢他留在长安，这份恩情她会一直铭记在心的。

叶子祯从乳母手里接过热水递过去："刚醒来水要慢点喝才行。"他盯着许稷将水饮完，又偏头吩咐乳母，"煮些汤汤水水的送来吧。"

乳母刚转身出门，叶子祯便咄咄说道："你上次回京我都不知道，居然也不回来看一趟！"

"对不起。"

"不接受！"叶子祯气鼓鼓地拒绝，将头扭过去，用勺子搅着一碗糖水。他搅了一会儿，又说："时间过得真快，又要入秋了，江淮的木樨也要开了。"

"阿樨快一岁了。"许稷看向满地翻滚的阿樨，他竟长得这样快。

她目光一直未移，却问叶子祯："江淮的生意还好吗？"

"不好。"叶子祯转头将糖水碗递给她，"除陌钱高得让人无心做生意，何况飞钱如今还有加饶，倒是可以抬价卖，但没意思，上月报来的米价没吓死我，就这行情，寻常人家吃什么呢，吃糠吗？江淮不是以前的江淮啦，浙东战事之后，东一簇火西一簇火，连淮南节度使也要上阵剿反贼了，他可是个手无缚鸡之力的文官哪。"

又问："朝廷盘剥太厉害了，能好起来吗？"

"我会试一试。"许稷想了半天也就回了这一句。

"信你。"叶子祯转头看向阿樨，忽道，"哦对了，你儿子会走路了！"

他连忙将阿樨抱过来，将其往床上一放："阿樨，舅舅要放手了，你走过去——”他说着缓缓松开手，阿樨晃了晃，一点点一点点地朝许稷走了过去……

许稷几乎是屏息等他走过来，看他不稳时，差一点就要伸过手去扶他。

可小娃却还是磕磕绊绊很是努力地走到了她面前，忽然身子一歪，就扭倒在她怀里，抬起脑袋来看她。

许稷满心柔软，仿佛只要他伸出小指头轻轻一戳，就能凹下去一个坑。

她眼眶微酸，那边叶子祯却皱眉说：“可还不会喊人哪，寻常人家孩子都是先会说话再会走路啊，他难道反了吗？”

言罢凑过去：“阿樨，喊声舅舅我听听。”

阿樨却抱住许稷不松手，抬头盯着许稷忽然出声喊：“爷……阿爷……”

阿樨这一声“阿爷”来得甚是突然，叶子祯愣了愣：“呀！这么小就如此机灵，竟知道喊你阿爷，往后也不必担心露馅了。等十七郎回来就喊叔吧，哦不对应该是伯伯——”

最后又意味深长地笑笑：“喊阿娘也不错啊哈哈哈。”

阿樨“阿爷阿爷”喊个没完没了，扒住许稷卖可怜，叶子祯顿时就收敛了笑容：“哼，不喊我。”

阿樨扭头看他，许稷同小娃说：“阿樨喊一下舅舅试试看？”

叶子祯坐着等，等了一会儿小娃就是不喊，他站起来说“算啦我给你弄粥去”，小娃忽然“舅！”了一下，嘴巴噘起来，又喊了一声“舅——”。

叶子祯顿时面上乐开花，分明已经是三十岁的人，却还是笑得同个少年一样，是发自肺腑的开心。

他上前将小娃掠走，命令许稷：“你将自己收拾一下，过会到堂屋来吃粥。”

许稷点点头，他转身就抱着阿樨出了门。

初秋午后，不冷不热，阿樨自在地在地上翻滚，叶子祯手撑在矮几上漫不经心地看账，许稷坐在另一张矮几后吃东西，是难得惬意的时光。

接连大半年的奔波，全没有停下来的时候，此刻在这朴素小宅中坐下，能定下心来吃一顿饭，身边有小儿有亲人，唯一的挂念也就是远在西北的王夫南了。

西北战事算不得太顺利，却也不窝囊，只是看不到头，不知他到底何时能回来。

许稷将面前的粥都吃完，叶子祯问："你短时间内应不会再走了吧？当务之急是将身体养好，不然——"

话还没完，梆梆梆一阵敲门声传来。

乳母前去开了门，只见门口站了一吏卒。

那吏卒道："政事堂请许侍郎去一趟。"

许稷起身："这几日朝廷内外恐怕都翻了天，我得回去一趟。"她将阿槿抱过来，依依不舍地又放开，迈出门，仿佛又披上了铠甲。

皇城下午一贯不忙，这几日却是例外。

许稷同那吏卒进了安上门，一路迎接了诸多探究目光。

进了政事堂，迎来的目光同样如此。

今日政事堂难得热闹，许稷简单行了个礼坐下，一众老头子就"关切"地看向她的手。

王相公先开口："从嘉的手好些了吗？"

"有劳相公挂念，已经好多了。"她道。

其余人都只闻、只观不开口，早在许稷来之前，一众人就已经对她进行了评价，同当年得知她在高密自为镇将且强势销兵一样。不过紫袍老头们的评价从多年前的"兔崽子做个县官竟然这么用力"变成现在的"敢这样干掉马承元，明日指不定要做出什么事情，得势了恐也是危险"。

信任她、知道她为何要这样做的，恐怕也只有李国老与王相公。

好在左神策军确认了陈闼志叛逃一事，而小皇帝也一口咬定当天是马承元要刺杀自己，也就意味着许稷所言全是真话，没有可指摘挑刺的地方。甚至给她升了官，让她重掌度支盐铁及转运事宜。

她离拜相不过一步之遥，尽管还穿不上紫服，但她手中持握的权力却已经十分惊人。没有内库来争利，有许多计划都可以重新搬上台面商议了。

政事堂会议从西北战况论到内库处理办法，事无巨细，每个细枝末节，只要涉及诸司之间的利益重新分配，争夺之意就开始冒头。

提到江淮最近频频出现的反叛势力，许稷终于将户部钱拎了出来，就商税太高致物价飞涨一事讲到飞钱加饶，希望户部司尽可能地压低这部分钱的征收，以免物价太高影响民心。

"许侍郎真是站着说话不腰疼，户部钱如今不仅供官俸及和籴，还要供军，临时支用更是多得数不胜数，压低了商税这部分支用由谁来出？"

"户部钱只是后备库，官俸、和籴例常开支之外，供军这块不到万不得已不会动户部钱，除陌钱少征一点又能如何？"许稷有理有据，"据下官所查，今年所有战事未动过一分户部钱，何来'支用数不胜数'一说？度支哭穷还差不多，户部司哭穷未免太过了吧？倘这样下去，无异于杀鸡取卵，江淮只会更动荡。眼下局势不好，民心不能再失了。"

对面的胖尚书不服气地冷笑："照许侍郎的说法，动摇民心全是户部除陌钱的缘由？度支的杂税怎么不提？一面征收杂税，一面又要以除陌钱太高动摇民心企图干预户部司，许侍郎到底怀的什么心思呢？"

许稷抬首："今年春征开设数项杂税，下官彼时身在西北，对此并不知情。何况上半年度支总收计六百万贯，春征中两税并附加税共收三百八十万贯，两池三川盐利及盐运使上交盐利计一百九十万贯，杂税仅三十万贯——下官并不认为三十万贯与户部多出来的百万除陌钱可以相比，但临时杂税终会成为诟病，因此下官认为今年秋征不仅要取消杂税，还要减少两税配额。"

"同时暂停内库进奉，也让江淮喘口气吧。"许稷说着活动了一下僵硬的手腕，"下官都会与陛下陈明，以陛下怜恤百姓的名义减少征税，对稳定民心总是有益处的。"

"你——"

胖尚书很是恼火，许稷这小子是觉得杀了马承元就可当功臣了吗？莫说小皇帝眼下还没正式亲政，哪怕他已经亲政，许稷也没资格这样做。

李国老一言不发地听完，终于开口："打算打一架吗？"他目光掠过胖尚书的脸，胖尚书悻地住了嘴。

李国老看向许稷。

她字字句句都是争执，但面上已经没有情绪，这些年的宦途沉浮已经将她锤炼成了这样的人——哪怕心中对此愤怒不平，却仍然冷静。

"此事不宜操之过急。"一旁赵相公道，"眼下已经不是简单减少征收就能起效的，国老如何看？"

李国老语声不急不慢："的确。朝廷这边要减少征收，地方会不会照做很难说，从嘉想得太简单了。"

许稷一动不动，只问："此乃诸道监察御史职责所在，御史台难道是空置的吗？朝廷倘若也无动作，地方更不会有举措，难道要等着自下而上——"

"从嘉！"王相公警告她不要乱说，许稷这才闭了嘴。

漫长的会议上，要解决的事多得无边。如何分配、如何改革都是问题，争执与扯皮简直无休无止。从下午时分，一直谈到深夜，连诸司值宿官员都已经入眠，这会议仍在继续。

有人起身走动，有人去饮茶吃药，许稷低头换纱布。后半夜老头子们撑不住纷纷撤了，许稷也回家去。

叶子祯半夜披着袍子给她开门，打着哈欠道："还以为你不回来了，睡之前给阿槲弄了肉末软饭，还剩不少呢，你都解决了吧，我先去睡了。"

"等等。"

叶子祯精神了一些："你又要怎样？要我给你弄饭吗？"他吸了吸鼻子，将袍子穿好，二话没说去将一直温着的饭拿来给许稷吃，又在她对面坐下，"说吧，什么事？"

"能替我写折子吗？"

"好吧。"叶子祯瞥一眼她的手,拿来笔墨奏本,挑亮了灯,"你口述即可。"

许稷边吃饭边说,叶子祯一字不落记下,越写眉头拧得越厉害。许稷搁下饭碗之际,他忽然停笔:"你这样大刀阔斧的想法,一伸手碰到的全是利益,恐怕是很难行得通。"

"可如果慢慢来或许就来不及了。"

许稷眉间写满焦虑,眼前的这棵空心大树已经开始摇晃,似乎随时都要倒地。而她满腹心思都是要添土施肥稳固根脉,将巨大树洞填补结实,或许这样还有转机,那大树就还能继续屹立不倒。但她已经察觉到了一人之力的卑渺。

叶子祯沉思半晌不说话,继续替她写折子。

初秋深夜,夏虫仍然嘶鸣,并不知道自己即将死在这秋日里。

这份折子由许稷署名,需要呈送尚书省左右仆射,勾检过后再递呈中书门下。每一步都走得很艰难,叶子祯说得没错,改革所触碰到的是真金白银的利益,形同出手碰铁壁,到头来可能只撞了一手血。

许稷这一日等在中书省外,可还未轮到她议事,就见一吏卒飞奔而来。

那吏卒面色发白,呼吸局促,似乎急着想要汇报什么事情。

中书省门卒却拦住他道:"有事排队去,中书省事情多着呢,你看许侍郎都站了那么久了。何况你文书呢?你怎么那么眼生哪,你哪里的啊?"

那吏卒深喘一口气,手抖着从袖子里摸出文书来,慌得都打不开那封筒:"某……某是来报军情的,急信——快……快让我进去。"

门卒死心眼:"排队排队!"

吏卒快要急哭:"当真是急信哪!"

他转头看向许稷:"侍郎让某先进去行不行?"

许稷问:"怎么了?"

"东……东都失守,函谷关危矣——"

东都洛阳地处河南道,虽在关内道外,但凭借运河优势沟通南北,地理位置极其重要。东都一旦失守,叛军直奔函谷关而来,倘若函谷关及潼关失守，那么长安就再无屏障庇护，这是最糟糕的变故。

外敌扰边，内起祸乱，禁军东奔西走，原来严备的京畿地区如今却兵力不足守卫虚弱，八百里秦川，危机重重。

吏卒将军情速报至中书省，又呈枢密两院，最后报到皇帝跟前时，调兵已经紧锣密鼓地开始了。小皇帝虽然年纪不大，但也知道东都失守几乎是天塌了一半，朝廷军此时要做的是务必守住函谷关、潼关，逼退叛军夺回东都。

河北河南战况不妙，神策军也是受困重围，至于手握雄兵的诸镇节帅，在得知东都失守后各揣心思，不是拥兵不救，就是磨磨蹭蹭敷衍调令。只有凤翔等镇调兵支援，但面对东边气势汹汹袭来的嚣张叛军，仍不敢拍着胸脯说"潼关一定能守住"这种话。

东都沦陷，江淮货运被切断，长安及军队的供应越发紧张，朝中弥漫着悲观的气氛。小皇帝也不下棋了，每一天都等着最新战况的汇报，时忧时喜，心却一刻都不敢放下。一群老头子也整日愁眉不展，许稷则穿梭于内库与左藏库之间，竭力缓解供应大难。

长安百姓也终于大梦初醒。忽然飞涨的米价、冷清下去的东西二市都是不祥征兆，一些老者回想起几十年前被方镇变军攻陷的长安城，铁蹄刀戈，大火哭声，每个夜晚都是噩梦。

倘若……倘若潼关当真守不住——

长安会迎来怎样的明天呢？

白发老者们为此担忧之际，已有权贵世家收拾家当打算逃往老家避难，至于老家在东边的，就只能往西找同僚、同窗家躲避。因万一叛军入城，第一个要清算的必然是权势贵族，不逃就是等死。

长安西边的金光门霎时热闹起来，车马如龙，柳枝遍地，离别酒一盏又一盏，驿亭流水宴一桌一桌地换。至于多数百姓，无处可去只能老实待着祈愿，期冀长安别落入叛军之手。而这时禁令也下来了——在京中为官者的家眷不得出城，以免扰乱军心民心。

金光门重兵把守，出城顿时变得困难。那些没来得及走的，个个都惶恐到了极致，因函谷关的战况实在不容乐观。

许稷这日出门时天还没亮。外面起了霜，晨风很冷，叶子祯披着袍子走出来，小跑到门口，同她道："我已经在准备后路了，可能近期就会走。"

许稷点点头："诸事小心。"

他低头看她，还好，那瘦削的肩膀还没垮塌，头发似染了风霜，看着有些憔悴。他轻叹一声："阿樨我也想带走。"

许稷抿了下干燥的唇，抬手拍怕他的手臂："去睡会吧，天还早。"她说完牵了马往外走，叶子祯便再看不到她什么表情。

冒着晨风到皇城，手脚都冷，许稷坐下来理了理账，刚暖和一点，就有人来传她去延英殿。

一大早，延英殿内已经聚了十几号人，按官资坐着，一个个面色都好不到哪去。她刚坐下来，就听到李国老一个劲地咳嗽，好像近来身体当真很差。小皇帝姗姗来迟，一众人要起身行礼，他忙说"免了免了"，坐下来就问战况。

"陛下，函谷关恐怕守不住了。"赵相公开门见山，一点也不忌讳，"兵力有限，物资匮乏，而叛军势力越发壮大，十分顽固——臣等望陛下早做打算。"

小皇帝一愣，早做打算？那是什么意思？

"东边是无法走了，江淮也不能去，只能往西走。陛下可秘密出京避难，等到长安失守再走可就来不及了。"老臣们经历过几十年前的长安动乱，他们坚信长安就算沦陷也只会是一时，只要保住势力，到时候再回来，也是顺理成章的事。

小皇帝突然被安排了这么一条路，不免有些惴惴。他隐约明白老臣们的用意，但心底里仍腾起些许绝望来，这是……长安当真保不住了的意思吗？

"那……那爱卿们呢？"

"老臣们这把年纪了跑也跑不掉，自然是留守京中。"赵相公道，"届时会安排细致周到的官员护送陛下离京，请陛下安心。"

小皇帝暗暗抓紧了座下的垫子。

李国老随即又让许稷报告了近日支用情况，最后才领着一众人告退。

到殿门外，一众人都很沉默，唯赵相公转过头同许稷道："许侍郎尽快将手上事务安排妥当，今晚随同陛下离京。"

许稷骤觉惊讶，抬眸道："为何是下官？"

"陛下信任你，看不出来吗？这种时候不能将陛下交到不信任的人手中。"他停下来，又喊职方郎中①，道，"瞿郎中熟知地理，会与你们同行。"

年轻的职方郎中瞿以宁对许稷一揖。

"但度支——"

"此事已定，度支的事你不必再担心。"赵相公语气强硬，"度支是重要，但此事更重要，务必确保陛下安全。今晚亥时准点出金光门，你先回去吧。"

赵相公说完就走，一众人连忙跟上。只有李国老仍站在廊下，看着那白玉台阶一言不语，他看到了戳在原地不肯走的许稷，知道她心中困惑，也明白她的不甘心，咳了一阵忽然开口："从嘉。"

许稷回神，走到他面前，生硬地唤了一声国老。

李国老眯了眯眼，忍住咳嗽，看着她道："许羡庭将你教得很好，但时不与人哪。"

他负手往前走了两步，腰背已有些佝偻。站在这高台上俯瞰，嵯峨皇城入目，有大雁从殿宇楼阁上空飞掠而过，光宅寺的铃铎声叮咚响，阴云蔽日，只剩风。

帝国的上午，显得有些平静，又似乎与往常不同。

他转头看一眼仍在原地的许稷，很是镇定地说："函谷关，已经失守了。"

许稷眸光骤缩，她以为关塞只是陷入危境，却不知已经沦陷。

"往前百里，打开潼关，关中就没甚好守的了。"李国老语气平淡，好像关中将破完全不是什么了不得的大事。

迎风又是一阵猛咳，他停下来道："不然也不会如此仓促地赶

---

① 职方郎中：掌天下地图及城隍、镇戍、堡寨、烽候，及沿边少数民族内附等事。

你们走。年轻人留在京中陪着死毫无意义，还是走远些去做该做的事吧。"

这是真心话，抛开李家一贯坚持的苛刻门风，他并不希望许稷死在京中。何况她本来就是卫氏族人，倘若卫征在世，应也不希望女儿被困京城、死在叛军手里。

咳嗽着讲完这些，李国老走下了凉凉的白玉台阶，抛开官阶头衔，他也不过是寻常老者，已经到了一脚踏进棺材的年纪，再无法翻手为云覆手为雨了。

许稷回过神，匆匆下了阶梯，回尚书省以最快的速度处理了交接，径直出了安上门，赶回家时，天都垂暮。她关上门，在堂屋看书的叶子祯闻声走出来。

叶子祯察觉到她脸色不对，但没着急问，让乳母送来饭菜，先让许稷吃饱。饿了一天的许稷只顾埋头吃饭，因吃得太快频频被噎到。

叶子祯递茶盅过去："不要慌。"

她终于放下碗筷："离开长安。"抬首强调，"越快越好。"

"你呢？"叶子祯盯着她问。

"你带阿楎走，我得往西去。"许稷避开他目光，低头收拾碗筷，"函谷关已经失守，潼关恐也撑不了多久，今晚亥时我要带陛下离京。"

叶子祯猛地按住她的手："嘉嘉，同我们走吧。我们去剑南，再回扬州，等十七郎回来不好吗？"

"我要带陛下离京。"

"朝廷左右已经是烂摊子了，你还管它做什么？！守着那披了龙袍的小孩子，难道还有什么希望吗？！别管了！我们回扬州不好吗？等十七郎回来，就可以团聚了啊——"

许稷面上逐渐显出痛苦之色："十七郎……"

她局促地吸了一口气："说实话我也不确定十七郎何时能回来，倘若长安也失守，朝廷很可能就此放弃陇右，西北的供馈也就全面中断，西征军——"

她摇了摇头，又抬首："能够撑到什么时候呢？我不想说丧气话，我也不会当逃兵，更不想放弃陇右。"

"阿樨呢？"叶子祯面色彻底冷下来，"往西的路谁知道是什么路？谁知道叛军会不会追、你们还能不能活着回来？十七郎如果没了，阿樨至少还有你，但倘若你也没了，阿樨就是孤儿！你忍心让这么小的孩子成为孤儿吗？！"

走廊里骤响起哭声，刚刚醒来喝完奶的阿樨被堂屋的争吵声吓哭，在这秋夜里，每一次抽噎都是清晰的。

许稷脊背弯下去，那哭声似利爪般攥住她的心，心每每跳动一下，就是撕裂抽痛，要将她血液抽干。

十七郎凶吉未知，她的人生也是前路坎坷，一家人只有阿樨似还在这局势外，可这又岂是容易割舍的血脉。

走廊里的哭声渐渐远了，乳母将孩子抱去哄睡，而堂内两人对峙良久，彼此沉默着不说话。

许稷有一瞬觉得喉间满满都是血腥气，强压下去，外面响起了更鼓声。

戌时了。

至二更便是亥时，那时她该等在金光门。

叶子祯握住她双手，缓和了语气道："嘉嘉，我求你了，抛开这些，同我们走吧！"

伴着那慢慢悠悠的更鼓声，许稷抽出手："没有人教过我退缩，表兄——"她后退、弯腰伏地，郑重地行了礼，一切都在不言中。

叶子祯听到这话也不再怀抱期待，他盼她全身而退，但那是奢望了。他没有表态，也不打算送她，他要她带着愧疚出门，带着愧疚活着回来。

许稷起了身，怕忍不住，连孩子也不敢去看，撑着一口气走到门口，关上门，弯下腰来，心中是无声大雨。

亥时已经很冷，空气里能嗅出一星半点的冬味来。

小皇帝长这样大从没出过两京，也没往西去过，他有些害怕，就偷偷弄了一点酒灌了下去，头脑晕乎乎的。在老臣们的叮嘱下，他换上寻常衣裳，作别了巍峨宫城，从丹凤门出来，登上车，跟着同样穿了常服的臣子及南衙卫兵们往西边金光门去。

他身边一个内侍也没有，只有一些还算熟悉的年轻面孔，譬如职方郎中瞿以宁。瞿以宁是他的老师之一，教他识图断方位，也算是很厉害的人。

车子动起来，辚辚声、马蹄声都混进一贯平静的长安夜色里。

这样的日子里，又有几人安眠、几人辗转反侧呢？小皇帝撩开帘子探头朝后看，龙首原越发远，已经什么都看不着了。

放下帘子，面前是瞿以宁铺开的地图。

他投以目光，好奇又忐忑地问："我们要到哪里去，又要怎样走呢？"

偌大关中平原，八百里秦川，没有他的容身处，只能走得远一些，再远一些……但哪里才是头呢？

瞿以宁指头一划："往西出金光门，明日中午可到中渭桥，之后……"他慢条斯理地同小皇帝讲解，仿佛只是在好天气里讲课，而非深夜逃难。

"许侍郎呢？"

"许侍郎会在金光门等候。"

"瞿郎中有家眷在京吗？"

"下官孑然一身。"

"可许侍郎家还有一个小孩子呢。"小皇帝忽然说，"他往西边去，小孩子可怎么办哪？听说才一岁……"

他忧心忡忡地说着，又打开帘子朝外看，前后皆是南衙卫兵："他们也有家眷吧？"

瞿以宁不接话，小皇帝就又乖乖坐好。

车内晃动的灯令人眼疼，好不容易到了金光门，车队停下来，小皇帝见到了许稷。

出逃避难就顾不得太多繁文缛节，连尊卑暂时也可搁置一旁，他赶紧喊许稷登车，见她上来之后小心翼翼地问道："家人可都安顿好了吗？"

许稷点点头坐下，接过瞿以宁递来的地图，看完后说："陛下还是睡一会儿吧，车队到驿所也不会停的。"

小皇帝不吭声，出逃长安哪里睡得着呢？但他仍很老实地爬到帘子后面，盖上毯子准备入眠。夜如更漏，一点点流逝，路也越行越远，许稷低头看着地图，瞿以宁道："已经出了长安了。"

几十年前，也有人同他们一样逃离长安，之后皇权顺利回归，他们又是否有这样的运气与实力呢？

许稷不确定，瞿以宁也不知道。

就在他们离开长安、行过中渭桥抵达咸阳县之际，潼关失守的消息如朔风一样刮遍了西京城，百姓们不是紧张地躲在家中，就是搬出一早收拾好的行李仓皇出城。

叶子祯匆促将长安事宜安排妥当，回到务本坊的家，乳母已经有条不紊地让人将东西都装上了车。

"阿樨呢？"

"小郎君还在睡。"

"这时候也睡得着，心真是比他阿娘还大。"叶子祯火急火燎进房将小孩子抱出来，阿樨窝在小被子里一动不动，睡得甚是香甜。

"郎君这就走了吗？"乳母等在一旁问。

叶子祯回："嗯，走了。"

可他正打算登车，却有人匆匆忙忙跑来，叶子祯定睛一瞧，来者正是李茂茂。

李茂茂跑得气都喘不上来："九叔九叔！"

叶子祯回长安后没与李家来往，也很久没见李茂茂，他犹豫了一下，最后仍是应了一声，问："怎么了？"

"九叔能不能去劝劝三祖母，让她同我们一道回陇西……"

李茂茂口中"三祖母"，正是叶子祯的母亲。

老夫人脾气固执，丈夫不在之后变得更是古怪，加上多年未见儿子，她就养成了闷性子，平日里也不与家里人来往，只守着一方小院独自待着。眼看着叛军要攻进城，李家人纷纷撤回陇西，但老夫人就是不肯走。李家人不可能将她独留在长安，使出浑身解数从昨晚劝到现在，老夫人却丝毫不动摇。

她还执着当年的事，这是李家人心知肚明的。

李茂茂无奈之下只好奔去务本坊请叶子祯，希望他能解开三祖母的心结，劝她回陇西避难。

叶子祯怀抱着小娃，听他急急忙忙讲完，却动也没动。

秋风卷携落叶而来，李茂茂见九叔无动于衷，眉目间尽是愁色，放低声音恳求："九叔，三祖母虽然不说，但很想你啊，回去看看吧……"

"想我吗？"叶子祯无意识地重复了一遍，声音冷得要命，"那又何必赶我走。"他曾求母亲谅解，但母亲甩袖狠狠拒绝了他，气愤之极时甚至言语羞辱，叫他永远别回来。

阿椁往他怀里挪了挪，仍然睡得香甜。阿椁虽不是他的孩子，但长久的相处，小娃的一举一动都牵动他的心，哪怕阿椁将来犯了错，他也不会那样狠下心去对待。他也曾试着去理解过母亲，这个世上曾与他最亲的人，当初会为何会做出那样的举动。是因为失望吗？还是因为颜面？或者……是为了让他离开流言旋涡的中心，是怕他撑不下去寻死，才逼他走的吗？

隐秘的情委只有本人知晓，其余都是无意义的揣测。

叶子祯仍是无视李茂茂登上了车。

李茂茂只能眼睁睁看着那马车离开，沉默叹息。

可车子刚刚驶出务本坊，叶子祯就同小仆说："去李宅。"

李家人实在劝不动老夫人，但离城迫在眉睫，实在无法再拖，最后只能留下几个人陪着她。

浩浩荡荡的车马离去了，喧闹一时的李宅静息了下来。

叶子祯几乎等到日暮，待李宅彻底平息，终于敲开了门。

匆匆忙忙赶来的庶仆将他打量一番，竟也不问一言就放他进了门。

因李茂茂走之前特意关照——会有人来。李茂茂虽与他这位九叔没什么交集，但他知九叔待友真诚、对他表姑亦是很好，不会是冷清冷血之辈。何况三祖母心结要解，九叔也是一样。

这家门对叶子祯而言既熟悉又陌生，多年前的回忆又翻涌而来。

叶子祯循着庶仆指引，走到了母亲院外。小堂外冷冷清清，秋风刮得枯叶簌簌掉，只有一盏小灯亮着。他走进廊内，堂屋的门没有关，而他母亲坐在堂前，只是在等。

他低头看门槛，又抬首看他母亲，最终抬脚进门，伏地深跪声音清朗："不肖子李纯——恳请母亲离开长安。"

那年离开长安，他还是骨骼没有完全长结实的青春少年。转眼之间已到而立，身量也长了许多，眉宇间更添了男儿的从容，跨进门的那一刻，崔氏差点没敢认。这是她最挂念的孩子，曾经倾注万分期许，后来却出了那样的事遭人唾弃遭人侮辱。她也觉得失望，甚至愤怒，最后不管不顾将这腔怒火全部推到了他身上。她也曾失去理智，甚至觉得恶心，但等这怒火压下来之后，她又觉得无能为力。

她的骨肉她很了解。

她知他不是什么坚韧的脾性，京城无法容下他，家里更无法容下他，与其将来看着他颓丧放纵，不如让他远去。可天底下那么多劝走的办法，她挑了最不明智的那一种。

"纯儿——"

叶子祯终于抬头，借着那一盏昏黄的灯，他可辨得她鬓角白发。那容颜已然老了，但当年也是个绝世温柔的美人。清河崔氏，权贵世家的千金，心高气傲，自然无法忍受儿子那时做过的错事。

"纯儿——"

她没有多余的话，只不急不缓地喊他的名字。

李纯。多少年了，再无人喊过他这个名字。有时深夜醒来，恍惚之间甚至觉得李纯只是一场梦，好像他从一开始就是叶子祯，他也只会以叶子祯的身份活下去。

叶子祯多年筑起来的盾墙，一层一层瓦解。本来就是心软的人，只靠外面厚墙武装对抗这人世，盾墙被敲碎，就剩脆弱心房直面一切。但他起身，收起万千心绪，冷静又沉稳地开口："长安不能再留，请母亲随我一道去扬州。"

崔氏显然错愕，她宁肯他怨自己、恨自己，但他只是从容地要带她离开长安。

"我那时……"崔氏眉头紧锁，满脸是矛盾错杂的情绪，其中有愧疚有自责也有懊恼，"本该拉你一把，但我……差点毁了你。"

"都是过去的事了。"

这是许稷教给他的坦荡，过去的事就让它过去，该承认的就承认，该接受的就接受——不管是对方的歉意还是感谢，这样让自己好过，也让对方轻松。且这一刻他突然明白，为当年的事付出代价的，不仅仅是他，他的家人因为牵连也遭受了流言的伤害，同样支付了不菲的代价。

世间事难深究，那就不深究了吧，都已经深究了十多年，也累了。

这时他只想带着母亲离开这座危城，去迎接新的生活。

酉时三刻，里坊都照常锁门，而城门却被破开了。

气势汹汹的敌军冲进格局严谨的西京城，逐个冲破坊门，以最粗暴的方式强行唤醒了沉睡中的国都。

士族朝党汲汲钻营，到头来，却是百姓揭竿群起，将这一盘乱棋掀翻。

留守西京的紫袍老臣们也纷纷散去，政事堂内只剩了李国老一人。

宫灯很亮，很亮。

第二十六章 · 塞上曲

　　不论是北衙禁军，还是南衙卫兵，都奉命守到了最后一刻。哪怕贼寇已入城，左右监门卫仍如往常一样值守皇城诸门，直通天门街的朱雀门内外，守卫们似乎还在等待次日承天门楼上的鼓声响起，朝臣踩着鼓声披着晨光拥进这皇城内来。

　　而事实是，众人都知道，这不可能了。

　　傍晚锁门时，方方正正的偌大皇城，诸司诸卫几乎是人去楼空，连宿直的官员也比往常少了一大半，好像大家都知道夜间会出什么大事。

　　到了晚上一贯清寂的天门街上，传来了脚步声、马蹄声，还有火光。

　　那声与光迫近，像干灼夏日里群聚涌来的飞蝗，抵抗也变得无济于事。卫兵几被砍杀殆尽，朱雀门、含光门、安上门，三门陆续打开，贼军就呼号着冲进了皇城内。

　　只要穿过承天门街、夹城横街，就能打开承天门，进入宫城。一向死气沉沉如古井一般的皇城，此时包纳了黑幕下的厮杀哭饶声，还有数千支燃烧的火把，油味呛人。

宫内霎时乱套，贼寇却杀得正是起劲时。一众人包围了内库、左藏库、外库等，逼迫太府寺官员开门，年迈的太府寺卿沉静起身，从小门出来，携钥匙投了井。

城中百姓几乎都缩于宅内，紧张地听着屋外动静，然对于贫苦的多数人而言，入城的贼寇却并不打算动他们分毫，他们只入大宅贵户，烧掠抢夺以泄怨气。

这一夜很长，叶子祯打算携母及阿樨出城时已经晚了，但他也知道不能待在李宅，最后无奈之下又躲回了务本坊的小宅，希望能避过这一灾。

半夜里，外面不时传来杂沓的行军声，阿樨醒来数次，一次比一次哭得厉害。就在叶子祯将他再度哄睡时，一众人冲进了国子监，逮住还没逃走的国子监生就打，焚书掠粮，像是强盗。哭号声在长安各个角落四起，叶子祯怀中抱着小娃忐忑等这夜过去时，宫城内越发混乱。

内侍省几乎被翻了个遍，宦官们没能逃过入城贼军的刀剑，纷纷丧命；偏居太极宫一隅的广安公主，在贼人抵达前自缢殉国；政事堂内灯火通明，贼军冲进去时，只见得一白发苍苍的紫袍老者——那是李国老。

李国老一阵咳嗽，贼军们冲过去时，只见他面前唯留一只空酒盏，再无旁物。

再长的夜也会迎来白日。

按照惯例，五更二点，承天门上的鼓声会准时敲响，随后长安城各坊门会逐次打开。

但这一日清早，长安百姓没有等到承天门的鼓声，也无坊卒守在坊门口叫嚷"莫要挤莫要挤！挤出去也快不了多少嘛！"的声音。只有贼军满城张贴告示，说的尽是揽聚民心的话，无非是讲——起兵是为百姓，要清算的，乃是饮人血吃人肉的昏君佞臣，百姓尽可放心安居，不必慌乱。

有胆大的百姓纷纷出门，夹道围观，改口称贼军为义军，也得义军抛撒金帛等物，引得一众人哄抢，就差喊万岁。而贼军领头呼作胡潮者，在众人拥立之下，当日即登太极殿，自称胡王。

同时，下令告知百姓，凡知京中何处藏匿朝廷三品以上高官者，报之有巨赏。一时间，人人都好似长了火眼，处处搜寻可疑的藏匿官员，以获巨金。

这天，叶子祯的家门被敲开了。

自他得知胡潮对朝廷高官开始清算起，他就带着老小搬回了许稷隔壁的小宅子。

他眼下衣着朴素，且早预备好了一整套说辞。倘若有人问起隔壁的许侍郎去了哪里，他便说许侍郎是个胆小鬼，早就收拾东西跑了，且两家平日里也就是邻里交情，紧要关头谁还顾得上谁。倘问起他在长安是做什么的，那就说自己是一穷二白的儒生，本是打算住在国子监旁熏陶一下，等着考进士云云。

一众贼军果将他盘问一番，叶子祯对答如流，不露破绽。但那贼军觉得他哪怕穿着粗布衣裳，身上都有股子养尊处优之气，不免怀疑。

叶子祯被盯得浑身不自在，但仍坦然地说："某本出自江淮富户，无奈被贪官坑害家道中落，不然也不至于沦落此地，不信可问对面道观的小道，某可是在此住了许久了。"

贼军小头目一听他是被贪官坑害，顿时生起同情之心，终于领着下属往道观去了。

叶子祯关上门时，夕阳照得他发冷。

阿櫼又哭起来，叶子祯刚转身，门口又响起敲门声。

他俊眉一蹙，又迅速调整了一下表情，以便再次应付这些苍蝇一般的起义军。然打开门，却只见一熟脸庶仆。

那庶仆面色惨白，带着哭腔同他说道："国老那晚于政事堂仰药自尽了……"

叶子祯觉得今年长安的初冬来得早了些，他手按住门框，想要问一两句，但最后却只是干巴巴地说："知道了。"

这位祖父素来严苛自律，绝无可能为了活命迎合反贼，他没有选择同李家人一道回陇西，就无可避免这样的结局。他是帝国股肱，他曾力挽狂澜，他曾翻手为云覆手为雨，如今却选择这样了结漫长一生。

叶子祯等到那报信的庶仆走远，才缓慢回过神。他想起许多事都没来得及问，譬如眼下遗体在哪儿，譬如皇城内现在局势怎样，又是否有可能将祖父的遗体带回。

此时的长安城，充斥着机遇与危险，无非是洗盘后的权力财富再分配。起初胡潮还下令约束，但一群饿狼进了肥肉遍地的长安城，又怎可能约束得了？

西京二县，尤其权贵聚集的万年县成了重灾区。一众人外出抢掠，见富户士族，更是任意杀戮。胡潮见状，索性睁一只眼闭一只眼，最后甚至授意下属屠杀大周宗室，并将李国老尸身悬于城门，威吓朝官。

这期间也有不少中层官员死去，多数因拒不从贼党而自绝。

踏进深秋初冬时节的长安城，无论如何谈不上喜乐安稳。

另一边，小皇帝还在逃往益州的路上。这一路他们伪装成商队日夜兼程，几乎没来得及停顿歇气。瞿以宁自小随长兄游历读书，对这带地理熟悉无比，但也不敢拍胸脯保证一定能顺利抵蜀。

小皇帝病了，随队的医官说是奔波受凉所致，加上心气不宁，便不容易好。他很怕冷，还没真正入冬就已经裹得十分厚实，这一日更是发热到额头烫手、嘴唇干裂出血。

许稷很是忧心，医官说必须得停下来歇一歇了，再这样颠簸下去不知会出什么事。

于是到了大散关，一队人终于停下。

几十号人入邸店住下，其余人则宿在外面。医官仔细熬了药，让小侍试完送去给小皇帝喝。小皇帝晕晕乎乎将药饮尽时，许稷恰好走到门外。

许稷刚要敲门，楼梯处忽响起脚步声。那人噔噔上了楼，冲到许稷面前俯身一揖，将信筒递过去。

许稷接过来，正要打开时，瞿以宁从另一边走上来。她低头速看了一眼，瞿以宁见她面色不对，忙问："京中可是有什么变故？"

"长安失守。"

瞿以宁轻叹了一口气："还是暂时不要同陛下说了吧。"

按照贼寇的路子，杀进长安便意味着宗室、士族高官都完蛋。这其中有小皇帝信任的臣子，也有他的亲族，这是病中的小孩子承受不起的事。

许稷捏着信几番犹豫，就在她要做出决定时，门却忽然开了。

面色苍白的小皇帝站在门口，脑袋耷拉着问："母后、姊姊她们……逃出城了吗？"

没有，一个都没有。

不是自尽，就是被杀戮。

许稷和瞿以宁都没有答话。

气氛一阵凝滞，过了好久，小皇帝忽然开口说："朕知道了。"

他说着转过身去，头重脚轻地挪回了床榻，老实躺下，拉起没什么温度的被子，盖过了脑袋，眼泪就满溢出来。

许稷关上了门。

这时忽有卫兵冲了上来："有西戎兵杀过来了！"

出了大散关便失去了屏障护佑，西戎兵的突然出现，却令人觉得匪夷所思，西戎兵哪里来的情报？！

"有细作。"瞿以宁略侧头同许稷低声道，"许侍郎带陛下从后门走，出门后往西南方向走，八十三里后看到驿亭就停下，明日大部队会与侍郎碰头。"

他在方位和地理上拥有绝对权威，许稷没有理由质疑，遂立刻分头行事。

许稷骑马带着几个侍卫及晕乎乎的小皇帝朝西南方向飞奔而去，一众西戎兵却径直朝馆驿杀来。

这一路狂奔并无遭遇什么不测，但此地会有什么人出没根本不可预测，许稷撑足了精神，不敢掉以轻心。

至四更天，前路被宽阔水域截断，车马不能行，只能游过去。

许稷下马，将小皇帝抱下来，正要嘱咐侍卫护小皇帝过河，却忽有马蹄声逼近。

那马蹄声急骤得很，许稷顿觉不妙，一支箭却瞬时飞了过来。

"快过河！"许稷下令的同时，小皇帝却忽然扑倒在地。

箭头没进了他的身体，他虚弱的躯体支撑不住了。许稷要抱他下河，他却推开许稷："朕也想，做一个好皇帝，但朕……朕等不到长大的那一天了。"

他眼睛通红，单薄的肩膀不住发颤："侍郎……侍郎快走……"

"陛下！"

血从小皇帝后背涌出来，他快要撑不住，但看着许稷及侍卫不肯走，他心中焦急甚至胜过后背的疼痛。

"许侍郎你快走啊……"小皇帝的声音已经嘶哑，通红的眼睛滚出泪来，"死在这里太冤枉了不值得的……你快点走啊！"

这催促声同逼近的马蹄声一样着急，数支箭飞袭而来，小皇帝想爬起来，但他实在丧尽了力气，只有颗颗眼泪落在坚硬的沙石上，无声告别这人世。

许稷本要带他下河，但就在伸出手的瞬间，尖利箭矢朝她飞来，猛地扎进了她的上臂。疼痛还未蔓延开来，另一支箭就没入了她的腹。

旁边的侍卫也是中数箭倒地，无力再伸援手。

绞心之痛骤然袭来，许稷差点跌倒。

小皇帝痛心看着，给出最后的旨令："朕……朕命你将朕拖到河边——"他骤吸一口气，艰难借力往前爬，他不要落到敌军手里，哪怕死后被鱼吃掉，在水里烂掉……他也不想被割了头颅被拿去邀功……

许稷额头冷汗直冒，压着喉间浓重血气将小皇帝拖到河边，又一支箭扎进了她的后背。在小皇帝的注视之下，她因重心不稳，最终掉进了河里。

湍急的水流往东走，血液混进水里很快就了无痕迹，而许稷也顺着那水流一路往下。

小皇帝拼尽了最后一口气，在马蹄声逼到身后的瞬间，爬进了宽阔大河。

这水流往东，不知可回长安否？

敌军在河岸边勒缰止步，手中持握的火把将水面照亮，其中一人用西戎语问："可要将尸体打捞上来？"领头的瞥一眼他们留下的马及行李道："不必，行李中自有凭信。"

于是他翻身下马，走过去解下鞍上挂着的袋子，带着手下飞奔远去。

而此时的许稷仍陷在水里，撑着最后一星半点意识想要找到小皇帝，但实际根本无法搜寻，天未明，水面上一片暗沉沉，只闻得流动的水声和远去的马蹄声。

水很冷很冷，搜寻无望的许稷几番要沉下去，她痛苦得简直快要丧失活下去的勇气。

护送小皇帝的车队在大散关遭遇西戎兵突袭一事，火速传回了关中。

坐镇长安的贼寇之首胡潮，得此信后瞬时大悦，甚至迫不及待地要将自己往上再拔一阶——他不要再做什么胡王，他要做皇帝了！

礼部中低层官吏迫于胡潮淫威，只得战战兢兢领命，按照登基规格进行筹备安排；整个尚书省弥漫着浓重的悲痛气氛，国君亡，贼寇登基，这日子会有尽头吗？诸镇手握雄兵，会打回长安来，将这姓胡的贼寇赶走吗？

臣子们不知道。

但在长安西边的凤翔镇，已经动了这个念头。

凤翔虽算不得什么广袤大镇，但毗邻长安，地处京畿，位置十分关键，而练绘本人亦不能够容忍这样卑鄙的窃国贼上台。为一己私欲举旗鼓动百姓造反，最后坐享其成大行杀戮，实在令人痛恨。

练绘积极走动，打算联合周边方镇合力夺回长安，但就在所有筹谋都快要尘埃落定时，一起传来的两个消息，却令所有人动摇了。

这天练绘匆促吃过饭要回军营视察，就有僚佐匆匆忙忙跑来使府，一板一眼报道："京中消息，贼兵要登基自立为王了。"

这消息来得甚是突然，练绘蹙眉："怎会突然就要登基？"他话锋瞬转，"可是护送陛下的队伍出了什么事？"

僚佐知他与许稷之间的深厚交情，原本板着的脸竟也略略皱起来，迟疑着如何开口。他最后抬首道："大散关传来的消息，陛下途中不幸遭遇西戎兵……已经，没了。"

　　"那其他人呢？"练绘骤然抬眉，"其他人如何了？"

　　僚佐眉头无法舒展，如鲠在喉，最终稳了稳声音一字一顿地回道："全员殉国。"

　　练绘抬起来的手落了下去，已经步入冬季的凤翔镇，朔风吹得人都要皱起来。使府里安安静静，忽响起樱娘的哭声，练绘转头，看到千缨推开门走了出来。

　　千缨有些木然地走到他身旁，抬头问那僚佐："许稷呢？许侍郎……有消息吗？"

　　"夫……夫人……"僚佐怎么也没料到她会听到这些，他知许稷是她前夫，便更不知要怎样回。

　　"我问你许稷……许稷在哪儿？！"千缨见他不说，瞬时红了眼，音调也不自觉地高了上去。

　　"十八娘……"

　　练绘见她濒临失控，扶住她就要送她回去，然千缨却按住他的手，甚至逼近一步，厉声问那僚佐："告诉我许稷的下落！"

　　"夫人……"那僚佐站着不动，"护送队伍全员殉国了。"

　　千缨一直绷在眼眶里的泪珠应声滚落："不会的……她那样聪明，她不会死……"她茫然地转过身，抓紧练绘的手，机械地重复，"不会的，她不会死……"

　　很久之前她还给许稷算过命，连算命的都说许稷长命百岁儿孙满堂，怎可能突然死了呢……一定是错了。

　　她肩头、牙齿都在发颤，练绘反握住她的手，那手冷得像冰。

　　练绘瞬觉胸腔里全是尖锐冷硬的冰碴，嚣张得快要戳破他的皮囊，每一次呼吸都疼得要命。

　　他却只能撑住，用表皮微薄的温暖去安慰脆弱不堪的妻子。

　　僚佐见状往后退了一步，转过身要离开。然他刚穿过拐廊，却有一报信小吏急急忙忙跑了来，那小吏看到他竟也没止步，而是直奔去找练绘。

他一把拉住那小吏："现在不要去。"

小吏回头看他，却是满脸焦急："可这是泾原急报！"

那僚佐闻言一惊，小吏却已是挣开他的手，脚步匆促地去给练绘报信："大帅！贼寇已率大军讨泾原了，凤翔北面恐是危矣！"

练绘面色沉定，握紧了千缨的手，冷静回那小吏："知道了。"

泾原本是他打算联合征讨长安贼寇的北边强镇，没料胡潮却抢先对泾原下手了。

他安顿好千缨，立刻去往营中与将士商讨防御事宜。

"贼寇大军出界，此时长安守卫力量应是有限，趁这当口出兵取了那贼兵狗头，正是好时机。"

"贼兵素来狡诈，应谨慎行事才好，宁镇那边可有什么新动向？"

"宁节帅回信婉拒了，说还要再观望观望。"

"到这时候谁都靠不住，难道看着这天下被贼兵吞了吗？！"

一众将士议论到最后便抑不住内心愤愤，本就是血气方刚之辈，这时候恨不得往东直奔长安手刃胡潮。但太难了，单枪匹马喊打喊杀，估计还没到长安就会被砍死。

一众人都陷入无止境的焦虑中，只期盼一向强势的泾原军能够抵挡住贼寇的铁蹄，一路杀回长安，到那时候，凤翔一定全军出动倾力相援。

拍桌声、咒骂声过去后，营中骤响起了一声叹息——

"陛下都没了，宗室又惨遭杀戮，杀回长安又能怎样？"

"魏王呢？"

"指望一个逃遁多年的宗室骄子，还是算了吧，没兵没权又少魄力，这样的乱局他回来也是无用。"

"那也不能眼睁睁看着贼兵这样嚣张吧？"

一小将忽然抬首，毫无顾忌地同练绘道："节帅有无考虑过之后的事？哪怕凤翔夺回了长安，周边方镇也都手握雄兵，他们怎么可能容凤翔吃独食？贼兵一死，天下诸镇必乱，犬牙相错互相残杀，强藩并弱镇，那才是地狱吧。"

练绘沉默着起了身，独自一人出了营。

冬天的月亮看起来很干净，与夜空界限分明，更显明亮。他骑马独行至江边，企图冷静下来，然时局……却无法教人冷静。

泾原军惨败，泾原百姓竭力抗拒贼寇，于是贼寇将帅便纵容手下士兵恣意屠杀百姓，名曰"洗城"。

一时间，泾州满城血雨。初雪纷纷扬扬落下来，却无人赏。

隔壁宁节度使，生怕也遭遇泾原一般的惨剧，主动向长安贼兵遣使奉表，表明归顺之意。

胡潮之意，至此明了。想联合起来动我？不服？杀鸡儆猴可明白？挑你们当中最强的弄死，余下的你们自己看着办。

泾原惨遭洗城，宁奉表归顺，凤翔等于被砍断了手脚。转瞬间，进攻讨伐长安这路也变得不可行，因贼兵的大军就虎视眈眈守在门外，只要一声令下，大军就破城入，届时会做出什么样不理智的事就不好说了。

摆在凤翔镇面前的只剩了两条路。

一，死守；二，携城降。

凤翔将帅个个义愤填膺，但这一腔怒火无处宣泄，除了在使府会议上拍案怒斥，再无处诉热血、表赤忱。

贼兵大军逼近的这一晚，谁也无法入眠。

夜空很低很低，没有月亮。

雪如灞桥三月柳絮，慷慨倾洒。

练绘于城楼上站了很久，内心是无休无止的抗争。死守是表气节，最好的结局是鱼死网破两败俱伤；投降，则又是贪生怕死、不忠不义，余生恐都会被人唾骂贼寇走狗。

他短促小心地吸了口气，忽然转过身，朝向西面，朝向大散关，深深弯下了腰。

不过这短短几个月时间，岁月风霜就已经染白了鬓边发。

往西的路上铺满了雪，因天太冷，雪不易化，一片白茫茫。雾气浓重的冷清道路上只有铜铃声响，音声仿能穿过迷雾，抵达远方。

妙龄少女将酒囊打开仰头饮了一些酒，回头看看车内，随后瞥一眼阿兄，用西戎语道："阿兄，那位娘子都醒来好久了，看起来却仍然很消沉哪，你不能哄哄她吗？"

阿兄则回："莫急，总会好起来的，伽罗啊，时间可是良物哪。"

被唤作伽罗的少女点点头，目光瞬时转向车上坐着的另一个男人，很爽快地问："瞿郎君！你要喝酒吗？"

瞿以宁伸手接过酒囊，却不着急喝，他看向边上沉默坐着的人："你要喝一点吗？"

"不要给她喝啦！她的伤还没好！"伽罗很负责地阻拦道。

瞿以宁于是默默收回酒囊，微微侧过身，饮了一口酒。

大雾遮蔽了视线，也不知这条路能行到哪里。瞿以宁忍不住偏头又看了一眼边上的许稷，没错，恢复意识后她几乎没讲过一句话。

寒冷河水浸透了她的骨头，好像也冻住了她的嗓子，眉眼间是看得到的消沉意志。彼时费尽力气爬上岸已是奄奄一息，不知是什么支撑她活了下来，反复的高烧，长久的昏睡，意识也一团糟。

瞿以宁那时亦是侥幸逃命，晨间至河岸看到侍卫尸体，却不见小皇帝与许稷，心惊之下循着河岸往下游走，最后好不容易寻到许稷时，已有西戎少女跪在一旁手忙脚乱地替她处理伤口。

那西戎少女闻得声音陡回头，看看他，用不太熟练的官话问他："郎君能帮我将她背回去吗？"

许稷当时浑身血淋淋，且呼吸已相当微弱，随时都有丧命的可能，瞿以宁遂顾不得探究那少女是什么来历，二话不说背起许稷跟着那少女回去。

没有屋舍，仅有一顶牛皮帐，用度简陋，但好在兄妹二人本就是四海奔波之人，平日里也备了一些伤药，此时尚能救急。

瞿以宁待着不走，少女却将他赶出了帐。

瞿以宁说"男女有别"，她也同他说"男女有别"，弄得瞿以宁一头雾水。

在外面架起锅来煮食的阿兄瞥一眼就了然道："那位受伤的郎君定是女儿身扮作男装啦，伽罗可聪明着呢。"

瞿以宁大吃一惊，到这时他才明白许稷的真实身份，但理智仍觉得不可置信。

那阿兄走过来，拍了拍手里的灰："若不是伽罗一大早跑去洗衣裳，恐也遇不着这位娘子，可真是豪杰哪，中了三箭竟还能爬上来，怕是许多男儿都比不过。"他说着瞥一眼瞿以宁，"你的手怎么了？"

"一点小伤。"

瞿以宁不过是被流矢刮到，与许稷的伤情比起来，自然什么都算不上，遂将手收到身后，未露伤口示人。

"她能好起来吗？"他问。

那叫作达昂的兄长摇摇头："只能看天命也。"

瞿以宁叹了口气，独自去了河边。流水总是最无情，似乎能卷携走一切。侍卫惨死，许稷被冲到下游丧失意识，而陛下呢？是被西戎军掳走，还是……

他不由闭了闭眼，想起身中数箭的许稷，就似乎看到了浑身血淋淋的小皇帝。难道——他被这河水卷去另一个世道了吗？

护送陛下奔蜀的队伍几乎被杀光，而陛下也下落不明，瞿以宁看着茫茫河水，脑海中闪过一瞬的无措。他们的前路，在哪儿？但这迷茫也只持续了片刻，他随即骑马往更下游奔去。日头升起来，河面波光粼粼，这冬日便显得没那么冷，然沿途跑，却越走越绝望。

伽罗给许稷处理好伤口，她仍旧脸色惨白，手脚都是冷的，贸一看就像是死了。伽罗担心地问阿兄达昂："怎会中这么多箭呢？"她皱眉瞥一眼地上拔下来的箭，"似乎还是兵箭。"

曾在军营待过的达昂看了看，最后说："这是我们军队的兵箭。"

他说罢看向榻上许稷："难道是大周的贵族女眷？看着又不太像……"

不过他倒是无所谓所救是西戎人还是大周人，转而同伽罗道：

"作为一个女人，遭遇这样的事实在不幸，祝福她吧伽罗。"

伽罗点点头，但她又问："那我们的行程……要耽搁下来吗？"

兄妹二人本打算在入冬前回到凉州，但因途中遭遇战乱耽搁了一阵，以至于在初冬到来之际，仍在大散关徘徊。倘若没有遇到许稷，今日他们就打算出发继续往西行了。

达昂却很是爽快地说："就地休息几日，看她能不能挺过这难关。倘若挺过去了，就带上她一起往西去。"

"万一她不愿去西边呢？"

"那也没办法啦，总不能将大伤未愈的女人扔在路上，做人岂能这样？"达昂说完掀帘躬身出了帐，却不见外面的瞿以宁。

他当瞿以宁乃过客，只有伽罗还惦记着，一下午都在嘀嘀咕咕："那人身上似乎也有伤哪，他们可是一起的吗？可是为何突然走了呢？连声招呼也不打……"

然就在夜幕沉覆之际，瞿以宁骑马返回了。他面色沉重地下了马，伽罗闻声迎出来，却只见他从马背上抱下来一个孩子。伽罗凑过去，却被瞿以宁以及他怀中的孩子吓到。

她倏地往后退一步："呃——郎君是去寻人了吗？"

瞿以宁一言不发，苍白的面上是红了的眼。堂堂七尺男儿，抱着君王的尸身，眼泪再也止不住，只能失声痛哭。

夜晚荒芜，冬日里毫无生机，只听得瞿以宁的哭声。

伽罗从不知男人也可以哭得这样伤心，只能愣愣看着他哭。待他哭够了，她才小心翼翼递去手巾，又看一眼那小孩子。因为被水泡了将近一日，又因触及尖利岩石、树枝等被弄破了衣裳，看着格外可怖，但脸却是干净的。

伽罗有点伤心，这一路从东走到西，所见实在令人难受，这个母亲口中富庶繁盛的国度，如今却是遍地战火民不聊生。

无论是内乱还是外争，她都觉得太残忍了，但……她无力阻止，便只能做一点点力所能及的事。

譬如救一条命，譬如安慰一个丧失了重要信仰的青年。

当然她误以为，死去的这个孩子可能是瞿以宁的骨肉，且他们二人都与帐内那个娘子有干系，不然瞿以宁也不会折回来。

难道是一家人吗？她没有问，怕不小心触及了伤心事。

瞿以宁在帐外坐到深夜，在曙光铺洒开之前，冷静做了决定。

伽罗和达昂早上起来时，只见他跪在地上，小心翼翼地替那个孩子整理遗容，最后抱起那个孩子走了很远的路，将他埋葬了。

对于熟悉地理的瞿以宁而言，哪怕没有立碑，他也能记得这个位置，一年两年，十年二十九年，有生之年他都不会忘。

倘有一日战乱平息，他定要回来祭拜。

他努力挑了个风水好的地方，这里平静、依山傍水，再没有人天天在身前身后盯着，再没有人打他，再没有人扰他……朝堂里那些错综复杂的关系与势力，对一个小孩子而言，太沉重太纷扰，现在……就请陛下暂时抛开那些，好好地，睡上一个安稳觉吧。

他们原地等了好些天，许稷却一直意识模糊。

达昂觉得她意志被消磨光了，心底深处很消沉，需要漫长的时间恢复，于是等她伤口好一些，就带她上了路。

瞿以宁本要打算往东去，但东边传来泾原被破城的消息。

回长安的路，一条条被斩断，只能硬着头皮继续西行。

许稷真正醒来的这一天早晨，一行人已快到凉州。伽罗见她意识清醒，十分高兴，但与她说话，她却一字一句都不答，她甚至不好奇为何瞿以宁也会在，也不好奇自己为何会在这辆车上，更不好奇面前这对陌生兄妹是什么来历。

她给这个世界的回应，只有沉默。

瞿以宁在一旁小心地告诉她："眼下快要到凉府，但这里已被西戎人占去。往东南方向，河陇秦成渭等州，也都落入了西戎人之手，这一路，我们都是好不容易才混过来的。"

他顿了顿："从西往长安的路，已经彻底被掐断了。"

彻底掐断，意味着她回不去，意味着曾经西征的神策军也回不去，他们被阻隔在了最西边，彻底与朝廷失联了。

最后瞿以宁又面色沉重地告诉她："我在下游寻到了他的尸身，已经——安葬了。"

许稷闭上眼就是那日凌晨的痛苦回忆。她还记得他认真好学的模样，记得他小心谨慎应对阉党朝臣的模样，记得他狡黠配合演戏的模样，记得他为了杨中尉痛恨自己无能的模样……假以时日，他或许会是一个谦谦自律的好君王，但他生在动荡乱世，就无力支撑这世道，时间也无情地不愿再等他。他死在了小时候，也永远活在了小时候。

许稷抬起头，雪花就又落下来，这时候身后的京畿诸镇，已被陆续收进了胡潮的手中，而抬头看前路，只有白茫茫的一片未知迷途。

"神策军，是在沙州吗？"她终于开口，抬头问伽罗。

伽罗听她开口很兴奋，但听到她问神策军，却是倏地一愣："娘子为何这样问？"难道她与大周的神策军也有干系吗？

瞿以宁抢着回道："凉府夺回又失守，神策军自然只能被逼着往西，眼下沙州或瓜州应当是神策军的驻地吧？"

伽罗表示不确定。路上遇到一些西戎人，有说神策军据守沙州抗击西戎势力的，也有说神策军其实早在凉府时就被围攻全灭的，众说纷纭，恐怕只有亲自深入最西边，才能探清这其中真正情委。

在前面赶车的达昂道："大周朝廷是放弃河西了吗？听说那时神策军打到凉州，奋战数日夺回凉府后，就断了供给，后来被围城，全城困顿，兵尽矢穷。再后来大周朝廷似乎也未再追究过神策军的下落，真是好奇他们是否还活着哪！"

断了供给，兵尽矢穷。

真是这样的结局吗？许稷不信。

瞿以宁在一旁轻叹："真是各有各的说辞，但西边与朝廷失联却是真的，至于那边眼下是什么景况，就不好说了。"

车子继续前行，天气越发恶劣。

抵达凉府继续前行，是甘、肃二州，出了玉门关，继续往西行，才抵沙州。漫长西行路，雪花漫漫，又有敌国势力相阻，唯有亲自走过，才知其中艰险。

好在有瞿以宁，他充当着领路的角色。倘若无他，一行人恐怕也免不了走冤枉路。

达昂、伽罗将他二人送出凉州，又经甘、肃，终于出了西戎势力控制的地界。踏进瓜州之境，兄妹二人终于与许、瞿二人道别："往前便都是你们的人了，不过去沙州还要不少路，一路小心。"

许稷深深作揖，瞿以宁也不住拜谢。

正是最寒冷的冬季，草也枯槁，蓝天却格外高，遥见玉门关及烽燧，竟有恍惚之感。在关中生活久了，往西行的这两个月，体会到诸多不同。此时风沙起，许稷抬头，却见达昂拉着伽罗往车子那边行去。

许稷与瞿以宁目送他们远去，然那车又停了，伽罗跳下车，转过身朝他们狂奔而来。

她气喘吁吁在瞿以宁面前停下，直爽地说："瞿郎君，你很有趣，倘若战事结束，我能去沙州找你吗？"

长久接触下来，她了解到瞿以宁其实是个无妻无子的家伙，且一路上瞿以宁同她讲了很多地理风水等事，显得很是高深，又无卖弄之感，她对他的好感是十分明显的。

瞿以宁也感受到一二，但他这时突然很可疑地红了脸，嘀咕说风沙太大了，最后又咕哝一声"好的"，就转过了身。

伽罗觉得这个家伙不真诚！她有些生气，此时许稷却偏过了头。

广袤的空间里出现了疾驰的马队，那马蹄声急骤如涛，许稷陡蹙眉，回头冷静地催促伽罗："快走。"

伽罗哪里听得进去，而此时达昂觉得妹妹拖得太久也走了过来。

许稷见那马队逼近："来者不善，赶紧走。"

达昂反应过来，拖着妹妹就往车子那边跑，却仍然是迟了。

马队将他们包围，又将达昂兄妹二人追回来。

那领头的歪着脑袋瞧他们——这四人皆穿了西戎服饰，看着就都不是好东西！

他啐一声："我呸！西戎狗敢到老子的地盘来放肆！瓜州岂是你们想来就来的地方？"手一挥，"抓回去！"

达昂本要与他们打架，但无奈势单力薄，实在不是这群人的对手。

一众人将他们捆捆带了回去，那领头跑回去就邀功："大哥！我今日出去晃一圈逮到了四个西戎人！"

土匪老大很是淡然地"哦"了一声，低着头继续忙着手上的活计："可还有什么旁的收获？"

"没了！"爽利干脆。

"那滚吧。"

"这四人要怎么处置哪？当奴隶使行不行？！"

那老大怎么也搞不定手上的活儿，皱着眉抬了头，恰对上许稷的目光。

许稷这时才开口："我不是西戎人。"她一口官话非常流利，且带了一点京畿口音，这是伪装不来的。加上这眉目样貌，不过是套了西戎人衣裳的关中人罢了。

那老大看看她，又看看瞿以宁，再看看达昂与伽罗，破口就将旁边的人骂了一顿："老三你眼瞎啊！"

老三道："我哪知道？谁叫他们穿这身衣裳！不过就算这小子不是西戎人，但跟西戎人走那么近，就是叛徒！我不管，我缺人使唤。"

"为什么要这样对我们？我们并没有做错事！"伽罗梗着脖子硬气问道。

"你还敢问为什么？！知道甘、肃、凉都是我们的国土吗？！"老三的火暴脾气瞬时蹿了上来，"你们害得老子连他娘的家都没有了！我阿娘、我妹妹全死了！"

伽罗脖子仍然梗着，但气焰明显矮下去了一截。

老三却依然不饶，火暴脾气简直要烧起来，上前一把揪过伽罗就要殴，许稷立刻拦道："住手！"

"找死是吧？别以为你是大周人我就不杀你，老子看到你这样的叛徒就来气！"

他正要打许稷与伽罗，达昂登时上前护住。

许稷站直："放了他们。"她侧过身看向上首的老大，"我留下。"

"哦？"那老大淡淡看她一眼，她身形实在单薄得可怜，却偏偏

262

套着宽大的西戎男装，头上盘起来的发竟然是花白的。

"老大你要真放了他们就——"

老大却打断了他："费力抓来了就这么放掉，没得半点好处的确显得我有病。"拍了拍手里的灰看向许稷，"你能给我什么好处吗？"

许稷脸上没什么血色，奔波让她看起来更瘦："我给你做火药。"

"放屁——"老三瞧不起人的劲瞬时又冒了上来，老大却伸手示意他闭嘴。

老大之前一直在低头鼓捣，就是想做出个像样的火药武器来，可怎么也弄不成。许稷不仅看出他在折腾什么，更是看出了他的焦虑与不耐烦。

这是个观察力一流的家伙。

老大顿时对许稷刮目相看，竟是起身笑着看向她："我承认你很厉害，不过你可别糊弄我！"

"放他们走，走了我自然给你做。"

"好。"老大十分爽快，无视旁边老三的抗议，立刻兑现承诺。

"许——"伽罗将"娘子"二字生生咽了下去，因许稷一路话极少，她并不了解其过去，但这会儿许稷突然说连火药也会做，实在令人心里没底。

"不用担心我。"许稷转回身，看向她道，"同你阿兄回西戎吧，这一路当真太感谢了，许某无以为报，来生定——"

"不要这样说。"伽罗往后退了一步，又深深弯腰，没底气地说，"倘若没有战事，也不至于此……"

她直起身："请你珍重，一定要好好活着。"

她说罢头也不敢回，径直就跟着达昂出了门。

"瞿兄不走吗？"许稷看向戳在原地的瞿以宁。

瞿以宁看着伽罗的背影愣了愣，回过神来说："我与许君一起。"

瞿以宁说这话的时候也没多大底气，但能将恩人兄妹安全送走，他就已经很知足了。

老大果然揪着许稷配火药，瞿以宁则被丢进黑屋子里关着。

许稷照以前成功的试验将配方弄出来，为了安对方的心，甚至将图纸也早早画好，至深夜，老大才放许稷去睡觉。

许稷饿得忍无可忍，伸手要了两块饼，回了黑屋子。窗子狭小，连月光也吝啬，室内十分昏昧。

瞿以宁冷得缩在角落里发抖，许稷将饼递过去："瞿君没有信心吗？"

"不知道。"瞿以宁实话实说，"某隐约觉得许侍郎身上有无穷本事，但还是……"

"我已不是侍郎了。"

"不，大周还在。"瞿以宁执着地说，"贼兵不过是作乱一时。"

许稷点点头，示意他将饼接过去："已经冷了，请将就吃吧。"

瞿以宁没什么胃口，但为了活命仍然将干巴巴的饼咽了下去："神策军余部当真会在沙州吗？"

许稷没出声，半晌，她才道："我会找机会问。"

冬夜总是长得要命，次日天还没亮，许稷就被抓去继续捣鼓火药，经过几番折腾，她弄出了几只小火炮。

土匪老大眼都亮起来，拿过火炮分外激动道："正是这个！太厉害了！"

许稷低头擦手，闻得这话忽然警觉地抬起头来："正是哪个？难道……之前见过类似的东西吗？！"

"当然见过，纵火、唬人无所不能，简直是绝妙之物！"他沉浸其中，"得了这个，就再不怕与西戎兵交锋了，来一次我炸一次，吓得他们不敢再染指瓜州！"

"请问是在哪里见过？"

"肃州边界，神策军余部打驻扎肃州的西戎军时用过这个，可惜他们物资撑不住，最后只能撤了，不然肃州早啃下来了。"

"撤回哪里？"

老大警觉地看向她："你问这个做什么？"他似乎意识到了什么，"你莫非是幸存的神策军将？"

"不，某只是随口问一问。"她拿过火炮，立刻岔开了话题，

"天气干燥，不若出门试验一番。"

"好！"老大连忙应道。

许稷拿着火炮走出门，西疆的风干燥寒冷，但她心头却腾起炽烈的希望。

纵然土匪老大没有说是在哪里见过，但既然打到肃州，便意味着，神策军当时并没有全亡。

他一定还活着。

西疆到了一年中最冷的时候，昼夜温差大得离谱，风干燥得似要刮破皮肤。

短暂夜晚过后，一个小将冒着晦暗晨时的寒风，步子匆促地冲进了营内："大将快看这个！"

王夫南披上外袍，收起药膏盒，转过身只见小将手里拿了一支火炮。

王夫南蹙眉："哪儿的？"

"瓜沙边界得的，这支应是点了但没能燃起来，就被丢了。"小将又道，"难道管菊方那边也开始弄火药了吗？"

王夫南伸手拿过来，转了一圈后眉头越蹙越深，然转瞬他眸光却骤亮，指腹移到底下，在那个用炭笔描的"许"字上摩挲了一下，立刻出了门。

小将追出去，在后面着急地问："大将可是要去那试验火药的地方看看吗？"

"领一队人，去见管菊方。"他说着头也不回，只留下一头雾水的小将。

因管菊方和神策军各据一隅，平日里井水不犯河水，这两队人除了抗击西戎外几乎没有其他共同信念，且管菊方素来看不上神策军，觉得他们连凉府都守不住，就是一群饭桶。但他仍是羡慕右神策军会做火炮，如今竟是像模像样学了起来，做得几乎与神策军的如出一辙！

小将纳闷挠挠头，大将莫非是要去找管菊方算账？说他窃我们的做法？这不像大将的风格啊。他回过神时，王夫南已经走远。一队人火速集结，抱着去和管菊方干一架的心态追随大将而去，王夫南骑马跑在最前面，他的心比任何人都要急切——看到那火炮时他就心生怀疑，再看到那模糊的"许"字，他便笃定许稷当下就在管菊方营中。

此时管菊方正捧着图纸埋头琢磨，他是农户出身，连字都识不全，好在图纸比较好懂，他还能看出个究竟。不过许稷这厮非常狡诈，哪怕威逼利诱，也不说火药的配比，光给他图纸有个鬼用啊！他觉着这样受制于人十分不爽，于是抬头同手下道："把姓许的那小子带来！"

"好像方才饿晕过去了……"

"怎么晕过去了？"

"三哥说不要给他饭吃，都已经饿了好几顿了。"

"老三这个猪脑子！"管菊方不耐烦地摆摆手，"赶紧弄醒了再塞一顿饭给他！"

他话音刚落，忽有小卒冲了进来，急喘一口气紧接着说："神策军那个姓王的来了！"

管菊方纳闷起身："他来做什么？"

旁边手下纷纷议论——

"莫不是看到我们也有火炮了，过来挑事？"

"得了吧，姓王的才不是多事的人。"

"大哥莫要上当，他盯着我们这儿可好久了，就想吞掉呢。"

"瓜州可不是神策军的瓜州，瓜州是我们的！让他滚蛋！"

尽管是两拨人对峙，但从某种意义上来说，他们也算得上是自己人，犯不着像见了仇人似的打打杀杀。管菊方唾了一口，还没发话就被老三抢了先。

老三指了王夫南就嚷道："凉州都守不住还敢到爷的地盘来撒野！"

王夫南道："我是来要人的。"

管菊方一挑眉，马上想到关在小黑屋里的许稷和瞿以宁："你要什么人？"

"我的人。"王夫南注意到管菊方瞬变的神色，按兵不动。

管菊方挑眉："我要是不给呢？"

"没有理由。"王夫南成竹在胸，"因为你要的火药配比我可以给你。当然前提你将我的人还给我。"

嗬！这样大方！看来那两家伙还真不是寻常人。

管菊方也算堂堂男儿，不作兴玩阴的，王夫南既然开出这样好的条件，他当然乐得接受，何况他也不打算同神策军结仇。

于是一众人哗啦啦跟着回去，神策军紧跟其后。

至一小屋前，管菊方掂了一下手中钥匙，摆出"一手交钱一手交货"的架势来。但想了一下，又问："不对啊，你知道我造出了火炮，为何猜到我没得到配方？"

"因为里面是我的人，我很了解她。"王夫南上前一步拿过钥匙，"放了她，她自然就会告诉你配比。"

说罢打开门，光涌进小屋，将坐在地上的许稷照亮。

她看起来甚至有些邋遢，因为饥饿与疲劳整个人都将近枯槁，但她安静捧了碗饭，正不急不忙地往下咽。她抬头看到了王夫南。

从关中到遥远西疆，如今她能坐在这里，这其中发生了多少事，经历过多少艰难时刻，王夫南不敢去想。他拳头都要握碎，胸腔里天翻地覆，恨不得立刻冲上去。

"你来了。"许稷声音低哑，没多少力气。

她放下碗，俯身将一张纸推了出去，静静地说："带我走吧，我想洗个澡。"

长久的疲惫让她不愿再多说一句话，王夫南上前抱起她，她双手揽住他的脖颈，倚靠他的力量，最后疲倦地闭上眼。

一众人瞠目结舌，许稷在他耳边低语："里面还有瞿以宁不要忘了，还有，让……"

"我知道，睡吧。"

王夫南带着她就往外走，那边管菊方拿起地上的纸一瞧，果真是一直不肯给他的火药配方，他冲出来，拦住王夫南："这个……确定没错吧？"

他的求证也在王夫南预料之中，王夫南道："贵军有护家卫国之大志，很是令人钦佩。倘若贵军愿与我军合力抗击西戎，我军还可以提供更多，想通了随时来详谈，我军很欢迎。"

之前两路人从没合谋到一起去，但单凭一方势力抗击西戎的确是力薄了些，凉、瓜二州如果能够拧成一股绳，许会有更大胜算。他说着看了眼管菊方，管菊方微眯了眯眼，没有立即表态。但王夫南知道，这提议对管菊方而言也没什么不好，他一心要打西戎，这样的提议其实他是乐得接受的。

许稷听他同管菊方说完这些，终于放心安睡。

这一觉睡了很久，至傍晚时分，王夫南才将她喊起来洗澡。

水汽氤氲里，许稷睁开眼，将所有事梳理了一遍，最后说："不知道什么时候还能再回去。"

她说完沉下去，王夫南让她自己闷了一会儿，伸手将她捞了起来。

他与朝廷失联了很久，这期间遭遇了无数事，他无法传达回关中，也得不到关中的任何消息，更不知许稷在这条路上遭遇了这么多。他也很想回去，但横亘在西疆与关中这条路上的阻力一层又一层，许稷能到这里都已是奇迹，又何况再逆着洪流杀回去。

眼下他们只有沙州，这块河西地区曾经的繁华地，如今却因为战乱一塌糊涂。

在许稷来之前，他构想过沙州的重建，甚至做好了长期耗战的准备，这条路无疑充满艰险，但他只能硬着头皮独自走完。他拿着手巾擦干许稷的脸，许稷睁开眼，仿佛心有灵犀地同他道："这条路我和你一起走完。沙州、瓜州、肃州、甘州、凉州，甚至河陇，总有一日会再次通达。"她抬手握住了他的手，眸光中是坚定的从容。

面前是坚壁，也不能怕。

一个月，两个月，三个月，乱世之中的每一天，势力版图几乎都在变化，你争我夺，无有止境。

沙州的重建也是一样，残旧势力的阻挠，物资的匮乏，总有数不清的矛盾与困难，令人看不清出路与希望。

这需要漫长的时间和耗得起的心力，但诸事排开运气天资，或在于忍耐与坚持。许稷在坚持，王夫南也在坚持，沙州百姓也一样坚守着这块土地，希望有朝一日能够拨开云雾见月明。

然而朝廷没有消息来，一次也没有。

被阻隔在西疆，他们收不到任何消息，朝廷也不知西疆存亡。

于是次年，一支从沙州出发的队伍，取道邻国，绕一大圈，只为回到关中将西疆地图、户籍传达给朝廷。

这段路，走了整整一年半。

这一年半，沙州、瓜州的局势也逐渐变得明朗。

他们有了抵抗西戎入侵的军民力量，不至于轻易陷落；物资也渐渐富足起来，府库甚至都有了结余。

又到一年秋收时，这一日天气很好，许稷理完账正要抬头活动一下脖子，瞿以宁兴冲冲地冲了进来："看，这是最新的地图！"

许稷看了一眼，其中肃州已划回来将近一半。

"你不高兴吗？"瞿以宁问她，"地图重新绘好，大将也回来了。"

"回来了吗？"

瞿以宁点点头，他还没来得及说别的事，王夫南就大步走了进来。瞿以宁一看夫妻相见，立刻扭头溜出了门。

王夫南走进来就同许稷道："带你去个地方。"

下午的阳光好得很，两人纵马飞奔，掠过村庄、掠过秋日里的草地，掠过一望无垠的大漠，畅快得心都要飞出胸膛。

至傍晚时分，才终于放缓脚步。

王夫南回头看一眼许稷，她却左顾右盼。

老实说，虽然在此地生活了这么久，但因为琐务繁忙，她几乎没有空暇出门感受过西疆的旷达与广袤。

此时泉池绿地就在眼前，周围是茫茫大漠，抬起头，是满天繁星。

夜色静美，两人在泉边坐下，许稷裹了毯子饮酒取暖，但发现无甚建树，就又伸出手去贴着王夫南取暖。

如此安静相处的时刻，两人心中有无数慨然。

将来的路还很长，但这温暖能够传递，就没什么好惧怕。

许稷先开了口："不知他们是否抵达了关中，倘若顺利，再折回来又要等很久，不知那时又会是怎样的局势。"

她可以等，可是她当真十分想念阿槊，想念长安亲友。

"我——"

"我知道，我也想得发狂。"

星光慷慨铺洒，西疆夜风里蕴满了思念。

尾声

扬州春日快走到尾声，炎夏将近，王攸宁从书斋出来，管事小跑过来道："郎君，车马都已备好，可以走了。"

王攸宁抬头看去，这时节日头还不算炽烈，天蓝得无边无际，是适合出行的日子。

他应了一声，走去内室知会妻子。

妻子早将行李收拾妥当，此时支颐挨在窗边闭目小憩，阳光落在她脸上，一片温柔。

"该走啦。"王攸宁提起行李，轻声知会。

妻子慢悠悠地跟出去，上了马车，挨着对方继续方才未做完的梦。王攸宁悄悄将帘子放下，车子便缓缓行出了长巷。

百废待兴的扬州城已经恢复了往日生机，闾门外的七里港舟行人往，仍易天下之货，市人间珍奇。这条取代了扬州内官河的新河道，已静静流淌了几十年，迎接了无数商客货船，也向关中源源不断输送养料与血液。

王攸宁对这条河道再熟悉不过，他在这里出生，也在这里长大，学的是江淮官话，也会讲流利的吴侬软语。少年时期，舅舅便常带他到这里来，一待就是很久。

舅舅一身白袍子坐在七里港边上，托腮看着来来往往的人和永不寂寞的水流，在夕阳中嘀嘀咕咕："阿樨啊，这条河还是你阿娘主持的工事呢，看它多热闹。"

他当时并不太明白，问舅舅："那么阿娘现在到哪里去了呢？"

"很远的地方。"舅舅这样回他，然后起身，去放一盏河灯。

但那河灯总是放出去没多久就沉进水里，好像根本没人愿意接受那河灯，全被河神给吞掉了。舅舅放了好几次皆是如此，于是他每次都是以愤愤跺脚收尾，气得甩手说再也不放河灯了。

后来长大一些，他了解到许多事，却也是平静地接受，平静地继续生活。早年间的战乱如今他记得不太清了，总感觉是很久远的事，舅舅平日里也不会随便提，反倒是后来从妻子口中了解到一些昔日扬州城外的交锋与惨烈，都是政权更迭不可避免的血腥之路。

那混战令他失去了父母，直到西疆通往关内的路再次畅通，他才知道他们仍然活着，而这时，已过了二十七年。

朝廷当时自顾不暇，连关中都保不住，又如何分得出精力顾及遥远西疆。他们遣派信使回朝，却遭遇意外未能返回；后来许多年，他们又遣信使归朝，然那时大周——已然覆灭。

他们所得的唯一消息，不过是"大周已经没了，而朝廷也在好几年前，就彻底放弃了西疆"。

往东的路漫长曲折，祁连山下马蹄铮铮，二十七年，包括甘州、肃州、凉州、河陇在内的十二州全部收复，西戎终于让出陇右，而大散关也终于对他们打开。

阻断了二十七年的西行路，终于恢复通达。

从扬州到剑南，再往北行到陇右，继续向西北走，就是西疆大州。不论是风景、作物还是气候，都是与江南不同的景象，有人讲西戎话，有人说官话，口音也十分有趣。

抵达治所沙州这一日，已是初秋时节，沿途瓜果已快要下市，葡萄却饱满甘甜，王攸宁看着妻子吃完葡萄，递去手帕："到馆舍了，住一晚再继续往前行吧。"

妻子点点头，拿过随身行李下了车。两人到馆舍内安顿下来，妻子坐下来还未及喘气，便取出纸笔要给家中的阿爷、阿娘、弟弟、妹妹写信。

这夫妇俩一个是江淮有名的年轻书家，另一个则是河北小有名气的女性书家，平日里自然少不了切磋较量，王攸宁坐在一旁看她写家书，她写了会儿却停笔道："如今连家书你也要看吗？"

王攸宁识趣起身，笑道："我去安排晚饭。"

昼长夜短，夕阳也格外漫长。馆驿外是一众喝彩声，王攸宁探出头去看，只见十几岁的一个女孩正与一老者下棋，各自身后都围了一众人。

棋局到精彩处，自然博得一阵叫好声，那女孩起身弯腰一拱手："前辈承让！"

那老者也是抚白须笑，抬头看着她道："王将军真是得了个好孩子，什么都不输人，连老朽也下不过你啦。去吧，让三娘子给你做点好吃的。"

"好啊！出去晃了一圈，可念着三娘的手艺了呢。"旁边有人笑，用西戎语问了她几句话，她用熟练的西戎话回了过去，转过身就踏进馆舍门槛，笑盈盈地蹿进厨舍重地，同三娘子聊了一会儿，再独自晃了出来。

王攸宁至此才看清楚她的正脸。

这张朝气满满的脸看着略是眼熟，王攸宁正看得出神之际，对方却也看到了他。对方似乎觉得他很眼熟，便多打量了他两眼。

她随即寻案坐下来等饭吃，而王攸宁就坐在她斜对面。

少女最后忍不住先开口："郎君是到沙州做生意的吗？"

"不，探亲。"王攸宁回道。

少女面上略惊："哦！是有家人在这里吗？听郎君的口音似乎是江淮那边的，郎君是江淮人吗？"

"你听得出口音，难道去过江淮吗？"王攸宁反问。

"还没有。"少女说，"不过我刚刚去了长安，下次或许就能去江淮了，我阿娘说等腾出空来，要同我一起去。"

"你阿娘很忙吗？"

少女点点头，同时面上现出一丝心疼来。

她阿娘几乎为重建西疆耗尽了所有心血，这一句有空再去，也不知何时是真的有空。

"我方才似乎听说，你是王将军家的孩子。"他估算着她的年纪，小心问道，"所以，你是王将军家的老幺吗？"

少女愣了下，随即又点点头，很爽快地回说："嗯，我是老幺！"

"那你叫什么呢？"

"阿罗，他们都这样喊我。"

阿罗。

王攸宁在心底里轻唤了一遍，却只是拿过水壶，倒了一杯水给她。

阿罗接过来，道了谢之后再次看向王攸宁，她越发觉着这个人奇怪，但又说不上来到底哪里不对。

王攸宁稳稳坐着，从头到脚都流露出温和与坚定。江南养就了他这样的脾气，不慌不忙，好像天塌下来也不要紧，举起双手撑上去就可以了。

舅舅曾说他某些方面同他阿娘很像，那不像的部分呢？是面前这少女身上的勃勃生机，还是坦荡和勇敢？

少女忽然说："我觉得你同我二哥和姊姊长得很像。"

"二哥和姊姊？"

"嗯，我二哥和姊姊是双生子，后来有我三哥哥，最后就是我了。"她忽然同"外人"道起家事来。

"那么，大哥呢？"

"我阿娘说大哥在长安或在扬州，但我已去长安找过，没有他的消息。不过有人说大哥当年随舅舅去了扬州，据说舅舅长情念旧，应当会在扬州久居，所以我下回打算去江淮找一找。舅舅是富商，认识他的人应当很多，大概……不难找吧。"

浩渺人世，阻绝几十年，寻人如汪洋波涛中寻孤舟。

好在，还能遇见。

王攸宁又问："去长安还做了什么呢？"

"吃喝玩乐！"青春满溢的脸上是满足的笑容，但转瞬又平添了一些怅然，"我走之前问阿娘最想念长安什么，阿娘想了很久，说想吃一碗长安的槐叶冷淘，所以我吃了三碗呢。"

一碗替阿娘吃，一碗替阿爷吃，最后一碗替自己吃。

两人越聊越投机，将现在及过去诸事一一拆解，字字句句都充斥着岁月的无情与人心信念的炽烈。

如今西疆贸易通达，往来外商络绎不绝，百姓富足安定。

这时距离大周覆灭已过去了很久很久。

张扬了许久的太阳终于依依不舍地西沉，暮光笼罩下来，阿樨陡想起楼上还未吃饭的妻子。

他起身要告辞，却又顿了顿，自怀中取出一只锦盒来递给阿罗。

阿罗疑惑地接过来，打开看了一眼，里面安安静静躺着一只小银锁，贸一看似乎已经有点年头了。

"请替我将这个，交给你阿娘。"

"嗯？"阿罗抬头。

"她会明白的。"他道。

这银锁是他百日时旁人送给他的礼物，此后母亲就与他戴上了。

这是他们母子间，唯一的信物。

阿罗似乎隐隐猜到了一些，于是她收下那锦盒，转身从三娘子手里端过饭食，站着同王攸宁说："我会转交的。"顿了顿又道，"希望能再见到你。"

王攸宁淡笑未答，却终归是没忍住，伸手轻拍她的头。

阿罗缩了下脑袋，咧嘴笑了笑，就见王攸宁不慌不忙进了厨舍，将食盘端出来，沿楼梯上了楼。

他穿过安静走廊，推开门，将食盘放下，卷起妻子写好晾干的家书，将趴在案上睡觉的唤醒："樱娘，吃饭了。"

傍晚的风吹进来，温度与白日差了一大截，却莫名令人觉得心静。但他怕刚刚醒来妻子受凉，于是起身走到窗口，想要关窗。

他将手伸出去，下意识地抬头，却见满天繁星闪耀。

他有一瞬的愣神。

二十七年，他不知父辈们是如何在此地度过了那些漫长春秋。

如今山河尚在，天下太平。

（全文完）

后记

《半子》这个故事，写于2014年10月，回头一看，竟已是八年前的事。

那时我想着写一写历史时期的技术吏员，于是设计了好几个角色，将他们安放到尚书省各衙署下逐一想象，甚至进行了一些试写，最后总感觉面目模糊，就干脆罢手了。

角色与作者、故事与作者之间，也许存在着某种时机与缘分，如果机缘未至，那么无论如何也是写不出来的——这是写到第十个年头我才咂摸出的一种微妙感受。

憋着满腔热情想要大写特写，却总是走进死胡同，总是处处碰壁。这种始终迷路的焦虑，会让人生出自暴自弃的念头——也许就是无法与那个角色、那个故事见面吧。可奇妙的是，几个月或者几年之后，曾经设想过的、面目模糊的角色与故事，说不定就会突然带着可信的姿态迎面走来，笃定地召唤还在睡觉的你："嘿，现在我们见面吧！"

被呼喊声惊醒的我，就这样见到了许稷。

她住在崇义坊王家大宅的某个角落里，拿着微薄的俸禄，总是天没亮就骑着小驴从坊门出来，之后穿过兴道坊与务本坊之间的巷子，也许不必再往朱雀大街去，仅从东侧的安上门就能摸进皇城，于昏昧晨光里，经太常寺、太府寺和礼部南院，来到尚书省，一头扎进暗沉沉的比部公房，点起灯来，开始一天的工作。

账目既多又细，得盘腿弓背低着头，一点点地看下来。

烛火摇晃，她埋头坐在那里，而我望着这个场景想——

一个以才入直的比部直官而已，就像皑皑白雪盖覆之下不起眼的新苗，它要如何抽芽，如何抵御寒风春雷、暴雨秋霜，又如何长成参天大树呢？总感觉困难重重、不可思议。但就在那句"我们见面吧！"的蛊惑之下，一切又变得确凿无比了——我信任她，似乎也感受到了她对我的信任，于是在不知前路为何的情况之下，我们一起踏上旅途，互相支撑着走到了故事的终线。

这时候仰头一看，当真巨树参天了啊。

那个瘦小、孤勇的基层财政官，那个在逆势中奋力前行、哪怕风雪扑面也未被冻馁的赤子，竟然真的始终抱持着炽热本心，在茫茫雪夜里坚守着一点光亮，执炬开路，无怨无悔。

纵使拼尽一切也无法力挽狂澜，纵使大厦终倾——

又如何？

只要那点光亮还在。

真是奇妙啊。

在我时隔八年重新回读的时候，仍然能记起那些旅途中的瞬间，那些难以描摹的趣味。因此，即便历史知识和文本表达上的幼稚与错漏仍然会让审读的我感到难为情，我也努力克制了那种想要抹除的心情——就让它尽量保持发表时的原貌吧。

感谢云朵文化的制作人，《半子》有声剧项目的启动促使我重新回顾了这个故事。感谢编辑小王，让我有机会将这段充满趣味的旅途落实到纸面。也感谢许稷，与我一起度过了那个冬季。

另注：本文架空，部分职官制参考唐宋。

赵熙之

2022年10月于成都

278

图书在版编目（CIP）数据

半子：全二册 / 赵熙之著 . — 南京：江苏凤凰文
艺出版社，2023.7
ISBN 978-7-5594-7655-5

Ⅰ.①半… Ⅱ.①赵… Ⅲ.①长篇小说 – 中国 – 当代
Ⅳ.① I247.5

中国国家版本馆 CIP 数据核字 (2023) 第 056038 号

半子：全二册

赵熙之 著

出　　品	橘子洲文化	
责任编辑	白　涵	
特约策划	王　婷	
版式设计	天　缈	
营销编辑	一　川　史志云　杨　迎	
出版发行	江苏凤凰文艺出版社	
	南京市中央路 165 号，邮编：210009	
网　　址	http://www.jswenyi.com	
印　　刷	环球东方 (北京) 印务有限公司	
开　　本	880 毫米 ×1230 毫米　1/32	
印　　张	18	
字　　数	550 千字	
版　　次	2023 年 7 月第 1 版	
印　　次	2023 年 7 月第 1 次印刷	
书　　号	ISBN 978-7-5594-7655-5	
定　　价	69.80 元（全二册）	

江苏凤凰文艺版图书凡印刷、装订错误，可向出版社调换，联系电话 025-83280257